中国古代文学史教程

主　编　欧阳祯人
副主编　孙萍萍　周颖菁　〔韩〕金东洙

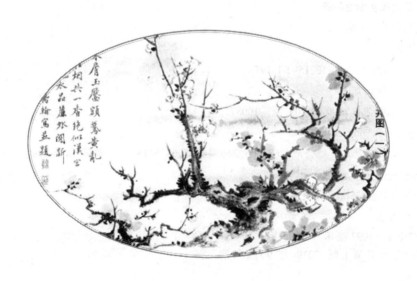

图书在版编目(CIP)数据

中国古代文学史教程 /欧阳祯人主编. —北京：北京大学出版社，2007.9
（北大版留学生本科汉语教材·文化教程系列）
ISBN 978-7-301-12715-5

Ⅰ.中… Ⅱ.欧… Ⅲ.文学史-中国-高等学校-教材 Ⅳ.I209

中国版本图书馆 CIP 数据核字(2007)第 137599 号

书　　　　名：	中国古代文学史教程
著作责任者：	欧阳祯人　主编
责 任 编 辑：	张弘泓
标 准 书 号：	ISBN 978-7-301-12715-5/I·1976
出 版 发 行：	北京大学出版社
地　　　　址：	北京市海淀区成府路 205 号　100871
网　　　　址：	http://www.pup.cn
电　　　　话：	邮购部 62752015　发行部 62750672　编辑部 62754144　出版部 62754962
电 子 邮 箱：	zpup@pup.pku.edu.cn
印　　刷　者：	河北滦县鑫华书刊印刷厂
经　　销　者：	新华书店
	787毫米×1092毫米　16 开本　23 印张　588 千字
	2007年9月第1版　2019 年9月第5次印刷
定　　　　价：	58.00 元

未经许可，不得以任何方式复制或抄袭本书之部分或全部内容。
版权所有，侵权必究　举报电话：010-62752024
　　　　　　　　　　　电子邮箱：fd@pup.pku.edu.cn

题、写作题、论述题、分析题、讨论题等等多种题型,既可以强化学生对所学内容的掌握,也可以使教师在课后检查学生对课文和作品的理解程度。针对一些要结合现实生活的讨论题,教师可以演讲、辩论、话剧演出等多种方式展开。这些练习的答案虽然总的来说在课文中都有相关的提示,有的还很明确,但是要发挥同学们思考问题、解决问题能力的地方也不少。因为我们认为以学生为中心的教学理念并不仅仅体现在课堂教学的方式方法上,而且也应该体现在学生在认知过程中智力的充分挖掘上。

八、我们真心实意地把编写教材的过程视为一种教学的研究活动,其本身就是一个不断提升的过程,因此,这系列教材的出版,就是希望有更多的专家学者参与我们的教研活动,进一步指出本系列教材的不足之处,提高本系列教材的质量,促进文学史教材研发的水平,使我们在今后的工作中取得更好的成绩。我们诚挚地期待着对外汉语教学与中国文学史研究界、教学界对我们的批评与指正。

编　者

四、本系列教材是专门用于外国留学生的文学史教材,因此,教材内容的趣味性、生动性和直观性,教材语言的通俗性、针对性与科学性,都在教材中得到了尽可能充分的体现。每篇课文作品的选择,煞费苦心,其选择的内容都是经过了多方考量而定下来的。它们直接面对教学对象的汉语水平、文化心理结构以及师生互动的课堂教学情景。

五、《中国古代文学史教程》的内容分精读与泛读两个部分:两个课时以内的内容是课文、作品、练习和相关注释,也就是精读的内容;两个课时以外的内容是相关的文学史知识提示、名篇欣赏和相关注释,这属于泛读的内容。精读的部分由教师课堂讲授,也是学生必须字斟句酌、读懂、读通的内容。教师当然可以根据学生的需要与汉语水平作出适当的调整。泛读的内容既是对教师备课的提示,也是给希望进一步深造的同学的一个适当引导。"文学史知识提示"与"名篇欣赏"两部分都是课外阅读部分,不属于课堂授课的内容。但是,这两部分都不是可有可无的,是教材的重要组成部分。"文学史知识提示"至少有三个方面的作用,第一,作为"教程",它是带领同学们向更高层级进步的门户,它们从不同的角度和层面对学生所学的内容进行了独到的评述,因而是对同学们进一步学习的引导,更是对"课文"与"作品"两部分的重要补充;第二,它以独特方式把课与课之间的逻辑发展,以"史"的方式串联起来,在一定程度上加强了点与面的联系,显示了本教程在简明性、生动性的背后具有理论性、学术性的强大支撑;第三,它无形地给学习中国文学史的外国留学生介绍了中国卓有成就的文学史专著与研究成果,既是一种较为全面的资料介绍,也是通向中国文学史学术殿堂的明灯。"名篇欣赏"也是对课文与作品选读不可缺少的补充,是对教学对象的特殊状况与中国文学史学科之间的协调。没有这一部分,文学史的学科性质就不丰满,学科发展的内在张力就不充分,就没有由低级向高级、由点到面不断深入、不断提升、不断扩展的可能。本教材之所以被称之为"教程",并不仅仅在于整个教材是由古代向现代、当代的推进,更在于每一篇课文本身就具有一种潜在认知心理的趋向和知识提升的可能性,它为充分发挥学生的主观能动性提供了更大的空间。

六、《中国现当代文学史教程》的课文部分为教材的主体部分,主要介绍在中国现代、当代文学史上较有代表性的作家、文学流派和文学团体的概况,力求文笔通俗易懂,以适合留学生使用。教师在讲授该部分时,还可以根据时间和学生情况适当补充材料。课本中所选作品为课文中所涉及的作家、文学流派和文学团体最有代表性的作品,长篇作品节选了其中最有代表性的章节。在每一部选入教材的作品前面,都有一个"作品提示",主要介绍作品的背景、影响和主要内容,目的在于帮助学生在正式接触作品之前,对作品有一个大概的了解,以加快学生对作品的理解。教师在讲授这一部分时,可以辅助以多媒体等手段,使学生对作品有更为直观的认识。由于在目前外国留学生汉语言本科系列教材(特别是精读课、阅读课、口语课)中有很多课文是从中国现当代作家的作品中挑选出来的内容,老师们可以根据这些课程的教学进度,适当调整整个教学的内容与节奏,进一步与对外汉语教学的内容结合起来,努力做到胸中有数,使我们整个的专业课程设置更加合理,更富有整体的有机性。

七、本教材的练习编写遵循理解、记忆和应用结合的原则,主要包括背诵、熟读、朗诵、填空、解释带点或画线的汉字或词语、翻译成现代汉语、简述题、思考题、问答题、复述

前言

《中国古代文学史教程》和《中国现当代文学史教程》是根据国家汉办有关来华留学生《汉语言专业课程设置表》的精神,为留学生学习汉语言专业而设计和编写的中国文学史教材。这部教材的最大创新是把文学史发展的介绍与相关作家作品的选读结合起来,让它们同时出现在一篇课文中。换言之,就是将中国文学史的教学与对外汉语教学统一起来,将冗长、艰难的文学史课程,立足于对外汉语教学课堂的特殊性,进行了一次适合于教学实际的表述。这既是对外汉语教学在教学方法上的一次尝试,也是中国文学史课程在教学、传播方式上的一次突破。为了便于使用,我们特作出以下说明,供老师、同学们参考。

一、本系列教材专门用于汉语言文学专业的外国留学生在三、四年级期间的学习,大体对应中国《汉语水平等级标准和等级大纲》四到五级的文化教材(《中国现当代文学史教程》为四级,《中国古代文学史教程》为五级),因此同时适合相关级别的基础型、自修型同学的选修。但是,由于中国文学史的特殊性,百分之百地将生词圈定在某一级所规定的词汇范围之内是不现实的,所以本系列教材列出的生词量比实际的程度略有超出。

二、本教材由《中国古代文学史教程》和《中国现当代文学史教程》两册构成。本教材十分注重文学史的教学与对外汉语教学的关系,十分注重文学史的教学与其他门类文化课教学的良性互动,同时也十分注重中国文学史一以贯之的内在发展规律。不过,从文学史发展的过程来讲,中国古代文学史是发生在中国现当代文学史之前的内容;但是,从汉语习得的循序渐进性上来讲,古代文学史却必须安排在现当代文学史之后。根据国家汉办制订的来华留学生《汉语言专业课程设置表》中的有关精神,现代文学史安排在三年级上学期,当代文学史安排在三年级下学期,古代文学史安排在四年级上学期(或三年级下学期与四年级上学期)。

三、本教材直接为教学服务,实用性是本教材的最大特点。《中国古代文学史教程》选录40篇课文,每周两节课,授课时间为一学年(或每周四节课,授课时间一学期);《中国现当代文学史教程(上编)》选录20篇课文,每周两节课,授课时间一学期;《中国现当代文学史教程(下编)》选录20篇课文,每周两节课,授课时间一学期。这三门课程彼此之间既有相对的独立性,又有相互的关联性,既可以作为汉语言文学本科专业的留学生使用的教材,也可以是长、短期汉语进修生或者已经进入其他院系(特别是文、史、哲等相关专业)学习的留学生的选修课教材。

目 录

第 一 课　中国的神话	1
第 二 课　《诗经》	7
第 三 课　先秦历史散文	15
第 四 课　先秦诸子散文	24
第 五 课　屈原与《楚辞》	32
第 六 课　汉代的散文	40
第 七 课　汉代的乐府民歌	48
第 八 课　古诗十九首	55
第 九 课　三曹的诗歌	63
第 十 课　南北朝时期的文人诗歌	74
第 十一 课　田园诗人陶渊明	82
第 十二 课　南北朝时期的民歌	91
第 十三 课　初唐时期的文学	100
第 十四 课　孟浩然与王维	108
第 十五 课　边塞诗派	116
第 十六 课　李白	124
第 十七 课　杜甫	132
第 十八 课　白居易与新乐府运动	140
第 十九 课　韩愈与柳宗元	150
第 二十 课　唐传奇	157
第二十一课　温庭筠与花间派	165
第二十二课　李煜	173
第二十三课　柳永	180

第二十四课	欧阳修	189
第二十五课	苏轼	196
第二十六课	李清照	204
第二十七课	陆游	213
第二十八课	辛弃疾	220
第二十九课	宋代的小说与戏剧	227
第 三十 课	元杂剧与关汉卿	236
第三十一课	西厢记	246
第三十二课	琵琶记	256
第三十三课	三国演义	264
第三十四课	水浒传	274
第三十五课	西游记	289
第三十六课	汤显祖的《牡丹亭》	300
第三十七课	金瓶梅	310
第三十八课	冯梦龙与"三言"	319
第三十九课	蒲松龄的《聊斋志异》	336
第 四十 课	曹雪芹的《红楼梦》	344

后　　记 ………………………………………………………… 357

第一课

中国的神话

课 文

　　神话是远古时期的人们对他们所接触的自然现象①、社会现象②,幻想出来的具有艺术意味的解释和描述③的集体口头创造。神话的产生经历了从无到有,从简单到复杂的漫长过程。在这个过程中,很多故事的内容和形式都在不断地演变。神话的产生有其特殊的社会历史条件,即生产力④极为低下,意识原始、思维幼稚,是人类童年时代⑤认识世界、表现理想的一种艺术形式。

　　中华民族的神话丰富多彩⑥,为我们了解远古时期历史发展的进程和奥秘,探索中华民族深层的意识、情感、精神、意志和性格提供了艺术化⑦、形象化⑧的资料。因此,学习中国的历史、哲学、宗教、语言、教育、文学、艺术等很多学科都不能不首先学习中国的神话。记载中国神话的著作有《山海经》⑨、《淮南子》⑩、《楚辞》⑪等等。

　　中国的神话作为一种艺术的形式,具有鲜明的原始性、幻想性、超自然性⑫等特征,情感朴实,想象奇特,情节简单而内容深广,创造出了许许多多伟大的英雄传奇式的人物形象,以其独特的形态展示了后代艺术无法替代的魅力,给我们以美妙的艺术享受,具有特殊的审美价值。它是中国文学艺术史上浪漫主义⑬的源头,为后世文学艺术的发展提供了取之不尽、用之不竭⑭的丰富营养。

注 释

① **远古时期**:人类历史上最久远的年代。**接触**:接近并发生交往或冲突。**自然现象**:属于或关

于自然界的、存在于或产生于自然界的、非人为的现象。

② **社会现象**：非自然的，由于共同利益而互相联系起来的人群中发生的现象。

③ **幻想**：以社会或个人的理想和渴望为依据，对还没有实现的事物有所想象。**意味**：情调、情趣、趣味。**描述**：形象地叙述，描写叙述。

④ **生产力**：具有劳动能力的人，跟生产资料(生产工具和劳动对象)相结合而构成的征服、改造自然的能力。

⑤ **人类童年时代**：人类历史发展的初期，人类文明的早期时代。

⑥ **丰富多彩**：形容数量大、种类多、色彩斑斓，或指作品内容充实鲜明生动。

⑦ **艺术化**：使文学作品更加具有艺术性，形象、生动而典型。

⑧ **形象化**：使文学作品的描绘或表达更加具体、生动。

⑨ **《山海经》**：是现存中国最古的地理书，主要记载古代传说中的地理。春秋战国时期写成，秦汉时期又有增补。全书共18卷，记述海内外山川、道路、部族、物产等，很多内容涉及不同一般的事物和神奇灵怪，保存了很多中国古代的神话资料。

⑩ **《淮南子》**：又称《淮南鸿烈》，西汉初年淮南王刘安(前179—前121年)及门客共同编撰。全书以道家无为思想为主导，保存了很多中国古代的神话传说和史料。

⑪ **《楚辞》**：公元前4世纪到前3世纪之间由楚国屈原等人在民间歌谣的基础上进行加工，创造而成的一种新的诗歌形式。句子长短不一，篇幅也比较长。具有浓厚的楚国地方色彩。

⑫ **超自然性**：带有超越自然的性质和特征。

⑬ **浪漫主义**：文学艺术上的一种创作方法，以丰富的情感为基础，运用想象、夸张和传奇的手法，塑造人物形象，反映现实生活。

⑭ **取之不尽、用之不竭**：成语，意思是取不尽，用不完，形容非常丰富。**竭**(jié)：尽，完。

作 品

盘古开天

天地混沌如鸡子⑮，盘古生其中。万八千岁⑯，天地开辟⑰，阳清为天，阴浊为地⑱。盘古在其中，一日九变，神于天⑲，圣于地⑳。天日高一丈，地日厚一丈，盘古日长一丈㉑。如此万八千岁，天数极高，地数极深，盘古极长，后乃有三皇㉓。

(《艺文类聚》㉔卷一)

女娲造人

俗说天地开辟,未有人民。女娲抟㉕黄土作人,剧务㉖,力不暇供㉗,乃引绳絙㉘于泥中,举以为人。故富贵者,黄土人㉙也;贫贱凡庸㉚者,絙人也㉛。

(《太平御览》㉜卷七十八)

刑天争神

刑天与帝争神㉝,帝断其首,葬之㉞常羊之山。乃以乳为目㉟,以脐为口㊱,操干戚㊲以舞。

(《山海经·海外西经》)

注　释

⑮ **混沌(hùndùn)**:我国民间传说中指盘古开天辟地之前天地模糊一团的状态。**子**:卵。

⑯ **岁**:年。

⑰ **天地开辟**:盘古开辟了天地,才开始了人类的历史,因而形成了"开天辟地"的成语,用以表示以前从未有过,有史以来第一次。**开**:劈开;**辟**:打开。

⑱ **阳清为天,阴浊为地**:清而轻的东西(上升)变成了天。重而浊的东西(下沉)变成了地。以阳与阴来指称天和地,反映了中国人万物负阴抱阳的对立统一思维模式已经形成。

⑲ **神于天**:天有了"神"的品质。

⑳ **圣于地**:地有了"圣"的品质。这两句话将天地视为神、圣的事物,说明了中国人的宗教观念。

㉑ **日**:每天,名词作状语,与"地日厚一丈"、"盘古日长一丈"的"日"相同。**丈**:中国的丈量单位。

㉒ **日长一丈**:长,读作 zhǎng,动词。下文"盘古极长"的"长"读作 cháng,形容词。

㉓ **三皇**:中国传说中的古代三个帝王。通常指燧人、伏羲、神农或者天皇、地皇、人皇。

㉔ **《艺文类聚》**:唐代欧阳询主编的中国第一部类书。全书根据唐以前的一千四百多种古籍,分门别类,摘录汇编,内容相当丰富。由于摘引的资料主要是文学作品,所以叫做《艺文类聚》。这里是《艺文类聚》卷一引汉代徐整《三五历纪》里的话。

㉕ **抟(tuán)**:把东西捏聚成团。

㉖ **剧务**:非常繁重的事务。

㉗ **暇(xiá)**:有空闲;有闲暇。**力不暇供**:力量供不上来。

㉘ **絙(gēng)**:粗绳索、大绳索。

㉙ **黄土人**:女娲用手捏制的人。

㉚ **凡**:平凡。**庸**:平常。

㉛ 絙人：女娲用绳子甩出来的人。
㉜ 《太平御览》：宋太宗命李昉等人编撰的大型类书。因编于太平兴国年间，宋太宗每天阅览三卷，一年看完，所以取名《太平御览》。这里是《太平御览》卷七十八引汉代应劭《风俗通》里的话。
㉝ 刑天：神话中的人物。帝：天帝。争神：争夺神位。
㉞ 之：代词，指上文的"首"。这句是说：把刑天的头埋葬在常羊山上。
㉟ 乃以乳为目：(被砍了头的刑天)于是用两个乳头做眼睛。乃：于是。
㊱ 以脐(qí)为口：用肚脐做嘴巴。
㊲ 干：盾，古代兵器，作战时用来防护身体。戚：古代一种长柄武器，形状像大斧。挥舞着盾和斧继续战斗。

练 习

（一）背诵

《盘古开天》

（二）填空

1. 神话是_____的人们对他们所接触的自然现象、社会现象，_____出来的具有艺术意味的解释和描述的_____创造。

2. 中华民族的神话丰富多彩，为我们了解远古时期历史发展的进程和奥秘，探索中华民族_____的意识、情感、精神、意志和性格提供了艺术化、形象化的资料。因此，学习中国的历史、哲学、宗教、语言、教育、文学、艺术等很多学科都_____首先学习_____。记载中国神话的著作有《_____》、《_____》、《_____》等等。

3. 在中国人民的心中，盘古是_____的英雄，是他创造了_____。

（三）解释下列带点的字

1. 天地开辟，阳清为天，阴浊为地。
2. 天日高一丈，地日厚一丈，盘古日长一丈。
3. 天数极高，地数极深，盘古极长。
4. 女娲抟黄土作人，剧务，力不暇供。
5. 刑天与帝争神。

（四）思考题

为什么说中国神话是中国浪漫主义文学的源头？

文学史知识提示

古代神话是浪漫主义文学的萌芽,它对后世文学的影响很大,一般说,神话的创作基础是现实的,神话的创作方法是浪漫的。而神话的浪漫主义精神,那种新奇奔放的幻想,启发作家的想象力,提供了丰富的文学题材和艺术形象,例如屈原的楚辞,庄子的散文,阮籍、陶渊明、李白、李贺、苏轼等的诗歌,特别是小说戏剧如《柳毅传书》、《张生煮海》、《西游记》、《封神演义》以及鲁迅的《故事新编》等,或采用其故事,或学习其作风,或改编其原作,因而创作出许多更完整、更美丽、更提高、更惊心动魄,富于艺术感染力的新作品来。有的辞赋家、诗家、散文家往往把神话故事载入篇章,形诸歌咏,或用作典故,以充实作品的内容;或借为讽刺,以抒写作者的情绪;或炼成词藻,变为精粹的、形象的文学语言。尤其重要的是神话的乐观主义、英雄主义以及对现实的积极态度,强烈要求改变现实、追求美好生活的愿望,鼓舞人们的革命精神,对作家进步世界观的形成和积极浪漫主义的创作起重要作用。

(游国恩等主编《中国文学史》,
人民文学出版社1964年版,第25页)

后羿㊳射日

传说中后羿和嫦娥㊴都是尧时候的人,那时候,天上有十个太阳同时出现在天空,把土地烤焦了,庄稼都枯干了,人们热得喘不过气来,有的甚至倒在地上昏迷不醒。因为天气酷热㊵的缘故,一些凶禽猛兽,也纷纷从干涸㊶的江湖和火焰似的森林里跑出来残害人民。

人间的灾难惊动了天上的神,于是天帝命令善于射箭的后羿下到人间,协助尧消除人民的苦难。后羿带着天帝赐㊷给他的一张红色的弓,一口袋白色的箭,与美丽的妻子嫦娥一起来到人间。

后羿立即开始了射日的战斗。他从肩上取下那红色的弓,抽出白色的箭,一支一支地向放恣㊸的太阳射去,顷刻㊹间十个太阳被射去了九个,只因为尧认为留下一个太阳对人民有用处,才拦阻了后羿的继续射击。这就是有名的后羿射日的故事。

但是,后羿的丰功伟绩㊺,却受到了其他天神的妒忌,他们到天帝那里去进谗言㊻,使天帝终于疏远了后羿,最终把他永远贬斥㊼到人间。受了委曲的后羿和妻子嫦娥只好隐居在人间,靠后羿打猎为生。

后羿觉得对不起受他连累而谪居[48]人间的妻子，便到西王母那里去求来了长生不死之药，好让他们夫妻二人在世间永远和谐地生活下去。谁知嫦娥过不惯清苦的人间生活，趁后羿不在家的时候，偷吃了全部的长生不死药，独自飞上月宫。嫦娥住在高大、空旷的广寒宫[49]里，整日与玉兔为伴，面对空明澄澈[50]的天空，想起与丈夫恩恩爱爱的日子和人世间的温情，备感孤独与寂寞。

后羿为人正直，一直孤身一人生活在人间。但是，后来他被恩将仇报的徒弟逢蒙[51]害死了。有的记载说是用桃木大棒打死的，有的说是用暗箭射死的。总之，这位盖世[52]的英雄最终惨死在小人的手里。

后羿死后英魂变成了打鬼的钟馗[53]神，千百年来被中国的老百姓贴在家家户户的大门上作为驱邪避凶、保护身家性命的神灵。这种传说的轨迹，实际上反映了中国人民对这位伟大英雄的无限怀念。

注　释

㊳ **后羿**(Yì)：传说中夏代东夷族首领，原为有穷氏(今山东德州北)部落首领，善于射箭。课文中的后羿是神话中广大人民口头创作中的艺术形象，与部落首领的后羿有不同的思想内涵。

㊴ **嫦娥**(Cháng'é)：神话传说中后羿的妻子。

㊵ **酷热**：指天气极热。**酷**：程度极深。

㊶ **干涸**(hé)：河流、池塘等干枯无水。

㊷ **赐**(cì)：给予；上给予下。

㊸ **放恣**(zì)：骄傲放纵，任意胡为。

㊹ **顷刻**：片刻；表示行动或事情在极短的时间内完成，相当于一会儿。

㊺ **丰功伟绩**：伟大的功劳与业绩。**丰**：多；**伟**：大。

㊻ **谗言**：诽谤或挑拨离间的话。

㊼ **贬斥**：官吏被降低或罢免官职。

㊽ **连累**：由于个人或小集体的原故而使别人也牵连受害。**谪**(zhé)**居**：受罚或降职后派往更差的地方。

㊾ **广寒宫**：指月宫。

㊿ **澄澈**(chéngchè)：水清见底。即清澈。

(51) **恩将仇报**：成语，用仇恨报答恩惠。**逢**(Páng)**蒙**：夏代善于射箭的人。《孟子·离娄》载："逢蒙学射于羿。"神话中的"逢蒙"只是相关的传说。

(52) **盖世**：才能、功勋等压倒当代，没有人能比。

(53) **英魂**：对生前有杰出功绩者的美称。**钟馗**(Kuí)：中国民间传说中能打鬼驱邪的神。

第二课

《诗经》

课文

  《诗经》是中国第一部诗歌总集,共收入自西周初年到春秋①中期大约五百多年间的诗歌三百零五篇,又称"诗三百"。在内容上分为风②、雅③、颂④三个部分,其中"风"来自十五个诸侯国家,所以又称"十五国风"。"雅"和"颂"大多与上层社会的生活有关。在表现形式上,《诗经》有三种突出的艺术手法,古人概括为赋、比、兴⑤。它们与风、雅、颂合称为"六义"。赋就是铺陈直叙,比就是比喻,兴就是起兴。南宋时期的朱熹⑥在《诗集传》中说:"赋者,敷陈其事而直言之者也。""比者,以彼物比此物也。""兴者,先言他物以引起所咏之词也。"

  《墨子⑦·公孟》说:"诵《诗》三百,弦《诗》三百,歌《诗》三百,舞《诗》三百。"可见,《诗经》中所有的诗歌都曾经是诗、乐、舞三位一体⑧的艺术作品。因此,《诗经》就是诵、弦、歌、舞遗留下来的歌词集。这些诗歌主要是从民间收集而来,再经过周王朝很多文人、乐师⑨加工、修订,才流传久远,集结成篇,因而具有集体创作的性质。

  《诗经》内容广博,其中来自现实生活的诗,是出自诗人心底的歌,真实地反映了社会人生,真挚地抒发了内心情志,形成了朴实自然的艺术风格,独具真朴之美,因而成为中国诗歌传统的起点和源头,在中国文学史上占据着重要的历史地位。

注 释

① **西周**:公元前1046年—前771年,文王的儿子武王姬(Jī)发领兵灭商,建立了周朝,历时二百五十余年,历史上称为"西周"。**春秋**:公元前770年,西周灭亡,周平王将都城东迁至洛邑(今河南省洛阳市),史称"东周",前一段称为"春秋",后一段称为"战国"。春秋战国时期,是中国文化史上百家争鸣的重要时期。
② **风**:包括十五"国风",有诗歌160篇。风是带有地方色彩的音乐,十五"国风"就是十五个地方的土风歌谣。
③ **雅**:分大雅,小雅,有诗105篇。雅是周王朝直接统治地区的音乐;雅有正的意思,当时人们把王朝直接统治地区的音乐看作正声。
④ **颂**:分"周颂"、"鲁颂"、"商颂"。颂有形容的意思,它是一种宗庙祭祀用的舞曲。
⑤ **兴**(xìng):用一种事物引出自己想要说的事物,两种事物之间有一定的联系。
⑥ **南宋**(1127—1279):北宋以后的一个朝代。**朱熹**(1130—1200):南宋时期的一位大哲学家,影响深远。他的《诗集传》阐述了《诗经》的内涵和道理,很有特色。
⑦ **《墨子》**:墨子的门徒根据墨子生前对他们的教导编写而成的一部著作。墨子(约公元前480—前420),名翟,战国初鲁国人,是一位出身于小生产者阶层的哲学家,墨家学派的创始人。提倡人与人之间的友爱、平等,反对奢侈浪费,反对不义战争。
⑧ **三位一体**:是诗歌、舞蹈、音乐三者融于一体的艺术表现形式,是人类早期艺术的基本特征之一。**位**:量词。
⑨ **乐师**:中国古代从事音乐演奏的人。

作 品

周南·关雎⑩

关关雎鸠⑪,在河之洲⑫。
窈窕淑⑬女,君子好逑⑭。
参差荇菜⑮,左右流⑯之。
窈窕淑女,寤寐⑰求之。
求之不得,寤寐思服⑱。
悠哉悠哉⑲!辗转反侧⑳。
参差荇菜,左右采之。
窈窕淑女,琴瑟友之㉑。
参差荇菜,左右芼㉒之。
窈窕淑女,钟鼓乐之㉓。

卫风·木瓜㉔

投我以木瓜㉕,报之以琼琚㉖。
匪报也,永以为好㉗也。
投我以木桃㉘,报之以琼瑶㉙。
匪报也,永以为好也。
投我以木李㉚,报之以琼玖㉛。
匪报也,永以为好也。

王风·采葛㉜

彼采葛㉝兮。一日不见,如三月兮。
彼采萧㉞兮。一日不见,如三秋㉟兮。
彼采艾㊱兮。一日不见,如三岁兮。

注　释

⑩《关雎(jū)》:是一首情歌,描写一位男子思慕一位女子,设法去追求她,并且最终赢得了她的爱的过程。**关雎**:篇名。《诗经》往往每篇都用第一句里的几个字(一般是两个字)作为篇名。周南,指东周王都洛阳以东以南,江汉一带。这里是指这一地区的诗歌。

⑪ **关关**:鸟的和鸣声。**雎鸠**(jū):一种水鸟。

⑫ **洲**:水中的陆地。

⑬ **窈窕**(yǎotiǎo):美好的样子。**淑**:品德好。

⑭ **逑**(qiú):配偶。

⑮ **参差**(cēncī):长短不齐。**荇**(xìng)**菜**:一种水草,可以吃。

⑯ **流**:顺水之流而取。向左边右边寻找。

⑰ **寤**(wù):睡醒。**寐**(mèi):睡着了。

⑱ **思服**:想念。服,想。

⑲ **悠哉悠哉**:可以翻译成:想念啊,想念啊。悠(yōu),思念。哉,语气词。

⑳ **辗转反侧**:成语。辗转,转动。反侧,翻来覆去。现在形容心里有所思念,翻来覆去的不能入睡。

㉑ **琴瑟友之**:是用琴与瑟和谐地搭配演奏,比喻相爱的人之间如鱼得水式的感情。琴瑟,琴、瑟都是古代的乐器,琴有五弦或七弦,瑟有二十五弦。友,亲爱。

㉒ **芼**(mào):择取。

㉓ **钟鼓乐之**:比喻男女之间因为爱恋而结合。这是相对于此前"辗转反侧"、"琴瑟友之"的情感升华,描写的是欢乐的场面。
㉔ **卫风**:卫国地区的民歌。**木瓜**:这篇诗写情人互相赠送礼物、信物以表达爱情。
㉕ **投**:扔,这里作"送给"解。**木瓜**:果类,形椭圆。
㉖ **琼(qióng)**:美玉。**琚(jù)**:佩玉的一种。**琼琚**:美丽的佩玉。
㉗ **匪**:通"非"。**永**:永远。**好**:爱。
㉘ **木桃**:就是桃子。
㉙ **瑶**:美玉。
㉚ **木李**:就是李子。
㉛ **玖(jiǔ)**:黑色的玉。
㉜ **王风**:周王统治地区的民歌。**采葛(gé)**:这是一首爱情诗,表达了追求爱侣的急切心情。
㉝ **葛**:多年生草本植物,茎皮可抽出纤维织布,根部轧出的淀粉可食。
㉞ **萧**:草本植物,即艾蒿,有香气,古人用它祭祀。
㉟ **三秋**:九个月,秋季为三个月。
㊱ **艾**:多年生草本植物,有香气,全草供药用,叶可制成艾绒,供针灸用,枝叶熏烟能驱蚊、蝇。

(一) 背诵

《周南·关雎》

(二) 填空

1. 《诗经》是中国_____诗歌总集,共收入自_____初年到_____中期大约五百多年间的诗歌_____篇。

2. 《诗经》的"六义"指的是_____、_____、_____、_____、_____、_____。

3. 《诗经》中所有的诗歌都曾经是_____、_____、_____三位一体的艺术作品。因此,《诗经》就是诵、弦、歌、舞遗留下来的歌词集。这些诗歌主要是从_____收集而来,再经过周王朝很多文人、_____加工、修订,才流传久远,集结成篇,因而具有_____创作的性质。

（三）解释下列带点的字

1. 关关雎鸠，在河之洲。
2. 窈窕淑女，君子好逑。
3. 窈窕淑女，寤寐求之。
4. 参差荇菜，左右采之。
5. 参差荇菜，左右芼之。

（四）思考题

1. 《周南·关雎》一诗写的是什么内容？
2. 结合课文谈一谈《诗经》在语言的使用上有哪些艺术特点。

文学史知识提示

　　《诗经》是中国诗歌历史的源头，在语言艺术上达到了很高的成就。《诗经》的语言艺术大都与它诗、乐、舞"三位一体"的表现形式有关。首先，是很多单音节词被重叠使用，重言、双声、叠韵，层出不穷，形成了修辞手段的一大特征。像《关雎》中的"窈窕"、"参差"、"辗转"，就达到了很好的音响效果，具有音乐美。其次，虚词的运用十分广泛，有助于诗歌的抒情效果和感染力量，不仅使音韵和谐圆转，而且恰如其分地表达了语气和情态，是构成《诗经》语言艺术的一个重要因素。第三，《诗经》的句型以四言为主，节奏为每句二拍。这种四言二拍的形式也是为了适应当时入乐的节奏。但是，在《诗经》的四言二拍之外，也还有一言、二言、三言、五言、六言、七言、八言的句子穿插其中，充分提高了《诗经》的表达能力。这对后世各种形态的诗歌体裁，特别是五言、七言诗的产生，提供了重要的启示。最后，《诗经》联章复沓，回环往复，一唱三叹的特点，也与入乐有关。复沓的章法正是围绕同一旋律反复咏唱的形式。像《王风·采葛》一样，一首诗分为很多章，各章的字、句大体整齐划一，仅仅只是调换其中少数的词语，以适应反复咏唱的需要。

名篇欣赏

鄘㊲风·相鼠

相㊳鼠有皮,人而无仪㊴。
人而无仪,不死何为㊵!
相鼠有齿,人而无止㊶。
人而无止,不死何俟㊷!
相鼠有体㊸,人而无礼。
人而无礼,胡不遄㊹死!

秦风·蒹葭㊺

蒹葭苍苍㊻,白露为霜。
所谓伊人㊼,在水一方㊽。
溯洄㊾从之,道阻㊿且长。
溯游㊿从之,宛㊿在水中央。

蒹葭萋萋㊿,白露未晞㊿。
所谓伊人,在水之湄㊿。
溯洄从之,道阻且跻㊿。
溯游从之,宛在水中坻㊿。

蒹葭采采㊿,白露未已㊿。
所谓伊人,在水之涘㊿。
溯洄从之,道阻且右㊿。
溯游从之,宛在水中沚㊿。

小雅·何草不黄㊿

何草不黄?何日不行㊿?
何人不将㊿?经营四方。
何草不玄㊿?何人不矜㊿?

哀我征夫,独为匪民㉘。
匪兕㉙匪虎,率㉚彼旷野。
哀我征夫,朝夕不暇!
有芃者狐㉛,率彼幽草㉜。
有栈之车㉝,行彼周道㉞。

注　释

㊲ **鄘**(Yōng):国名,后来并入卫国。故城在今河南汲县境内。这首诗讽刺当时的统治阶级荒淫无耻,说他们连老鼠都不如,表现了人民对统治阶级的痛恨和鄙视。

㊳ **相**(xiàng):仔细看。

㊴ **仪**:合于礼貌的外表或举动。

㊵ **何为**:就是"为何",为什么?

㊶ **止**:容止,指守礼法的行为。

㊷ **俟**(sì):等待。

㊸ **体**:肢体。

㊹ **胡**:疑问代词,为什么?　**遄**(chuán):快。

㊺ **秦**:国名,在今陕西甘肃一带。**《蒹葭**(jiānjiā)**》**:是一首怀念人的诗。诗歌描写追寻所怀念的人,但终究可望而不可及。

㊻ **蒹**:荻,像芦苇。**葭**:芦苇。**苍苍**:茂盛的样子。

㊼ **伊人**:那人。**伊**:指示代词。

㊽ **在水一方**:在河的另一边。

㊾ **溯**(sù)**洄**:逆着河流向上游走。

㊿ **阻**:险阻,难走。

㉛ **游**:流,指直流的水道。

㉜ **宛**:好像,副词。

㉝ **萋**(qī)**萋**:茂盛的样子。

㉞ **晞**(xī):干。

㉟ **湄**(méi):水边高崖。

㊱ **跻**(jī):升高。

㊲ **坻**(chí):水中高地。

㊳ **采采**:茂盛鲜明的样子。

㊴ **已**:止,指干了。

㊵ **涘**(sì):水边。

㊶ **右**:向右拐弯,也就是说道路弯曲。

㊷ **沚**(zhǐ):水中陆地。

㊸ **何草不黄**:诗人以草的枯黄比兴征夫的辛劳憔悴。**黄**:枯黄。诗中的征夫是服役的劳动人民。

13

㉔ 何日不行:没有一天不在道路上奔走。
㉕ 将:行。没有人不从役。
㉖ 玄:赤黑色。草枯萎而呈玄色。
㉗ 矜(jīn):可怜。没有人不危困可怜。
㉘ 匪民:非人。匪通"非"。独自受到这样非人的待遇。
㉙ 兕(sì):类似犀牛的野牛。
㉚ 率(shuài):循。
㉛ 有:不定指示形容词。芃(péng):众草丛簇的样子。这里形容狐毛丛杂。
㉜ 幽(yōu)草:深草。
㉝ 栈(zhàn):高,这里形容车很高。车:这里指战车。
㉞ 周道:大道。

第三课

先秦①历史散文

课 文

　　中国人自古就有重史的传统。至迟到商代②就设立了专门记言、记事的史官③,于是也就产生了体例各异的史书。流传至今,最为著名的先秦历史散文集有《尚书》、《逸周书》④、《春秋》⑤、《国语》⑥、《左传》、《战国策》⑦等。

　　《尚书》是中国最早的一部历史文献⑧,是春秋以前的政府重要文件和政论文选编。《春秋》是中国现存的第一部编年体断代史⑨,是孔子依据鲁国⑩历史修订而成的史书。这部著作褒善贬恶,明王道⑪,重人事,表现了儒家学派⑫的社会、政治以及人生的理想,行文简练而富有章法,内容丰富而凝练含蓄,因而在先秦时期就被儒家尊奉为"经"⑬,与《诗》、《书》、《易》⑭、《礼》⑮、《乐》合称"六经"⑯。

　　《左传》是《春秋左氏传》⑰的简称,是中国第一部记事完备的编年史著作,也是中国先秦时期优秀的历史散文典范,标志着中国历史散文发展到了一个崭新的阶段。从文学艺术的角度来看,《左传》的特点:第一,叙事富有故事性、戏剧性,有紧张动人的情节。第二,它能够把政治、军事、人事联合起来,立体交叉式地描写战争,尤其是擅长描写规模宏大的战争。第三,语言简洁而精练,委婉而畅达,错落有致而富于形象性。

注 释

① **先秦**:指秦统一以前的历史时期,多指春秋战国时期。

② **商代**：(约前17世纪初—约前11世纪)商代中国已经进入发达的奴隶制国家，公元前1384年盘庚迁都于殷(今河南安阳市小屯村一带)，所以商朝又称"殷商"，至纣王被周武王所灭，合计600余年。

③ **史官**：由中央设立的负责记载历史的官员。中国很早就建立和设置了史官。按照周代的制度，王朝及诸侯各国均设有史官。

④ **《逸周书》**：原名《周书》，因为它是《尚书》中"周书"的逸篇，所以又称作《逸周书》。是西周早期之作，战国时陆续增附，也有少数是西汉人的增补。记载了西周很多重要的历史。

⑤ **《春秋》**：是鲁国的编年史，现今流传的鲁《春秋》是经过孔子修订的，它极其简洁概括地记载了周王朝、鲁国及其他各国的事件，起于鲁隐公元年(前722)，终于鲁哀公十四年(前481)，共442年。

⑥ **《国语》**：是一种国别史，分别记载周王朝及诸侯各国的事情，主要是记载言论，所以叫做《国语》。

⑦ **《战国策》**：杂记西周、东周两个小国及秦、齐、楚、赵、魏、韩、燕、宋、卫、中山等国的事。其时代上接春秋，下至秦朝吞并六国，约240年(前460—前220)。《战国策》的基本内容是战国时代谋臣策士的斗争及其有关的谋议和辞说。

⑧ **文献**：有历史价值或学术参考价值的图书资料。

⑨ **编年体**：是按历史编年分别记述历史事件，并夹杂着评论，借以总结历史经验教训的。**断代史**：记述某一个朝代或某一个历史阶段史实的史书，如《汉书》、《宋史》等。

⑩ **孔子**(前551—前479)：名丘，字仲尼，春秋鲁国人，是中国先秦时期伟大的文献整理家、历史学家、教育家、哲学家、政治学家，是一位集大成式的学者，儒家学派的创始人。**鲁国**：周代诸侯国名，在今山东兖州东南至江苏省沛县、安徽省泗县一带。

⑪ **王道**：儒家提出的一种以"德政"(孔子)、"仁政"(孟子)治理天下的政治主张，荀子对此进行了全面阐述，并与霸道相对。

⑫ **儒家学派**：是由孔子创立的一种哲学流派，它的中心思想是"仁"。

⑬ **经**：典范性的著作。

⑭ **《易》**：又称《周易》或《易经》，是一部具有深厚哲学思想的占卜书，是儒家学派的重要经典。

⑮ **《礼》**：儒家经典名。其中"经"的部分是《周礼》、《仪礼》，"记"的部分是《礼记》，它们合称"三礼"。

⑯ **《乐》**：指《乐经》(后代亡失)。儒家六经之一。**六经**：儒家学派的基本经典，指《易》、《诗》、《书》、《礼》、《乐》、《春秋》六部经书，形成于先秦时期，是孔子教授门徒的教材。

⑰ **传**(zhuàn)：专指阐述经文内涵和道理的著作。

作 品

曹刿⑱论战

　　十年春,齐师伐我⑲。公⑳将战。曹刿请见。其乡人曰:"肉食者㉑谋之,又何间㉒焉?"刿曰:"肉食者鄙㉓,未能远谋。"乃入见。

　　问何以战㉔。公曰:"衣食所安㉕,弗敢专㉖也,必以分人。"对曰:"小惠未遍,民弗从也。"公曰:"牺牲㉗玉帛,弗敢加也㉘,必以信㉙。"对曰:"小信未孚㉚,神弗福㉛也。"公曰:"小大之狱㉜,虽不能察㉝,必以情㉞。"对曰:"忠之属也㉟,可以一战。战则请从。"公与之乘㊱。战于长勺㊲。

　　公将鼓之㊳。刿曰:"未可。"齐人三鼓。刿曰:"可矣!"齐师败绩㊴。公将驰之㊵。刿曰:"未可。"下视其辙㊶,登轼㊷而望之,曰:"可矣!"遂逐齐师。

　　既克㊸,公问其故。对曰:"夫战,勇气也㊹。一鼓作气㊺,再而衰㊻,三而竭。彼竭我盈㊼,故克之。夫大国,难测也,惧有伏焉㊽。吾视其辙乱,望其旗靡㊾,故逐之。"

(《左传·庄公十年》)

注　释

⑱ **曹刿(guì)**:鲁国人,长勺之战的实际指挥者。本篇记录鲁国以弱胜强的齐鲁长勺之战。这是一个不大的战役,但说明了战争中一些战略、战术上的原则。
⑲ **师**:军队。**齐师**:即齐国的军队。**我**:文中指鲁国。
⑳ **公**:鲁庄公,鲁国的君主。
㉑ **肉食者**:指做大官的人。
㉒ **间(jiàn)**:参与。你何必参与?
㉓ **肉食者鄙**:做大官的人眼光短浅。鄙,鄙陋,眼光短浅。
㉔ **何以战**:何以,就是"以何",介词宾语前置。靠什么去作战?
㉕ **安**:安逸。
㉖ **专**:独自享有。
㉗ **牺牲**:祭祀时用的牛、羊、猪。
㉘ **弗敢加也**:有规定的数量,不敢自行增加。这是鲁庄公在说自己是遵守礼制的。
㉙ **必以信**:在向神和祖先祷告时,必定忠诚老实。

㉚ **孚**(fú):信用。
㉛ **福**:保佑。
㉜ **小大之狱**:大小不等的诉讼事件。
㉝ **察**:彻底调查清楚。
㉞ **必以情**:情,实。指一定会根据实际情况来处理。
㉟ **忠之属也**:这是能尽心于民的一类事情。忠,尽己之心。
㊱ **公与之乘**:庄公和曹刿同坐在一辆战车里。
㊲ **长勺**:鲁国地名。长勺之战发生在公元前684年,是历史上以弱胜强的著名战例之一。
㊳ **鼓之**:擂鼓进兵。之:语气词,表示陈述。
㊴ **败绩**:大败。
㊵ **驰之**:驱车追赶敌人。之:语气词,表示陈述。
㊶ **辙**(zhé):车轮辗过的痕迹。
㊷ **登轼**(shì):登上车前的横木。
㊸ **既克**:战胜之后。
㊹ **夫战,勇气也**:打仗全靠的是战士们的勇气。
㊺ **一鼓作气**:第一次擂鼓时,战士们鼓足勇气。鼓:动词,指敲战鼓;作:振作起;气:勇气。现在形容做事情时鼓起劲头,勇往直前。
㊻ **再而衰**:第二次擂鼓时,勇气就衰落了。
㊼ **彼竭我盈**:敌人已经丧失了勇气,我军勇气正充沛。
㊽ **惧有伏焉**:怕有伏兵。焉:语气词,表示陈述。
㊾ **旗靡**:旗帜倒了下去。

(一) 填空

最为著名的先秦历史散文集有《_____》、《_____》、《_____》、《国语》、《_____》、《战国策》等。《_____》是中国最早的一部历史文献,是春秋以前的政府重要文件和政论文的选编。《_____》是中国现存的第一部编年体断代史,是_____依据鲁国历史修订而成的史书。

(二) 解释下列带点的字

1. 肉食者谋之,又何间焉?
2. 肉食者鄙,未能远谋。
3. 牺牲玉帛,弗敢加也。
4. 虽不能察,必以情。

5. 公将驰之。

（三）下面的这段话翻译成现代汉语

　　十年春，齐师伐我。公将战。曹刿请见。其乡人曰："肉食者谋之，又何间焉？"刿曰："肉食者鄙，未能远谋。"乃入见。问何以战。

（四）思考题

联系《曹刿论战》，分析《左传》的艺术特点。

文学史知识提示

　　先秦的历史散文对后世历史家和古文家的写作有极其深远的影响，特别是叙事文的影响。叙事散文在中国过去的历史著作中占有极高的地位，但它的渊源则远在先秦。司马迁作《史记》本是想要上继《春秋》的，不仅采用《尚书》和大量地采用《左传》、《战国策》的史料，而且汲取它们的写作技巧和语言风格。……汉初政论家贾谊、晁错之文尚有战国纵横余习。而唐宋以来著名的古文家和历史家几乎没有不爱好并学习先秦的历史散文的。他们的叙事文和传记文，无论在语言上、表现方法上，很多受了先秦历史散文的影响。例如韩愈的《平淮西碑》就是模仿《尚书》。至于《战国策》一书影响于苏洵、苏轼父子的议论文尤为显著。苏洵的《权书》、《衡论》及其他史论，苏轼的《策略》、《策别》、《策断》、《志林》诸论及其他策论、上书，论人论事，都在学习《战国策》中获得丰富的有益的经验。

(游国恩等主编《中国文学史》，
人民文学出版社1964年版，第57页)

冯谖客孟尝君㊿

　　齐人有冯谖者㊶，贫乏不能自存㊷，使人属㊸孟尝君，愿寄食㊹门下。孟尝君曰："客何好㊺？"曰："客无好也。"曰："客何能？"曰："客无能也。"孟尝君笑而受之曰："诺㊻。"左右以君贱之㊼也，食以草具㊽。

　　居有顷㊾，倚柱弹其剑，歌曰："长铗㊿归来乎！食无鱼。"左右以告㊽。孟尝君曰："食之，比门下之客㊽。"居有顷，复弹其铗，歌曰："长铗归来乎！出无车。"左右皆笑之，以告。孟尝君曰:"为之驾㊿,比门下之车客㊿。"于是乘其车,揭㊿其剑,过㊿其友曰:"孟尝君客我㊿。"后有顷,复弹其剑铗,歌曰:"长铗归来乎!无以为家㊿。"左右皆恶㊿之,以为贪而不知足。孟尝君问:"冯公有亲乎?"对曰:"有老母。"孟尝君使人给㊿其食用,无使乏。于是冯谖不复歌。

后孟尝君出记㊿,问门下诸客:"谁习计会㊿,能为文收责㊿于薛者乎?"冯谖署㊿曰:"能。"孟尝君怪之,曰:"此谁也?"左右曰:"乃歌夫'长铗归来'者也㊿。"孟尝君笑曰:"客果有能也,吾负㊿之,未尝见也。"请而见之,谢曰:"文倦于事㊿,愦于忧㊿,而性懧㊿愚,沉㊿于国家之事,开罪㊿于先生。先生不羞㊿,乃有意欲为㊿收责于薛乎?"冯谖曰:"愿之㊿。"于是约车治装㊿,载券契㊿而行,辞曰:"责毕收㊿,以何市而反?"孟尝君曰:"视吾家所寡有者。"

驱而之㊿薛,使吏召诸民当偿者㊿,悉㊿来合券。券遍合㊿,起㊿,矫命以责赐诸民㊿,因㊿烧其券,民称万岁。

长驱㊿到齐,晨而求见㊿。孟尝君怪其疾㊿也,衣冠㊿而见之,曰:"责毕收乎?来何疾也!"曰:"收毕矣。""以何市而反?"冯谖曰:"君云'视吾家所寡有者',臣窃计君宫中积珍宝,狗马实外厩㊿,美人充下陈㊿。君家所寡有者以㊿义耳!窃以为君市义㊿。"孟尝君曰:"市义奈何?"曰:"今君有区区㊿之薛,不拊爱子其民㊿,因而贾利之㊿。臣窃矫君命,以责赐诸民,因烧其券,民称万岁。乃臣所以㊿为君市义也。"孟尝君不说㊿,曰:"诺,先生休矣㊿!"

后期年㊿,齐王㊿谓孟尝君曰:"寡人不敢以先王之臣为臣㊿。"孟尝君就国㊿于薛,未至百里㊿,民扶老携幼,迎君㊿道中。孟尝君顾谓冯谖:"先生所为文市义者㊿,乃㊿今日见之。"冯谖曰:"狡兔有三窟,仅得免其死耳㊿。今君有一窟,未得高枕而卧也㊿。请为君复凿二窟。"孟尝君予车五十乘㊿,金五百斤,西游于梁㊿,谓惠王㊿曰:"齐放㊿其大臣孟尝君于诸侯,诸侯先迎之者,富而兵强。"于是,梁王虚上位㊿,以故相为上将军㊿,遣使者黄金千斤㊿,车百乘,往聘孟尝君。冯谖先驱㊿,诫㊿孟尝君曰:"千金㊿,重币㊿也;百乘,显使㊿也。齐其闻之矣。"梁使三反㊿,孟尝君固辞㊿不往也。齐王闻之,君臣恐惧,遣太傅赍㊿黄金千斤,文车二驷㊿,服剑㊿一、封书㊿,谢孟尝君曰:"寡人不祥㊿,被于宗庙之祟㊿,沉于谄谀㊿之臣,开罪于君,寡人不足为也㊿。愿君顾㊿先王之宗庙,姑反国统万人㊿乎?"冯谖诫孟尝君曰:"愿请先王之祭器㊿,立宗庙于薛㊿。"庙成,还报孟尝君曰:"三窟已就㊿,君姑高枕为乐矣。"孟尝君为相数十年,无纤介㊿之祸者,冯谖之计也。

(《战国策·齐策》)

注 释

㊿ **客**:用作动词,这里当做客讲。**孟尝君**:姓田,名文,齐国贵族,封于薛(故城在今山东滕县东南);孟尝君是他的封号。本文写孟尝君的门客冯谖(Xuān)为他出谋划策来巩固他的政治地位。

(51) **者**:语气词,表提顿。
(52) **存**:存在,这里指生活。
(53) **属**(zhǔ):嘱托。后来写作"嘱"。
(54) **寄食**:就是依靠别人吃饭。这里指到孟尝君门下做食客。
(55) **何好**(hào):爱好什么?
(56) **诺**(nuò):答应的声音。
(57) **左右**:指在孟尝君身边为他办事的人。**以**:因为。**贱**:用作动词,意动用法。**贱之**:以之为贱,等于说看不起他。
(58) **食**(sì):给……吃。**草具**:粗恶的饮食。**具**:饮食的东西。
(59) **居有顷**:过了一段时间。
(60) **铗**(jiá):剑把,这里指剑。句子的意思是:长铗啊,咱们还是回去吧!
(61) **以告**:把(冯谖唱歌的事)告诉(孟尝君)。**以**:介词,省略了宾语"之"。
(62) **比门下之客**:比照一般门客。
(63) **为之驾**:给他准备车马。这是双宾语结构。
(64) **车客**:可以坐车的客。
(65) **揭**:高举。
(66) **过**:指拜访。
(67) **客我**:以我为客,也就是把我当客。**客**:用作动词。
(68) **为**:动词。**无以为家**:没有用来养家的东西,等于说没法养家。
(69) **恶**(wù):厌恶。
(70) **给**(jǐ):供应,给足。
(71) **记**:指文告之类。
(72) **习**:熟悉。**计会**(kuài):就是会计。
(73) **责**(zhài):通"债",指债务,债款。后来写作"债"。
(74) **署**:签名。
(75) **乃歌夫"长铗归来"者也**:就是唱那"长铗归来"的人啊。**乃**:副词,就是。**夫**:指示代词,当"那"讲。
(76) **吾负之**:我对不住他。
(77) **谢**:道歉。
(78) **倦于事**:于,介词,表被动,下句的"于"同。**事**:指琐事。我被琐碎的事情搞得很疲劳。
(79) **愦**(kuì):心乱。被忧虑搞得心烦意乱。
(80) **懧**(nuò):通"懦",懦弱。
(81) **沉**:沉溺。
(82) **开罪**:等于说得罪。
(83) **不羞**:不以为羞辱(能忍耐的意思)。
(84) **乃**:却,竟然。**为**(wèi):介词。
(85) **愿之**:愿意"为收责于薛"。
(86) **约车**:套车。**约**:束。**治装**:整理行装。

⑧⑦ **券(quàn)契**:和后世的契据合同相当。双方各持一份书牍(竹木做成的),刻齿其旁,以便合齿验证。所以下文说"合券"。

⑧⑧ **毕收**:完全收了。

⑧⑨ **以**:介词。**市**:买。**反**:返回这个意义后来写作"返"。用收回的债款买什么东西回来?

⑨⓪ **驱**:本为赶马,这里指驾车。**之**:往,动词。

⑨① **当偿者**:应当还债的人。

⑨② **悉**:尽,都。

⑨③ **遍合**:普遍地合过了。

⑨④ **起**:站起来。

⑨⑤ **矫命**:假托命令。**以责赐诸民**:把债款赐给老百姓。

⑨⑥ **因**:于是。

⑨⑦ **长驱**:一直赶着车,指毫不停留。

⑨⑧ **晨而求见**:清晨就求见孟尝君。

⑨⑨ **疾**:快。

⑩⓪ **衣冠**:名词用作动词。

⑩① **窃**:私自,谦词。**计**:考虑。

⑩② **实**:与下句的"充"是同义词,都当充实讲。**厩(jiù)**:马房。

⑩③ **充**:满。**下陈**:殿堂上摆放礼品、站到姬妾的地方。

⑩④ **以**:这是一种特殊的用法,相当于只是、只有。

⑩⑤ **以**:用,介词。**为(wèi)**:介词。**为君市义**:我用债款替你买了义。

⑩⑥ **奈何**:怎么样。

⑩⑦ **区区**:小小的。

⑩⑧ **拊(fǔ)**:和"抚"的意思差不多。**子其民**:以其民为子,就是把薛地的人民看作自己的子女。**子**:用作动词。

⑩⑨ **贾(gǔ)利之**:以商贾之道从人民身上谋取利益。**贾**:藏货待卖叫做贾。

⑪⓪ **所**:代词。**以**:介词。这里的"所以"意思是"用来……的方式",不同于现代汉语的"所以"。

⑪① **说(yuè)**:喜悦,高兴。这个意义后来写作"悦"。

⑪② **休**:停止。**休矣**:等于说算了吧。

⑪③ **期(jī)年**:一周年。古代单说"期",也指一周年。

⑪④ **齐王**:指齐湣(mǐn)王。

⑪⑤ **先王**:指齐宣王。**寡人不敢以先王之臣为臣**:我不敢把先王的臣作为我的臣。这是委婉语,实际上是撤他的职。

⑪⑥ **就国**:前往自己的封邑。

⑪⑦ **未至百里**:还差百里没到。

⑪⑧ **君**:指孟尝君。

⑪⑨ **先生所为文市义者**:先生替我买义的道理。

⑫⓪ **乃**:副词,才。

⑫① **仅**:才。**耳**:语气词,同"而已",相当于现代汉语的罢了。

⑫② **高枕而卧**:把枕头垫得高高的躺着,比喻没有忧虑。**高**:用作动词。

⑫ 予:给。乘(shèng):用四匹马拉的一辆车叫一乘。

⑬ 梁:就是魏国。魏国的都城原来在安邑,惠王迁都大梁(今河南开封),所以也叫梁。

⑭ 惠王:即梁惠王。

⑮ 放:放逐。

⑯ 虚上位:就是把上位(指相位)空出来。虚:用作动词,使动用法,意思是使……虚。

⑰ 故:原来。以故相为上将军:把原来的宰相调为上将军。

⑱ 使者黄金千斤:"黄金"前省了介词"以"。

⑲ 先驱:先赶车回去。

⑳ 诫:告诫。

㉑ 千金:等于说金千斤。

㉒ 币:这里指聘币,是古代聘请人时送的礼物。

㉓ 显使:显贵的使臣。

㉔ 其:句中语气词,表示委婉语气。齐国大概听说了。

㉕ 梁使三反:梁国的使臣往返三次。

㉖ 固辞:坚决推辞。

㉗ 太傅:官名。赍(jī):拿东西送人。

㉘ 文车二驷:绘有文彩的四匹马拉的车两辆。驷:这里指四匹马拉的车的单位。

㉙ 服剑:佩戴的剑。

㉚ 封书:封好了书信。

㉛ 不祥:不善。

㉜ 被:遭受。宗庙:这里借指祖宗。祟(suì):神祸。

㉝ 谄谀(chǎnyú):巴结逢迎。

㉞ 为(wèi):帮助。寡人不足为也:我是不值得你帮助的。

㉟ 顾:顾念。

㊱ 姑:暂且,副词。统:治理。万人:指全国人民。

㊲ 愿请先王之祭器:希望你向齐王请求先王传下来的祭器。

㊳ 立宗庙于薛:在薛建立宗庙。

㊴ 就:完成。

㊵ 纤(xiān):细。介:通"芥",小草。纤介:是细小的意思。

第四课

先秦诸子散文

课　文

　　春秋战国之交,社会各个阶级都在发生急剧的变化,从而出现了"士"的阶层。"士"的来源很复杂,他们属于社会的中间阶层,与人民比较接近,有学问、有思想、有才能,是社会上最为活跃的阶层。代表人物有儒家的孟轲①、荀卿②,墨家③的墨翟,法家的商鞅④、韩非⑤,农家⑥的许行、陈相,纵横家的苏秦⑦、张仪⑧等。他们著书立说⑨,站在不同的立场,提出了不同的社会政治主张,并且彼此之间争辩不休,产生了许许多多⑩思想体系,形成了百家争鸣⑪的局面。这是春秋末期到战国时代诸子散文蓬勃⑫发展的根本原因。

　　先秦的散文发展大致可分为三个阶段,第一个阶段是《论语》和《墨子》,以语录⑬体为主;第二个阶段是《孟子》《庄子》,是对话式的论辩体;第三阶段是《荀子》和《韩非子》,是先秦诸子散文发展的最高阶段。《论语》的思想深远含蓄,语言浅近易懂,接近口语。《墨子》文章质朴,没有华丽的文辞,但是逻辑性强,善于推理。《孟子》行文气势充沛,感情强烈,富于鼓动性,有雄辩家的气概。《庄子》吸收了神话创作的精神,用大量的寓言故事作为论证的根据,想象奇特,汪洋恣肆⑭,富于浪漫主义的色彩。《荀子》的文章论点明确,层次清楚,句法整齐、简练,词汇丰富,长篇大论,通博广大。《韩非子》的特点是议论透辟,推证细密,切中要害⑮。

注　释

① **孟轲**(前372—前289)：名轲，字子舆，战国时邹(今山东邹县)人。他受业于孔子孙子子思的弟子，继承并发展了孔子的政治思想体系，是继孔子之后儒家学派的一位大师。世人尊称他为孟子。**子**：就是大师的意思。孟子的思想对中国文化产生了深远的影响，历来被推崇为儒家学派的"亚圣"，地位仅次于孔子。

② **荀卿**(前325—前238)：名况，当时的人尊称他为荀子。战国末年赵国人。他虽然属于儒家学派，但他融会、吸收了各家的思想，成为先秦儒家学派中一位集大成式的思想家。

③ **墨家**：墨家在战国时代与儒家并称为两大"显学"，墨家的创始人是墨子。墨家思想更多地代表了下层劳动者的利益和要求。墨家提倡不分亲疏远近，一视同仁地博爱，反对不义的战争。

④ **法家**：法家学说是战国时代后起的一个学派，也是对中国古代社会产生了重大影响的思想流派之一，法家学说强调"法"、"术"、"势"，其代表人物是韩非。**商鞅**(约前390—约前338)：姓公孙名鞅，也叫卫鞅，后在秦因功封为商君，所以历史上称为商鞅，战国时期政治家，法家代表人物。

⑤ **韩非**(前280—前233)：法家学派的代表人物和集大成者，战国时期韩国人，出身于贵族，生性口吃，善写文章，与李斯同为荀子的学生，至秦国，李斯妒忌他的才能，将他害死在狱中。韩非著有《韩非子》。

⑥ **农家**：先秦诸子中的一个学派，认为如果世上所有的人都从事耕作，天下就会不治而治。

⑦ **纵横家**：战国后期，秦国强大，齐、楚、燕、赵、韩、魏六国弱小。六个弱国联合，共同抗秦，称"合纵"；强秦分别拉拢弱国，称"连横"。当时的谋略家们，或者劝说各弱国联合起来抗击强国，或者劝说弱国与秦个别结盟，破坏弱国间的联合，合称为"纵横家"。**苏秦**：战国后期东周洛阳人，在他的游说下，齐、楚、韩、赵、魏和燕一度联合了起来，共同对付秦国。

⑧ **张仪**：战国后期魏国人，他用"连横"的道理游说秦王，得到秦王的赏识。

⑨ **著书立说**：著书写文章，创立自己的学说。

⑩ **许许多多**：很多数量的人或物。

⑪ **百家争鸣**：成语。**百家**：指学术上的各种派别。**鸣**：比喻发表意见。春秋战国时代，社会处于大变革时期，产生了各种思想流派，他们著书讲学，在政治上、学术上展开争论，呈现出繁荣景象，后世称为百家争鸣。现用以比喻学术上不同学派之间的自由争论。

⑫ **蓬勃**：繁荣；旺盛。

⑬ **语录**：言论的记录或摘录。

⑭ **汪洋恣肆**：成语。**恣**(zī)：放纵，没有拘束。**恣肆**：放肆无忌。形容文章或言论内容深广，气势豪放。

⑮ **切中要害**：成语。**切**：切合。正好说到了问题的关键。

作 品

《论语》⑯(节选)

学而时习⑰之,不亦说⑱乎?有朋⑲自远方来,不亦乐乎?人不知而不愠⑳,不亦君子㉑乎?

(《学而》㉒)

知者乐㉓水,仁㉔者乐山。知者动,仁者静。知者乐,仁者寿。

(《雍也》)

岁寒,然后知松柏之后彫㉕也。

(《子罕》)

《孟子》(节选)

孟子谓齐宣王曰:"王之臣有托其妻子于其友而之楚游者㉖,比其反也㉗,则冻馁其妻子㉘,则如之何㉙?"

王曰:"弃㉚之。"

曰:"士师不能治士㉛,则如之何?"

王曰:"已㉜之。"

曰:"四境之内不治㉝,则如之何?"

王顾左右而言他㉞。

(《梁惠王》下)

《庄子》(节选)

昔者庄周梦为胡蝶㉟,栩栩然胡蝶也,自喻适志与㊱!不知周也㊲。俄然觉㊳,则遽遽㊴然周也,不知周之梦为胡蝶与㊵,胡蝶之梦为周与㊶?周与胡蝶,则必有分矣㊷。此之谓"物化"。

(《齐物论》)

第四课

《韩非子》(节选)

齐宣王使人吹竽㊸,必三百人㊹。南郭处士㊺请为王吹竽,宣王说之。廪食以数百人㊻。宣王死,愍王立,好一一听之㊼,处士逃㊽。

(《内储说上》)

郑人有欲买履㊾者,先自度其足㊿,而置之其坐㊿,至㊿之市,而忘操㊿之;已得履,乃曰:"吾忘持度。"反㊿归取之。及反㊿,市罢,遂不得履。人曰:"何不试之以足?"曰:"宁信度㊿,无自信也㊿。"

(《外储说上》)

楚人有鬻楯㊿与矛者,誉之曰㊿:"吾楯之坚,莫能陷也。"又誉其矛曰:"吾矛之利,于物无不陷也。"或曰:"以子之矛,陷子之楯,何如?"其人弗能应也。

(《难一》)

注　释

⑯ **《论语》**:是孔子门人及其再传弟子集成的一本语录。书中辑录了孔子和一些孔子弟子的言行,是一部儒家学派的经典著作。

⑰ **时**:以时,按时。**时习**:按时诵习。

⑱ **说**(yuè):喜悦,高兴,后来写作"悦"。

⑲ **朋**:上古朋和友是有区别的,同(师)门为朋,同志为友。

⑳ **人不知**:指别人不了解自己。**愠**(yùn):怒,生气。

㉑ **君子**:指具有道德修养的人。

㉒ **学而**:是篇名。《论语》本来没有篇名,后人摘取每篇第一句的两三个字作为篇名。

㉓ **知者**:"知"同"智",聪明的人。**乐**:喜欢。

㉔ **仁**:中国古代一种含义极广的道德观念,其核心指人与人相互亲爱,孔子把"仁"作为最高的道德标准。

㉕ **彫**:通"凋",凋谢,凋零。

㉖ **之**:到……去。这句话的意思是:您有一个臣子把妻子、儿女托付给朋友照顾,自己到楚国去了。

㉗ **比**:到。**反**:通"返",返回。**比其反也**:等到他回来的时候。

㉘ **则**:却,表示出乎意料。**馁**(něi):饥饿。**则冻馁其妻子**:他的妻子儿女却在挨饿受冻。

㉙ **则如之何**:(对待这样的朋友)该怎么办呢?

㉚ **弃**:这里指绝交。

㉛ **士师**:古代的司法官员。**治士**:约束他的下级。

㉜ **已**:这里指撤职。

㉝ **四境**:国内。**不治**:治理得不好。

㉞ 王顾左右而言他:齐王左右张望,把话题扯到别处去了。
㉟ 昔者:从前。胡:通蝴。
㊱ 自喻适志与:自己觉得很得意。
㊲ 不知周也:忘了自己是庄周。
㊳ 俄然:忽然。觉:醒来了。
㊴ 遽(jù)遽:突然,急。
㊵ 不知周之梦为胡蝶与:不明白是庄周梦中变成了蝴蝶呢。与,语助词,表示疑问。
㊶ 胡蝶之梦为周与:还是蝴蝶梦中变成了庄周?
㊷ 分矣:这里指区分。
㊸ 竽(yú):古代吹奏乐器,形状如笙而较大。
㊹ 必三百人:每次总是使三百人一起吹。
㊺ 郭:外城。处士:没有做官的士人。南郭处士:即居于南边外城的一个处士。
㊻ 廪(lǐn)食:指由官廪供食。以:达到。廪食以数百人:吹竽的人由官廪供食的已达数百人。
㊼ 好(hào)一一听之:喜欢听他们一个一个地分别吹竽。
㊽ 处士逃:南郭处士原来并不会吹竽,只是混在三百人之中,现在要分别地吹了,只好逃走。
㊾ 履(lǚ):鞋。
㊿ 先自度(duó)其足:先自己量一下脚的大小。
㉛ 而置之其坐:然后,把所量得的脚样放在座位上。
㉜ 至:及。
㉝ 操:拿。
㉞ 反:通"返"。
㉟ 及反:等他拿了脚样回到市场。
㊱ 宁信度:宁可相信所度量的东西。
㊲ 无自信也:而不相信自己的脚。
㊳ 鬻(yù):卖。楯:今作"盾",盾牌,古代的防御武器。
㊴ 誉之曰:楚人称赞自己的盾和矛道。

(一) 填空

先秦的散文发展大致可分为三个阶段,第一个阶段是《_____》和《_____》,以语录体为主;第二个阶段是《_____》、《_____》,是对话式的论辩体;第三阶段是《_____》和《_____》,是先秦诸子散文发展的最高阶段。

(二) 把"自相矛盾"的寓言故事翻译成现代汉语

(三) 解释下列带点的字
   1. 学而时习之,不亦说乎?
   2. 人不知而不愠,不亦君子乎?
   3. 王之臣有托其妻子于其友而之楚游者。
   4. 比其反也,则冻馁其妻子。
   5. 郑人有欲买履者,先自度其足。

(四) 用自己的话复述"滥竽充数"的故事。

(五) 请谈一谈《论语·学而》"学而时习之,不亦说乎?有朋自远方来,不亦乐乎?人不知而不愠,不亦君子乎?"的思想。

文学史知识提示

　　上古文学,在诗歌一方面,不过有《诗经》与《楚辞》的两个总集,伟大的作家也只有几个人。但是在散文一方面,作家却风起云涌,极一时之盛。或为哲学家,或为政治家,或为辩士,或为历史家,或为专门的学者。各有所长,各有所见,各有所执持。他们是抒达自己的意见而无违避的。他们没有什么传统的信仰与意见的束缚,他们各欲为开山祖,也各有他们的信徒。这个时代,论者每以为是中国哲学的黄金时代。虽然他们并不以文学为业,但他们的文章,却也是光彩焕发,风致遒美,其结构的严整,文句的精粹,都为汉以后散文作家所少见。他们每能以盛水不漏的严密的哲学思想,装载于美丽多趣的文字里,驱遣着丰富的想象,生动的比喻,活泼而有情致的文辞,为他自己的应用。因此,他们的作品,便不惟成了哲学上的名著,也成了文学上的名著。

(郑振铎著《插图本中国文学史》,
人民文学出版社1957年版,第67—68页)

名篇欣赏

《荀子·劝学》⑥⁰（节选）

君子曰：学不可以已⑥¹。青⑥²取之于蓝⑥³，而青于蓝；冰水为之，而寒于水。木直中绳⑥⁴，輮⑥⁵以为轮，其曲中规⑥⁶，虽有槁暴⑥⁷，不复挺⑥⁸者，輮使之然⑥⁹也。故木受绳则直，金就砺则利⁷⁰，君子博学而日参省乎⁷¹己，则知明而行无过⁷²矣。故不登高山，不知天之高也；不临深溪⁷³，不知地之厚也；不闻先王⁷⁴之遗言，不知学问之大也。干⁷⁵、越⁷⁶、夷⁷⁷、貉⁷⁸之子，生而同声，长而异俗，教使之然也。……

吾尝终日而思矣，不如须臾⁷⁹之所学也。吾尝跂⁸⁰而望矣，不如登高之博见⁸¹也。登高而招⁸²，臂非加长也，而见者远⁸³；顺风而呼，声非加疾也，而闻者彰⁸⁴。假舆⁸⁵马者，非利足⁸⁶也，而致⁸⁷千里；假舟楫⁸⁸者，非能水⁸⁹也，而绝⁹⁰江河。君子生非⁹¹异也，善假于物也。……

积土成山⁹²，风雨兴焉；积水成渊，蛟⁹³龙生焉；积善成德，而神明自得⁹⁴，圣心备⁹⁵焉。故不积跬⁹⁶步，无以致千里；不积小流，无以成江海。骐骥⁹⁷一跃，不能十步；驽马十驾⁹⁸，功在不舍⁹⁹。锲⁽¹⁰⁰⁾而舍之，朽木不折；锲而不舍，金石可镂⁽¹⁰¹⁾。蚓⁽¹⁰²⁾无爪牙之利，筋骨之强，上食埃土，下饮黄泉，用心一也⁽¹⁰³⁾。蟹八跪而二螯⁽¹⁰⁴⁾，非蛇鳝⁽¹⁰⁵⁾之穴无可寄托者，用心躁⁽¹⁰⁶⁾也。……

注 释

⑥⁰ **劝**：鼓励。这篇文章强调了学习的重要性，指出只有善于利用外物并自强不息，才能在学业上有杰出的成就。
⑥¹ **已**：停止。
⑥² **青**：青色，也就是现在所说的蓝色。
⑥³ **蓝**：用来染成青色的植物。
⑥⁴ **中(zhòng)**：符合，适合。**绳**：指匠人用来取直的墨线。
⑥⁵ **輮**：通"煣(róu)"，用火熨木使弯曲。
⑥⁶ **规**：圆规，匠人用来取圆的工具。
⑥⁷ **槁(gǎo)暴**：翘棱，木头由于受潮暴晒而变形，即今所谓"翘(qiáo)了"。
⑥⁸ **挺**：直。
⑥⁹ **然**：这样。

⑦ 金:指金属制成的刀剑等。砺(lì):磨刀石。利:锐利。

⑦ 博学:广泛地学习。参:检验。省(xǐng):反省,检查(自己的言行)。乎:于。

⑦ 知(zhì):智慧。行(xíng):行为。过:过失。

⑦ 溪:谷。

⑦ 先王:指古代的贤明君主。

⑦ 干:小国名,在今江苏南部,后来被吴国灭掉。

⑦ 越:国名,在今江苏南部至浙江一带。

⑦ 夷:东方的外族。

⑦ 貉(Mò):北方的少数民族。

⑦ 须臾(yú):极短的时间。

⑧ 跂(qí):提起脚后跟站着。

⑧ 博:广。博见:见得广。

⑧ 招:招手。

⑧ 而见者远:看见的人很远,等于说人们在很远的地方也可以看见。

⑧ 彰:清楚,这里指听得清楚。

⑧ 假:凭借。舆:车。

⑧ 利:便利。利足:指善于走路。

⑧ 致:使……至。

⑧ 楫:船桨。

⑧ 能水:指能泅水,"水"用作动词。

⑨ 绝:横渡。

⑨ 生:通性。

⑨ 积土成山:就能在那里产生风雨。

⑨ 蛟:古代传说中能发洪水的一种龙。

⑨ 而:连词,这里当"则"讲。神明:指人的智慧。得:获得。

⑨ 圣心:圣人的思想。备:具备。

⑨ 跬:通"跬(kuǐ)",半步。古人以再举步为步,古人所谓跬(或跬),等于今天所谓一步。

⑨ 骐骥:良马名。

⑨ 驽马:劣马。十驾:马拉车一天叫一驾,十驾也就是积累十天的路程。

⑨ 功:成绩,指达到千里。不舍(shě):这里指不停止前进。

⑩ 锲(qiè):雕刻。

⑩ 镂(lòu):也是雕刻。

⑩ 螾:同蚓,蚯蚓。

⑩ 用心一也:这是用心专一(的缘故)。

⑩ 跪(guì):脚。螯(áo):节足动物前面的钳夹。

⑩ 鳝:通"鳝"。

⑩ 躁:浮躁,不专一。

第五课

屈原与《楚辞》

课 文

　　"楚辞"是战国时代以屈原为代表的楚国①人创作的诗歌,它是《诗经》以后的一种新诗体。"楚辞"产生的原因有三个方面:第一,楚国历来就有努力向北方学习的传统,因此,"楚辞"从文学史的发展来讲,是在《诗经》的艺术表现形式基础上合乎逻辑②的发展。第二,"沅湘巫风"③盛行的楚国,民神不分,迷信④巫鬼,为"楚辞"的产生奠定⑤了丰富的艺术土壤,与儒家哲学大不相同的道家思想也为"楚辞"的产生提供了充满想象和创造精神的条件。第三,屈原坎坷⑥的人生经历、激荡的爱国情感、伟大的人格以及卓越的才华为"楚辞"的创作提供了千载难逢的契机⑦。

　　屈原(约前340—前278),名平,字原,出身贵族,曾任楚怀王时期的"左徒"⑧、"三闾大夫"⑨。他的一生正值"战国七雄"并峙⑩,兼并战争不断爆发的时期。当时的楚国,资源丰富,幅员辽阔,拥有大江南北广大的地区,是当时最有条件统一全中国的诸侯国之一。屈原认为,楚国如果要统一全中国而不被西北方的秦国灭亡,就必须举贤授能⑪,修⑫明法度,富国强兵⑬。但是,屈原的主张遭到了怀王与襄王⑭的误解,被流放⑮到江南。眼看着自己的祖国被秦国消灭,屈原万分悲痛,绝望已极,于公元前278年农历五月初五怀石自沉汨罗江⑯而死。

　　在长期的流放生活中,屈原有机会广泛地接触了楚国的劳动人民和他们的诗歌形式——楚辞。借助于这种极富生命力的诗歌形式,屈原一生创作了《离骚》⑰、《天问》⑱、《九歌》⑲、《九章》⑳等大量诗歌。这些诗歌以飞腾㉑的想象、奇幻的意境和瑰丽㉒的文采表达了诗人燃烧的激情。

注 释

① **楚辞**:公元前4世纪到前3世纪之间,由楚国屈原等人在民间歌谣的基础上进行加工,创造而成的一种新的诗歌形式。它"书楚语,作楚声,纪楚物,名楚物",具有浓厚的地方色彩,汉代的人把这种别具特色和风格的文体称之为"楚辞",因为它的代表作品是屈原的《离骚》,所有又叫做"骚体"。**楚国**:周代诸侯国,战国时七雄之一,立国于荆山一带,后建都于郢(今湖北江陵西北纪王城)。春秋战国时国势强盛,疆域由湖北、湖南扩展到今河南、安徽、江苏、浙江、江西和四川。战国末年,屡败于秦,公元前223年为秦所灭。
② **逻辑**:客观的规律性。
③ **沅**(Yuán):水名,在湖南省西部。**湘**(Xiāng):湖南省最大的河,长江的主要支流之一。**巫风**:流行巫术的习俗。
④ **迷信**:泛指盲目的信仰崇拜。
⑤ **奠定**:建立。
⑥ **坎坷**(kǎnkě):事情不顺利或不称心,比喻不得志。
⑦ **千载难逢**:千年难遇,形容机会极其难得可贵。**契机**:机会,转折变化的机缘。
⑧ **楚怀王**:楚国国君,楚国本来是六国中的强国,拥有强大的国力,但楚怀王贪婪成性,本是齐国的坚定盟友,却多次中秦国相张仪的计谋,背齐投秦,把楚国的国力耗尽,最终身死异国。**左徒**:官名,战国时楚国设置,参与议论国政,发布号令,出则接待宾客。
⑨ **三闾大夫**:官名,战国时楚国设置,掌管楚国贵族屈、昭、景三大姓的宗族事务。
⑩ **战国七雄**:战国时期七个诸侯国的统称,春秋时期无数次战争使诸侯国的数量大大减少,到战国时期,七个实力最强的诸侯国是齐、楚、燕、韩、赵、魏、秦,这七个国家被称作"战国七雄"。**峙**(zhì):相对耸立,对立。
⑪ **举贤授能**:推荐有德行有才能的人。
⑫ **修**:编纂,撰写,写。
⑬ **富国强兵**:使国家富足,兵力强大。**富、强**:使动用法。
⑭ **襄王**:即楚襄王,怀王的儿子,名横。怀王被秦昭王扣留,死在秦国,襄王不思奋发图强,反而荒淫自恣,结果遭到秦国的连年进攻,兵败地削。
⑮ **流放**:古时一种刑罚,把犯人驱逐到边远地区去。

⑯汨(mì)罗江:中国湖南省北部的一条河,东源出于江西省修水县境,西源出于湖南省平江县境,流经汨罗县,在湘阴县入洞庭湖。

⑰《离骚》:屈原的代表作,是带有自传性质的一首长篇抒情诗,反映了屈原对楚国黑暗腐朽政治的愤慨,不能实现爱国理想的悲痛心情,抒发了自己遭到不公平待遇的哀怨。

⑱《天问》:是楚辞中一首奇特的诗歌,所谓"天问",就是列举出历史和自然界一系列不可理解的现象,对天发问,探讨宇宙万事万物变化发展的道理,表现了作者失望、愤懑、焦虑而急切的情感状态,以及孜孜不倦的求索精神。

⑲《九歌》:原是楚国民间祭歌,共11篇,是流传于江南楚地的民间祭歌,由屈原改定而保留下来。从现存的《九歌》看来,它的民间色彩十分浓郁,而屈原的个人身世、思想痕迹倒不是很重。

⑳《九章》:是屈原所作的一组抒情诗歌的总称,包括9篇作品。"九章"之名大约是西汉末年刘向编订屈原作品时所加上的,内容与《离骚》基本接近,主要是叙述作者的身世和遭遇。

㉑飞腾:飞扬。

㉒奇幻:奇异而虚幻。瑰丽:风姿奇丽,辉煌。

九歌·山鬼㉓

若有人兮山之阿㉔,被薜荔兮带女罗㉕。
既含睇兮又宜笑㉖,子慕予兮善窈窕㉗。
乘赤豹兮从文狸㉘,辛夷车兮结桂旗㉙。
被石兰兮带杜衡㉚,折芳馨兮遗㉛所思。

余处幽篁兮终㉜不见天,路险难兮独后来㉝。
表㉞独立兮山之上,云容容㉟兮而在下。
杳冥冥兮羌昼晦㊱,东风飘兮神灵雨㊲。
留灵修兮憺忘归㊳,岁既晏兮孰华予㊴。

采三秀㊵兮于山间,石磊磊兮葛蔓蔓㊶。
怨公子兮怅㊷忘归,君思我兮不得闲㊸。
山中人兮芳杜若㊹,饮石泉兮荫松柏㊺。
君思我兮然疑作㊻。雷填填㊼兮雨冥冥,
猿啾啾兮狖㊽夜鸣。风飒飒兮木萧萧㊾,
思公子兮徒离忧㊿。

注 释

㉓ **《山鬼》**:是《九歌》中的一篇。山鬼,即山神(女性)。有人认为本文歌辞是一对男女的对话,但有人认为是山鬼(女巫扮)自述似乎更妥当些。诗人在这里赋予山鬼以人的性格,歌颂了山鬼对爱情的忠贞,有深刻的政治寓意。

㉔ **若**:好像。**若有人**:好像有个人。**兮(xī)**:语气助词,相当于"啊"。**阿(ē)**:角落。

㉕ **被(pī)**:即"披"。**薜荔**:蔓生香草,这里指薜荔做成的衣裳。**带**:用作动词,把……当成带子,等于说系着。**女罗**:又名兔丝,松萝,一种蔓生植物。

㉖ **睇(dì)**:微微斜视,这里指微微斜视的、含情的眼神。**宜笑**:指口齿美好,适宜于笑。

㉗ **子**:山鬼称自己所思慕的对象,与下文"公子""君"相同。**予**:山鬼自称,与下文"余""我"同。**善**:指美好的品行。**窈窕(yǎotiǎo)**:(女子)文静美好的样子。

㉘ **从**:跟随,使动用法。**文狸**:毛色有花纹的野猫。

㉙ **辛夷**:香草,又名木笔、迎春。**辛夷车**:用辛夷做成的车。**结**:编织。**桂旗**:用桂枝做的旗。

㉚ **石兰**:兰草的一种,又名山兰。**杜衡**:又名马蹄草。二者都是香草。

㉛ **芳馨**:泛指香花香草。**遗(wèi)**:赠送给。

㉜ **篁(huáng)**:竹林。**幽篁**:深幽的竹林。**终**:始终。

㉝ **险**:道路难走。**后来**:迟来,来晚了。

㉞ **表**:突出地。

㉟ **容容**:飘动的样子。

㊱ **杳**:深远的样子。**冥冥**:黑暗的样子。"杳冥冥"形容天色阴暗。**晦**:阴暗。

㊲ **雨**:用作动词,降雨。

㊳ **憺(dān)**:快乐的样子。**留灵修兮憺忘归**:因为挽留住灵修(山鬼思念的人),在一起尽享欢乐,忘了归去。

㊴ **晏(yàn)**:晚。**华**:同花,使动用法,这里指使……年轻。**岁既晏兮孰华予**:年岁已经迟暮,能有谁使我年轻呢。

㊵ **三秀**:灵芝草的别名。秀,开花,灵芝一年开三次花,故称"三秀"。

㊶ **磊(lěi)磊**:乱石堆积的样子。**蔓蔓**:蔓延的样子。这两句是说山鬼采折花草的不易,同时表明山鬼对所思念的人的真诚。

㊷ **怅(chàng)**:惆怅,失望。

㊸ **君思我兮不得闲**:你想念我,可是抽不出一点时间来(与我相会)。这是山鬼没有会到所思念的人时,自己为对方设想的解怨之辞。

㊹ **山中人**:山鬼自称。**杜若**:香草。芳杜若,像杜若一样芳香。

㊺ **石泉**:山中泉水。**荫**:动词。**荫松柏**:以松柏为阴,也就是住在松柏之下。

㊻ **然**:与"疑"相对,指不疑。**君思我兮然疑作**:你是否想念我呢?我既相信,又产生怀疑。

㊼ **填填**:拟声词,这里指雷声,如同"隆隆"。

㊽ **啾(jiū)啾**:猿的哀叫声。**狖(yòu)**:长尾猿。

㊾ **飒(sà)飒**:风声。**萧萧**:风吹树木发出的声音。

㊿ **徒**:白白的。**离**:通罹,遭受。**离忧**:遭受忧愁。

练习

（一）填空

1. "楚辞"是_____以屈原为代表的楚国人创作的诗歌，它是《_____》以后的一种新诗体。

2. 屈原一生创作了《_____》、《_____》、《_____》、《九章》等大量诗歌。这些诗歌以飞腾的想象、奇幻的意境和瑰丽的文采表达了诗人燃烧的激情。

（二）流利地朗诵《山鬼》。

（三）解释下列带点的字

1. 被薜荔兮带女罗。
2. 折芳馨兮遗所思。
3. 杳冥冥兮羌昼晦。
4. 饮石泉兮荫松柏。
5. 思公子兮徒离忧。

（四）思考题："楚辞"为什么会在战国末年的楚国产生？

文学史知识提示

近来颇有人怀疑屈原的存在，以为他也许和希腊的荷马，印度的瓦尔米基一样，乃是一个箭垛式的乌有先生。荷马、瓦尔米基之果为乌有先生与否，现在仍未论定——也许永久不能论定——但我们的大诗人屈原，却与他们截然不同。荷马的《伊利亚特》、《奥德赛》，瓦尔米基的《拉马耶那》，乃是民间传说与神话的集合体，或民间传唱已久的小史诗，小歌谣的集合体。所以那些大史诗的本身，应该可以说他们是“零片集合”而成的。荷马、瓦尔米基那样的作家，即使有之，我们也只可以说他们是“零片集合者”。屈原这个人，和屈原的这些作品，则完全与他们不同。他的作品像《离骚》、《九章》之类，完全是抒写他自己的幽愤的，完全是诉说他自己的愁苦的，完全是个人的抒情哀语，而不是什么英雄时代的记载。它们是反映着屈原的明了可靠的生平的，它们是带着极浓厚的屈原个性在内的。它们乃是无可怀疑的一个大诗人的创作。

（郑振铎著《插图本中国文学史》，
人民文学出版社 1957 年版，第 55 页）

名篇欣赏

离　骚(51)（节选）

帝高阳之苗裔(52)兮，朕皇考曰伯庸(53)。
摄提贞于孟陬(54)兮，惟庚寅吾以降(55)。
皇览揆余初度(56)兮，肇锡余以嘉(57)名。
名余曰正则兮，字余曰灵均(58)。
纷吾既有此内美(59)兮，又重之以修能(60)。
扈江离与辟芷(61)兮，纫秋兰以为佩(62)。
汩(63)余若将不及兮，恐年岁之不吾与。
朝搴阰之木兰(64)兮，夕揽洲之宿莽(65)。
日月忽其不淹(66)兮，春与秋其代序(67)。
惟草木之零落(68)兮，恐美人之迟暮(69)。
不抚壮而弃秽兮(70)，何不改乎此度(71)？
乘骐骥以驰骋兮(72)，来吾道夫先路(73)。
昔三后之纯粹(74)兮，固众芳之所在(75)。

杂申椒与菌桂(76)兮,岂维纫夫蕙茝(77)?
彼尧舜之耿介(78)兮,既遵道而得路。
何桀纣之猖披(79)兮,夫唯捷径以窘步(80)。
惟夫党人之偷乐(81)兮,路幽昧以险隘。
岂余身之惮殃兮,恐皇舆之败绩(82)。
忽奔走以先后(83)兮,及前王之踵武(84)。
荃不察余之中情(85)兮,反信谗而齌怒(86)。
余固知謇謇(87)之为患兮,忍而不能舍(88)也。
指九天以为正兮(89),夫唯灵修(90)之故也。
曰黄昏以为期兮,羌(91)中道而改路。
初既与余成言(92)兮,后悔遁而有他(93)。
余既不难夫离别兮,伤灵修之数化(94)。

注　释

(51) **骚**:忧,愁。"离骚"即罹忧,遇到忧愁。

(52) **高阳**:古代颛顼(Zhuānxū)的称号。**苗裔**:子孙。楚之始祖熊绎是颛顼之后,事周成王,封于楚。传国至楚武王熊通,生子瑕,受封于屈,遂以屈为氏,屈原即其后代,所以屈原说自己是颛顼的子孙。

(53) **朕**:我。秦始皇以前凡人都可以自称"朕",自秦始皇起专用为皇帝自称。**皇**:大。**考**:古人称已死的父亲叫考,也称皇考。**伯庸**:屈原父亲的字。

(54) **摄提**:摄提格的简称,寅年的别名。**贞**:当,正当。**孟**:始。**陬**(zōu):正月,夏历的正月是寅月。**孟陬**:等于说孟春正月。

(55) **惟**:句首语气词。**庚寅**:指庚寅日。**降**:降生。这两句是说正当寅年寅月寅日我降生了。

(56) **皇**:皇考的简称。**览**:观察。**揆**(kuí):揣度,测度。**度**:等于说时节(依朱熹说),指生辰年月。

(57) **肇**(zhào):始。**锡**:通"赐"。**嘉**:美好。

(58) **名**:屈原名平,原是字。"正则"、"灵均"包含了名与字的意义。

(59) **纷**:盛多的样子。**内美**:内在的美。这是说自己生自良辰,有着天地赋予的美质,就是说本质好。

(60) **重**(chóng):加……上。**修**:美好。**能**:才能。**修能**:出众的才能。

(61) **扈**(hù):披,楚地方言。**离**:香草名,一名蘼芜。**辟**(pì):偏僻,幽僻。后来写作"僻"。**芷**(zhǐ):白芷,也是香草。**辟芷**:生长在幽僻之处的白芷。

(62) **纫**:连接,联缀。**兰**:兰花,秋天开花,所以也叫秋兰。**佩**:佩戴在身上的装饰品。

(63) **汩**(gǔ):水流急速的样子,这是说时光过得像流水一样。

(64) **搴**(qiān):拔取。**阰**(pí):山名。**木兰**:香树名。

(65) **揽**:采。**宿莽**:冬生不死的草。这两句以采摘香草比喻自己的修养品德。

(66) **忽**:快速的样子。**淹**:久留。

(67) **代**:更迭。**序**:次序。**代序**:即代谢、轮换的意思。

⑱ 惟:思念。零落:掉下来。
⑲ 美人:喻楚怀王。迟暮:指年纪大。
⑳ 抚:持,等于说趁着。秽:指污秽的行为。不抚壮而弃秽兮:楚怀王不能趁着壮年除去污秽之行。
㉑ 此度:即现实的法度。
㉒ 乘骐骥(qí)以驰骋(chíchěng):你应该乘骏马而奔驰(比喻任用贤才,发奋有为)。
㉓ 道:通"导"。来吾道夫先路:请来,我在前面给你带路。
㉔ 三后:指禹、汤、文王。纯粹:丝不杂为"纯",米不杂为"粹","纯粹"在这里指纯洁的美德。
㉕ 众芳:比喻群贤。这两句的大意是三王之所以有纯粹的美德,是因为能举用群贤。
㉖ 申:地名。椒:香木名,就是花椒。菌桂:香木名,桂的一种,有人说就是肉桂,这里用"申椒菌桂"喻群贤。
㉗ 维:通唯,独。蕙、茝(zhǐ):都是香草,这里也是比喻群贤。
㉘ 耿:光明。介:大。耿介:等于说光明正大。
㉙ 猖披:穿衣而不系带的样子,比喻狂乱。
㉚ 捷:斜出。径:小道。捷径:斜出的小道。窘步:走投无路。
㉛ 党:朋党,朋比为奸的不正当的结合。党人:指当时结党营私包围在楚怀王左右的小人。偷:苟且。偷乐:暂且求乐。
㉜ 皇:君。舆:车。皇舆:譬喻国家。败绩:车翻转,倒下。
㉝ 忽:快速的样子。先、后:动词,走在前面,走在后面,等于说效力左右。
㉞ 踵:脚后跟。武:足迹。这句话意思是:自己要追随前王德足迹。
㉟ 荃(quán):香草名,比喻楚怀王。中情:内心。
㊱ 诼:用言语诬害好人,这里指谗言。齌(jì):疾速。齌怒:疾怒,马上恼怒起来。
㊲ 謇(jiǎn)謇:忠贞的样子。
㊳ 忍:指忍受这种祸患。舍:停止,这里指停止而不进。
㊴ 九天:指八方之天与中央之天。指九天以为正兮:让上天作公正的判断。
㊵ 灵:神。修:远。灵修:指有神明远见之德的人,指楚怀王。
㊶ 羌:楚辞所特有的语气词。
㊷ 成言:把话说定了。
㊸ 后悔遁而有他:中途反悔,隐匿其情,而有他志。遁:隐匿。
㊹ 数(shuò):屡次。化:变化。

第六课

汉代的散文

课 文

　　公元前221年,秦灭六国,战国百家争鸣结束,大量先秦文献或毁于秦始皇的"焚书坑儒"①,或毁于楚汉战火。秦代的文化专制实际上是文化恐怖②,在中国历史上造成了空前的文化浩劫③,文学的园地一片荒芜④。刘邦为首的楚国人推翻秦朝的残暴⑤统治,统一了全国之后,由于对楚文化的热爱,对北方文化的傲视⑥,同时也是为了维护汉家⑦政权的需要,汉代⑧初年,不仅楚服、楚舞、楚声为汉人所重,汉人表情达意,也大多借助楚歌,骚体赋继承楚辞的余绪而成为当时赋体文学的主流⑨。其代表作家就是才华横溢的司马相如⑩。

　　继先秦散文之后,汉代散文进入了持续发展的阶段。西汉初年,具有强烈社会责任感的散文家贾谊⑪等为总结秦代的兴亡教训所写下的《过秦论》等散文作品。总的来讲,由于汉代经学之儒的政治地位远远高于著作之儒⑫,因此文学沦为经学的附庸⑬,这对当时及后世的文人产生了深远的影响。

　　在汉代的文学史上,响彻千古⑭的人物是司马迁。司马迁(前145—约前90),字子长,夏阳(今陕西韩城)人。自幼好学,二十岁以后,遍游全国,博览群书。汉武帝⑮元封三年(前108),继承父业担任太史令⑯。后来因触怒汉武帝而下狱,遭受腐刑⑰。司马迁忍辱含垢⑱,发愤著述,写出了《史记》共一百三十篇,五十二万字,记载了上起黄帝⑲,下至汉武帝时代的三千多年历史。《史记》是中国第一部纪传体通史㉑,也是一部伟大的文学作品,鲁迅说它是"史家之绝唱㉑,无韵㉒之《离骚》"(《汉文学史纲要》)。司马迁不虚美,不隐恶,在对史料的分析、处理过程中,始终贯穿着他的价值判断和价值取向,寄寓了他的社会理想和人格理想,史家必备的才、学、识、胆在司马迁的身上达到了高度的统一。

① **焚书坑儒**:在秦始皇三十四年(前213年),秦始皇下令焚烧《秦记》以外的列国史记,对不属于博士馆的私藏《诗》、《书》等也限期交出烧毁。第二年,秦始皇将四百六十多名方士和儒生挖大坑活埋,历史上称这些事情为"焚书坑儒"。

② **专制**:君主独掌政权。**恐怖**:由于生命受到威胁而引起的恐惧。

③ **空前**:前所未有。**浩劫**:巨大灾难。

④ **荒芜**:田地因无人管理杂草丛生。

⑤ **刘邦**(前256—前195):字季。西汉(前202—8)王朝的建立者。因为是沛县(今属江苏沛县)人,所以也被称为沛公。**秦**:朝代名(前221—前206),是由秦国(在今陕西、甘肃一带)统一全中国后建立的中国历史上第一个中央集权的朝代。**残暴**:残酷凶暴。

⑥ **傲视**:高傲自负而轻视他人。

⑦ **汉家**:即汉朝。

⑧ **汉代**:朝代名,公元前202年刘邦称帝,国号汉。

⑨ **骚体**:模仿屈原《离骚》的文体。**赋**:中国古代文体,盛行于汉魏六朝,是韵文和散文的综合体,通常用来写景叙事,也有以较短篇幅抒情说理的。**主流**:事物发展的主要或本质方面。

⑩ **才华横溢**:聪明才智等充分表现出来。**司马相如**(前179—前117):字长卿,蜀郡成都人,西汉著名辞赋家,《子虚赋》、《上林赋》是其代表作。

⑪ **贾谊**(前201—前168):洛阳(今河南洛阳东北)人,西汉初期辞赋家、政论家,代表作有《吊屈原赋》、《过秦论》等。

⑫ **经学之儒**:把儒家经典作为研究对象的读书人。**著作之儒**:撰写诗歌文学作品的读书人。

⑬ **沦为**:陷入不良的境地。**附庸**:依附于其他事物而存在的事物。

⑭ **响彻千古**:形容对后世影响深远。

⑮ **汉武帝**(前156—前87):名刘彻,公元前140年至公元前87年在位,他当政期间,中国历史上出现了长达50年的盛世景象。

⑯ **太史令**:官名,掌管起草文书、记载史事,兼管典籍、历法、祭祀等事。

⑰ **腐刑**:古代割去男子睾丸的酷刑。
⑱ **垢(gòu)**:侮辱。**忍辱含垢**:忍受着侮辱。
⑲ **黄帝**:即"轩辕氏",传说中原始社会部落联盟首领。
⑳ **纪传体**:史书的一种体裁,以人物传记为中心内容,是本纪、世家、列传、书志、史表和史论的综合。本纪和列传是其不可缺少的形式,故通称纪传体。**通史**:指对各个时期史实连贯叙述的史书。
㉑ **绝唱**:指诗文创作达到最高的水平。
㉒ **韵**:诗赋中的韵脚或押韵的字。

作品

鸿门宴

沛公旦日从百余骑㉓来见项王,至鸿门,谢曰:"臣与将军戮力㉔而攻秦,将军战河㉕北,臣战河南㉖,然不自意㉗能先入关破秦,得复见将军于此。今者有小人之言,令将军与臣有郤㉘。"项王曰:"此沛公左司马曹无伤言之;不然,籍何以至此。"项王即日因留沛公与饮。项王、项伯东向坐。亚父㉙南向坐。亚父者,范增也。沛公北向坐,张良西向侍㉚。范增数目项王,举所佩玉玦㉛以示之者三,项王默然不应。范增起,出召项庄㉜,谓曰:"君王为人不忍,若入前为寿,寿毕,请以剑舞,因击沛公于坐,杀之。不者,若属㉝皆且为所虏。"庄则入为寿,寿毕,曰:"君王与沛公饮,军中无以为乐,请以剑舞。"项王曰:"诺。"项庄拔剑起舞,项伯亦拔剑起舞,常以身翼蔽㉞沛公,庄不得击。于是张良至军门,见樊哙㉟。樊哙曰:"今日之事何如?"良曰:"甚急。今者项庄拔剑舞,其意常在沛公也。"哙曰:"此迫矣,臣请㊱入,与之同命㊲。"哙即带剑拥盾入军门。交戟之卫士㊳欲止不内,樊哙侧其盾以撞,卫士仆地,哙遂入,披帷㊴西向立,瞋目㊵视项王,头发上指,目眦㊶尽裂。项王按剑而跽㊷曰:"客何为者?"张良曰:"沛公之参乘㊸樊哙者也。"项王曰:"壮士,赐之卮酒。"则与斗卮㊹酒。哙拜谢,起,立而饮之。项王曰:"赐之彘肩㊺。"则与一生彘肩。樊哙覆其盾于地,加彘肩上㊻,拔剑切而啖㊼之。项王曰:"壮士,能复饮乎?"樊哙曰:"臣死且不避,卮酒安足辞!夫秦王有虎狼之心,杀人如不能举㊽,刑人如恐不胜㊾,天下皆叛之。怀王与诸将约曰'先破秦入咸阳者王之㊿。'今沛公先破秦入咸阳,毫毛不敢有所近,封闭宫室,还军霸上,以待大王来。故遣将守关者,备他盗出入与非常也。劳苦而功高如此,未有封侯之赏,而听细说㉛,

欲诛有功之人。此亡秦之续(52)耳,窃为大王不取也(53)。"项王未有以应,曰:"坐。"樊哙从良坐。坐须臾,沛公起如厕(54),因招樊哙出。

(节选自《史记·项羽本纪》)

注　释

㉓ **骑**(jì):一人一马。从百余骑,以一百多人马跟从他。
㉔ **戮**(lù)**力**:合力。
㉕ **河**:古代专指黄河。
㉖ **臣战河南**:秦二世三年(公元前 207),楚怀王命项羽渡黄河救赵,又命刘邦沿黄河南进攻秦。
㉗ **意**:料想。
㉘ **郤**(xì):通"隙",隔阂,嫌怨。
㉙ **亚父**:项羽对范增的尊称,意思是尊敬他仅次于对待父亲。**亚**:次。
㉚ **侍**:待坐,这里是陪坐的意思。
㉛ **玉玦**(jué):半环形的佩玉。"玦"与"决"同音,范增用玦暗示项羽要下决心杀刘邦。
㉜ **项庄**:项羽的堂弟,武士。
㉝ **若属**:你们这些人。
㉞ **翼蔽**:像鸟一样用翅膀遮蔽、掩护。
㉟ **樊哙**(Kuài):刘邦的部下,武士。
㊱ **请**:谦语,表敬意。
㊲ **之**:指刘邦。**与之同命**:跟他同生死,表明自己要守卫在刘邦身旁,竭力保护他。
㊳ **交戟**(jǐ)**之卫士**:手持交叉着的戟守卫军门的兵士。
㊴ **披帷**:揭开帷幕。
㊵ **瞋**(chēn)**目**:瞪眼。
㊶ **目眦**(zì):眼眶,一说眼角。
㊷ **跽**(jì):跪直身子,这是一种警备的姿势。古人席地而坐,两膝着地,要起身先得耸身直腰。
㊸ **参乘**(cānshèng):亦作"骖乘",古时乘车,站在车右担任警卫的人。**乘**:四匹马拉的车。
㊹ **斗卮**(zhī):大酒杯。
㊺ **彘**(zhì)**肩**:猪的前腿。
㊻ **加彘肩上**:把猪腿放(在盾)上。
㊼ **啖**(dàn):吃。
㊽ **举**:尽。这句话意思是:杀人唯恐不能杀尽。
㊾ **刑**:以刀割刺,用作动词,即杀。**胜**:尽。这句话意思是:处罚人唯恐不能用尽酷刑。
㊿ **王之**:做关中王。**之**:指以咸阳为中心的关中地带。**怀王**:名心,是战国时楚怀王之孙。项梁起兵,立他为王,也称楚怀王,破秦后,项羽尊他为义帝,后来项羽又把他杀了。
(51) **细说**:谗言。

㊼ **亡秦之续**:已亡的秦国的后续者,意思是踏秦朝灭亡的覆辙。
㊽ **窃**:副词,常用作表示个人意见的谦辞。**窃为大王不取也**:私意认为大王不采取(这种做法为好)。
㊾ **如**:往。如厕,上厕所。

(一) 填空

1. 公元前_____年,秦灭六国,战国_____结束,大量先秦文献或毁于秦始皇的"_____",或毁于楚汉战火。秦代的文化专制实际上是文化恐怖,在中国历史上造成了空前的_____,文学的园地一片_____。

2. 在汉代的文学史上,响彻千古的人物是_____。他自幼好学,二十岁以后,_____,_____。汉武帝元封三年继承父业担任太史令,写出了《史记》共_____篇,五十二万字,记载了上起黄帝,下至汉武帝时代的_____多年历史。

(二) 解释下列带点的字

1. 沛公旦日从百余骑来见项王。
2. 将军战河北,臣战河南。
3. 范增数目项王。
4. 若入前为寿,寿毕,请以剑舞。
5. 常以身翼蔽沛公。
6. 此迫矣,臣请入,与之同命。
7. 先破秦入咸阳者王之。
8. 故遣将守关者,备他盗出入与非常也。

(三) 思考题:

1. 试分析课文《鸿门宴》中人物在对话中表现出来的性格(刘邦、项羽、樊哙)

文学史知识提示

《史记》无论在中国史学史还是在中国文学史上,都堪称是一座伟大的丰碑。史学方面姑且不论,文学方面,它对古代的小说、戏剧、传记文学、散文,都有广泛而深远的影响。从总体上来说,《史记》作为中国第一部以描写人物为中心的大规模作品,为后代文学的发展提供了一个重要基础和多种可能性。在后代的小说、戏剧中,不仅很多人物形象和题材都是从《史记》中演化出来的,而且叙事的方式、描绘人物的手段、故事情节的安排、戏剧性矛盾的展开,都继承了《史记》的特征。散文方面,由于韩愈等人所倡导的古文运动、北宋欧阳修等人所倡导的文体革新运动,以及明代前后七子所倡导的文学复古运动等等的不断推动,《史记》的影响日益增长,被推崇为与骈文相对的"古文"的崇高典范。唐宋八大家,明代的归有光,乃至清代的桐城派、阳湖派散文家,无不规模《史记》的文章。

(章培恒、骆玉明主编《中国文学史》,
复旦大学出版社1996年版,上卷,第221—222页)

史记·留侯世家(节选)

留侯张良㊺者,其先韩㊻人也。大父开地㊼,相韩昭侯㊽、宣惠王㊾、襄哀王㊿。父平,相釐王、悼惠王。悼惠王二十三年㉑,平卒。卒二十岁,秦灭韩。良年少,未宦事韩㉒。韩破,良家僮三百人,弟死不葬,悉以家财求客刺秦王,为韩报仇,以大父、父五世相韩㉓故。

良尝学礼淮阳㉔。东见仓海君㉕。得力士,为铁椎重百二十斤。秦皇帝东游,良与客狙击秦皇帝博浪沙㉖中,误中副车㉗。秦皇帝大怒,大索㉘天下,求贼甚急,为张良故也。良乃更名姓,亡匿下邳㉙。

良尝闲从容步游下邳圯㉚上,有一老父,衣褐㉛,至良所,直㉜堕其履圯下,顾谓良曰:"孺子,下取履!"良愕然,欲殴㉝之。为其老,强忍㉞,下取履。父曰:"履我!"良业㉟为取履,因长跪履之。父以足受,笑而去。良殊大惊,随目㊱之。父去里所㊲,复还,曰:"孺子可教矣。后五日平明㊳,与我会此。"良因怪之,跪曰:"诺。"五日平明,良往。父已先在,怒曰:"与老人期㊴,后㊵,何也?"去,曰:"后五日早会。"五日鸡鸣,良往。父又先在,复怒曰:"后,何也?"去,曰:"后五日复早来。"五日,良夜未半往。有顷,父亦来,喜曰:"当如是。"出一编㊶书,曰:"读此则为王者师矣㊷。后十年兴㊸。十三年孺子见我济北㊹,谷城山㊺下黄石即我矣。"遂去,无他言,不复见。旦日视其书,乃《太公兵法》㊻也。良因异之,常习诵读之。

　　居下邳,为任侠。项伯尝杀人,从良匿。

　　后十年,陈涉等起兵,良亦聚少年百余人。景驹自立为楚假王㊙,在留。良欲往从之,道遇沛公。沛公㊙将数千人,略地下邳西,遂属焉。沛公拜良为厩将㊙。良数以太公兵法说沛公,沛公善之,常用其策。良为他人言,皆不省㊙。良曰:"沛公殆天授。"故遂从之,不去见景驹。

　　及沛公之薛,见项梁。项梁立楚怀王。良乃说项梁曰:"君已立楚后,而韩诸公子横阳君成㊙贤,可立为王,益树党。"项梁使良求韩成,立以为韩王。以良为韩申徒㊙,与韩王将千余人西略韩地,得数城,秦辄复取之,往来为游兵颍川㊙。

　　沛公之从雒阳南出轘辕㊙,良引兵从沛公,下韩十余城,击破杨熊㊙军。沛公乃令韩王成留守阳翟㊙,与良俱南,攻下宛㊙,西入武关㊙。沛公欲以兵二万人击秦峣㊙下军,良说曰:"秦兵尚强,未可轻。臣闻其将屠者子,贾竖㊙易动以利。愿沛公且留壁㊙,使人先行,为五万人具食,益为张旗帜诸山上,为疑兵,令郦食其持重宝啖㊙秦将。"秦将果畔㊙,欲连和俱西袭咸阳㊙,沛公欲听之。良曰:"此独其将欲叛耳,恐士卒不从。不从必危,不如因其解㊙击之。"沛公乃引兵击秦军,大破之。遂北至蓝田,再战,秦兵竟败。遂至咸阳,秦王子婴降沛公。

　　沛公入秦宫,宫室帷帐狗马重宝妇女以千数,意欲留居之。樊哙谏沛公出舍㊙,沛公不听。良曰:"夫秦为无道,故沛公得至此。夫为天下除残贼,宜缟素为资㊙。今始入秦,即安其乐,此所谓'助桀为虐'。且'忠言逆耳利于行,毒药苦口利于病',愿沛公听樊哙言。"沛公乃还军霸上㊙。

注　释

� 张良(?—公元前186):字子房,秦末汉初军事谋略家,与萧何、韩信同被称为汉初三杰,后封于留(在今江苏省沛县东南),故称留侯。

㊟ 先:先世,祖先。韩:战国七雄之一,在今河南省西部、中部及山西省西南部一带。

㊟ 大父:祖父。开地:张良祖父名。

㊟ 韩昭侯(公元前358—前333年在位):战国时代韩国的第六任君主。

㊟ 宣惠王:韩昭侯的儿子。

㊟ 襄哀王:亦作襄王,宣惠王的儿子。

㊟ 悼惠王二十三年:即公元前250年。

㊟ 宦事:做官。未宦事韩:未曾在韩国做官。

㊟ 五世相韩:即相韩五世,言张良祖父两代历任韩国五世国君的相。

㊟ 淮阳:今河南省淮阳县。

㊟ 仓海君:《汉书》颜师古注:"盖当时贤者之号也。"

㊟ 狙(jū):猕猴,狙击,像猕猴一样的攻击物,伏在暗中伺机出击。博浪沙:在今河南省原阳县东南。

㊟ 副车:随从的车辆。

⑱ 索:搜捕。
⑲ 下邳(pī):秦代县名,今江苏省下邳县南。
⑳ 闲:闲暇。圯(yí):土桥。
㉑ 褐(hè):粗布短衣。
㉒ 直:通"特"。
㉓ 殴:揍。
㉔ 强忍:勉强忍耐。
㉕ 业:既然,已经。
㉖ 目:注视。
㉗ 里所:一里多。所:意思为"许"、"余"。
㉘ 平明:天刚亮。
㉙ 期:约会。
㉚ 后:后到。
㉛ 编:古代以竹简为书,用皮条穿连成为一编,一编即一册。
㉜ 王者师:帝王之师。这句话意思是:可以辅佐人成帝王之业。
㉝ 兴:兴起,指有所作为。
㉞ 济北:济水之北。
㉟ 谷城山:一名黄山,在今山东省东阿县东北。
㊱ 《太公兵法》:相传为太公姜尚所著。
㊲ 景驹:楚国后代。假王:临时的王。
㊳ 沛公:刘邦,因其在沛县(今江苏省沛县)起义,故称沛公。
㊴ 厩(jiù)将:管军马的官。
㊵ 省(xǐng):明白。
㊶ 横阳君成:即韩成。横阳:封邑,今地不详。
㊷ 申徒:即司徒,掌管教育的官。
㊸ 为游兵:打游击。颍川:今河南省颍河上游和汝河流域一带。
㊹ 雒(Luò)阳:即洛阳,今河南省洛阳市。轘辕(Huányuán):今河南省伊川县南轘辕关。
㊺ 杨熊:秦将名。
㊻ 阳翟:今河南省禹县。
㊼ 下宛:今河南省南阳市。
㊽ 武关:今陕西省商南县北武关。
㊾ 峣(Yáo):山名,又关名,即蓝田关,在陕西省蓝田县东南。
○100 贾竖:商贾小人,含有鄙视义。
○101 壁:军垒。
○102 郦食其(Lìyì Jī):辩士,跟从刘邦,后为齐王田广所烹。啖(dàn):本义指吃,这里引申为"引诱"。
○103 畔:通"叛"。
○104 咸阳:秦京城。
○105 解:通"懈"。
○106 出舍:出居秦宫之外。舍:住宿。
○107 缟(gǎo)素:白绸,喻朴素。资:凭借,假借。宜缟素为资:应以生活朴素作为号召。
○108 霸上:亦作"灞上",即灞水西之白鹿原,在陕西省长安县东。

第七课

汉代的乐府民歌

课 文

民歌民谣①是汉代最有思想,最有艺术价值的文学形式之一。汉代乐府民歌②的采集、整理方式及现实主义的精神与《诗经》是一脉相承③的。"乐府"的原义,是指国家设立的诗、乐、舞三者相结合而以音乐为主体的机构④,最早大约创立于秦代,但真正意义上的乐府采集始于汉代。至六朝⑤,人们对"乐府"这一机构所采集、整理、制作的可以和乐而歌的诗也称为"乐府",于是,"乐府"一词便由机构名称变为一种带音乐性的诗体名称。

现存的汉代乐府民歌大多反映社会问题、政治问题,是汉代人民生活的实录⑥。"感于哀乐,缘事而发"是其最大的特色。《十五从军征》就批判了当时连年战争葬送了人的青春,破坏了农村经济,离散了成千上万个家庭的罪恶。此外还有相当多的诗篇描写了爱情、婚姻。《上邪》一诗就表达了一位女子对爱情的誓言,大胆、泼辣⑦,忠贞不渝的感情中隐含着一种深层的忧虑。

代表汉代乐府民歌最高水平的作品是《陌上桑》和《孔雀东南飞》。前者充分利用戏剧性的冲突⑧,在田园牧歌式的气氛中揭开序幕⑨,以夸张⑩、衬托⑪、比喻的手法写出了女子罗敷内在的凛然正气和外在的盛装⑫之美;后者全诗 353 句,共 1756 字,是中国古代最长的民间叙事诗⑬。它展现的是一出完整的悲剧⑭,包括了刘兰芝与焦仲卿从结婚到被迫分离以及死后合葬的情节,不仅歌颂了纯洁的爱情,批判了宗法制度⑮,也表达了人民对爱情以及人生的理想的追求。诗歌的最后有一段非现实的情节:"两家求合葬,合葬华山⑯旁。东西植松柏,左右种梧桐。枝叶相覆盖,叶叶相交通。中有双飞鸟,自名为鸳鸯。仰头相向鸣,夜夜达五更。"连理枝、双飞鸟是恋人死而复生的化身,在凄婉的浪漫主义色彩中,反映出了广大人民美好的愿望。

注 释

① **民歌**:起源于一个国家或地区,流传于老百姓之中的歌曲,是民间文化中独特的一部分。**民谣**:民间随口唱出没有音乐伴奏的歌曲。
② **乐府民歌**:为了区别于文人制作的乐府歌辞,习惯上把由朝廷乐府系统或相当于乐府职能的音乐管理机关搜集、保存而流传下来的诗歌,称为乐府民歌。
③ **现实主义**:注重事实或现实,不受理想主义、臆测或感伤主义影响的客观表现手法。**一脉相承**:从同一血统、派别世代相承流传下来,指某种思想、行为或学说,两者之间有继承关系。
④ **机构**:多指机关、团体。
⑤ **六朝**:指东汉末年天下分裂到隋朝统一这段时期内,定都金陵(建康、南京)的王朝吴、东晋、宋、齐、梁和陈。
⑥ **实录**:符合实际的记载。
⑦ **泼辣**:有魄力,勇猛。
⑧ **冲突**:对立的、互不相容的力量或性质(如观念、利益、意志)的互相干扰。
⑨ **牧歌**:牧童、牧人唱的以农村生活情趣为题材的诗歌和乐曲。**序幕**:戏剧第一幕之前的一场戏,用来介绍人物的历史、剧情发生的起因或暗示全剧的主题。
⑩ **夸张**:一种修辞手段,指为了启发听者或读者的想象力和加强言语的力量,用夸大的词句来形容事物。
⑪ **衬托**:把另外一些事物放在一起以形成对照,使事物的特色更突出。
⑫ **凛然**:严肃,让人可敬又可怕。**正气**:刚正的气节。**盛装**:华美的装束。
⑬ **叙事诗**:诗歌的一种,叙述一个完整的故事而又不采取戏剧形式。
⑭ **悲剧**:描写主角与占优势的力量(如命运、环境、社会)之间冲突的发展,最后达到悲惨的或灾祸性的结局。
⑮ **宗法制度**:是西周时期确立的以嫡长子继承制为基本特点的权力分配制度。
⑯ **华山**:接故事情节,应当是庐江一带的小山,今不可考。

作 品

十五从军征⑰

十五从军征,八十始得归。
道逢乡里人:"家中有阿谁⑱?"
"遥看是君家,松柏冢累累⑲。"
兔从狗窦⑳入,雉㉑从梁上飞。
中庭生旅谷㉒,井上生旅葵㉓。
舂㉔谷持作饭,采葵持作羹㉕。
羹饭一时熟,不知贻㉖阿谁。
出门东向看,泪落沾我衣。

江 南㉗

江南可采莲,莲叶何田田㉘!
鱼戏莲叶间。鱼戏莲叶东,
鱼戏莲叶西,鱼戏莲叶南,
鱼戏莲叶北。

上 邪㉙

上邪㉚!
我欲与君相知㉛,
长命无绝衰㉜。
山无陵㉝,
江水为竭,
冬雷震震㉞,
夏雨㉟雪,
天地合㊱,
乃敢与君绝。

注释

⑰ 《十五从军征》:本篇描写一个老战士回乡后无家可归的悲惨情景,揭露了封建兵役制度给劳动人民造成的苦难。

⑱ 阿谁:谁。"阿"是语助词,无意义。

⑲ 冢(zhǒng):高坟。累累:一个连一个的样子。这两句诗是被问者应答之辞。

⑳ 狗窦(dòu):让狗进出的墙洞。

㉑ 雉(zhì):野鸡。

㉒ 旅:植物未经播种而生的叫旅生。穀(gǔ):落叶乔木,树皮纤维可造纸。

㉓ 葵(kuí):菜名,又名冬葵,其嫩叶可以吃。

㉔ 舂(chōng):把东西放在石臼或钵里捣去皮壳或捣碎。

㉕ 羹(gēng):用肉或菜调和五味做成的带汁的食物。

㉖ 贻(yí):送给。

㉗ 《江南》:这是一首采莲歌,反映了采莲时的风景和采莲人欢乐的心情。

㉘ 何:多么。田田:莲叶茂盛的样子。

㉙ 《上邪(yē)》:这是一首情歌,表现主人公的自誓之词:海枯石烂,爱情坚贞不变。

㉚ 上:天。邪:读作"耶",语气词。上邪,天啊。

㉛ 相知:相亲相爱。

㉜ 命:令,使。长命无绝衰:使爱情永不衰绝。

㉝ 陵:指山峰。山无陵:高山变成平地。

㉞ 震震:雷声。

㉟ 雨:动词,落。

㊱ 以上五句都是假设情状,意思是说,除非发生了这类不可能发生的事,我才敢和你断绝爱情。

(一)背诵

《十五从军征》与《上邪》

(二)填空

1. 汉代乐府民歌的采集、整理方式及现实主义的精神与《_____》是一脉相承的。"乐府"的原义,是指国家设立的_____、_____、_____三者相结合而以音乐为主体的机构,最早大约创立于秦代,但真正意义上的乐府采集始于汉代。至六朝,人们对"乐府"这一机构所采集、整理、制作的可以和乐而歌的诗也称为"乐府",于是,"乐府"一词便由_____名称变为一种带音乐性的_____名称。

2. 代表汉代乐府民歌最高水平的作品是《_____》和《_____》。

(三) 思考题

从《十五从军征》可以看出中国人民爱好和平,反对战争的思想,试从诗歌作品本身出发,具体分析这一方面的思想。

文学史知识提示

汉代乐府民歌最大的艺术特点在于它的叙事性。诗歌作品中出现了一定性格的人物形象和比较完整的情节,诗歌的故事性与戏剧性相对于《诗经》而言大大加强了。因此,在中国文学史上,汉代乐府民歌标志着叙事诗的一个新的更趋成熟的发展阶段。其中最突出的代表性作品就是《陌上桑》和《孔雀东南飞》。它们的特点表现在以下几个方面:第一,通过人物的语言和行动来表现人物性格;第二,朴素的语言中包含着真挚的爱憎感情;第三,相对于文人诗歌来讲,民歌没有固定的章法、句法,长短随意。总的来讲,一种是杂言体,一种是五言体,这是乐府民歌的创造。第四,运用浪漫主义的手法,达到了浪漫主义的境界,如抒情小诗《上邪》那种如山洪爆发式的激情和高度的夸张,把主人公的情感表达得很彻底。

名篇欣赏

陌 上 桑㊲

日出东南隅㊳,照我㊴秦氏楼。
秦氏有好女㊵,自名为罗敷㊶。
罗敷喜蚕桑,采桑城南隅。
青丝为笼系㊷,桂枝为笼钩。
头上倭堕髻㊸,耳中明月珠㊹。
缃绮㊺为下裙,紫绮为上襦㊻。
行者㊼见罗敷,下担捋髭须㊽。

少年见罗敷,脱帽著帩头㊾。
耕者忘其犁,锄者忘其锄。
来归相怨怒㊿,但坐观罗敷㈤。

使君㈥从南来,五马立踟蹰㈦。
使君遣吏往,问是谁家姝㈧?
"秦氏有好女,自名为罗敷㈨。"
"罗敷年几何?"
"二十尚不足,十五颇有余㉖。"
"使君谢㉗罗敷,宁可共载否㉘?"
罗敷前置辞㉙:"使君一何㉚愚!
使君自有妇,罗敷自有夫。"

"东方千余骑,夫婿居上头㉛。
何用识㉜夫婿?白马从骊驹㉝;
青丝系马尾,黄金络马头;
腰中鹿卢剑㉞,可直千万余。
十五府小史㉟,二十朝大夫㊱,
三十侍中郎㊲,四十专城居㊳。
为人洁白晳㊴,鬑鬑颇有须㊵。
盈盈公府步㊶,冉冉府中趋㊷。
坐中数千人,皆言夫婿殊㊸。

注　释

㊲ **《陌上桑》**:这篇叙述一个太守调戏采桑女子而遭到严辞拒绝的故事,赞美了女主人公的坚贞和智慧,暴露了太守的丑恶和愚蠢。
㊳ **隅**:方向。
㊴ **我**:我们的省称,这句用的是作者的口吻。
㊵ **好女**:美女。
㊶ **罗敷**:古美人名,汉代女子常取以为名。
㊷ **青丝**:青色丝绳。**笼**:装桑叶的竹篮。**系**:系物的绳子。
㊸ **倭堕髻**:即堕马髻,其髻偏在一边,呈欲堕之状,是当时时髦的头发式样。
㊹ **明月珠**:珠宝名。
㊺ **缃**:浅黄色。**绮**:有花纹的绫。
㊻ **襦**:短袄。
㊼ **行者**:路过的人。

(48) **下担**:放下担子。**捋**(luō):抚摩。**髭**(zī):唇上的胡须。这句话意思是:路过的行人,情不自禁地放下担子,摸着胡须,注视美丽的罗敷。

(49) **帩头**:即绡头,是包头发的纱巾。古人加冠之前,先用纱巾束发。这句话意是是:少年们见罗敷美丽,脱下帽子整理发巾,故意用做作的举动来炫耀自己。

(50) **来归相怒怨**:耕者、锄者归来彼此抱怨。

(51) **坐**:因为。**但坐观罗敷**:只是因为看罗敷而耽误了劳作。

(52) **使君**:汉代太史或刺史的称呼。

(53) **五马**:五匹马,汉代太守驾车用五匹马。**踟蹰**(chíchú):徘徊不前,心中犹豫,要走不走的样子。

(54) **姝**(shū):美女。

(55) 这两句是吏人询问后对太守的答词。

(56) 这两句是吏人再次询问后对太守的答词。

(57) **谢**:问,告。

(58) **宁**:问词,相当于"岂"、"其"。**共载**:指与使君共乘,就是嫁给使君之意。以上两句是吏人代太守向罗敷的问词。

(59) **置辞**:致辞,即答话。

(60) **一何**:与"何其"同义。

(61) **上头**:前列。

(62) **用**:以。**识**:辨认。

(63) **骊**:深黑色的马。**驹**:两岁的马。骑着白马后边跟着小黑马的大官是我的丈夫。

(64) **鹿卢**:即辘轳,井上汲水用的滑轮。**鹿卢剑**:指剑首用玉做成辘轳形的剑。

(65) **府小史**:太守府中地位卑下的小官吏。

(66) **朝大夫**:朝廷中大夫的官职。

(67) **侍中郎**:也是官名,按汉代官职。按汉代的官制,侍中郎是在原官上特加的荣衔,兼有这种官职的人经常在皇帝左右侍奉。

(68) **专城居**:一城之主,如太守、刺史一类的官。

(69) **皙**:白。白皙,指皮肤很白。

(70) **鬑**(lián)**鬑**:鬓发长而稀疏的样子。**颇**:略。颇有须,略微有一点胡须。

(71) **盈盈**:同下句的"冉冉"都是指舒缓的样子。**公府**:官府,公府步就是官步。

(72) 以上两句写自己的丈夫走起路来很有派头,在官府中走来走去。

(73) **殊**:优秀出众。

第八课

古诗十九首

课 文

　　汉初以来流行于上层社会的楚歌诗,是当时主流社会的文学抒情形式。汉高祖刘邦所作《大风歌》①:"大风起兮②云飞扬,威加海内③兮归故乡,安得④猛士兮守四方。"就抒发了一代帝王渴求天下统一、和平安定的豪迈情怀。由于受到"罢黜百家,独尊儒术"⑤的影响,汉代的文人诗歌长期未能突破《诗经》的四言形式。但是,在汉代民歌民谣以及传统的《诗经》、《楚辞》的影响下,汉代的文人诗赋形式一直都比较活跃,这为东汉时期文人五言诗⑥的产生与成熟奠定了厚实的基础。班固的《咏史》⑦、辛延年的《羽林郎》⑧、宋子侯的《董娇娆》⑨都不同程度地受到上述各方面的影响。

　　《古诗十九首》⑩代表了汉代文人抒情诗的最高成就,深刻地再现了文人在汉末社会思想大转变时期,理想追求的幻灭与沉沦⑪,心灵的觉醒⑫与痛苦,表现了读书人的社会境遇、精神生活与人格气质,并由此透视出汉末社会生活的一个侧面⑬,有相当重要的意义。艺术风格上,融情入景,寓景于情,是《古诗十九首》最大的特色,情、意、物、景的浑然交融⑭,不仅使《诗经》以来的"比"、"兴"艺术再度⑮生辉,而且在西汉人手中一度走向铺陈⑯漫衍的"赋",也因此展现出新的艺术价值。从《诗经》的比兴,到《楚辞》的象征⑰,再到《古诗十九首》的意象相生,我们可以发现,意与物,情与景彼此交融的审美境界,已经在更为深远的层次上得到了实现。古代诗歌的诗艺⑱、诗境⑲的探索,在《古诗十九首》中,取得了重大的突破。

注　释

① **《大风歌》**：刘邦建立汉朝后，有一次回到故乡沛县，在宴会上乘兴演唱了《大风歌》，表达了他平定天下的喜悦心情和希望永保天下太平的愿望。
② **兮**(xī)：语气词。
③ **海内**：四海之内，指中国。
④ **安得**：怎么得到。
⑤ **罢黜百家，独尊儒术**：汉武帝为了加强中央集权统治，采纳儒生董仲舒的建议，废止别家思想，只尊重儒家的学说。从此以后，在学术和仕进方面，儒家被定为至尊，统治中国达两千年之久。
⑥ **五言诗**：每句五个字，兴起于汉代，从东汉末年开始，五言诗压倒了四言诗，进入了它的全盛时期。
⑦ **班固**(32—92)：字孟坚，扶风安陵(今陕西咸阳东北)人，东汉著名史学家、文学家。**《咏史》**：作者班固，现存东汉文人最早的完整五言诗。
⑧ **《羽林郎》**：辛延年作品，描写胡姬抗拒豪强的调戏和引诱，显示了她坚贞不屈的品格。
⑨ **辛延年、宋子侯**：生平均不可考，可能是熟悉民歌的下层文人。**《董娇娆》**：宋子侯作品，假设桃李和采桑女子的互相问答，感叹盛年已去，即遭遇捐弃的不幸命运。
⑩ **《古诗十九首》**：出自汉代文人之手，作者不可考，它代表了汉代文人五言诗的最高成就，不是一时一地所作，作者也不止一人。
⑪ **幻灭**：希望、理想等像幻境一样地消失。**沉沦**：陷入(疾病、厄运之中或罪恶的、困苦的境界)。
⑫ **觉醒**：觉悟，醒悟。
⑬ **透视**：比喻清楚地看到事物的本质。**侧面**：构成总体的某一方面。
⑭ **浑然**：形容混同在一起不可分割。**交融**：交汇融合。
⑮ **再度**：再一次。
⑯ **铺陈**：详细地叙述。
⑰ **象征**：用具体事物表现某些抽象意义。
⑱ **诗艺**：诗歌中所运用的艺术手法。
⑲ **诗境**：诗歌中所营造的境界。

迢迢牵牛星⑳

迢迢牵牛星㉑，皎皎河汉女㉒。
纤纤擢㉓素手，札札弄机杼㉔。

终日不成章㉕,泣涕零㉖如雨。
河汉清且浅㉗,相去复几许㉘?
盈盈㉙一水间,脉脉㉚不得语。

明月何皎皎㉛

明月何皎皎,照我罗床帏㉜。
忧愁不能寐,揽㉝衣起徘徊。
客行虽云乐,不如早旋归㉞。
出户独彷徨㉟,愁思当告谁?
引领还入房㊱,泪下沾裳衣。

涉江采芙蓉㊲

涉江采芙蓉㊳,兰泽㊴多芳草。
采之欲遗㊵谁?所思在远道。
还顾望旧乡,长路漫浩浩㊶。
同心而离居㊷,忧伤以终老。

注 释

⑳ **《迢迢牵牛星》**:本篇写织女隔着银河遥思牵牛的愁苦心情,表达了爱情受折磨时的痛苦。
㉑ **迢(tiáo)迢**:遥远的样子。**牵牛星**:天鹰星座的主星,俗称扁担星。
㉒ **皎(jiǎo)皎**:明亮的样子,多形容月光。**河汉女**:即织女星,天琴星座主星,在银河北,与牵牛星隔河相对。
㉓ **纤纤**:柔软修长的样子。**擢(zhuó)**:摆动。
㉔ **札(zhá)札**:织布机发出的声音。**杼(zhù)**:织布机上的梭子。
㉕ **章**:布帛上的纹理。这句话是说织女因为相思而无心织布。
㉖ **泣**:哭。**涕**:眼泪。**零**:落。
㉗ **河汉清且浅**:牵牛、织女两星彼此只隔着一道清而浅的银河。
㉘ **相去复几许**:相距又有多远呢?
㉙ **盈盈**:水清而浅的样子。
㉚ **脉(mò)脉**:默默地用眼神或行动表达情意。
㉛ **《明月何皎皎》**:这是一首写女子闺中望夫的诗。
㉜ **罗床帏**:罗绮制成的床帐。

㉝ **揽**(lǎn):用手把持。
㉞ 这两句是女子心内对丈夫说的话,意思是:在外地游历虽然也有乐趣,毕竟不如早日回来的好。
㉟ **彷徨**(pánghuáng):徘徊,走来走去,不知道往哪里走好。
㊱ **引领**:伸长脖子,即仰望的意思。**引领还入房**:仰望一番之后还只得入房。
㊲ **《涉江采芙蓉》**:这是一首写游子思念故乡和亲人的诗。
㊳ **芙蓉**:荷花。
㊴ **泽**:低湿之地。**兰泽**:指有兰草的低湿之地。
㊵ **遗**(wèi):赠送,古代有赠香草结恩情的风俗习惯。
㊶ **漫**:无尽的样子。**浩浩**:广大、无边无际的样子,这里形容路途悠长。
㊷ **同心而离居**:彼此心心相印但不在一起。

练习

(一) 背诵

《迢迢牵牛星》

(二) 填空

1.《古诗十九首》代表了__________文人抒情诗的最高成就,深刻地再现了文人在汉末社会思想大转变时期,理想追求的__________,心灵的__________,表现了读书人的社会__________、精神生活与人格__________,并由此透视出汉末社会生活的一个侧面,有相当重要的认识意义。

2. 从《__________》的比兴,到《__________》的象征,再到《__________》的意象相生,我们可以发现,意与物,情与景彼此交融的审美境界,已经在__________上得到了实现。

(三) 思考题

简述《古诗十九首》的艺术特点

文学史知识提示

《古诗十九首》是乐府古诗文人化的显著标志。汉末文人对个体生存价值的关注，使他们与自己生活的社会环境，自然环境，建立起更为广泛而深刻的情感联系。过去与外在事功相联系的，诸如帝王、诸侯的宗庙祭祀、文治武功、畋猎游乐乃至都城宫室等，曾一度霸踞文学的题材领域，现在让位于与诗人的现实生活、精神生活息息相关的进退出处、友谊爱情乃至街衢田畴、物候节气，文学的题材、风格、技巧，因之发生巨大的变化。

《古诗十九首》的作者，都是文化素养较高的文人。他们在长期困顿漂泊的生活中，对民间文学有所接触和了解，并能与其中的某些思想情绪发生共鸣。这样的关系，使他们易于从乐府民歌汲取养料，滋养自己的创作。有由于汉代诗歌尚未进入文学的自觉阶段，文人无意作诗，其于诗歌的创作，大抵有感而发，决无虚情与矫饰，更无着意的雕琢，因此具有天然浑成的艺术风格。

（郭预衡主编《中国古代文学史》，
上海古籍出版社 1998 年版，第一册，第 288—289、293 页）

名篇欣赏

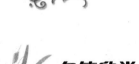

古诗十九首·行行重行行㊸

行行重行行㊹，与君生别离㊺。
相去万余里，各在天一涯㊻。
道路阻㊼且长，会面安可知。
胡马㊽依北风，越鸟巢南枝㊾。
相去日已远㊿，衣带日已缓(51)。
浮云蔽白日(52)，游子不顾(53)反。
思君令人老，岁月忽已晚(54)。
弃捐勿复道(55)，努力加餐饭(56)。

古诗十九首·今日良宴会㊼

今日良宴会,欢乐难具陈㊽。
弹筝奋逸响㊾,新声㊿妙入神。
令德唱高言㈤,识曲听其真㈥。
齐心同所愿㈦,含意俱未伸㈧。
人生寄一世,奄忽若飙尘㈨。
何不策高足㈩,先据要路津㈪。
无为㈫守贫贱,坎轲㈬长苦辛。

古诗十九首·冉冉孤生竹⑩

冉冉⑪孤生竹,结根泰山阿⑫。
与君为新婚,菟丝附女萝⑬。
菟丝生有时⑭,夫妇会有宜⑮。
千里远结婚⑯,悠悠隔山陂⑰。
思君令人老,轩车来何迟⑱!
伤彼蕙兰花,含英扬光辉。
过时而不采,将随秋草萎⑲。
君亮执高节⑳,贱妾亦何为㉑?

古诗十九首·生年不满百

生年不满百,常怀千岁忧㉒。
昼短夜苦长,何不秉烛游㉓!
为乐当及时,何能待来兹㉔?
愚者爱惜费㉕,但为后世嗤㉖。
仙人王子乔㉗,难可与等期㉘。

注 释

㊸ 这篇表现女子思念远行异乡的情人。
㊹ 重(chóng)行行:意思是行而不止。
㊺ 生别离:活着分开。
㊻ 天一涯(yá):天的一方。
㊼ 阻:艰险。

㊽ **胡马**：北方所产的马，北方所产的马来到南方后仍然依恋北方。
㊾ **越**：南方的越族。**越鸟**：即南方的鸟，南方的鸟飞到北方后仍然将鸟巢筑在南向的枝头。以上两句说连禽兽也不忘故乡，暗示动物都有恋乡情感，何况是人。
㊿ **已**：通"以"。**日已远**：即一天远似一天。
㉕ **缓**：宽松。这句话的意思是：人因相思而日渐消瘦，因腰身瘦损而衣带显得宽松。
㉖ 这句比喻游子在外地为人所诱惑。
㉗ **顾**：念。
㉘ **岁月忽已晚**：不知不觉间又到岁末了。
㉙ **捐**：弃。**道**：谈说。**弃捐勿复道**：别再提被抛在一边的事了。
㉚ **努力加餐饭**：还是多吃饭保重身体。这两句是思妇无可奈何，自勉宽慰的话。
㉛ 这是一首愤世嫉俗、感慨自讽的诗。
㉜ **具**：备，全部。**陈**：说。
㉝ **筝(zhēng)**：拨弦乐器。**奋**：发出、扬起。**逸(yì)响**：超越寻常的奔放的音乐。
㉞ **新声**：指流行的歌曲。
㉟ **令德**：贤者，这里指唱歌的人。**高言**：高妙的言辞，指歌词。
㊱ **识曲**：知音人。**真**：指歌曲中的真意。
㊲ **齐心同所愿**：心同理同，大家所想的都是这样。
㊳ **含意**：指曲中的道理，也是指人们心中都已领会了的这些道理。**未伸**：嘴上说不出来。
㊴ **奄忽**：急遽、迅速。**飙(biāo)**：自下而上的暴风。**飙尘**：卷在暴风中的尘土，比喻人生极易泯灭。
㊵ **策**：鞭打。**高足**：指快马。
㊶ **据**：占领。**要路津**：行人必经的路口，这里比喻高官要职。
㊷ **无为**：不要。
㊸ **坎轲**：车行不利，这里引申为失志不遇。
㊹ 这篇写女子新婚后与丈夫久别的愁怨。
㊺ **冉(rǎn)冉**：柔弱下垂的样子。
㊻ **阿(ē)**：指在跨越分水岭山脉高处的要隘，山间平地。以上两句意思是：女子婚前依托父母，如孤竹托根于泰山。
㊼ **菟(tù)丝**：一种细弱蔓生的植物，这是女子自比。**女萝**：即松萝，也是柔弱而蔓生的植物，这里比喻女子的丈夫。这句以菟丝、女萝的缠绕比喻夫妻情意的缠绵。
⑭ **菟丝生有时**：菟丝应时而生。
⑮ **宜**：适当的时间。**夫妇会有宜**：夫妇也应当及时相会。
⑯ **千里远结婚**：离家远嫁，结婚不易。
⑰ **悠(yōu)悠**：远。**陂(pí)**：山坡。
⑱ **轩(xuān)车**：有屏障的车子，古时大夫以上的官员乘轩车。这句话意思是：思念令我的容颜衰老了，可丈夫还在很远的地方做官没有回来。
⑲ **萎(wěi)**：凋谢。以上四句写蕙兰至秋凋谢，感叹自己青春不长，红颜易老。
⑳ **亮**：通"谅"，想必。**高节**：高尚的节操。以下两句是女子自慰之词，意思是：丈夫准会守节不移。

㉛ **贱妾亦何为**：反正要回来的，我何必暗自伤心埋怨呢。
㉜ **千岁忧**：指身后的种种考虑。
㉝ **秉**(bǐng)：手持。**秉烛游**：点起明灯，夜以继日地游乐。
㉞ **来兹**(zī)：来年。
㉟ **惜费**：舍不得花费。
㊱ **嗤**(chī)：耻笑。
㊲ **王子乔**：古仙人名，相传是周灵王的太子，被浮丘公接上嵩山，后成仙。
㊳ **等期**：抱同样的希望，这两句是说对于升仙得道的事是不能存什么希望的。

第九课

三曹的诗歌

课 文

　　魏晋南北朝是中国历史上最动荡①的时期,也是中国古代文化思想与文学艺术极为活跃②、富于创造的时期。曹操"挟天子以令诸侯"③,"外定武功,内兴文学",于鞍马④间为文,用语简洁,词气峭厉⑤,不旁⑥经典,率心任性⑦,表达了自己的真实情感。他的四言诗苍劲⑧有力,五言诗慷慨悲凉⑨,开创了建安文学的一代风气⑩。曹丕盛推"文章乃经国⑪之大业,不朽之盛事"⑫,提出了"文以气为主"的美学见解⑬,为中国文学观念的转变与发展做出了重要的贡献。曹丕擅长五言、七言诗⑭,他的《燕歌行》细腻委婉⑮,浅显清丽⑯,是中国现存最早的、最完整的文人七言诗。

　　三曹之中的曹植擅长⑰各类诗体、文体,号称"建安之杰",是建安时期最负盛名⑱的作家。曹植流传下来的诗作有八十多首。以曹丕称帝为界,曹植的一生明显地分为前后两个时期,前期"生乎乱,长乎军",跟随曹操南征北战⑲,深受曹操的赏识与宠爱⑳,志得意满㉑,英姿飒爽㉒;后期由于曹丕做了皇帝,曹植遭到了猜忌与迫害㉓,抑郁寡欢㉔,感物伤时㉕。曹植是中国文学史上第一位大力㉖写作五言诗的作家,非常讲究㉗诗歌的艺术表现形式。曹植的一生热衷功名㉘,追求理想,遭遇挫折㉙后,壮志不衰㉚,反而更增愤激㉛之情,沉雄而有骨气㉜。曹植的诗歌充满了对人生理想的追求和对社会黑暗的批判㉝,富有气势㉞和力量,时而悲壮宏阔㉟,时而凄恻㊱委婉,时而清丽工致㊲,实在是建安文学的一面旗帜㊳。

注 释

① **魏晋南北朝**:公元196年(汉献帝建安元年)至公元589年,约近四百年,除了西晋短暂的统一外,一直处于分裂、动荡之中。**动荡**:比喻情况或局势不安定。
② **活跃**:形容生气蓬勃。
③ **魏国**(220—265):三国之一,拥有今黄河流域各省和湖北、安徽、江苏三省北部和辽宁中部。**曹操**(155—220):沛国谯(qiáo,今安徽亳(bó)州)人,东汉末年政治家、军事家、诗人,死后被追称为魏武帝。**挟天子以令诸侯**:控制着皇帝,用皇帝的名义对诸侯发号施令。
④ **鞍**(ān)**马**:指人骑的马。
⑤ **峭**(qiào)**厉**:比喻文笔不凡、言词脱俗。
⑥ **旁**(bàng):通"傍",依傍、依附。
⑦ **率心**:由着心意做事。**任性**:不受礼法拘束,听凭秉性行事。
⑧ **四言诗**:每句四个字的古体诗,是我国诗歌最早出现的形式之一,在西周到春秋时期最为流行,春秋时期以后逐渐衰落。**苍劲**:老练刚劲。
⑨ **慷慨**:充满正气,情绪激昂。**悲凉**:悲哀凄凉。
⑩ **风气**:风尚习气,社会上或某个集体中流行的爱好或习惯。
⑪ **曹丕**(pī),(187—226):即魏文帝,字子桓,三国时魏国的第一任皇帝,在文学创作和理论研究上都有很高的成就。**盛**:极力。**经国**:治理国家。
⑫ **不朽**:永远不会磨灭。**盛事**:大事。
⑬ **文以气为主**:出自曹丕的《典论·论文》,意思是说作品的特色主要表现的是作家个性、才能构成的精神气质。**美学**:哲学的一个分支,论述美和美的事物,尤指对审美鉴赏力的判断。**见解**:看法,评价。
⑭ **七言诗**:古代诗歌体裁,全篇每句七个字或以七个字为主,它的出现,为诗歌提供了一个新的、有更大容量的形式,丰富了中国古典诗歌的艺术表现力。
⑮ **细腻**:细致准确。**委婉**:言词、声音等婉转曲折。
⑯ **清丽**:清雅秀丽。
⑰ **曹植**(192—232):字子建,三国魏杰出诗人。曹操第三子,封陈思王。**擅长**:独具某种特长。
⑱ **盛名**:很高的名望。
⑲ **征**:征伐。**南征北战**:形容转战各地。
⑳ **赏识**:看中人的才能而予以赞赏。**宠爱**:对在下者因喜欢而偏爱。多用于上对下,地位高的人对地位低的人。
㉑ **志**:志气,愿望。**志得意满**:愿望实现,非常得意,有成就感的样子。
㉒ **英姿飒**(sà)**爽**:形容威武豪迈,意气风发,很有神采。
㉓ **猜忌**:猜疑忌妒。**迫害**:压迫使受害,多指政治性的。
㉔ **抑郁寡欢**:心中愁闷,很少愉快。
㉕ **感物伤时**:对事物、时事有所感慨而伤感。
㉖ **大力**:尽全力或调动一切力量。
㉗ **讲究**:注重,力求完美。

㉘ **热衷**:对某种活动喜爱、爱好。**功名**:功绩和名位,旧多指科举称号或官职名位。
㉙ **遭遇**:经受的事情,生活经历。**挫折**:失败,失利。
㉚ **壮志不衰**:没有减少豪壮的志愿和伟大的志向。
㉛ **激愤**:激动愤怒。
㉜ **沉雄**:(气势、风格)深沉而雄伟。**骨气**:指刚强不屈的人格及操守。
㉝ **批判**:对被认为是错误的思想或言行批驳否定。
㉞ **气势**:(人或事物)表现出来的力量、威势。
㉟ **悲壮**:(情节)悲哀而壮烈。**宏阔**:宏伟辽阔。
㊱ **凄恻**:哀伤,悲痛。
㊲ **清丽**:清雅秀丽。**工致**:工巧精致。
㊳ **旗帜**:比喻有代表性的某种思想、学说或政治力量。

作品

步出夏门行

曹操

东临碣石㊴,以观沧海㊵。
水何澹澹㊶,山岛竦峙㊷。
树木丛生,百草丰茂㊸。
秋风萧瑟㊹,洪波㊺涌起。
日月之行,若出其中;
星汉灿烂㊻,若出其里。
幸甚至哉,歌以咏志㊼。(之一)㊽

神龟㊾虽寿,犹有竟㊿时。
腾蛇○51乘雾,终为土灰。
老骥伏枥○52,志在千里。
烈士○53暮年,壮心不已○54。
盈缩○55之期,不但在天○56。
养怡○57之福,可得永年○58。
幸甚至哉,歌以咏志。(之四)○59

燕歌行⑥⓪

曹丕

秋风萧瑟天气凉⑥①,草木摇落露为霜,
群燕辞归雁南翔⑥②。念君客游思断肠⑥③,
慊慊⑥④思归恋故乡,何为淹留⑥⑤寄他方?
贱妾茕茕⑥⑥守空房,忧来思君不敢忘,不觉泪下沾衣裳。
援琴鸣弦发清商⑥⑦,短歌微吟不能长。
明月皎皎照我床,星汉西流夜未央⑥⑧。
牵牛织女遥相望,尔独何辜限河梁⑥⑨。

七哀⑦⓪

曹植

明月照高楼,流光正徘徊⑦①。
上有愁思妇,悲叹有余哀。
借问叹者谁,言是宕子⑦②妻。
君行逾⑦③十年,孤妾常独栖⑦④。
君若清路尘,妾若浊水泥。
浮沉⑦⑤各异势,会合何时谐?
愿为西南风,长逝⑦⑥入君怀。
君怀良⑦⑦不开,贱妾当何依?

杂诗(之二)⑦⑧

曹植

仆夫早严驾⑦⑨,吾行将远游。
远游欲何之?吴国为我仇。
将骋⑧⓪万里途,东路安足由⑧①?
江介⑧②多悲风,淮泗⑧③驰急流。
愿欲一轻济,惜哉无方舟⑧④。
闲居非吾志,甘心赴国忧。

注 释

㊴ **碣(jié)石**:这里指的是《后汉书·地理志》所记载的右北平郡骊成县(今河北省乐亭县境)西南的大碣石山,一说在河北省昌黎县西北。
㊵ **沧(cāng)**:深绿色,海水呈深绿色,所以称作沧海。
㊶ **澹(dàn)澹**:水波摇荡的样子。
㊷ **竦(sǒng)**:同"耸",高起之状。**峙(zhì)**:挺立。
㊸ **丰茂**:茂盛,茂密。
㊹ **萧瑟**:草木被秋风吹袭的声音。
㊺ **洪波**:大波浪。
㊻ **星汉**:即银河。**灿烂**:光彩鲜明夺目。
㊼ 这两句是合乐时所加,跟正文没有什么关系,下篇末两句同。
㊽ 曹操《步出夏门行》共四章,本篇是其中的第一章,是建安十二年(207)曹操征战乌桓经碣石山时所作。写登山望海的景象,气势雄浑,是诗歌中以写景为主题的名作。
㊾ **神龟**:《庄子·秋水》篇:"吾闻楚有神龟,死已三千岁矣。"龟的寿命很长,古人将它作为长寿动物的代表,称为神龟。
㊿ **竟**:终了。
51 **腾蛇**:古代传说中一种能乘雾而飞的蛇。
52 **骥(jì)**:一日能行千里的良马。**枥(lì)**:马槽。**老骥伏枥**:日行千里的良马因为年老力衰,所以伏在马槽中。
53 **烈士**:指怀有雄心壮志的正直人士。
54 **不已**:没有停止。
55 **盈**:长。**缩**:短。**盈缩**:这里指寿命的长短。
56 这两句是说寿命长短不完全受天的支配。
57 **养怡(yí)**:保养身心健康。
58 这两句是说,只要自己保养得好,也可以延年益寿。
59 本篇表现了作者不甘衰老,和人命不全由天决定、主观努力也起作用的积极奋发精神。
60 本篇写妇女思念在远方作客的丈夫,抒情委婉细腻,音节和谐流畅,为后代读者所重视。
61 **秋风萧瑟(xiāosè)天气凉**:秋风吹袭,天气转凉。
62 **翔**:翅膀平直不动,盘旋地飞。
63 **断肠**:肠子断开,形容极度悲伤之情。
64 **慊(qiàn)慊**:心不满足、心有嫌恨的样子。
65 **何为**:为什么。**淹留**:久留。
66 **贱妾**:古代女子对自己的谦称。**茕(qióng)茕**:孤独的样子。
67 **援(yuán)**:伸手取。**清商**:乐曲名。
68 **星汉西流**:银河转向西,表示夜已很深。**夜未央**:夜已深而未尽之时。
69 **尔**:指银河两边的牵牛、织女星。**辜**:罪。**河梁**:河上的桥,这里指的是银河。限河梁,是说为银河所隔,不能见面。

⑦《七哀》:这首诗描写思妇怀念游子的哀怨。
⑦ 徘徊(páihuái):在一个地方来回地走。
⑦ 宕(dàng)子:游子。
⑦ 逾:超过。
⑦ 栖(qī):本指鸟停在树上,泛指居住或停留。
⑦ 浮:指清路尘。沉:指浊水泥。
⑦ 逝:往。
⑦ 良:确实。
⑦ 本篇抒发作者抱有甘心赴难为国立功的壮志,但又不能实现的苦闷。
⑦ 严驾:装备好车驾。
⑧ 骋(chěng):纵马向前奔驰。
⑧ 东路:指从洛阳回鄄城的路。由:行。
⑧ 江介:江边。
⑧ 淮泗(sì):两水名。泗水在今山东省境内,原流入淮河,后改道流入运河。淮泗是争东吴必经之地。
⑧ 无方舟:比喻自己当时没有权柄。

(一) 背诵

曹丕的《燕歌行》和曹植的《七哀》

(二) 填空

曹植是中国文学史上第一位大力写作_____的作家,他非常讲究诗歌的艺术表现形式。曹植的一生热衷功名,追求理想,遭遇挫折后,壮志不衰,反而更增愤激之情,_____而有_____。曹植的诗歌内容充满了对_____的追求和对_____的批判,富有气势和力量,时而悲壮宏阔,时而凄恻委婉,时而清丽工致,实在是建安文学的_____。

(三) 回答问题:

1. 从曹操《步出夏门行》中的哪些诗句你可以看出曹操的雄心大志?
2. 从曹植的《七哀》和《杂诗》(之二)分析"建安风骨"的特点。

文学史知识提示

建安时代是五言诗的成熟时期。作家的驰骛,作品的美富,有如秋天田野中黄金色的禾稻,垂头迎风,谷实丰满;又如果园中的嘉树,枝头累累皆为晶莹多浆的甜果。五言诗虽已有几百年的历史,却只是无名诗人的东西,民间的东西,还不曾上过文坛的最高角。偶然有几位文人试手去写五言诗,也不过是试试而已,并不见得有多大的成绩。五言诗到了建安时代,刚是蹈过了文人学士润改的时代,而到了成为文人学士的主要的诗体的一个时期。这个时期的作者们以曹氏父子兄弟为中心。吴、蜀虽亦分据一隅,然文坛的主座却要让给曹家。曹氏左右,诗人纷纭,争求自献,其热闹的情形是空前的。曹氏父子兄弟,不仅地位足以领导群英,而其诗才也足以为当时诸诗人的中心而无愧。曹操及子丕、植都是很伟大的诗人。尤以曹植为最有高才。屈原之后,诗思消歇者几五六百年,到了这时,诗人们才由长久的熟睡中苏醒过来。不仅五言,连四言诗也都照射出夕阳似的血红的恬美的光亮出来。

(郑振铎著《插图本中国文学史》,人民文学出版社1957年版,第130—131页)

白马篇⑧⑤

曹 植

白马饰金羁⑧⑥,连翩西北驰。
借问谁家子,幽并游侠儿⑧⑦。
少小去乡邑,扬声沙漠垂⑧⑧。
宿昔秉⑧⑨良弓,楛矢何参差⑨⓪!
控弦破左的⑨①,右发摧月支⑨②;
仰手接飞猱⑨③,俯身散马蹄⑨④。
狡捷过猴猿,勇剽若豹螭⑨⑤。
边城多警急,虏骑数迁移。
羽檄⑨⑥从北来,厉马⑨⑦登高堤。
长驱蹈匈奴,左顾凌鲜卑⑨⑧。
弃身锋刃端,性命安可怀⑨⑨?

父母且不顾,何言子与妻!
名编壮士籍,不得中顾⑩私。
捐躯赴国难,视死忽如归!

洛 神 赋(节选)⑩

曹 植

其形也,翩⑩若惊鸿,婉⑩若游龙。荣曜⑩秋菊,华茂⑩春松。仿佛⑩兮若轻云之蔽月,飘飖兮若流风之回⑩雪。远而望之,皎若太阳升朝霞⑩;迫而察之,灼若芙蕖出渌⑪波。秾纤得衷⑪,修⑫短合度。肩若削成⑬,腰如约素⑭。延颈秀⑮项,皓⑯质呈露。芳泽⑰无加,铅华⑱弗御。云髻峨峨⑲,修眉联娟⑳,丹唇外朗㉑,皓齿内鲜㉒,明眸善睐㉓,辅靥承权㉔。瑰㉕姿艳逸,仪静体闲㉖。柔情绰㉗态,媚于语言㉘。奇服旷世,骨像应图。披罗衣之璀粲㉙兮,珥瑶碧之华琚㉚。戴金翠之首饰,缀明珠以耀躯。践远游之文履㉛,曳雾绡之轻裾㉜。微幽兰之芳蔼㉝兮,步踟蹰于山隅㉞。于是忽焉纵体,以遨以嬉。左倚采旄㉟,右荫桂旗⑭。攘皓腕于神浒⑭兮,采湍濑之玄芝⑭。

余情悦其淑美兮,心振荡而不怡⑭。无良媒以接欢兮,托微波而通辞⑭。愿诚素之先达兮,解玉佩以要⑭之。嗟佳人之信修⑭,羌习礼而明诗⑭。抗琼珶以和⑭予兮,指潜渊⑮而为期。执眷眷之款实⑮兮,惧斯灵之我欺。感交甫之弃言兮⑮,怅犹豫而狐疑⑮。收和颜而静志兮⑮,申礼防以自持⑯。

于是洛灵感焉,徙倚⑯彷徨,神光离合⑯,乍阴乍阳。竦轻躯以鹤立⑯,若将飞而未翔。践椒涂之郁烈⑯,步蘅薄⑯而流芳。超长吟以永慕⑯兮,声哀厉而弥长。尔乃众灵杂沓⑯,命俦啸侣⑯,或戏清流,或翔神渚⑯,或采明珠,或拾翠羽⑯。从南湘之二妃⑯,携汉滨之游女⑯。叹匏瓜之无匹⑭兮,咏牵牛之独处⑪。扬轻袿之猗靡⑰兮,翳修袖以延伫⑰。体迅飞凫⑭,飘忽若神,凌波微步,罗袜生尘。动无常则⑮,若危若安。进止难期⑰,若往若还。转眄流精,光润玉颜。含辞⑰未吐,气若幽兰。华容婀娜⑱,令我忘餐。

注 释

⑧《**白马篇**》:本篇描写边塞游侠儿捐躯赴难、奋不顾身的英勇行为。
⑧ **羁**(jī):马络头。
⑧ **幽并**(Bīng):幽州和并州,现在的河北、山西和陕西省的部分地方。**游侠儿**:重义轻生之人。
⑧ **扬声**:扬名。**垂**:同"陲",边远的地区。
⑧ **宿昔**:昔时。**秉**(bǐng):用手拿着。
⑩ **楛**(hù)**矢**:用楛木做箭杆的箭。**参差**:不整齐。
⑨ **控弦**:拉弓。**的**:箭靶的中心,破左的,指射中左边的目标。
⑨ **摧**:毁坏。**月支**:类似于箭靶的东西。

(93) **接**:迎射飞驰而来的东西。**猱(náo)**:猿类,行动轻捷,攀缘树木,上下如飞。

(94) **散**:摧裂。**马蹄**:一种箭靶子的名称。

(95) **剽(piāo)**:行动轻捷。**螭(chī)**:传说中形状如龙的黄色猛兽。

(96) **羽檄(xí)**:檄是军事方面用来征召的文书,插上羽毛,表示如鸟飞一样迅速紧急,所以称羽檄。

(97) **厉马**:策马,鞭马前行。

(98) **凌**:践踏。**鲜卑**:我国古代东北方的一个少数民族,东汉末年开始强大。

(99) **怀**:顾惜。

(100) **中顾**:内顾。

(101) 本篇假托洛神寄寓对君主的思慕,反映自己衷情不能与君主相通的苦闷。

(102) **翩**:疾飞,引申为摇曳飘忽之貌。

(103) **婉**:曲折貌。两句形容体态轻盈婉转。

(104) **荣**:盛年。**曜(yào)**:光明照耀。

(105) **华茂**:华美茂盛。这两句形容容光焕发,如同秋菊、春松。

(106) **仿佛**:若隐若现的样子。

(107) **飘飖**:飞翔的样子。**回**:旋转。这两句形容动作的飘忽迴旋。

(108) **皎**:白而有光。**太阳升朝霞**:太阳在朝霞中上升。

(109) **迫**:靠近。

(110) **灼(zhuó)**:鲜明,花盛开的样子。**芙蕖**:荷花。**渌(lù)**:水清的样子。

(111) **襛(nóng)**:花木茂盛,这里指人体丰盈。**纤(qiān)**:细小,这里指人体苗条。**衷**:中。

(112) **修**:长。这两句写洛神的长短肥瘦,都恰到好处。

(113) **削成**:刻削而成。

(114) **约**:束缚。**素**:白而细致的丝制品。这两句形容肩膀和腰肢线条完美。

(115) **延**:长。**秀**:长。

(116) **皓**:白。这两句是说,颀长洁白的长颈,露在衣领外。

(117) **芳泽**:香油。

(118) **铅华**:粉,古代烧铅成粉,故称粉为铅华。这两句写洛神不施脂粉。

(119) **峨峨**:很高的样子。

(120) **联娟**:微微弯曲的样子。

(121) **朗**:明亮。

(122) **鲜**:鲜明,洁而美。

(123) **眸(móu)**:眼珠。**睐(lài)**:旁视,斜视。

(124) **辅**:面颊。**靥(yè)**:酒窝。**权**:繁体为“權”,通“颧”,颧骨,眼下腮上凸起部分。这句话意思是:颧骨下有酒窝相接。

(125) **瑰**:奇妙。

(126) **仪**:仪态。**闲**:娴雅。

(127) **绰**:宽缓。

(128) **媚于言语**:言语媚人,说话十分妩媚、吸引人。

(129) **旷**:空。**旷世**:如同说举世所无。

⑬⓪ **骨像**:骨法、人像。**应图**:相当于图画中的人。
⑬① **璀粲**(cuǐcàn):明净的样子。
⑬② **珥**(ěr):原来是一种珠玉的耳饰品,这里指佩戴。**瑶**:美玉。**碧**:碧玉。**琚**(jū):美玉名。
⑬③ **践**:踏,这里是脚下穿着的意思。**远游**:鞋子的名字。**文履**:有文饰的鞋子。
⑬④ **曳**(yè):拖。**雾绡**(xiāo):轻细如云雾的生绸。**裾**(jū):裙子的前后襟。
⑬⑤ **微**:香气微通。**芳蔼**(ǎi):香气。
⑬⑥ **踟蹰**(chíchú):徘徊,心中犹疑、要走不走的样子。**山隅**(yú):山角。
⑬⑦ **纵体**:轻举的样子。
⑬⑧ **遨、嬉**:游。
⑬⑨ **旄**(máo):旗杆上用旄牛尾做成的装饰品。这里指旗。**采旄**:彩色的旗。
⑭⓪ **桂旗**:用桂枝做旗杆的旗。
⑭① **攘**(rǎng):这里指揎起衣袖。**浒**(hǔ):水边地,因为是洛神所游,故称"神浒"。
⑭② **湍濑**(tuānlài):急流。**芝**:灵草名。**玄芝**,黑色的芝草。
⑭③ 这两句的意思是:我爱她的淑美,又恐不被接受,所以心里震动而不快乐。
⑭④ 这两句的意思是:既然没有好的媒人通接欢情,所以凭托微波来传达言辞。
⑭⑤ **素**:通"愫",真情。
⑭⑥ **要**:通"邀",邀请。
⑭⑦ **信修**:确实美好。
⑭⑧ **羌**(qiāng):发语词。**习礼明诗**:指有文化修养。
⑭⑨ **抗**:举起。**琼、珶**(tí):美玉。**和**:应和,应答。
⑮⓪ **潜渊**:深渊,指洛神所居之处。
⑮① **眷眷**:心中向往的样子。**款实**:指诚实的心意。
⑮② **斯灵**:此神,指洛神。**我欺**:欺我。
⑮③ 李善注引《韩诗内传》说:郑交甫在汉水边遇两女子,赠交甫玉佩。交甫放在怀里,走了十步,发现玉佩没有了,回头看两个女子,已经不见了。
⑮④ **犹豫、狐疑**:犹豫不决的样子。这两句的意思是:害怕再像郑交甫一样被遗弃,所以心中疑虑不定。
⑮⑤ **静志**:镇定情志。这句话的意思是:收起和悦的容颜,使自己平静下来。
⑮⑥ **申**:施展。**礼防**:礼仪的防界。**自持**:自我约束。
⑮⑦ **徙倚**:徘徊。
⑮⑧ **神光**:指洛神的身影。**离合**:若隐若现。
⑮⑨ **阴**:暗。**阳**:明。这句话的意思是:神去时光暗,神来时光彩明亮。
⑯⓪ **竦**(sǒng):耸立。**鹤立**:像鹤一样站立。
⑯① **椒**:花椒,有浓郁的香味。**涂**:道路。**郁烈**:香气浓烈。
⑯② **蘅**(héng):指杜蘅,香草名。**薄**:草聚生之处。
⑯③ **超**:惆怅。**永慕**:长久地思慕。
⑯④ **杂沓**(tà):众多的样子。
⑯⑤ **命俦啸侣**:呼朋引类。
⑯⑥ **渚**(zhǔ):水中的小洲。

⑯翠羽：翠鸟的羽毛。
⑱南湘之二妃：据刘向《列女传》记载，相传舜南巡，死于苍梧，他的二妃娥皇、女英自投湘水，遂为湘水之神。
⑲汉滨：汉水之滨。游女：汉水的女神。
⑳匏(páo)瓜：星名，一名天鹅星，独在河谷星东。无匹：没有配偶，因匏瓜星不与其他的星相接，所以说是"无匹"。
㉑牵牛：星名，古代神话中牵牛、织女二星为夫妇，各处银河之旁，每年七月七日乃得一会，所以说"独处"。
㉒袿(guī)：妇女的上衣。猗靡(yīmí)：随风飘动的样子。
㉓翳：遮蔽。延伫(zhù)：伸直站立。
㉔凫(fú)：水鸟名，也叫水鸭。这句形容身体活动得比飞翔的水鸟还要迅速。
㉕凌波微步：指在水波上细步行走。
㉖常则：固定的规则。
㉗难期：难以预期。
㉘眄(miǎn)：斜视。这句话意思是：转眼顾盼之间流露出奕奕的神采。
㉙辞：言辞。
㉚婀娜(ēnuó)：轻盈柔美的样子。

第十课

南北朝①时期的文人诗歌

课 文

  南北朝时期的建安文学②、正始文学③、太康文学④、玄言文学⑤、田园山水文学⑥、永明文学⑦、宫体文学⑧、北朝文学,异彩纷呈,各具特色,为唐代文学的全面发展奠定⑨了厚实的基础。建安文学之后,阮籍⑩的《咏怀诗》(82首),继承了《小雅》和《古诗十九首》等多方面的传统,创造了独特的风格,在五言诗的发展史上占据着重要的地位。

  太康时期诗人左思⑪的代表作《咏史》八首,把历史的经验与个人的现实遭遇、情感体验成功地结合在诗歌之中,把古人的性情与作家的性情揉⑫为一体,气势雄健⑬,慷慨淋漓⑭,成为一代绝唱。咏史诗⑮的出现,不仅仅是文人在专制时期讽喻⑯现实的一种可行的手段,更表明作者已经自觉地把个人的命运作为普遍的历史现象来加以认识,从而使作品的思想更加深刻。

  梁朝诗人庾信⑰,在梁元帝⑱时,是"宫体"诗的倡导者之一,其诗艺的运用与诗境的创造已经有了相当的功力。梁元帝承圣三年(554)奉使西魏,不料魏军南侵,江陵失陷,乃屈仕⑲西魏,后来又屈仕北周,因而既有南朝文人没有的特殊经历和心灵体验,又有北朝文人不可企及⑳的文学艺术的修养,这一切致使庾信后期的文学创作拓展了南北朝文学全新的艺术境界,取得了突出的成就。庾信的代表作就是他后期的作品《拟咏怀》(27首)和《哀江南赋》。

注　释

① **南北朝**：东晋灭亡后，南方先后出现宋、齐、梁、陈四朝，北方也先后产生了北魏、东魏、西魏、北齐和北周几个政权，史称"南北朝"。

② **建安文学**：文学史上的建安时期指汉末建安至魏初一段时间，这时期的文学以诗歌成就最为显著。不少作品从汉乐府民歌中汲取营养，反映出社会动乱和人民流离失所的痛苦，辞情慷慨，语言刚健。

③ **正始文学**：正始是魏废帝曹芳的年号(240—249)，但习惯上所说的"正始文学"，还包括正始以后直到西晋立国(265)这一段时期的文学创作，深刻的理性思考和尖锐的人生悲哀，构成了正始文学最基本的特点。

④ **太康文学**：太康(280—289)是西晋皇帝晋武帝司马炎的年号，西晋太康文学是中国文学发展史上一个重要环节，出现了"三张、二陆、两潘、一左"等知名作家，钟嵘誉之为"文章中兴"。

⑤ **玄言文学**：西晋末年至东晋时期，玄学思想进入文学领域，出现了盛行一时的玄言文学，以阐释老庄和佛教哲理为主要内容，严重脱离社会生活，代表人物是孙绰、许询。

⑥ **田园山水文学**：田园诗和山水文学并称为田园山水文学，但这是两类不同的题材。田园诗会写到农村的风景，但其主体是写农村的生活、农夫和农耕；山水诗则主要是写自然风景，写诗人主体对山水客体的审美，往往和行旅联系在一起。

⑦ **永明文学**：永明是齐武帝萧赜(Zé)年号(483—493)，永明文学是指上自刘宋泰始二年，下至梁武帝天监十二年这一时期的文学活动，而以齐永明年间为中心。这段时间形成了讲究声律和对偶的诗，称为"永明体"。

⑧ **宫体文学**：宫体文学是指产生于宫廷的以描写宫廷生活为基本内容的文学，风格通常流于浮靡轻艳。

⑨ **奠(diàn)定**：建立，安置使……稳固。

⑩ **阮籍(210—263)**：字嗣宗。陈留尉氏(今属河南)人，曹魏后期诗人，代表作是《咏怀诗》八十二首。这些诗抒感慨，发议论，写理想，充满苦闷、孤独的情绪，开创了中国文学史上政治抒情组诗的先河，对后世产生了重大影响。

⑪ **太康时期**：太康(280—289)是西晋皇帝晋武帝司马炎的第三个年号，共计10年。**左思**(约250—305)：字太冲，临淄(今山东淄博)人，西晋文学家，代表作是《咏史》诗八首，内容主要是描写寒士的不平及对士族的蔑视与抗争，开创了咏史诗借咏史以咏怀的新路，成为后世诗人效法的范例。

⑫ **揉**：混合，融和。

⑬ **雄健**：强健有力。

⑭ **淋漓**：形容痛快的样子。

⑮ **咏史诗**：一种诗歌体裁，借咏史来抒发作者内心的某种感受。

⑯ **讽喻**：用委婉的言语劝说。

⑰ 庾信(513—581):字子山,南阳新野(今属河南)人,南北朝后期辞赋家、诗人。他前期的诗文,有供君王消遣娱乐的性质,思想内容轻浅单薄。后期的作品内容上有明显变化,描写屈节于敌国的痛苦心情,风格转为萧瑟苍凉。
⑱ 梁元帝(508—554):名萧绎,字世斌,南朝梁皇帝,梁武帝第七子。
⑲ 屈:屈服。仕:做官。
⑳ 企及:盼望赶上,希望达到更高的水准。

作 品

咏怀诗(之十九)

阮 籍

西方有佳人㉑,皎若白日光㉒。
被服㉓纤罗衣,左右佩双璜㉔。
修荣耀姿美,顺风振微芳。
登高眺所思,举袂当朝阳。
寄言云霄间,挥袖凌虚翔。
飘摇恍惚中,流盼顾我旁。
悦怿未交接㉕,晤言用㉖感伤。

拟咏怀(之五)㉗

左 思

皓天舒㉘白日,灵景照神州㉙。
列宅紫宫㉚里,飞宇㉛若云浮。
峨峨㉜高门内,蔼蔼㉝皆王侯。
自非攀龙客㉞,何为欻㉟来游?
被褐出阊阖㊱,高步追许由㊲。
振衣千仞冈㊳,濯足万里流㊴。

拟咏怀(之十八)

庾 信

寻思万户侯,中夜忽然愁。
琴声遍屋里,书卷满床头。
虽言梦蝴蝶,定自非庄周。

残月如初月,新秋似旧秋。
露泣连珠下,萤飘碎火流。
乐天乃知命,何时能不忧?

重别周尚书⑩

庾　信

阳关万里道㊶,不见一人归。
唯有河边雁,秋来南向飞㊷。

同王主簿《有所思》㊸

谢　朓

佳期期未归㊹,望望㊺下鸣机。
徘徊东陌上,月出行人稀。

注　释

㉑ **佳人**:美女,这里写的是一位女神,作者对此形象有所寓意。
㉒ 此句形容女神容颜靓丽。
㉓ **被服**:穿着。
㉔ **璜**(huáng):一种佩玉,形状为半个璧,佩带时系在左右两根丝带上。
㉕ **悦怿**(yì):高兴喜欢。**交接**:来往。
㉖ **晤言**:即"寤言",觉醒之后。**用**:而。
㉗ 本篇写作者鄙视尘俗,希望隐居的意志。
㉘ **皓天**:明亮的天空。**舒**:展现。
㉙ **灵景**:日光。**神州**:"赤县神州"的简称,古代对中国地区的一种称谓。
㉚ **紫宫**:星座的名称,又叫紫垣或紫微宫,比喻皇都。
㉛ **飞宇**:古代宫殿的屋檐像飞翔的鸟翼,所以称为飞宇或飞檐。宇,屋檐。
㉜ **峨峨**:形容很高的样子。
㉝ **蔼**(ǎi)**蔼**:形容众多的样子。
㉞ **攀龙客**:追随帝王以求仕途的人。
㉟ **欻**(xū):忽然。
㊱ **褐**(hè):粗布衣。**阊阖**(chānghé):宫门。
㊲ **许由**:尧时隐士,传说尧让帝位给他,他不肯接受,逃避至箕山下隐居躬耕。

㊳ **振衣**:扬去衣服上的灰尘。仞:八尺为一仞。这句话的意思是:(因为都城的生活龌龊),所以在千仞的高岗上扬去衣服上的灰尘。

㊴ **濯**(zhuó):洗。这句话的意思是:在长河中洗脚,以洗去尘杂污秽。

㊵ 周尚书名弘正,曾于陈文帝天嘉元年奉使至北周,南归时庾信以诗赠别,这首诗写自己被留在北方的凄凉心情和对故国的怀念。

㊶ **阳关**:在今甘肃省敦煌县西南,此处用来指长安。

㊷ 这两句是说:周尚书南归,就像秋雁渡河一样。

㊸ 这篇是写思妇在月夜里怀人的诗。

㊹ **期未归**:约好了而没有回来。

㊺ **望望**:失意的样子。

(一) 背诵

阮籍的《咏怀诗》(之十九)、庾信的《重别周尚书》

(二) 填空

南北朝时期的建安文学、＿＿＿＿＿、＿＿＿＿＿、＿＿＿＿＿、田园山水文学、＿＿＿＿＿、＿＿＿＿＿、北朝文学,异彩纷呈,各具特色,为唐代文学的全面发展奠定了厚实的基础。

(三) 思考题

1. 试分析阮籍《咏怀诗》(之十九)的美学效果。
2. 庾信的《重别周尚书》表达了什么思想?对我们了解中国文化的特点有什么启示?

文学史知识提示

就文学主题而言，魏晋南北朝文学脱离了经学思想的限制，把目光更深刻地投向广阔的现实人生和个人的精神世界，从而使人成为文学的真正主题。就文学的题材而言，它不仅书写传统的忧国忧民、建功立业、个人际遇，也面向更为丰富多彩的现实生活与精神生活，面向与人的形神息息相通的自然山水。就文学的技法而言，它确立了声律的理论规范，形成了典故的运用传统，丰富了文学的修辞技巧。就文学的体裁而言，它既是五言诗的繁荣期、七言诗的发展期、抒情诗的高峰期、骈文的成熟期、小说与格律诗的草创期、也是理论散文进入更加思辨化的时期。就文学批评和文学理论而言，它不仅涌现出一大批专门文章和著作，而且还就文学的创作和文学的审美，提出了诸如文气、风骨、意象、缘情、神游、兴会、味象、形神、滋味等一系列重要的概念和范畴。

（郭预衡主编《中国古代文学史》，
上海古籍出版社1998年版，第二册，第9页）

名篇欣赏

石壁精舍还湖中作㊽

谢灵运

昏旦变气候，山水含清晖。
清晖能娱人，游子憺㊾忘归，
出谷日尚早，入舟阳已微。
林壑敛暝色㊿，云霞收夕霏㊿。
芰荷迭映蔚㊿，蒲稗相因依㊿。
披拂㊿趋南径，愉悦偃东扉㊿。
虑淡物自轻㊿，意惬理无违㊿。
寄言摄生客㊿，试用此道㊿推。

拟行路难(之六)㊾

鲍 照

对案㊾不能食,拔剑击柱长叹息。
丈夫生世㊿几时,安能蹀躞垂羽翼㊱?
弃置罢官去,还家自休息。
朝出与亲辞,暮还在亲侧。
弄儿床前戏,看妇机中织。
自古圣贤尽贫贱,何况我辈孤且直㊲!

拟咏怀(之十一)㊳

庾 信

摇落秋为气㊴,凄凉多怨情。
啼枯湘水竹㊵,哭坏杞梁城㊶。
天亡㊷遭愤战,日蹙㊸值愁兵。
直虹朝映垒㊹,长星夜落营㊺。
楚歌饶㊻恨曲,南风多死声㊼。
眼前一杯酒,谁论身后名㊽!

注 释

㊻ **精舍**:指佛寺。石壁精舍在始宁县(今浙江省上虞县)东南。**湖**:指巫湖。本篇写自石壁精舍至湖中一天游观的乐趣和从中体会到的理趣。

㊼ **憺(dàn)**:安适的样子。

㊽ **敛**:聚。**暝色**:暮色。

㊾ **夕霏(fēi)**:傍晚天空中云霞的余氛。

㊿ **芰(jì)**:古时指菱。**迭映蔚(wèi)**:指芰荷的光色互相映照。

㊱ **蒲**:菖蒲。**稗(bài)**:长得像稻的草。**相因依**:相互倚靠。

㊲ **披拂**:用手拨开路边的草木。

㊳ **偃(yǎn)**:歇息。**扉(fēi)**:门扇。

㊴ **虑淡物自轻**:思虑淡薄则外物自清。

㊵ **意惬(qiè)**:心里满足。**理**:自然界万物之理。**意惬理无违**:由于心里常常感到很满足,因此觉得自然界万物之理无违于自己的意愿。

㊶ **摄生客**:注意保养生命的人。

㊷ **此道**:指前面两句"虑淡"所说的道理。

㊸ **《拟行路难》**:共十八首,推测应该不是一时之作,内容大都为歌咏人世的忧患和抒发被压抑的不平之感。

(59) **案**:放食器的小几,此处指酒食。

(60) **会**:当。

(61) **蹀躞(diéxiè)**:小步走的样子。**垂羽翼**:比喻失意丧气的样子。

(62) **孤且直**:孤寒而且正直。

(63) 这首诗悼念梁朝遭兵败而至覆灭的悲剧。

(64) **气**:节气。这句本于宋玉《九辩》:"悲哉秋之为气也,萧瑟兮草木摇落而变衰。"

(65) **《啼哭湘水竹》**:相传春秋时舜出行死于苍梧,他的两个妃子将自沉湘水,望苍梧而哭,泪洒竹上,形成斑竹。

(66) **《哭坏杞(qǐ)梁城》**:相传春秋时齐大夫杞梁战死,他的妻子悲伤无依,放声号哭,杞城为之崩坏。以上两句以古代传说比喻自己悲哀的沉重。

(67) **天亡**:意思是灭亡是由天意,此处指梁元帝承圣三年,西魏派遣于谨率兵攻打江陵,元帝出降被杀的事情。

(68) **蹙(cù)**:缩小,减削。《诗经·大雅·召旻》:"今也日蹙国百里",意思是说国家的领土一天天缩小。**值**:遇到。

(69) **直虹朝映垒**:古人认为,长虹照映军垒为兵败的象征。

(70) **长星夜落营**:古人认为,长星落营是古代主将死亡的征兆,当时在江陵防守战中,梁朝大将胡僧佑中流箭而死。

(71) **饶**:多。项羽被困于垓下时,听见四面都是楚歌,因此后人以"四面楚歌"形容被围困的处境。

(72) 语出《左传》:"晋人闻有楚师。师旷曰:'不害。吾骤歌北风,又歌南风,南风不竞,多死声,楚必无功。'"这两句是说梁之不振而终于导致江陵败亡,西魏围江陵,如同汉围项羽于垓下;梁在南方,故以北风自比。以上两句都喻指在战争中显示出失败征兆。

(73) 这两句描写自己只能以酒浇愁,对于身后之名,也感到无法计较,含有消极无奈的情绪。

第十一课

田园诗①人陶渊明

课 文

　　陶渊明(365—427),一说名潜,字元亮,浔阳②柴桑(今江西九江西南)人。他少年时期接受过儒家思想的教育,29岁出仕③,做过祭酒、参军④、县令等职。41岁时,思想发生重大变化,认为自己在官场上降志辱身⑤,"为五斗米折腰向乡里小儿"⑥,违背了他的人格⑦意愿,因此辞职归隐⑧家乡。整日耕读自娱⑨,诗酒为伴。陶渊明去世后,他的友人私谥⑩为"靖节先生"。

　　陶渊明归隐后,亲自参加生产劳动,与农民平等交流,不仅亲自体察⑪了其中的艰辛,而且在从事农业生产的过程中也得到了无穷的快乐。由于陶渊明的诗直接来自他的生活,因而没有丝毫的矫情与虚伪⑫。人生态度、生活方式的改变,产生了陶渊明的田园诗;人与自然之间审美关系的深化⑬,更给他的田园诗赋予了物我浑融的意象和平淡淳厚⑭的风格。陶诗最大的贡献⑮在于:突破了传统诗歌的比、兴手法,情、景、物、理浑然一体⑯,在平淡的自然风光中见心境的恬静⑰,在素朴的生活语言中见人格风貌的醇美⑱,在率真⑲的白描之中透显深远的精神境界,真正实现了哲学与诗的高度统一。

　　陶渊明的诗现存120多首,他的地位与影响是随着历史的发展而逐渐扩大的。自南朝诗人鲍照、江淹⑳学写陶体以来,历代"拟陶"、"和陶"相沿成习㉑。但是,陶诗的真正价值是到了唐代才为人所发现的。清代的沈德潜㉒总结道:"陶诗胸次浩然㉓,其中有一段渊深朴茂㉔不可到处。唐人祖述㉕者:王右臣(维)有其清腴㉖,孟山人

(浩然)㉒有其闲远,储太祝(光羲)㉓有其朴实,韦左司(应物)有其冲和㉙,柳仪曹(宗元)㉚有其俊洁,皆学言而得其性之所近㉛。"由此可知,陶渊明的诗歌在后世的影响之深远。

注 释

① **田园诗**:描写田园风光以及农村生活的诗歌。
② **浔(Xún)阳**:旧县名,江西九江的别称。
③ **出仕(shì)**:开始做官。
④ **祭(jì)酒**:古代的官名。**参军**:古代低级官名。
⑤ **降志辱身**:降低了志向,而且对自身也是一种侮辱。
⑥ **为五斗米折腰向乡里小儿**:为了很小的利益向没有见识的小人物弯腰、乞求。**五斗米**:这里比喻很小的利益或好处。
⑦ **违背**:不符合。**人格**:个人显著的性格,特征、态度、习惯、道德品质等的总称。
⑧ **归隐**:回到民间或故乡隐居。
⑨ **耕(gēng)读**:种地和读书。**自娱**:自己娱乐,自己快乐。
⑩ **谥(shì)**:古代皇帝,贵族、大臣、杰出官员或其他有地位的人死后得到的带有褒贬意义的称号。这里是说陶渊明死后,他的朋友私下里给了他一个称号,叫"靖(Jìng)节先生"。
⑪ **体察**:体会和观察。
⑫ **矫(jiǎo)情**:掩饰真情,不把真实的情感表现出来。**虚伪(xūwěi)**:虚假,不真实。
⑬ **审(shěn)美**:认识和体会事物或艺术品的美。**深化**:向更深的程度发展。
⑭ **物我浑融**:事物和自我完全融合在一起。**意象**:客观形象与主观心灵融合成的带有某种意蕴与情调的东西。**平淡**:指诗文、书画风格自然而不加雕琢。**淳(chún)厚**:忠厚质朴。
⑮ **贡献(gòngxiàn)**:有助某事的行为,或做有利于国家和社会的事。
⑯ **浑(hún)然一体**:成语,形成了一个完整的,不能分开的整体。
⑰ **心境**:心情,心绪。**恬(tián)静**:舒适,安静。
⑱ **醇(chún)美**:纯正,美丽。
⑲ **率(shuài)真**:直率而真诚。
⑳ **南朝(420—589)**:东晋之后先后建立于南方的四个朝代(宋、齐、梁、陈)的总称。**鲍(Bào)照(约412—466)**:字明远,南朝宋文学家,擅长写作七言歌行,七言诗到他手里也有显著的发展。**江淹(444—505)**:字文通,南朝文学家,长于诗歌和抒情小赋,代表作有《恨赋》《别赋》。
㉑ **相沿成习**:因为长时间使用而成为了习惯。

㉒ **沈德潜**(1673—1763):清代诗人、诗歌评论家,以论诗、选诗闻名,他的古诗鉴赏对后世产生了重大影响。
㉓ **次**:地方。**浩然**:宽广盛大的样子。
㉔ **渊**:很深的水。**朴**(pǔ):朴素,没有华丽的修饰。**茂**(mào):茂密,树多的样子。沈德潜的意思是说,陶渊明的诗歌给人一种宽广盛大的感觉,这当中总有一些意义非常深刻,不可能完全看透的地方。
㉕ **祖述**:学习、遵守前人的做法。
㉖ **王维**(701—761):唐代著名的山水诗人。**腴**(yú):丰富,美好。
㉗ **孟浩然**(689—740):唐代著名的山水诗人。
㉘ **储光羲**:(707—762)唐代著名的山水诗人。
㉙ **韦**(Wéi)**应物**(737—791):唐代诗人,其诗最为人称赞的是描写山水田园的诗歌。**冲和**:谦虚,平和。
㉚ **柳宗元**(773—819):唐代思想家、文学家,诗人,唐宋八大家之一。
㉛ 沈德潜的意思是,唐代的王维、孟浩然、储光羲、韦应物、柳宗元等都根据自己的需要学习了陶渊明语言和风格上的特点。

作 品

归园田居(其一)㉜

少无适俗韵㉝,性本爱丘山㉞。
误落尘网中㉟,一去三十年㊱。
羁鸟恋旧林㊲,池鱼思故渊㊳。
开荒南野际㊴,守拙归园田㊵。
方宅十余亩㊶,草屋八九间。
榆柳荫后檐㊷,桃李罗堂前㊸。
暧暧远人村㊹,依依墟里烟㊺。
狗吠深巷中㊻,鸡鸣桑树颠㊼。
户庭无尘杂㊽,虚室有余闲㊾。
久在樊笼里㊿,复得返自然㉛。

第十一课

归园田居(其三)

种豆南山下,草盛豆苗稀㉜。
晨兴理荒秽㉝,带月荷锄归㉞。
道狭草木长㉟,夕露沾我衣㊱;
衣沾不足惜㊲,但使愿无违㊳。

饮 酒(其五)㊴

结庐在人境㊵,而无车马喧㊶。
问君何能尔㊷,心远地自偏㊸。
采菊东篱㊹下,悠然见南山㊺。
山气日夕㊻佳,飞鸟相与还㊼。
此中有真意㊽,欲辩已忘言㊾。

注 释

㉜ 《归园田居》:陶渊明的代表作品之一,题目的字面意思是:"回到在农村的家",表达了他安贫乐道与崇尚自然的人生理念。陶渊明一共写了五首题目为"归园田居"的诗歌。

㉝ 韵(yùn):性情。这句话的意思是说,(我)从小就没有迎合世俗的性情。

㉞ 丘(qiū):小山。**性本爱丘山**:一向喜爱山林的生活。

㉟ 尘:比喻世俗,这里指仕途。**尘网**:尘世的罗网。意谓仕途犹如罗网一样,使人不得自由。**误落尘网中**:错误地落入了世俗仕途的网中。

㊱ 去:离开。**一去三十年**:一离开(山林的生活)就是三十年。

㊲ **羁鸟恋旧林**:(我像)被绑住的鸟儿一样怀念以前生活过的山林。羁(jī):捆绑,束缚。

㊳ **池鱼思故渊**:像在水池里的鱼儿一样思念以前生活的地方。故:旧,以前的。渊(yuān):深潭。

㊴ **开荒南野际**:(我)在南野垦拓荒地。开荒(huāng):在没有人耕作的地方垦拓荒地。际:地方。

㊵ **守拙**(zhuō):自己没有智能继续做官,所以说是"守拙"。拙:指不善于做官,也就是不会取巧逢迎的意思。**守拙归园田**:自己不善于做官,回到(以前生活的)园田。

㊶ 方:四周,旁边。宅:住房。亩(mǔ):中国传统的面积单位,一亩约等于667平方米。**方宅十余亩**:住房周围有十几亩田地。

85

㊷ **榆**(yú):一种树。**柳**(liǔ):一种树。**荫**(yìn):名词活用做动词,遮蔽。**檐**(yán):屋檐。**榆柳荫后檐**:很多树遮蔽着我家后面的屋檐。

㊸ **李**:一种树。**罗**:排列。**堂**:正厅。**桃李罗堂前**:(还有)很多树排列在我家大门前。

㊹ **暧**(ài)**暧**:昏暗不明的样子。**暧暧远人村**:远处人们所住的村庄看得不太清楚。

㊺ **依**(yī)**依**:轻柔的样子。**墟里**:村落。**依依墟里烟**:村落里的炊烟也显得非常轻柔。

㊻ **吠**(fèi):狗叫。**狗吠深巷中**:(可以听见)狗在很深的巷子中叫。

㊼ **鸣**(míng):鸟兽或昆虫叫。**颠**:顶端。**鸡鸣桑树颠**:(也可以听见)鸡在桑树顶上叫。

㊽ **户庭无尘杂**:家里没有尘土、杂物。

㊾ **虚**:空,静。**虚室有余闲**:空荡、安静的家中有的是空闲的时间。

㊿ **樊笼**(fánlóng):鸟笼。这里是比喻不自由的境地。**久在樊笼里**:(我)长时间处于不自由的境地。

㉑ **复**:副词,又,再。**返**:回。**复得返自然**:(终于)再一次回到了大自然当中。

㉒ **盛**(shèng):茂盛,草木多的样子。**苗**(miáo):初生的植物。**稀**(xī):稀疏,树木少的样子。

㉓ **兴**(xīng):起来。**理**:整理。**秽**(huì):杂乱,肮脏。**晨兴理荒秽**:早上起来打理杂乱的野草。

㉔ **荷**(hè):扛着,背着。**锄**(chú):锄头。**带月荷锄归**:晚上在月光下扛着锄头回来。

㉕ **狭**(xiá):窄。**道狭草木长**:路很窄,但草和树却很长。

㉖ **夕**(xī):傍晚。**沾**(zhān):打湿。**夕露沾我衣**:傍晚的露水打湿了我的衣服。

㉗ **不足**:不值得。**惜**:可惜,怜惜。

㉘ **违**:违背。**愿**:指隐居躬耕、不与世俗同流合污。**但使愿无违**:只要不违背我的志愿。

㉙ **饮**(yǐn):喝。陶渊明题为"饮酒"的诗共二十首,这是第五首。

㉚ **结**:联结,建造。**庐**(lú):小屋。**人境**:人间。**结庐在人境**:(我)在人很多的地方做了间小屋。

㉛ **而**:连词,但是。**喧**:声音大而且吵闹。

㉜ **尔**:代词,这样。

㉝ **偏**:偏僻,偏远。这两句的意思是说,试问我为什么能这样,那是因为只要存心远离尘世,便会觉得居住的地方也远离尘世了。

㉞ **篱**(lí):篱笆,用竹子或树枝等编成的遮挡物,用来保护场地。

㉟ **悠**(yōu)**然**:悠闲舒适的样子。**南山**:即庐山。这两句的意思是说,(我在)小屋东边篱笆那儿采摘菊花,不经意地看见了南山(即庐山)。

㊱ **气**(qì):气象,景色。**日夕**:接近黄昏之时。

㊲ **与**(yǔ):结伴。**还**(huán):回。这两句的意思是说,山上的景色在傍晚非常好,鸟儿们也结伴而归。

㊳ **真意**:真实的意义。

㊴ **欲**:想要。**辩**(biàn):申辩,言说。这两句的意思是说,这当中有(人生的)真实意义,(我)想要言说却又无法用言语表达出来。

练习

（一）背诵

《归园田居》(其三)和《饮酒》(其五)

（二）填空

陶诗最大的贡献在于：突破了传统诗歌的比、兴手法，情、_____、物_____、浑然一体，在_____的自然风光中见心境的恬静，在_____的生活语言中见人格风貌的醇美，在_____的白描之中透显深远的精神境界，真正实现了_____的高度统一。

（三） 写一篇阅读陶渊明的诗歌之后的感想，分析诗中的思想与艺术特征。

文学史知识提示

　　山水田园文学的兴起，有其深远的历史与现实的原因。第一，东汉以来豪族地主庄园兴起、汉末社会动荡，清流士大夫渐次脱离官场而移居田园，是当时文人在庄园经济背景下的一种生活的理想。第二，东晋以前，中国政治、文化中心在北方。南渡以后，文化中心南移，北方的知识分子聚集江汉、江浙一带，南方的山水风貌，与北方大不相同，使南下的文人耳目为之一新。第三，晋宋王室与士族、士族与士族之间的矛盾，使一部分士人在世俗的功利追求和个人的全身远害之间，持一种首鼠两端的态度，因此，自然山水在文人的现实生活与精神生活中，有了更为重要的地位。第四，魏晋以来，玄学大盛，士人追求"达自然之至，畅万物之情"的人格美，并且将人格美与自然美统一起来，将是否能够领略自然山水之美提升为衡量人格境界的重要标准。

桃花源记

陶渊明

　　晋太元⁷⁰中,武陵人捕鱼为业⁷¹,缘溪行⁷²,忘路之远近。忽逢桃花林,夹岸数百步⁷³,中无⁷⁴杂树,芳草鲜美,落英⁷⁵缤纷;渔人甚异⁷⁶之。复⁷⁷前行,欲穷⁷⁸其林。林尽⁷⁹水源,便得一山⁸⁰,山有小口,仿佛若⁸¹有光,便舍⁸²船从口入。初极狭,才通⁸³人;复行数十步⁸⁴,豁然开朗⁸⁵。土地平旷⁸⁶,屋舍俨然⁸⁷,有良田美池桑竹之属⁸⁸;阡陌交通⁸⁹,鸡犬相闻⁹⁰。其中往来种作⁹¹,男女衣着,悉如⁹²外人;黄发垂髫⁹³,并怡然⁹⁴自乐。见渔人,乃⁹⁵大惊,问所⁹⁶从来,具答之⁹⁷。便要还家⁹⁸,设酒杀鸡作⁹⁹食。村中闻有此人,咸来问讯¹⁰⁰。自云¹⁰¹先世避秦时乱,率妻子邑人来此绝境¹⁰²,不复出焉¹⁰³;遂与外人间隔¹⁰⁴。问今¹⁰⁵是何世,乃¹⁰⁶不知有汉,无论¹⁰⁷魏、晋。此人一一为具言所闻¹⁰⁸,皆叹惋。余人各复延¹¹⁰至其家,皆出酒食。停数日,辞¹¹¹去。此中人语云:"不足为外人道¹¹²也。"既¹¹³出,得其船,便扶向¹¹⁴路,处处志¹¹⁵之。及郡下¹¹⁶,诣太守¹¹⁷说如此。太守即遣¹¹⁸人随其往,寻向所志,遂迷¹¹⁹不复得路。南阳刘子骥¹²⁰,高尚士也;闻之,欣然规¹²¹往。未果¹²²,寻¹²³病终。后遂无问津¹²⁴者。

注 释

⑦⁰ **晋太元**:指公元376年至396年间。
⑦¹ **业**:职业。**武陵**:武陵郡,地名,在今湖南省常德市一带。这句话的意思是有个武陵的人把抓鱼当作职业。
⑦² **缘**:沿着,顺着。**行**:走。
⑦³ **夹**:在……的两边栽种。**步**:古人把双脚交替前进各一次的距离叫一步。**夹岸数百步**:(桃花)栽种在小溪两边几百米的岸上。
⑦⁴ **无**:没有。
⑦⁵ **英**:花。**缤纷**:繁盛众多的样子。
⑦⁶ **甚**:副词,非常。**异**:意动用法,把……当作是奇异的。
⑦⁷ **复**:副词,又,再。
⑦⁸ **穷**:穷尽,彻底地探究。
⑦⁹ **尽**:尽头。
⑧⁰ **便**:副词,就。这两句的意思是,桃花林的尽头也就是溪水的源头有一座山。
⑧¹ **若**:好像。
⑧² **舍**(shě):放在一边,丢开。
⑧³ **通**:通过。

㉞ **复行数十步**：只能供一个人通过。
㉟ **豁(huò)然**：突然，一下子。**开朗**：开阔明朗。
㊱ **旷(kuàng)**：空旷，开阔。
㊲ **舍(shè)**：房屋。**俨(yǎn)然**：整齐的样子。
㊳ **属**：种类。这三句的意思是(桃花源里)土地平整、开阔，房屋整齐，还有上好的农田、池塘、桑树、竹子之类的东西。
㊴ **阡陌(qiānmò)**：田间小路，南北方向的叫阡，东西方向的叫陌。**交通**：来往通达。
㊵ **相**：副词，互相。**闻**：听到。这两句的意思是田间的小路来往通达，互相之间能够听见鸡和狗的叫声。
㊶ **作**：工作。
㊷ **悉**：全，都。**如**：像。
㊸ **黄发(fà)**：指老人。老年人发色变黄，所以以黄发指代老人。**垂髫(tiáo)**：指儿童。髫，垂下来的头发。
㊹ **并**：全，都。**怡(yí)然**：安适自在的样子。
㊺ **乃**：副词，于是，就。
㊻ **所**：助词，与后面的动词结合，构成名词性结构。
㊼ **具**：全，都。这四句的意思是说(桃花源里的人)看见这个捕鱼的人，非常吃惊，问(捕鱼人)是从哪里来的，(捕鱼人)都回答了。
㊽ **要**：通"邀"，邀请。
㊾ **设**：摆设，陈列。**作**：做。
⑩ **咸**：全，都。**问讯**：询问，打听。
⑪ **云**：说，讲。
⑫ **率(shuài)**：带领。**妻子**：妻子和儿女。**邑**：泛指一般的城镇。**绝境**：与外界隔绝的地方。
⑬ **焉(yān)**，语气助词，用于句尾，表示陈述或肯定，相当于"呢"。这三句的意思是说，(桃花源里的人)自己说，(他们)的祖先(为了)躲避秦朝时的战乱，带领家人和同乡来到这个与世隔绝的地方，不再出去。
⑭ **遂(suì)**：于是。**间隔(jiàngé)**：隔断，隔绝。
⑮ **今**：现在。
⑯ **乃**：副词，竟然。
⑰ **无论**：不用说。
⑱ **为**：介词，表示动作行为所向，相当于"向"、"对"、"朝"。**言**：说，告诉。**此人一一为具言所闻**：这个(捕鱼的)人一一地向(桃花源里的人)说出了他自己听到的事情。
⑲ **皆**：副词，都，全。**叹惋(wǎn)**：叹惜。
⑳ **余**：剩下的，其他的。**延**：邀请，请。
㉑ **辞**：告辞，告别。
㉒ **不足**：不值得，不必。**道**：说。
㉓ **既**：已经。
㉔ **扶**：沿着。**向**：过去，从前。
㉕ **志**：做标记。

⑯ **及**:到达,到了。**郡下**:指武陵郡。
⑰ **诣**(yì):前往,去到。**太守**:地方行政长官。
⑱ **遣**:派。
⑲ **遂**(suì):副词,竟然。**迷**:迷路。
⑳ **南阳**:地名,在今河南南阳市。**刘子骥**:隐士。
㉑ **规**:计划。
㉒ **未**:没有。**果**:实现。
㉓ **寻**:不久。
㉔ **津**:渡口。**问津**:问路。

第十二课

南北朝时期的民歌①

课　文

　　南北朝民歌继承了《诗经》和汉代民歌的现实主义精神,刚健清新②,为中国诗歌发展的长河注入③了新的力量与血液。南北朝的民歌从体裁④上开辟⑤了抒情小诗的新路,这就是五言、七言绝句⑥体。五言四句的小诗,在汉代的民歌中虽然已经出现了,但是数量极少,也没有什么影响。因此,绝句的真正源头⑦是南北朝时期的民歌。当时有名的诗人谢灵运、鲍照、谢朓⑧等已经纷纷模拟,不过,这还只是一种尝试,至唐代蔚为大观⑨。

　　南朝的乐府民歌由于受到当时南朝社会风习的影响,绝大部分都属于男女恋情,风格深婉缠绵⑩,清新艳丽,与汉代的乐府⑪民歌已是大不相同了。例如《子夜四时歌·秋歌》⑫:"秋风入窗里,罗帐起飘飏⑬。仰头看明月,寄情千里光。"委婉细腻⑭,情景交融⑮。又如北朝民歌《隔谷歌》⑯之二:"兄为俘虏⑰受困辱,骨露力疲食不足。弟为官吏马食粟⑱,何惜钱刀来我赎⑲。"描写了北方战士的困苦处境。

　　北朝的乐府民歌多数产生于五胡十六国⑳至北魏时期,作者为鲜卑、匈奴、羌、氐㉑汉等各民族的人民。其内容、风格与南朝民歌有很大的区别。如《敕勒歌》㉒:"敕勒川㉓,阴山㉔下。天似穹庐㉕,笼盖四野㉖。天苍苍,野茫茫,风吹草低见㉗牛羊。"气象苍莽㉘,生活气息浓郁㉙,反映了北方民族的生活面貌与精神面貌,是中国古代民歌中的上品㉚。

　　北朝乐府民歌中最杰出的作品是《木兰诗》㉛,与《孔雀东南飞》堪称魏晋南北朝文学史上的"双璧"㉜。二者异曲同工㉝,交相辉映㉞。《木兰诗》是现实主义和浪漫主义相结合的诗篇,繁则极繁,简则极简,时而夸张铺叙㉟,时而精雕细刻㊱。以乐观的态度和赞叹的笔调写出了木兰慷慨从戎㊲、代父从军的事迹与精神,以生动活泼、朴素自然的语言创造出了一位天真妩媚㊳、勇敢高尚的女性形象,在中国文学史上产生了深远的影响。

注　释

① **民歌**:民间口头流传的诗歌或歌曲,多不知作者的姓名。
② **刚健**:坚强有力。**清新**:清美新颖。
③ **注入**:灌入,流进。
④ **体裁**(cái):文学作品的分类,可用多种标准来划分。
⑤ **开辟**:创立。
⑥ **绝句**:诗体名,每首四句。
⑦ **源头**:水发源的地方,比喻事物的本源。
⑧ **谢灵运**(385—433):著名诗人,喜欢游历山水,是第一个大力描写山水的作家。**鲍照**(414—466):著名诗人,擅长七言歌行,作品中充满了怀才不遇的愤懑不平之感。**谢朓**(Tiǎo,464—499):著名诗人,善于写作风景诗,风格自然秀丽,对唐代诗歌产了较大的影响。
⑨ **蔚**(wèi)**为大观**:成语,形容众美聚集,给人美不胜收的感觉。**蔚**:荟萃,聚集。
⑩ **深婉**(wǎn):深沉柔美。**缠绵**(chánmián):委婉动人。
⑪ **乐府**:本是汉代主管音乐、采集民歌的官署,后来把采集的民歌或文人模拟的作品也叫做"乐府"。
⑫ **《子夜四时歌》**:从《子夜歌》变化出来的一种歌唱春夏秋冬四季的曲调,《乐府诗集》载75首,都是描写男女爱情的。
⑬ **罗**:轻软有细孔的丝织品。**飘飏**:即"飘扬"。
⑭ **委婉**:言辞、声音等婉转曲折。**细腻**:细致、准确。
⑮ **情景交融**:情感与景色交汇融合。
⑯ **《隔谷歌》**:《乐府诗集》载两首,歌词内容是描写战士的困苦处境。
⑰ **为**(wéi):介词,被。**俘虏**:战争中活捉的敌方从事战争的人员。
⑱ **粟**(sù):粮食的统称。
⑲ **何**:疑问代词,为什么。**惜**:吝惜,舍不得。**钱刀**:就是钱币,中国古代的钱币形状像刀,故称"钱刀"。**我赎**(shú):宾语前置,就是"赎我",用财物换回我。赎,用财物换回人或抵押品。

⑳ **五胡十六国**(304—589):指自西晋末年到北魏统一北方期间,曾在中国北部建立政权的五个北方民族及其所建立的政权。
㉑ **鲜卑**(Xiānbēi)、**匈奴**(Xiōngnú)、**羌**(Qiāng)、**氐**(Dī):都是中国古代的少数民族。
㉒ **《敕勒**(Chìlè)**歌》**:敕勒,匈奴民族的后代,这首诗写出了西北大草原的特殊景色。
㉓ **川**:平原。
㉔ **阴山**:山名,在今内蒙古一带。
㉕ **穹庐**(qiónglú):动物毛制成的帐篷。
㉖ **四野**:四周广阔的原野,也指四面八方。
㉗ **见**:同"现",呈现,出现。
㉘ **气象**:景色,景象。**苍莽**(mǎng):无边无际的样子。
㉙ **浓郁**:浓厚。
㉚ **上品**:上等,质量好的或等级高的。
㉛ **《木兰诗》**:北朝民歌,内容是叙述女英雄木兰代替父亲从军的故事。
㉜ **堪称**:能够被称为。**璧**:美玉,比喻好的人或事物。**《孔雀东南飞》**:南朝民歌,中国古代文学史上最早的一首长篇叙事诗,主要内容是叙述刘兰芝、焦仲卿两人的爱情悲剧。
㉝ **异曲同工**:成语,不同的曲调表演得同样精彩,比喻不同的做法或说话取得同样的效果。
㉞ **交相辉映**:成语,互相映照,互相衬托。
㉟ **时而**:有时,表示不同的现象在一定时间内交替发生。**夸张**:一种修辞手法,指为了启发听者或读者的想象力和加强言语的力量,用夸大的词句来形容事物。**铺叙**:详细地叙述。
㊱ **精雕细刻**:精心雕琢,细致刻画,比喻严谨的创作风格和刻意追求完美的精神。
㊲ **笔调**:文章的风格、情调。**慷慨**:满正气,情绪激昂的样子。**从戎**(róng):从军,参加军队。
㊳ **妩媚**(wǔmèi):姿态美好可爱,多用来描绘青年女性。

作 品

木兰诗

唧唧复唧唧㊴,木兰当户㊵织,
不闻机杼㊶声,惟㊷闻女叹息。
问女何所思㊸?问女何所忆?
女亦㊹无所思,女亦无所忆。
昨夜见军帖㊺,可汗㊻大点兵。
军书十二卷㊼,卷卷有爷㊽名。
阿爷无大儿,木兰无长兄,
愿为市鞍马㊾,从此替爷征㊿。
东市买骏马㉛,西市买鞍鞯㉜,

南市买辔头㊺,北市买长鞭㊻。
朝辞爷娘㊼去,暮宿㊽黄河边。
不闻爷娘唤女声,但闻黄河流水鸣溅溅㊾。
旦㊿辞黄河去,暮宿黑山㊿头。
不闻爷娘唤女声,但闻燕山胡骑鸣啾啾㊿。

万里赴戎机㊿,关山度若㊿飞。
朔气传金柝㊿,寒光照铁衣㊿。
将军百战死,壮士十年归。

归来见天子㊿,天子坐明堂㊿。
策勋十二转㊿,赏赐百千强㊿。
可汗问所欲㊿,木兰不用尚书郎㊿。
愿借明驼㊿千里足,送儿还㊿故乡。

爷娘闻女来,出郭相扶将㊿。
阿姊㊿闻妹来,当户理红妆㊿。
小弟闻姊来,磨刀霍霍㊿向猪羊。
开我东阁㊿门,坐我西阁床。
脱我战时袍㊿,着㊿我旧时裳。
当窗理云鬓㊿,对镜贴花黄㊿。
出门看火伴㊿,火伴皆惊惶㊿。
"同行㊿十二年,不知木兰是女郎㊿。"

雄兔脚扑朔㊿,雌兔眼迷离㊿。
双兔傍地走㊿,安能辨㊿我是雄雌?

注 释

㊴ 唧(jī)唧:拟声词,用来形容叹惜的声音。
㊵ 当:面对。户:门。
㊶ 机杼(zhù):指织布机。
㊷ 惟:副词,只。
㊸ 何所思:就是"思何",想什么;与下文"何所忆"一起,互文,意思相同。
㊹ 亦:副词,也。

㊺ **帖**(tiě):官府文书,公文。
㊻ **可汗**(Kèhán):中国古代西北少数民族对君王的称呼。
㊼ **卷**(juàn):量词,指全书的一部分。这里的“十二”和下文的一样,都是泛指多,不是确实的数字。
㊽ **爷**:这里指父亲。
㊾ **为**(wèi):为了。**鞍**:骑马用的坐具。**愿为市鞍马**:情愿为了(父亲)购买鞍和马。
㊿ **征**:征伐,发兵讨伐。
(51) **骏马**:跑得快的好马。
(52) **鞯**(jiān):衬托马鞍的垫子。
(53) **辔**(pèi)**头**:驾驭牲口的嚼子、龙头和缰绳。
(54) **鞭**(biān):打马用的皮绳。这四句描述木兰购买战马等物品的情形,互文现义。
(55) **朝**(zhāo):早晨。**辞**:告辞,告别。**娘**:母亲。
(56) **暮**(mù):傍晚。**宿**(sù):住宿,过夜。
(57) **但**:副词,只,仅。**鸣**:泛指发声。**溅**(jiān)**溅**:拟声词,水流迅速激溅的声音。
(58) **旦**:早晨太阳刚出来的时候。
(59) **黑山**:山名,在今内蒙古呼和浩特市东南。
(60) **胡**:中国古代对北方少数民族的称呼。**骑**:马。**燕**(Yān)**山**:山名,在今河北省北部。**啾**(jiū)**啾**:马鸣声。
(61) **赴**(fù):奔向。**戎机**:战争,军事。
(62) **关山**:泛指关口山川。**度**:越过。**若**:好像,如同。
(63) **朔**(shuò),指北方。**朔气**:指北方的寒气。**金柝**(tuò):军用工具,白天用来烧饭,晚上用来敲击提示时间或报警。**朔气传金柝**:从金柝的声音中传出了北方的严寒之气。
(64) **寒光**:指清冷的月光。**铁衣**:古代战士穿的带有铁片的战衣。
(65) **天子**:即皇帝。
(66) **明堂**:皇帝用来祭祀、接见诸侯、选拔人才等所用的厅堂。
(67) **策勋**(cèxūn):记功劳。**转**(zhuǎn):当时将勋位分为若干等级,每提升一等就叫做一转。
(68) **强**(qiáng):有余,略多于某数。
(69) **欲**:想要,希望。**所欲**:要求什么。
(70) **不用**:不为。**尚书郎**:有时就叫“尚书”,中国古代中央政府的官名。
(71) **明驼**:就是骆驼(luòtuó)。
(72) **儿**:木兰自称。
(73) **郭**:外城。相,互相。**将**(jiāng):扶持。
(74) **姊**(zǐ),姐姐。
(75) **红妆**:指妇女的艳丽装束。
(76) **霍**(huò)**霍**:拟声词,磨刀时发出的声音。
(77) **阁**:特指女子的卧房。
(78) **袍**(páo):外衣,战袍。
(79) **着**(zhuó):穿。
(80) **鬓**(bìn):脸两边靠近耳朵的头发。这里的“云”是比喻女子的头发像云一样轻柔舒卷。

㊶ **花黄**:当时流行的一种妇女装饰,把金黄色的纸剪成星、月、花、鸟等形状贴在额头上,或者在额头上涂一点黄的颜色。
㊷ **火伴**:古时军人以十人为火,共用器具做饭,所以称同火的人为火伴,引申为同伴,现在多写做"伙伴"。
㊸ **惶**:恐惧,惊慌。
㊹ **同行**(xíng):一起行动。
㊺ **女郎**(láng):年轻女子。
㊻ **扑朔**(pūshuò):形容雄兔脚上的毛蓬松的样子。
㊼ **迷离**:模糊而难以分辨清楚,迷糊。这里形容雌兔的眼睛被蓬松的毛遮蔽的样子。
㊽ **傍**:靠近,贴近。**走**:跑。
㊾ **安**:疑问代词,哪里。**辨**:判别,区分。这四句是通过描写雄兔和雌兔在奔跑时不能区别的样子,来赞扬木兰的才能和智慧。

(一) 背诵

《敕勒歌》

(二) 填空

1. 从体裁来讲,南北朝的民歌开辟了一条抒情小诗的新路,这就是_____。五言四句的小诗,在汉代的民歌中虽然已经出现了,但是,数量极少,也没有什么影响。因此,绝句的真正源头是_____。当时有名的诗人谢灵运、鲍照、谢朓等已经纷纷模拟,不过,这还只是一种尝试,到了_____便由附庸而蔚为大观。

2. 北朝乐府民歌中最杰出的作品是《_____》。与《_____》堪称魏晋南北朝的文学史上的"双璧",二者异曲同工,交相辉映。

(三) 思考题

1. 为什么说"绝句的真正源头是南北朝时期的民歌"?试举例说明。
2. 分析《木兰诗》的艺术特点。

文学史知识提示

在《木兰诗》里出现了一个非常健康明朗的女性。她生命的充沛与情感的活跃,配合北方伟大的自然背景,组成了雄健刚强的交响乐,使我们听到了未曾听过的弦索,体现祖国精神的无限高昂。在中国古典诗歌里,初次塑造出一个典型的英雄性格的女性形象。这篇长诗表面是喜剧性的,但在反面仍然隐藏着悲剧的现实。从这首诗,我们可以体会到在那个时代里,广大人民苦于抽丁的压迫和连年不断的战争的苦痛生活。本诗的艺术特色,是故事性强,布局严谨,描写生动,且富于音乐的美感,发扬了民歌的独特风格。

(刘大杰著《中国文学发展史》
上海古籍出版社 1982 年版,第 337 页)

子夜四时歌·冬歌

渊⑩冰厚三尺,素雪覆⑪千里。
我心如松柏,君⑫情复何如?

读曲歌⑬(之二)

打杀长鸣鸡,弹去乌臼鸟⑭。
愿得连冥不复曙⑮,一年都一晓⑯。

西洲曲⑰

忆梅下西洲⑱,折梅寄江北⑲。
单衫⑳杏子红,双鬓鸦雏色㉑。
西洲在何处?两桨㉒桥头渡。
日暮伯劳㉓飞,风吹乌臼树㉔。
树下即㉕门前,门中露翠㉖钿。
开门郎㉗不至,出门采红莲㉘。

采莲南塘秋,莲花过人头。
低头弄⁽¹⁰⁹⁾莲子,莲子青如水⁽¹¹⁰⁾。
置⁽¹¹¹⁾莲怀袖中,莲心彻底⁽¹¹²⁾红。
忆郎郎不至,仰头望飞鸿⁽¹¹³⁾。
鸿飞满西洲,望郎上青楼⁽¹¹⁴⁾。
楼高望不见,尽日⁽¹¹⁵⁾栏杆头。
栏杆十二曲⁽¹¹⁶⁾,垂⁽¹¹⁷⁾手明如玉。
卷帘⁽¹¹⁸⁾天自高,海水摇⁽¹¹⁹⁾空绿。
海水梦悠悠⁽¹²⁰⁾,君愁我亦愁⁽¹²¹⁾。
南风知我意,吹梦到西洲。

注 释

⑩ 渊(yuān):深水。
⑪ 素:白色。覆(fù):覆盖,遮蔽。
⑫ 君:尊称,您。
⑬ 读曲歌:《乐府诗集》载89首,是歌唱时不配合音乐的民歌,内容都是写男女情爱。
⑭ 弹(tán):用弹弓发射弹丸。乌臼(jiù)鸟:一种候鸟,在黎明天亮时就啼叫。
⑮ 冥(míng):黑夜。曙(shǔ):天亮。
⑯ 都:总共。晓:天亮。一年都一晓:(但愿)一年只天亮一次。
⑰ 西洲曲:该篇通过对季节变换的描写,表达了一个女子对所爱男子的深长思念。
⑱ 梅:梅树,早春开花。下:落。西洲:根据本诗,应该是在女子住处附近。
⑲ 江北:应该是男子所在的地方。
⑳ 衫:上衣。
㉑ 雏(chú):小鸟。鸦雏色:像小乌鸦一样的颜色,这里是说女子的头发乌黑发亮。
㉒ 桨(jiǎng):划船用的工具。
㉓ 伯劳:鸟名,仲夏开始鸣叫,喜欢单独生活。这里一方面用来表示仲夏的季节,一方面也暗喻女子孤单的处境。
㉔ 乌臼树:树名,种子可以制作肥皂。
㉕ 即:就是。
㉖ 翠:青绿色。钿(diàn):首饰。翠钿:用翠玉镶嵌的首饰。
㉗ 郎:古时妇女对丈夫或者情人的称呼。
㉘ 莲:荷的种子。"莲"和"怜"谐音,"怜"有"爱"的意思;"子"有"种子"和"你"两个意思。本诗通篇的"莲"、"莲子"、"莲心"都有"爱"、"爱你"、"爱怜之心"等双关意味。
㉙ 弄:用手把玩。
⑩ 青如水:比喻爱情的纯洁。
⑪ 置:放,搁。
⑫ 彻底:到底,完全。

⑬ **鸿**(hónɡ):雁。**望飞鸿**:有盼望书信的双关意味,因为古时有鸿雁传书的故事。
⑭ **青楼**:古代女子居住地方的通称。
⑮ **尽**:完毕,到……尽头。**尽日**:终日。
⑯ **十二**:极言多。**曲**(qū):弯曲,婉转。
⑰ **垂**:垂下,放低。
⑱ **帘**(lián):遮蔽门窗用的布、竹编织物之类的东西。
⑲ **摇**:摆动,荡漾。这两句承接上文,说想念心上人,但心上人不来,只好登楼远望;虽然楼高,但仍然望不见。卷起门帘,看到的只有显得很高的蓝天和荡漾的碧绿海水。这里的海水就是指江水,江水很大,给人以海的感觉。
⑳ **悠悠**:长久,长远。**海水梦悠悠**:梦境如同江水一样缠绵不断。
㉑ **亦**:副词,也。**君愁我亦愁**:从我之愁推想到对方之愁大概也是这样。

第十三课

初唐①时期的文学

课　文

　　初唐时期继往开来的人物是号称"初唐四杰"的杨炯、王勃、卢照邻、骆宾王②，还有张若虚、陈子昂③等。其中陈子昂的成就最高。初唐四杰具有相似的人生经历和感受，因而也具有同样的审美④追求。他们四人都反对绮靡⑤的文风，追求刚健的骨气、壮美的境界⑥；在理论上都强调文学的经世教化⑦作用。就诗歌创作而言，四杰的风格各有特点："王勃高华，杨炯雄厚，照邻清藻⑧，宾王坦易⑨。"他们四人描写的题材⑩差不多，可以分为边塞诗、送别诗、牢骚⑪诗、咏物诗等几大类。总的来讲，边塞诗慷慨激越、悲壮苍劲⑫；送别诗情深意浓、真切感人；牢骚诗忧愤不平、荡气回肠⑬；咏物诗以物抒情⑭，借诗言志，均开了盛唐诗歌的风气⑮。

　　张若虚的《春江花月夜》⑯，清丽婉转⑰，往复缠绵⑱，画意幽美⑲，哲理隽永⑳，为中国文学史上的名篇。

　　在初唐时期的文学史上，陈子昂是最杰出的文学家。他的诗文以深刻充实的内容和质朴㉑刚劲的风格，扫清了六朝以来浓艳绮丽㉒的余风。他的代表作有《感遇》㉓38首，《蓟丘览古》7首和《登幽州台歌》㉔，思想深度与广度㉕都超过了"初唐四杰"。他的《感遇·兰若生春夏》借芳草凋零、美人迟暮表达了理想落空、壮志未酬㉖的悲哀。《登幽州台歌》在短短的22字中，诗人思绪跨越时空㉗，上下千年，纵横㉘万里。他缅怀往昔㉙，古贤㉚难追；感慨㉛当今，才志未展㉜；遥望前景，不见来者，不禁百感交集㉝，惆怅郁结㉞，潸然㉟泪下。其特殊的感触、忧思、胸怀、抱负引起了古往今来无数仁人志士的共鸣㊱，成为千古名篇。

注 释

① **初唐**:文学史上的"初唐"一般是指唐初(618)至唐玄宗开元初年(713)这一段时间。
② **继往开来**:成语,继承以前的成果,开创将来的事业。**杨炯**(Jiǒng)(650—?):初唐诗人,擅长五言律诗。**王勃**(650—676):初唐诗人,在"初唐四杰"当中才气最高、成就较大。**卢照邻**(生卒年不详):初唐诗人,其诗以歌行体为最佳。**骆宾王**(约640—约684):初唐诗人,擅长七言歌行。
③ **张若虚**(生卒年不详):唐开元时诗人,他的生平事迹已不可考。**陈子昂**(661—702):初唐诗人,他的诗歌词意激昂,风格高峻。
④ **审美**:鉴别和领会文学艺术作品的美。
⑤ **绮靡**(qǐmí):形容诗歌或文章华丽、浮艳。
⑥ **境界**:事物所达到的程度或呈现出的情况。
⑦ **经世**:治理国事。**教化**:教育感化。
⑧ **藻**(zǎo):文采。
⑨ **坦易**:坦率平易。
⑩ **题材**:作品内容主题所用的材料。
⑪ **边塞**(sài):边疆设防的地方。**牢骚**(láosāo):指抑郁不满的情绪或言语。
⑫ **激越**:情绪强烈、激昂。**悲壮**:心绪哀伤,意气激昂。**苍劲**:老练有力。
⑬ **荡气回肠**:成语,形容好的音乐、文章缠绵悱恻,感人极深的样子。
⑭ **抒**(shū)**情**:表达情感。
⑮ **均**:都,全部。**盛唐**:一般指唐玄宗开元初年(713)至唐代宗大历初年(766)这一段时间,是唐朝政治、经济、文化发展的鼎盛时期。**风气**:风尚习气,社会上或某个集体中流行的爱好或习惯。
⑯ **《春江花月夜》**:张若虚的代表作,以春江月夜为背景,描绘了相思离别之苦。
⑰ **清丽**:清新、美丽。**婉转**(wǎnzhuǎn):含蓄、曲折而温和。
⑱ **往复**:反复。**缠绵**:委婉动人。
⑲ **幽**(yōu)**美**:幽静美丽。
⑳ **哲理**:哲学上的道理、理论。**隽永**(juànyǒng):言辞、诗文或其他事物意味深长,引人入胜。
㉑ **充实**:内容充足,不空虚。**质朴**(pǔ):朴素、纯朴。
㉒ **绮丽**:鲜艳美丽。
㉓ **《感遇》**:抒写生活感受的组诗,后人将每首第一句作为题目以区别。
㉔ **《蓟丘**(Jìqiū)**览古》**:蓟丘,地名,在今北京城西南;览古,游览古迹。**《登幽州台歌》**:幽州台,故址在今北京市西南。
㉕ **深度**:触及事物本质的程度。**广度**:事物的范围。
㉖ **凋零**(diāolíng):草木凋谢零落。**迟暮**(mù):黄昏,比喻晚年。**酬**(chóu):实现愿望。
㉗ **思绪**(xù):思路的线索、头绪。**时空**:时间和空间。
㉘ **纵横**:这里指思想奔放自如。
㉙ **缅**(miǎn)**怀**:(书),怀念、追思。**往昔**(xī):(书),从前,以往。

101

㉚ **贤**:有德行,多才能的人。
㉛ **感慨**:心灵受到某种感触而慨叹。
㉜ **展**:施展,发挥。
㉝ **不禁**:抑制不住,不由得。**百感交集**:指许多感触交织在一起。
㉞ **惆怅**(chóuchàng):伤感、愁闷、失意的样子。**郁**(yù)**结**:指忧思烦冤纠结不解。
㉟ **潸**(shān)**然**:流泪的样子。
㊱ **胸怀**:指心情、志趣、抱负等。**抱负**:志向、愿望。**古往今来**:成语,从古到今。**仁人志士**:有德行、有志向、为理想而献身的人。**共鸣**:由别人的某种情绪引起的相同的情绪。

作品

送杜少府之任蜀川㊲

王 勃

城阙辅三秦㊳,风烟望五津㊴。
与君离别意,同是宦游㊵人。
海内存知己㊶,天涯若比邻㊷。
无为在歧路㊸,儿女共沾㊹巾。

在狱咏蝉㊺

骆宾王

西陆㊻蝉声唱,南冠客思侵㊼。
那堪玄鬓影㊽,来对白头吟㊾。
露㊿重飞难进,风多响易沉㉛。
无人信高洁㉜,谁为表予心㉝?

从军行㊾

杨 炯

烽火照西京㊿,心中自不平。
牙璋辞凤阙㊱,铁骑绕龙城㊲。
雪暗凋旗画㊳,风多杂鼓声㊴。
宁为百夫长㊵,胜作一书生㊶。

感　遇(其二)

陈子昂

兰若㊷生春夏,芊蔚何青青㊸。
幽独空林色㊹,朱蕤冒紫茎㊺。
迟迟白日晚,袅袅㊻秋风生。
岁华尽摇落㊼,芳意竟何成!

登幽州台歌

陈子昂

前不见古人,后不见来者。
念天地之悠悠㊽,独怆然而涕㊾下。

注　释

㊲ **杜少府**:少府,官名;杜少府,杜姓的少府。**之**:到。**任**:任职。**蜀(Shǔ)川**:蜀,地名,在今四川省;蜀川,就是蜀地的意思。

㊳ **阙(què)**:宫门前的望楼。这里的"城阙"指的就是长安。**辅**:辅佐,护卫。**三秦**:项羽灭秦,把秦地分封给三王,故称三秦,在今陕西省和甘肃省东部。辅三秦,意思就是"以三秦为辅"。

㊴ **风烟**:指自然景色。**津**:渡口。**五津**:长江在蜀中某段有五处渡口,合称五津。开头两句的意思是说,长安城以三秦之地为卫护,可以望见五津的自然景色。

㊵ **宦(huàn)游**:为求官而出游。这两句的意思是说,杜少府和我都是宦游之人,各奔前程,不可能常聚在一起,离别是难以避免的。

㊶ **知己**:亲密的朋友。

㊷ **天涯(yá)**:天边,比喻距离很远。**比邻**:近邻,邻居。

㊸ **无为**:不要,不用。**歧(qí)路**:岔路,指分手之处。

㊹ **儿女**:青年男女。**沾(zhān)**:浸湿。最末两句的意思是说,不要像青年男女一样在离别的时候,流泪沾湿了衣巾。

㊺ **蝉(chán)**:昆虫,就是"知了"。这首诗是骆宾王因为反对武则天被捕时在监狱中写的,诗中作者用蝉来比喻自己,表达了诗人悲愤的心情。

㊻ **西陆**:秋天。

㊼ **南冠(guàn)**:囚犯的代称。**客思**:思念家乡。**侵(qīn)**:侵袭,侵入。

㊽ **那**:代词,同"哪",怎么。**堪(kān)**:承受。**玄(xuán)**:黑色。**玄鬓影**:因为鬓发薄得像蝉的翅膀,看上去像蝉的翅膀的影子,所以以"玄鬓影"来指蝉。

㊾ **吟**(yín):鸣叫。这两句承接上文,说自己在狱中思念家乡,此时秋蝉正对着自己的满头白发哀吟,让我怎么能够承受呢?

㊿ **露**(lù):露水,凝结在地面或靠近地面的物体表面上的水珠。

○51 **沉**:沉没不能被听见。这两句的意思是说,秋蝉因为露水太重而不能高飞,鸣叫的声音也因为风大而很难被听见。

○52 **信**:相信。**高洁**:高尚纯洁。

○53 **表**:表白,告诉皇帝。**予**:我。**谁为表予心**:谁能为我向皇帝表白我的真心呢?

○54 **从军行**:乐府旧题,内容多是反映军队战争的事情。这首诗表达了诗人慷慨从军的豪情壮志。

○55 **烽**(fēng)**火**:古时边防报警的烟火,这里比喻战火或战争。**西京**:即长安。

○56 **牙璋**(zhāng):古代发兵所用的兵符。由两块合成,分别为朝廷和主帅掌管,相嵌合处呈牙状。**凤阙**:指长安。

○57 **骑**:指骑兵。**铁骑**:穿铁甲的骑兵,这里指精强的骑兵。**龙城**:汉朝时匈奴大会各个部落祭天的地方,在今蒙古人民共和国境内。这里借指敌方要地。

○58 **凋**:凋落,凋谢。**凋旗画**:旗帜上的绘画暗淡失色。

○59 这两句是描绘边疆军队战斗的豪壮场面。

○60 **宁**(nìng):连词,宁可,宁愿。**为**:做,成为。**百夫长**(zhǎng):管理百余士兵的军官。

○61 **胜**:胜过,超过。**书生**:读书人。

○62 **兰**:兰花,一种香草。**若**:杜若,一种香草。

○63 **芊蔚**(qiānwèi):花叶茂密的样子。**青青**:同"菁菁",繁盛的样子。

○64 **空**:使动用法,"使……显得空、无意义"的意思。**幽独空林色**:兰草和杜若幽美地独生于林中,它们的秀色让林中其他植物黯然无光。

○65 **蕤**(ruí):花下垂的样子,这里指下垂的花。**朱蕤冒紫茎**:红花开在紫色花茎的上面。

○66 **袅**(niǎo)**袅**:微弱细长的样子。

○67 **华**:同"花"。**岁华**:草生一年一度荣枯,故曰岁华。**摇落**:动摇,脱落,这里指被秋风所摧折。

○68 **悠悠**:长久,遥远。

○69 **怆**(chuàng)**然**:伤感的样子。**涕**(tì):眼泪。

(一) 背诵

王勃的《送杜少府之任蜀川》、陈子昂的《登幽州台歌》

(二) 填空

1. 初唐四杰是:_____、_____、_____、_____。

2. 在初唐时期的文学史上,_____是最杰出的文学家。他的诗文深

104

刻充实的内容和质朴刚劲的风格,扫清了_____以来浓艳绮丽的余风。他的代表作有《_____》三十八首,《蓟丘览古》七首和《登幽州台歌》,思想深度与广度都超过了"_____"。

(三) 思考题

为什么说"初唐四杰"开了盛唐的诗歌风气?

　　初唐四杰都是英姿逸发的少年天才。骆宾王七岁即能诗,被称为"神童"。杨炯年十岁即应童子举,翌年待制弘文馆。王勃十六岁时被太常伯刘祥道称为神童而表荐于上,对策高第,拜为朝散郎。卢照邻二十岁即为邓王府典签,"王府书记,一以委之"。但是在仕途上,他们又都是坎坷不遇的。四人中,仅杨炯官至县令。年少志大,才高位卑,这种人生经历深刻地影响了他们的思想性格和文学创作。

　　初唐四杰拓新了诗歌的主题和题材,使诗歌摆脱了颂隆盛、助娱乐的虚套,面向广阔的时代生活,用现实的人生感受恢复了诗中清醒而严肃的自我。

　　初唐四杰在诗歌创作上的力求振拔,不仅表现为内容的拓展与充实,而且也表现为形式的创新与完善。他们要以新的章法和节奏,来表现新的情绪,在诗歌语言上也作出了向生活靠近的努力。大体而言,卢、骆喜作五、七言长篇,其功尤在七言歌行一体;王、杨则以五言律、绝取胜。

(章培恒、骆玉明主编《中国文学史》,
复旦大学出版社 1996 年版,中卷,第 27、29、32 页)

春江花月夜

张若虚

春江潮水连海平，海上明月共潮生。
滟滟⑦⁰随波千万里，何处春江无月明。
江流宛转绕芳甸⑦¹，月照花林皆似霰⑦²。
空里流霜⑦³不觉飞，汀⑦⁴上白沙看不见。
江天一色无纤⑦⁵尘。皎皎空中孤月轮⑦⁶。
江畔⑦⁷何人初见月，江月何年初⑦⁸照人。
人生代代无穷已⑦⁹，江月年年望相似。
不知江月待何人，但见长江送流水。
白云一片去悠悠，青枫浦上不胜⁸⁰愁。
谁家今夜扁舟子⁸¹，何处相思⁸²明月楼。
可怜楼上月徘徊⁸³，应照离人妆⁸⁴镜台。
玉户⁸⁵帘中卷不去，捣衣砧⁸⁶上拂还来。
此时相望不相闻，愿逐月华⁸⁷流照君。
鸿雁⁸⁸长飞光不度，鱼龙潜跃水成文⁸⁹。
昨夜闲潭⁹⁰梦落花，可怜春半不还家。
江水流春去欲尽，江潭落月复西斜。
斜月沉沉藏海雾，碣石潇湘无限路⁹¹。
不知乘⁹²月几人归，落月摇情满江树⁹³。

注　释

⑦⁰ **滟(yàn)滟**：水面动荡闪光的样子。
⑦¹ **宛转**：辗转，曲折。**甸**：郊外之地。**芳甸**：遍生花草的原野。
⑦² **霰(xiàn)**：小雪珠，小冰粒。这里形容洁白月光照映下的花朵。
⑦³ **霜(shuāng)**：在气温降到摄氏零度以下时，近地面空气中水汽的白色结晶。
⑦⁴ **汀(tīng)**：水边平坦的沙滩。
⑦⁵ **纤(xiān)**：细小。
⑦⁶ **皎(jiǎo)皎**：洁白明亮的样子。**轮**：指月亮。
⑦⁷ **畔(pàn)**：旁边，附近。
⑦⁸ **初**：第一次，首次。
⑦⁹ **穷**：尽，完。**已**：停止。

⑧ **青枫浦**(Qīngfēng Pǔ):"浦"是"水边"的意思,青枫浦在今湖南省浏阳市境内。这里是泛指遥远荒凉的水边。**不胜**:受不住,承担不了。
⑧ **扁舟**(piānzhōu):小船。**子**:人。
⑧ **相思**:互相思念,多指男女彼此思念。
⑧ **可怜**:值得怜悯。**徘徊**(páihuái):在一个地方来回地走,犹豫不决的样子。这里指月影移动。
⑧ **离人**:与亲人等分别的人。**妆**(zhuāng):梳妆打扮。
⑧ **玉户**:月光下的房间,月色像玉的颜色,所以这么说。
⑧ **捣衣砧**(zhēn):古时用于洗衣或者加工布料的平坦石块。从"玉户"、"捣衣砧"以及上文的一些字句,我们可以知道这里描写的是一位心上人离她而去的妇女。**捣衣砧上拂还来**:月色下这位妇女的思念、愁怀无法排遣。
⑧ **逐**:跟随。**月华**:月光,月色。
⑧ **鸿雁**(hóngyàn):一种候鸟,春秋来往迁徙于南北,所以古时有鸿雁代为传递书信的故事,文学作品中的鸿雁大多有此意味。
⑧ **潜**:没入水中,在水下活动;潜水。**跃**:跳。**文**:文字,文章。
⑨ **闲**:空闲,没有事。**潭**(tán):深水池。
⑨ **碣石**:古山名,在今河北省昌黎县西北。**潇湘**(Xiāoxiāng):湘江与潇水的并称,在今湖南省境内。这里用"碣石"指北方,用"潇湘"指南方,比喻自己与心上人远隔南北。**无限路**:形容自己和心上人相距之远。
⑨ **乘**(chéng):趁着,利用。
⑨ **落月摇情满江树**:思念的情绪伴随着残月余辉散落在江边的树林里。

第十四课

孟浩然与王维

课　文

　　六朝①的谢灵运、谢朓以山水诗著称,陶渊明以田园诗名世②。唐代诗人在此基础之上继承发展,形成了以孟浩然、王维为代表的山水田园诗派。

　　孟浩然(689—740),湖北襄阳人,曾居鹿门山。他的一生以浪漫隐逸③为主,其诗多描写田园山水,表达他隐逸、孤独的情怀:"山寺钟鸣昼④已昏,渔梁渡头争渡喧⑤。人随沙岸向江村,余亦乘舟归鹿门。"(《夜归鹿门歌》)世人熙熙攘攘⑥,为名为利,我则追踪⑦先贤而归隐,这当然是一种独特的人生体悟⑧。孟浩然的山水诗善于撷取孤月、疏⑨雨、古木、寒钟等景物,并且把它们融入旅思、乡恋、客愁、友情之中,表现了一种幽远凄清⑩的意境,形成了他清幽、淡雅的风格:"春眠不觉晓⑪,处处闻啼鸟。夜来风雨声,花落知多少。"(《春晓》)"移舟泊江渚⑫,日暮客愁新。野旷⑬天低树,江清月近人。"(《宿建德江》)

　　王维(701—761),字摩诘,今山西祁(qí)人。他的田园诗有闲适⑭的情调,往往把田园景色的自然美和农村人情的真挚淳朴⑮,作为现实的对立面来描绘。他的山水诗幽静、空灵⑯、凄清,表现了他孤高、落寞⑰的情怀。在山水田园诗中,王维诗、书、乐、画兼擅的艺术才华发挥得淋漓尽致⑱。特别是他以画入诗,诗中有画,画中有诗,使他的山水田园景物的布局错落⑲有致,富有色彩的变化美与构图的和谐美;虚实相间⑳,明暗依持㉑,将诗人超然物外的意兴和随遇而安的处世㉒态度表现得十分完满。由于他的诗显示了明心见性㉓,以禅㉔入诗的根本理趣,王维由此而赢得了盛唐"诗佛"的称号。

王维诗歌的艺术成就,在盛唐时期,除李白、杜甫之外,没有人能够与他相提并论㉕。他的山水田园诗既得益于陶渊明的平淡自然,又继承了谢灵运的精工秀丽。虽然在盛唐的文学史上他与孟浩然并称王孟,而就诗歌的题材的广泛、内容的深刻、意境的深远,并且擅长各种体裁的写作来看,王维都超过了孟浩然。

注　释

① **六朝**:魏晋南北朝,中国历史进入一个300多年的分裂对峙时期。魏、蜀、吴三分天下,立国江南的吴于公元229年定都建业(南京)。以后东晋王朝和史称南朝的宋、齐、梁、陈四代,相继建都于此,前后320余年之久,史称"六朝"。

② **名世**:闻名于世。

③ **隐逸**(yǐnyì):隐居不做官。

④ **昼**(zhòu):白天。

⑤ **渔梁**:为捕鱼而修筑的塘堰。**喧**(xuān):声音大而杂。

⑥ **熙熙攘攘**(xīxī-rǎngrǎng):形容路上行人多,喧闹杂乱的样子。

⑦ **追踪**(zōng),追随,跟随。

⑧ **体悟**:体会,感悟。

⑨ **撷**(xié)**取**:(书),采取,选择。**疏**(shū):稀疏,事物中间距离远、空隙大。

⑩ **凄**(qī)**清**:凄凉,冷清。

⑪ **眠**(mián):睡。**觉**:察觉,感觉到。**晓**:天亮。

⑫ **泊**(bó):停船。**渚**(zhǔ):水中的小块陆地。

⑬ **旷**(kuàng):开阔。

⑭ **闲适**:清闲安适。

⑮ **真挚**(zhì):真诚恳切。**淳朴**(chúnpǔ):敦厚质朴。

⑯ **空灵**:灵活而无法捉摸。

⑰ **孤高**:孤独,清高。**落寞**:寂寞,冷落凄凉。

⑱ **兼**(jiān):同时涉及或所具有的不只一方面。**擅**(shàn):擅长。**淋漓**(línlí)**尽致**:成语,形容文笔或言词畅达详尽。

⑲ **错落**:交错地排列。

⑳ **相间**(jiàn):相互隔开,间隔。

㉑ **依持**:依靠,扶持。

㉒ **超然物外**:超出现实生活之外。**意兴**:(书),兴趣。**随遇而安**:处在任何环境都能适应并感到满足。**处世**:待人接物,应付世情,与世人相处交往。
㉓ **明心见性**:使心性明白易见。
㉔ **禅(chán)**:梵语"禅那"的省略,原指静坐默念,后表示与佛教有关的事物。
㉕ **相提并论**:成语,把截然不同或不是一个性质的人或事物摆在一起进行评论。

作 品

过故人庄㉖

孟浩然

故人具鸡黍㉗,邀我至田家。
绿树村边合,青山郭㉘外斜。
开轩面场圃㉙,把酒话桑麻㉚。
待到重阳㉛日,还来就菊花㉜。

山居秋暝㉝

王 维

空山新雨后,天气晚来秋。
明月松间照,清泉石上流。
竹喧归浣㉞女,莲动下渔舟。
随意春芳歇㉟,王孙㊱自可留。

观 猎

王 维

风劲角弓鸣㊲,将军猎渭城㊳。
草枯鹰眼疾㊴,雪尽马蹄轻㊵。
忽过新丰㊶市,还归细柳营㊷。
回看射雕㊸处,千里暮云平。

鹿　柴㊹

王　维

空山不见人，但闻人语响。
返景㊺入深林，复照青苔㊻上。

竹里馆㊼

王　维

独坐幽篁㊽里，弹琴复长啸㊾。
深林人不知，明月来相照。

送元二使安西㊿

王　维

渭城朝雨浥(51)轻尘，客舍(52)青青柳色新。
劝君更尽一杯酒，西出阳关(53)无故人。

注　释

㉖ **故人**：老朋友。**庄**：村庄。

㉗ **具**：准备饭食或者酒席。**黍(shǔ)**：古代专指一种子实叫黍子的一年生草本植物，其子实煮熟后有黏性，可以酿酒、做糕等。

㉘ **郭(guō)**：外城，在城的外围加筑的一道城墙。

㉙ **轩(xuān)**：窗户。**场**：用来打谷的平坦场地。**圃(pǔ)**：种植蔬菜或花卉的园地。

㉚ **把酒**：拿着酒杯。**桑(sāng)**：树木名，叶子是蚕的食物。**麻**：植物名，皮是纺织的原料。"桑麻"在这里借指农事。

㉛ **重(Chóng)阳**：即重阳节，在每年的农历九月初九，古代风俗，重阳节要赏菊花。

㉜ **就**：靠近，走近。**菊(jú)花**：植物名，秋季开花。

㉝ **暝**：日落，天黑。

㉞ **浣(huàn)**：洗衣服。

㉟ **歇(xiē)**：竭，消失。

㊱ **王孙**：泛指贵族子孙，也用来尊称一般青年男子。《楚辞》淮南小山《招隐士》："王孙兮归来，山中兮不可以久留。"这里反用其意，是说春天的芳华虽已消歇，秋景也很不错，王孙自可留在山中。

㊲ **角弓**:以动物的角作为装饰的弓。**角弓鸣**:指角弓发箭。弓硬弦紧,拉时震动有声,所以叫作鸣。

㊳ **渭城**(Wèichéng):就是咸阳,在长安西北渭水北岸。

㊴ **疾**:快,迅速。**草枯鹰眼疾**:雪后原野,百草凋枯,动物无所掩蔽,猎鹰很快的就发现捕击的目标。

㊵ **蹄**:马等动物的脚。**雪尽马蹄轻**:猎人立即追踪而至。

㊶ **新丰**:地名,在今陕西省西安市。

㊷ **细柳营**:地名,在今西安市西,汉名将周亚夫的军营在细柳,故名。

㊸ **雕**:一种擅飞的猛禽,不易射得。

㊹ **鹿柴**(Lùzhài):地名,在王维居处附近。

㊺ **景**:同"影";"返景"指反照的阳光。

㊻ **苔**(tái):植物名,多生长在阴暗潮湿的地方,贴着地面,所以也叫"地衣"。

㊼ **馆**,房屋。

㊽ **篁**(huáng):竹林。**幽篁**:深密的竹林。

㊾ **啸**(xiào):撮口发声,口哨。

㊿ **使**:出使。**安西**:地名,即安西都护府的治所,在今新疆维吾尔自治区境内。元二,人名,生卒年及事迹不详。因为这首诗后来被谱入乐府,所以这首诗又称作《渭城曲》、《阳关曲》、《阳关三叠》。

(51) **朝**(zhāo):早晨。**浥**(yì):湿润。

(52) **舍**(shè):泛指房屋。

(53) **阳关**:关隘名,在今甘肃省敦煌县西南,是出塞必经之地。

练习

(一)背诵

孟浩然的《过故人庄》、王维的《观猎》、《竹里馆》

(二)填空

1. 春眠不觉__________,处处闻__________。夜来__________,花落知多少。(孟浩然的《春晓》)

2. 空山不见__________,但闻__________响。__________入深林,复照__________上。(王维的《鹿柴》)

3. 王维的山水诗以__________入诗,诗中有__________,由于显示了诗人明心见性,入定凝神,__________的根本理趣,由此而赢得了盛唐"__________"的称号。

（三）思考题

结合课文所提供的材料，比较分析孟浩然诗与王维诗的不同特点。

文学史知识提示

孟浩然和王维的作风，看来好像很相近，其实却有根本的不同之点在着。维的最好的田园诗，是恬静得像夕光朦胧中的小湖，镜面似的躺着，连一丝的波纹儿都不动荡；人与自然，合而为一，诗人他自己是融合在他所写的景色中了。但浩然的诗，虽然也写山，也写水，也写大自然的美丽的表现，但他所写的大自然，却是活跃不停的，却是和我们人似的刻刻在动作着的。像"却听泉声恋翠微"（《过融上人兰若》）的"恋"字，便充分地可以代表他的独特的作风。细读他的诗什，差不多都是惯以有情的动作，系属到无情的自然物上去的。又王维的诗，写自然者，往往是纯客观的，差不多看不见诗人他自己的影子，或连诗人他自己也都成了静物之一，而被写入画幅之中去了；他从不把自然界拉到自己身上，作为自己动作或情绪的烘托的。浩然则不然，他的诗都是很主观的，处处都有个我在，更喜用"岁月青松老，风霜苦竹余"（《寻白鹤岩张子容隐居》）一类的句子。所以王维是个客观的田园诗人，浩然则是个性很强的抒情诗人。王维的诗境是恬静的，浩然的诗意却常是活泼跳动的。

（郑振铎著《插图本中国文学史》，
人民文学出版社1957年版，第318—319页）

临洞庭湖赠张丞相㊴

孟浩然

八月湖水平，涵虚混太清㊵。
气蒸云梦泽㊶，波撼岳阳城㊷。
欲济无舟楫㊸，端居耻圣明㊹。
坐观垂钓㊺者，徒有羡㊻鱼情。

田家杂兴(之二)

储光羲(62)

众人耻贫贱(63),相与尚膏腴(64)。
我情既浩荡(65),所乐在畋渔(66)。
山泽时晦暝(67),归家暂闲居。
满园植葵藿(68),绕屋树桑榆(69)。
禽雀知我闲,翔集依我庐(70)。
所愿在优游(71),州县莫相呼(72)。
日与南山老,兀然倾(73)一壶。

题破山寺(74)后禅院

常　建

清晨入古寺,初日照高林。
曲径(75)通幽处,禅房花木深。
山光(76)悦鸟性,潭影空人心。
万籁此都寂(77),但余钟磬(78)音。

终南(79)望余雪

祖　咏

终南阴岭秀(80),积雪浮云端。
林表明霁色(81),城中增暮寒。

注　释

(54) **临**(lín):面对。**洞庭湖**:中国第二大淡水湖,在湖南北部,长江南岸。**张丞相**:对人的尊称,丞相是官名。

(55) **涵**(hán):包含,包容。**虚**:天空。**太清**:天空。这两句是说,八月洞庭湖湖水很大,显得能够包含天空,和天空混为一体。

(56) **蒸**(zhēng):气体上升。**泽**:水很深的湖。**云梦泽**:古代传说中的一个非常大的湖,大约在今湖南、湖北境内。

(57) **撼**(hàn):摇动。**岳阳**(Yuèyáng):地名,在今湖南省境内。这两句是在形容洞庭湖的壮美景色,洞庭湖笼罩在蒸腾的水气之中,破浪很大,简直摇动了岳阳城。

(58) **济**:渡河,从河的一边到另一边。**楫**(jí):船桨。

(59) **端居**：独处，隐居。**圣明**：这里就是太平盛世的意思。耻，意动用法，以……为耻。这句是说，生活在太平时代，不能有所建树，所以感到羞耻。

(60) **垂钓**：（书），钓鱼。

(61) **徒**：副词，白白地，无用地。**羡**（xiàn）：羡慕，因为喜爱而希望得到。这两句是说，希望自己得到对方的援引，不要让这种愿望落空。

(62) **储光羲**（Chǔ Guāngxī，707—762）：唐玄宗年间的诗人，诗风质朴，侧重描写田园生活的闲适。

(63) **耻**：形容词的意动用法，以……为耻。**贫贱**（pínjiàn）：穷困又没有社会地位。

(64) **相与**：副词，共同，一起。**尚**：尊崇，注重。**膏腴**（gāoyú）：肥沃，甘美，比喻奢华的生活。

(65) **浩荡**：形容水势大的样子。

(66) **乐**：喜爱。**畋**（tián）**渔**：打猎和捕鱼。

(67) **时**：有时，偶尔。**晦**（huì）：昏暗。

(68) **植**：种植。**葵**（kuí）：古代主要的蔬菜。**藿**（huò）：豆类植物的叶子，也是一种古时的蔬菜。这里"葵藿"泛指所有菜蔬。

(69) **树**：栽树，种植树木。**榆**（yú）：树名。

(70) **翔**（xiáng）：飞。**集**：群鸟停在树上。**庐**（lú）：小屋。

(71) **优游**：生活得十分闲适。

(72) **州县**：借指官府。**莫**：不要，不能。**相**：副词，表示一方对另一方有所行动。**呼**：召唤。这两句是说，我的愿望就是闲适的生活，官府不能召唤我。

(73) **兀**（wù）**然**：酒醉的样子。**倾**（qīng）：用完，喝完。

(74) **题**：书写，题写。**常建**（708—765？）：著名山水诗人。**破山寺**：在今江苏常熟市虞山。

(75) **径**（jìng）：小路。

(76) **光**：风光。"悦"和下文的"空"都是使动用法，意思是"使……高兴"、"使……空灵"。

(77) **万籁**（lài）：自然界的各种声响。**寂**（jì）：静悄悄，没有声音。

(78) **但**：副词，只，仅仅。**余**：剩下。**磬**（qìng）：用石或玉制成的一种古代乐器。

(79) **祖咏**：生卒年不详，著名山水田园诗人。**终南**：山名，在今陕西省西安市南。

(80) **阴**：山的南面，水的北面。**岭**：山坡。**秀**：美好，美丽。

(81) **表**：树梢。**霁**（jì）**色**：像雨后晴空那样的颜色。

第十五课

边塞诗派

课 文

　　唐代初年,东突厥、吐谷浑、吐蕃等不断侵扰①,导致民族之间战事不断,交往频繁②,成为唐代边塞诗派形成的社会基础。据粗略估计,初唐大约有四五十位诗人创作过边塞诗,盛唐时期的边塞诗人更是群星灿烂③,代表诗人有王昌龄、高适、岑参、李颀、王之涣、崔颢④等。他们大多有过从军征战的戎马生涯⑤,擅长采用七言古诗和七绝的体裁,表达请缨杀敌、报国⑥立功的豪情,描写边塞艰苦的生活和奇异⑦的风光,抒发缭绕⑧不尽的乡思边愁,揭露⑨军队中的各种矛盾,反映了少数民族的风土人情⑩,表现了民族文化的融合。

　　王昌龄(698？—757)的边塞诗歌颂了将士们为国杀敌、英勇⑪善战的爱国精神,反映了将士们的边愁乡思,抒情真挚,寓意⑫深婉,佳作迭⑬出。王昌龄还是七绝的圣手⑭,他的七绝诗构思精美,深婉隽永,与李白⑮合称盛唐时期的"七绝双璧"。

　　高适(702？—765)以功业自期⑯,但是,他命运不济⑰,生当盛世却怀才不遇⑱,慷慨悲歌、沉雄悲壮便成了他诗歌的主旋律⑲之一。其代表作《燕歌行》⑳揭露矛盾的深刻,批判㉑黑暗的勇气,为历来㉒边塞诗所仅见,是不朽㉓的名篇。

　　岑参(715—770)具有丰富的边疆征战的生活经历,他的诗描绘了西域边疆雄奇的壮丽风光,表现了胡㉔汉文化的交流。茫茫戈壁、巍巍天山、皑皑㉕白雪、炎炎烈日、火云、热海和狂风飞沙,加上边疆变幻㉖不定的气候,构成了他的边塞诗奇异绚丽㉗的特色。

注　释

① **东突厥**(jué)，**吐谷浑**(Tǔyùhún)，**吐蕃**(Tǔbō)：都是古代中国边境的少数民族名称。**侵扰**：侵害干扰。
② **频繁**：间隔短暂，次数多。
③ **灿烂**(cànlàn)：光彩鲜明夺目。
④ **王昌龄**(698—约757)：擅长五言古诗和五七言绝句，唐代著名边塞诗人。**高适**(约702—765)：著名诗人，和岑参并称，是唐代边塞诗人的代表。**岑参**(Cén Sēn)：唐代以反映边塞生活著称的优秀诗人。**李颀**(Qí)(690—751)：唐代诗人，诗歌内容和题材都很广泛，尤以边塞诗著称。**王之涣**：盛唐时代重要的诗人之一。**崔颢**(？—754)：唐代著名诗人，诗歌内容广阔，风格多样。或写儿女之情；或状戎旅之苦。
⑤ **戎**(róng)**马生涯**：成语。**戎马**：军马，借指军事、战争。戎马生涯指从事征战的生活经历。
⑥ **请缨**(yīng)：请求交给杀敌任务，自己要求从军报国。**缨**：指战将捆俘虏的绳子。**报国**：为国家竭诚效力。
⑦ **奇异**：奇特，特别。
⑧ **抒发**(shūfā)：表达，倾吐。**缭绕**(liáorào)：事情结束后延续存在不断绝的样子。
⑨ **揭露**(jiēlù)：揭发隐蔽的事，使之暴露。
⑩ **风土人情**：指一个地方的气候、地势、习俗、礼节、喜好等。
⑪ **英勇**：勇敢出众。
⑫ **寓意**：寄托或蕴含的意思。
⑬ **迭**(dié)：屡次，连着。
⑭ **圣**(shèng)**手**：指技艺高超的人。
⑮ **李白**(701—762)：字太白，号青莲居士，唐代伟大的浪漫主义诗人。
⑯ **期**：希望，期待。
⑰ **不济**：差，不好，不成功。
⑱ **怀才不遇**：成语，有才能学识但是没有遇到好的时机，不得重用，不得志。
⑲ **主旋**(xuán)**律**：比喻主题。
⑳ **《燕**(Yān)**歌行》**：乐府旧题，歌词多歌咏东北边境的军事生活。
㉑ **批判**：对被认为是错误的思想或言行批评否定。
㉒ **历来**：过去多年以来，从来。
㉓ **不朽**(xiǔ)：存在于人类的记忆或记载中，永不磨灭。
㉔ **胡**(Hú)：中国古代对西北少数民族的泛称。
㉕ **茫茫**：辽阔旷远的样子。**戈壁**：沙漠。**巍巍**：形容高大雄伟。**天山**：亚洲中部的大山系，东段在中国新疆中部，西段在中亚。**皑**(ǎi)**皑**：形容洁白的样子。
㉖ **变幻**：常常发生没有规律地改变。
㉗ **绚**(xuàn)**丽**：耀眼而华丽。

作 品

别董大㉘

高 适

千里黄云白日曛㉙,北风吹雁雪纷纷。
莫愁前路无知己,天下谁人不识君。

碛㉚中作

岑 参

走马西来欲到天,辞家见月两回圆。
今夜未知何处宿,平沙万里绝人烟㉛。

逢入京使

岑 参

故园东望路漫漫㉜,双袖龙钟㉝泪不干。
马上相逢无纸笔,凭㉞君传语报平安。

从军行㉟(之一)

王昌龄

烽火城西百尺楼,黄昏独坐海风秋㊱。
更吹羌笛《关山月》㊲,无那金闺㊳万里愁。

出 塞㊴

王昌龄

秦时明月汉时关,万里长征人未还㊵。
但使龙城飞将在,不教胡马度阴山㊶。

闺 怨

王昌龄

闺中少妇不知愁,春日凝妆㊷上翠楼。
忽见陌头杨柳色,悔教夫婿觅封侯㊸。

注　释

㉘ **董大**:人名。
㉙ **曛**(xūn):日落,昏暗。
㉚ **碛**(qì):水中沙堆,引申为沙漠。
㉛ **绝**:缺乏,没有。**人烟**:住户的炊烟,借指人家,住户。
㉜ **故园**:指长安。**漫**(mán)**漫**:长远的样子。
㉝ **龙钟**:指湿润的样子。这句话的意思是用两袖拭泪,袖已沾湿而泪仍不止。
㉞ **凭**:凭借,依靠。
㉟ **从军行**:乐府旧题,内容叙述军旅战争之事。这是七首组诗的第一首。
㊱ **海**:这里指青海湖。**海风秋**:从青海湖上吹来阵阵带着秋意的寒风。
㊲ **羌笛**:古代少数民族羌族的一种乐器。**关山月**:乐府旧题,内容主要是抒写离别伤感之情。
㊳ **无那**(nuó):相当于"无奈",无可奈何的意思。**闺**(guī):指女子居住的内室,这里借指妇女。**金闺**:指住在华美闺房里的少妇。
㊴ **出塞**:乐府旧题,主要是写军旅征战之事。
㊵ 这两句的意思是说,自秦汉以来,边疆一直在无休止的进行战争。"秦"、"汉"和"明月"、"关",互文见义,并非专指。
㊶ **教**(jiāo):让,使。**阴山**:西起河套,绵亘于内蒙古自治区,与兴安岭相接,是古代中国的天然屏障。
㊷ **凝妆**(níngzhuāng):相当于"严妆",认真地打扮。
㊸ **婿**(xù):女婿,女儿的丈夫,这里就是指自己的丈夫。**觅**(mì):寻找,寻求。**封侯**:帝王把侯爵赐给有军功的臣子。**觅封侯**:就是说为了得到帝王的赏赐而从军。

(一) 背诵

岑参的《碛中作》(走马西来欲到天);王昌龄的《从军行》(烽火城西百尺楼)

(二) 填空

1. 盛唐时期的边塞诗人群星灿烂,代表诗人有＿＿＿＿＿＿、＿＿＿＿＿＿、＿＿＿＿＿＿、＿＿＿＿＿＿等。

2. 秦时明月＿＿＿＿＿＿,万里＿＿＿＿＿＿人未还。但使龙城＿＿＿＿＿＿在,不教胡马度阴山。(王昌龄的《出塞》)

（三）思考题

根据课文中所提供的诗歌作品，分析唐代边塞诗的艺术特点。

文学史知识提示

七言绝句亦源于民歌，魏晋之《行者歌》、《豫州歌》都是句句用韵的七言小诗。宋汤惠休的《秋思引》，是最早的文人七言小诗，第三句已不用韵。梁陈北朝，作者渐多，萧纲的《夜望单飞雁》、魏收的《挟琴歌》、庾信的《代人伤往》都比较著名。隋无名氏《送别诗》，平仄已暗合规格。初唐偶作者颇多，但成就不高。盛唐作者辈出，乐府唱词，也主要用绝句。而王昌龄对七绝用力最专，成就最高，后代称为"七绝圣手"。由于他善于捕捉典型的情景，善于概括和想象，语言圆润蕴藉，音调和谐宛转，民歌气息很浓。所以他写传统的主题，能令读者感到意味深长，光景常新。

（游国恩等主编《中国文学史》，
人民文学出版社1963年版，第388页。）

登鹳雀楼㊹

王之涣

白日依㊺山尽，黄河入海流。
欲穷㊻千里目，更上一层楼。

凉州词㊼

王之涣

黄河远上白云间，
一片孤城万仞㊽山。
羌笛何须怨杨柳㊾，
春风不度玉门关㊿。

古从军行

李 颀

白日登山望烽火,黄昏饮马傍交河㉛。
行人刁斗㉜风沙暗,公主琵琶幽怨㉝多。
野云万里无城郭,雨雪纷纷连大漠。
胡雁哀鸣夜夜飞,胡儿眼泪双双落。
闻道玉门犹被遮㉞,应将性命逐轻车㉟。
年年战骨埋荒外,空见蒲桃入汉家㊱。

燕歌行

高 适

汉家烟尘㊲在东北,汉将辞家破残贼㊳。
男儿本自重横行㊴,天子非常赐颜色㊵。
摐金伐鼓下榆关㊶,旌旆逶迤碣石间㊷。
校尉羽书飞瀚海㊸,单于猎火照狼山㊹。
山川萧条极边土㊺,胡骑凭陵㊻杂风雨。
战士军前半死生㊼,美人帐㊽下犹歌舞。
大漠穷秋塞草腓㊾,孤城落日斗兵稀㊿。
身当恩遇常轻敌㉛,力尽关山未解围㉜。
铁衣远戍㉝辛勤久,玉箸㉞应啼别离后。
少妇城南欲断肠㉟,征人蓟北空回首㊱。
边庭飘飖那㊲可度,绝域㊳苍茫无所有。
杀气三时作阵云㊴,寒声一夜㊵传刁斗。
相看白刃㊶血纷纷,死节从来岂顾勋㊷。
君不见沙场㊸征战苦,至今犹忆李将军㊹。

注 释

㊹ **鹳雀(Guànquè)楼**:在今山西省永济市,登临胜地。
㊺ **依**:靠着,顺着。
㊻ **穷**:尽,探究到极点。
㊼ **凉州词**:乐府旧题,主要内容是边塞之事。
㊽ **仞(rèn)**:古代长度单位,七尺或八尺为一仞。
㊾ **何须**:何必。**怨**:谓曲调哀怨。**杨柳**:即柳树。

(50) **玉门关**：关塞名，在今甘肃省敦煌县西。诗歌末两句是在写边疆景物的荒凉。羌笛中虽然吹着《折杨柳》的曲调，可是玉门关外是春风吹不到的地方，哪里会有杨柳呢？《折杨柳》本是乐府旧题，“怨杨柳”一是说曲调哀怨，同时也是说埋怨杨柳不发青，双关。

(51) **饮**(yìn)：把水给人或牲畜喝。**傍**：靠近。**交河**：河流名，在今新疆维吾尔自治区吐鲁番县。

(52) **刁斗**：军用铜器，白天用来做饭，晚上用来提示时间或者报警。

(53) **琵琶**(pípa)，琵琶，四弦乐器，相传为汉乌孙(西域国名)公主因念远嫁路苦而创制，“公主琵琶幽怨多”即指此事，指边地荒凉，使人愁惨。**幽怨**：隐藏在心中的怨恨。

(54) **犹**：还，仍然。**遮**(zhē)：阻挡，拦阻。**玉门**：即玉门关。汉武帝时李广利攻大宛(Dàyuān，古代西域国名)，作战多年，死伤过多。李广利请求回国，汉武帝大怒，下令阻塞玉门关，不许李广利回国。这里使用这个典故是说统治者在无休止地进行战争。

(55) **逐**：跟随，追随。**轻车**：指汉武帝时轻车将军李蔡，这里借指行军将领。

(56) **蒲桃**：即“葡萄”。**汉家**：指汉朝，唐边塞诗多以汉朝征战之事来影射唐朝，下高适《燕歌行》“汉家烟尘在东北，汉将辞家破残贼”也是。相传葡萄是西域特产，汉武帝时征伐西域，将葡萄带回中国，本句即言此事。

(57) **烟尘**：烽烟和战场上扬起的尘土，就是指战争。

(58) **残**：残暴，凶恶。**贼**(zéi)：先秦两汉时期，指作乱叛国危害人民的人。开元十八年(730)五月，契丹族可突干杀其国王李绍固，胁迫奚族叛唐降突厥，此后，唐和契丹、奚的战争连年不断。

(59) **重**(zhòng)：注重，重视。**横行**：纵横驰骋，扫荡敌寇。

(60) **非常**：不一般的，不同寻常的。**赐**(cì)：给，古时指皇帝给臣子，上级给下级，长辈给晚辈。**颜色**：脸色。

(61) **摐**(chuāng)：敲击。**金**：古代军队中用以指挥停止或撤退的金属器具。**伐**(fá)：敲击。**下**：就是出。**榆关**：即山海关，在今河北省秦皇岛市东北。这句和下一句都是在描写行军作战时的壮观场面。

(62) **旌旆**(jīngpèi)：军队使用的旗帜。**逶迤**(wēiyí)：连绵不断的样子。**碣石**：山名，这里泛指东北滨海地带。

(63) **校尉**(xiàowèi)：武官名，这里泛指军官。**羽书**：插有鸟羽毛的军用紧急文件。**瀚**(hàn)**海**：这里指蒙古高原大沙漠以北及其迤西今准格尔盆地一带。

(64) **单于**(Chányú)：匈奴人的君长。**猎**(liè)**火**：打猎时烧山来驱赶动物的火，古代游牧民族作战前，往往举行大规模的狩猎活动，实际上是军事演习。**狼山**：在今内蒙古自治区西北部有狼居胥(xū)山，这里是泛指交战的地方。

(65) **萧条**：寂寥冷落，草木凋零的样子。**极**：穷尽，竭尽。**边士**：在边疆的士兵。

(66) **凭陵**：倚仗某种有利条件而去侵陵别人。这句话是说，敌人的骑兵像狂风暴雨一样发动进攻。

(67) **半死生**：意思是说(战士们)一半死了，一半还活着，伤亡惨重。

(68) **帐**：军队使用的帐篷。

(69) **穷秋**：深秋。**腓**(féi)：(草木)枯萎。

(70) **稀**(xī)：少。

(71) **当**：承担，受到。**恩遇**：指受到朝廷的重视。**轻敌**：轻视敌手。

⑫ **解围**:解除包围或围困。

⑬ **戍**(shù):防守边疆。

⑭ **箸**:筷子。**啼**,哭。**玉箸**:这里指思妇的眼泪。

⑮ **城南**:长安住宅区在城南,所以这么说。**断肠**:形容极度悲伤的感情。

⑯ **蓟**(Jì)**北**:从蓟洲往北一带的地方,泛指东北边地,**回首**:回头看。

⑰ **边庭**:泛指边疆地方。**飘飖**(yáo):在空中随风摇动。

⑱ **绝域**:极其遥远的地方。

⑲ **三时**:指经历的时间长。**阵云**:战云。

⑳ **一夜**:彻夜,整夜。这两句是说,白天战场上杀气森森,天昏地暗;夜晚军营戒备森严,警报频传。

㉑ **白刃**(rèn):锋利的刀剑。

㉒ **死节**:为国事而献身。**节**:气节,这里指保卫国家的壮志。**岂**(qǐ):副词,表示反问,难道。**顾**:顾及,顾念。**勋**(xūn):特别大的功劳。这句话是说,为了国事不惜牺牲,哪里为的是个人的功勋?

㉓ **沙场**:战场。

㉔ **忆**:思念,回想。**李将军**:即汉代与匈奴多次作战的将军李广。

第十六课

李 白

课 文

　　李白(701—762)是中国盛唐时期诗坛①的代表作家,现存诗歌九百多首,有《李太白集》三十卷传世②。他善于从民间文学中吸取营养,想象丰富奇特,风格雄奇奔放③,色调瑰玮④绚丽,语言清新⑤自然,是中国文学史上继庄子、屈原之后又一位伟大的浪漫主义文学家。

　　李白自小受到儒家用世济时、忧国忧民⑥思想的影响,具有"直挂云帆济⑦沧海"、建功立业的雄心;但同时他又深受道家、道教思想的侵润,愤世嫉俗⑧,放达超脱⑨,因此,蔑视富贵权势⑩、追求自由解放,成了李白诗歌的主旋律。由于他生活在唐代开元、天宝⑪年间,经历了大唐帝国的繁荣昌盛⑫和危机战乱,因而他的诗歌是盛唐气象的鲜明写照⑬,是他豪放不羁⑭个性的生动体现,更是开元、天宝之际唐朝盛极一时而又危机四伏的社会现实的深刻再现⑮。

　　李白的诗歌把神奇瑰丽的想象与江河奔泻式的情感宣泄⑯结合起来,把奇思遐想与奇峰绝壑的大山、天外飞来的瀑布⑰等壮丽的风光结合起来,把比兴、象征的诗歌传统和拟人、夸张⑱等修辞手法结合起来,融汇了诗人叛逆⑲不羁的性格,倾注了火山迸发⑳式的情感,体现了他欲与天地星辰同呼吸、与天仙神灵㉑相往来的人生理想,具有雄奇壮丽的崇高㉒美,并且因此而获得了"诗仙"的称号。

　　从诗歌的审美效果上来讲,李白的诗歌"清水出芙蓉㉓,天然去雕饰㉔"(李白《赠江夏韦太守》),"笔落惊风雨,诗成泣㉕鬼神"(杜甫

《寄李十二的二十韵》),以其天才的艺术创造力,丰富了诗歌艺术的浪漫主义风格,发展了浪漫主义的艺术方法和技巧,开拓了诗歌艺术的新境界,使他的诗歌成为屈原之后,中国古代浪漫主义的新高峰,成为中华民族乃至世界诗歌史上一朵绚丽的奇葩㉖。

注　释

① **诗坛**:诗歌界。
② **传世**:流传到后代。
③ **雄奇**:雄壮,奇特。**奔放**:思想感情、诗文气势等无拘束地尽量表达出来。
④ **瑰玮**:风姿奇丽,奇特雄伟。
⑤ **清新**:清美新颖。
⑥ **用世济时**:对现实社会有所帮助。**忧国忧民**:为国家和人民而担心、忧虑。
⑦ **帆**:挂在船桅上利用风力使船前进的布篷。**济**:渡过。
⑧ **愤世嫉俗**:不满黑暗的世道,憎恶不合理的社会习俗。
⑨ **放达**:放肆,不拘礼法。**超脱**:超群脱俗,不局限于传统、常规。
⑩ **蔑(miè)视**:轻蔑鄙视,看不起。**权势**:居高位有势力的人。
⑪ **开元**:唐玄宗李隆基的年号,公元713年至741年。**天宝**:唐玄宗李隆基的年号,公元742年至755年。
⑫ **繁荣**:指经济或事业蓬勃发展。**昌盛**:蓬勃发展,兴盛。
⑬ **气象**:事物的情况、态势。**写照**:描写刻画。
⑭ **豪放**:雄豪奔放,气魄大而不拘小节。**不羁(jī)**:不受约束、限制。
⑮ **危机四伏**:到处都是危机,形容非常危险。**再现**:重现。
⑯ **奔泻**:水向低处很快地流。**宣泄**:舒散、吐露(心中的积郁)。
⑰ **遐想**:悠远地思索或想象。**壑(hè)**:深沟,深谷。**瀑(pù)布**:从山崖上直流下来像悬挂着的布匹似的水。
⑱ **比兴**:文学写作的两种手法,"比"就是比喻,以比喻来使形象更生动;"兴"是烘托,用陪衬的方法使之明显突出。**象征**:修辞手法,用具体事物表现某些抽象意义。**拟人**:修辞手法,使事物人性化。**夸张**:修辞手法,指为了启发听者或读者的想象力和加强言语的力量,用夸大的词句来形容事物。
⑲ **融汇**:融合汇集。**叛逆(pànnì)**:这里指背叛公认的习惯或传统。
⑳ **倾注**:把精力、感情、注意力全部集中于某事物。**迸(bèng)发**:由内到外地突然发出。

㉑ 星辰(chén):星的总称。**天仙**:天上的神仙。**神灵**:指各类神。
㉒ 崇(chóng)高:高尚,至高,在精神、智力或道德上卓越杰出的精神。
㉓ 芙蓉(fúróng):就是荷花。**清水出芙蓉**:形容诗体的清秀,犹如芙蓉出水般美丽。
㉔ 雕饰(diāoshì):用雕刻或雕塑进行装饰,这里指刻意的修饰。
㉕ 泣(qì):无声或低声的哭。这两句中的"惊"和"泣"都是使动用法,意思是"使……吃惊","使……感动"。
㉖ 奇葩(pā):奇特的花朵。

行 路 难㉗

金樽清酒斗㉘十千,玉盘珍馐直万钱㉙。
停杯投箸㉚不能食,拔剑击柱心茫然。
欲渡黄河冰塞川㉛,将登太行㉜雪满山。
闲来垂钓碧㉝溪上,忽复乘舟梦日边㉞。
行路难,行路难! 多歧路,今安在㉟?
长风破浪会有时㊱,直挂云帆济沧海。

渡荆门㊲送别

渡远荆门外,来从楚㊳国游。
山随平野尽,江入大荒㊴流。
月下飞天镜,云生结海楼㊵。
仍怜故乡水㊶,万里送行舟。

望庐山瀑布水㊷

日照香炉㊸生紫烟,遥看瀑布挂前川。
飞流直下三千尺㊹,疑是银河落九天㊺。

望天门山㊻

天门中断楚江㊼开,碧水东流至此回㊽。
两岸青山相对出,孤帆一片日边来。

早发白帝城㊾

朝辞白帝彩云㊿间,千里江陵一日还㊁。
两岸猿声啼不住㊂,轻舟已过万重㊃山。

注 释

㉗ **行路难**:乐府旧题,这首诗写世路艰难,充满了政治上遭遇挫折后的抑郁不平之感。

㉘ **樽(zūn)**:中国古代盛酒的器具。**斗(dǒu)**:容量单位,十升。

㉙ **珍馐(xiū)**:珍奇名贵的食物。**直**,通"值",价值。这两句是在写装在金杯里的美酒,一斗要一万个钱;盛在玉盘里的名贵食物也价值上万,非常昂贵。

㉚ **投**:抛,掷,扔。**箸(zhù)**:筷子。

㉛ **塞(sè)**:堵塞,阻塞。**川**:河流。

㉜ **太行(háng)**:即太行山,在山西高原与河北平原间,这里是泛指山峰。这两句是以渡河、登山的不得过来比喻人生途中的事与愿违。

㉝ **碧(bì)**:青绿色。

㉞ 这两句是说,有些人功名事业的成就,是出于偶然的。姜尚未遇文王之前在磻(Bō)溪钓鱼,伊尹在见汤之前曾梦见乘船经过日月旁边,这里用这两个典故来表示人生遭遇变幻莫测。

㉟ **安**:疑问代词,哪里。"安在"就是"在安","在哪里",宾语前置。

㊱ **长风破浪**:比喻宏大的抱负得以施展。**会**:应当,应该。**有时**:有机会,有时机。

㊲ **荆(Jīng)门**:山名,在今湖北省宜都县西北长江南岸。

㊳ **楚(Chǔ)**:今湖北省及其周围,春秋战国时是楚国地方。

㊴ **大荒**:广阔无际的原野。这两句是说,自荆门以外,地势平坦。

㊵ **结(jié)**:结成,形成。这两句诗在船上写景,上句说江中明亮的月影,好像是明镜从天空飞下。下句说江上的云彩奇丽多变,像海市蜃(shèn)楼一样。

㊶ **怜**:爱,这里有留恋的意思。**故乡水**:指长江。长江自蜀东流,李白是蜀人,所以这么说。

㊷ **庐山**:山名,在江西省境内,避暑胜地。

㊸ **香炉**:山峰名,在庐山的东南。这句是说,由于太阳的照射,山上濛濛的雾气变成了紫色。

㊹ **三千尺**:这里用夸张的手法形容庐山瀑布的雄伟壮观。

㊺ **银河**:晴朗的夜空中看见的像一条河流一样的许多天体。**九天**:天的最高处,形容极高,古代传说天有九重。

㊻ **天门山**:山名,在今安徽省当涂县西南的长江两岸,在江西的叫西梁山,江东的叫东梁山,两山隔江而望,形似天门,所以叫"天门山"。

㊼ **中断**:就是指东西梁山之间被江水隔断。**楚江**:安徽省古属楚国,所以流经这里的长江又叫楚江。

㊽ **至此回**:长江流至当涂,突然向北拐弯,所以这么说。

㊾ **发**:出发。**白帝城**:城名,故址在今四川省奉节县白帝山上。

㊿ **朝**(zhāo):早晨。**辞**:告辞,告别。**彩云**:白帝城地势高峻,从山下仰望,像是在云中。早晨云霞变换多彩,故云“彩云”。

(51) **江陵**:地名,这里大约指今湖北省枝江县以东,潜江县以西,荆门市、当阳县以南地区。**还**(huán):归来。唐肃宗乾(qián)元二年(759),李白被流放夜郎(在西南地区),行至白帝城时遇赦,乘舟东返,所以诗中说“还”。

(52) **猿**(yuán):猿猴。**啼**:叫。**不住**:不停。

(53) **重**(chóng):量词,层。

练习

(一)背诵

《渡荆门送别》;《早发白帝城》

(二)填空

1. 李白是中国盛唐时期诗坛的代表作家,现存诗歌九百多首,有《__________》三十卷传世。他善于从____________________文学中吸取营养,想象丰富____________,风格雄奇____________,色调瑰玮____________,语言清新________________,是中国文学史上继________________、______________之后又一位伟大的浪漫主义文学家。

2. 李白的诗歌把神奇瑰丽的想象与江河奔泻式的感情宣泄结合起来,把奇思遐想与奇峰绝壑的大山、天外飞来的瀑布等壮丽的风光结合起来,把比兴、象征的诗歌传统和拟人、夸张的修辞手法结合起来,融汇了诗人______________的性格,倾注了作者____________式的情感,体现了诗人____________的人生理想,具有雄奇壮丽的____________美,并且因此获得了“________”的称号。

(三)思考题

结合李白的诗歌作品,分析李白诗歌的特点。

李白,字太白,号青莲居士,是中国文学史上少有的天才诗人。他的心犹如一注滔滔汩汩流淌不尽的诗的源泉。无论是山川风物还是人事交往,无论是所见所闻还是所思所想,在他的笔底统统可以谱写成震撼人心的乐章,而且永远是那样雄浑而清新,具有高山大河般的力度、初日芙蓉般纯粹的美感。一首《蜀道难》,博得前辈贺知章的极高赞赏,初到长安的李白被惊叹为"天上谪仙人",从此誉满京师。

(董乃斌、钱理群主编《彩色插图本中国文学史》,
贵州人民出版社2004年版,第97页)

李白的诗纵横驰骋,若天马行空,无迹可寻;若燕子追逐于水面之上,倏忽西东,不能羁系。他的诗如游丝,如落花,轻隽之极,却不是言之无物;如飞鸟,如流星,自由之极,却不是没有轨辙,如侠少的狂歌,农工的高唱,豪放之极,却不是没有腔调。他是储蓄着过多的天才的。随笔挥写下来,便是晶光莹然的珠玉。他的诗是在飘逸以上的。有人说他的诗是"仙"的诗。但仙人,似决不会有他那末狂放。我们勉强的可以说,他的诗的风格是豪迈联合了情逸的。他是高适、岑参又加上了王维、孟浩然的。他恰好代表了这一个音乐的诗的奔放的黄金时代。在我们的文学史上,没有第二个像开、天的万流辐辏,不名一轨的时代,也没有第二个像李白似的那末同样的作风的。他是不可模拟的。

(郑振铎著《插图本中国文学史》,
人民文学出版社1957年版,第319—320页)

将 进 酒⑤⁴

君不见黄河之水天上来,奔流到海不复回!
君不见高堂明镜悲白发⑤⁵,朝如青丝⑤⁶暮成雪!
人生得意须尽欢⑤⁷,莫使金樽空对月。
天生我材必有用,千金散⑤⁸尽还复来。
烹羊宰牛且为乐⑤⁹,会须⑥⁰一饮三百杯。
岑夫子⑥¹,丹邱生⑥²,将进酒,杯莫停。
与⑥³君歌一曲,请君为我侧耳⑥⁴听:

钟鼓馔玉不足贵(65),但愿长醉不愿醒;
古来圣贤皆寂寞(66),惟有(67)饮者留其名。
陈王昔时宴平乐(68),斗酒十千恣欢谑(69)。
主人何为言少钱,径须沽取对君酌(70)。
五花马(71),千金裘(72),
呼儿将(73)出换美酒,与尔同销(74)万古愁。

宣州谢朓楼饯别校书叔云(75)

弃(76)我去者昨日之日不可留,
乱我心者今日之日多烦忧。
长风万里送秋雁,对此可以酣(77)高楼。
蓬莱文章建安(78)骨,中间小谢又清发(79)。
俱怀逸兴壮思(80)飞,欲上青天览(81)明月。
抽刀断水水更流,举杯销愁愁复愁。
人生在世不称意(82),明朝散发弄扁舟(83)。

注　释

(54)**《将进酒》**:本是乐府旧题,内容多写饮酒放歌时的情感。

(55)**高堂**:高大的厅堂。**悲白发**:因为在明镜中看见白发而悲伤。

(56)**青丝**:黑头发。

(57)**得意**:满意,感到满足时的高兴心情。**尽欢**:尽情欢乐。

(58)**散(sàn)**:散发,分散。

(59)**烹(pēng)**:烧煮,烹饪。**宰(zǎi)**:杀牲畜。**且**:副词,姑且,暂且。**为乐**:作乐,寻求欢乐。这句话的意思是暂时把不愉快的事丢开不想。

(60)**会须**:应当,应该。

(61)**岑夫子**:岑勋,李白的好友。

(62)**丹邱(qiū)生**:元丹邱,李白的好友。

(63)**与**:介词,为,给。

(64)**侧(cè)耳**:认真倾听的样子。

(65)**钟鼓**:指权贵人家的音乐。**馔(zhuàn)玉**:精美珍贵的食品。钟鼓馔玉在这里作富贵利禄的代称。不足贵,不值得看重,珍惜。这句话是说,富贵利禄都不值得看重。

(66)**圣贤**:指品德高尚,有超凡才智的人。**皆**:副词,都,全。**寂寞(jìmò)**:冷清孤单。

(67)**惟有**:只有。

(68)**陈王**:三国时的曹植。**昔(xī)时**:往日,从前。**宴(yàn)**:请人吃饭喝酒。**平乐**:宫殿名。

(69)**斗酒十千**:一斗酒值十千钱,极言酒美价昂。**恣(zì)**:放纵,尽情。**谑(xuè)**:尽情的作乐。

⑩ **何为**(wèi):就是"为何",就是"为什么",宾语前置。**径**:副词,直接,毫不犹豫的。**沽**(gū):买。**酌**(zhuó):饮酒。

⑪ **五花马**:名贵的马。

⑫ **裘**:皮衣。**千金裘**:价值千金的皮衣。

⑬ **将**(jiāng):拿。

⑭ **尔**:代词,你。**销**(xiāo):排遣,打发。

⑮ **宣州**:地名,今安徽省宣城县。**谢朓楼**:楼名,在宣州。**校书**,官名,秘书一类。**饯**(jiàn)**别**:准备酒食为人送行。**云**:人名,即李云。题目的意思是,在宣州谢朓楼准备酒食为叔叔李云送别。

⑯ **弃**(qì):抛弃,背弃。

⑰ **酣**(hān):酒喝得很畅快。

⑱ **蓬莱**(Pénglái):传说中的海上仙山,上面藏有仙书;这里借指唐代的秘书官署,进而指李云。**建安**:汉献帝的年号。建安骨,"建安风骨"的简称,建安时期诗人的特殊气质。

⑲ **小谢**:即谢朓。**清发**:清新秀发。这两句上句说李云的文章有建安风骨;下句把自己比为谢朓,认为自己有谢朓清发的风格。

⑳ **俱**:都,全。**逸兴**:超然的兴致。**壮思**:豪壮的情思。

㉑ **览**:同"揽",搂,拥抱。

㉒ **称**(chèng)**意**:合意,符合自己的意愿。

㉓ **明朝**:明日。**散发**(sànfà):披散着头发,指解冠隐居。**扁**(piān)**舟**:小船。

第十七课

杜 甫

课 文

　　杜甫(712—770)是盛唐时期伟大的现实主义诗人。博大精深的内容,感时伤世的情感,沉郁顿挫①的风格,使他的诗歌达到了历史真实与艺术真实的高度统一,深刻地反映了唐代安史之乱②前后各种各样的社会矛盾和现实生活,堪称③唐代由盛而衰的"诗史"。

　　由于家庭的影响,杜甫的儒家思想根深蒂固④。一生贫穷漂泊的生活使他看到并且感受到了社会巨大的贫富悬殊和尖锐⑤的阶级矛盾,因此,揭露统治阶级敲骨吸髓的剥削⑥,反对竭泽而渔式的横征暴敛⑦,反映广大人民的苦难构成了杜诗的重要内容。杜甫作为一代集大成⑧的诗人,他的诗歌的风格是多种多样的,但其主要的风格是"沉郁顿挫"。形成这一风格的原因是:第一,诗人饱经忧患而壮志未酬⑨,性格深沉⑩,思想深邃⑪,感情深挚⑫,郁结既久且深而融汇于笔端⑬;第二,杜甫是一位伟大的现实主义诗人,因此他写时代之实,道性情之真,传事物之神,肺腑肝胆袒露于字里行间⑭,使人悲愤⑮,使人忧愁,具有超常的震撼力量;第三,杜诗善于把丰富的感情,层叠的蕴涵⑯,集中浓缩,托物比兴⑰,一波三折⑱,跌宕腾挪⑲,曲折有致⑳;第四,杜诗的语言精练㉑苍劲。由于杜甫有深邃的思想、高远的理想追求,还具有深入的洞察力和高度㉒的概括力,因此他的诗歌真正具有"语不惊人死不休"的功力。

　　杜甫的诗歌是中国现实主义诗歌传统的一次重要的总结与发扬㉓。它们因为忧国忧民而流芳千古㉔,因为体大思精而泽被万代㉕。杜甫因此被誉㉖为中国诗歌史上的"诗圣"。

注 释

① **沉郁顿挫**(cuò)：文辞深沉蕴藉，音调抑扬有致。
② **安史之乱**：唐朝安禄山、史思明发动的叛乱，从玄宗天宝十四年(755)至代宗广德元年(763)，前后历时七年多，严重地破坏了社会生产，唐朝统治也因此由盛转衰。
③ **堪称**(kānchēng)：能够被称为。
④ **根深蒂**(dì)**固**：比喻基础稳固，不容易动摇。
⑤ **漂泊**(piāobó)：比喻没有固定的居所或职业，生活不固定，东奔西走。**悬殊**(xuánshū)：差别很大。**尖锐**(ruì)：形容对立激烈。
⑥ **敲骨吸髓**(suǐ)：成语，敲碎骨头来吮吸骨髓，比喻残酷的压榨、剥削。**剥削**(bōxuē)：搜刮侵夺，使用劳动力而不给予公平的或相当的报酬。
⑦ **竭泽而渔**：成语，抽干池水，捉尽池鱼，比喻目光短浅，缺乏深谋远虑。**横征暴敛**(héngzhēng bàoliǎn)：成语，指统治者对人民滥征捐税，残酷剥削。
⑧ **集大成**：集中某类事物的各个方面，达到相当完备的程度。
⑨ **饱经忧患**：成语，经历了许多忧愁患难。**酬**(chóu)：实现愿望。
⑩ **深沉**：沉稳，不外露。
⑪ **深邃**(suì)：深奥，不易理解。
⑫ **深挚**(zhì)：深厚而诚挚。
⑬ **融汇**：融合、聚集在一起。**笔端**(bǐduān)：指写文章、写字、绘画时笔的运用以及所表现出来的意境。
⑭ **肺腑**(fèifǔ)：肺脏，比喻内心深处。**肝胆**(gāndǎn)：肝和胆的总称，比喻真挚的心意。**袒露**(tǎnlù)：毫无掩饰的表露。**字里行间**：成语，文字语句中间，常用来指文句言语之间的含义。
⑮ **悲愤**：悲痛愤怒。
⑯ **层叠**(dié)：层层重叠。**蕴涵**(yùnhán)：包含在内的思想情感等。
⑰ **托物比兴**：写作手法，指用其他的事物来烘托、比喻。
⑱ **一波三折**(zhé)：成语，形容文章结构等的曲折起伏。
⑲ **跌宕**(diēdàng)：音调或行文富有顿挫波折。**腾挪**(téngnuó)：挪动，调换，比喻文章变化多，不易把握。
⑳ **有致**：形容结构上细密、精巧。
㉑ **精练**：文章等简练而且抓住了关键。
㉒ **洞察**：观察得很透彻，发现了内在的内容或意义。**高度**：程度很高的。
㉓ **发扬**：使美好的事物不断得到发展、提高。
㉔ **流芳千古**：成语，指美名永远留传于后代。
㉕ **体大思精**：成语，规模很大，思维严密。**泽被万代**：对后世有恩惠、帮助、启示等。
㉖ **誉**：称赞，表扬。

作 品

望 岳㉗

岱宗夫㉘如何？齐鲁青未了㉙。
造化钟神秀㉚，阴阳割昏晓㉛。
荡㉜胸生层云，决眦㉝入归鸟。
会当凌绝顶㉞，一览众山小㉟。

春 望

国破山河㊱在，城春草木深。
感时花溅㊲泪，恨别鸟惊心㊳。
烽火连三月㊴，家书抵㊵万金。
白头搔更短㊶，浑欲不胜簪㊷。

春夜喜雨

好雨知时节㊸，当春乃㊹发生。
随风潜㊺入夜，润㊻物细无声。
野径云俱黑㊼，江船火独明。
晓看红湿处，花重锦官城㊽。

江畔㊾独步寻花七绝句（之二）

黄四娘家花满蹊㊿，千朵万朵压枝低。
留连㉛戏蝶时时舞，自在娇莺恰恰㉜啼。

登 高

风急天高猿啸哀，渚㉝清沙白鸟飞回。
无边落木萧萧㉞下，不尽长江滚滚来。
万里悲秋常作客㉟，百年㊱多病独登台。
艰难苦恨繁霜鬓㊲，潦倒新停浊㊳酒杯。

注　释

㉗ **岳**(Yuè):指五岳,中国五座有名的山,这里特指泰山。

㉘ **岱宗**(Dàizōng):泰山的别称。**夫**(fú):助词,用于句中。

㉙ **齐鲁**:泰山在今山东省泰安县,山北古时是齐国的地方,山南是鲁国的地方。**了**(liǎo):结束,完结。这句话是说,泰山位于齐鲁之间,山峰青苍之色,齐鲁之外,还可以望见。

㉚ **造化**:指大自然。**钟**:聚集。这句话是说,大自然把神奇和秀美都集中在了泰山。

㉛ **阴**:山北。阳,山南。**割**:划分。**昏**:黄昏。**晓**:早晨。这句话是说,形容泰山非常高大,山南山北,黄昏与清晓,明暗不同。

㉜ **荡**:洗涤,涤荡。

㉝ **决眦**:形容极度使用目力。决,裂开。眦(zì),眼眶。这两句是描写看到的泰山景象,上句说望见山中层云叠生,舒展飘拂,心胸像经过洗涤一般;下句说极力用眼远望,目送山中的飞鸟归林。

㉞ **会当**:就是说"终当",表示将来一定要如此。**凌**:登上。**绝顶**:最高的山峰。

㉟ **小**:意动用法,"认为……小"。这句话是说,登上泰山,就会觉得其他的山峰相比之下都很小。

㊱ **国**:指京城长安。**山河**:山岭和河流,指国家的疆土。

㊲ **溅**(jiàn):液体受到冲激向四外飞射。

㊳ 这两句互文见义,意思是说由于感时恨别,因而对花溅泪,听鸟惊心。

㊴ **烽火连三月**:整个春季三个月,战争不断。

㊵ **书**:信。**抵**(dǐ):相当于。

㊶ **搔**(sāo):挠,用手指甲轻刮。**短**:少。

㊷ **浑**(hún):副词,简直。**欲**:要。**不胜**:受不住,承担不了。**簪**(zān):古人用来插头发或者把头发和帽子扎在一起的一种长针。这两句的意思是说,头上的白发,越搔越短少,简直都梳不到一起,用不上簪子了。

㊸ **时节**:季节,时令。

㊹ **乃**:副词,就。

㊺ **潜**:秘密地,悄悄地。夜间细雨无声,人们不觉,故曰潜。

㊻ **润**:滋润,润湿。

㊼ **俱**:都,全。这句话是说,阴云密布,没有星光,天上地下黑成一片。

㊽ **锦**(Jǐn)**官城**:成都的别称。花枝被雨水打湿,重量增加,所以说"花重(zhòng)"

㊾ **畔**(pàn):旁边。这是七首组诗的第二首。

㊿ **黄四娘**:人名。**蹊**(xī):小路。

(51) **留连**:滞留,停留。

(52) **自在**:自由自在。**娇**:柔美可爱。**莺**(yīng):一类叫声清脆婉转的鸟。**恰恰**:拟声词,形容鸟的叫声。

(53) **渚**(zhǔ):水中的小块陆地。

(54) **木**:树叶。**萧萧**:冷落凄清的样子。

(55) **作客**:寄居异地,在别处居住。
(56) **百年**:指人的一生,一辈子。
(57) **繁**:多。**繁霜鬓**:就是说鬓角有很多像霜一样的白色头发。这句话是说时局艰难,自己已经老去,功业无成。
(58) **潦倒**(liáodǎo):失意,不得志。**浊**(zhuó):液体浑浊,不清。杜甫因病戒酒,所以这么说。

练习

(一) 背诵

《春望》;《登高》

(二) 填空

1. 杜甫是________________时期伟大的现实主义诗人。博大精深的内容,感时伤世的情感,沉郁顿挫的风格,使他的诗歌达到了历史真实与艺术真实的高度统一,深刻地反映了唐代________________各种各样的社会矛盾和现实生活,堪称唐代由盛而衰的"________________"。
2. 杜甫的诗歌是________________的一次重要的总结与发扬。它们因为________________而流芳千古,因为________________而泽被万代。杜甫因此而被誉为中国诗歌史上的"________________"。

(三) 思考题

试结合课文分析杜甫的诗歌中"沉郁顿挫"风格形成的原因。

文学史知识提示

李白和杜甫是中国文学史上光照千古的双子星座,分别代表诗歌创作中浪漫主义和现实主义创作的高峰。由于时代、出身、思想气质、生活道路及文学主张的差异,导致他们创作方法和风格的不同。轩轾抑扬,实无必要:"李杜文章在,光焰万丈长。不知群儿愚,那用故谤伤?蚍蜉撼大树,可笑不自量。"(韩愈《调张籍》)而比较异同,则利于借鉴。

李白敏于才思,斗酒百篇,援笔立成;杜甫深于学力,改罢长吟,一字不苟。李诗"豪逸宕丽",杜诗"沉郁雄深",李诗如海,杜诗如山,已是两人诗风不同的定评。李白诗歌的形象多凭主观想象幻化而成,往往从大处

文学史知识提示

落墨，作总体勾勒，犹如泼墨写意；杜甫诗歌的形象多来自生活，真实具体，且善作精雕细刻，颇多工笔彩绘。在意象组合上，李白长以一句一联表现一个形象，疏朗而飘逸空灵；杜甫长以一字一词呈现形象，紧密而沉着厚重。在抒情表达上，李白如江河直泻，火山喷发，势不可挡；杜甫则愁肠百结，十步九折，一唱三叹。在章法结构上，李诗疏宕，跳跃腾挪；杜诗谨细，针严线密。在体裁上，李白长于乐府歌行绝句，律体非其所好；杜甫的五七言律诗臻于极致，而歌行绝句稍弱。

（郭预衡主编《中国古代文学史》，上海古籍出版社 1998 年版，第二册，第 267—268 页）

名篇欣赏

兵车行(59)

车辚辚(60)，马萧萧(61)，行人弓箭各(62)在腰。
耶娘妻子走(63)相送，尘埃不见咸阳桥(64)。
牵衣顿足(65)拦道哭，哭声直上干云霄(66)。
道旁过者问行人，行人但云点行频(67)。
或从十五北防河(68)，便至四十西营田(69)。
去时里正与裹头(70)，归来头白还戍边(71)。
边庭流血成海水，武皇开边(72)意未已。
君不闻汉家山东二百州(73)，千村万落生荆杞(74)。
纵有健妇把锄犁(75)，禾生陇亩(76)无东西。
况复秦兵(77)耐苦战，被驱不异(78)犬与鸡。
长者(79)虽有问，役夫敢申(80)恨？
且如(81)今年冬，未休关西卒(82)。
县官急索租(83)，租税(84)从何出？
信知生男恶(85)，反是生女好，
生女犹得嫁比邻(86)，生男埋没(87)随百草。
君不见青海头(88)，古来白骨无人收。
新鬼烦冤(89)旧鬼哭，天阴雨湿声啾啾(90)。

哀江头[91]

少陵野老吞声哭[92]，春日潜行曲江曲[93]。
江头宫殿[94]锁千门，细柳新蒲[95]为谁绿！
忆昔霓旌下南苑[96]，苑中万物生颜色[97]。
昭阳殿里第一人[98]，同辇随君侍君[99]侧。
辇前才人[100]带弓箭，白马嚼啮黄金勒[101]。
翻身向天仰射云，一笑正堕双飞翼[102]。
明眸皓齿[103]今何在？血污游魂归不得[104]。
清渭东流剑阁[105]深，去住[106]彼此无消息。
人生有情泪沾臆[107]，江水江花岂终极[108]！
黄昏胡骑尘满城，欲往城南望城北[109]。

注 释

⑤⑨ **兵车行**：杜甫创制的一个乐府新题，这首诗的中心思想是反对统治者进行长期的战争。
⑥⑩ **辚(lín)辚**：拟声词，众多车辆发出的急速、连续、短促、硬物相撞的声音。
⑥① **萧萧**：拟声词，形容马的叫声。
⑥② **行人**：从军出征的人。**各**：副词，皆，都。
⑥③ **耶(yé)娘**：同"爷娘"，父母。**妻子**：妻子和儿女。**走**：跑，奔跑。
⑥④ **尘埃(āi)**：飞扬的尘土。**咸阳桥**：即渭桥，由长安往西北去经过的大桥。
⑥⑤ **顿足**：用脚使劲地踩地，形容着急、悲痛的样子。
⑥⑥ **干(gān)**：冲犯，冲。**云霄(xiāo)**：云块飘浮的高空。
⑥⑦ **但**：副词，只。**云**：说。**点行**：按名册抽取成年男子参军。**频(pín)**：多次，连次。
⑥⑧ **或**：代词，有的人。**防河**：唐玄宗时，经常征调大批兵力，驻扎在西河(今甘肃省及宁夏回族自治区一带)，称为防河。
⑥⑨ **便**：连词，即便，即使。**营田**：在边疆防守的士兵，兼职从事垦荒的工作，称为营田。
⑦⑩ **去**：离开。**里正**：唐朝的制度，一百户人家为一里，里的长官叫"里正"。**裹头**：古代的头巾。**与裹头**：替他裹头。新兵入伍时，须装束整齐，而被征者年龄太小，不会自己裹头，所以里正代为裹头。
⑦① **戍(shù)边**：防守边境，守卫边疆。
⑦② **武皇**：即汉武帝，这里借指唐玄宗。**开边**：开拓边疆。
⑦③ **山东二百州**：泛指华山以东的广大地区。
⑦④ **落**：村庄。**荆(jīng)**：一种丛生的树木。**杞(qǐ)**：就是枸杞(gǒuqǐ)，一种小灌木。
⑦⑤ **纵**：连词，纵使，即使。**健**：健康，健壮。**把**：抓住，把持。**犁(lí)**：耕地的农具。
⑦⑥ **陇亩(lǒngmǔ)**：田野，田亩。无东西，没有秩序，不成行列。这里指庄稼长得不好。
⑦⑦ **况**：连词，何况，况且。**秦兵**：陕西秦地的士兵，即下文的"关西卒"。
⑦⑧ **驱(qū)**：驱赶，驱使。**不异**：没有什么不同，一样。

(79) **长者**:对年老人的尊称,即上文所说的“道旁过者”。

(80) **役(yì)夫**:服兵役的人自谦之辞。**敢**:哪敢,怎敢。**申**:表明,表达。

(81) **且**:副词,姑且,暂且。**如**:比如,例如。**且如**:不敢说又忍不住内心的怨苦,姑且举眼前的事以为实例。

(82) **休**:停止,休止。**关西**:函谷关(关隘名,在今河南省灵宝县东北)以西,即古时的秦地。**卒(zú)**:士兵。

(83) **县官**:这里指国家。**索(suǒ)**:要,要求得到。**租**:指按田地征收的捐税。

(84) **税**:也是按田地征收的农产品。

(85) **信**:副词,果真,的确。**恶(è)**:坏,不好。

(86) **犹得**:还能够。**比邻**:近邻,街坊。

(87) **埋没(máimò)**:埋在地下。

(88) **青海**:即今青海省一带。**头**:末端,旁边。

(89) **冤**:同“怨”,怨恨,仇恨。

(90) **啾(jiū)啾**:拟声词,泛指像各种凄切尖细的声音。

(91) **江**:指曲江,长安城南著名的风景区。这首诗以江头宫殿作为描写背景,追溯往事,有深刻的教训意义。

(92) **少陵野老**:杜甫在长安时,曾经住在少陵附近,所以自称“少陵野老”。**少陵**:又称“杜陵”,在长安东南,汉宣帝陵墓在此,所以叫“杜陵”。**吞声哭**:哭泣不敢出声。

(93) **潜行**:秘密行走。**曲江曲**:曲江的深曲之处。

(94) **宫殿(gōngdiàn)**:帝王处理事情或者居住的建筑物。

(95) **蒲(pú)**:树木名,就是水杨。

(96) **霓旌(níjīng)**:指皇帝的旗帜。**南苑(yuàn)**:园林名,即芙蓉苑,在曲江之南。

(97) **生颜色**:焕发光彩。

(98) **昭阳殿里第一人**:指杨贵妃。**昭(zhāo)阳殿**:汉代宫殿名,赵飞燕居住的地方。**第一人**:最受皇帝宠爱的人。唐人诗中多以杨贵妃比赵飞燕。

(99) **辇(niǎn)**:特指皇帝或皇后所乘的车。**君**:君王,皇帝。

(100) **才人**:宫女。唐代宫廷中,有娴习武艺的宫女,称之为“射生宫女”。

(101) **嚼啮(jiáoniè)**:咬。**勒(lè)**:马具,套在马头上带嚼子的笼头。

(102) **堕(duò)**:落下,掉下来。**双飞翼**:借指双飞鸟,两只鸟。

(103) **明眸(móu)皓(hào)齿**:闪亮、妩媚的眼睛和洁白的牙齿,这里是指杨贵妃的美丽形象。

(104) **污**:污染,弄脏。**得**:能够。“归不得”就是等于说“不得归”。这句诗指的是马嵬(wéi)坡兵变,杨贵妃被缢杀之事。

(105) **渭**:即渭河,发源于甘肃,至陕西入黄河,杨贵妃葬于此。**剑阁(gé)**:即大剑山,在今四川省剑阁县的北面,是从长安入蜀的必经之地。

(106) **去住**:离开和停留。

(107) **臆(yì)**:胸部。

(108) **终极**:最终,穷尽。这两句写江花江水年年依旧,而人生有情,则不免感怀今昔而生悲。以无情衬托有情,更见此情难以派遣。

(109) 这句是在写极度悲伤时的迷茫心情。

第十八课

白居易与新乐府运动

课 文

　　白居易(772—846),字乐天,自号香山①居士。他是杜甫的有意识②的继承者,也是杜甫之后杰出的现实主义诗人。他继承并发展了《诗经》和汉乐府的现实主义传统,沿着杜甫所开辟③的道路,进一步从文学的理论与创作上掀起了一个波澜壮阔④的现实主义诗歌高潮——新乐府运动。

　　白居易是新乐府运动的旗手⑤,他主张"文章合为时而著⑥,歌诗合为事而作",文学创作应该植根⑦于现实而且直接为现实生活服务,因此他强调诗歌的教育作用和社会功能,追求内容与形式的统一。晚唐皮日休、陆龟蒙等人延续⑧了新乐府运动的精神。此后,宋代王禹偁、梅尧臣、张耒、陆游等人以至晚清的黄遵宪⑨,也一直有所继承。这一诗派始终保持对社会现实的批判精神,坚持浅近、通俗⑩的诗风,语言平易近人⑪,以俗为奇,以常为新,因而拥有空前广泛⑫的读者群体,诗歌作品也因此而流传久远。

　　白居易的诗歌作品现存三千多首,他曾自分为讽喻、闲适、感伤⑬、杂律四类。其中成就最高、影响最大的是新乐府诗歌五十首、《秦中吟》十首以及感伤诗《长恨歌》、《琵琶行》⑭。白居易的诗歌主题专一⑮,思想集中,注重人物的外貌与心理描写,注重细节的刻画⑯和情节的曲折有致,对比鲜明,夹叙夹议⑰;注重"缘事而发"⑱,用新题写时事⑲,因事立题⑳,真实地揭示了中唐㉑时期的社会矛盾,反映了人民的疾苦㉒,充分地实践㉓了他的文学主张。

注　释

① **香山**:在今河南省洛阳市龙门山之东,白居易晚年居住在这里,所以自号"香山居士"。
② **有意识**:故意,刻意。
③ **开辟**(pì):打通,开拓。
④ **掀**(xiān)**起**:发动,兴起。**波澜**(lán)**壮阔**:成语,波澜,大波浪;比喻声势浩大。
⑤ **旗手**:举着旗走在行列前面的人,比喻领导人或先行者。
⑥ **合**:副词,应该。**著**:写作。
⑦ **植根**:扎根,比喻深入进去,打下基础。
⑧ **晚唐**:一般指唐文宗大和初年(827)至唐末(907)这一段时间。**皮日休**(约834—约883):著名文学家,工诗能文,诗学白居易,文学韩愈。**陆龟蒙**(?—约881):著名文学家,工诗文,与皮日休齐名。**延续**:照原来的样子继续下去。
⑨ **王禹偁**(Yǔchēng,954—1001):著名文学家,反对浮艳文风。**梅尧臣**(1002—1060):著名文学家,工诗,与苏舜钦(Shùnqīn)齐名,世称"苏梅"。**张耒**(Lěi,1054—1114):著名诗人,"苏门四学士"之一。**陆游**(1125—1210):伟大的爱国诗人,词和散文的成就也很高。**黄遵宪**(1848—1905):晚清著名诗人,是当时"诗界革命"中成就较高的诗人。
⑩ **浅近**:容易理解或执行,不造成困难。**通俗**:浅显易懂,适合或体现大多数人的水平。
⑪ **平易近人**:成语,形容文字深入浅出,容易理解。
⑫ **空前**:前所未有。**广泛**(fàn):(涉及的)方面广,范围大。
⑬ **讽喻**:讽刺,比喻,借说故事来表明事理。**感伤**:因有所感触而悲伤。
⑭ **《秦中吟》**:组诗,反映秦地人民的生活。**《长恨歌》**:长篇叙事诗,描写唐玄宗和杨贵妃的爱情悲剧。**《琵琶行》**:长篇叙事诗,主要写琵琶女的悲惨命运。
⑮ **专一**:专心一意;不分心。
⑯ **刻画**:精细地描摹,塑造。
⑰ **夹叙夹议**:一边叙述,一边议论。
⑱ **缘**:因为,由于。**缘事而发**:因为某事而进行创作,抒发情感。
⑲ **时事**:当代的事情。
⑳ **因**:根据。**因事立题**:根据事情确立主题。
㉑ **揭示**(jiēshì):向人指出不易看清的事理。**中唐**:一般指唐代宗大历初年(766)至唐文宗大和初年(827)这一段时间。
㉒ **疾苦**:指生活上的困苦。
㉓ **实践**:实际去做,履行。

作品

轻肥[24]

意气骄[25]满路，鞍马光照尘。
借问何为者[26]？人称是内臣[27]。
朱绂皆大夫[28]，紫绶悉将军[29]。
夸赴军中[30]宴，走马去如云[31]。
樽罍溢九酝[32]，水陆罗八珍[33]。
果擘洞庭橘[34]，脍切天池鳞[35]。
食饱心自若[36]，酒酣气益振[37]。
是岁江南旱[38]，衢州人食[39]人！

卖炭翁[40]

卖炭翁，伐薪[41]烧炭南山中。
满面尘灰烟火色，两鬓苍苍[42]十指黑。
卖炭得钱何所营[43]？身上衣裳[44]口中食。
可怜身上衣正单[45]，心忧炭贱[46]愿天寒。
夜来城外一尺雪，晓驾炭车辗冰辙[47]；
牛困[48]人饥日已高，市南门外泥中歇[49]。
翩翩[50]两骑来是谁？黄衣使者白衫儿[51]。
手把文书口称敕[52]，回车叱[53]牛牵向北。
一车炭，千余斤[54]，宫使驱将惜不得[55]。
半匹红纱一丈绫[56]，系向牛头充炭直[57]。

赋得古原草送别[58]

离离原[59]上草，一岁一枯荣[60]。
野火烧不尽，春风吹又生。
远芳侵古道，晴翠接荒城[61]。
又送王孙[62]去，萋萋[63]满别情。

第十八课

钱塘湖⑭春行

孤山寺北贾亭⑮西,水面初平云脚⑯低。
几处早莺争暖树,谁家新燕啄⑰春泥。
乱花渐欲迷人眼,浅草才能没马蹄⑱。
最爱湖东行不足⑲,绿杨阴⑳里白沙堤。

注 释

㉔ **《轻肥》**:"轻裘肥马"的省称,豪华的生活。
㉕ **意气**:精神,神色。**骄**:傲慢,骄横。
㉖ **借问**:敬辞,用于向别人询问事情,请问。**何为**(wéi)**者**:就是"为何者","做什么的人",宾语前置。
㉗ **内臣**:即宦官,在皇帝宫中服役的太监。
㉘ **朱**:红色,是标志官阶的颜色。**绂**(fú):官服的一种。**大夫**(dàfū):指文职。
㉙ **绶**(shòu):系官印的带子。**悉**:副词,全,都。唐制,官分九品,四品、五品穿红色的官服,二品、三品佩戴紫色的绶带。**将军**:指武职官员。唐自玄宗后,宦官得势。
㉚ **夸**:夸耀,炫耀。**赴**:前往,去。**军中**:指掌握在宦官手里的禁军。
㉛ **走马**:骑着马跑。**如云**:形容众多的样子。
㉜ **罍**(léi):古代一种盛酒的容器。**溢**(yì):满。**酝**(yùn):酒。**九酝**:泛指最美的酒。
㉝ **陆**:陆地。**罗**:罗列,排列。**八珍**:指精美罕见的食品。这两句是说,酒器里都装满了上好的美酒,还罗列着水中、陆地上各种精美罕见的食品。
㉞ **擘**(bò):分开,剖开。
㉟ **鲙**(kuài):把鱼肉等细切而成的食品。**天池**,海的别称。**鳞**(lín):鱼鳞,这里借指鱼。这两句是说,水果有来自洞庭湖旁的橘子,鱼有来自大海的鱼。
㊱ **自若**:镇静自如,毫不拘束。
㊲ **益**:副词,更加。**振**:振奋,振作。这两句话是说酒醉饭饱之后,志得意满,旁若无人。
㊳ **是**:代词,这。**岁**:年。**旱**(hàn):长时间不下雨,缺雨,缺水。
㊴ **衢**(Qú)**州**:地名,在今浙江省衢州市一带。**食**:吃。
㊵ **炭**(tàn):木炭,把木材和空气隔绝,加高热烧成的一种黑色燃料。**翁**(wēng):泛称老年男性。
㊶ **伐**:砍。**薪**:柴火,木柴。
㊷ **苍苍**:灰白色。
㊸ **营**:营生,生活。
㊹ **衣裳**(yīshang):衣服。**食**:食物。
㊺ **单**:(衣服等)单薄。

㊻ 贱(jiàn):价格低,便宜。

㊼ 驾:驾驶。辗(niǎn):(车轮等)滚压。辙(zhé):车迹,车轮碾过的痕迹。

㊽ 困:劳累,疲倦。

㊾ 歇:休息以消除疲劳。

㊿ 翩(piān)翩:举止洒脱的样子。

○51 使者:奉命办事的人。衫(shān):上衣。黄衣、白衫,平民和没有品级的官差穿黄色或者白色的衣服。黄衣使者白衫儿:这里指专替统治阶级掠夺人民财富。他们是宫廷派出来的,所以称为"使者"。

○52 把:持,拿。口称:嘴上说。敕(chì):皇帝的命令。

○53 叱(chì):大声呵斥、驱赶。

○54 千余斤:就是一千多斤的意思。余,多于。

○55 宫使:就是宫廷里来的使者。将(jiāng):助词,用在动词后面,表示动作、行为的趋向或进行。惜:珍惜,爱惜。不得:用在动词后面,表示否定。

○56 匹:量词,四丈为一匹。唐代商品交易,钱帛并用。绫(líng):一种很薄的丝织品。

○57 充:充当。直:同"值",价值。

○58 赋(fù):作诗。

○59 离离:繁茂的样子。原:原野。

○60 枯:草木干枯。荣:草木开花。

○61 这两句的意思是说,蔓延的春草,一直伸向远方的古道;阳光照耀下的广阔绿野连接着荒城。

○62 王孙:贵族,这里借指被送的友人。

○63 萋萋:茂盛的样子。

○64 钱塘湖:即西湖,在今浙江省杭州市西部。

○65 孤山寺:孤山在西湖中后湖与外湖之间,山上有孤山寺。贾(Jiǎ)亭:一名贾公亭,在西湖。

○66 云脚:出现在雨前或雨后接近地面的云气。

○67 啄(zhuó):鸟用嘴取食等。

○68 没(mò):高过,漫过。这两句是说,纷繁的花朵渐渐地要迷住了人的眼睛,浅浅的草儿才刚刚高过马蹄。

○69 行:出游。不足:不够,满足不了需要。

○70 阴:树阴。

(一)背诵

《赋得古原草送别》

（二）填空

1. 白居易是_____的有意识的继承者,也是杜甫之后杰出的_____诗人。他继承并发展了_____和_____的现实主义传统,沿着杜甫所开辟的道路,进一步从文学的理论与创作上掀起了一个波澜壮阔的现实主义诗歌高潮——_____运动。

2. 白居易的诗歌作品现存_____多首,他曾自分为_____、_____、_____、_____四类。其中成就最高、影响最大的是新乐府诗歌五十首、《秦中吟》十首以及感伤诗《长恨歌》、《_____》。

（三）思考题

为什么说白居易"拥有空前广泛的读者群体,诗歌作品也因此而流传久远"?

文学史知识提示

元稹(Zhěn,779—831)、白居易是情同手足的挚友,两人志同道合,诗文酬唱,共倡新乐府运动,世称元白。元稹既是诗人,又是传奇小说家。他的《莺莺传》叙事委婉,抒情细腻,文辞艳丽,塑造了崔莺莺这位为追求个人幸福而敢于冲破传统礼教束缚的女性形象,富于悲剧美,在中国文学史上具有深远的影响。元稹与白居易"同中有异,元稹后期仍积极用世,汲汲功名,而白居易则消极出世,明哲保身。表现在抒情诗中,元稹多主观感情抒发,色彩浓烈;白居易则多客观理性的阐发,手法白描。寓言诗,元稹直言激词,剑拔弩张;白居易则较幽默含蓄,情趣自生。以新乐府长篇叙事诗而言,元稹主题不够集中,语言较为晦涩,讽谏更为直露;白居易后来居上,成就在元稹之上。以闲适诗而言,元多轻艳之词,白多知足之语,故有'元轻白俗'之称。"

(郭预衡主编《中国古代文学史》,
上海古籍出版社1998年版,第二册,第319页)

琵琶行㉛

浔阳江㉜头夜送客,枫叶荻花秋瑟瑟㉝。
主人下马客在船,举酒欲饮无管弦㉞。
醉不成欢惨㉟将别,别时茫茫江浸㊱月。
忽闻水上琵琶声,主人忘归客不发㊲。
寻声暗问弹者谁?琵琶声停欲语迟。
移船相近邀㊳相见,添酒回灯㊴重开宴。
千呼万唤始出来,犹抱琵琶半遮面。
转轴拨弦三两声㊵,未成曲调先有情。
弦弦掩抑㊶声声思,似诉平生不得意。
低眉信手续续㊷弹,说尽心中无限㊸事。
轻拢慢捻抹复挑㊹,初为《霓裳》后《六幺》㊺。
大弦嘈嘈㊻如急雨,小弦切切如私语㊼。
嘈嘈切切错杂㊽弹,大珠小珠落玉盘。
间关㊾莺语花底滑,幽咽㊿泉流水下滩。
冰泉冷涩弦凝绝[91],凝绝不通声暂歇[92]。
别有幽愁暗恨生,此时无声胜有声。
银瓶乍[93]破水浆迸,铁骑突出[94]刀枪鸣。
曲终收拨[95]当心画,四弦一声如裂帛[96]。
东舟西舫[97]悄无言,唯见江心秋月白。
沉吟放拨插弦中,整顿衣裳起敛容[98]。
自言本是京城女,家在虾蟆陵[99]下住。
十三学得琵琶成,名属教坊[100]第一部。
曲罢曾教善才伏[101],妆成每被秋娘妒[102]。
五陵年少争缠头[103],一曲红绡[104]不知数。
钿头云篦击节[105]碎,血色罗[106]裙翻酒污。
今年欢笑复明年,秋月春风等闲[107]度。
弟走从军[108]阿姨死,暮去朝来颜色故[109]。
门前冷落鞍马稀[110],老大[111]嫁作商人妇。
商人重利轻别离,前月浮梁[112]买茶去。
去来[113]江口守空船,绕船月明江水寒;
夜深忽梦少年事,梦啼妆泪红阑干[114]!

我闻琵琶已叹息，又闻此语重唧唧：
同是天涯沦落(115)人，相逢何必曾相识！
“我从去年辞帝京，谪居卧病浔阳城。
浔阳地僻(116)无音乐，终岁不闻丝竹(117)声。
住近湓江(118)地低湿，黄芦苦竹绕宅(119)生。
其间旦暮(120)闻何物，杜鹃(121)啼血猿哀鸣。
春江花朝秋月夜，往往取酒还独倾。
岂(122)无山歌与村笛，呕哑嘲哳(123)难为听。
今夜闻君琵琶语，如听仙乐耳暂明。
莫辞(124)更坐弹一曲，为君翻(125)作《琵琶行》”。
感我此言良久(126)立，却坐促弦(127)弦转急。
凄凄不似向前(128)声，满座重闻皆掩泣(129)。
座中泣下谁最多，江州司马青衫(130)湿。

注释

(71) **行(xíng)**：歌行体，文学体裁的一种。

(72) **浔(Xún)阳江**：长江流经江西省九江市北一段的别名。

(73) **荻(dí)**：多年生草本植物，生在水边，叶子长形，似芦苇，秋天开紫花。**瑟(sè)瑟**：风吹草木的声音。

(74) **管弦(xián)**：管乐和弦乐，借指音乐。

(75) **惨(cǎn)**：悲伤，使人难受。

(76) **浸(jìn)**：泡在水里，淹没。

(77) **发**：出发。

(78) **邀(yāo)**：请，邀请。

(79) **回灯**：把撤了的灯拿回来。

(80) **转轴(zhóu)拨弦**：弹奏琵琶之前的调音动作。**三两声**：指试弹。

(81) **掩抑(yǎnyì)**：掩按抑遏。这句话是说弹琴时用掩按抑遏的手法，声调幽咽，一声声都含着深长的情思。

(82) **信手**：随手。**续续**：连续。

(83) **无限(xiàn)**：没有尽头，没有限量。

(84) **拢(lǒng)、捻(niǎn)、抹(mò)、挑(tiǎo)**：都是弹琵琶的指法。

(85) **《霓裳(nícháng)》**：即《霓裳羽衣舞》，乐曲名，相传为唐玄宗所制。**《六幺(yāo)》**：当是《录要》之误，当时京城流行的曲调名。

(86) **大弦**：琵琶有四弦或五弦，一条比一条细。大弦指最粗的弦。**嘈(cáo)嘈**：形容声音沉重而舒长。

(87) **小弦**：指细弦。切切，形容声音轻细而急促。**私语**：低声说知心话。

(88) **错杂**：交错掺杂，混杂。

⑧⑨ 间(jiān)关:拟声词,形容宛转的鸟鸣声。

⑨⓪ 幽咽(yè):形容低微的流水声。

⑨① 涩(sè):不光滑,不滑溜。绝:断。

⑨② 歇:停止。

⑨③ 乍(zhà):忽然。

⑨④ 铁骑:带甲的骑兵。突出:突然出现。这两句是在形容静寂之后,忽然又发出激越而雄壮的声音。

⑨⑤ 拨:拨子,弹琵琶的工具。

⑨⑥ 帛(bó):丝织品的总称。这两句写弹到最后,将拨子在琵琶中心,并和四弦,用力一划,声音强烈清脆,像布帛裂开的声音一样。

⑨⑦ 舫(fǎng):船。

⑨⑧ 整顿:整理,使之整齐。敛容:收敛面部笑容等,现出严肃的神色。

⑨⑨ 虾蟆(Háma)陵:地名,在长安城东南,曲江附近,是唐代有名的游乐地区。

⑩⓪ 属:属于。教坊(jiàofǎng):古时管理宫廷音乐、舞蹈、戏曲的官署。

⑩① 罢:完,停止。教(jiāo):让,使。善才:唐代用来称呼弹琵琶的艺人或乐师,意为"能手"。伏:屈服,佩服。

⑩② 每:常常,多次。秋娘:当时长安城中著名的妓女。唐时以歌舞为职业的女子,多以秋娘为名。妒(dù):妒忌,对别人的长处感到不痛快或忿恨。

⑩③ 五陵:汉代五个皇帝的陵墓,在长安附近,当时富家豪族和外戚都居住在五陵附近,因此后世诗文常以五陵为富豪人家聚居长安之地。缠(chán)头:当时风俗,歌舞妓演奏完后,把丝织品等当作礼物送给她们,叫做缠头彩。

⑩④ 绡(xiāo):一种精细轻薄的丝织品。

⑩⑤ 篦(bì):篦子,齿密的梳头工具。云篦:镶有珠宝的发篦。击节:用器物或者手掌来打拍子。这句话是说,珍贵的装饰品,因为歌舞击节而被打碎。

⑩⑥ 罗:轻软的丝织品。意思是说,少年们游戏作乐,泼翻了酒而污损了红裙。以上两句都是写生活的欢乐豪华。

⑩⑦ 秋月春风:借指时间、岁月。等闲:轻易,随便。

⑩⑧ 从军:参加军队。

⑩⑨ 颜色:脸色,姿色。故:衰老。

⑪⓪ 稀:少。

⑪① 老大:年老。

⑪② 浮梁:古县名,在今江西省景德镇市。

⑪③ 来:诗歌中的衬字。

⑪④ 阑(lán)干:(眼泪等)横流的样子。

⑪⑤ 沦落:被驱逐流落,陷入不良的境地。

⑪⑥ 僻(pì):偏僻,边远。

⑪⑦ 丝竹:泛指音乐。

⑪⑧ 湓(Pén)江:河流名,源出江西省瑞昌县西清湓山,东流至九江市,北入长江。

⑪⑨ 芦:芦苇,多年生草本植物,多生于水边,茎中空。宅(zhái):住所,住处。

⑳ **旦暮**:早晨和傍晚。
㉑ **杜鹃**(juān):鸟名。杜鹃啼血,传说杜鹃鸟啼叫时,嘴里会流出血来,这是形容杜鹃啼声的悲切。
㉒ **岂**:难道,表示反问。
㉓ **呕哑嘲哳**(ōuyā zhāozhā):形容杂乱而繁碎的声音。
㉔ **辞**:推辞,拒绝。
㉕ **翻**:按照曲调写歌词,谱制歌曲。
㉖ **良久**:很久,好一会儿。
㉗ **却**:退回。**却坐**:退回原处,重新坐下。**促弦**:把弦拧紧。
㉘ **凄凄**:形容悲伤凄凉。**向前**:先前,以前。
㉙ **掩泣**:掩面而哭。
㉚ **江州**:地名,州治在今江西省九江市。**司马**:官名,州刺史的副职,分管武事。江州司马,就是指作者自己。**青衫**:唐朝规定最低品级(八品、九品)的文官穿青色的衣服,当时白居易的职位是州司马,属于九品,所以穿青衫。

第十九课

韩愈与柳宗元

课　文

韩愈(768—824)、柳宗元(773—819)都是唐代古文运动的领袖。韩愈,字退之,河南孟县人。三岁而孤①,受其师李华、萧颖士等唐代古文运动先驱的影响而倾向于复古②。韩愈以儒家道统的传人自居③,一生弘扬④儒学,排斥佛教、老庄⑤。他的文学思想比较系统:首先是"文以明道",提倡古文的目的就是要尊崇⑥儒家的道德观念;其次是"不平则鸣"⑦,强调文学抒情言志的功能;再次,反对骈文⑧的华而不实,学习先秦古文的平易流畅。韩愈是继司马迁之后成就卓著⑨的散文家,其散文创作的艺术成就在于文体创新、手法创新、语言创新和风格创新四个方面。

柳宗元,字子厚,山西永济县人,其诗文成就与韩愈齐肩⑩,世称"韩柳"。他也是唐代古文运动的领袖⑪,但其政治思想、诗文风格与韩愈有很大的不同。柳宗元的人生经历比韩愈坎坷⑫得多,所以他在学术上的修养也要深刻得多。柳宗元崇尚儒家、道家和佛教,兼收并蓄而归结⑬于孔子;柳宗元具有先进的哲学观与历史发展观,文学创作也极为丰富;他敢于突破传统旧说,立意⑭新、构思奇、蕴涵深。柳宗元的一生短暂而充满磨难⑮,因而针砭时弊⑯,满腔⑰悲愤,嬉笑怒骂,皆成文章⑱。

此外,韩愈和柳宗元都是写诗高手。韩愈以文为诗,丰富了诗歌的表现手法,但同时也开创了中唐诗歌晦涩深奥一派,开宋代诗歌议论化、散文化倾向的先河⑲。柳宗元一生悲愤痛苦郁结于心,诉之于诗,使他的诗在简淡⑳高远的外表下,蕴含着深厚浓烈的内在

情感:"千山鸟飞绝,万径人踪灭。孤舟蓑笠㉑翁,独钓寒江雪。"(《江雪》)

注 释

① **孤**:幼年丧父。
② **李华**(约715—774):唐散文家,与萧颖士齐名。**萧颖士**(717—759):唐散文家,古文运动的先驱之一。**先驱**:最初发现或帮助发展某种新事物的人,为别人作出可仿效的榜样或为别人铺平道路的人。**倾向**:赞成。**复古**:恢复往古的社会秩序和习俗。
③ **自居**:自以为,自己认为。
④ **弘**(hóng)**扬**:大力宣扬。
⑤ **排斥**(chì):不相容、使离开或不使进入。**老庄**:老子和庄子,道家的代称。
⑥ **尊崇**:敬重推崇。
⑦ **不平则鸣**:成语,对不公平的事表示愤慨,提意见。
⑧ **骈**(pián)**文**:文体名,与散文相对称,也叫骈体文,因为字句都成对偶而得名。骈文用四字六字与四字六字相对为基本句法,所以又叫四六文。骈文讲究声律的调谐、用字的绮丽、辞汇的对偶和用典。
⑨ **卓著**(zhuózhù):突出显著。
⑩ **齐肩**:肩膀一样高,比喻地位相当。
⑪ **领袖**:国家、政党、群众团体等的最高领导人。
⑫ **坎坷**(kǎnkě):事情不顺利或不称心,比喻不得志。
⑬ **兼收并蓄**:管来源和性质如何,都一概收容积蓄,形容博采众长。**归结**:总结,总括而求得结论。
⑭ **立意**:确定主题。构思,安排或设计主题、情节等。
⑮ **磨难**(mónàn):在艰难困苦的逆境中遭受折磨。
⑯ **针砭**(zhēnbiān):古代的一种针刺疗法,现已失传,砭是古代治病的石头针。"针砭"比喻发现或指出错误,以求改正。**时弊**(bì):当时社会的弊病、毛病、缺点。
⑰ **满腔**(qiāng):心中充满。
⑱ **嬉**(xī)**笑怒骂,皆成文章**:游戏、玩笑、生气、责骂都写成了文章,比喻不拘束于一定的规格,任意发挥,都成为了好文章。
⑲ **先河**:古代以黄河为海的本源,因而帝王先祭河,后祭海,后来称有倡导作用的事物为先河。
⑳ **简淡**:简洁淡雅。

㉑ 蓑(suō):蓑衣,用草或棕毛做成的雨披。笠(lì):用竹篾或棕皮编制的遮阳挡雨的帽子。

作品

马 说

韩 愈

世有伯乐㉒,然后有千里马㉓;千里马常有,而伯乐不常有。故虽有名马,只辱于奴隶人㉔之手,骈死于槽枥㉕之间,不以千里称也㉖。

马之千里者,一食或尽粟一石㉗;食㉘马者,不知其能千里而食也。是㉙马也,虽有千里之能㉚,食不饱,力不足,才美不外见㉛;且欲与常马等㉜不可得,安㉝求其能千里也?

策之不以其道㉞,食之不能尽其材㉟,鸣之而不能通㊱其意,执策而临㊲之,曰:"天下无马。"呜呼㊳!其真无马邪㊴?其真不识马也!

黔之驴㊵

柳宗元

黔无驴,有好事者船载㊶以入。至则㊷无可用,放之山下。虎见之,庞然大物㊸也,以为神。蔽林间窥㊹之,稍㊺出近之,慭慭㊻然莫相知。

他日㊼,驴一鸣,虎大骇㊽,远遁㊾,以为且噬㊿已也,甚恐51。然52往来视之,觉无异能53者。益习54其声,又近出前后,终不敢搏。稍近益狎55,荡倚冲冒56。驴不胜怒,蹄57之。虎因58喜,计59之曰,"技止此耳60!"因跳踉大㘎61,断其喉,尽其肉,乃去62。

噫63!形之庞也类有德64,声之宏65也类有能,向不出其技66,虎虽猛,疑畏67,卒68不敢取;今若是焉69,悲夫70!

注 释

㉒ 伯乐:相传春秋时秦国人,名孙阳,以善于观察品评马之好坏著称,引申为善于发现、推荐、培养和使用人才的人。
㉓ 千里马:原指善跑的骏马,可以日行千里,常用来比喻人才,特指有才华的青少年。

㉔ **只**:只是。**辱**(rǔ):受辱,侮辱。**奴隶**(núlì)**人**:奴仆,这里指养马的仆人。
㉕ **骈**(pián)**死**:并列而死,一起死去。**槽**(cáo):指用来盛饲料喂牲畜的器具。**枥**(lì):系马之处。这句话是说,千里马和其他一般的马同时死在马厩(jiù,马住的棚)里。
㉖ **不以千里称也**:不被人称为千里马。
㉗ **食**(shí):吃。**或**:有时。**粟**(sù):就是小米,这里是粮食的通称。**石**(dàn):容量单位,十斗为一石。这句话是说,千里马有时一次就会吃完一石粮食。
㉘ **食**(sì):作动词用,饲养,喂养。这句话是说,喂马的人不当千里马去饲养它。
㉙ **是**:代词,这。
㉚ **能**:能力,能耐。
㉛ **见**(xiàn):显现,表现。**才美不外见**:才华不能表现出来。
㉜ **且**:连词,尚且。**等**:相等,相同。
㉝ **安**:疑问代词,哪里。
㉞ **策**(cè):名词活用作动词,用鞭棒驱赶马等,引申为驾驭。**道**:方法。策之不以其道,不按照它的特性来鞭策它。
㉟ **材**:本能,这里指千里马的食量。
㊱ **鸣**:吆喝。**鸣之**:养马的人对千里马吆喝。**通**:知道,了解。
㊲ **执**:拿着。策,马鞭。**临**:面对。
㊳ **呜呼**(wūhū):叹词,对不幸的事表示叹息、悲痛等。
㊴ **邪**(yé):同"耶",疑问语气词,相当于"吗"。
㊵ **黔**(Qián):指今重庆市东南部黔江区一带,古称黔州。**驴**(lú):哺乳动物,像马,比马小,能驮东西、拉车、耕田、供人骑乘。
㊶ **好**(hào)**事**:喜欢多事,惹事生非。**载**(zài):用车船等装运。
㊷ **则**:连词,表示转折,相当于"但"。
㊸ **庞**(páng)**然大物**:外表上很大的东西。
㊹ **蔽**(bì):隐藏。**窥**(kuī):暗中察看,偷偷观察。
㊺ **稍**:逐渐,渐渐。
㊻ **慭**(yìn)**慭**:谨慎小心的样子。
㊼ **他日**:有一天。
㊽ **骇**(hài):受惊,吃惊。
㊾ **遁**(dùn):逃避,逃跑。
㊿ **且**:副词,将要。**噬**(shì):咬。
51 **甚**:非常,极其。**恐**:害怕。
52 **然**:连词,但是。
53 **异能**:突出的能力。
54 **益**:副词,渐渐。**习**:熟悉。
55 **益**:副词,更加。**狎**(xiá):亲昵,亲近。
56 **荡**:冲撞,冲杀,触碰。**倚**:斜靠着。**冲**:冲击,冲撞。**冒**:侵犯,冒犯。
57 **蹄**:名词活用作动词,用蹄子踢。
58 **因**:连词,于是,就。

(59) **计**:考虑。
(60) **技**:才能,能力。**耳**:语气词,表示限制,相当于"而已"、"罢了"。
(61) **跳踉**(liáng):跳跃。**㘎**(hǎn):虎怒吼。
(62) **乃**:副词,才。**去**:离开。
(63) **噫**(yī):叹词,表示感慨、悲痛、叹息等。
(64) **也**:语气词,用在句中,表示停顿。**类**:类似,好像。**德**:能力。
(65) **宏**(hóng):大。这两句互文,意思是,形体、声音很大,好像是很有才能。
(66) **向**:从前,先前。这句话是说,先前不表现出自己的才能。
(67) **畏**(wèi):害怕。
(68) **卒**(cù):通"猝",急速,马上。
(69) **焉**:语气词,用于句尾,表示感叹,相当于"呢"、"啊"。
(70) **夫**(fú):语气词,用于句尾,表示感叹。

练习

(一)背诵

柳宗元的《江雪》

(二)填空

1. 韩愈散文创作的艺术成就在__________创新、__________创新、__________创新和________________创新四个方面。
2. 柳宗元一生____________痛苦郁结于心,诉之于诗,使他的诗在__________高远的外表下,蕴含着________________浓烈的内在情感。

(三)解释下列带点的字

1. 骈死于槽枥之间,不以千里称也。
2. 食马者,不知其能千里而食也。
3. 安求其能千里也?
4. 黔无驴,有好事者船载以入。
5. 以为且噬己也,甚恐。

(四)思考题

韩愈的文学思想表现在哪几个方面?

文学史知识提示

由于韩愈适应时代社会的迫切要求,由于他通过师承、交游关系的大力鼓吹,在古文运动中得到了很好的表现。作为"韩门弟子"的李翱和黄浦湜,或学习韩愈文章的平易通畅,或发展他的奇诡宏伟,成为著名的古文家。与他同时的欧阳詹、李观、沈亚之等也纷纷从事"古文"的写作。李翱在《韩吏部行状》中说:"自贞元末以至于兹(长庆末),后进之士,其有志于古文者,莫不视公以为法。"说明古文运动已成为一种广泛的社会运动了。

柳宗元在古文运动中有特别重要的作用。但从唐代到北宋,一直没有得到应有的评价。他不仅热情地培养和指导后进的古文作者,而且以自己杰出的散文成就在士大夫中间树立了新文体的威望,实际上成为仅次于韩愈的核心人物。

这次古文运动的胜利,不仅有力地打击了风靡三百年的绮丽柔弱的文风,而且直接启示了北宋的文学革新运动,开创了中国文学史上以唐宋八大家为代表的古文传统,对后世的影响是极其深远的。

(中国科学院文学研究所中国文学史编写组《中国文学史》,人民文学出版社1962年版,第二册,第498—499页)

名篇欣赏

左迁至蓝关示侄孙湘㉑

韩　愈

一封朝奏九重天㉒,夕贬潮州路八千㉓。
欲为圣明除弊㉔事,肯将衰朽惜残年㉕!
云横秦岭㉖家何在?雪拥蓝关马不前。
知汝远来应有意㉗,好收吾骨瘴江边㉘。

酬曹侍御过象县见寄㉙

柳宗元

破额山前碧玉㉚流,骚人遥驻木兰舟㉛。
春风无限潇湘意,欲采蘋花不自由㉜。

渔翁

柳宗元

渔翁夜傍西岩⑧³宿,晓汲清湘⑧⁴燃楚竹。
烟销⑧⁵日出不见人,欸乃⑧⁶一声山水绿。
回看天际⑧⁷下中流,岩上无心云相逐。

注　释

⑦¹ **左迁**:降职(古人以右为上)。**蓝关**:即蓝田关,关隘名,在今陕西省南田县南。**示**:给……看。**侄(zhí)孙**:兄弟的孙子或侄子的儿子。**湘**:即韩湘,韩愈侄子韩老成的长子。

⑦² **奏**:特指向帝王进言或上书。**九重天**:借指皇帝。

⑦³ **潮州**:地名,州治在今广东省潮阳县。这两句是说,早上给皇帝上了一份奏章,晚上就被降职到了八千里外的潮州。

⑦⁴ **为**:介词,给,替。**圣明**:指皇帝。**除**:清除,去掉。**弊**:坏,不好。

⑦⁵ **肯**:这里是"哪里敢"、"怎么敢"的意思。**衰朽(shuāixiǔ)**:衰老无用,这里指作者自己。**惜**:顾惜,舍不得。**残年**:晚年,暮年。这句话是说,哪里敢顾惜自己年老的生命?

⑦⁶ **秦岭**:山脉名,在蓝田县东南。

⑦⁷ **汝(rǔ)**:你。**有意**:有心思,有所考虑。

⑦⁸ **吾(wú)**:我。**瘴(zhàng)**:热带山林中的毒气。**瘴江边**:这里特指潮州。

⑦⁹ **侍御**:服侍皇帝的人,官名。**象县**:在今广西壮族自治区象州县。**见**:助词,用在动词前面表示对我怎么样,这里的"见寄"意思就是"寄给我"。

⑧⁰ **破额(é)山**:山名,在柳州州界上。**碧玉**:形容水色的湛深明净。

⑧¹ **骚(sāo)人**:诗人。**驻**:停留。**木兰舟**:木兰即辛夷,一种香草;用木兰做船,取芬芳之义,是诗歌中惯用的词语。

⑧² **蘋(pín)花**:一种水生植物的花。这句是在写相思不能相见之情。古诗"涉江采芙蓉,兰泽多芳草。采之欲遗(wèi,送)谁?所思在远道。"这里的采蘋花,与"采芙蓉"意思相同。**不自由**:是说采蘋相赠的愿望无法达到。

⑧³ **西岩**:即西山,在今湖南省零陵县西湘江外二里。

⑧⁴ **汲(jí)**:取水,打水。**清湘**:澄清的湘水。

⑧⁵ **销**:同"消",消失,消散。

⑧⁶ **欸乃(ǎinǎi)**:拟声词,像摇动船桨发出的声音。

⑧⁷ **天际**:天边。这句是说,船下中流之后,回看西岩,远在天边。

第二十课

唐传奇

课 文

　　唐代的传奇小说与唐代的诗歌并称"一代之奇"。传奇,就是传述奇闻异事的意思。传奇小说的兴盛是唐代经济繁荣的结果,是市民文学兴起的划时代①标志,也是唐代古文运动风起云涌②的重要成果。

　　先秦两汉的史传文学,六朝的志怪小说,志人小说是唐传奇的文学渊源③,但是,唐传奇"揉④变化之理,察神人之际⑤,著文章之美,传要妙之情"(沈既济《任氏传》)⑥,借助唐代古文接近口语、生动流利、便于叙事抒情的语言载体⑦,以丰富的想象、离奇的情节、生动的人物造型以及深刻的人文觉醒⑧意识,标志着中国小说的发展具有了独立的艺术性质,进入了成熟阶段。

　　在思想内容上,唐传奇刻画了为争取爱情的理想而奋勇⑨抗争的妇女形象,歌颂了济困扶危的侠义⑩之士,讽刺了对世俗利禄⑪的追求,揭露了官场的腐败和统治阶级勾心斗角、尔虞我诈的种种丑行⑫。唐传奇取得了崇高的艺术成就,展现了一组生动鲜明的人物画廊⑬,结构完整,情节波澜起伏⑭,曲折有致,诗歌的语言与散文的语言彼此交错、烘托,形成了简洁、凝炼⑮、生动、流畅的表现风格。

　　唐传奇的代表作有陈玄祐的《离魂记》、沈既济的《枕中记》、《任氏传》、李公佐的《南柯太守传》⑯、陈鸿的《长恨歌传》、李朝威的《柳毅传》、许尧佐的《柳氏传》、元稹的《莺莺传》、白行简的《李娃传》等。

注　释

① **传奇**：一指唐宋人用文言文写的短篇小说，因为情节离奇，故事神异，人物也富有传奇的神韵，所以叫做"传奇"；二指唐人裴铏的短篇小说集，其名称叫《传奇》；三指明清以唱南曲为主的戏曲形式，是宋元南戏进一步的发展，与南戏结构大致相同，但篇幅更长，情节更加曲折，人物刻画更加细致。**划时代**：划分一个时代和另一个时代的界限。
② **风起云涌**(yǒng)：成语，狂风刮起，云层涌来，形容气势雄大或者规模宏大。
③ **史传**(zhuàn)**文学**：历史、传记文学。**志怪小说**：志，记录，记录怪异之事的小说。**渊源**：源头，本原。
④ **揉**(róu)：混合，融和。
⑤ **际**：交界或靠边的地方。
⑥ **要妙**(yāomiào)：美丽的样子。**沈既济**(750? —800?)：唐代小说家、史学家。《**任氏传**》：唐传奇作品，作者沈既济，是关于贫士郑六与狐精幻化的美女任氏的爱情故事。
⑦ **载**(zǎi)**体**：这里比喻能传达作者思想的文本。
⑧ **离奇**：情节不平常，出人意料。**造型**：创造出来的人物形象。**人文**：指人类社会的各种文化现象。**觉**(jué)**醒**：觉悟，醒悟。
⑨ **奋勇**：奋发而努力鼓起勇气。
⑩ **济**：帮助。**济困扶危**：成语，也叫"扶危济困"，指救济、扶助生活困难或境况危急的人。**侠义**：指为人仗义，肯于助人。
⑪ **利禄**(lù)：指经济利益和官位。
⑫ **腐败**(fǔbài)：(制度、组织、机构、措施等)混乱、黑暗。**勾心斗角**：指用心计、耍心眼，明争暗斗，相互排挤。**尔虞**(yú)**我诈**(zhà)：尔，你；虞，欺骗；诈，欺骗；你欺骗我，我欺骗你，互相欺骗。**丑行**：恶劣的、不光彩的行为。
⑬ **画廊**(láng)：专为展览艺术品用的一系列房间、走廊或大厅。
⑭ **起伏**：起，上升；伏，低下去；比喻感情、关系、情节等起落变化。
⑮ **凝练**：简洁，没有铺张和多余的语言。
⑯ **陈玄祐**(yòu)：生卒年不详，唐传奇作家。《**离魂记**》：内容主要是写张倩娘和王宙的离奇爱情故事。《**枕中记**》：内容主要是写卢生在旅途中的梦境。**李公佐**(770? —850?)：唐传奇作家。《**南柯太守传**》：主要内容是写淳于棼(Chúnyú Fén)梦中的遭遇。

作品

柳毅传⑰（节选）

李朝威

语未毕，而大声忽发，天拆⑱地裂，宫殿摆簸⑲，云烟沸涌⑳。俄有赤㉑龙长千余尺，电目血舌，朱鳞火鬣㉒，项掣㉓金锁，锁牵玉柱，千雷万霆㉔，激绕其身，霰雪雨雹㉕，一时皆下。乃擘㉖青天而飞去。毅恐蹶仆㉗地。君亲起持㉘之曰："无惧㉙，固㉚无害。"毅良久稍安，乃获自定㉛。因告辞曰㉜："愿得生㉝归，以避复㉞来。"君曰："必不如此。其去则然㉟，其来则不然。幸为少尽缱绻㊱。"因命酌互举㊲，以款人事㊳。

俄而㊴祥风庆云，融融怡怡㊵，幢节玲珑㊶，箫韶㊷以随。红妆㊸千万，笑语熙熙㊹。后有一人，自然蛾眉㊺，明珰㊻满身，绡縠参差㊼。迫㊽而视之，乃㊾前寄辞者。然㊿若喜若悲，零(51)泪如丝。须臾(52)，红烟蔽其左，紫气舒(53)其右，香气环旋，入于宫中。君笑谓毅曰："泾水之囚人(54)至矣。"君乃辞归宫中。须臾，又闻怨苦(55)，久而不已。

有顷(56)，君复出，与(57)毅饮食。又有一人，披紫裳，执青玉，貌耸神溢(58)，立于君左。君谓(59)毅曰："此钱塘也。"毅起，趋(60)拜之。钱塘亦尽礼相接(61)，谓毅曰："女侄不幸，为顽童(62)所辱。赖明君子信义昭彰(63)，致达(64)远冤。不然者(65)，是为泾陵之土(66)矣。飨德怀(67)恩，词不悉(68)心。"毅撝退(69)辞谢，俯仰唯唯(70)。然后回告兄曰："向者辰发灵虚(71)，巳(72)至泾阳，午战于彼(73)，未(74)还于此。中间驰(75)至九天，以告上帝(76)。帝知其冤，而宥其失(77)。前所谴责(78)，因而获免(79)。然而刚肠(80)激发，不遑辞候(81)。惊扰宫中，复忤(82)宾客。愧惕惭惧(83)，不知所失。"因(84)退而再拜。君曰："所杀几何？"曰："六十万。""伤稼(85)乎？"曰："八百里。""无情郎安在？"曰："食之矣。"君怃然(86)曰："顽童之为是心也，诚(87)不可忍。然汝亦太草草(88)。赖上帝显圣，谅其至(89)冤，不然(90)者，吾何辞(91)焉。从此已去(92)，勿复如是(93)。"钱塘复再拜。是夕，遂宿毅于凝光殿(94)。

注释

⑰ **李朝威**：生卒年不详，唐传奇作家。**《柳毅传》**：神话传奇故事，写人神相恋的故事。

⑱ **拆**：同"坼(chè)"，裂开，绽开。

⑲ **摆簸**：摇摆、颠簸。

⑳ **沸**(fèi):水波等翻涌的样子。**涌**(yǒng):云、雾、烟、气等上腾冒出。

㉑ **俄**(é):一会儿,时间短。**赤**:红色。

㉒ **鬣**(liè):某些哺乳动物(如马、狮子)颈上生长的又长又密的毛。**火鬣**:火红色的鬣毛。

㉓ **项**(xiàng):脖子。**掣**(chè):牵引,拉。

㉔ **霆**(tíng):雷声。

㉕ **雹**(báo):冰雹,空中水蒸气遇冷结成的冰粒或冰块,常在夏季随暴雨下降。

㉖ **擘**(bò):分开,剖裂。"俄有……飞去",这几句描写钱塘君怒飞冲天时的壮观景象。

㉗ **毅**:即柳毅。**蹶**(jué):倒下,跌倒。**仆**(pū):向前跌倒。

㉘ **君**:指洞庭龙君。**亲**:亲自,自己做某事。**持**:扶,搀扶。

㉙ **无惧**:不要怕。

㉚ **固**:副词,一定,肯定。

㉛ **获**:得到。**自定**:等于说"定自",镇静下来。

㉜ **因**:连词,于是,就。**曰**(yuē):说。

㉝ **得**:能够。**生**:活着。

㉞ **复**:再次。柳毅这两句话的意思是说,我希望能活着回去,这样就能够躲避(钱塘君)再次来到。

㉟ **其**:代词,他,这里指上文说的那条红色的龙。**去**:离开。**然**:代词,这样。

㊱ **幸**:副词,表明对方的行为使自己感到幸运。"为(wèi)",介词,后面省略了宾语。**少**:稍微,稍稍。**缱绻**(qiǎnquǎn):情意深厚。龙君的这几句话的意思是说,绝对不会这样。他离开的时候是这样,回来的时候就不这样了。我想很荣幸地稍微向你表达一下我诚挚的谢意。

㊲ **酌**(zhuó):斟酒,倒酒。**互举**:相对举杯。

㊳ **以**:连词,表示目的。**款**(kuǎn):款待,殷勤招待。**人事**:人情事理。这两句是说,洞庭君同柳毅一起饮酒,以此来向柳毅表达感谢之情。

㊴ **俄而**:不久,顷刻,也写成"俄尔"。**庆云**:喜庆的云气。

㊵ **融**(róng)**融**:形容和乐愉快的样子。**怡**(yí)**怡**:形容喜悦欢乐的样子。

㊶ **幢**(chuáng)**节**:古时作为仪仗用的旗帜之类。**玲珑**(línglóng):形容玉等相撞击发出的清脆声音。

㊷ **箫韶**:这里借指音乐。

㊸ **红妆**:代指美女。

㊹ **熙**(xī)**熙**:热闹的样子。

㊺ **自然**:未经修饰的。**蛾眉**:美人的秀眉,也喻指美女或美好的姿色。

㊻ **明珰**(dāng):珍珠制的装饰品。

㊼ **縠**(hú):皱纱,用细纱织成的皱状丝织物。**参差**:长短交错的样子。

㊽ **迫**:接近。

㊾ **乃**:是,就是。这两句的意思是,接近去看她,原来就是先前寄信的那位。

㊿ **然**:转折连词,但是。

(51) **零**:像雨一样地落下。

(52) **须臾**(yú):片刻,一会儿。

(53) **舒**:伸展。

㊹ 囚(qiú)人:受罪的人,这里指龙女。
㊺ 怨苦:埋怨,诉苦,这里指龙女在内廷悲诉的声音。
㊻ 有顷:过了一会儿。
㊼ 与:给,给与。
㊽ 耸(sǒng):比喻出众,不凡。貌耸神溢:容貌出众,精神焕发。
㊾ 谓:告诉。
㊿ 趋(qū):快步走,表示敬意。
㉑ 接:接见,接待。
㉒ 为:介词,被。顽童:指愚笨无知的人。
㉓ 赖(lài):依赖,依靠。明:英明,明智。君子:古时对别人的尊称。昭彰(zhāozhāng):显而易见,深重,远扬。
㉔ 致:送到,送至。达:转达,传达。
㉕ 不然:不这样。者:助词,表示语气的停顿。
㉖ 是:代词,这。为(wéi):成为。陵:坟墓。为泾陵之土:这里指死在泾阳。
㉗ 飨:同"享",领受。怀:怀有,胸怀。
㉘ 悉:详尽地叙述。这两句的意思是,(我们)领受了你的恩德,心里常怀报恩之情,没有办法用语言来描述。
㉙ 撝(huī)退:谦敬地后退;古人向尊长告辞,边退边致辞,不能扭身便走。
㉚ 俯仰(fǔyǎng):低头和抬头;这里是低头的意思,偏义复词。唯唯:恭逊的应辞,相当于今天的"是,是"。
㉛ 向者:副词,以往,从前。辰(chén):即上午七时至九时。灵虚:即灵虚殿,文中描写到的洞庭龙君的一处宫殿的名称。
㉜ 巳(sì):即上午九时至十一时。
㉝ 午:即十一时至十三时。彼(bǐ):代词,那里。
㉞ 未:即午后十三时至十五时。
㉟ 驰:行,迅速地行进。
㊱ 以:介词,把。上帝:天帝,古时指天上主宰一切的神。这句"以"字后面省略了代词"之",指这件事,这句话是说,把这件事告诉了上帝。
㊲ 宥(yòu):宽恕,原谅。失:过失。
㊳ 谴(qiǎn)责:斥责,责备。
㊴ 因而:是"因之而"的省略,"因为这件事所以……"。免:免除,赦免。这两句是说,先前被天帝所谴责的事(指上文洞庭君腾空时"项掣金锁,锁牵玉柱",具体事由不详),也因此得到了赦免。
㊵ 刚肠:指刚强的性格。
㊶ 不遑(huáng):没有时间,来不及。辞候:告辞。
㊷ 忤(wǔ):抵触,不顺从;这里有"得罪"的意思。
㊸ 惕(tì):害怕,放心不下。愧惕惭惧:既惭愧又担心。
㊹ 因:连词,于是,就。
㊺ 稼(jià):庄稼,农作物。

⑧⑥ 怃(wǔ)然:不高兴、失意的样子
⑧⑦ 诚:副词,的确,确实。
⑧⑧ 然:但是。亦:副词,也。草草:马虎,不细致或不全面。
⑧⑨ 谅:宽恕,容忍。至:副词,最,极。
⑨⓪ 然:代词,这样。
⑨① 何辞:用什么言辞来卸责。
⑨② 已去:以后,"已"同"以"。
⑨③ 如是:像这样。
⑨④ 遂:副词,于是,就。宿:动词的使动用法,让……睡。凝光殿:也是文中写到的一处宫殿的名称。

(一) 填空

1. 唐代的传奇小说与唐代的_____并称"_____"。传奇,就是_____的意思。传奇小说的兴盛是_____的结果,是_____的划时代标志,也是唐代_____的重要成果。

2. 先秦两汉的_____、_____、_____是唐传奇的文学渊源。

3. 唐代具有代表性的传奇小说有:沈既济的《_____》、《任氏传》、李公佐的《_____》、陈鸿的《_____》、李朝威的《_____》、许尧佐的《柳氏传》、元稹的《_____》、白行简的《_____》。

(二) 思考题

1. 唐传奇反映了哪些方面的社会生活及内容?
2. 结合作品,分析《柳毅传》的艺术特色。

文学史知识提示

几乎每一篇唐传奇的名作都被改编为戏剧。《离魂记》元郑德辉改编为《倩女离魂》;《任氏传》被衍为诸宫调《郑子遇狐妖》;《枕中记》由汤显祖演变为《邯郸记》;取材于《李娃传》的剧本,有高文秀的《郑元和风雪打瓦罐》、石君宝的《李亚仙诗酒曲江池》、徐霖的《绣襦记》;取材于《柳毅传》的,有元代尚仲贤的《柳毅传书》、明黄惟楫的《龙绡记》等;《长恨歌传》被改编者,以白朴的《梧桐雨》、洪昇的《长生殿》尤为著名。王实甫的《西厢记》,取材于《莺莺传》。

宋代以后,古典小说分为文言、白话两支。宋元话本《碾玉观音》中的秀秀和《三言》中的杜十娘、花魁娘子的形象塑造,借鉴于李娃、霍小玉。凌蒙初的《初刻拍案惊奇》中第十九卷《李公佐巧解梦中言,谢小娥智擒船上盗》取材于《谢小娥传》;《醒世恒言》中的《杜子春三入长安》取材于《续玄怪录》中的《杜子春》,可见白话小说所受的影响。而宋代以后的文言小说,更是与唐传奇一脉相衍,至清代蒲松龄的不朽杰作《聊斋志异》而臻于顶峰。

(郭预衡主编《中国古代文学史》,
上海古籍出版社1998年版,第二册,第456页)

名篇欣赏

李朝威的《柳毅传》写落第书生柳毅途经泾河,遇见洞庭龙女牧羊于荒郊。龙女自述在泾河夫家备受虐待,要求柳毅传书至洞庭。柳毅慨然允诺,入洞庭龙宫。洞庭君弟钱塘君闻讯大怒,凌空而去,诛杀泾河逆龙,救出龙女。后经许多曲折,龙女终于和柳毅结成美满婚姻。作品中的龙女是反抗夫权压迫、追求幸福爱情的妇女形象。父母包办的婚姻给了她无限的痛苦和折磨。但是经过她的坚决反抗,终于和柳毅结成夫妻。柳毅是一位富有正义感的书生。他的传书,纯系激于义愤,没有个人企图,因此当钱塘君酒后逼婚时,他竟毅然拒绝。他后来爱上龙女,也不单是慕色,而是感于龙女的深情。作者对火龙钱塘君的描绘,有声有色,在他出场前,就借洞庭君之口加以渲染;并通过洞庭君的软弱谨慎,陪衬出他那烈火般的刚强性格。他的对答简短干脆,与个性完全切合,所以着墨不多而形象鲜明。总之,《柳毅传》的人物形象描写相当成功,全篇荡漾着诗意的想象,浪漫色彩非常浓厚,情节也离奇曲折,富有戏剧性。它比较典型地运用了通过幻想反映现实的表现方法。

(游国恩等主编《中国文学史》,
人民文学出版社1963年版,第531页)

注　释

⑨5 **落第**:指科举考试失败。
⑨6 **牧(mù)羊**:放羊。
⑨7 **自述**:自己陈述,自己说。**备**:副词,全部,完全,尽。**虐(nüè)待**:用狠毒残忍的手段对待人。
⑨8 **传书**:送信。
⑨9 **慨然**:慷慨、大方的样子。**允诺(yǔnnuò)**:允许,同意。
⑩0 **闻讯**:听到信息、消息。
⑩1 **凌空**:高升到天空。
⑩2 **诛(zhū)**:把罪人杀死。**逆(nì)**:抵触,不顺从,背叛。
⑩3 **夫权**:旧时丈夫对妻子拥有的支配权。
⑩4 **包办**:一手负责办理,不让别人参与。
⑩5 **富有**:大量具有、拥有。
⑩6 **纯**:副词,都,完全。**系**:判断词,是。**义愤**:基于正义公理激发的愤怒或对非正义的事情引起的愤慨。
⑩7 **企图**:图谋,谋划,打算。
⑩8 **毅然**:刚强坚韧而果断的样子。
⑩9 **慕色**:爱慕美色。
⑩ **有声有色**:成语,形容说话或写文章非常生动,十分精采。
⑪ **渲染(xuànrǎn)**:比喻夸大的形容。
⑫ **软弱**:不坚强。**谨慎(jǐnshèn)**:细心慎重。
⑬ **陪衬**:衬托,使之更加突出。
⑭ **干脆(gāncuì)**:痛痛快快,干净利索。
⑮ **切合**:十分符合。
⑯ **着墨(zhuómò)**:指用笔墨来叙述描述。
⑰ **荡漾(dàngyàng)**:飘荡,起伏不定。
⑱ **幻想**:虚而不实的思想、想象。

第二十一课

温庭筠与花间派

课　文

　　词,是中国古代诗歌的一种特殊形式,又称"曲子词"、"乐府"、"长短句"等,起源于隋唐时期的民间①,是音乐语言与文学语言相结合的产物②。根据字数的多少,词分为"小令"(58字以内)、"长调"(91字以上)和"中调"(介于③小令与长调之间)。除小令外,一般词作分为前后两段,分别称作上片、下片,也称上阕、下阕④,或称前阕、后阕。

　　早在中唐时期,文人倚声填词就已经形成了风气⑤,白居易、刘禹锡、戴叔伦、韦应物等诗人均有佳作⑥。虽然他们的词作中小令居多⑦,声调简单,平仄⑧变化少,但是题材广泛,风格清新,浅显明朗。这些尝试在艺术的形式上打破了唐代五言、七言律诗、绝句的成规⑨,从民间文学中汲取⑩营养,促进了长短句⑪的发展,是唐代近体诗⑫向文人词转变的产物,是从敦煌民间曲子词过渡到晚唐花间派的桥梁。

　　花间派的创始人是温庭筠(812?—866)。他不仅是中晚唐时期重要的诗人,与李商隐(813—858)并称"温李",而且是中国文学史上第一位以词名家⑬的诗人。温词以描写妇女生活为主要题材,但融入了作者自己人生失意与怅惘⑭的情怀。温词景语⑮多,情语⑯少,以富丽的意象、华丽的构图,反衬闺妇⑰的孤独;以隐约迷离的意境,暗示幽怨哀婉的心曲⑱,形成了不同于唐诗的词境,奠定了词"以婉约为宗"⑲的基调。这是温词对中国文学史的重要贡献。

　　花间派是五代⑳西蜀出现的一批词人,其主要成员有韦庄、牛峤、欧阳炯、孙光宪等人㉑。后蜀㉒时期的赵崇祚选录了其中十八位作家的词作，编辑为《花间集》，因此，后世就称这一批词人为"花间词人"。花间词人中的韦庄(约836—910)与温庭筠比肩㉓，并称"温韦"。韦庄不仅以《秦妇吟》七言歌行体叙事诗㉔闻名于世，他的诗是文人诗歌和民间说唱文学相结合的结晶㉕，体现了唐诗中叙事诗的最高水平，他的词作清丽、疏淡㉖，有别于温词的秾艳㉗、富丽，代表了《花间集》中的另一种风格。

注　释

① **民间**：人民中间，和"官方"相对。
② **产物**：特定条件下产生的事物。
③ **介于**：发生或位置在两个事物之间。
④ **阕**(què)：量词，词的一段叫一阕。
⑤ **倚**(yǐ)：依照，按照。**声**：声律，音乐。**倚声填词**：按照音乐写词。**风气**：社会上或某个集体中流行的爱好或习惯。
⑥ **刘禹锡**(Yǔxī，772—842)：唐代文学家、哲学家。**戴叔伦**(732—789)：唐代诗人。**韦**(Wéi)**应物**(737—792或793)：唐代诗人。**均**：都，全部。**佳作**：好的作品。
⑦ **居多**：占多数。
⑧ **平仄**(zè)：古代汉语的声调有"平""上(shǎng)""去""入"四种，习惯上把"平"叫做平声，后面三声统称为仄声，合称"平仄"，讲究平仄是诗歌创作时遵循的原则之一。
⑨ **五、七言律绝**：律，律诗；绝，绝句，都是诗歌的形式，每句有五个字或七个字，讲究音律和对仗。**成规**：前人制定的规章制度，也指现成的规则、办法。
⑩ **汲取**(jíqǔ)：吸收。
⑪ **长短句**："词"的另一个名称，因为词的每句字数不一样，有长有短，所以叫"长短句"。
⑫ **近体诗**：就是指律诗和绝句。
⑬ **以词名家**：因为写词成为著名作家。
⑭ **怅惘**(chàngwǎng)：因为失意而心事重重的样子。
⑮ **景语**：写风景的语句。
⑯ **情语**：写心情的语句。
⑰ **闺**(guī)**妇**：古代指守在家里的已婚女子。
⑱ **心曲**：内心深处。

⑲ 以婉约为宗:以婉约的风格作为宗旨。
⑳ 五代:唐朝灭亡后到宋朝建立前,即907—960年,短暂的53年间,有五个朝代更替,同时还先后有十个政权单位,历史上称为五代十国,下文的后蜀就是十国之一。
㉑ 牛峤(Qiáo,约850—约920):五代词人。欧阳炯(Jiǒng,896—971):五代词人。孙光宪(900—968):五代词人。
㉒ 后蜀:五代时期国家名,在今天的四川省一带,也叫"西蜀"。
㉓ 比肩:肩膀碰肩膀,比喻地位相等。
㉔ 《秦妇吟》:韦庄的代表作,现存唐诗中最长的一首,主要内容是借一位从长安逃难出来的"秦妇"之口,来叙写黄巢(Cháo,?—884)起义军和唐政府军反复争夺长安的战争情形。七言歌行体叙事诗:以叙事为主要内容的歌咏长诗,每句有七个字。
㉕ 说唱文学:从唐代开始兴起的一种通俗文学样式,韵文和散文结合,可以连讲带唱,讲一段,唱一段。内容多讲佛经故事、历史故事、民间传说等等。结晶:比喻珍贵的成果。
㉖ 疏淡:稀疏,不浓密。
㉗ 秾(nóng)艳:色彩艳丽。

作 品

菩萨蛮㉘

温庭筠

小山重叠金明灭㉙,鬓云欲度香腮雪㉚。懒起画蛾眉㉛,弄妆梳洗迟㉜。　照花前后镜㉝,花面交相映㉞,新帖绣罗襦㉟,双双金鹧鸪㊱。

望江南㊲

温庭筠

梳洗罢㊳,独倚㊴望江楼。过尽千帆皆㊵不是,斜晖脉脉水悠悠㊶,肠断白蘋洲㊷。

更漏子㊸

温庭筠

玉炉香,红蜡泪,遍照画堂秋思㊹。眉翠㊺薄,鬓云残㊻,夜长衾枕寒㊼。　梧桐树,三更㊽雨,不道㊾离情正苦。一叶叶,一声声,空阶㊿滴到明。

思帝乡㊼

韦 庄

春日游,杏花吹满头。陌㊽上谁家年少,足风流?妾㊾拟将身嫁与,一生休。纵㊿被无情弃,不能羞。

菩萨蛮(之五)㊿

韦 庄

洛阳城里春光好,洛阳才子他乡㊿老。柳暗魏王堤㊿,此时心转迷。 桃花春水渌㊿,水上鸳鸯浴㊿。凝恨对残晖,忆君㊿君不知。

注　释

㉘ **菩萨蛮**(Púsàmán):词牌名。**词牌**:词本是为了配乐歌唱的,所以每一首词都有(或曾经有过)一个乐谱,每个乐谱都属于一定的宫调(古代乐曲曲调的总称),有一定的音律、节奏,这些因素的组合就是词调。每个词调都有一个名称,例如《沁园春》、《西江月》、《阮郎归》等,这个名称就叫词牌。词牌的来源比较复杂,有些词牌是乐曲的本名;有些词牌是填写较早而又是影响较大的词的题目;还有一些词牌,既非原来曲名,又非词的内容概括,而是由于这个词调的创制或有关的人物、故事而得名。词牌还有"摊破"、"减字"、"偷声"等名目,都是关于字句增减的术语。

㉙ **小山**:屏风上画的山。**金明灭**:形容阳光的闪烁。

㉚ **鬓**(bìn)**云**:像云一样的鬓发。**香腮**(sāi)**雪**:香而白的面颊。这两句的意思是说,屏风上画的山在阳光映照下闪烁着金光;云一样柔软的头发松散下来,快要遮住那雪白的面颊。

㉛ **懒起**:懒洋洋地起床。**蛾**(é)**眉**:细长弯曲的眉毛。

㉜ **弄妆**:化妆。**迟**:慢悠悠地。

㉝ **前后镜**:一前一后两面镜子。

㉞ **花**:头上戴的花朵。**面**:脸。这两句的意思是说,用两面镜子前后对着看,花一样美丽的脸和头上戴的花朵相互映照。

㉟ **绣罗襦**(rú):绣花的丝绸短袄。

㊱ **鹧鸪**(zhègū):一种鸟的名字。这两句的意思是说,往绣花的丝绸短袄上,贴上一双金鹧鸪的花纹。

㊲ **望江南**:词牌名。

㊳ **罢**:完了。

㊴ **独倚**(yǐ):独自靠着。

㊵ **千**:概数,形容很多。**帆**:船帆,这里用来指船。**皆**:都。

㊶ **斜晖**(huī):西斜的太阳光。**脉**(mò)**脉**:含情的样子。这两句的意思是说,很多船过去了,但都不是你的,夕阳的光芒脉脉含情,江上的流水缓缓流过。

㊷ **肠断**:形容非常伤心难过。**白蘋**(pín)**洲**:白蘋,一种开白色小花的植物;洲,水中的小岛;白蘋洲,长满白色小花的岛。

㊸ **更漏子**:词牌名。

㊹ **秋思**:因为秋天引起的愁闷的心情。这三句的意思是说,玉做成的香炉里飘出香烟,红色的蜡烛滴下泪珠一样的蜡油,照亮了整个画堂,带来浓浓的忧愁情绪。

㊺ **眉翠**:眉毛上画的妆。

㊻ **残**:不完好,不整齐。

㊼ **衾**(qīn):被子。这三句的意思是说,眉毛上化的妆颜色已经淡了,像云一样的鬓发也已经松散了,长夜漫漫,连被子和枕头都是冷的。

㊽ **更**:古代晚上的计时单位;一夜五更,三更相当于午夜23点至1点。

㊾ **不道**:不顾。

㊿ **阶**:台阶。

㊀ **韦庄**(836—910):花间派词人,有《浣花集》。**思帝乡**:词牌名。

㊁ **陌**(mò):田野。

㊂ **妾**(qiè):古代女子对自己的谦称。

㊃ **纵**:即使。

㊄ **菩萨蛮**:词牌名。

㊅ **他乡**:和"故乡"相对,指故乡以外的别的地方。

㊆ **暗**:这里指树木茂密的样子。**魏王堤**(dī):地名,在洛阳城外;堤,用土石等材料修筑的挡水的高岸。

㊇ **渌**(lù):清澈。

㊈ **鸳鸯**(yuānyang):一种水鸟的名字,像鸭子,常成对出现,在文艺作品中常用来比喻夫妻。**浴**:洗澡,这里指戏水。

㊉ **凝恨**:凝聚着遗憾,这里指因为见不到对方而伤心失望的心情。**君**:古代对男子的尊称。

(一)背诵

温庭筠的《望江南》、《更漏子》。

(二)填空

1. 词,又称"_____"、"_____"、"_____"等,起源于_____时期的民间,是_____语言与_____语言相结合的产物。根据字数的多少，词分为"_____"、"_____"和"_____"。除小令外，一般词作分为前后两段，分别称作上片、下片，也称_____、_____，或称前阕、后阕。

2. 韦庄不仅以《_____》七言歌行体叙事诗闻名于世，他的诗是文人诗歌和_____文学相结合的结晶，体现了唐诗中_____诗的最高水平，他的词作_____、_____，有别于温词的_____、_____，代表了《花间集》中的另一种风格。

（三）思考题：

温庭筠对中国古代文学史的重要贡献是什么？

文学史知识提示

蜀中词当始于韦庄。韦庄是一位伟大的诗人，他在五七言诗的领域里所建树的也很重要。《秦妇吟》为咏吟这个变动时代的长诗；时有"《秦妇吟》秀才"之称。他的词也充分地表现出他的清隽温馥，隽逸可喜的作风。在他之前，蜀中文学，无闻于世。蜀士往往出游于外。李（白）、杜（甫）与蜀皆有关系，但并没有给蜀中文学以任何的影响。到了韦庄的入蜀，于是蜀中乃俨然成为一个文学的重镇了。从前后二位后主起，到欧阳炯等诸人止，殆无不受庄的影响。"花间"的一派，可以说是，虽由温庭筠始创，而实由韦庄而门庭始大的。庄字端己，杜陵人，唐乾宁元年（894）进士。天复元年（901）赴蜀，为王建书记。建自立为帝，以庄为丞相。他的词集名《浣花词》，原本已佚，今人尝辑为一卷。庄的词以写婉娈的离情者为最多。相传他的姬为王建所夺，庄曾作《荷叶杯》一词。姬见此词，不食而死。然此语殊无根。《荷叶杯》的全词如下：

　　记得那年花下，深夜，初识谢娘时。水堂西面画帘垂，携手暗相期。　　惆怅晓莺残月，相别，从此隔音尘。如今俱是异乡人，相见更无因。

（郑振铎著《插图本中国文学史》，人民文学出版社1957年版，第427页）

名篇欣赏

渔 父(之一)^㉖

张志和

西塞山前白鹭㉗飞,桃花流水鳜鱼㉘肥。
青箬笠㉙,绿蓑衣㉚,斜风细雨不须归㉛。

忆江南㉜

白居易

江南好,风景旧曾谙㉝。
日出江花红胜㉞火,
春来江水绿如蓝㉟。
能㊱不忆江南!

潇湘神㊲

刘禹锡

斑竹枝㊳,斑竹枝,泪痕点点寄㊴相思。
楚客欲听瑶瑟怨㊵,潇湘深夜月明时㊶。

注 释

㉖ **张志和**(约730—约810):花间派词人。
㉗ **白鹭**(lù):一种鸟的名字。**西塞**(sài)**山**:山名,在今天浙江省吴兴市附近。
㉘ **鳜**(guì)**鱼**:也叫"桂鱼",一种鱼的名字,是江南的特产。
㉙ **箬笠**(ruòlì):用竹叶或者草叶做成的大帽子,下雨的时候戴在头上避雨。
㉚ **蓑**(suō)**衣**:用竹叶或者草叶做成的雨衣,下雨的时候穿着避雨。
㉛ **不须**:不必,不需要。
㉜ **白居易**(772—846):唐代著名的诗人、词人,有《白氏长庆集》。**忆江南**:词牌名。
㉝ **旧**:过去,以前。**谙**(ān):熟悉。这句话是说,(江南的)风景是自己以前就熟悉的。
㉞ **胜**:胜过,超过。
㉟ **蓝**:蓝草,一种草的名字,可以用来做成蓝色的染料。
㊱ **能**:怎能。这句话是说,怎能不叫我想念江南啊!
㊲ **刘禹锡**(Yǔxī,772—842):字梦得,唐代诗人,有《刘梦得文集》。**潇湘神**:词牌名。

(73) **斑竹**:一种竹子的名字,这种竹子的枝条上有许多斑点,传说是娥皇、女英的泪痕,所以又叫"湘妃竹"。

(74) **寄**:寄托。

(75) **瑶瑟**(yáosè):瑶,美玉;瑟,一种古代乐器的名字。**怨**:哀怨的曲子。

(76) 这两句的意思是说,来到楚地的客人想要听美妙的瑟奏出的哀怨的曲子,得等到潇湘的深夜,明月升起的时候。

第二十二课

李 煜

课 文

偏安①江南的南唐(937—975),社会相对安定,经济繁荣。以中主李璟(916—961)、后主李煜(937—978)、宰相冯延巳(903—960)为中心,形成了南唐词派。其中最杰出的代表是后主李煜。

李煜精通音律②,工书善画③,尤其④擅长于作词。但是,他的个性不适合做政治家,而南唐的军事力量完全无法与北宋相抗衡⑤。所以,他25岁主持国政之后,多年向宋朝纳贡称臣⑥,苟且偷安⑦。当他39岁时,南唐为宋所灭,李煜被俘⑧,沦为囚徒⑨,两年后被宋太宗⑩毒死。

这种特殊的政治经历决定了李煜的创作必然划分⑪为前后两个阶段,前期词多写宫廷生活和男女情爱。降⑫宋之后,李煜国破家亡,生活与思想都发生了重大的变化。他的《破阵子·四十年来家国》就是他沦为阶下囚的真实写照⑬。天翻地覆⑭的巨变,地老天荒⑮的悲怆,使李煜在被俘的两年多时间里进入了他的创作高峰,奠定⑯了他在中国文学史上的地位。他在这个时期的代表性作品都是表达的亡国之痛、家国之思⑰。由花前月下到社稷江山⑱,从游冶宴乐⑲到凄凉悲痛,扩大了词的题材⑳,开拓㉑了词的意境,艺术风格也由早期的婉转旖旎转变为沉郁凄切㉒。王国维㉓说:"词至李后主,而眼界㉔始大,感慨遂㉕深,遂变伶工之词而为士大夫㉖之词。"(《人间词话》)

李煜的词能通过对话、动作来刻画人物的心理与情感;用简笔淡墨㉗,点染景物,将抽象的情思融入到具体的景物之中,创造出情

173

景交融的意境;以浑然天成㉒的结构,行云流水般地营构了高远寥廓的境致㉙,展示了沉痛的情感世界。因此,李煜大大丰富了词的表现手法,走出了花间派词刻红剪翠的藩篱㉚,抒写了古往今来一切仁人志士的亡国之恨㉛,被奉为㉜宋词之祖。

① **偏安**:这里指安于仅存江南地区的部分领土。
② **精通音律**:对音乐很了解,很有研究。
③ **工书善画**:擅长书法和绘画。
④ **尤其**:副词,特别,非常。
⑤ **北宋**(960—1126):朝代名。**抗衡**:彼此对抗而且不分上下。
⑥ **纳贡称臣**(nàgòng-chēngchén):缴纳(jiǎonà)贡品,表示愿意服从中央政府的领导。
⑦ **苟且**(gǒuqiě)**偷安**:只顾眼前的安宁,得过且过。
⑧ **俘**(fú):俘获,在战争中抓住敌人。
⑨ **沦**(lún)**为**:被俘获而成为。**囚徒**(qiútú):犯人,被抓获的人。
⑩ **宋太宗**:即北宋的第二位皇帝赵炅(Jiǒng,939—997),976—997在位。
⑪ **划分**:区分,把整体分成若干部分。
⑫ **降**(xiáng):投降。
⑬ **阶下囚**:囚犯,俘虏(fúlǔ)。**写照**:对某事物的描写刻画。
⑭ **天翻地覆**:天和地都翻倒了过来,形容变化非常大。
⑮ **地老天荒**:也作"天荒地老",天和地都老了,形容时间非常漫长。
⑯ **奠**(diàn)**定**:建立,确定。
⑰ **家国之思**:对国家的思念。
⑱ **花前月下**:指男女恋爱的温馨场景。**社稷**(shèjì):土神和谷神,古时君主都祭祀社稷;后来就用社稷代表国家。**江山**:江河和山岭,指国家的疆土或政权。
⑲ **游冶**(yě):在野外游玩。**宴乐**:设宴作乐。
⑳ **题材**:作品内容主题所用的材料。
㉑ **开拓**(tuò):开辟。
㉒ **婉转旖旎**(wǎnzhuǎn yǐnǐ):含蓄曲折,温和柔美。**沉郁凄切**:沉闷抑郁,凄凉悲哀。
㉓ **王国维**(1877—1927):近代学者、词人,著有《观堂集林》、《观堂别集》、《静安文集》等《人间词话》是他从美学角度讨论"词"的短论集。

㉔ 眼界：目力所及的范围。借指见识的广度。
㉕ 遂：副词，于是，就。
㉖ 伶(líng)工：乐师或演员，社会地位低下。士大夫：知识分子，有一定的社会地位。王国维的这四句是说，词到了李煜这里，眼界才开阔了，感想也更有深度了，于是，把词从乐师和演员的层次，提高到了知识分子的层次。
㉗ 简笔淡墨：形容语句非常简洁，不加渲染。
㉘ 浑然天成：不可分割，好像天然生成的一个整体。
㉙ 行云流水：好像天上浮云和地上流水一样流畅。营构：构造，创造。寥廓(liáokuò)：远而空旷。境致：境地，境界。
㉚ 刻红剪翠：比喻有意写出华丽的语句和意象。藩篱(fānlí)：比喻局限性。
㉛ 仁人志士：品德崇高，志向远大，为理想而献身的人。亡国之恨：国家灭亡造成的悲愤心情。
㉜ 奉为：受尊敬而成为。

破 阵 子㉝

四十年来家国㉞，三千里地山河㉟。凤阙龙楼连霄汉㊱，玉树琼枝作烟萝㊲。几曾识干戈㊳。　一旦归为臣虏㊴，沈腰潘鬓消磨㊵。最是仓皇辞庙日㊶，教坊犹奏别离歌㊷。垂泪对宫娥㊸。

浪淘沙令㊹

帘外雨潺潺㊺，春意阑珊㊻。罗衾不耐五更寒㊼。梦里不知身是客㊽，一晌贪欢㊾。　独自莫凭栏㊿，无限[51]江山。别时容易见时难[52]。流水落花春去也[53]，天上人间[54]。

虞美人[55]

春花秋月何时了[56]，往事知多少。小楼昨夜又东风，故国不堪回首月明中[57]。　雕栏玉砌[58]应犹在，只是朱颜改[59]。问君能有几多[60]愁？恰似一江春水向东流[61]。

乌夜啼(62)

无言独上西楼，月如钩。寂寞梧桐深院，锁清秋(63)。　　剪不断，理(64)还乱，是离愁(65)。别是一般滋味，在心头(66)。

注　释

㉝ **破阵子**：词牌名。

㉞ **国**：李煜从937年出生到975亡国，共39年，将近40年。这句话是说，四十年了，这里都是我的国家。

㉟ **三千里地山河**：形容国家的面积，三千里的山河，曾经都是我的领土。

㊱ **凤阙(què)龙楼**：雕刻着龙凤的楼阁。**霄(xiāo)汉**：天空。精美的楼阁高高耸立，仿佛和天空相连。

㊲ **玉树琼(qióng)枝**：美丽非凡的树木；琼，美玉。**作烟萝(luó)**：看得和藤萝一样平常。美丽得好像玉做成的树木，也看得和藤萝一样普通。

㊳ **干戈**：喻指战争。哪里知道什么是战争啊？

㊴ **一旦**：时间很短。**臣虏**：臣子，俘虏。

㊵ **沈腰**：出自《南史·沈约传》，沈约形容自己年老体弱，说每隔几十天或者一百多天，皮带就要移一次孔。后来就用这个词作为典故，形容腰肢瘦损。**潘鬓(bìn)**：西晋潘岳在《秋兴赋》里说，"斑鬓发以承弁(biàn，帽子)兮。"**斑(bān)**：斑白。这句话是说，腰变瘦了，头发也花白了。

㊶ **仓皇**：匆忙而慌张。**庙**：宗庙，皇帝供奉历代祖先牌位的地方。

㊷ **教坊**：古代的官方音乐机构，工作包括音乐创作和演出等。这两句的意思是说，在最匆忙慌张，辞别宗庙的时候，教坊还演奏着离别的音乐。

㊸ **垂泪**：流下了眼泪。**宫娥(é)**：宫女。面对着宫女，流下了泪水。

㊹ **浪淘沙**：词牌名。

㊺ **潺(chán)潺**：下雨的声音。帘外传来潺潺的雨声，

㊻ **阑珊(lánshān)**：衰退，消减，这里指春天快要过去了。

㊼ **罗衾(qīn)**：丝绸做的被子。**五更寒**：更，古代夜间计时单位，五更大概相当于凌晨3点到5点之间，这是一天中最寒冷的时候。这句话是说，丝绸被子抵挡不住五更时候的寒气。

㊽ **梦里不知身是客**：在梦里不知道自己是客居他乡。

㊾ **一晌(shǎng)**：片刻，形容时间比较短。短暂地沉迷在欢乐里。

㊿ **莫**：别，不要。**凭栏(lán)**：靠在栏杆边(望远方)。独自一人的时候，不要靠着栏杆望远方。

(51) **无限**：没有边界，形容辽阔，面积很大。

(52) **别时**：告别的时候。这两句的意思是说，辽阔的江山，告别的时候很容易，想再见却很难。

(53) **流水落花春去也**：落花随流水漂走，美好的春天也一去不返。

(54) **天上人间**：相隔好像天上和人间，再也找不到了。

(55) **虞美人**:词牌名。
(56) **何时了**:了,结束,完。
(57) **不堪(kān)回首**:堪,勉强承受,忍受;不忍回头再想过去的事。这句话的意思是说,在月光中,不忍心回想起过去的故乡和祖国。
(58) **雕栏玉砌(qì)**:雕花的栏杆和玉石的台阶,这里用来指代宫殿。
(59) **朱颜**:这里指自己的面容。这两句的意思是说,宫殿楼阁应该还在,只是我的容貌已经变了样子(衰老了)。
(60) **几多**:多少。
(61) **恰似**:就好像。**春水**:春天的江水。
(62) **乌夜啼**:词牌名。
(63) **清秋**:清冷的秋天。这两句的意思是说,种着梧桐树的寂寞的深深庭院里,锁住了清冷的秋天。
(64) **理**:整理。
(65) **离愁**:因为离别带来的忧愁。
(66) **别**:另外的,别样的。心中另有一番情绪,无法用言语表达。

练习

(一)背诵

李煜的《虞美人》

(二)填空

1. 李煜的词表现了鲜明的艺术个性,以__________,__________,是李词最大的特点。
2. 李煜大大丰富了词的表现手法,走出了花间派词__________的藩篱,抒写了古往今来一切仁人志士的亡国之恨,被奉为__________。

(三)思考题

结合作品,试分析李煜词的白描手法。

文学史知识提示

李煜的词所以在中国古代文学史上占有不容忽视的地位,除了如上所说的一些生活上和美学上的原因之外,还因为他的作品对词这种创作艺术的发展起着不小的作用。在李煜以前,很多词人的作品,所表现的内容大都不脱女人、相思之类,题材和意境都很狭窄。有一些超出这类题材的作品,如唐代早期一些诗人所写的词,也往往是"诗余"之作,各方面还显得不够成熟。等到李煜出来以后,他的创作(主要是后期的创作),才把词从狭窄的、虚浮的"花间派"中突破出来,扩展和提高了词的表现生活和抒发感情的能力,并且显示出词的发展潜力。

词至李煜后,在中国文学史上开始争得了和古典诗歌一同发展、一同受到重视的地位。在紧接着他之后的宋代,达到高度繁荣的境地。成为标志着一个时代特色的文学。

(中国科学院文学研究所中国文学史编写组《中国文学史》,人民文学出版社1962年版,第二册,第626—627页)

山花子㊿

李　璟

菡萏⑱香销翠叶残,西风愁起绿波间⑲。还与韶光⑳共憔悴,不堪看㉑。　　细雨梦回鸡塞远㉒,小楼吹彻玉笙寒㉓。多少泪珠无限恨㉔,倚阑干㉕。

清平乐㉖

李　煜

别来春半㉗,触目㉘愁肠断。砌下落梅㉙如雪乱,拂了一身还满。　　雁来音信无凭㉚,路遥归梦难成㉛。离恨㉜恰如春草,更行更远还生。

鹊 踏 枝⑧³

冯延巳

谁道闲情抛掷⑧⁴久,每到春来,惆怅⑧⁵还依旧。日日花前常病酒⑧⁶,不辞镜里朱颜瘦。　　河畔青芜⑧⁷堤上柳,为问新愁,何事⑧⁸年年有?独立小桥风满袖,平林新月人⑧⁹归后。

注　释

⑥⁷ **李璟**(Jǐng,916—961):南唐中主,也就是第二位皇帝,是李煜(Yù)的父亲。他和李煜的合集名为《南唐二主词》。
⑥⁸ **菡萏**(hàndàn):荷花的另一个名字。
⑥⁹ **西风**:常常用来暗指秋天来了。
⑦⁰ **韶**(sháo)光:美好的时光。
⑦¹ 这几句的意思是说,荷花的香气消散了,绿色的荷叶也残破了,愁惨的西风从凋零的绿色荷叶中吹起,和美好的时光一样,变得憔悴,不忍心再去看。
⑦² **鸡塞**:汉朝的一个边塞,这里指边远地区的军事要塞。这句的意思是,细雨蒙蒙,梦中醒来,边塞在遥远的地方。
⑦³ **吹彻**:吹遍,即吹到最后一曲。**笙**(shēng):一种乐器的名称。**寒**:通"涵",湿润了。这句的意思是,小楼里,吹到了最后一支曲子,精美的笙也湿润了。
⑦⁴ **无限**:形容很多。
⑦⁵ **阑干**:栏杆。
⑦⁶ **清平乐**:词牌名。
⑦⁷ **来**:以来,表示时间从过去某时持续到现在。
⑦⁸ **触目**:目光接触到,看到。
⑦⁹ **砌**:台阶。**落梅**:落下的梅花瓣。
⑧⁰ **雁**(yàn):一种鸟的名字,古代认为它是送信的使者。**音信**:信息,书信,消息。这句的意思是,大雁飞来了,但是却没有你的消息。
⑧¹ **成**:实现。
⑧² **离恨**:离别的烦恼。
⑧³ **冯延巳**(sì,903—960):是南唐中主李璟的宰相,有《阳春集》。**鹊踏枝**:词牌名。
⑧⁴ **道**:说。**闲情**:空虚的心情。**抛掷**(pāozhì):丢弃。
⑧⁵ **惆怅**(chóuchàng):伤感、愁闷、失意的样子。
⑧⁶ **常病酒**:常常沉醉在酒中。
⑧⁷ **畔**(pàn):河边。**青芜**(wú):形容草色青碧。
⑧⁸ **何事**:为什么。
⑧⁹ **平林**:平铺开去的山林。**人**:这里指游人。

第二十三课

柳　永

课　文

　　柳永是中国宋代第一位著名的专业词人。他的创作促进了词的市民化,增加了词的表现容量与表现手段,是中国词史上一位里程碑①式的人物。

　　柳永一生游历②广泛,与歌妓、乐工关系十分密切。这一方面使柳永与市民文艺保持了紧密的联系,使民间曲子词的传统得以传承,另一方面也使柳永从民间艺人的身上获取了丰富的创作营养,写出了大量为广大市民喜闻乐见③的作品。柳永的创作合文人词与民间词为一体,融雅俗于一炉④,为文人词的创作输入了新的活力,极大地拓展了词的影响范围,以至柳永还在世的时候就赢得了"凡有井水饮处,即能歌柳词"的声誉。

　　柳永极大地开拓了词的题材,有意识地走出了传统文人词含蓄、典雅的藩篱⑤,面向青楼市井⑥,抒写人间的真情实感,充满了现实的生活气息。他借助游历中的所见所闻所感,通过对景物的描写,将自己心中的落魄与牢骚、不幸与痛苦抒发得淋漓尽致⑦;以敏锐的洞察力⑧和概括力,捕捉到了社会历史与经济发展的脉搏⑨,以铺叙⑩的手法全方位地描写了中国宋代都市的繁华。

　　在艺术手法上,柳永以丰富的生活阅历⑪为创作基础,采取铺叙的手法,开合起伏⑫,铺陈漫衍⑬,使词从单纯的一霎那间的感受型(小令)提升到了复杂的过程型(慢词)⑭,通过艺术结构的多重性体现了世界的丰富和人性的复杂。柳永善于将景物描写与内心的独白⑮融合在一起,借景抒情。不论是由景生情,还是化情为景,都能达到天然浑成⑯的艺术境界。

柳永写下了大量俚俗⑰的词曲,通俗易懂、适应市民的审美情趣,是柳永词最大的特点之一。在通俗的基础上锤辞炼句⑱,善于点化⑲前人的诗境、诗句,再加上讲究音调和格律等各种因素,都使柳永的词能够很好地做到雅俗共赏⑳,俗中见奇,韵味悠然,自成一家。

注 释

① **柳永**(约987—约1053):原名三变,字耆卿(Qíqīng),因为在家里排行第七,所以又称柳七,福建崇安人,有《乐章集》传世。**里程碑**:设置在路旁记录里数的标志,比喻在历史发展过程中可以作为标志的大事。
② **游历**:到远方游览、考察。
③ **喜闻乐见**:爱听,喜欢看。
④ **融雅俗于一炉**:意思是说,把高雅和低俗的两种风格融合在一起。
⑤ **藩篱**(fānlí):篱笆(líba),院子等周围用竹、木等做成,用来阻挡人或动物进出的护栏;这里用来比喻限制、局限。
⑥ **青楼市井**:青楼,妓女居住的地方;市井,街市。这里泛指社会下层。
⑦ **落魄**(luòpò):生活困难,理想志向得不到实现。**抒发**:表达。**淋漓尽致**(línlí jìn zhì):形容文笔或言语表达非常详细,非常完备。
⑧ **洞察力**:透彻观察的能力。
⑨ **脉搏**(màibó):比喻潜在的感情、意见或动向。
⑩ **铺叙**:详细的叙述。
⑪ **阅历**:经历。
⑫ **开合起伏**:指结构上的变化。
⑬ **漫衍**(mànyǎn):展开,生发开去。
⑭ **霎**(shà)**那**:一般作"刹(chà)那",极短的时间。**慢词**:词有"令"、"引"、"近"、"慢"等。"令"一般比较短,在文人创作中盛行比较早,如《捣练子令》《浪淘沙令》等。"引"和"近"一般较长,如《望云涯引》、《阳关引》、《祝英台近》、《诉衷情近》等,北宋后期,出现了篇幅较长,字句较繁的词,称为慢词,如《太平年慢》等。
⑮ **独白**:戏剧、电影中角色独自抒发感情或表达个人愿望的话,这里指作者自己的内心思想。
⑯ **浑成**:完整,浑然一体。

⑰ **俚俗**(lǐsú):本意是粗野庸俗,这里指贴近下层人民,通俗易懂。
⑱ **锤辞炼句**:等于说"锤炼辞句";锤炼(chuíliàn),反复琢磨研究,使更完美。
⑲ **点化**:道教传说中说,神仙能使用法术使东西发生变化;后借指用言语启发人,使人领悟道理,泛指启发开导。
⑳ **雅俗共赏**:高雅的和通俗的都欣赏。

雨霖铃㉑

寒蝉凄切㉒,对长亭㉓晚,骤雨初歇㉔。都门帐饮无绪㉕,留恋处,兰舟催发㉖。执手㉗相看泪眼,竟无语凝噎㉘。念去去,千里烟波㉙,暮霭沉沉楚天㉚阔。　　多情自古伤㉛离别,更那堪、冷落清秋节㉜!今宵㉝酒醒何处?杨柳岸、晓风残月。此去经年㉞,应是良辰好景虚设。便纵有、千种风情㉟,更㊱与何人说!

望海潮㊲

东南形胜㊳,三吴都会㊴,钱塘自古繁华。烟柳画桥㊵,风帘翠幕㊶,参差㊷十万人家。云树绕堤㊸沙,怒涛卷霜雪㊹,天堑㊺无涯。市列珠玑㊻,户盈罗绮竞豪奢㊼。　　重湖叠巘清嘉㊽。有三秋桂子㊾,十里荷花。羌管弄㊿晴,菱歌泛夜㊿,嬉嬉钓叟莲娃㊿。千骑拥高牙㊿,乘㊿醉听箫鼓,吟赏烟霞㊿。异日图将㊿好景,归去凤池夸㊿。

八声甘州㊿

对潇潇㊿暮雨洒江天,一番洗清秋㊿。渐霜风凄紧㊿,关河㊿冷落,残照㊿当楼。是处红衰翠减㊿,苒苒物华休㊿。惟有长江水,无语东流。　　不忍登高临远,望故乡渺邈㊿,归思难收㊿。叹年来踪迹㊿,何事苦淹留㊿!想佳人、妆楼颙望㊿,误几回、天际识归舟㊿。争㊿知我、倚阑干处,正恁凝愁㊿。

注　释

㉑ **雨霖铃**:词牌名。
㉒ **寒蝉**(chán):秋天的蝉;蝉,一种昆虫的名字,也叫"知了"。**凄切**:凄凉悲切。

㉓ **长亭**：古代驿路旁建有亭子，供行人休息，也是送别的地方。

㉔ **骤雨**：暴雨。**初歇**：刚刚停。

㉕ **都门**：首都的城门，这里指北宋首都汴京(Biànjīng)的城门。**帐饮**：古人送别，常常在驿路上搭帐篷举行告别宴。**无绪**：没有情绪，没有心情。

㉖ **处**：指时候。**兰舟催发**：客船催人出发；兰舟，船的美称。

㉗ **执手**：手握着手，手拉着手。

㉘ **凝噎**(yē)：因为心里难过而喉头哽塞说不出话。

㉙ **念**：想到。**去去**：一程又一程地往前走。**烟波**：雾气和水色浑然一体。

㉚ **暮霭**(mù'ǎi)：傍晚的云气。**沉沉**：浓重的样子。**楚天**：泛指南方的天空。

㉛ **多情**：这里指多情的人。**伤**：为动用法，"为了……悲伤"。

㉜ **那**：同"哪"，哪里，怎么。**节**：季节，时节。

㉝ **宵**(xiāo)：夜晚。

㉞ **经年**：一年复一年。

㉟ **纵**：连词，即使，就算。**风情**：指男女间爱恋的情意。

㊱ **更**(gèng)：副词，又，再。

㊲ **望海潮**：词牌名。

㊳ **形胜**：地理形势优越。

㊴ **三吴**：泛指江浙一带。**都会**：大城市。

㊵ **烟柳**：远看很多柳树连成一片，像烟雾一样朦胧。**画桥**：栏杆上装饰着彩色图案的桥。

㊶ **风帘**：挡风的帘子。**翠幕**：绿色的罗幕。

㊷ **参差**(cēncī)：这里指房屋高低错落。

㊸ **云树**：茂密高大的树木。**堤**：这里指钱塘江的大堤。

㊹ **霜雪**：形容浪花像霜雪一样白。

㊺ **天堑**(qiàn)：险要的江河，这里指钱塘江。

㊻ **列**：陈列，摆放。**玑**(jī)：不圆的珠子。

㊼ **户**：住户，人家。**盈**：充满，铺满。**罗绮**(qǐ)：美丽的丝绸制品。**竞**：竞赛，互相争胜。**豪奢**(háoshē)：豪华奢侈。

㊽ **重湖**：西湖分里外两个湖，所以叫"重湖"。**叠巘**(yǎn)：层层叠叠的山峰。**清嘉**：清秀美好。

㊾ **三秋**：这里指农历九月。**桂子**：桂花。

㊿ **羌**(Qiāng)**管**：这里泛指乐器。**弄**：吹奏。

(51) **菱**(líng)**歌**：采菱船上传出的歌声；菱，一种水生植物，果实可以吃。**泛**：浮起，飘荡。这两句是说，白天有人吹奏乐器，夜晚船上也是歌声四起。

(52) **嬉**(xī)：游戏，玩耍。**钓叟**(diàosǒu)：钓鱼翁。**莲娃**：采莲姑娘。

(53) **拥**：簇拥。**高牙**：军队前面的大旗，上面装饰着象牙。这里用"高牙"指代达官贵人。

(54) **乘**(chéng)：趁着，利用。

(55) **烟霞**：风烟云霞，指水光山色。

(56) **异日**：改天，(以后)某一天。**图**：描绘。**将**：近代汉语中放在动词后面的助词，表示动作有具体的方向、结果等意思。

(57) **凤池**：即凤凰池，指朝廷最高行政机关中书省。**夸**：夸耀，炫耀。

(58) **八声甘州**:词牌名。

(59) **潇(xiāo)潇**:形容雨下得又大又急。

(60) **洗**:洗刷,这里含有改变的意思。这句的意思是说,经过一番暴风雨的洗刷,又到了清冷的秋天。

(61) **霜风**:秋风。**凄紧**:凄,清冷;紧,风势大。

(62) **关河**:关,军事关塞;这里关河泛指一般的山河。

(63) **残照**:夕阳余辉的映照。

(64) **是处**:到处。**红衰翠减**:花木凋零;红、翠,指代花木。

(65) **苒(rǎn)苒**:同"冉冉",慢慢地。**物华**:指美好的景物。**休**:凋零。

(66) **渺邈(miǎomiǎo)**:遥远。

(67) **收**:收回来,停止思考。

(68) **踪迹**:行动所留下可觉察的形迹;这里指一年来的经历。

(69) **何事**:为什么。**淹留**:长久地停留(在他乡)。

(70) **颙(yóng)望**:抬头凝望。

(71) **天际**:天边,形容很远的地方。这句的意思是说,(故乡的爱人)多少回误将远来的船当作自己的归舟。

(72) **争**:怎。

(73) **恁(rèn)**:这样。**凝愁**:忧愁的情绪凝聚不散。这两句的意思是说,怎知我现在靠着楼栏杆,也是如此的忧愁。

练习

(一)背诵

柳永的《雨霖铃》

(二)填空

1. 柳永的创作合文人词与民间词为一体,融________、________于一炉,为文人词的创作输入了新的活力,极大地拓展了词的影响范围,以至柳永还在世的时候就赢得了"凡有井水饮处,________________"的声誉。

2. 柳永极大地开拓了词的题材,____________地走出了传统文人词含蓄、典雅的_____________,面向_____________,抒写人间的真情实感,充满了现实的_____________气息。

3. 柳永以丰富的生活阅历为创作的基础,采取________的手法,开合起伏,铺叙漫衍,以诗人自己特殊的情绪和自然景物彼此交织点染笔触,使词从单纯的一霎那间的______型(小令)提升到了复杂的______型(慢词),通过艺术结构的_____体现了世界的_____和人性的_____。

(三) 思考题：

1. 柳永词在哪些方面开拓了词的题材？
2. 结合第二十一课的内容，分析柳永词在艺术手法上的成就。

文学史知识提示

耆卿词的好处在于能细细的分析出离情别绪的最内在的感觉，又能细细的用最足以传情达意的句子传达出来。也正在于"铺叙展衍，备足无余"。《花间》的好处，在于不尽，在于有余韵。耆卿的好处却在于尽，在于"铺叙展衍，备足无余"。《花间》诸代表作，如绝代少女，立于绝细绝薄的纱帘之后，微露丰姿，若隐若现，可望而不可即。耆卿的作品，则如初成熟的少妇，"偎香倚暖"，恣情欢笑，无所不谈，谈亦无所不尽。所以五代及北宋初期的词，其特点全在于含蓄二字，其词不得不短隽。北宋第二期的词，其特点全在奔放铺叙四字，其词不得不繁辞展衍，成为长篇大作。这个端乃开自耆卿。耆卿的影响极大。秦少游本以短隽擅长，却也逃不了耆卿的范围。《高斋词话》说："少游自会稽入都，见东坡。东坡曰：'不意别后，公却学柳七作词。'少游曰：'某虽无学，亦不至如是。'东坡曰：'销魂当此际，非柳七语乎？'"少游至此，也只好愧服了。少游如此，其他更可知了。东坡词虽取景取意与柳七绝异，然在奔放铺叙一方面，当也是暗受耆卿势力的笼罩的。

(郑振铎著《插图本中国文学史》，
人民文学出版社 1957 年版，第 487—488 页)

柳永的《雨霖铃》赏析

《雨霖铃》是柳永的代表作，也是宋代词史上抒写离情别绪的千古名篇。词的上阕写词人与恋人离别时"无语凝噎"的惜别痛苦，下阕写离别后"晓风残月"的凄凉景象。整首词以铺叙的手法，把词人即将离开汴京与恋人惜别时的真情实感表达得缠绵悱恻[74]，凄婉动人。暮霭沉沉中的清秋骤雨，寒蝉凄切中的千里烟波，梦回[75]酒醒时的晓风残月，与词人人生的失意[76]情怀彼此交融，由景生情，化情为景，成为宋代婉约词中的上品,是宋元时期流行的"宋金十大曲"之一。

起首⑦三句写别时之景,点明了地点、时间和环境。通过景物的描写,氛围的渲染,词人化情为景,暗寓⑧别意。寒蝉、长亭、骤雨和清秋的暮霭,词人所见所闻,一片凄凉。"对长亭晚"一句,中间插入,顿挫吞咽⑨,准确地传达了这种凄凉情绪。这三句景色的铺写,也为后两句的"无绪"和"催发",设下伏笔⑧。面对"都门帐饮"的送别宴席,回想人生的连连⑧挫折,词人毫无兴致。"留恋处、兰舟催发",以精炼之笔刻画了离别的环境与心理:一边是留恋情浓,一边是兰舟催发,写离别之紧迫,促使感情的深化。于是,便迸发⑧出"执手相看泪眼,竟无语凝噎"的情感交集。相对无言,百感汇心⑧。形象逼真,历历在目⑧。

"念去去"二句是词人的内心独白,上承"凝噎"而自然一转,下启"千里"以下而一气流贯。"念"字后"去去"二字连用,则愈益显示出激越的声情⑧,读时一字一顿⑧,遂觉形单影只⑧,去路茫茫。"千里烟波,暮霭沈沈楚天阔",声调和谐,景色如绘。既曰"烟波",又曰"暮霭",更曰"沉沉",着色一层浓似⑧一层;既曰⑧"千里",又曰"阔",一程远似一程,道尽了恋人分手时难舍难分的离愁。词人依托于清秋的背景,在上阕中首先推出了"都门帐饮无绪"的离别画面;然后在情感迸发的基础上推出"执手相看泪眼,竟无语凝噎",第二幅离别画面。这两幅画面以特写⑧的手法,自然流转,是感情递进、深化的自然产物,没有任何雕琢⑨的痕迹,浑然天成。

上阕正面话别,下阕则荡开一笔:"多情自古伤离别",意谓伤离惜别,自古皆然⑨。接以"更那堪冷落清秋节"一句,则极言⑨时当冷落凄凉的秋季,离情更甚于⑨常时。"清秋节"一词,映射⑨起首三句,前后照应,针线极为绵密;而冠以"更那堪"三个虚字⑨,则加强了感情色彩,比起首三句的以景寓情更为明显、深刻。

"今宵酒醒何处,杨柳岸、晓风残月"三句,蝉联⑨上句而来,是柳永光耀⑨词史的名句。这三句是想象今宵旅途中的凄凉景象,遥想⑨不久之后一舟临岸,词人酒醒梦回,却只见习习晓风吹拂萧萧⑩疏柳,一弯残月高挂杨柳梢头⑩。人生之孤独,客情⑩之冷落,风景之清幽,离愁之绵邈,完全凝聚在这幅想象的画面之中。这是本词推出的第三幅画面。前面两幅画近景式特写的手法在这里一变而为寥廓、高远、凄清,大化流行⑩,天人合一⑩。

"此去经年"四句,改用情语。他们相聚之时,良辰好景,可以慰藉⑩人生的哀愁;可是,从此以后,千里烟波,年复一年,纵有良辰好景,也只能徒增怅惘⑩而已。"此去"二字,遥应⑩上阕"念去去";"经年"二字,近应"今宵"。时间与思绪上均是环环相扣,步步推进,把慢词艺术结构的多重性特征体现得十分透彻,深刻地表现了人生情感的丰富性和精神世界的复杂性。

此词脍炙人口⑩,久负⑩盛名。早在宋代,就有记载说,此词缠绵悱恻、深沉婉约⑪,"只合⑪十七八女郎,执红牙板⑫,歌'杨柳岸、晓风残月'"。词人善于把传统的情景交融手法运用到慢词的铺叙之中,把离情别绪⑬的感受,通过具有画面性的境界表现出来,意与境会⑭,情与景化,构成了一种诗意美的化境⑮,给读者以强烈的艺术感染⑯。全词虽为直写，但叙事清楚，写景工致⑰，以具体鲜明而又能触动离愁的自然风景画面来渲染主题，通过词人由景生情，化情为景的内心独白，寥廓天空，渐行渐远，情景交融，彼此映托，把词的结构设计得层层深入而又跌宕起伏⑱，令人目不暇接⑲。

注　释

⑭ **缠绵悱恻**(chánmián fěicè)：本义指情绪缠结不解，内心烦乱，悲苦凄切；这里指语言、文字的情调哀婉。

⑮ **梦回**：等于说梦醒。

⑯ **失意**：不能实现自己的意愿，不得志。

⑰ **起首**：开头。

⑱ **寓**(yù)：寄托，隐含。

⑲ **顿挫吞咽**：语调、音律等停顿转折，婉转含蓄。

⑳ **伏笔**：文章或文艺作品中，在前段里为后段所做的提示或暗示。

㉑ **连连**：不断。

㉒ **迸**(bèng)**发**：由内而外地突然发出，这里指内心突然涌出强烈的感情。

㉓ **百感汇心**：等于说"百感交集"，指许多感触一齐发生，交织在一起。

㉔ **历历在目**：清楚地显示在眼前。

㉕ **愈益**：更加。**激越**：情绪强烈、激昂。**声情**：声音和感情。

㉖ **顿**：停顿。

㉗ **遂**：连词，于是。**形单影只**：形只有一个；形容孤独，没有人做伴。

㉘ **着色**：原指绘画时涂上颜色，这里指文字生动、有力。**似**(sì)：介词，用于比较，表示程度更高。

㉙ **曰**(yuē)：说。

㉚ **特写**：这里指文学创作上的一种手法，即抓住一部分进行放大，详细描述。

㉛ **雕琢**(diāozhuó)：过分地修饰文辞。

㉜ **皆然**：都是这样。

㉝ **极言**：极力突出。

㉞ **甚于**：超过。

㉟ **映射**：照应。

㊱ **冠以**：在前面加上；冠，戴帽子。**虚字**：古人所谓没有很实在意义的字，其中一部分相当于现代的虚词。

㊲ **蝉联**：紧接着，紧挨着。

㊳ **光耀**(yào)：显扬，光大。

㊴ **遥想**：想距离很久远的事。

㊵ **习习**：形容风轻轻地吹。**萧**(xiāo)**萧**：冷落凄清的样子。

㊶ **梢**(shāo)**头**：树枝的顶端。

㊷ **客情**：作客在外的情怀。

㊸ **化**：大自然。**流行**：流转，运行。

⑭ **天人合一**:自然和人融为一体。
⑮ **慰藉(wèijiè)**:安慰,抚慰。
⑯ **徒**:副词,白白地,无用地。**怅惘(chàngwǎng)**:因失意而心事重重,惆怅迷惘。
⑰ **应**:呼应,照应。
⑱ **脍炙(kuàizhì)人口**:脍,切细了的肉;炙,烤,切细的烤肉人人都爱吃,用来比喻好的诗文得到大家共同的称赞。
⑲ **负**:具有。
⑩ **婉约**:委婉含蓄,柔美的样子。
⑪ **合**:适合。
⑫ **执**:拿。**牙板**:一种乐器的名称。
⑬ **离情别绪**:离别的情绪。
⑭ **会**:会合,聚集。
⑮ **化境**:奇妙的境界。
⑯ **感染**:通过语言文字或其他形式引起别人相同的思想感情。
⑰ **工致**:精巧细致。
⑱ **跌宕(diēdàng)起伏**:行文富有波折起伏。
⑲ **目不暇(xiá)接**:景色既美又多,让人的眼睛来不及全看;暇,空闲,没有事的时候。

第二十四课

欧阳修

课 文

欧阳修(1007—1072),字永叔①,号醉翁,晚年又号六一居士,今江西吉安人。四岁丧父,家境贫寒,母亲用荻②杆画地教他识字。由于勤于著述,思想深刻,逐步成为北宋中期重要的政治人物和诗文革新运动③的领袖。

欧阳修不仅在政治生活中表现出令人尊重的人格,而且在诗歌、散文、词的创作中也具有高深的文学修养。欧阳修在当时的文人群体中具有很强的号召力。唐宋八大家④中宋代的其他五位散文家都曾受到他的帮助和举荐。欧阳修是《新唐书》、《新五代史》的主修⑤,还擅长金石⑥考古,他又是文学评论的专家。他是一位成就巨大的学者。

欧阳修是诗、文、词兼长⑦的全才作家,对宋代文学产生了深远的影响,这也是他成为宋代诗文革新运动领袖的主要原因。欧阳修的创作,内容深刻,现实性强,关心民生疾苦,其中以散文的地位最高。欧阳修的散文题材、内容、形式都非常广泛。他的政论文不尚空谈⑧,洞达人情⑨,切⑩于事实而气势充沛;他的抒情散文抒发身世之感,表现人生的体验,刻画自我形象,充满强烈的抒情色彩,为中国古代的散文开拓了更为广阔的领域。

欧阳修散文的艺术特色是平易⑪自然,委婉曲折。这一总的特点在不同的文体中有不同的体现。欧阳修散文语言的运用同样具有这一特点。他多用寻常平易、清虚流畅的字句,不用奇字、难字、怪字,在平淡中见艺术意境的美丽,在自然中见文学形象的生动,此其一;善于用虚字穿插⑫呼应,读起来跌宕起伏,气韵生动,充满音乐性的舒缓⑬深长、回环飘动的美感,此其二;句式变化错落有致,时散时偶⑭,时长时短,既有明晰的节奏感,又流动摇曳⑮,具有音乐的空灵感,此其三。

注 释

① **字永叔**:古人的名字比较复杂,一般说来,"名"是父母取的一般性称呼;"字"是在男子成年时另外取的。古人的字与名有着密切的联系,字往往是名的解释或补充;"号"多半是在名字以外自己另取的称号,往往有艺术色彩。比如这里说欧阳修,姓欧阳,名修,字永叔,号醉翁,又号六一居士。
② **荻**(dí):一种生长在水边的植物,样子和芦苇差不多。
③ **诗文革新运动**:晚唐五代以来,华而不实的文风流行于世。从北宋初年开始,针对这种浮华的文风,兴起了一场继承杜甫、白居易的现实主义传统,继承韩愈、柳宗元的古文传统,主张平实朴素的文风的文学革新运动,称为北宋诗文革新运动。这场运动的主要代表人物是欧阳修。
④ **唐宋八大家**:唐宋时期最著名的八位古文家,他们是唐代的韩愈、柳宗元,和宋代的欧阳修、苏洵(Xún)、苏轼(Shì)、苏辙(Zhé)、曾巩(Zēng Gǒng)和王安石。
⑤ **主修**:主编。
⑥ **金石**:金属或石制器物,古代常在上面刻字记事,这类历史资料被称为金石。
⑦ **兼长**(jiāncháng):同时具有多方面的才能。
⑧ **不尚空谈**:不做空虚的议论。
⑨ **洞达人情**:通晓人情世故,非常熟悉社会状况。
⑩ **切**:契(qì)合,与……一致。
⑪ **平易**:文章浅显易懂。
⑫ **穿插**:互相错开,交叉。
⑬ **舒缓**:平缓,不激烈。
⑭ **时散时偶**:散,不用韵;偶,押韵;有时不押韵,有时押韵。
⑮ **摇曳**(yè):这里形容飘荡、摇摆的审美感受。

作 品

醉翁亭⑯记

　　环滁⑰皆山也。其西南诸⑱峰,林壑⑲尤美。望之蔚然而深秀⑳者,琅琊㉑也。山行㉒六七里,渐闻水声潺潺㉓,而泄㉔出于两峰之间者,酿泉也。峰回路转㉕,有亭翼然临㉖于泉上者,醉翁亭也。作亭者谁?山之僧曰智仙也。名之者谁?太守自谓也㉗。太守与客来饮于此,饮少辄㉘醉,而年㉙又最高,故自号曰醉翁也。醉翁之意不在酒,在乎㉚山水之间也。山水之乐㉛,得之心而寓㉜之酒也。

　　若夫日出而林霏㉝开,云归而岩穴暝㉞,晦明㉟变化者,山间之朝暮㊱也。野芳发㊲而幽香,佳木秀而繁阴㊳,风霜高洁㊴,水落而石出者㊵,山间之四时㊶也。朝而往,暮而归,四时之景不同,而乐亦无穷也。

　　至于负者歌于涂㊷,行者㊸休于树,前者呼,后者应,伛偻提携㊹,往来而不绝者,滁人游也。临溪而渔㊺,溪深而鱼肥;酿泉为酒,泉香而酒洌㊻;山肴野蔌㊼,杂然㊽而前陈者,太守宴也。宴酣㊾之乐,非丝㊿非竹,射51者中,弈52者胜,觥筹交错53,起坐而喧哗54者,众宾欢也。苍颜白发,颓然乎55其间者,太守醉也。

　　已而56夕阳在山,人影散乱,太守归而宾客从也。树林阴翳57,鸣声58上下,游人去而禽鸟乐也。然而禽鸟知山林之乐,而不知人之乐;人知从太守游而乐,而不知太守之乐其乐59也。醉能同其乐,醒能述60以文者,太守也。太守谓谁?庐陵61欧阳修也。

注 释

⑯ **醉翁亭**:在今天的安徽省境内。
⑰ **环**:环绕,围绕。**滁**(Chú):滁州城,地名,今安徽滁州市。
⑱ **诸**(zhū):众多。
⑲ **壑**(hè):山沟。
⑳ **蔚**(wèi)**然**:草木茂盛的样子。**深秀**:幽深秀美。
㉑ **琅琊**(Lángyá):山名。
㉒ **山行**:走山路。
㉓ **潺**(chán)**潺**:流水声。
㉔ **泄**(xiè):流出,排出。
㉕ **峰回路转**:形容山势回环,山路曲折。

㉖ **翼(yì)然**:像鸟儿张开翅膀那样,形容亭角翘起的样子。**临**:居高处朝向低处。
㉗ **名**:名词用作动词,取名字,命名。这两句的意思是说,是谁给亭子取名字的?是太守自己取的。
㉘ **辄(zhé)**:副词,就。喝了一点儿酒就醉了。
㉙ **年**:年龄,年岁。
㉚ **在乎**:在于。
㉛ **山水之乐**:欣赏山水的乐趣。
㉜ **寓**:寄托。领会在心里,而寄托在饮酒之中。
㉝ **若夫**:发语词,用于引出下文的议论。**林霏(fēi)**:树林中的雾气。太阳出来的时候,树林中的雾气散开。
㉞ **暝**:天色昏暗。傍晚的时候云归山,岩洞显得昏暗。
㉟ **晦明**:光线的昏暗和光明。
㊱ **朝暮**:早上和傍晚。
㊲ **野芳发**:野花开放。野花开放了,发出清幽的香气。
㊳ **佳木秀而繁阴**:美好的树木生长起来,形成茂密的树阴。
㊴ **风霜高洁**:秋高气爽,霜色洁白。
㊵ **水落而石出者**:水位低落,现出石头。
㊶ **四时**:四季。是山里的四季景色。以上四句,分别描述了从春到冬的景色特征。
㊷ **负者**:肩挑背扛的人。**涂**:道路。
㊸ **行者**:行人。
㊹ **伛偻(yǔlǚ)**:弯腰弓背的老人。**提携**:被人牵领着的小孩。
㊺ **渔**:捕鱼,抓鱼。
㊻ **洌(liè)**:清凉。
㊼ **野蔌(sù)**:野菜。
㊽ **杂然**:众多的样子。**陈**:陈列,摆放。
㊾ **酣(hān)**:兴致最浓,兴趣最高。
㊿ **丝**:竹,都是乐器,这里用来指代音乐。
(51) **射**:古代的一种游戏。
(52) **弈(yì)**:下围棋。
(53) **觥筹(gōngchóu)交错**:成语。觥,酒杯;筹,行酒令用的筹码;酒杯和酒筹交互错杂,形容许多人聚在一起饮酒的热闹情景。
(54) **喧哗(xuānhuá)**:声音大而杂乱。
(55) **颓(tuí)然**:喝醉了要醉倒的样子。**乎**:介词,于,在。
(56) **已而**:不久以后。
(57) **阴翳(yì)**:阴影遮蔽。
(58) **鸣声**:这里指鸟叫声。
(59) **乐其乐**:为他们的快乐而快乐。
(60) **述**:记叙。
(61) **庐(Lú)陵**:庐陵郡,就是吉州,即现在的江西省吉安市。

练 习

(一) 填空：

1. 欧阳修是《＿＿＿＿＿》、《新五代史》的主修，还擅长＿＿＿＿＿＿＿，而且也是＿＿＿＿＿＿＿＿＿＿评论的专家，他是一位成就巨大的学者。

2. 欧阳修是＿＿＿＿、＿＿＿＿、＿＿＿＿兼长的全才作家，对宋代文学产生了深远的影响。这也是他成为＿＿＿＿＿＿＿＿＿＿领袖的主要原因。

(二) 解释下列带点的字

1. 其西南诸峰，林壑尤美。
2. 山行六七里，渐闻水声潺潺。
3. 有亭翼然临于泉上者，醉翁亭也。
4. 名之者谁？太守自谓也。
5. 太守与客来饮于此，饮少辄醉。
6. 山水之乐，得之心而寓之酒也。
7. 至于负者歌于涂，行者休于树。
8. 杂然而前陈者，太守宴也。

(三) 请把《醉翁亭记》一文中的成语找出来，并解释清楚。

(四) 思考题

结合课文，简述欧阳修散文语言的艺术特点。

知识提示 · 文学史

古文运动兴起于唐德宗、宪宗年间，经过韩、柳等人的大力倡导，无论从实践或理论上，从内容或形式上，都形成了散文的优良传统。但到了晚唐、五代时期，浮靡的骈俪之文却重又得势，这反映了动乱时代文人逃避现实的游离与彷徨，也正是这种风气使得古文的发展受到妨碍。到了北宋，古文在新的历史条件下复兴了，而且取得了辉煌的成就。究其性质而言，唐代的古文运动是复西汉、先秦之古，宋代的第二次古文运动则是复韩、柳之古，名为复古，实际上是针对晚唐、五代文弊和西昆体的流行而进行的革新。

欧文独特的艺术风格,是继承韩愈的优良传统而形成的。他从学习韩愈开始,又进而学习韩愈所钻仰的古代史家如司马迁等的著作。苏轼曾指出他"论大道似韩愈,论事似陆贽,记事似司马迁,诗赋似李白"(《居士集叙》)。但最基本的是学韩,所以苏轼又说:"愈之后三百有余年,而后得欧阳子,其学推韩愈、孟子以达于孔氏,著礼乐仁义之实以合于大道。其言简而明,信而通,引物连类,折之于至理,以服人心。故天下翕然师尊之。……士无贤不肖,不谋而同曰:'欧阳子,今之韩愈也。'"但由于时代、个性的差异,古文运动的首创者韩愈和古文运动的复兴者欧阳修,在风格上是有显著的差别的。用古典文论的术语来说,韩文偏于阳刚之美,而欧文则偏于阴柔之美;韩文深厚雄博,欧文和婉曲折。虽然两人的作品都有着丰富的社会内容,然而有各自以其个性化的艺术技巧显示着的独特的风格。

(程千帆、吴新雷著《两宋文学史》,上海古籍出版社1991年版,第32、51页)

名篇欣赏

踏莎行㉖

候馆㉓梅残,溪桥柳细,草薰风暖摇征辔㉔。离愁渐远渐无穷,迢迢㉕不断如春水。　寸寸柔肠㉖,盈盈粉泪㉗。楼高莫近危阑㉘倚。平芜尽处㉙是春山,行人㉚更在春山外。

蝶恋花㉛

庭院深深深几许㉜?杨柳堆烟,帘幕无重数。玉勒雕鞍㉝游冶处,楼高不见章台㉞路。　雨横风狂三月暮,门掩黄昏,无计㉟留春住。泪眼问花花不语,乱红㊱飞过秋千去。

第二十四课

采桑子⑦⑦

群芳⑦⑧过后西湖好:狼籍⑦⑨残红,飞絮濛濛⑧⑩。垂柳阑杆尽日风。笙歌散尽游人去,始觉春空。垂下帘栊⑧①,双燕归来细雨中。

注　释

⑥② **踏莎(suō)行**:词牌名;"莎"是一种草。
⑥③ **候馆**:接待旅行的人的馆舍。
⑥④ **草薰(xūn)**:青草发出香气。**摇征辔(pèi)**:辔,驾驭马匹的缰绳;摇征辔,骑马远行的意思。
⑥⑤ **迢(tiáo)迢**:形容遥远,长久。
⑥⑥ **寸寸柔肠**:这句话从"柔肠寸断"的俗语来,形容非常难过。
⑥⑦ **盈盈**:这里指泪汪汪的样子。**粉泪**:青年女子脸上的眼泪。
⑥⑧ **危阑(lán)**:高处的栏杆。
⑥⑨ **平芜**:平坦的草地。**尽处**:尽头,最远的端点。
⑦⑩ **行人**:指出门远游的那个人。
⑦① **蝶恋花**:词牌名。
⑦② **几许**:多少。
⑦③ **玉勒雕鞍**:精美的马具,这里指骑着骏马的贵族公子。
⑦④ **章台**:汉朝长安城章台下街,是歌妓聚居的地方。
⑦⑤ **无计**:没有办法。
⑦⑥ **乱红**:凋零的花瓣。
⑦⑦ **采桑子**:词牌名。这首词描写的是暮春时节的西湖景色。
⑦⑧ **群芳**:指百花。
⑦⑨ **狼籍**:乱七八糟的样子,这里指春天将要过去,百花零落的样子。
⑧⑩ **絮(xù)**:柳絮,成熟的柳树的种子,上面有白色绒毛,因而随风飘荡,故称"飞絮"。**濛(méng)濛**:迷茫,看不清的样子。
⑧① **帘栊(lóng)**:带帘子的窗户;**栊**:窗户。

第二十五课

苏 轼

课 文

　　苏轼(1036—1101),字子瞻,号东坡居士,四川眉山人,是北宋中期伟大的文学家,宋代诗文革新运动的集大成者①。他的散文在唐宋八大家中位居前茅②;他的诗歌达到了北宋诗歌的最高水平;他的词作突破了"婉约"风格一统天下的拘束,以豪放、旷达的情怀开宗立派③,为中国文学史的发展做出了重大的贡献,产生了深远的影响。

　　苏轼的散文平易自然,流畅婉转,长于④说理、叙事、抒情,继承并发展了欧阳修散文的风格,成为后世散文家学习的楷模⑤。苏轼的诗歌现存2700多首,不仅在数量上是空前⑥的,而且其内容表现自我⑦,反映现实,歌咏自然,才学兼备⑧,博大精深⑨,富有哲理,堪称宋代诗歌的典型代表。

　　苏轼的词作更是中国文学史上的丰碑⑩。他全面开拓了词的题材,把前人很少涉及或从未表现过的内容大量引入词中,把人们的视线从狭小的翠帐香径⑪引向了社会的各个领域,由此从根本上提高了词的社会地位与审美价值。

　　在风格上,苏轼也对词的创作进行了根本性的发展:第一,苏轼特别注重将慷慨激昂、悲壮苍凉的感情融入词中,以奔放豪迈的形象、飞动峥嵘的气势、阔大雄伟的场面给人以大江东去、气吞山河⑫的感觉,此之谓豪放。第二,苏轼一生得意⑬时少,失意时多,因此,通过超越生活的艺术形式尽力地摆脱现实中的自我,把自己融化到大自然之中,让有限的人生在大自然无始无终的大化流行⑭中得到永恒,此之谓旷达。第三,苏轼多以清幽寂静的明月、瘦雪霜姿的湖山、杳远空濛的孤鸿⑮等意象,刻画自己高洁的精神境界,让自己从各种难以排解⑯的矛盾中净化出来,与大自然融为一体,此之谓清空。

苏轼的书法、绘画成就也很高,所以,他是诗、文、书、画全才。

① **集大成者**:把某类事物的各个方面集中起来达到完备的程度的人;这里指在苏轼身上,体现了诗文革新运动等各方面的成就,也是各方面成就的最高代表。
② **位居前茅**:名次排在前面。
③ **旷达**:心胸开阔乐观。**开宗立派**:开创一个流派。
④ **长于**:擅长于,在……方面有特别的才能。
⑤ **楷模**(kǎimó):值得学习的人或事物,榜样。
⑥ **空前**:前所未有。
⑦ **自我**:自己。
⑧ **才学兼备**:既有才华,又有学识。
⑨ **博大精深**:形容思想和学识广博高深。
⑩ **丰碑**:高大的石碑,这里指值得记载或保存的艺术上的成就。
⑪ **翠帐香径**:绿色的罗帐,花园里的小路,这里用来指代家庭生活、男女相恋的题材。
⑫ **峥嵘**(zhēngróng):本义是形容山势高而险,这里用来形容超出一般、不平凡的样子。**气吞山河**:形容气概很大,能够包容下山河。
⑬ **得意**:得志,也就是理想抱负得以施展;下文的"失意"是它的反义词。
⑭ **大化流行**:大自然的变化规律。
⑮ **杳**(yǎo)**远**:渺茫遥远。**空濛**:空空荡荡。**孤鸿**(hóng):孤单的一只雁。
⑯ **排解**:排除,去除。

作 品

江 城 子[17]

乙卯[18]正月二十日夜记梦

十年生死两茫茫[19],不思量[20],自难忘。
千里孤坟,无处话凄凉[21]。
纵使相逢应不识[22],尘满面[23],鬓如霜[24]。
夜来幽梦[25]忽还乡。
小轩窗[26],正梳妆。
相顾[27]无言,惟有泪千行。
料得年年肠断[28]处,明月夜,短松冈[29]。

水调歌头[30]

丙辰[31]中秋,欢饮达旦[32],大醉,作此篇兼怀子由[33]

明月几时有?把酒[34]问青天。
不知天上宫阙[35],今夕是何年。
我欲乘风归去,又恐琼楼玉宇[36],高处不胜[37]寒。
起舞弄清影[38],何似[39]在人间!
转朱阁[40],低绮户[41],照无眠[42]。
不应有恨[43],何事长向别时圆[44]?
人有悲欢离合,月有阴晴圆缺,此事古难全[45]。
但愿人长久,千里共婵娟[46]。

念奴娇[47]·赤壁怀古[48]

大江东去[49],浪淘尽、千古风流人物[50]。
故垒[51]西边,人道是、三国周郎赤壁[52]。
乱石穿空[53],惊涛[54]拍岸,卷起千堆雪[55]。
江山如画,一时多少豪杰!
遥想公瑾[56]当年,小乔[57]初嫁了,雄姿英发[58]。
羽扇纶巾[59],谈笑间、樯橹灰飞烟灭[60]。
故国神游[61],多情应笑我[62],早生华发[63]。
人生如梦,一樽还酹[64]江月。

注 释

⑰ **江城子**:词牌名。
⑱ **乙卯**(yǐmǎo):中国古代的纪年方式,这里指公元1075年。
⑲ 这首词是苏轼悼念去世的妻子王弗(Fú)的,那时他的妻子已去世十年了。
⑳ **思量**:思索。
㉑ **话凄凉**:诉说悲伤。
㉒ **纵使相逢应不识**:即使相遇,也应该不认识了吧。
㉓ **尘满面**:满脸都是尘土。
㉔ **鬓如霜**:鬓发也像霜一样白了。
㉕ **幽梦**:迷离的梦。
㉖ **小轩窗**:小房间的窗子,这里指卧室的窗子。
㉗ **顾**:看。
㉘ **料得**:猜想到。**肠断**:形容非常伤心。
㉙ **短松冈**:长着小松树的山岗,这里指他的妻子的坟地。
㉚ **水调歌头**:词牌名。
㉛ **丙辰**:这里指公元1076年。
㉜ **达旦**:到天亮。
㉝ **怀**:怀念,思念。**子由**:苏轼的弟弟苏辙(Zhé),字子由,那时兄弟之间已有七年没有见面了。
㉞ **把酒**:端起酒杯。
㉟ **宫阙**(què):宫殿。
㊱ **琼**(qióng)**楼玉宇**:这里指月亮里面的宫殿;琼,美玉。在中国古代神话传说中,月亮上有宫殿,有神仙居住。
㊲ **不胜**(shēng):经受不住。
㊳ **清影**:月光下的淡淡的影子。在月光下起舞,清影随人舞动。
㊴ **何似**:哪里像。
㊵ **转朱阁**:月光绕着朱红色的华美楼阁,从一面移到另一面。
㊶ **低绮户**:低低地射进雕花窗户。
㊷ **照无眠**:照着睡不着觉的人。
㊸ **不应有恨**:月亮不该有什么恨事吧?
㊹ **何事**:为什么。为什么总在人们离别时圆呢?
㊺ **古难全**:从古到今都难以圆满。
㊻ **婵娟**(chánjuān):这是神话传说中月亮里的仙女的别名,这里用来指月亮。
㊼ **念奴娇**:词牌名。下边的"赤壁怀古"是词的题目。起初,词人只是按词调填词,后来逐渐把词意也写出来,这就是词题。
㊽ **赤壁**:三国时期著名的战场,在今天湖北省蒲圻(Púqí)市一带,吴将周瑜曾在这里大败曹操的大军;苏轼写这首词是在湖北黄冈赤壁,并不是历史上发生赤壁大战的地方。
㊾ **大江**:长江。

(50) **淘**：冲洗。**风流人物**：杰出的人物。
(51) **故垒**(lěi)：以前的军营。
(52) **人道是**：人们说是。
(53) **乱石穿空**：陡峭的石壁高入天空。
(54) **惊涛**：巨浪。
(55) **千堆雪**：无数浪花。
(56) **公瑾**(jǐn)：周瑜，字公瑾，三国时有名的将领。
(57) **小乔**(Qiáo)：三国时乔玄有两个女儿，都很美丽，她们被人称为大乔和小乔，小乔嫁给了周瑜。
(58) **英发**：言谈议论卓越不凡。
(59) **羽扇**：羽毛扇。**纶**(guān)**巾**：青丝带做的头巾。
(60) **樯橹**(qiánglǔ)：这里指曹操率领的军队的军舰；也作"强虏"，意即强大的敌人，指曹操率领的军队。**灰飞烟灭**：指周瑜用火攻，烧掉了曹操的军船，取得了赤壁大战的胜利。
(61) **故国**：指赤壁古战场。**神游**：指被当年英雄人物的业绩所吸引。
(62) **多情**：情感丰富细腻，多愁善感。**多情应笑我**：这一句是个倒装句，正确语序是"应笑我多情"。
(63) **华发**：白发。
(64) **一樽**(zūn)：一杯酒。**酹**(lèi)：把酒浇在地上，表示献给神灵或者死者。

练习

(一) 背诵

苏轼的《水调歌头》

(二) 填空

苏轼，字子瞻，号________居士，四川________人，是________中期伟大的文学家，宋代____________运动的集大成者。他的散文在唐宋八大家中位居前茅；他的诗歌达到了北宋诗歌的________________；他的词作突破了"婉约"风格的拘束，以豪放、旷达的情怀形成了______________的局面，为中国文学史的发展做出了重大的贡献，产生了深远的影响。

(三) 思考题：

为什么说"苏轼的词作更是中国文学史上的丰碑"？

苏轼注意培养后进，吸引许多重要作家在他的周围，成为欧阳修以后北宋文坛的杰出领导者。被称为苏门四学士的黄庭坚、秦观、张耒、晁无咎，以及陈师道、李廌等，在他们还不大为人所知时就得到苏轼的热情鼓励和培养，在文艺方面各有成就，和中唐时期的"韩门弟子"后先辉映。……

苏轼在北宋后期就以文采风流为学者文人所羡慕；南宋以后，他的诗文集更为流行。他在政治上表现出儒家入世的精神，生活上较多采取老庄旷达的态度；进可以有所表现，退可以自我排遣，符合宋元以来许多封建文人的情趣。他一生屡遭贬谪，处之泰然，也引起那些失意文人的共鸣和钦仰。他的策论、史论成为许多科举士子摹拟的对象，其他散文和诗歌又以其才华的丰茂，笔力的纵横恣肆，博得后人的爱好。由于他思想的复杂性和文艺上的多方面成就，他在文学史上的影响也是广泛而深远的。南宋陆游、辛弃疾，金元好问，明袁宏道，清陈维崧、查慎行等，有的爱好他的诗歌，有的继承他的词派，有的学习他议论的纵横，有的追摹他小品的清隽。他们的成就有大小，但都明显看出苏轼的影响。他的浪漫主义精神为后来许多在文艺上不满现状，要求创新的作者所喜爱。

（游国恩等主编《中国文学史》，人民文学出版社 1963 年版，第 627—628 页）

后赤壁赋⑥⑤

是岁十月之望⑥⑥，步自雪堂⑥⑦，将归于临皋⑥⑧，二客从予过黄泥之坂⑥⑨。霜露既⑦⑩降，木叶⑦①尽脱，人影在地，仰见明月，顾⑦②而乐之，行歌相答⑦③。已而⑦④叹曰："有客无酒，有酒无肴⑦⑤，月白风清，如此良夜何⑦⑥？"客曰："今者薄暮⑦⑦，举网得鱼，巨口细鳞，状似松江之鲈⑦⑧。顾⑦⑨安所得酒乎？"归而谋诸⑧⑩妇，曰："我有斗酒，藏之久矣，以待子不时之须⑧①。"

于是携酒与鱼，复游于赤壁之下。江流有声，断岸千尺，山高月小，水落石出⑧②。曾日月⑧③之几何，而江山不可复识矣！

予乃摄⑧④衣而上，履巉岩⑧⑤，披蒙茸⑧⑥，踞虎豹⑧⑦，登虬龙⑧⑧；攀栖鹘之危巢⑧⑨，俯冯夷之幽⑨⑩宫，盖⑨①二客不能从焉。划⑨②然长啸，草木震动，山鸣谷应，风起水涌。予亦悄然⑨③

而悲,肃然⁹⁴而恐,凛乎⁹⁵其不可留也。反⁹⁶而登舟,放乎⁹⁷中流,听⁹⁸其所止而休焉。时夜将半,四顾寂寥⁹⁹。适有孤鹤¹⁰⁰,横江东来,翅如车轮,玄裳缟¹⁰¹衣,戛然¹⁰²长鸣,掠予舟而西¹⁰³也。

须臾¹⁰⁴客去,予亦就¹⁰⁵睡。梦一道士,羽衣蹁跹¹⁰⁶,过临皋之下,揖¹⁰⁷予而言曰:"赤壁之游乐乎?"问其姓名,俛¹⁰⁸而不答。呜呼噫嘻¹⁰⁹,我知之矣!"畴昔¹¹⁰之夜,飞鸣而过我者,非子也耶¹¹¹?"道士顾笑,予亦惊悟¹¹²。开户¹¹³视之,不见其处。

注　释

⑥⑤ 赋:苏轼被贬官到黄州后,先后写了《前赤壁赋》和《后赤壁赋》,两篇写作时间只隔三个月。这篇《后赤壁赋》着重描绘冬天的夜间景色,同时写见闻和梦境,寄托了作者超凡脱俗的奇想。

⑥⑥ 是岁:这一年,即公元1082年。望:农历的每月十五日叫做"望"。

⑥⑦ 雪堂:苏轼所筑的堂的名字。从雪堂走出来。

⑥⑧ 临皋(gāo):即临皋馆,在湖北省黄冈一带的长江边上。

⑥⑨ 黄泥之坂(bǎn):即黄泥坂,地名,在临皋附近。

⑦⓪ 既:副词,已经。

⑦① 木叶:树叶。

⑦② 顾:看。

⑦③ 行歌相答:大家边走边唱歌,歌声互相应答。

⑦④ 已而:不久,后来。

⑦⑤ 肴(yáo):做熟了的鱼肉等。

⑦⑥ 如此良夜何:把这么好的夜晚怎么办呢?意思相当于说,夜晚这么美好,该怎么度过呢?

⑦⑦ 薄暮(bómù):傍晚。

⑦⑧ 鲈(lú):鲈鱼,一种鱼的名字,产于长江,味道鲜美。

⑦⑨ 顾:但是。安:怎么。但是,怎么弄到酒呢?

⑧⓪ 诸:"之于"的合音字,古代汉语中常常把"之于"合成"诸"字。

⑧① 子:古时对男子的敬称,相当于"您"。不时之需:临时或随时可能会有的需求。

⑧② 山高月小,水落石出:山峰很高,月亮远远的,看上去很小;冬天的水位低落,露出了原来在水下的石头。

⑧③ 日月:时间,岁月。时间不知道过了多久。

⑧④ 摄(shè):提起,拉起。

⑧⑤ 履(lǚ):踏,登上。巉(chán)岩:险峻的山崖。

⑧⑥ 披:分开。蒙茸(méngróng):杂乱的草丛。

⑧⑦ 踞(jù):蹲。虎豹:像虎豹形状的石头。

⑧⑧ 虬(qiú)龙:像盘旋的龙的形状的树木。

⑧⑨ 鹘(hú):一种鸟的名字。危巢(cháo):高处的鸟巢。

⑨⓪ 冯夷(Féng Yí):古代传说中水神的名字。幽:深。这句话是说,俯身看过去,下面是深深的水底。

○91 盖:副词,表示推测,相当于"大约"、"大概"。
○92 划:拟声词,形容风声、水声等。
○93 悄(qiǎo)然:忧愁的样子。
○94 肃(sù)然:形容十分恭敬、谨慎的样子。
○95 凛:畏惧,害怕。乎:形容词后缀,和"然"差不多。
○96 反:通"返",返回。
○97 乎:介词,于,在。
○98 听:听凭,任凭。这句话是说,任凭船漂,它漂到哪儿就停在哪儿。
○99 寂寥(jìliáo):寂静,安静。
○100 适:正好,恰好。鹤(hè):一种水鸟。
○101 玄(xuán):黑色。裳(cháng):古人穿的遮蔽下体的衣裙,男女都穿,是裙的一种,不是裤子。缟(gǎo):白色。
○102 戛(jiá)然:突然。
○103 掠(lüè):拂过,擦过。西:名词做动词,向西飞去。
○104 须臾(xūyú):片刻,一会儿。
○105 就:动词,接近,靠近。
○106 翩跹(piānxiān):旋转的跳舞的姿态。
○107 揖(yī):作揖,古代的行礼方式,就是拱手礼。
○108 俛(fǔ):同"俯",屈身,低头。
○109 呜呼(wūhū):叹词,表示叹息、悲痛等。噫嘻(yīxī):叹词,表示悲哀或者叹息。
○110 畴昔(chóuxī):以前。
○111 耶(yé):句末语气词,相当于"吗"或"呢"。
○112 悟:睡醒。
○113 户:门。

第二十六课

李清照

课文

　　李清照(1084—1151)，号易安居士，山东济南人，是中国两宋之交①最伟大的词作家，也是中国文学史上最伟大的女词人。她的一生经历了表面繁华却危机四伏的北宋末年，以及动乱不已、偏安江南的南宋②初年。从安定走向动荡，从优裕③走向苦难，她的词表达了那一时代人们背井离乡④，亲人分离的共同感受。她的词作著述丰富，才调绝伦⑤，字字珠玑⑥，为宋代婉约词派⑦的正宗。

　　李清照的创作明显划分为两个时期。前期词充满了热情爽朗的朝气⑧，跃动着青春的活力。靖康之难⑨焚毁了李清照家藏十余屋的古籍、古物，她心爱的丈夫赵明诚⑩也不久病逝。从此以后，颠沛流离⑪的家国之痛，辛酸孤独的情感生活，使她的词作越来越沉挚、悲凉、凄切。

　　在艺术风格上，李清照特别擅长白描，善用口语，既浅近又不庸俗，既工丽又不艰深⑫，在词家中独具一格⑬。她善于掌握声调韵律的节奏，以适应自己思想感情的起伏变化，把人物感情上的波澜恰到好处⑭地表现出来；她善于巧妙地运用中国传统诗歌中的比、兴手法，"言在此而意在彼"，言近旨远⑮，含蓄蕴藉，委婉曲折，富于弦外之音⑯，给人留下无限想象和思考的余地；她还善于把自己的思想感情和客观景物熔铸⑰在一起，在词作中创造出诗情浓郁、诗意盎然⑱的境界，非常细腻地传达出人物心灵深处的奥秘。

　　李清照不仅是一代伟大的词人，而且是一位成绩卓著的文学评论家。她有《李易安词论》一文，是宋人最早的一篇论词专文，她明确提出:"词别⑲是一家",认为词作为一种独立的、以抒情为主的音乐歌词的样式,应当有其内容与形式上的特色,应该与诗划分严格的界限,此外,李清照对词的音律、情调和表现手法也提出了特别的要求。

注 释

① **两宋之交**:北宋和南宋交替的时代。
② **不已**:不停止。**偏安**:指封建王朝失去中原而苟安于仅存的部分领土。**南宋(1127—1279)**:朝代名。
③ **优裕(yù)**:富裕充足。
④ **背井离乡**:不得已离开自己的家乡,到外地生活。
⑤ **才调绝伦**:才华出众。
⑥ **字字珠玑**:形容文字非常优美。
⑦ **婉约词派**:以柳永、秦观、李清照为代表的一批词人,在创作上都倾向柔美婉约的风格,称为婉约词派。
⑧ **朝(zhāo)气**:早晨清新的空气,比喻奋发进取的精神状态。
⑨ **靖康之难**:靖康二年(1127),金兵攻陷北宋首都汴(Biàn)京,抓走了两位皇帝徽(Huī)宗和钦(Qīn)宗,这是国家的耻辱。
⑩ **赵明诚(1081—1129)**:李清照的丈夫,著名的金石学家,北宋灭亡后,在辗转流离中病死。
⑪ **颠沛(pèi)流离**:形容生活不安定,遭遇很多挫折,到处流浪。
⑫ **工丽**:精致秀丽。**艰深**:高深而难以理解。
⑬ **独具一格**:单独有一种特别的风格、格调。
⑭ **波澜(lán)**:大波浪,这里比喻情感上的变化。**恰到好处**:成语,指说话做事等达到了最适当的地步。
⑮ **言近旨远**:言词简单浅近而含义宏大深远。
⑯ **弦外之音**:指通过语言暗示,而没有明白说出的意思。
⑰ **熔铸**:熔化后铸造,这里比喻相互结合并形成新的东西。
⑱ **盎(àng)然**:形容气氛、趣味等浓厚的样子。
⑲ **别**:另外的,不同的。

作 品

如梦令[20]

常记溪亭日暮[21],沉醉[22]不知归路。兴尽晚回舟,误入藕花[23]深处。争渡[24],争渡,惊起一滩鸥鹭[25]。

醉花阴[26]

薄雾浓云愁永昼[27],瑞脑销金兽[28]。佳节又重阳[29],玉枕纱厨[30],半夜凉初透。 东篱[31]把酒黄昏后,有暗香[32]盈袖。莫道不销魂[33],帘卷西风[34],人比黄花[35]瘦。

武陵春·春晚[36]

风住尘香花已尽,日晚倦梳头。物是人非[37]事事休,欲语泪先流。 闻说[38]双溪春尚好,也拟[39]泛轻舟。只恐双溪舴艋[40]舟,载不动许多愁。

声声慢[41]

寻寻觅觅[42],冷冷清清,凄凄惨惨戚戚[43]。乍暖还寒[44]时候,最难将息[45]。三杯两盏淡酒,怎敌[46]他晓来风急。雁过也,正伤心,却是旧时相识[47]。 满地黄花[48]堆积。憔悴损[49],如今有谁堪摘?守着窗儿独自,怎生得黑[50]!梧桐更兼细雨,到黄昏点点滴滴。这次第[51],怎一个愁字了得[52]!

注 释

[20] 如梦令:词牌名。
[21] 日暮:黄昏。
[22] 沉醉:大醉。
[23] 藕(ǒu)花:荷花,莲花。
[24] 争渡:抢着把船划出去。

㉕ **滩**(tān):指江、河、湖、海边水涨淹没、水退显露的平地。**鸥鹭**(ōulù):鸥,沙鸥;鹭,白鹭,都是水鸟。

㉖ **醉花阴**:词牌名。

㉗ **薄雾浓云**:形容房间里薰香的烟雾。**愁永昼**:心情烦闷,难以排遣,觉得时间很长;永,长。房间里香雾缭绕,心中愁绪满怀,长日漫漫难熬。

㉘ **瑞**(ruì)**脑**:一种香料的名称。**金兽**:刻着兽形的铜香炉。瑞脑香在刻着兽形花纹的铜香炉里燃着。

㉙ **重阳**:农历九月初九,是重阳节。

㉚ **纱厨**:一种带木架的纱帐。

㉛ **东篱**(lí):指菊花花圃,这个词出自东晋诗人陶潜的诗《饮酒》中的名句:"采菊东篱下,悠然见南山。"

㉜ **暗香**:这里指菊花的清香。

㉝ **销魂**:形容非常愁闷,非常悲伤。

㉞ **西风**:秋风。

㉟ **黄花**:菊花。

㊱ **武陵春**:词牌名。这首词描写的是暮春。

㊲ **物是人非**:一切事物没有变化,但人却不同了。

㊳ **闻说**:听说。

㊴ **拟**:打算。

㊵ **恐**:担心,怕。**舴艋**(zéměng):小船。

㊶ **声声慢**:词牌名。

㊷ **寻寻觅**(mì)**觅**:形容若有所失,徒劳地想把已经失去的东西找回来。

㊸ **戚**(qī)**戚**:忧愁难过的样子。

㊹ **乍暖还寒**:天气忽然暖和起来,但又还有些冷。

㊺ **将息**:调养。

㊻ **敌**:抵抗,抵挡。

㊼ **旧时相识**:指大雁曾经为自己传寄过书信;这里暗含现在丈夫去世,无人可寄的意思。

㊽ **黄花**:菊花。

㊾ **憔悴**(qiáocuì):瘦损,困顿的样子。**损**:消损,消瘦。

㊿ **怎生**:怎么。**黑**:天黑。

㈤ **次第**:光景,情形。

㈥ **怎一个愁字了得**:哪里是一个"愁"字形容得完的啊!

练习

(一) 背诵

李清照的《声声慢》

(二) 填空

1. 李清照是中国＿＿＿＿最伟大的词作家,而且也是中国文学史上＿＿＿＿的女词人。她的一生经历了表面繁华却危机四伏的北宋末年和动乱不已、偏安江南的南宋初年。从＿＿＿＿走向＿＿＿＿,从＿＿＿＿走向＿＿＿＿,国破家亡的人生遭遇,使她的词作才调绝伦,著述丰富,＿＿＿＿,成为宋代＿＿＿＿的正宗。

2. 李清照不仅是一代伟大的词人,而且是一位成绩卓著的＿＿＿＿家。她有《＿＿＿＿》一文,是宋人最早的一篇＿＿＿＿专文。

(三) 思考题:

请结合作品论述李清照词的艺术特色。

文学史知识提示

　　李清照生活的时代,不但是大变动的时期,同时也是词风大转变的时期。早在李清照之前,词坛上已经分为婉约与豪放两派。婉约派从晚唐的温庭筠、韦庄开始,经过南唐的李煜、北宋的晏殊父子、欧阳修和秦观,确立了一个传统。他们词作的主要特色是委婉含蓄、深情绵邈、凄惋动人;内容多为恋情相思、伤离惜别、悲秋伤春、酣歌醉饮和羁旅穷愁。李清照也写了这类题材,并继续发展了婉约派的风格。但是由于时代和个人生活的剧变,她的词在内容上比前辈更为丰富,感情也更为深挚。她在艺术上的成就也超过二晏和欧、秦。晏、欧假托闺情写自己的感情,毕竟不如这位女作家自抒怀抱。秦观的词虽也歌唱了爱情的真挚与纯洁,但有时却流于柔靡和哀伤,反而不如李清照有须眉之气。李清照的词于婉约之中兼有豪放,反映了婉约派在时代激流影响下的变化与发展。应该说,在这一流派中,她的成就是很高的。她是宋代词坛上婉约派的杰出代表,曾被前人推为"婉约之宗"。

(王水照著《李清照》,
上海古籍出版社1981年版,第90—91页)

名篇欣赏

李清照的《声声慢》赏析

唐宋古文家以散文为赋㊾,而倚声家实以慢词㊿为赋。慢词具有赋的铺叙特点,且蕴藉㊶流利,匀整而富变化,堪称"赋之余"。李清照这首《声声慢》,脍炙人口数百年,就其内容而言,简直是一篇悲秋赋。亦惟有㊷以赋体读之,乃得其旨㊸。李清照的这首词在作法上是有创造性的。原来的《声声慢》的曲调,韵脚㊹押平声字,调子相应地也比较徐缓㊺。而这首词却改押入声韵㊻,并屡用叠字和双声字㊼,这就变舒缓为急促,变哀婉为凄厉。此词以豪放纵恣之笔写激动悲怆㊽之怀,既不委婉,也不隐约,不能列入婉约体。

前人评此词,多以开端三句用一连串叠字为其特色。但只注意这一层,不免失之皮相㊾。词中写主人公一整天的愁苦心情,却从"寻寻觅觅"开始,可见她从一起床便百无聊赖㊿,如有所失,于是东张西望㊶,仿佛漂流在海洋中的人要抓到点什么才能得救㊷似的,希望找到点什么来寄托㊸自己的空虚寂寞。下文"冷冷清清",是"寻寻觅觅"的结果,不但无所获,反被一种孤寂清冷的气氛袭来,使自己感到凄惨忧戚。于是紧接着再写了一句"凄凄惨惨戚戚"。仅此三句,一种由愁惨而凄厉的氛围已笼罩全篇,使读者不禁为之屏息凝神㊹。这乃是百感迸发于中,不得不吐㊺之为快,所谓"欲罢不能"㊻的结果。

"乍暖还寒时候"这一句也是此词的难点之一。此词作于秋天,但秋天的气候应该说"乍寒还暖",只有早春天气才能用得上"乍暖还寒"。我以为㊼,这是写一日之晨,而非写一季之候㊽。秋日清晨,朝阳初出,故言"乍暖";但晓寒犹重,秋风砭骨㊾,故言㊿"还寒"。至于"时候"二字,有人以为在古汉语中应解㊶为"节候";但柳永《永遇乐》㊷云:"薰风解愠㊸,昼景清和,新霁㊹时候。"由阴雨而新霁,自属㊺较短暂的时间,可见"时候"一词在宋时已与现代汉语无殊㊻了。"最难将息"句则与上文"寻寻觅觅"句相呼应,说明从一清早自己就不知如何是好。

下面的"三杯两盏淡酒,怎敌他晓来风急","晓",通行本作"晚"。这又是一个可争论的焦点。俞平伯㊼《唐宋词选释》注云:

"'晓来',各本多作'晚来',殆因下文'黄昏'云云㊽。其实词写一整天,非一晚的事,若云'晚来风急',则反而重复。上文'三杯两盏淡酒'是早酒,即《念奴娇》词所谓'扶头酒㊾醒';下文'雁过也',即彼词'征鸿㊿过尽'。今从《草堂诗余别集》、《词综》、张氏《词选》㊶等各本,作'晓来'。"

这个说法是对的。说"晓来风急",正与上文"乍暖还寒"相合。古人晨起于卯时㊷饮酒,又称"扶头卯酒"。这里说用酒消愁是不抵事㊸的。至于下文"雁过也"的"雁",是南来秋雁,正是往昔㊹在北方见到的,所以说"正伤心,却是旧时相识"了。《唐宋词选释》说:

"雁未必⑧相识,却云'旧时相识'者,寄怀乡之意⑨。赵嘏⑨《寒塘》:'乡心正无限,一雁度南楼。'词意近之⑩。"其说是⑨也。

上片从一个人寻觅无着,写到酒难浇愁;风送雁声,反而增加了思乡的惆怅。于是下片由秋日高空转入自家庭院。园中开满了菊花,秋意正浓。这里"满地黄花堆积"是指菊花盛开,而非残英满地⑨。"憔悴损"是指自己因忧伤而憔悴瘦损,也不是指菊花枯萎凋谢。正由于自己无心看花,虽值⑨菊堆满地,却不想去摘它赏它,这才是"如今有谁堪摘"的确解⑩。然而人不摘花,花当自萎⑨;及⑨花已损,则欲摘已不堪摘了。这里既写出了自己无心摘花的郁闷,又透露了惜花将谢的情怀,笔意比唐人杜秋娘所唱的"有花堪折直须折,莫待无花空折枝"要深远多了。

从"守着窗儿"以下,写独坐无聊,内心苦闷之状,比"寻寻觅觅"三句又进一层。"守着"句依张惠言《词选》断句⑨,以"独自"连上文。秦观(一作无名氏)《鹧鸪天》⑩下片:"无一语,对芳樽⑩,安排肠断到黄昏。甫⑩能炙得灯儿了,雨打梨花深闭门",与此词意境相近。但秦词从人对黄昏有思想准备方面着笔⑩,李则从反面说,好像天有意不肯黑下来而使人尤为难过。"梧桐"两句不仅脱胎淮海⑩,而且兼用温庭筠《更漏子》⑩下片"梧桐树,三更雨,不道离情正苦;一叶叶,一声声,空阶滴到明"词意,把两种内容融而为一,笔更直而情更切。最后以"怎一个愁字了得"句作收,也是蹊径独辟⑩之笔。自庾信⑩以来,或言愁有千斛万斛⑩,或言愁如江如海(分别见李煜、秦观词),总之是极言其多。这里却化多为少,只说自己思绪纷茫复杂,仅用一个"愁"字如何包括得尽。妙在又不说明于一个"愁"字之外更有什么心情,即戛然而止⑩,仿佛不了了之⑩。表面上有"欲说还休"之势,实际上已倾泻⑪无遗,淋漓尽致了。

这首词大气包举⑫,别无枝蔓⑬,逐⑭件事一一说来,却始终紧扣⑮悲秋之意,真得六朝抒情小赋之神髓⑯。而以接近口语的朴素清新的语言谱入新声,又确体现了倚声家的不假⑰雕饰的本色,诚属难能可贵⑱之作了。

(吴小如)

注　释

㊾ 赋(fù):中国古代文体,盛行于汉魏六朝,是韵文和散文的综合体,通常用来写景叙事,也有以较短篇幅抒情说理的。

㊿ 倚声家:倚,根据;倚声家即倚声填词的词作家,词人。**慢词**:节奏舒缓,篇幅较长的词。

㉕ 蕴藉(yùnjiè):含而不露。

㉖ 亦惟有:也只有。

㉗ 乃:副词,才。旨:意思,含义。

㉘ 韵脚:韵文中一句话的末尾押韵的那个字,比如这首词中的"觅"、"戚"。**平声**:古代汉语有"平、上(shǎng)、去、入"四种声调,现代汉语有"阴平(第一声)、阳平(第二声)、上声(第三声)、去声(第四声)"四种,其基本演变规律是古汉语"平"到现代汉语分成"阴平"、"阳平"两种;"上"一部分仍为上声,一部分变成去声;"去"仍为去声;"入"分别进入阴平、阳平、上声、

去声,即"入派四声"。
59 徐缓:舒缓。
60 入声:古汉语中以 -p、-t 或 -k 收尾的一种声调类型,这种声调具有短暂、急促的特点。押韵:诗文中上下句间特定字韵母或韵母主要成分相同或相近的现象。
61 叠字:两个相同的字连用,比如"寻寻觅觅"。双声字:声母相同的两个字连用。
62 纵恣(zòngzì):尽情地,无拘无束地。悲怆(chuàng):悲伤。
63 失之皮相:被表面现象吸引,而错过了更本质的东西;皮相,表面现象。
64 百无聊赖(liáolài):指思想感情没有事物可以寄托,非常空虚无聊。
65 东张西望:成语,东看看,西看看;形容到处寻觅、窥探。
66 得救:得到救援,被救。
67 寄托:把理想、情感放在某人或某事物上。
68 不禁(jīn):抑制不住,不由得。屏(bǐng)息凝神:屏住呼吸,集中精神。
69 吐(tǔ):说出,抒发。
70 欲罢(bà)不能:想停止却停不下来;罢,停止。
71 以为:认为。
72 一季之候:一个季节的气候。
73 砭(biān)骨:寒冷刺骨。
74 故言:所以说。
75 解:解释。
76 《永遇乐》:词牌名。
77 愠(yùn):闷热烦躁。
78 霁(jì):雨后初晴。
79 自属:自然属于,当然属于。
80 无殊:没有差别。
81 俞(Yú)平伯(1900—1990):著名昆曲研究家、《红楼梦》研究家、我国现代著名文学家。
82 殆(dài)因:大概因为。云云:放在句末,表示"如此、这样"等意思。
83 扶头酒:能让人精神振作的好酒,喝多了就容易醉。
84 彼词:就是指《念奴娇》这首词。征鸿:远飞的大雁。
85 《草堂诗余别集》:词集名,清代何绍基(1799—1873)编撰。《词综》:词集名,清代朱彝尊(Yízūn)(1629—1709)编撰。《词选》:词集名,清代张惠言(1761—1802)编撰。
86 卯(mǎo)时:这是中国古代的计时法,相当于现在的早晨五点到七点。
87 抵事:顶事,能解决问题。
88 往昔:往日、过去,从前。
89 未必:不一定。
90 寄怀乡之意:寄托怀念家乡的含义。
91 赵嘏(Gǔ):生卒年不详,唐代诗人。
92 近之:和它相近。
93 是:正确。
94 残英满地:花儿凋谢,花瓣掉了一地。

○95 **值**:正当……的时候。
○96 **确解**:确切解释。
○97 **萎(wěi)**:枯槁,凋谢。
○98 **及**:等到。
○99 **断句**:古书没有标点符号,诵读时根据文义作停顿,或同时在书上按停顿加圈点,叫做断句。
○100 **秦观(1049—1100)**:北宋词人,"苏门四学士"之一,有《淮海集》。**《鹧鸪(zhègū)天》**:词牌名。
○101 **芳樽**:装满美酒的酒杯。
○102 **甫(fǔ)**:副词,方才,刚刚。
○103 **着(zhuó)笔**:落笔,下笔。
○104 **脱胎**:比喻一事物由另一事物孕育变化而产生。**淮海**:这里就是指秦观。
○105 **《更漏子》**:词牌名。
○106 **蹊(xī)径独辟**:成语,也作"独辟蹊径",单独开辟一条小路;比喻新颖别致,和别人不同。
○107 **庾(Yú)信(513—581)**:南北朝文学家。
○108 **斛(hú)**:中国古代计量单位,一斛等于十斗,约等于100升。
○109 **戛(jiá)然而止**:突然结束。
○110 **不了了之**:了,完毕,结束;该办的事情没有办完,放在一边不管,听其自然无限期地拖延下去,就算完事了。
○111 **倾泻(qīngxiè)**:倾吐,把心里话全说出来。
○112 **包举**:总括,全部都包含。
○113 **枝蔓(màn)**:枝节,比喻文词烦琐纷杂。
○114 **逐**:副词,依次,按顺序,一个一个地。
○115 **扣**:符合,相符。
○116 **抒情小赋**:六朝时期非常流行"赋"这种文体,它又细分为大赋和小赋,大赋多描绘景观,小赋多抒情咏怀。**神髓(suǐ)**:比喻精华。
○117 **假**:借助。
○118 **诚属**:确实属于。**难能可贵**:居然做到了难做之事,十分可贵。

第二十七课

陆 游

课 文

　　陆游(1125—1210),字务观,号放翁,浙江绍兴人,是继李白、杜甫、白居易、苏轼之后出现的又一位伟大的诗人。他不仅创作了一万多首诗歌,内容丰富,数量惊人,而且以杜甫的现实主义风格为体,以李白的浪漫主义风格为用①,集前人之大成,成为中国古代最后一位超一流②的大诗人。

　　陆游在诗、词、文各方面都表现出了突出的才能。其中,不论数量还是质量,不论是作家作品本身的感染力,还是它们在文学史上的地位,陆游的诗歌创作所取得的成就都非常出色,又尤以爱国诗价值最高。由于陆游始终是以一个爱国志士的身份来写爱国诗的,因而他以诗明志③、以诗报国的目的非常明确。这些诗题材广泛,感情真挚,想象奇特,热情讴歌了北伐④抗战、收复失地的理想,表现了坚定的爱国信念。

　　陆游的爱国诗具有高度的抒情性。它们以深沉、雄厚、郁结的风格作为抒发爱国思想的基调⑤,把《诗经》的风雅、屈原的浪漫、陶渊明的淳朴、王维的静穆、岑参的恣肆、⑥李白的雄奇、杜甫的沉郁、苏轼的飘逸融为一体,将前人的风格吸收融化,形成了集大成者的一家之风。

　　在南宋的时代风格基础上,陆游还采用了李白奔放、激昂的表现手法,具体表现在以下几个方面:第一,悲愤与哀伤、抑郁与希望、难堪的境遇与渴望复国的激情交织⑦共存、错综复杂,直接影响了诗作转折变幻的布局、一气贯注的节奏、瑰玮⑧奇特的想象以及清壮顿挫的笔力;第二,诗人善于突破现实所带来的压抑感、沉郁感,以慷慨激昂、意气风发⑨的浪漫主义情调抒发爱国之情;第三,语言宏丽恣肆,多豪壮语、感慨语、反问语、夸张语,豪迈纵横,气魄雄健。

① **体、用**:是一组对立统一的范畴。**体**:指根本原则;**用**:指具体方法。体与用的关系,是本质与现象,根据与表现,一与多,全与偏,主要与次要等多种关系的概括。
② **超一流**:超出一流水平,指达到了极高的境界。
③ **以诗明志**:用诗歌来表明志向。
④ **讴(ōu)歌**:歌颂,赞美。**北伐**:这里指南宋政权向北进军,收复失地。
⑤ **基调**:主要观点,基本思想。
⑥ **静穆(mù)**:安静而严肃。**恣肆(zìsì)**:言谈、文笔等豪放潇洒。
⑦ **交织**:错综复杂地合为一体。
⑧ **一气贯注**:形容在结构和气势上没有转折或停顿,不间断地形成诗文。**瑰玮(guīwěi)**:瑰丽奇伟。
⑨ **慷慨激昂(kāngkǎi jī'áng)**:形容语调高亢有力,情绪激奋昂扬。**意气风发**:形容精神振奋,气概豪迈。

书　愤⑩

早岁那知世事艰,中原北望气如山⑪。
楼船夜雪瓜洲渡⑫,铁马秋风大散关⑬。
塞上长城空自许⑭,镜中衰鬓已先斑⑮。
《出师》一表⑯真名世,千载谁堪伯仲间⑰!

秋夜将晓出篱门迎凉有感⑱

三万里河⑲东入海,五千仞岳上摩天⑳。
遗民泪尽胡尘里㉑,南望王师㉒又一年。

十一月四日风雨大作㉓

僵卧荒村不自哀㉔,尚思为国戍轮台㉕。
夜阑㉖卧听风吹雨,铁马冰河入梦来。

示　儿㉗

死去元知万事空,但悲不见九州同㉘。
王师北定中原日,家祭无忘告乃翁㉙。

注　释

⑩ **书**:写。**书愤**:就是表达内心的悲愤、愤懑的情感。
⑪ **中原北望气如山**:北望中原,非常愤慨,收复失地的意志象山一样高大坚定。
⑫ **楼船**:指战舰。**瓜洲渡**:瓜洲渡口,瓜州是当时的军事重地,在今天的江苏省镇江一带的长江北岸。
⑬ **铁马**:披着铁甲的战马。**大散关**:也叫散关,在今天陕西省宝鸡市西南的大散岭上,是南宋的边防重镇。这两句写南宋军队抗击金兵侵犯的史实,并回顾自己的经历。
⑭ **自许**:自己称赞自己。白白以塞上长城自许,指自己抗敌保国的宏大理想落空了。
⑮ **衰鬓**(shuāibìn):人老时鬓发疏落。**斑**:花白。
⑯ **《出师》一表**:指《出师表》,公元227年,后蜀诸葛亮向后主刘禅(Shàn)上《出师表》,申述北伐曹魏的决心。**表**:古代臣子向皇帝上书的一种文体,多用于陈述衷情。
⑰ **伯仲**:兄弟;指相并列,有资格做比较。这两句话的意思是,《出师表》曾经名扬于世,千年以来有谁能和他的作者诸葛亮相提并论呢?
⑱ **秋夜将晓出篱门迎凉有感**:这首诗写于1192年秋。这个题目下,陆游一共写了两首诗,这是第二首。
⑲ **河**:指黄河。
⑳ **仞**(rèn):中国古代长度单位,一仞等于八尺,约2.67米;五千仞是一个概数,形容非常高。**岳**(Yuè):指西岳华山;中国有五岳,分别是东南西北中五个方位的五大名山。**摩天**

(mótiān):迫近高天,常形容建筑物或山极高。
㉑ **遗民**(yímín):指改朝换代后仍效忠前一朝代的人,这里指北宋灭亡、南宋建立以后,还居住在原北宋境内、受金人统治的宋朝人民。
㉒ **王师**:指南宋官军。
㉓ **十一月四日风雨大作**:这首诗写于1192年农历十一月。这个题目下,陆游也写了两首诗,这也是第二首。
㉔ **僵**(jiāng)**卧**:卧倒不起。**不自哀**:不为自己的境遇哀叹。
㉕ **戍**(shù):驻守边关。**轮台**:地名,今天的新疆维吾尔自治区轮台县;这里泛指西北边疆。
㉖ **夜阑**(lán):夜将尽。
㉗ **示儿**:这是诗人去世前所作的绝笔诗,作于1210年春。**示**:给……看。
㉘ **九州**:全国;"九州同"就是统一全国的意思。
㉙ **乃翁**(nǎiwēng):你的父亲,作者的自称。

(一) 背诵

陆游的《十一月四日风雨大作》

(二) 填空

1. 陆游是继李白、杜甫、白居易、苏轼之后出现的又一位伟大的诗人。他不仅创作了_____多首诗歌,内容丰富,数量惊人,而且以_____的现实主义风格为体,以_____的浪漫主义风格为用,集前人之大成,成为中国古代_____的大诗人。

2. 陆游的爱国诗具有高度的_____性。它们以深沉、雄厚、郁结的风格作为抒发爱国思想的_____,把《诗经》的_____、屈原的_____、陶渊明的_____、王维的_____、岑参的_____、李白的_____、杜甫的_____、苏轼的_____融为一体,将前人的风格吸收融化,形成了集大成者的一家之风。

(三) 思考题:

陆游诗歌在哪几个方面受到了李白诗歌的影响?

陆游，作为一位伟大的诗人，对当时和后世都发生过积极的影响，与陆游交往相接而在诗法上有渊源关系的，是称为上饶二泉的赵蕃和韩淲。稍后的永嘉四灵虽学唐人而实际上是"用陆之法度"，"多酷似处"（《诗人玉屑》卷十九）。至于江湖派中的苏泂、戴复古和刘克庄，则更是直接师承陆游的。苏、戴二人是陆游的弟子。刘克庄虽然没有得到陆游的亲自指教，但他却倾心学陆，自称"由放翁入"（《刻楮集》自序），他和宋末的林景熙等诗人，都能继承并发扬陆诗的爱国主义精神。到了清代，出现了许多学习或研究陆游的诗人和学者，如汪琬、王士祯、查慎行、郑板桥、赵翼、方东树等，都喜欢把陆游和杜甫相提并论。陆游的爱国主题，对后人的教育意义很大。清末的爱国志士愤恨帝国主义侵略者的凶残，痛感国势之微弱，纷纷诵读和提倡陆游的作品，以寄托发奋图强之心。梁启超就曾经热烈地歌颂陆游说："诗界千年靡靡风，兵魂销尽国魂空。集中什九从军乐，亘古男儿一放翁！"（《读陆放翁集》）这种推崇正好说明陆游的作品在清末反侵略斗争中也起了巨大的作用。

(程千帆、吴新雷著《两宋文学史》，
上海古籍出版社1991年版，第323—324页)

名篇欣赏

钗头凤㉚

红酥手㉛，黄縢酒㉜，满城春色宫墙柳。东风㉝恶，欢情薄，一怀愁绪，几年离索㉞。错，错，错！　春如旧，人空瘦，泪痕红浥鲛绡透㉟。桃花落，闲池阁。山盟㊱虽在，锦书难托㊲。莫，莫，莫㊳！

卜算子㉟·咏梅

驿㊵外断桥边，寂寞开无主。
已是黄昏独自愁，更著㊶风和雨。
无意苦争春，一任群芳㊷妒。
零落成泥碾作尘，只有香如故。

关 山 月

和戎诏下十五年㊸，将军不战空临边㊹。
朱门沉沉按歌舞㊺，厩马肥死弓断弦㊻。
戍楼刁斗催落月㊼，三十从军㊽今白发。
笛里谁知壮士㊾心？沙头空照征人㊿骨。
中原干戈51古亦闻，岂有逆胡传子孙52！
遗民忍死望恢复，几处今宵垂泪痕。

注　释

㉚ **钗头凤**：词牌名。此词作于1155年，陆游初娶唐琬(Wǎn)为妻，夫妻感情很好。因为陆母不喜欢唐琬，夫妻俩被迫分离，一个另娶，一个改嫁。后来两人在沈园相遇(沈园在今天的浙江绍兴)，陆游心中伤感，题此词于壁上。
㉛ **红酥**(sū)**手**：形容女子的手红润细嫩。
㉜ **黄滕**(téng)**酒**：就是黄酒，是绍兴一带的特产。
㉝ **东风**：这里比喻母亲；借东风吹拂，春天过去，比喻母亲结束了自己美满幸福的婚姻。
㉞ **离索**(lísuǒ)：分离独居。
㉟ **浥**(yì)：湿润。**鲛绡**(jiāoxiāo)：手帕；鲛是传说中的美人鱼，能织绡(一种丝织品)。这句话是说，伤心的泪水湿透了手帕。
㊱ **山盟**(méng)：指男女永久相爱的誓言，成语有"山盟海誓"。
㊲ **锦**(jǐn)**书**：情书。**托**：寄。
㊳ **莫**：罢了；这里有无可奈何只好作罢的意思。
㊴ **卜算子**：词牌名。
㊵ **驿**(yì)：古代机构的名称，掌管投递公文、转运官物，以及供往来官员休息、换马。
㊶ **著**(zhuó)：附着，这里指经受。
㊷ **一任**：完全任凭。**群芳**：指百花。
㊸ **戎**(Róng)：中国古代对西部少数民族的称呼，这里指金人。**诏**(zhào)：诏书，皇帝颁发的命令文告。这句话叙述历史，1163年，南宋皇帝派遣使臣和金人议和，至此已经十五年了。
㊹ **空临边**：白白地到边关去。

㊺ **朱门**:贵族的家里,因为古代的贵族官僚家庭用朱红颜色涂饰大门。**沉沉**:形容房屋很大很深,一眼看不完。**按歌舞**:按照音乐节拍唱歌跳舞。

㊻ **厩**(jiù):马棚。这两句话是形容议和后的安逸生活,在贵族官僚的大房子里,人们沉溺在歌舞享乐之中;马棚里的战马因肥胖而死,战弓闲置不用,弦已经断了。

㊼ **戍楼**:边关上防守敌情的岗楼。**刁斗**:古代军中打更用的铜器。这句话是说,在刁斗声中,时间白白流逝了。

㊽ **从军**:指参加军队。

㊾ **壮士**:勇士,心雄胆壮的人,意气豪壮而勇敢的人。

㊿ **征人**:出征的人,指士兵,军人。

(51) **中原**:黄河中下游地区,通常用来指代汉族人民居住生活的区域。**干戈**(gāngē):干与戈,古代常用兵器,比喻战争。

(52) **胡**:中国古代称北方和西方的民族为胡,这里指金人。这句话叙述历史,自从金人侵占中原以来,已经传国四世,经历了四个皇帝。

第二十八课

辛弃疾

课　文

辛弃疾(1140—1207),字幼安,号稼轩,山东历城人,是中国南宋最伟大的词作家,他充实、巩固并极大地发展了苏轼所开创的豪放风格。面对南宋王朝偏安一隅①的伤心局面,辛弃疾始终是一位积极进取、干预政治、"气吞万里如虎"②的爱国志士,他将"壮士悲歌"的情感、"挑灯看剑"的渴望和"栏杆拍遍"的痛苦都熔铸到词作之中,以大量的创作,登上了豪放词派的最高峰。

辛弃疾在词作中,塑造了许多鲜明生动、虎虎有生气③的艺术形象,信念坚定、雄姿威武、抱负远大、龙腾虎跃④。辛弃疾善于发挥浪漫主义的想象,用象征的手法使人物形象、景物描写和感情抒发冲破时空的局限,在更宽广的天地里驰骋⑤;他善于运用跳跃、顿挫的运思⑥方式,增强时空的跨度和感情的起伏,尤其擅长于将最凝重的感情熔铸于词作的整体布局之中来展现奔涌恣肆的想象,从而加强豪放风格的底蕴和气势;他还善于把常人看来微不足道的景物、事物与抗战爱国的重大主题联系起来,使平凡的细节变得不同凡响⑦。尤其是,辛词寓⑧刚健于温柔,寓悲愤于闲适⑨,寓庄严于谐谑⑩,使他的豪放词格外深沉。

从表现手法上来讲,辛弃疾以诗为词,以文为词,把一切文学手段都调集到词的写作之中。其特点有:第一,善于用典⑪,尤其喜欢将历史上的英雄人物、悲剧人物的典故组合起来使用,形成典中套典,层层深入的特点,以历史的厚重来加强他的爱国主题。第二,辛弃疾凭借词言志抒情,必然就要加强词的议论性,但是,辛词的议论性往往借助生动的形象,因而切中要害,画龙点睛⑫,发人深省⑬。第三,善于运用比兴、比拟⑭、比喻等修辞手法,构思巧妙,手法奇特,显示了浑然天成的艺术效果。第四,语言的运用技巧已经达到了集优荟萃、炉火纯青⑮的境界,既精美又通俗,雅俗共赏。第五,把散文的句式纳入词的写作之中,是辛弃疾的一大创造。这不仅使柳永、苏轼以来的铺叙手法更趋成熟,而且也使辛弃疾雄踞词坛之巅⑯。

注　释

① 偏安一隅(yú):指封建王朝失去中原而苟安于仅存的部分领土。
② 气吞万里如虎:形容气魄很大。
③ 虎虎:形容威武。生气:活力,生命力。
④ 龙腾虎跃(lóngténg hǔyuè):如蛟(jiāo)龙飞腾,猛虎跳跃,形容威武雄壮。
⑤ 驰骋(chíchěng):骑马奔跑,奔驰。
⑥ 运思:思考,思维。
⑦ 不同凡响:凡响,平凡的音乐;形容事物不同寻常(多指文艺作品)。
⑧ 寓(yù):寄托。
⑨ 闲适:清闲安适。
⑩ 谐谑(xiéxuè):幽默诙谐,引人发笑。
⑪ 用典:"典"就是典故,在诗文等作品中,引用古书中的故事或有出处的词句,叫做"用典"。
⑫ 画龙点睛:唐代张彦远《历代名画记》中记载,著名画家张僧繇(Yáosēng)在墙壁上画了一条龙,但是没有画眼睛,说是画上眼睛,龙就活了。众人不信,张被迫给龙点上了眼睛,这条龙果然活了,离开墙壁飞走了。后来用这个成语比喻绘画、作文在紧要之处加上一笔,使其灵活而有神。
⑬ 发人深省(xǐng):成语,省,检查,醒悟;启发人进行深刻的检查,使人醒悟。
⑭ 比兴:诗歌表现手法之一,以他事引起此事叫起兴,又简称兴,或者比兴。比拟(bǐnǐ):修辞手法的一种,包括拟人和拟物。
⑮ 荟萃(huìcuì):(杰出的人物或精美的东西)会集,聚集。炉火纯青:本来指炼丹术士炼至炉火呈现纯净的青色时才能成功,现在作为成语,比喻知识和技艺达到博大精深的地步。
⑯ 踞(jù):占据。巅(diān):顶峰,事物的最高峰。

作 品

青玉案⑰·元夕⑱

　　东风夜放花千树⑲,更吹落、星如雨⑳。宝马雕车㉑香满路。凤箫㉒声动,玉壶㉓光转,一夜鱼龙㉔舞。　蛾儿雪柳黄金缕㉕,笑语盈盈㉖暗香去。众里寻他千百度㉗。蓦然㉘回首,那人却在,灯火阑珊㉙处。

清平乐㉚·独宿博山王氏庵㉛

　　绕床饥鼠,蝙蝠翻灯舞㉜。屋上松风吹急雨,破纸窗间自语㉝。　平生塞北江南㉞,归来华发苍颜㉟。布被秋宵梦觉㊱,眼前万里江山。

破阵子㊲·为陈同甫㊳赋壮词以寄之

　　醉里挑灯看剑,梦回吹角连营㊴。八百里分麾下炙㊵,五十弦翻塞外声㊶。沙场秋点兵㊷。　马作的卢㊸飞快,弓如霹雳㊹弦惊。了却君王天下事㊺,赢得生前身后名。可怜白发生!

注 释

⑰ **青玉案**:词牌名。
⑱ **元夕**:就是元宵节,是中国传统节日,在每年的正月十五,这一天的晚上要赏玩花灯。
⑲ **东风夜放花千树**:夜晚满城灯火,好像春风吹过,花开千树。
⑳ **更吹落、星如雨**:"星如雨"形容满天焰火。
㉑ **宝马雕(diāo)车**:装饰华美的车马。
㉒ **凤箫(xiāo)**:排箫,一种吹奏乐器。
㉓ **玉壶(hú)**:指月亮。
㉔ **鱼龙**:指鱼灯,龙灯。
㉕ **蛾(é)儿**:女子在元宵节戴的头饰。**雪柳**:女子在元宵节戴的头饰。**黄金缕**:女子在元宵节戴的头饰。
㉖ **盈盈**:美好的样子。
㉗ **度**:量词,回,次。
㉘ **蓦(mò)然**:忽然。

㉙ **阑珊**(lánshān):零落,稀少。
㉚ **清平乐**:词牌名。
㉛ **博山**:地名,在今天的江西省广丰县西南。**庵**(ān):茅草屋。
㉜ **翻灯舞**:在灯前来回飞舞。
㉝ **自语**:自己说话,形容窗纸被风吹得作响。
㉞ **平生塞北江南**:自己这一生,走遍了塞北江南。**塞北**:指长城以北地区。
㉟ **归来**:这里指罢官回家。**华发**:白发。**苍颜**:苍老的容貌。
㊱ **梦觉**(jué):从梦中醒来。
㊲ **破阵子**:词牌名。
㊳ **陈同甫**:即南宋爱国主义词人陈亮(1143—1194),辛弃疾的好友。
㊴ **梦回吹角连营**:在梦中,仿佛回到了军营,又听到了军队的号角声。
㊵ **八百里**:诗歌中常以"八百里"代称牛,这里有双关的意味,一指牛,一指长途征战。**麾**(huī):军旗。**炙**(zhì):烤肉。
㊶ **五十弦**(xián):指各种乐器。这句是在说,乐队演奏着悲壮的歌曲。
㊷ **沙场**:古代练兵、检阅的场所;战场也叫做沙场。**点兵**:练兵检阅。
㊸ **的卢**(dílú):一种名马的名字,跑得非常快。
㊹ **霹雳**(pīlì):又急又响的雷,这里比喻猛烈的弓弦声。
㊺ **了**(liǎo)**却**:了结,办理好。**天下事**:指恢复中原,完成统一大业。

练习

(一) 背诵
辛弃疾的《清平乐》(独宿博山王氏庵)

(二) 填空
辛弃疾,字幼安,号稼轩,山东历城人,是中国南宋时期_____的词作家,他充实、巩固并极大地发展了_____所开创的豪放风格。面对南宋王朝偏安一隅的伤心局面,辛弃疾始终是一位_____、干预政治、"气吞万里如虎"的爱国志士,他将"壮士悲歌"的情感、"挑灯看剑"的渴望和"栏杆拍遍"的痛苦都_____到他的词作之中,以大量的创作,登上了_____的最高峰。

(三) 思考题:
1. 辛弃疾采用了一些什么样的手段加强了词作的豪放性?
2. 请结合具体的作品分析辛弃疾豪放词的表现手法。

文学史知识提示

辛弃疾在词史上是一位划时代的作家。正如《四库全书总目·稼轩词》提要所云:"其词慷慨纵横,有不可一世之慨,于倚声家为变调,而异军特起,能于翦红刻翠之外,屹然别立一宗,迄今不废。"……辛弃疾的艺术实践给词坛带来了深远的影响。他启发作家们如何从事生活实践,从而使自己的作品为进步的政治理想服务;如何从事艺术实践,从而打破传统的束缚,有胆有识地进行创造性的新变。《宋四家词选·目录序论》说:"苏、辛并称。东坡天趣独到处,殆成绝诣,而苦不经意,完璧甚少。稼轩则沉着痛快,有辙可循,南宋诸公无不传其衣钵,固未可同年而语也。"这指出了辛词在影响上超过了苏词,南宋的豪放派爱国词都是"传其衣钵"者。和辛弃疾同时或稍晚的时代里,受辛词影响的词人约五十多家,著名的如陆游、韩元吉、陈亮、刘过、袁去华、杨炎正、刘仙伦、赵善括、黄机、岳珂、程垓和稍后的刘克庄、戴复古、吴潜、陈人杰、文天祥、刘辰翁等,都在其内。辛弃疾的成就不仅影响了南宋的爱国词坛,而且一直影响到晚清和现代。

(程千帆、吴新雷著《两宋文学史》,
上海古籍出版社1991年版,第323—324页)

名篇欣赏

菩萨蛮·书江西造口㊽壁

郁孤台下清江㊼水,中间多少行人㊽泪。西北望长安㊾,可怜无数㊿山。 青山遮不住,毕竟东流去㉛。江晚正愁予㉜,山深闻鹧鸪㉝。

摸鱼儿㊋

淳熙己亥㊌,自湖北漕移㊍湖南,同官王正之置酒小山亭㊎,为赋㊏。

更能消㊐几番风雨,匆匆春又归去。惜春长怕花开早,何况落红㊑无数。春且住㊒,见说道、天涯芳草无归路㊓。怨春不语。算㊔只有殷勤,画檐㊕蛛网,尽日惹飞絮㊖。　　长门事㊗,准拟㊘佳期又误。蛾眉曾有人妒㊙,千金纵买相如赋㊚,脉脉㊛此情谁诉?君莫舞㊜,君不见、玉环飞燕㊝皆尘土!闲愁最苦。休去倚危栏㊞,斜阳正在,烟柳断肠处。

清平乐㊟

茅檐低小,溪上青青草。醉里吴音相媚㊠好,白发谁家翁媪㊡?　　大儿锄㊢豆溪东,中儿正织鸡笼。最喜小儿无赖㊣,溪头卧剥莲蓬㊤。

注　释

㊶ **造口**:即皂口镇,在今天的江西省万安县西南。
㊷ **郁孤台**:地名,在今天江西省赣(Gàn)州市西南。**江**:这里指赣江。
㊸ **行人**:过路的人。江水里面有多少过路的人流下的眼泪啊!这句话暗指北宋末年,金兵追赶宋哲宗皇帝的皇后孟氏的御舟,一直追到这一带,因为追不上,孟皇后才脱险。后来南宋人民来到这个地方,想起皇后被追杀的屈辱,总要流下眼泪。
㊹ **长安**:地名,汉、唐等朝的都城,就是今天的陕西省西安市。
㊺ **可怜**:可惜。这两句的意思是,向西北方向遥望故都长安,可惜被无数山峰挡住了视线;言外之意是感叹中原地区长期沦陷,至今不得收复。
㊻ 这两句的意思是,青山挡得住北望的视线,却挡不住赣江水向东流去。这里用奔流不息的江水,比喻自己对故土的深情,还有北伐抗金的决心。
㊼ **愁予**:愁,使动用法,使……忧愁;予,我;愁予,让我发愁。
㊽ **鹧鸪**(zhègū):一种鸟的名字,传说这种鸟的叫声好像在说"行不得也哥哥"。
㊋ **摸鱼儿**:词牌名。
㊌ **淳熙**(Chúnxī)**己亥**(jǐhài):指淳熙六年,即1179年,"淳熙"是宋孝宗赵昚(Shèn)的年号。
㊍ **漕**(cáo):漕司,官职名称,是转运使的简称,主要负责国家的粮食的水路运输。**移**:调任。这一年,作者由湖北转运副使调任湖南转运副使。
㊎ **同官**:一起做官的人,同事。**置酒**:指设酒席为作者送行。**小山亭**:地名,在鄂(È)州(今天的湖北武昌)。
㊏ **为赋**:为答谢而写此词。
㊐ **更**:再。**消**:消受,经受住。
㊑ **落红**:落花。

㉑ 且住:暂时留下。
㉒ 见说道:听说。这句话是说,听说,无边的芳草遮断了春天回去的路。
㉓ 算:算来,想来。
㉔ 殷勤(yīnqín):勤奋,勤勉。檐(yán):房顶伸出墙壁的部分。
㉕ 惹:招惹,这里的意思是沾住。絮(xù):柳絮,春天的时候柳树会长出白色絮状物,随风飞舞。
㉖ 长门事:指汉武帝的陈皇后失宠后被贬到长门宫居住。
㉗ 准拟:预定好。
㉘ 蛾眉:美好的眉毛,比喻美人。这两句话的意思是,因为有人嫉妒陈皇后,所以向皇帝说了她的坏话,本来皇帝皇后约好了相会,但是最终没有见面。
㉙ 千金纵买相如赋:陈皇后失宠后,曾经以重金请当时的文学家司马相如写《长门赋》呈给皇帝,皇帝看后很受感动。
㉚ 脉(mò)脉:眼神含情的样子。
㉛ 君:你们。舞:有洋洋得意的意思。
㉜ 玉环:杨玉环,唐玄宗的妃子,被封为贵妃,极受宠爱,后来唐玄宗被军队逼迫,命令她自杀而死。飞燕:赵飞燕,汉成帝的皇后,很受皇帝宠爱,最后被废自杀。
㉝ 危栏:高楼上的栏杆。
㉞ 清平乐:词牌名。
㉟ 吴音:南方口音,南方话。媚(mèi):美好,可爱。老夫妇喝醉了,说着南方话,格外美好。
㊱ 翁(wēng):男性老人。媪(ǎo):老年妇女。
㊲ 锄(chú):用锄头整理田地,除草。
㊳ 无赖:清闲,没有事情做。
㊴ 莲蓬(liánpeng):莲花开过后的花托,倒圆锥形,里面有莲子,可以吃。

第二十九课

宋代的小说与戏剧

课 文

　　随着唐、宋两代城市经济的不断发展,市民阶层的人口逐渐增长,中国文学也同时在不断地市民化、通俗化。宋代的白话小说和戏剧是受到隋、唐以来的变文①、各种歌舞形式、民间的说唱艺术等诸多影响而形成的市民文艺,它们标志着中国文学已经进入到了一个全新的时代。

　　宋代的白话小说又称"话本",就是民间"说话"艺术的底本②。"说话"就是讲故事。"说话"艺术分为"小说"、"讲史"、"讲经"、"说浑话③"四类,其中以"小说"与"讲史"两类成就最大。"小说"大致可分为爱情小说、社会问题小说、豪侠小说和神怪小说四类。现存影响较大的有《碾玉观音》、《闹樊楼多情周胜仙》、《志诚张主管》、《错斩崔宁》、《快嘴李翠莲记》等作品。它们擅长于动作、语言和心理的描写,尤其善于在情理之中制造悬念④,具有引人入胜⑤的情节。"讲史"专讲历代兴亡⑥的历史故事,比较重要的作品有《五代史平话》、《三国志平话》、《大宋宣和遗事》、《大唐三藏取经诗话》等。它们通过历史人物的理想化、类型化,来表达鲜明的爱憎⑦,富有浪漫的色彩和艺术的感染力,对宋元⑧以后长篇小说的产生具有重要的奠基之功。

　　宋代戏剧分为杂剧和南戏两种。它们从角色分工、表演程式、韵律宫调⑨等各个方面为元代杂剧和明清传奇两大流派的形成奠定了基础。宋代杂剧是继承了唐代各种歌舞艺术、说唱艺术的传统,在新的时代精神引导下,把它们综合起来而形成的一种综合性艺术,所以叫"杂剧"。宋代杂剧现存剧目⑩280多种,影响较大的有《相如文君》、《陈桥兵变》、《赤壁鏖兵》、《杜甫游春》等作品。从广义上来讲,宋代南戏也可以泛称为杂剧,但由于它们在很多方面具有较强的地域性(以浙江温州为中心),因此人们习惯上称它们为"南戏"。南戏的代表作有《王魁》、《赵贞女》、《张协状元》、《小孙屠》、《宦门弟子错立身》等。

① **变文**:唐代通俗文学的一种,是寺院僧侣向听众作佛教的通俗宣传的文体,把佛经转变成为通俗易懂的故事,讲一段,唱一段,叫做变文。
② **底本**:这里指提供故事基本情节的稿本,说话人常常增添发挥。
③ **浑话**:开玩笑的话。
④ **悬念**(xuánniàn):文艺作品中,作者为了提高作品的吸引力,有意在对情节发展和人物命运方面设置一些疑问,不马上做出回答,就是悬念。
⑤ **引人入胜**:把人引进佳境,多指来自自然景色的美丽或文艺作品的吸引。
⑥ **兴亡**:兴盛与衰亡。
⑦ **爱憎**(àizēng):爱和恨。
⑧ **元**(1279—1368):朝代名。
⑨ **程式**:规定的形式,一定的程序。**韵律**(yùnlǜ):平仄(zè)和押韵规范。**宫调**(gōngdiào):古代乐曲曲调的总称。
⑩ **剧目**:传统戏剧和歌剧的名称。

闹樊楼多情周胜仙(节选)

如今且说那大宋徽宗朝年东京⑪金明池边,有座酒楼,唤作⑫樊楼。这酒楼有个开酒肆⑬的范大郎。兄弟⑭范二郎,未曾有妻室⑮。时值春末夏初,金明池游人赏玩作乐。那范二郎因⑯去游赏,见佳人才子如蚁⑰。行到了茶坊⑱里来,看见一

个女孩儿,方年二九⑲,生得花容月貌。这范二郎立地多时,细看那女子,生得:

  色色易迷难拆⑳,隐深闺㉑,藏柳陌㉒。足步金莲㉓,腰肢一捻㉔,嫩脸映桃红,香肌晕玉白。娇姿恨惹狂童,情态愁牵艳客㉕。芙蓉帐里作鸾凰,云雨此时何处觅㉖?

  原来情色都不由你。那女子在茶坊里,四目相视,俱各有情。这女孩儿心里暗暗地喜欢,自思量㉗道:"若是我嫁得一个似这般子弟㉘,可知好哩!今日当面挫过㉙,再来那里去讨?"正思量道:"如何着个道理㉚和他说话?问他曾娶妻也不曾?"那跟来女子和奶子㉛,都不知许多事。你道好巧!只听得外面水盏㉜响。女孩儿眉头一纵,计上心来㉝,便㉞叫:"卖水的,倾㉟一盏甜蜜蜜的糖水来。"那人倾一盏糖水在铜盂儿㊱里,递与那女子。那女子接得在手,才上口一呷㊲,便把那个铜盂儿望空打一丢㊳,便叫:"好好!你却来暗算我!你道我是兀谁㊴?"那范二听得道:"我且㊵听那女子说。"那女孩儿道:"我是曹门里周大郎的女儿,我的小名叫作胜仙小娘子,年一十八岁,不曾吃人暗算㊶。你今却来算我!我是不曾嫁的女孩儿。"这范二自思量道:"这言语跷蹊㊷,分明是说与㊸我听。"这卖水的道:"告小娘子!小人怎敢暗算!"女孩儿道:"如何不是暗算我?盏子里有条草。"卖水的道:"也不为利害㊹。"女孩儿道:"你待算㊺我喉咙。却恨我爹爹㊻不在家里,我爹若在家,与你打官司。"奶子在傍边㊼道:"却也叵耐这厮㊽!"茶博士㊾见里面闹吵,走入来㊿道:"卖水的,你去把那水好好挑出来。"对面范二郎道:"他既过幸㊼与我,如何我不过幸?"随即也叫:"卖水的,倾一盏甜蜜蜜糖水来。"卖水的便倾一盏糖水在手,递与范二郎。二郎接着盏子,吃一口水,也把盏子望空一丢,大叫起来道:"好好!你这个人真个要暗算人!你道我是兀谁?我哥哥是樊楼开酒店的,唤作范大郎,我便唤作范二郎,年登一十九岁,未曾吃人暗算。我射得好弩㊾,打得好弹㊿,兼我不曾娶浑家㊼。"卖水的道:"你不是风㊽!是甚意思,说与我知道?指望我与你作媒?你便告到官司㊾,我是卖水,怎敢暗算人!"范二郎道:"你如何不暗算?我的盂儿里,也有一根草叶。"女孩儿听得,心里好欢喜。茶博士入来,推那卖水的出去。女孩儿起身来道:"俺们回去休㊿。"看着那卖水的道:"你敢随我去?"这子弟思量道:"这话分明是教我随他㊼去。"只因㊽这一去,惹出一场没头脑㊾官司。

注　释

⑪ **东京**:指北宋京城汴京,在现在的河南开封一带。
⑫ **唤作**:叫做。
⑬ **酒肆**(sì):卖酒的店铺。
⑭ **兄弟**:弟弟。

⑮ **未曾有**:还没有。**妻室**:妻子。
⑯ **因**:介词,趁着,趁便。
⑰ **如蚁**:像蚂蚁一样,形容人很多。
⑱ **茶坊**(fāng):卖茶的店铺。
⑲ **二九**:两个九,即十八岁。
⑳ **色色易迷难拆**:姑娘容貌美丽出众,很容易让人着迷,着迷了难以清醒。
㉑ **深闺**(guī):还没有出嫁的女孩子的卧室叫做"闺房";深闺,指有钱人家女子的闺房。
㉒ **柳陌**(liǔmò):长着柳树的街道;陌,街道。
㉓ **金莲**:古代妇女的小脚。
㉔ **捻**(niǎn):用大拇指和其他手指夹住;这里形容腰很细。
㉕ 这两句是说那姑娘的神态娇媚,非常吸引人。
㉖ 这两句话是想象和她结成夫妻,生活的美妙。
㉗ **思量**(sīliang):思索,想。
㉘ **似这般**:像这样的。**子弟**:年轻人。
㉙ **挫**(cuò)**过**:同"错过"。
㉚ **着**(zhuó):用。**道理**:办法。
㉛ **奶子**(nǎizi):奶妈。
㉜ **盏**(zhǎn):浅而小的杯子。
㉝ **计上心来**:她想出了一个好主意。
㉞ **便**:连词,于是。
㉟ **倾**(qīng):倒。
㊱ **盂**(yú)**儿**:一种装液体的容器,这里用作杯子。
㊲ **呷**(xiā):小口儿地喝。
㊳ **望空**:朝天上。**打一丢**:一扔。
㊴ **兀**:代词,这,那。**是兀谁**:相当于"是哪一个","是谁"。
㊵ **且**:副词,暂且,姑且。
㊶ **吃**:被。**暗算**:暗中图谋伤害或陷害,下文的"算"也是这个意思。
㊷ **跷蹊**:同"蹊跷(qīqiāo)",奇怪,可疑。
㊸ **与**:给。
㊹ **也不为厉害**:也没什么重要的,也没什么关系。
㊺ **待**:要,将要。**算**:算计,暗算。
㊻ **爹爹**(diēdie):子女对父亲的称呼。
㊼ **傍边**:同"旁边"。
㊽ **叵耐**(pǒnài):不可忍耐,可恨。**厮**(sī):家伙,对人的蔑称。这家伙倒也可恨!
㊾ **茶博士**:古代茶馆里的伙计(服务员)。
㊿ **入来**:进来。
㉛ **过幸**:传递信息。
㉜ **弩**(nǔ):弓箭。
㉝ **好弹**:射箭、打弹子都是古代的武术技艺,这两句话是范二郎夸耀自己的功夫。

㊴ **浑家**:妻子。
㊶ **风**:同"疯"。
㊷ **便**:连词,即便,就算。**官司**:诉讼。
㊸ **俺(ǎn)们**:就是"我们"。**休**:语气助词,相当于"吧"。
㊹ **他**:现代以前,第三人称代词不分男女,都用"他"。
㊺ **因**:连词,因为。
⑩ **没头脑**:没来由,没道理。

练 习

（一）填空

1. 宋代的白话小说和戏剧是受到隋、唐以来_____、各种歌舞形式、民间的_____艺术等诸多影响而形成的_____文艺,它们标志着中国文学已经进入到了一个_____的时代。

2. "说话"艺术分为"小说"、"讲史"、"讲经"、"说浑话"四类,其中以"_____"与"_____"两类成就最大。"小说"大致可分为_____小说、_____小说、_____小说和_____小说四类。

（二）思考题：

宋代的戏剧为什么叫"杂剧"?

知识提示　文学史

在宋代,艺术由于适应城市商业经济的发展,从内容、风格、剧团组织的形式,一直到剧场组织的办法等,产生了一系列的新形式。在脚本的创作上,这时也出现了一批职业的作者,他们叫做"书会先生","书会"就是他们的行会组织。这也是和前代不同的新组织形式。在十一世纪以前,无论唐代或宋代,歌词、曲本的创作都是文人学士们一时高兴的事。八世纪的时候,唐代的妓女在旗亭上唱的是王昌龄、王之涣、高适这些诗人的诗,他们却并不是以作声诗为职业的。十世纪的时候,宋代的妓女唱的是柳永的词,他也不是靠着这些来吃饭的,虽然他很热心这件工作。但到了北宋末年,大约和瓦舍出现同时,也就出现了书会先生。南宋说话人口中所称的"京师老郎"就是他们了。这些书会先生是以写作各种形式的脚本,如话本、剧本、曲词等为职业的。他们和以前的诗人们不同的地方就在于靠这件事情吃饭。到南宋,"书会"的名称也出现了。所谓"书会",就是为了保护他们的权益而组织起来的行会。这当然也是一种社会组织的新形式。这些新的组织形式的一个共同原则就是把艺术变成一种商品来论价出售。艺人到勾栏里来是为了"卖艺",而观众到这里来是出钱买娱乐。这就和唐代,特别与安史之乱以前大不相同了。那时的艺术是不论价的,是被皇帝、贵族、达官们所养起来供自己娱乐的;它的艺术内容、风格和趣味是由他们决定的。现在呢,它是由广大市民观众的爱好所决定的。这样子,属于市民的艺术就出现了。

(张庚、郭汉城主编《中国戏剧通史》上,
中国戏剧出版社1980年版,第42—43页)

闹樊楼多情周胜仙

(节选,紧接课文)

女孩儿约莫㉖去得远了,范二郎也出茶坊,远远地望着女孩儿去。只见那女子转步,那范二郎好喜欢㉗,直到女子住处。女孩儿入门去,又推起帘子出来望。范二郎心中越㉘喜欢。女孩儿自入去了,范二郎在门前一似失心风㉙的人,盘旋㉚走来走去,直到晚方才归家。

且说女孩儿自那日归家,点心也不吃,饭也不吃,觉得身体不快㉛。做娘的慌问迎儿㉜道:"小娘子不曾吃甚㉝生冷?"迎儿道:"告妈妈,不曾吃甚。"娘见女儿几日只在床上不起,走到床边问道:"我儿害甚的病㉞?"女孩儿道:"我觉有些浑身痛,头疼,有一两声咳嗽㉟。"周妈妈欲请医人来看女儿,争奈㊱员外出去未归,又无男子汉在家,不敢去请。迎儿道:"隔一家有个王婆,何不请来看小娘子?他唤作王百会,与人收生㊲,作针线,作媒人,又会与人看脉㊳,知人病轻重。邻里家有些些事都浼㊴他。"周妈妈便令迎儿去请得王婆来。见了妈妈,妈妈说女儿从金明池走了一遍,回来就病倒的因由㊵。王婆道:"妈妈不须说得,待老媳妇与小娘子看脉自知。"周妈妈道:"好好!"迎儿引将王婆进女儿房里。小娘子正睡哩㊶,开眼叫声:"少礼㊷!"王婆道:"稳便㊸!老媳妇与小娘子看脉则个㊹。"小娘子伸出手臂来,教王婆看了脉,道:"娘子害的是头疼浑身痛,觉得恹恹㊺地恶心。"小娘子道:"是也。"王婆道:"是否?"小娘子道:"又有两声咳嗽。"王婆不听得万事皆休,听了道:"这病蹊跷!如何出去走了一遭㉛回来,却便害这般病?"王婆看着迎儿奶子道:"你们且出去,我自问小娘子则个。"迎儿和奶子自出去。王婆对着女孩儿道:"老媳妇却理会㉒得这病。"女孩儿道:"婆婆,你如何理会得?"王婆道:"你的病唤作心病。"女孩儿道:"如何是心病?"王婆道:"小娘子,莫不见了甚么人,欢喜㉓了,却害出这病来?是也不是?"女孩儿低着头叫没。王婆道:"小娘子实对我说,我与你做个道理,救了你性命。"那女孩儿听得说话投机㉔,便说出上件事来:"那子弟唤作范二郎。"王婆听了道:"莫不是㉕樊楼开酒店的范二郎?"那女孩儿道:"便㉖是。"王婆道:"小娘子休要烦恼。别人时老身便不认得,若说范二郎,老身认得他的哥哥、嫂嫂,不可得㉗的好人。范二郎好个伶俐㉘子弟,他哥哥见教我与他说亲㉙。小娘子,我教你嫁范二郎,你要也不要㉚?"女孩儿笑道:"可知好哩!只怕我妈妈不肯。"王婆道:"小娘子放心,老身自有个道理,不须烦恼。"女孩儿道:"若得恁地㉛时,重谢婆婆。"王婆出房来,叫妈妈道:"老媳妇知得小娘子病了。"妈妈道:"我儿害甚么病?"王婆道:"要老身㉒说,且告㉓三杯酒,吃了却㉔说。"妈妈道:"迎儿,安排酒来请王婆。"妈妈一头㉕请他吃酒,一头问婆婆:"我女儿害甚么病?"王婆把小娘子说的话,一一说了一遍。妈妈道:"如今却是如何?"王婆道:"只得把小娘子嫁与范二郎。若还不肯嫁与他,这小娘子病难医。"妈妈道:"我大郎㉖不在家,须使不得㉗。"王婆道:"告妈妈,不若与小娘子下了定㉘,等大郎归后,却作亲㉙。且眼下㊚救小娘子性命。"妈妈允㊛了道:"好好!怎地作个道理?"王婆道:"老媳妇就去说,回来便有消息。"王婆离了周妈妈家,取路径㊜到樊楼来。见范大郎正在柜身里坐,王婆叫声万福㊝。大郎还了礼,道:"王婆婆,你来得正好!我却待人使㊞人来请你。"王婆道:"不知大郎唤老媳妇㊟作甚么?"大郎道:"二郎前日出去归来,晚饭也不吃,道:'身体不快。'我问他那里去来,他道:'我去看金明池。'直至今日不起,害㊠在床上,饮食不进。我待来请你看脉。"范大娘子出来与王婆相见了,大娘子道:"请婆婆看叔叔㊡则个。"王婆道:"大郎,大娘子,不要入来,老身自问二郎这病是甚的样起㊢。"范大郎道:"好好!婆婆自去看,我不陪了。"王婆走到二郎房里,见二郎睡在床上。叫声:"二郎,老媳妇在这里。"范二郎闪开眼道:"王婆婆,多时不见,我性命休㊣也!"王婆道:"害甚病便休?"二郎道:"觉头疼恶心,有一两声咳嗽。"王婆笑将㊤起来。二郎道:"我有病,你却㊥笑我!"王婆道:"我不笑别的,我得知你的病了。不害别病,你害曹门里周大郎女儿,是也不是?"二郎被王婆道着了,跳起来道:"你如何得知?"王婆道:"他家教我来说亲事。"范二郎不听得说,万事皆休;听得说,好喜欢!正是:

人逢喜信精神爽㊦,话合心机意趣投㊧。

注 释

㉛ **约莫**:大概,大约。
㉒ **喜欢**:高兴。
㉓ **越**:更,更加。
㉔ **失心风**:同"失心疯",疯了。

㉕ **盘旋**(xuán):指大致呈圆形地运动,绕圈儿。
㉖ **不快**:不爽快,身体不舒服。
㉗ **迎儿**:使女的名字。
㉘ **甚**(shén):疑问代词,什么。
㉙ **害病**:得病。
⑺ **有一两声咳嗽**:偶尔有一两声咳嗽。
⑻ **争奈**:同"怎奈",无奈。
⑼ **收生**:接生,帮助孕妇生产。
⑽ **看脉**(mài):中医看病的方法之一,通过病人脉搏的强弱虚实等状态进行诊断,也叫"诊脉"。
⑾ **浼**(měi):请求,拜托。
⑿ **因由**:原因,理由。
⒀ **哩**(li):语气助词,相当于"呢"。
⒁ **少礼**:因为在床上,不方便行礼,所以说"少礼"。
⒂ **稳便**:自便,任便;这句是对上面"少礼"的回答。
⒃ **则个**:一下。**看脉则个**:意思就是看一下脉。
⒄ **恹**(yān)**恹**:精神不振的样子。
㉛ **如何**:为何,为什么。**遭**:量词,回,次。
㉜ **理会**:知道,明白。
㉝ **欢喜**:喜欢。
㉞ **投机**:见解相同,符合自己的心意。
㉟ **莫不是**:表示揣测或反问,莫非。
㊱ **便**:副词,就。
㊲ **不可得**:也作"不可多得",形容非常稀少,难得。
㊳ **伶俐**(línglì):机灵,灵活。
㊴ **见**:现在,正。**教**(jiāo):叫,让。**说亲**:说合婚姻。
㊵ **要也不要**:等于说"要还是不要"。
㊶ **恁**(nèn)**地**:这样。
㊷ **老身**:老年妇女对自己的自称。
㊸ **告**:请求。
㊹ **却**:副词,再。
㊺ **一头**:一边,一面。
㊻ **大郎**:这里指自己的丈夫。
㊼ **须**:副词,必然。**使不得**:不可以。
㊽ **不若**:不如。**下定**:古代的订婚形式。
㊾ **作亲**:结婚。
⑩ **眼下**:此时此刻。
⑪ **允**(yǔn):答应。
⑫ **径**(jìng):径直,直接。
⑬ **万福**:古代女子向人问好的方式,一边说"万福",一边行礼。

⑭ **使**:派。
⑮ **老媳妇**:王婆的自称。
⑯ **害**:生病。
⑰ **叔叔**:古时妇女称自己丈夫的弟弟为"叔叔"。
⑱ **起**:发起,开始,指得病的原因。
⑲ **休**:完;性命休也,意思是说我要死了。
⑩ **将**:动词词尾,没有意义。
⑪ **却**:副词,还,又。
⑫ **人逢喜信精神爽**:人碰到了喜事,就觉得精神爽快。
⑬ **话合心机意趣投**:说话符合自己的心意,就觉得志趣相投合。

第三十课

元杂剧与关汉卿

课 文

元代是中国古代戏剧史上第一个黄金时代①。有姓名可考②的戏剧作家有80多人,见于书面记载的杂剧③作品约500多种,南戏④作品238种。从现存的160多种作品看,元代杂剧最兴盛的时期在元代前期,代表作家有关汉卿、杨显之、王实甫、白朴、马致远、高文秀、石君宝、纪君祥、康进之、尚仲贤、郑廷玉等;后期的代表作家有郑光祖、乔吉、宫天挺、秦简夫等。代表当时南戏最高水平的作品是元代末年高明⑤的《琵琶记》。

关汉卿⑥是元代戏剧作家中最优秀的代表,是中国文学艺术史上第一位享有世界声誉的伟大戏剧家。他一生共创作了60多种杂剧,保存下来的只有18种。他的戏剧作品鞭挞⑦了现实社会的黑暗与丑恶(《窦娥冤》),赞美了不幸的女性与邪恶势力不屈斗争的形象(《望江亭》、《救风尘》),歌颂了历史英雄人物,表达了自己的爱憎与希望(《单刀会》)。关汉卿同时也是一位著名的散曲⑧家。

关汉卿不仅是一位高产的剧作家,而且也是一位具有丰富艺术实践的戏剧活动家,因此,他的作品紧扣观众的欣赏心理,情节激荡,关目⑨紧凑,人物语言本色当行⑩,戏剧冲突集中尖锐,艺术效果感人肺腑、荡气回肠⑪,具有极高的审美价值。关汉卿的代表作是伟大的悲剧《窦娥冤》⑫。《窦娥冤》的全名是《感天动地窦娥冤》,与其他元杂剧一样,全剧由一个"楔子"和四折组成。"楔子"⑬交代了窦娥的父亲窦天章因高利贷的盘剥⑭,不得不把七岁的女儿端云卖给放高利贷的蔡婆婆为童养媳⑮,这就构成窦娥悲剧命运的第一个因素。十三年后,"泼皮"张驴儿父子要强占蔡婆婆与寡居⑯的儿媳窦娥,构成了窦娥悲剧命运的第二个因素(第一折)。楚州太守贪赃枉法⑰,将窦娥诬陷⑱入狱,构成了窦娥悲剧命运的第三个因素(第二折)。窦娥的刑前"三誓",发出了对整个黑暗制度的控诉⑲,展开了窦娥与黑暗官府的根本冲突,表现了窦娥强烈的反抗精神,显示了戏剧作品巨大的悲剧力量(第三折)。第四折是高潮之后的结局,正义得到了伸张,邪恶势力受到了惩罚,寄托了广大人民的愿望。

注 释

① **黄金时代**:比喻最好的时期。
② **可考**:可以考证,能够在历史上找到相关内容,证明真实存在。
③ **杂剧**:古代戏剧样式,成熟于金末元初之际。其体裁是一本四折(折,相当于一场戏)的形式,四折之外又可以加一、二个"楔(xiē)子"。杂剧有三个构成部分,宾白、唱词、科介。白即道白,起串联唱词、交代内心活动、人物间交流的作用。"科介"包括人物动作、表情、武打、歌舞以及音响效果等内容。
④ **南戏**:元代南曲戏文的简称。北宋末、南宋初产生于浙江温州。南戏是中国最早成熟的戏曲形式。它熔歌唱、舞蹈、念白、科范于一炉,表演一个完整的故事。由于故事情节比较曲折,剧本一般都是长篇,数倍于北曲杂剧。
⑤ **高明**(1305?—1359?):字则成,号菜根道人,他的南戏代表作《琵琶记》非常有名,被誉为"南戏中兴之祖",叙述了赵五娘和丈夫分离又团聚的故事。
⑥ **关汉卿**(qīng):生卒年不详,元代杂剧作家,是中国古代戏曲创作的代表人物。
⑦ **鞭挞**(biāntà):用鞭子抽打,比喻不留情地批评、谴责。
⑧ **散曲**:中晚唐以来,流传在民间的长短句歌词经过长期酝酿,在宋金时期又吸收了民间兴起的一些曲词和北方少数民族的民族乐曲,逐渐形成了新的诗歌形式并流行于北方,称为散曲,也称北曲。散曲包括小令和套数两种主要形式。
⑨ **关目**:本义是"关键"、"眼目",这里的意思大抵近于"故事情节",或者进一步理解为"关键的情节"。
⑩ **当行**:人物的语言行动等符合人物的身份。
⑪ **感人肺腑**(fèifǔ):使人的内心深受感动。**荡气回肠**:形容好的音乐、文章感人极深的样子。
⑫ **窦**(Dòu)**娥**:人名。**冤**(yuān):冤枉,冤情,无辜受到指责或不公正对待。

⑬ **折**:许多古代戏剧采用"折"作为单位,一折相当于一场,元杂剧通常由四折组成。现在表演古典戏曲,只演其中某一部分时,称为折子戏。**楔子**(xiēzi):元杂剧通常以四折为一本,合演一个完整的故事;楔子是在四折以外所加的一幕短剧,常常放在全剧开头,作为剧情开端。也有放在折与折之间的,它的作用相当于现代戏剧中的"序幕"或者"过场"。

⑭ **盘剥**(pánbō):指高利借贷银钱,盘算剥削。

⑮ **童养媳**(xí):从小被婆家领养、等长大再跟这家的儿子结婚的女孩子。

⑯ **泼皮**(pōpí):流氓,无赖。**寡居**(guǎjū):妇女死了丈夫,单独居住。

⑰ **贪赃枉法**(tānzāng-wǎngfǎ):收受贿赂,破坏法律。

⑱ **诬陷**(wūxiàn):捏造罪状以陷害他人。

⑲ **控诉**(kòngsù):向有关机关或公众陈述受害经过、受害事实。

感天动地窦娥冤

(第三折节选)

(外扮监斩官⑳上,云㉑)下官监斩官是也。今日处决犯人,着做公的把㉒住巷口,休放往来人闲走。(净㉓扮公人,鼓三通㉔、锣三下科㉕。刽子磨旗㉖、提刀,押正旦带枷㉗上。刽子云)行动些㉘,行动些,监斩官去法场㉙上多时了。(正旦唱)

【正宫端正好】㉚没来由犯王法㉛,不提防遭刑宪㉜,叫声屈动地惊天。顷刻间游魂先赴森罗殿㉝,怎不将天地也生㉞埋怨。

【滚绣球】㉟有日月朝暮悬,有鬼神掌着生死权。天地也,只合把清浊㊱分辨,可怎生糊突了盗跖颜渊㊲:为善的受贫穷更命短,造恶的享富贵又寿延。天地也,做得个怕硬欺软,却元来也这般顺水推船㊳。地也,你不分好歹㊴何为地。天也,你错勘贤愚枉㊵做天!哎,只落得两泪涟涟㊶。

(刽子云)快行动些,误了时辰㊷也。(正旦㊸唱)

【倘秀才】㊹则被这枷纽的㊺我左侧右偏,人拥的我前合后偃㊻。我窦娥向哥哥行㊼有句言。(刽子云)你有甚么话说?(正旦唱)前街里去心怀恨,后街里去死无冤,休㊽推辞路远。

(刽子云)你如今到法场上面,有甚么亲眷㊾要见的,可教他过来,见你一面也好。(正旦唱)

【叨叨令】㊿可怜我孤身只影㊽无亲眷,则落的吞声忍气空嗟怨㊾。(刽子云)难道你爷娘㊿家也

没的?(正旦云)止㊴有个爹爹,十三年前上朝取应㊵去了,至今杳无音信㊶。(唱)
量已是十年多不睹爹爹㊷面。(刽子云)你适才㊸要我往后街里去,是什么主意?
(正旦唱)怕则怕前街里被我婆婆见。(刽子云)你的性命也顾不得,怕他见怎的?
(正旦云)俺婆婆若见我披枷带锁赴法场餐刀㊹去呵,(唱)枉将他气杀也么哥㊺,
枉将他气杀也么哥。告哥哥,临危好与人行方便㊻。

注 释

⑳ **外**:杂剧角色名,外末的简称,扮演的是中年男子。**监斩(zhǎn)官**:监督死刑执行的官员。

㉑ **云**:说。

㉒ **做公的**:公人,在官府当差的人。**把**:看守,把守。

㉓ **净**:净角;杂剧角色名,一般扮演性格刚烈粗鲁或奸险的人物,俗称"花脸"。

㉔ **通**:次,遍。

㉕ **科**:杂剧术语,剧本中对演员的动作、表情以及音响效果的舞台提示。

㉖ **刽(guì)子**:执行死刑的人。**磨旗**:挥动旗帜开道。

㉗ **枷(jiā)**:刑具名,古时一种方形木质项圈,用以套住脖子,有时还套住双手,作为惩罚。

㉘ **行动些**:走快点儿。

㉙ **法场**:古时执行死刑的场所,刑场。

㉚ **正宫**:曲调名。**端正好**:曲牌名。

㉛ **没来由**:无缘无故。**王法**:古时指国家的法律、法令。

㉜ **提防(dīfang)**:防备,注意。**刑宪(xíngxiàn)**:刑律。

㉝ **森罗殿**:迷信说法,人死后鬼魂到阴间要受审判,森罗殿是阴间统治者阎王审案的地方。

㉞ **生**:深,甚,非常。

㉟ **滚绣球**:曲牌名。

㊱ **合**:应该。**清浊**:比喻是非善恶,好人和坏人。

㊲ **怎生**:怎么。**糊突**:糊涂,弄错了。**盗跖(Zhí)**:春秋战国更替时期的起义军首领,跖是他的名字,在统治者看来,他是"大盗",所以称盗跖。**颜渊**:孔子的学生,春秋时的贤者。古代常把这两个人作为坏人和好人的代表。

㊳ **元来**:原来。**顺水推船**:比喻顺应形势行事。

㊴ **不分好歹(dǎi)**:不分清好坏。

㊵ **勘(kān)**:判断。**贤(xián)**:有道德才能的人。**愚(yú)**:蠢笨无能的人。**枉(wǎng)**:副词,徒然,白白地。

㊶ **涟(lián)涟**:泪流不断的样子。

㊷ **时辰**:这里指执行死刑的特定时间。

㊸ **正旦**:杂剧角色名,女主角称正旦;旦,传统戏剧中的女演员或女性角色类型。

㊹ **倘秀才**:曲牌名。

㊺ **则**:副词,只,只是。**纽**(niǔ):同"扭"。**的**:就是"得",在近代汉语中"的、地、得"没有严格的区分。

㊻ **前合后偃**(yǎn):前仆后倒,站立不稳;偃,仰面倒下。

㊼ **行**(háng):宋元时期的俗语,放在人称或者自称后面,用来指示方位;哥哥行,即哥哥那儿。

㊽ **休**:别,不要。

㊾ **亲眷**(juàn):亲戚、亲人。

㊿ **叨叨令**:曲牌名。

51 **孤身只影**:孤身一人,连影子也只有一个。

52 **吞声忍气**:也作"忍气吞声",忍气,受了气而强自忍受;吞声,有话不敢说出来,形容受了气只能勉强忍着,不敢发作。**嗟怨**(jiēyuàn):唉声叹气地埋怨。

53 **爷娘**:就是指父亲、母亲。

54 **止**:同"只"。

55 **上朝**:去京城。**取应**:参加科举考试。

56 **杳**(yǎo)**无音信**:毫无消息。

57 **蚤**(zǎo):同"早"。**睹**(dǔ):看见。**爹爹**:过去称爸爸为爹爹,现在农村还多这样称呼。

58 **适才**:刚才。

59 **餐刀**:吃刀,被杀的意思。

60 **气杀**:等于说"气死"。**也么哥**:语尾助词,这里是曲规定要用的衬字。

61 **行方便**:照顾,帮忙。

(一) 熟读

滚绣球

(二) 填空

1. 元代前期杂剧的代表作家有关汉卿、_____、王实甫、_____、马致远、高文秀、_____、纪君祥、_____、尚仲贤、_____等;后期的代表作家有_____、乔吉、宫天挺、_____等。代表当时南戏最高水平的作品是元代末年高明的《_____》。

2. 关汉卿是元代戏剧作家中_____的代表,是中国文学艺术史上_____的伟大戏剧家。他一生共创作了_____多种杂剧,保存下来的只有_____种。他的戏剧作品鞭挞了现实社会的黑暗与丑恶(《_____》),赞美了不幸的女性与邪恶势力不屈斗争的形象(《_____》、

《_____》),歌颂了历史英雄人物,表达了自己的爱憎与希望(《_____》)。

(三) 思考题:

通过课文的介绍和老师的讲解,试简述《窦娥冤》的戏剧冲突。

文学史知识提示

关汉卿在杂剧上的巨大成就,是通过现实主义的艺术手法,广泛而又深入地反映出元人统治下的极端黑暗混乱的典型历史环境和不合理的社会制度,塑造了许多有典型性格的人物形象,反映出人民的生活和思想感情。现实主义的创作方法,在他的杂剧里达到了很高的成就。关汉卿在中国戏曲史上的地位,有同于莎士比亚在英国戏曲史上的地位。他们的年代虽是不同,但有许多相像的地方。

一、莎士比亚以前,英国的戏曲俱不足观,由于莎士比亚的优秀创作,提高了戏曲的地位,开展了戏曲发展的道路,关汉卿在中国戏曲史上,也有同样的情形。

二、莎士比亚与关汉卿同样没有政治社会上的地位,都是以毕生的精力,贡献于戏曲事业,在戏曲上得到光辉的成就。

三、他们的戏曲创作,不仅数量多,而且质量高。莎士比亚一生作过三十多本戏剧,关汉卿作过六十多本戏剧。

四、他们的戏曲题材,非常广泛,内容多样化,种类和形式也多样化;有悲剧,有喜剧,有历史剧,有讽刺剧,并且都写得很成功。

五、他们都是在城市人民生活中成长、发展起来的作家,都是具有戏场实际生活体验的作家。他们一面创作,一面粉墨登场,参加过指导表演的实际工作。

六、莎士比亚的戏曲才能,是在英国资本主义初期的伦敦城市中成长起来的;关汉卿的戏曲才能,是在元朝封建的商业经济繁荣下的北京城市中成长起来的。他们的文学成就,都受有不同的历史条件和时代生活的明显影响。

(刘大杰著《中国文学发展史》
上海古籍出版社1982年版,第844—845页)

感天动地窦娥冤

（第三折节选，紧接课文）

（卜儿⁶²哭上科，云）天哪，兀的⁶³不是我媳妇儿！（刽子云）婆子靠后。（正旦云）既是俺婆婆来了，叫他来，待我嘱付他几句话咱⁶⁴。（刽子云）那婆子，近前来，你媳妇要嘱付你话哩。（卜儿云）孩儿，痛杀我也！（正旦云）婆婆，那张驴儿把毒药放在羊肚儿汤里，实指望药死⁶⁵了你，要霸占⁶⁶我为妻。不想婆婆让与他老子⁶⁷吃，倒把他老子药死了。我怕连累婆婆，屈招⁶⁸了药死公公，今日赴法场典刑⁶⁹。婆婆，此后遇着冬时年节⁷⁰，月一十五⁷¹，有㵸不了的浆⁷²水饭，㵸半碗儿与我吃；烧不了的纸钱，与窦娥烧一陌儿⁷³；则是看你死的孩儿面上⁷⁴。（唱）

【快活三】⁷⁵念窦娥葫芦提当罪愆⁷⁶，念窦娥身首⁷⁷不完全，念窦娥从前已往干家缘⁷⁸；婆婆也，你只看窦娥少爷无娘面。

【鲍老儿】⁷⁹念窦娥服侍⁸⁰婆婆这几年，遇时节将碗凉浆奠⁸¹；你去那受刑法尸骸上烈⁸²些纸钱，只当把你亡化的孩儿荐⁸³。（卜儿哭科，云）孩儿放心，这个老身都记得。天那，兀的不痛杀我也！（正旦唱）婆婆也，再也不要啼啼哭哭，烦烦恼恼，怨气冲天。这都是我做窦娥的没时没运⁸⁴，不明不暗，负屈衔冤⁸⁵。

（刽子做喝⁸⁶科，云）兀那婆子靠后，时辰到了也。（正旦跪科）（刽子开枷科）（正旦云）窦娥告监斩大人，有一事肯依⁸⁷窦娥，便死而无怨。（监斩官云）你有什么事？你说。（正旦云）要一领净席⁸⁸，等我窦娥站立、又要丈二白练⁸⁹，挂在旗枪⁹⁰上：若是我窦娥委实⁹¹冤枉，刀过处头落，一腔热血休半点儿沾在地下，都飞在白练上者⁹²。（监斩官云）这个就依你，打甚么不紧⁹³。（刽子做取席站科，又取白练挂旗上科）（正旦唱）

【耍孩儿】⁹⁴不是我窦娥罚下这等无头愿⁹⁵，委实的冤情不浅；若没些儿灵圣与世人传⁹⁶，也不见得湛湛青天。我不要半星热血红尘洒⁹⁷，都只在八尺旗枪素⁹⁹练悬。等他四下里¹⁰⁰皆瞧见，这就是咱苌弘化碧¹⁰¹，望帝啼鹃¹⁰²。

（刽子云）你还有甚的¹⁰³说话，此时不对监斩大人说，几时说那¹⁰⁴？（正旦再跪科，云）大人，如今是三伏天道¹⁰⁵，若窦娥委实冤枉，身死之后，天降三尺瑞雪¹⁰⁶，遮掩了窦娥尸首。（监斩官云）这等三伏天道，你便¹⁰⁷有冲天的怨气，也召不得一片雪来，可不胡说！（正旦唱）

【二煞】你道是暑气暄¹⁰⁸，不是那下雪天；岂不闻飞霜六月因邹衍¹⁰⁹？若果¹¹⁰有一腔怨气喷如火，定要感的六出冰花¹¹¹滚似绵，免着我尸骸现。要什么素车白马¹¹²，断送出古陌荒阡¹¹³！

（正旦再跪科，云）大人，我窦娥死的委实冤枉，从今以后，着这楚州亢旱¹¹⁴三年。（监斩官云）打嘴！那有这等说话！（正旦唱）

【一煞】你道是天公不可期,人心不可怜,不知皇天也肯从人愿。做甚么三年不见甘霖⑯降,也只为东海曾经孝妇冤⑰;如今轮到⑱你山阳县。这都是官吏每无心正法⑲,使百姓有口难言。

(刽子做磨旗科,云)怎么这一会儿天色阴了也?(内做风科,刽子云)好冷风也!(正旦唱)

【煞尾】浮云为我阴,悲风为我旋,三桩儿誓愿明题⑳遍。(做哭科,云)婆婆也,直等待雪飞六月,亢旱三年呵,(唱)那其间才把你个屈死的冤魂㉑这窦娥显。

(刽子做开刀,正旦倒科)(监斩官惊云)呀,真个下雪了,有这等异事!(刽子云)我也道平日杀人,满地都是鲜血,这个窦娥的血都飞在那丈二白练上,并无半点落地,委实奇怪。(监斩官云)这死罪必有冤枉,早两桩儿应验㉒了,不知亢旱三年的说话㉓,准也㉔不准?且看后来如何。左右㉕,也不必等待雪晴,便与我抬他尸首,还了那蔡婆婆去罢㉖。(众应㉗科。抬尸下)

注　释

⑫ 卜(bǔ)儿:元代戏曲中扮演老年妇女的角色。
⑬ 兀(wù)的:句首助词,含有"那"的意思。
⑭ 咱(zán):用在祈使句末,表示祈使语气,相当于"吧"。
⑮ 实:副词,的确,确实。**指望**:盼望。**药死**:毒死。
⑯ 霸(bà)占:仗势占为己有。
⑰ 老子:父亲。
⑱ 屈:委屈,冤枉。**招**:承认,认罪。
⑲ 典刑:受死刑。
⑳ 年节:指春节及其前后的几天。
㉑ 月一十五:每月初一和十五。
㉒ 滗(jiǎn):泼掉,倒掉。**浆**(jiāng):较稠的液体。
㉓ 一陌(mò)儿:古代以一百钱为陌,这里是一串、一叠(纸钱)的意思。
㉔ 窦娥的丈夫早已死了,所以这里说"看你死的孩儿面上"。
㉕ 快活三:曲牌名。
㉖ 葫芦提(húlutí):宋元时有"葫芦提"的俗语,意即糊里糊涂。**当**:承受,承担。**罪愆**(zuìqiān):罪过。
㉗ 首:头,头部。
㉘ 干家缘:做家务事。
㉙ 鲍(bào)老儿:曲牌名。
㉚ 服侍:伺候,照料。
㉛ 凉浆:指水酒或水粥。**奠**(diàn):给死去的人陈设酒和食物的仪式。
㉜ 尸骸(shīhái):尸体。**烈**:烧。
㉝ 荐(jiàn):无酒肉作贡品(gòngpǐn)的祭祀(jìsì),素祭。

⑭ 没时没运:等于说"没时运";时运,一时的运气。
⑮ 负屈衔(xián)冤:受到冤枉,无辜受罪。
⑯ 喝(hè):大声喊叫。
⑰ 依:顺从,同意。
⑱ 领:量词,常用于席类事物。席:用草或苇子编成的成片的东西,古人用以坐、卧,现通常用来铺床或炕等。
⑲ 丈二:一丈二尺,约四米长。白练:白色的丝绢。
⑳ 旗枪:带枪头的旗杆。
㉑ 委实:确实。
㉒ 者:用在句尾,表示祈使语气。
㉓ 打甚么不紧:没有什么要紧。
㉔ 耍孩儿:曲牌名。
㉕ 罚:发誓。无头愿:没头没脑的、没来由的誓愿。
㉖ 灵圣:这里指奇异之事。传:传说,流传。
㉗ 湛(zhàn)湛:清澈深远。
㉘ 星:点。红尘:通常指繁华的社会,这里指尘土,地面。红尘洒:就是"洒红尘",洒在地面上。
㉙ 素:白色。
⑩⑩ 四下里:四处,四周。
⑩① 苌弘(Cháng Hóng)化碧:传说周代的忠臣苌弘遭受冤屈被杀,他的血三年后化为碧玉。
⑩② 望帝啼鹃(juān):传说蜀王杜宇,号望帝,被逼退位后隐居山中,他的魂化成杜鹃鸟,日夜悲鸣。
⑩③ 甚的:什么。
⑩④ 那:同"哪","啊"的变体。
⑩⑤ 三伏:夏天中最热的三十天,也是一年中最炎热的时候。天道:自然规律。
⑩⑥ 瑞雪(ruìxuě):文学作品中对雪的美好说法。天上下三尺深的雪。
⑩⑦ 便:连词,即便,即使。
⑩⑧ 暄(xuān):炎热。
⑩⑨ 邹衍(Zōu Yǎn):战国时期的齐国人。传说他被人诬陷,在监狱里仰天大哭,当时虽然是夏天,但是天上下了霜。后来用"六月飞霜"比喻冤狱。
⑩⑩ 果:副词,果真,果然。
⑩⑪ 六出冰花:雪花,因为雪花是六角形,所以称为"六出冰花"。
⑩⑫ 素车白马:古代用来办丧事的白车白马。
⑩⑬ 断送:发送,指送死者的尸体到墓地去。古陌(mò)荒阡(qiān):荒郊野外。
⑩⑭ 亢旱(kànghàn):亢,极度;亢旱就是大旱。
⑩⑮ 做甚么:为什么。甘霖(lín):久旱后下的雨,及时雨。
⑩⑯ 孝妇冤:传说汉代时候,东海有一个孝顺的儿媳妇,丈夫死了以后,为了奉养婆婆,发誓不改嫁他人。婆婆不愿意拖累她,自杀死了。结果媳妇被人诬陷是杀婆婆的凶手,被官府处死了。她死以后,东海地方大旱,旱灾持续了三年。后任官员查清了冤案,并且到她的墓前祭拜,马上就下了大雨。

⑰ **轮到**:轮流到。
⑱ **每**:近代汉语的人称代词复数标记,现代汉语中作"们"。**正法**:端正法律;正,形容词的使动用法。
⑲ **桩**(zhuāng):量词,多指事情的件数。**题**:谈及,说出。
⑳ **冤魂**(hún):冤屈而死的鬼魂。
㉑ **早**:先,前。**应验**:后来发生的事实与预先所言、所估计的相符。
㉒ **说话**:说的话,说法。
㉓ **也**:副词,表选择,相当于"还是"。
㉔ **左右**:身边办事的人,侍从。
㉕ **罢**:句末语气助词,表祈使。
㉖ **应**:回应,答应。

第三十一课

西厢记

课　文

　　王实甫的《西厢记》是元杂剧的压卷①之作。它突破了元杂剧一本四折的定规②,在篇幅上是一般杂剧剧本的五倍,突破了末本、旦本③的限制,出现了两三个角色分唱的形式,提高了杂剧的表现能力,其鲜明的反抗礼教④、歌颂青年男女纯洁爱情的主题,数百年来,久盛不衰⑤,对中国文学史、戏剧史产生了深远的影响。

　　《西厢记》在艺术上最突出的成就是根据人物的性格特征,展开了错综复杂的戏剧冲突⑥,完成了崔莺莺、张君瑞、红娘等艺术形象的塑造。《西厢记》中的人物个性鲜明,有血有肉⑦,张生的憨厚⑧、诚实,莺莺的深沉、幽静、叛逆⑨与苦闷,红娘的机智与正义感,老夫人的势利、虚伪⑩与狠毒,都刻画得惟妙惟肖⑪。尤其是他们的性格都随着剧情的推进而发展,成功地表现了整个故事复杂曲折的过程。《西厢记》的情节与人物性格的发展得到了高度的融合,一方面是波澜壮阔⑫,一波三折⑬,另一方面,全剧五本二十一折,细密紧凑,一气呵成⑭,结构相当完整。《西厢记》的戏剧冲突有两条发展线索,一是崔莺莺、张君瑞、红娘与老夫人的根本冲突,二是崔、张、红三人之间的误会与矛盾,围绕着这两条主线还穿插⑮着各种性质不同、时起时伏的辅线,好戏连台,引人入胜⑯。作者善于描摹景物、酝酿⑰气氛,衬托人物的内心活动,诗情画意,沁人心脾⑱,形成了作品独特的优美风格。作者选择和融化了古代诗词里富有美感的词句,提炼了民间生动活泼的口语,熔铸⑲成自然而华美的曲词,成为此后爱情剧的典范⑳。另外,《西厢记》在主唱角色的分配和结构的扩大上,对元杂剧的体制具有重要的革新与创造㉑,为全剧场次的转换、剧情的穿插、人物性格的成长以及各种人物之间矛盾的交错展开,都提供了广阔的空间。

注　释

① **王实甫**:生卒年不详,元代杂剧作家,《西厢记》是他的代表作。**压卷**:评为第一,压倒其余的诗或文。
② **定规**:现成的或久已通行的规矩,成规。
③ **末本**:一本四折戏全部由男主角演唱的剧本叫末本。**旦本**:一本四折戏全部由女主角演唱的剧本叫旦本。
④ **礼教**:封建社会里盛行的、有利于维护统治阶级权益的礼法、教条、规则等。
⑤ **久盛不衰**(shuāi):长期盛行而不衰减。
⑥ **戏剧冲突**:指戏剧作品中表现人物与他的对立面相抗衡、相抵触的一种艺术形态。
⑦ **有血有肉**:比喻文艺作品的描写生动,内容充实。
⑧ **憨**(hān)**厚**:诚朴,厚道。
⑨ **叛逆**:敢于公然反对,背叛。
⑩ **势利**:形容以财产、地位分别对待人。**虚伪**:虚假,不真实,心口不一。
⑪ **惟妙惟肖**(xiào):描写或模仿得非常好,非常形象。
⑫ **波澜壮阔**:比喻声势雄壮浩大。
⑬ **一波三折**:原指写字的笔法细致曲折,后比喻事情或情节在进行中阻碍曲折很多。
⑭ **一气呵**(hē)**成**:比喻文章的气势首尾连贯。
⑮ **穿插**:编入,插进,交织。
⑯ **引人入胜**:指引人进入佳境(风景或文字等)。
⑰ **酝酿**(yùnniàng):制造酒的发酵过程,比喻做准备。
⑱ **沁**(qìn)**人心脾**(pí):形容文艺作品的美好与感人给予人清新爽朗的感受。
⑲ **熔铸**:熔化并铸造,比喻综合而成。
⑳ **典范**:被认为是值得仿效的人或物在某方面的表现和基本特征是最正规,合乎规范的。
㉑ **创造**:这里说的是元杂剧的体制,一折戏里只能有一个角色演唱,其他角色只能道白。

作 品

崔莺莺待月西厢记

(第四本·第三折㉒)节选

(夫人、长老上,云㉓)今日送张生赴京㉔,就十里长亭㉕,安排下筵席㉖。我和长老先行,不见张生小姐来到。(旦、末、红㉗同上,旦云)今日送张生上朝取应㉘去,早是㉙离人伤感,况值㉚那暮秋天气,好烦恼人也呵!悲欢聚散一杯酒,南北东西万里程。(唱)

【正宫】【端正好㉛】碧云天,黄花地㉜,西风紧,北雁南飞。晓来谁染霜林醉㉝?总是离人泪㉞。

【滚绣球】恨相见得迟,怨归去㉟得疾。柳丝长玉骢难系㊱,恨不得倩疏林挂住斜晖㊲。马儿迍迍㊳行,车儿快快随㊴,却告了相思回避㊵,破题儿㊶又早别离。听得道一声去也,松了金钏㊷;遥望见十里长亭,减了玉肌㊸。此恨㊹谁知!

(红云)姐姐今日不打扮?(旦云)红娘呵,你那里㊺知我的心哩?

【叨叨令】见安排着车儿、马儿,不由人熬熬煎煎㊻的气;有甚么心情将花儿、靥儿㊼,打扮的娇娇滴滴㊽的媚。准备着被儿、枕儿,则索㊾昏昏沉沉的睡;从今后衫儿、袖儿,揾湿做重重叠叠的泪㊿。兀的不闷杀人也么哥[51],兀的不闷杀人也么哥。久已后书儿、信儿,索与我凄凄惶惶[52]的寄。

(做到了科,见夫人了)(夫人云)张生和长老坐,小姐这壁[53]坐,红娘将[54]酒来。张生,你向前来,是自家亲眷,不要回避。俺今日将莺莺与你,到京师休辱末[55]了俺孩儿,挣揣一个状元回来者[56]。(末云)小生托夫人余荫[57],凭着胸中之才,觑官如拾芥[58]耳。(洁[59]云)夫人主张不差,张生不是落后的人。(把酒了[60],坐)(旦长吁[61]了)(旦唱)

【脱布衫】下西风黄叶纷飞,染寒烟衰草萋迷[62]。酒席上斜签着坐地[63],蹙愁眉死临侵[64]地。

【小梁州】我见他阁[65]泪汪汪不敢垂,恐怕人知。猛然见了把头低,长吁气,推整素罗[66]衣。

【幺[67]】虽然久后成佳配,奈时间[68]怎不悲啼。意似痴,心如醉,昨宵今日,清减[69]了小腰围。

(夫人云)小姐把盏[70]者!(红递酒了,旦把盏了)(旦唱)

【上小楼】合欢[71]未已,离愁相继[72]。想着俺前暮私情,昨夜成亲,今日别离。我谂[73]知,这几日相思滋味,却元来[74]比别离情更增十倍。

【幺】年少呵轻远别,情薄呵易弃掷[75]。全不想腿儿相压,脸儿相偎[76],手儿相携[77]。你与俺崔相国做女婿,妻荣夫贵[78],但得一个并头莲[79],强似状元及第[80]。

注 释

㉒ **折**:戏曲组织的单元,也是故事情节发展的自然段落。
㉓ **夫人**:崔母。**长老**:寺院住持僧的通称,这里指普救寺的法本和尚。**上**:上场。**云**:道白,这里指夫人在说话。
㉔ **赴京**:今天送张生去京城。
㉕ **就**:在。**长亭**:古代设置在大路上供休息和送别的亭子,大约每隔十里即设一亭。
㉖ **筵(yán)席**:酒席。
㉗ **旦**:杂剧中女角的通称,这里指扮演莺莺的角儿。**末**:杂剧中男角的通称,这里指扮演张生的角儿。**红**:指红娘。
㉘ **上朝取应**:到京城应试。
㉙ **早是**:本来已是。
㉚ **况值**:况且又遇上。这两句的意思是说,离别的人已经是很伤感了,何况又遇上那凄凉的晚秋天气。
㉛ **正宫**:宫调名。元杂剧规定每折戏限用一个宫调,下面由若干曲牌组成套曲,一韵到底。**端正好**:曲牌名,与下面的滚绣球、叨叨令等,都是属于同一宫调的曲牌。
㉜ **黄花地**:指黄色的菊花落了一地。
㉝ **霜林醉**:形容枫叶经霜变红,如同人醉后脸红一样。
㉞ **晓来谁染霜林醉?总是离人泪**:是谁把深秋的霜林枫叶染得那么红?那是将要离别的人儿眼里流的泪和血啊!
㉟ **归去**:离去;这里指张生进京赶考。
㊱ **玉骢(cōng)**:原指一种青白色的骏马,这里是马的代称。**系(jì)**:拴住。
㊲ **倩(qiàn)**:央求,请。**晖**:日光。这两句的意思是说,路边的柳丝虽长,却难以拴住张生的马儿,恨不得请那稀疏的树林帮我挂住斜阳,使它不要下落(让时间停住)。
㊳ **迍(tún)迍**:行动缓慢的样子。
㊴ **随**:追随。
㊵ **却**:副词,恰,正。**回避**:这里是避开、躲开的意思。
㊶ **破题儿**:原指诗赋的起首几句,这里比喻事情的开始。这两句是说,才结束了相思,又早开始了别离。
㊷ **金钏(chuàn)**:金手镯。这句话是说,自己消瘦了,连手镯也松落了。
㊸ **遥望见十里长亭,减了玉肌**:这两句的意思是说,远远地看见那十里长亭,便使我浑身洁白如玉的肌肤瘦得减了一圈。
㊹ **恨**:遗憾,惆怅。
㊺ **那里**:同"哪里",怎么。
㊻ **熬熬煎煎**:指受煎熬。这句话是说,不由得我心里熬熬煎煎的气得难受。
㊼ **将**:拿。**靥(yè)儿**:原指嘴边的酒窝,此处指古代女子额上或两鬓点帖的花饰。
㊽ **娇娇滴滴**:现代汉语一般说"娇滴滴",形容娇媚可爱的样子。
㊾ **则索**:则,副词,只;索,副词,须,得(děi),则索,只好,只得。

(50) **揾**(wèn):擦。**重重叠叠的泪**:意谓泪水一次又一次流出。
(51) **也么(mó)哥**:元曲中常用的句末衬字,无意义。
(52) **索**:须,应该。**凄惶**:悲伤、忧惧的样子。
(53) **这壁**:这边。
(54) **将**:取,拿。
(55) **与**:给,这里是"许配"的意思。
(56) **休**:别,不要。**辱末**:即"辱没",使……不光彩。
(57) **挣揣**(zhèngchuài):努力争取,夺取。**者**:句末语气词,表祈使。
(58) **余荫**:指受到长辈的庇护。
(59) **觑**(qù):看,瞧。**拾芥**(jiè):芥,小草;拾草,比喻轻而易举。这句是张生说自己把取得官职看成是易如反掌的事情。
(60) **洁**:元杂剧把僧人称为洁郎,简称洁,这里指长老。
(61) **把酒了**(liǎo):了,完毕,了结;"把酒了"就是"倒完酒"的意思。
(62) **吁**(xū):叹息。
(63) **寒烟**:秋天傍晚的雾气。**萋**(qī)**迷**:迷茫。这两句写景,枯黄的树叶在秋风中纷纷飘飞,衰败的秋草在寒烟笼罩下一片凄迷。
(64) **斜签着**:签,插;斜着身子。**地**:就是动词后面的结构助词"地",和下句是一样的。
(65) **蹙**(cù):皱眉头。**死**:程度副词,非常,极。**临侵**:憔悴无力的样子。这句在是形容愁眉苦脸无精打采的样子。
(66) **阁**:同"搁",这里是含着、忍住的意思。
(67) **推**:推托,这里引申为假装。**罗**:质地较轻的丝织品。这句的意思是,假装作整理衣裳。
(68) **幺**(yāo):幺篇,元杂剧中凡重复前曲的叫幺篇,与前曲的字数有时有出入。
(69) **时间**:目前,现时。这句话是说,无奈眼前这个时候怎忍得住不悲声啼哭呢!
(70) **清减**:消瘦。腰围又消瘦了一圈。
(71) **把盏**:端酒杯。
(72) **合欢**:这里是成亲的意思。
(73) **继**:接着,紧接。
(74) **谂**(shěn):熟知。
(75) **元来**:原来。
(76) **弃掷**:抛弃。这两句是说,少年人常常不看重远别离,薄情郎往往轻易抛弃昨日的妻子。
(77) **偎**(wēi),依偎,紧靠在一起。
(78) **携**(xié):手拉手。
(79) **妻荣夫贵**:封建社会以夫贵妻荣为常理,这里反用其意,认为张生做了崔相国家的女婿,可以因妻而贵,本来无需再进京应试。
(80) **但**:副词,只,只要。**并头莲**:并排地长在同一个茎上的两朵莲花,文学作品中常用来比喻恩爱的夫妻。
(81) **强似**:超过,优于。**及第**:指科举考试考中。末两句的意思是说,只要夫妻俩能如并蒂莲花长相厮守,比你远在京城高中状元强多了。

（一）填空

1. 《西厢记》在艺术上最突出的成就是根据人物的性格特点展开了错综复杂的戏剧_____，完成了_____、_____、_____等艺术形象地塑造。

2. 《西厢记》的戏剧冲突有两条发展线索，一是崔莺莺、张君瑞、红娘与老夫人的根本冲突，二是崔、张、红三人之间的误会与矛盾，围绕着这两条主线还穿插着各种性质不同、时起时伏的_____，好戏连台，引人入胜。

（二）思考题

简述《西厢记》的艺术成就。

文学史知识提示

《西厢记》问世以后，元代就有很多作家开始模仿《西厢记》进行创作。以后从明代到清代，各种地方戏曲大多编演了《西厢记》这个剧目，并在说唱、剪纸、泥塑、牙雕、绘画等各种艺术形式中，形成了一股持久的"西厢热"。这股"西厢热"至今还未消退。特别是，明清以来的一些优秀的小说戏曲作品，都无不从它那里汲取过思想和艺术上的营养。例如明代的进步戏剧家汤显祖，他在《牡丹亭》内塑造的杜丽娘这个形象，可以说是崔莺莺形象的发展；而他在作品中所表现的反对封建礼教的主题，也是《西厢记》反封建主题的深化；就是他那优美华丽的语言风格，也明显是受了《西厢记》的影响。再如代表了我国古典小说艺术高峰的《红楼梦》，无疑也是继承了《西厢记》、《牡丹亭》等作品的优秀传统。在《红楼梦》里，不仅专门写了"《西厢记》妙词通戏语，《牡丹亭》艳曲警芳心"整整一回（第二十三回），来表现这两部作品在宝（玉）、黛（玉）身上所引起的强烈共鸣，而且还通过钗、黛对这两部作品的不同态度（分见第四十二回和第五十一回），典型地反映出封建社会两个贵族女子的不同思想品德。在我国古典文学研究中，《西厢记》研究是可以和《楚辞》研究、杜诗研究、《红楼梦》研究等相媲美的少数领域之一。

（孙逊著《董西厢和王西厢》，
上海古籍出版社1983年版，第119—120页）

崔莺莺待月西厢记

（第四本·第三折节选，紧接课文）

(红云)姐姐不曾吃早饭，饮一口儿汤水。(旦云)红娘呵,甚么汤水咽[82]得下!(唱)

【满庭芳】供[83]食太急，须臾[84]对面,顷刻别离[85]。若不是酒席间子母每[86]当回避,有心待与他举案齐眉[87]。

【幺】虽然是厮守得一时半刻[88],也合着[89]俺夫妻共桌而食。眼底空留意,寻思起就里[90],险化做望夫石[91]。

(夫人云)红娘把盏者!(红把酒科)(旦唱)

【快活三】将来的酒共食,尝着似土和泥;假若便是土和泥,也有些土气息、泥滋味。

【朝天子】煖溶溶玉盃[92],白泠泠[93]似水,多半是相思泪。眼面前茶饭怕不待[94]要吃,恨塞满愁肠胃[95]。蜗角虚名[96],蝇头微利[97],拆鸳鸯在两下里[98]。一个这壁[99],一个那壁,一递[100]一声长吁气。

(夫人云)辆[101]起车儿,俺先回去,小姐随后和红娘来。(下)(末辞洁科)(洁云)此一行别无话说,贫僧准备买登科录[102],看做亲[103]的茶饭,少不了贫僧的。先生在意[104],鞍马上保重者。从今经忏无心礼[105],专听春雷第一声[106]。(下)(旦唱)

【四边静】霎时间杯盘狼藉[107],车儿投东,马儿向西。两意徘徊[108],落日山横翠。知他今宵宿在那里?有梦也难寻觅。

(旦云)张生,此一行,得官不得官,疾[109]早便回来。(末云)小姐心儿里艰难。小生这一去,白[110]夺一个状元,真乃是：青霄有路终须[111]到,金榜[112]无名誓不归。(旦云)君行别无所赠,口占一绝[113],为君送行：弃掷今何在,当时且自亲[114]。还将旧来意,怜取眼前人[115]。(末云)小姐之意差[116]矣,张珙更敢怜[117]谁?谨赓[118]一绝,以剖寸心：人生长[119]远别,孰与最关亲[120]?不遇知音[121]者,谁怜长叹人?(旦唱)

【耍孩儿】淋漓[123]襟袖啼红泪,比司马青衫[125]更湿。伯劳[126]东去燕西飞,未登程先问归期[127]。虽然眼底[128]人千里,且尽生前酒一杯。未饮心先醉,眼中流泪,心内成灰。

【五煞】到京师服[129]水土,趁程途[130],节饮食,顺时自保揣[131]身体。荒村雨露宜[132]眠早,野店风霜要起迟!鞍马秋风里,最难调护[133],最要扶持[134]。

【四煞】这忧愁诉与谁?相思只自知,老天不管人憔悴。泪添九曲黄河⑬溢,恨压三峰⑭华岳低。到晚来闷把西楼倚,见了些夕阳古道,衰草长堤。

【三煞】笑吟吟一处来,哭啼啼独自归。归家若到罗帏⑬里,昨日个绣衾⑬香暖留春住,今夜个翠被生寒有梦知。留恋你别无意,见据⑬鞍上马,阁不住泪眼愁眉。

(末云)有甚言语嘱咐小生咱⑭?(旦唱)

【二煞】你休忧文齐福不齐⑭,我则怕你停妻再娶妻。你休要一春鱼雁无消息⑭!我这里青鸾有信频须⑭寄,你却休金榜无名誓不归。此一节君须记:若见了那异乡花草⑭,再休似此处栖迟⑭。

(末云)再谁似小姐?小生又生此念。仆⑭童赶早行一程儿,早寻个宿处。(末念)泪随流水急,愁逐野云飞。(下)(旦唱)

【一煞】青山隔送行,疏林不做美,淡烟暮霭相遮蔽。夕阳古道无人语,禾黍秋风听马嘶⑭。我为甚么懒上车儿内,来时甚急,去后何迟。

(红云)夫人去好一会,姐姐,咱家去!(旦唱)

【收尾】四围⑭山色中,一鞭残照里⑮。遍人间烦恼填胸臆⑮,量⑮这些大小车儿如何载得起?(旦红下)

注　释

⑧² 咽(yàn):吞下。

⑧³ 供(gòng):摆设,陈设。

⑧⁴ 须臾(yú):极短的时间,片刻,与下文顷刻同义。

⑧⁵ 顷刻别离:末两句的意思是说,面对面只坐了片刻功夫,马上就要别离了。

⑧⁶ 每:们。

⑧⁷ 待:打算,想要。举案齐眉:成语,出自《后汉书·梁鸿传》,梁鸿的妻子孟光给丈夫送饭时,总是把端饭的盘子举得和眉毛一样高,表示夫妻间互相敬重的意思。案,古时进食用的矮脚木盆。这两句的意思是说,如果不是酒席上母亲在座,做子女的有些事情不能做,我就有心要学一学"举案齐眉"的故事。

⑧⁸ 厮守:相聚相守,彼此待在一起。一时半刻:指时间短。

⑧⁹ 合:该。着:教,使。

⑨⁰ 就里:内情,这里指与张生婚姻中的波折。

⑨¹ 险:副词,几乎,差一点儿。化作:变成。望夫石:据刘义庆《幽明录》记载,武昌阳新县北山上有望夫石,状如人立,相传有贞妇因丈夫从军,在这里站着望她丈夫回来而化为山石。

⑨² 煖(nuǎn)溶溶:"煖"同"暖";"煖溶溶"即"暖融融"。盃(bēi):同"杯"。

⑨³ 泠(líng):清凉,冷清,这里比喻美酒无味。

⑨⁴ 怕不待:怕不要,难道不;待,要。

⑨⁵ 恨塞满愁肠胃:这两句的意思是说,放在眼前的茶饭何尝不想吃呢?只是这离别的惆怅已把肠胃都塞满了。

⑨⁶ 蜗(wō)角虚名:比喻像蜗牛角一样细小而虚幻的名声。

⑨⑦ **蝇头微利**：比喻像苍蝇头一样微不足道的利益。
⑨⑧ **两下里**：两处，两个不同的地方。
⑨⑨ **壁**：边，面。
⑩⑩ **递**：轮流，交替。你一声我一声接连不断地长吁短叹。
⑩① **辆**：这里是驾、套的意思，作动词用。
⑩② **贫僧**(pínsēng)：僧人对自己的谦称。**登科录**：科举考试后的录取名册。
⑩③ **看**：准备。**做亲**：举行婚礼。
⑩④ **在意**：注意，留神。
⑩⑤ **经忏**(chàn)：经文忏词，这里泛指佛经。**礼**：这里指诵经念佛。
⑩⑥ **春雷第一声**：形容进士及第高中的消息。
⑩⑦ **狼藉**：零乱不堪的样子。
⑩⑧ **徘徊**：犹疑不决的样子。
⑩⑨ **疾**：快，迅速。
⑩ **白**：副词，单单，只是。
⑪⑪ **青霄**：即青云之上，这里比喻考中状元，飞黄腾达。**终须**：一定要。
⑪② **金榜**：科举时代俗称殿试录取的榜。这两句是说，飞黄腾达既然有路可循就一定要达到，如果金榜无名就发誓不回来。
⑪③ **占**(zhàn)：口头吟作。**绝**：即绝句。这首绝句出自唐人小说元稹(Yuán Zhěn)的《会真记》，原来是小说中莺莺被张生抛弃后所写的诗。
⑪④ **弃掷今何在，当时且自亲**：抛弃我的人今天在何方？想当初你待我是何等的亲热！
⑪⑤ **还将旧来意，怜取眼前人**：以后还应当用过去待我的那番情意，来怜爱眼前的人。此处莺莺作这首诗，是假设自己会被抛弃，以试探张生的真心和情意。
⑪⑥ **差**(chà)：不对，错误。
⑪⑦ **张珙**(Gǒng)：张生姓张，名珙。**怜**：爱。
⑪⑧ **赓**(gēng)：续作。
⑪⑨ **剖**：表白。**寸心**：微小的心意。
⑫⓪ **长**：即"常"。
⑫① **孰与**：与谁。**关亲**：关切亲近。孤身一人之时谁和我最亲呢？
⑫② **知音**：知己，能赏识自己的人；这里指莺莺。
⑫③ **长叹人**：这里是张生自指。这两句是说，若不是遇到小姐你这个知我心音的人，有谁会怜爱我这个仰天长叹的落魄人啊！
⑫④ **淋漓**(línlí)：液体往下滴、向下流的样子。**红泪**：王嘉《拾遗记》记载，魏文帝时，薛灵云被选入宫，泣别父母。她以玉壶承泪，壶即显红色，不久泪凝如血。后称女子的眼泪为红泪。
⑫⑤ **司马青衫**：白居易《琵琶行》"坐中泣下谁最多？江州司马青衫湿。"这句是形容悲伤痛苦的样子，比江州司马白居易泪湿青衫袖还更厉害。
⑫⑥ **伯劳**：鸟名，古乐府《东飞伯劳歌》："东飞伯劳西飞燕。"后来多以劳燕分飞比喻人(特别是夫妻)的别离。
⑫⑦ **伯劳东去燕西飞，未登程先问归期这**：夫妻俩一个像伯劳鸟儿朝东去，一个似燕儿向西飞，还没有启程就问何时归来。

⑫ **眼底**:眼前。
⑫ **服**:适应,习惯。**水土**:泛指环境和气候,即指某一地域的自然条件。
⑬ **趁程途**:赶路程。
⑬ **顺时**:顺应时令。**保揣**:保重,爱惜。
⑬ **宜**:副词,应该。
⑬ **调护**:调理保护,调养护理。
⑬ **扶持**:帮助,支撑照料。
⑬ **九曲黄河**:黄河河道曲折,相传从积石山到龙门一带有九弯,所以说黄河九曲。
⑬ **三峰**:西岳华山有三个著名的高峰,莲花峰、毛女峰、松桧峰。这两句的意思是,泪水流到黄河里,使河水溢了出来;遗憾压到华山的三个高峰上,使华山也低下来了。
⑬ **帏**(wéi):同"帷",帐子。
⑬ **衾**(qīn):被子。
⑬ **据**:手靠着,凭借。
⑭ **咱**:用在祈使句末,表示祈使语气,相当于"吧"。
⑭ **齐**:齐全,好;文齐福不齐,文才好但是运气不好。
⑭ **则**:副词,只,就。
⑭ **鱼雁无消息**:即音信不通,古人认为鱼、雁能传信,所以这么说。
⑭ **青鸾**(luán):即青鸟,神话传说中为西王母传信的神鸟。**须**:必要,应当。
⑭ **花草**:比喻女子。
⑭ **栖**(qī)**迟**:停留不走,留恋不舍。
⑭ **仆**(pú):仆人,供使役的人。
⑭ **禾黍**(shǔ):代指庄稼,此处泛指田野。**嘶**:马叫。
⑭ **四围**:四周,四边。
⑮ **四围山色中,一鞭残照里**:张生提鞭骑马走在夕阳余晖里。
⑮ **胸臆**(xiōngyì):指心里头。
⑮ **量**(liàng):估计,估量。这两句是说,整个人间的烦恼都填塞在我胸臆,估量这些个大车小车如何装载得起。

第三十二课

琵琶记

课　文

　　高明(1305—1359),字则诚,温州瑞安人。《琵琶记》是高明继承南戏①传统,吸取北杂剧的艺术营养,在改编民间传统南戏《赵贞女》的基础上,精心结撰②的优秀作品,在中国文学史上占据重要的地位,被誉为南戏之祖③。

　　《琵琶记》从根本上改变了《赵贞女》④中蔡伯喈(jiē)背亲弃妇、暴雷轰死的情节,写蔡伯喈不想去应考,他父亲蔡公不从⑤;高中状元后,牛府招他入赘⑥,他辞婚,牛丞相不从;他要辞官回家尽孝,朝廷不从。三不从的大关目⑦把蔡伯喈写成了一个全忠全孝、有情有义的形象。《琵琶记》最大的成就在于塑造了赵五娘在饥荒岁月独自奉养公婆,苦苦维持生计的贤妻、孝妇形象。在吃糠、尝药、剪发、筑坟⑧等情节中,歌颂了赵五娘忍辱负重⑨、吃苦耐劳、不怕艰苦、自我牺牲的优秀品德,集中反映了中国妇女的传统美德,同时也真实地再现了天灾人祸中广大人民的苦难生活。

　　从关目的安排来看,《琵琶记》结构严谨、对比鲜明,两条情节线索交错发展,一边是赵五娘孤苦无依的悲戚⑩,一边是蔡伯喈杏园⑪春宴的奢侈;一边是赵五娘背着公婆吃糟糠⑫,一边是蔡伯喈与牛氏赏月饮酒。处在两地的人物一悲一乐,一忧一喜;一方是无穷的愁怨,一方是无限的思念。赵五娘与蔡伯喈的性格和情感,在两相对比中,得到了充分的揭示,收到了悲怆动人的艺术效果。《琵琶记》的语言风格清丽本色⑬,朴实无华,却又委婉细致,刻写入髓⑭。以口头语剖露人物的思想感情,在性情上下功夫,自然澄澈⑮,真挚动人,在中国古代戏剧史上产生了深远的影响。

注　释

① **南戏**：南戏是中国戏曲史上最早成熟的戏剧形式，北宋末年至明朝初年(12世纪~14世纪)流行于中国东南沿海，为区别同时代的北曲杂剧，后人称之为南曲戏文，或南戏。
② **结撰**(zhuàn)：创作，撰写。
③ **南戏之祖**：南戏的祖宗，最值得学习、效法的南戏作品。
④ **《赵贞女》**：早期南戏作品，写蔡伯喈背弃父母、抛弃妻子，最后被暴雷轰死的故事，谴责男子因地位提高而变心。
⑤ **不从**：不允许。
⑥ **入赘**(zhuì)：男方进入女方家庭结婚成家，成为女方的家庭成员。
⑦ **关目**：接近于故事情节，或者进一步理解为关键的情节。
⑧ **筑坟**(zhùfén)：建造坟墓。
⑨ **忍辱负重**：为了完成艰巨的任务，忍受屈辱，承担重任。
⑩ **悲戚**：悲苦，哀戚。
⑪ **杏园**：指新科进士游宴处。
⑫ **糟糠**(zāokāng)：旧指穷人用来充饥的酒渣糠皮等粗劣食物。
⑬ **本色**：不经藻饰，朴素自然。
⑭ **入髓**(suǐ)：深入骨髓，十分深刻。
⑮ **澄澈**：原义指水清见底，这里的意思是清澈透明。

糟糠自厌⑯

(《琵琶记》节选)

(旦上唱)

【山坡羊】乱荒荒不丰稔⑰的年岁，远迢迢⑱不回来的夫婿。急煎煎不耐烦的二亲，软怯怯不济事的孤身己⑲。衣尽典⑳，寸丝不挂体。几番要卖了奴㉑身己，争奈没主公婆教谁管看㉒？(合)思之，虚飘飘命怎期？难捱，实丕丕㉓灾共危。

【前腔】滴溜溜难穷尽的珠泪，乱纷纷难宽解的愁绪。骨崖崖㉔难扶持的病体，战钦钦㉕难捱过的时和岁。这糠呵，我待㉖不吃你，教奴怎忍饥㉗？我待吃呵，怎吃得？(介)苦！思量起来不如奴先死㉘，图得不知他亲死时㉙。(合前)

(白)奴家早上安排些饭与公婆，非不欲买些鲑菜㉚，争奈无钱可买。不想婆婆抵死埋冤㉛，只道奴家背地吃了甚么㉜。不知奴家吃的却是细米皮糠㉝，吃时不敢教他知道㉞，只得回避㉟。便埋冤杀了㊱，也不敢分说㊲。苦㊳！真实这糠怎的吃得㊴。(吃介)(唱)

【孝顺歌】呕得我肝肠痛[40]，珠泪垂[41]，喉咙尚兀自牢嗄住[42]。糠[43]！遭砻被舂杵[44]，筛你簸扬你[45]，吃尽控持[46]。悄似奴家身狼狈[47]，千辛万苦皆经历[48]。苦人吃着苦味[49]，两苦相逢[50]，可知道欲吞不去[51]。(吃吐介)(唱)

【前腔】糠和米[52]，本是两倚依[53]，谁人簸扬你作两处飞[54]？一贱与一贵[55]，好似奴家共夫婿[56]，终无见期[57]。丈夫，你便是米么，米在他方没寻处。奴便是糠么[58]，怎的把糠救得人饥馁[59]？好似儿夫出去[60]，怎的教奴，供给得公婆甘旨[61]？(不吃放碗介)(唱)

【前腔】思量我生无益，死又值甚的！不如忍饥为怨鬼。公婆年纪老，靠着奴家相依倚，只得苟活[62]片时。片时苟活虽容易，到底日久也难相聚。谩[63]把糠来相比，这糠尚兀自有人吃[64]，奴家骨头[65]，知他埋在何处[66]？

注　释

⑯ 厌：饱，满足。
⑰ 丰稔(rěn)：丰收，成熟。
⑱ 迢(tiáo)迢：遥远的意思。
⑲ 孤身已：孤身一人。
⑳ 衣尽典：衣服全部拿去典当或典卖了。
㉑ 奴：旧时青年女子对自己的谦称，也叫"奴家"。
㉒ 看取：照看，照料。
㉓ 实丕(pī)丕：实实在在。
㉔ 骨崖(yá)崖：瘦骨嶙峋的样子。瘦骨嶙峋难支持的病体。
㉕ 战钦(qīn)钦：战战兢兢的样子。战战兢兢难度过的岁月。
㉖ 待：要是，如果。
㉗ 忍饥：忍受饥饿。
㉘ 思量起来不如奴先死：想一想还不如我先死了。
㉙ 图得不知他亲死时：图一个不须看到双亲饿死的惨状。
㉚ 鲑(xié)菜：泛指鱼菜。鲑，鱼类菜肴的总称。
㉛ 不想婆婆抵死埋冤：没想到婆婆拼命埋冤。
㉜ 只道奴家背地吃了甚么：说我背地里吃了什么好东西。
㉝ 不知奴家吃的却是细米皮糠：他们却不知道我吃的是米糠。
㉞ 吃时不敢教他知道：吃的时候又不敢让他们知道(担心他们知道后伤心)。
㉟ 只得回避：(吃米糠的时候)只能躲避着双亲。
㊱ 埋冤杀了：他们把我埋怨死了。
㊲ 不敢分说：我也不分辩。

㊳ **苦**：这是一语双关的话，一是说吃的米糠味道苦得很；二是说受了很多委屈还不敢分辩，生活的本身就想这米糠一样很苦。

㊴ **真实这糠怎的吃得**：这糠真是很难咽得下啊！

㊵ **呕得我肝肠痛**：我呕吐得肝肠痛。

㊶ **珠泪垂**：眼泪流。

㊷ **喉咙尚兀自牢嗄住**：喉咙还被牢牢的卡住。

㊸ **糠**：这是把糠拟人化，对糠的呼唤。

㊹ **遭砻被舂杵**：你被磨碾，被杵舂，就像我的命运一样悲惨。砻(lóng)，磨碾。舂(chōng)，用杵臼捣去谷物的皮壳。杵(chǔ)，捣物的棒槌。

㊺ **筛你簸扬你**：用筛子筛你，用簸箕扬你。

㊻ **吃尽控持**：受尽折磨。

㊼ **悄似奴家身狼狈**：好像和我一样被生活折磨得不成样子。悄，通"肖"。

㊽ **千辛万苦皆经历**：历尽千辛万苦。

㊾ **苦人吃着苦味**：受苦的人吃着苦味。

㊿ **两苦相逢**：两个苦的碰到了一起。这里是说，自己的命苦，吃着苦味的糠。

(51) **欲吞不去**：想要吞，却难以咽得下去。

(52) **糠和米**：这是用米和糠来比喻赵五娘的丈夫和她自己的关系，以及他们大不相同的命运。

(53) **本是两倚依**：本来是相互依靠。

(54) **谁人簸扬你作两处飞**：是谁把糠和米(赵五娘、蔡伯喈)簸扬开，飞向两边？

(55) **一贱与一贵**：一边贫贱，一边富贵。

(56) **好似奴家共夫婿**：就像我和我的丈夫。

(57) **终无见期**：永远没有见面的那一天。

(58) **奴便是糠么**：我就是这糠吗？么，语气助词。

(59) **怎的把糠救得人饥馁**：怎么能用糠来解救人的饥饿啊。**饥馁**(něi)：饥饿。

(60) **好似儿夫出去**：就好像丈夫出了门。

(61) **怎的教奴，供给得公婆甘旨**：怎么能让我把公公婆婆供奉的好呢？**甘旨**(gānzhǐ)：美味的食物。

(62) **苟(gǒu)活**：暂时活着。

(63) **谩(màn)**：不要。不要拿糠和自己相比。

(64) **这糠尚兀自有人吃**：这糠呵还有人吃。

(65) **奴家骨头**：我死后的尸骨。

(66) **知他埋在何处**：谁知埋在哪里。

（一）填空

《琵琶记》是高明继承_____传统,吸取_____的艺术营养,在改编民间传统南戏《_____》的基础上,精心结撰的优秀作品,在中国文学史上占据重要的地位,被誉为"_____"。

（二）思考题

1. 《琵琶记》最大的成就是什么?
2. 《琵琶记》在关目安排上有什么特色?

文学史知识提示

南戏最早的剧目据《草木子》、《猥谈》、《南词叙录》等书记载,有《赵贞女蔡二郎》和《王魁》两种,并称为"戏文之首"。此外,还有元·刘一清《钱塘遗事》卷六《戏文诲淫》所记载的《王焕》戏文,《中原音韵》里记载的《乐昌分镜》,宋?张炎《山中白雪词》卷五《满江红》词注里提到的《韫玉传奇》,以及《永乐大典戏文三种》中的《张协状元》等六种,可以确定是宋人的作品。当然,宋代南戏已有较长时间的发展历史,它的演出剧目绝不会仅此六种,还有待新的发现。元代南北统一之后,南戏并没有因为南宋的灭亡而消失,它仍然和金、元之际在北方兴起的杂剧并行在南北剧坛上。元杂剧南来的同时,南戏也逐步北上,出现南北戏曲艺术交流的局面。这个时候,南戏的演出剧目也在不断的丰富,一些杂剧的剧目也被改编成南戏演出。在《南词叙录?宋元旧篇》所著录的六十五中戏文中,就可以找到二十四种与北杂剧相同的名目。这一事实说明南戏作家和艺人们善于吸收各种艺术养料来充实自己,因而到了元末明初之际,南戏便更加成熟。在创作上出现了新的高峰,产生了《荆钗记》、《白兔记》、《拜月亭记》、《杀狗记》和《琵琶记》等在戏曲史上有重大影响的作品。

（张庚、郭汉城主编《中国戏剧通史》上,中国戏剧出版社1980年版,第235—236页）

糟糠自厌

(《琵琶记》节选,紧接课文)

(外净⑥⑦上探,白)媳妇,你在这里说甚么?(旦遮糠介)(净搜出,打旦介)(白)公公,你看么?真个背后自逼逻⑥⑧东西吃,这贱人好打!(外白)你把他吃了,看是什么物事?(净荒吃介)(吐介)(外白)媳妇,你逼逻的是甚么东西?(旦介)(唱)

【前腔】这是谷中膜,米上皮,将来⑥⑨逼逻堪疗饥。(外净白)这是糠,你却怎的吃得?(旦唱)尝⑦⑩闻古贤书,狗彘⑦①食人食,公公,婆婆,须强如草根树皮。(外净白)这的不嗄杀了你?(旦唱)嚼雪⑦②餐毡,苏卿犹健,餐松⑦③食柏,到做得神仙侣,纵然吃些何虑?(白)公公,婆婆,别人吃不得,奴家须是吃得。(外净白)胡说!偏你如何吃得?(旦唱)爹妈休疑,奴须是你孩儿的糟糠妻室⑦④!

(外净哭介白)原来错埋冤了人,兀的不⑦⑤痛杀了我!(倒介)(旦叫介,唱)

【雁过沙】他沉沉向迷途,空教我耳边呼。公公,婆婆,我不能尽心相奉事⑦⑥,番教你为我归黄土⑦⑦。公公,婆婆,人道你死缘何故⑦⑧?公公,婆婆,你怎生割舍⑦⑨抛弃了奴?

(白)公公,婆婆。(外醒介唱)

【前腔】媳妇,你耽饥事公姑⑧⑩。媳妇,你耽饥怎生度⑧①?错埋冤你也不肯辞⑧②,我如今始信有糟糠妇⑧③。媳妇,我料应不久归阴府⑧④。媳妇,你休便为我死的把生的受苦⑧⑤。(旦叫婆婆介唱)

【前腔】婆婆,你还死,教奴家怎支吾⑧⑥?你若死,教我怎生度?我千辛万苦⑧⑦回护丈夫,如今到此难回护⑧⑧。我只愁母死难留父,况衣衫尽解⑧⑨,囊箧又无⑨⑩。(外⑨①叫净介)(唱)

【前腔】婆婆,我当初不寻思,教孩儿往皇都。把媳妇闪⑨②得苦又孤,把婆婆送入黄泉路⑨③,只怨是我相耽误。我骨头未知埋在何处所?

(旦白)婆婆都不省人事了,且扶入里面去。正是:青龙共白虎同行⑨④,吉凶事全然未保。(并下)(末上白)福无双至⑨⑤犹难信,祸不单行⑨⑥却是真。自家为甚说这两句?为邻家蔡伯喈妻房⑨⑦,名唤做赵氏五娘子,嫁得伯喈秀才,方才两月,丈夫便出去赴选。自去之后,连年饥荒,家里只有公婆两口,年纪八十之上,甘旨之奉⑨⑧,亏杀了这赵五娘子,把些衣服首饰之类尽皆典卖,籴⑨⑨些粮米做饭与公婆吃,他⑩⑩却背地里把些细米皮糠逼逻充饥。唧唧,这般荒年饥岁,少什么有三五个孩儿的人家⑩①,供膳⑩②不得爹娘。这个小娘子,真个今人中少有,古人中难得。那公婆不知道,颠倒把他埋冤;今来听得他公婆知道,却又痛心都害了病。俺⑩③如今去他家里探取消息则个。(看介)这个来的却是蔡小娘子,怎生恁⑩④地走得慌?(旦慌走上介,白)天有不测风云⑩⑤,人有旦夕祸福⑩⑥。(见末介)公公,我的婆婆死了。(末介)我却要来⑩⑦。(旦白)公公,我衣衫首饰尽行典卖,今日婆婆又死,教我如何区处⑩⑧?公公可怜见,相济⑩⑨则个。(末白)不妨,婆婆衣食棺椁⑩⑩之费皆出于我,你但尽心承值⑩⑪公公便了。(旦哭介)(唱)

【玉包肚】千般生受,教奴家如何措手?终不然把他骸骨,没棺椁送在荒丘?(合)相看到此,不由人不珠泪流,正是不是冤家不聚头。(末唱)

　　【前腔】不须多忧⑫,送婆婆是我身上有⑬。你但小心承直公公⑭,莫教又成不救⑮。(合前)

　　(旦白)如此,谢得公公!只为无钱送老娘。(末白)娘子放心,须知此事有商量。(合)正是:归家不敢高声哭,只恐人闻也断肠。(并下)

注　释

⑥７　外、净:这里指的是赵五娘的公公、婆婆这两个角色。
⑥８　逼逻(bīluó):安排,张罗。
⑥９　将来:取来,拿来。
⑦０　尝:曾经。
⑦１　彘(zhì):猪。尝闻二句:"狗彘食人食"出自《孟子·梁惠王》,本意是说狗和猪竟然吃人的食物。这里是反过来说,狗和猪吃的糠,人却在吃。
⑦２　嚼雪二句:苏武出使匈奴被扣留后,宁死不屈,被放至北海牧羊,渴则吃雪,饥则吞毡。
⑦３　餐松二句:在中国古代的传说中,神仙是不食人间烟火的,专门以松柏的籽为食。
⑦４　糟糠妻室:在贫穷困苦中一起度过难关的妻子。
⑦５　兀的不:岂不,难道不。
⑦６　我不能尽心相奉事:我没有能力尽心奉养你们。奉事,奉养,侍候。
⑦７　番教你为我归黄土:反而让你因为我而丧命。番,反而,倒。归黄土,命归黄泉,死去。
⑦８　缘何故:是因为什么原因。
⑦９　怎生:怎样,怎么。割舍:舍弃。
⑧０　你耽饥事公姑:你忍饥挨饿侍奉公婆。
⑧１　你耽饥怎生度:你忍饥挨饿怎么度日。
⑧２　错埋冤你也不肯辞:错埋冤你你也不分辩。
⑧３　我如今始信有糟糠妇:我现在才相信有患难中坚贞守孝的媳妇。
⑧４　我料应不久归阴府:我想我不久就要去世了。料应,料想应该;阴府,阴间。
⑧５　你休便为我死的把生的受苦:你不要因为我这死去的人(相对于将来而言)而使你的生命受苦。
⑧６　支吾:支持,支撑。
⑧７　千辛万苦:成语,形容非常辛苦。
⑧８　回护:袒护、包庇。
⑧９　况衣衫尽解:况,况且。衣衫尽解,为了赡养双亲已经将所有的衣服都当了。
⑨０　囊箧又无:指一贫如洗,身无分文。囊箧(nángqiè),口袋和箱子。
⑨１　外:指蔡公。
⑨２　闪:折磨。
⑨３　黄泉路:指死。

㉞ **青龙共白虎同行**:青龙和白虎都是星宿的名称,青龙是象征吉祥的吉星,白虎是象征灾祸的凶星,这里是说吉凶难测,祸福难料。

㉟ **末**:指蔡家邻居张大公,这是一个仗义行善的热心人,多次给蔡家以帮助。**福无双至**:幸福的事情极少两件一起来。

㊱ **祸不单行**:灾祸之事从不单独来,意思是两件三件地一起来。

㊲ **妻房**:妻子。

㊳ **甘旨之奉**:奉上美味的食品。

㊴ **籴(dí)**:买粮食。

⑩ **他**:这里指赵五娘。

⑪ **少什么有三五个孩儿的人家**:少于有大概三五个孩子的家庭。少什么,少,少于,少了。什么,概数。

⑫ **供膳(shàn)**:供饭,奉养。

⑬ **俺(ǎn)**:我。

⑭ **恁**:这样。

⑮ **天有不测风云**:天上风云变化多端,比喻有些事情很难预测。

⑯ **人有旦夕祸福**:人间的灾祸与幸福飘忽难料,即便早晨还平安无事晚上就说不定会遇上灾祸。

⑰ **却要来**:正要来,刚好要来。

⑱ **区处**:应付,对付。

⑲ **可怜见**:可怜可怜我。**见**:动词词尾,无意。**相济**:从金钱方面给与帮助。

⑳ **椁(guǒ)**:棺材外面套的大棺材。

㉑ **但**:只,只需。**承值**:照料,关照。

㉒ **不须多忧**:不须要太过忧愁。

㉓ **送婆婆是我身上有**:给婆婆送终、安葬的费用我身上有。

㉔ **你但小心承直公公**:你只需小心照料公公。

㉕ **莫教又成不救**:莫让他(出现意外)又没法救了。

第三十三课

三国演义

课 文

  罗贯中的《三国演义》是中国古代章回小说的开山之作①,也是中国最有成就的长篇历史小说。它在宋元讲史《三国志平话》的基础上,将各种历史资料融会贯通②,使三国纷争中的历史人物和事件纳入了一个十分完整细密的宏大结构,有条不紊③地处理了繁复的头绪,描绘了极其壮阔的历史画面,寄托了中国人民的政治理想和道德理想,在中国文学史、文化史上产生了巨大的影响。

  《三国演义》通过对蜀汉集团的仁者之政、曹魏集团的霸者之政和孙吴集团④的庸者之政的对比性描绘,表达了拥刘反曹⑤的倾向,突出了尊仁政而抑霸权⑥的主题。《三国演义》在艺术上取得了辉煌的成就:第一,它塑造了一系列独具神采的人物形象,全书所涉人物1200多人,有姓有名者400多人,能给读者深刻印象者多达100多人,其中影响最大的是号称三绝的贤相⑦诸葛亮、名将关羽和奸雄曹操。第二,它成功地处理了历史真实与艺术虚构之间的关系,七分史实,三分虚构⑧的创作思想对小说的传播起到了很大的作用,其虚构的目的在于集中地表现人物性格,加强小说的艺术感染力,突出全书的核心主题。第三,它特别擅长在尖锐、复杂的矛盾中描写各种战争。作者总是以人物为中心,首先写出双方的战略战术、力量的对比、地位的转化,在刀光剑影⑨中闪耀着思想的光辉。作者善于把大的战争写小,把小的战争写大,波澜壮阔⑩,云谲波诡⑪,千变万化。第四,虽然三国时期几十年间的重大事件,纷繁复杂,集中地再现于小说中,各种头绪,错综交结,主线辅线平行交叉,互相牵制,但是,作者高屋建瓴⑫,千里伏脉,首尾呼应,在中国古典小说的叙事结构上取得了重大的突破,是中国小说史上一座重要的里程碑。第五,《三国演义》吸收了传记文学的语言成就,在新的时代形成了独特的风格:典雅而不深涩,通俗而不鄙俚,雅俗共赏⑬,简洁明快,生动活泼。人物的对话语言极富个性,描写景物的语言富有意境美,尤其是描绘人物,略貌取神⑭,往往三言两语,便能绘声绘色,刻画出人物的个性。

注　释

① **章回小说**:是中国古代长篇小说的一种体裁,全书分为若干回,每回有标题,概括全回的故事内容。**开山之作**:具有开创新路或奠基意义的作品。
② **融会贯通**:把各方面的知识或道理融合贯穿起来,从而得到系统透彻的理解,或提升到一个更高的水平。
③ **有条不紊**(wěn):形容做事、说话有条有理,丝毫不乱。
④ **蜀汉集团**:以汉室后裔刘备为首的军事政治集团,据有秦岭至于南中(今四川大渡河以南和云南、贵州,在巴、蜀之南)之地,以四川成都为首都。**曹魏集团**:以曹操、曹丕父子为首的军事政治集团,据有今河北、河南、山东、山西、辽宁、甘肃等省区,江苏、安徽、湖北、陕西各一部分以及朝鲜半岛北部等地,以河南洛阳为首都。**孙吴集团**:以孙坚、孙权父子为首的军事政治集团,据有江东地区,建都武昌(今湖北鄂州),后迁建业(南京)。
⑤ **拥刘反曹**:拥护刘备,反对曹操。
⑥ **尊仁政而抑霸权**:尊崇以仁德为核心理念建立起来的政权,而贬抑靠武力和霸道建立起来的强权政治。
⑦ **贤相**:贤能的丞相。
⑧ **七分史实,三分虚构**:指作家在处理历史真实与艺术虚构之间的关系时,尊重历史事实,笔下所写大部分(或大体骨架)为真事,但绝不排除虚构,特别是在一些细节上加入自己的想象。
⑨ **刀光剑影**:形容充满杀机的气氛或激烈的搏斗与厮杀。也形容凶险的形势。
⑩ **波澜壮阔**:比喻声势雄壮浩大。
⑪ **云谲波诡**(yúnjué-bōguǐ):形容事物像云彩和波浪那样变化莫测。
⑫ **高屋建瓴**(gāo wū jiàn líng):在高屋顶上把水瓶里的水倒下。比喻居高临下,势不可挡;或俯瞰一切,气魄宏大。

⑬ 雅俗共赏：文化高的和文化低的都能欣赏。
⑭ 略貌取神：略去或略写外貌，而突出其精神。

作 品

关云长温酒斩华雄⑮

（第五回节选）

或说术⑯曰："孙坚⑰乃江东猛虎；若打破洛阳，杀了董卓，正是除狼而得虎也。今不与⑱粮，彼军必散。"术听之，不发粮草。孙坚军缺食，军中自乱，细作⑲报上关来。李肃为华雄⑳谋曰："今夜我引一军从小路下关，袭孙坚寨后，将军击其前寨，坚可擒矣。"雄从之，传令军士饱餐，乘夜下关。

是夜㉑月白风清。到坚寨时，已是半夜，鼓噪直进。坚慌忙披挂上马，正遇华雄。两马相交，斗不数合，后面李肃军到，竟天价放起火来。坚军乱窜。众将各自混战，止有祖茂跟定孙坚，突围而走。背后华雄追来。坚取箭，连放两箭，皆被华雄躲过。再放第三箭时，因用力太猛，拽折了鹊画弓，只得弃弓纵马而奔。祖茂曰："主公头上赤帻㉒射目，为贼所识认，可脱帻与某戴之。"坚就脱帻换茂盔，分两路而走。雄军只望赤帻者追赶，坚乃从小路得脱。祖茂被华雄追急，将赤帻挂于人家烧不尽的庭柱上，却入树林潜躲。华雄军于月下遥见赤帻，四面围定，不敢近前。用箭射之，方知是计，遂向前取了赤帻。祖茂于林后杀出，挥双刀欲劈华雄；雄大喝一声，将祖茂一刀砍于马下。杀至天明，雄方引兵上关。

程普、黄盖、韩当㉓都来寻见孙坚，再收拾军马屯扎。坚为折㉔了祖茂，伤感不已，星夜遣人报知袁绍㉕。绍大惊曰："不想孙文台㉖败于华雄之手！"便聚众诸侯商议。众人都到，只有公孙瓒㉗后至，绍请入帐列坐。绍曰："前日鲍将军之弟不遵调遣，擅自进兵，杀身丧命，折了许多军士；今者孙文台又败于华雄，挫动锐气，为之奈何㉘？"诸侯并皆不语。绍举目遍视，见公孙瓒背后立着三人，容貌异常，都在那里冷笑。绍问曰："公孙太守背后何人？"瓒呼玄德出曰："此吾自幼同舍兄弟，平原令刘备㉙是也。"曹操曰："莫非破黄巾㉚刘玄德乎？"瓒曰："然。"即令刘玄德拜见。瓒将玄德功劳，并其㉛出身，细说一遍。绍曰："既是汉室宗派，取坐来。"命坐。备逊谢。绍曰："吾非敬汝名爵，吾敬汝是帝室之胄㉜耳。"玄德乃坐于末位，关、张㉝叉手侍立于后。"

忽探子来报："华雄引铁骑下关，用长竿挑着孙太守赤帻，来寨前大骂搦战㉞。绍曰："谁敢去战？"袁术背后转出骁将俞涉㉟曰："小将愿往。"绍喜，便著俞涉出马。即时报来："俞涉与华雄战不三合，被华雄斩了。"众大惊。太守韩馥㊱曰：吾有上将潘凤㊲，可斩华雄。"绍急令出战。潘凤手提大斧上马。去不多时，飞马来报:"潘凤又被华雄斩了。"众皆失色。绍曰:"可惜吾上将颜良、文丑㊳未至!得一人在此,何惧华雄!"言未毕,阶下一人大呼出曰:"小将愿往斩华雄头,献于帐下!"众视之,见其人身长九尺㊴,髯㊵长二尺,丹凤眼,卧蚕眉,面如重枣㊶,声如巨钟,立于帐前。绍问何人。公孙瓒曰:"此刘玄德之弟关羽也。"绍问现居何职。瓒曰:"跟随刘玄德充马弓手。"帐上袁术大喝曰:"汝欺吾众诸侯无大将耶?量一弓手,安敢乱言!与我打出!"曹操急止之曰:"公路息怒。此人既出大言,必有勇略;试教出马,如其不胜,责之未迟。"袁绍曰:"使一弓手出战,必被华雄所笑。"操曰:"此人仪表不俗,华雄安知他是弓手?"关公曰:"如不胜,请斩某头。"操教酾㊷热酒一杯,与关公饮了上马。关公曰:"酒且斟下,某去便来。"出帐提刀,飞身上马。众诸侯听得关外鼓声大振,喊声大举,如天摧地塌,岳撼山崩,众皆失惊。正欲探听,鸾铃响处,马到中军,云长提华雄之头,掷于地上。——其酒尚温。后人有诗赞之曰:

　　威镇乾坤第一功,辕门画鼓响冬冬。
　　云长停盏施英勇,酒尚温时斩华雄。

注　释

⑮ **关云长温酒斩华雄**:关羽在热酒尚温(还没冷却下来)时就已经斩下华雄首级,极言其神勇、神速。

⑯ **或**:有人。**说**(shuì):劝说,说服。**术**:即袁术(?—199),东汉末汝南汝阳(今河南商水西北)人,字公路,袁绍从弟。

⑰ **孙坚**(155—191):东汉末吴郡富春(今浙江富阳)人,字文台,孙权的父亲。

⑱ **与**:给予。

⑲ **细作**:旧指暗探、间谍。

⑳ **李肃、华雄**:人名。

㉑ **是夜**:这一夜。

㉒ **赤帻**(zé):赤色头巾。射目:很显眼。

㉓ **程普、黄盖、韩当**:人名。

㉔ **折**:损失、失去。

㉕ **袁绍**:(?—202),东汉末汝南汝阳(今河南商水西北)人,公元200年,在官渡为曹操大败,不久病死。

㉖ **孙文台**:指孙坚。

㉗ **公孙瓒**:人名。

㉘ **为之奈何**:对此怎么办。

㉙ **刘备**(161—223):三国时蜀汉的建立者,字玄德,涿郡涿县(今河北涿州)人。

㉚ **破黄巾**:镇压、挫败黄巾起义。

㉛ 并:连同。其:他的。
㉜ 胄(zhòu):古代称帝王或贵族的子孙。
㉝ 关、张:即关羽、张飞,人名。
㉞ 搦(nuò)战:挑战。
㉟ 俞涉:人名。
㊱ 韩馥:人名。
㊲ 潘凤:人名。
㊳ 颜良、文丑:人名。
㊴ 尺:长度单位,一尺约0.3333米。
㊵ 髯:两腮的胡子,亦泛指胡子。
㊶ 重枣:深暗红色的枣子。常用以形容人的脸色。
㊷ 酾(shī):斟酒。

(一) 填空

1. 罗贯中的《三国演义》是中国古代章回小说的_____之作,也是中国最有成就的长篇_____小说。

2. 《三国演义》通过对_____集团的"仁者之政"、_____集团的"霸者之政"和_____集团的"庸者之政"的对比性描绘,表达了"_____"的倾向,突出了尊仁政而抑霸权的主题。

3. 《三国演义》塑造了一系列独具神采的人物形象,全书所涉人物1200多人,有姓有名者400多人,能给读者深刻印象者多达100多人,其中影响最大的是号称"三绝"的贤相_____、名将_____和奸雄_____。

(二) 思考题:

1. 《三国演义》作为历史小说,有一定的艺术性的虚构。它虚构的目的是什么?
2. 结合《关云长温酒斩华雄》,分析《三国演义》的艺术成就。

文学史知识提示

《三国演义》是中国最早出现的、无论思想或艺术都相当成熟的长篇章回小说。从此,中国文坛结束了长篇小说创作不过是说书人底本的时代。这在中国小说史上是具有划时代意义的。由于它是把某一段历史事实敷演成非常成功的演义小说,这就为同类的长篇小说的创作开辟了一条崭新的道路。从明代开始,这类作品就接踵而至。不仅传说罗贯中自己还著有《隋唐志传》和《残唐五代史演义》等小说,其他人也著有《盘古至唐虞传》、《有夏志传》、《有商志传》、《列国志传》、《东周列国志》、《全汉志传》、《两汉开国中兴传志》、《西汉通俗演义》、《东汉十二帝通俗演义》、《东西晋演义》、《隋唐两朝志传》、《隋唐演义》、《随史遗文》、《大宋中兴通俗演义》等等。到了清代,又有《南北史演义》、《说唐演义全传》等。直到近代以历朝历代盛衰兴替为题材的历史演义仍陆续出现。受着《三国》和《水浒》的影响,不少作家相继从一个时代中择取一个或几个英雄人物,为他们创作了传奇式的长篇小说。这类小说有:《征西演义全传》、《薛家将平西演传》、《岳武穆王精忠传》、《说岳全传》、《杨家府通俗演义》、《说呼全传》、《五虎平西前、后传》等等。尽管在这些长篇历史演义小说和英雄传奇小说中,绝大部分是水平较低的,不仅赶不上《三国演义》,甚至勉强称得起中品的也不多,但却不能否认这是开了长篇章回体演义小说的风气。

(李厚基、林骅著《三国演义简说》,上海古籍出版社1984年版,第121—122页)

定三分隆中决策㊸

(第三十八回节选)

却说玄德访孔明㊹两次不遇,欲再往访之。关公曰:"兄长两次亲往拜谒㊺,其礼太过矣。想诸葛亮有虚名而无实学,故避而不敢见。"玄德曰:"不然。昔齐桓公欲见东郭野人,五反而方得一面㊻。况吾欲见大贤耶㊼?"张飞曰:"哥哥差矣!量此村夫,何足为大贤?今番不须哥哥去;他如不来,我只用一条麻绳缚将来㊽!"玄德叱曰:"汝岂不闻周文王谒姜子牙㊾之事乎?文王且如此敬贤,汝何太无礼!今番汝休去,我自与云长去。"飞曰:"既两位哥哥都去,小弟如何落后!"玄德曰:"汝若同往,不可失礼。"飞应诺。

于是三人乘马引从者⁵⁰往隆中。离草庐半里之外,玄德便下马步行,正遇诸葛均⁵¹。玄德忙施礼,问曰:"令兄在庄否?"均曰:"昨暮方归。将军今日可与相见。"言罢,飘然自去。玄德曰:"今番侥幸得见先生矣!"张飞曰:"此人无礼!便引我等到庄也不妨,何故竟自去了!"玄德曰:"彼各有事,岂可相强⁵²。"三人来到庄前叩门,童子开门出问。玄德曰:"有劳仙童转报:刘备专来拜见先生。"童子曰:"今日先生虽在家,但今在草堂上昼寝⁵³未醒。"玄德曰:"既如此,且休通报。"分付关、张二人,只在门首等着。玄德徐步而入,见先生仰卧于草堂几席之上。玄德拱立⁵⁴阶下。半晌⁵⁵,先生未醒。关、张在外立久,不见动静,入见玄德犹然侍立⁵⁶。张飞大怒,谓云长曰:"这先生如何傲慢!见我哥哥侍立阶下,他竟高卧,推睡不起!等我去屋后放一把火,看他起不起!"云长再三劝住。玄德仍命二人出门外等候。望堂上时,见先生翻身将起,——忽又朝里壁睡着。童子欲报。玄德曰:"且勿惊动。"又立了一个时辰,孔明才醒,口吟诗曰:

　　大梦谁先觉?平生我自知。
　　草堂春睡足,窗外日迟迟。

孔明吟罢,翻身问童子曰:"有俗客来否?"童子曰:"刘皇叔在此,立候多时。"孔明乃起身曰:"何不早报!尚容更衣。"遂转入后堂。又半晌,方整衣冠出迎。玄德见孔明身长八尺,面如冠玉⁵⁷,头戴纶巾⁵⁸,身披鹤氅⁵⁹,飘飘然有神仙之概⁶⁰。玄德下拜曰:"汉室末胄⁶¹、涿郡愚夫,久闻先生大名,如雷贯耳⁶²。"昨两次晋谒⁶³,不得一见,已书贱名于文几,未审得入览否?"孔明曰:"南阳野人,疏懒性成,屡蒙将军枉临,不胜愧赧⁶⁴。"二人叙礼毕,分宾主而坐,童子献茶。茶罢,孔明曰:"昨观书意,足见将军忧民忧国之心;但恨亮年幼才疏,有误下问。"玄德曰:"司马德操之言,徐元直⁶⁵之语,岂虚谈哉?望先生不弃鄙贱⁶⁶,曲赐教诲⁶⁷。"孔明曰:"德操、元直,世之高士。亮乃一耕夫耳,安敢谈天下事?二公谬举矣⁶⁸。将军奈何舍美玉而求顽石乎?"玄德曰:"大丈夫抱经世奇才,岂可空老于林泉之下⁶⁹?愿先生以天下苍生为念⁷⁰,开备愚鲁而赐教。"孔明笑曰:"愿闻将军之志。"玄德屏⁷¹人促席而告曰:"汉室倾颓⁷²,奸臣窃命。备不量力⁷³,欲伸大义于天下,而智术浅短,迄⁷⁴无所就。惟先生开其愚而拯其厄⁷⁵,实为万幸!"孔明曰:"自董卓造逆以来,天下豪杰并起。曹操势不及袁绍,而竟能克⁷⁶绍者,非惟天时,抑亦人谋也。今操已拥百万之众,挟天子以令诸侯⁷⁷,此诚不可与争锋。孙权据有江东,已历三世,国险而民附,此可用为援⁷⁸而不可图也。荆州北据汉、沔,利尽南海,东连吴、会,西通巴、蜀,此用武之地,非其主不能守,是殆天所以资将军⁷⁹。将军岂有意乎?益州险塞,沃野千里,天府之国,高祖因之以成帝业。今刘璋⁸⁰暗弱,民殷国富,而不知存恤,智能之士,思得明君。将军既帝室之胄,信义著于四海⁸¹,总揽英雄,思贤如渴,若跨有荆、益⁸²,保其岩阻,西和诸戎⁸³,南抚彝、越,外结孙权,内修政理;待天下有变,则命一上将将荆州之兵以向宛⁸⁴、洛,将军身率益州之众以出秦川,百姓有不箪

食壶浆(85)以迎将军者乎？诚如是，则大业可成，汉室可兴矣。“此亮所以为将军谋者也。惟将军图之。”言罢，命童子取出画一轴，挂于中堂，指谓玄德曰：“此西川五十四州之图也。”将军欲成霸业，北让曹操占天时，南让孙权占地利，将军可占人和。“先取荆州为家，后即取西川建基业，以成鼎(86)足之势，然后可图中原也。”玄德闻言，避席拱手谢曰：“先生之言，顿开茅塞(87)，使备如拨云雾而睹青天(88)。但荆州刘表、益州刘璋，皆汉室宗亲，备安忍夺之？”孔明曰：“亮夜观天象，刘表不久人世；刘璋非立业之主：久后必归将军。”玄德闻言，顿首拜谢(89)。只这一席话，乃孔明未出茅庐，已知三分天下，真万古之人不及也！后人有诗赞曰：

“豫州”当日叹孤穷，何幸南阳有卧龙！
欲识他年分鼎处，先生笑指画图中。

玄德拜请孔明曰：“备虽名微德薄，愿先生不弃鄙贱，出山相助。备当拱听明诲。”孔明曰：“亮久乐耕锄，懒于应世，不能奉命。”玄德泣曰：“先生不出，如苍生何(90)！”言毕，泪沾袍袖，衣襟尽湿。孔明见其意甚诚，乃曰：“将军既不相弃，愿效犬马之劳。”玄德大喜，遂命关、张入，拜献金帛礼物。孔明固(91)辞不受。玄德曰：“此非聘大贤之礼，但表刘备寸心耳。”孔明方受。于是玄德等在庄中共宿一宵。次日，诸葛均回，孔明嘱付曰：“吾受刘皇叔三顾之恩，不容不出。汝可躬耕于此，勿得荒芜(92)田亩。待我功成之日，即当归隐。”后人有诗叹曰：

身未升腾思退步(93)，功成应忆去时言(94)。
只因先主丁宁后(95)，星落秋风五丈原(96)。

注　释

㊸ **定三分隆中决策**：在隆中(地名)决策，将天下分成三部分。

㊹ **却说**：再说。**孔明**：即诸葛亮(181—234)，三国蜀汉政治家、军事家，字孔明，又称卧龙，琅邪阳都(今山东沂南)人。

㊺ **拜谒(yè)**：拜访。

㊻ **反**：通“返”。**五反而方得一面**：五次往返才见得一面。

㊼ **况**：何况。**况吾欲见大贤耶**：何况我所想见的是一位大贤呢？

㊽ **缚(fù)将来**：捆着带来。

㊾ **周文王谒姜子牙**：相传姜子牙八十岁时，在渭水边为文王访得，拜为丞相，后来又助武王伐纣，完成了建立周朝的大业。

㊿ **引**：带着。**从者**：随从。

(51) **诸葛均**：人名。

(52) **相强(qiǎng)**：勉强他(带路)。

(53) **昼寝**：午睡。

(54) **拱立**：拱手当胸，恭敬地站着。

(55) **半晌(shǎng)**：半天。

(56) **侍立**：恭顺地站立在旁边伺候。

(57) **面如冠玉**:用来形容男子的相貌美。

(58) **纶巾(guānjīn)**:古代用青丝带做的头巾,又名诸葛巾。

(59) **鹤氅(hèchǎng)**:鸟羽制的外衣。

(60) **有神仙之概**:有神仙般的气概、气度。

(61) **末胄**:子孙,后裔。

(62) **如雷贯耳**:如雷声响彻耳边,比喻名声很响亮。

(63) **晋谒(jìnyè)**:进见,拜见。

(64) **愧赧(kuìnǎn)**:羞愧脸红。

(65) **司马德操、徐元直**:人名。

(66) **不弃鄙贱(bǐjiàn)**:不因为我们这些人见识浅薄、身份低微而厌弃。这是自谦的话。

(67) **曲**:委婉谦虚的说法,屈尊。**教诲**:教导。

(68) **谬举**:错误地抬举。这也是表示谦虚的说法。

(69) **空老于林泉之下**:在清闲的隐逸生活中白白老去。

(70) **以天下苍生为念**:为天下受苦受难的老百姓着想。

(71) **屏(bǐng)**:避开。

(72) **倾颓(qīngtuí)**:倾覆、崩溃、衰败。

(73) **不量力**:不自量力,没有正确地估计自己的力量,这里是谦虚的说法。

(74) **迄(qì)**:到(现在)。

(75) **开**:打开。拯,拯救。**开其愚而拯其厄**:除去我的愚笨,使我开化明理,将我从困厄中拯救出来。**其**:代词,这里指我。

(76) **克**:抑制,战胜。

(77) **挟天子以令诸侯**:要挟着天子(汉室皇帝),对诸侯发号施令。

(78) **援**:援助。

(79) **是**:这。**殆(dài)**:大概。**是殆天所以资将军**:意思是这大概是上天拿来资助将军你的。

(80) **刘璋**:人名。

(81) **信义**:诚信与仁义。**著于四海**:天下著名。

(82) **荆、益**:荆州和益州。荆州,古九州之一,在荆山、衡山之间,汉为十三刺史部之一。辖境约相当于今湖南湖北二省及河南、四川、广西、广东的一部分;汉末以后辖境渐小。益州,现在四川省一带。

(83) **戎(Róng)**:中国古代对西部少数民族的称呼。

(84) **宛(yuān)**:大宛,古代西域国名,在中亚西亚。**洛**:洛阳。

(85) **箪食壶浆(dānsì-hújiāng)**:老百姓用箪盛着饭,用壶盛着汤来欢迎他们爱戴的军队。**箪**:古代盛饭的圆形竹器。

(86) **鼎(dǐng)**:古代煮东西的器物,三足两耳。

(87) **顿开茅塞(dùn kāi máo sè)**:忽然打开了被茅草塞着的心。比喻忽然开窍,立刻明白。现常用茅塞顿开。

(88) **睹(dǔ)**:看见。**如拨云雾而睹青天**:好比拨开云雾,看见蔚蓝的天空。

(89) **顿首拜谢**:叩头下拜以表达谢意。

(90) **苍生**:老百姓。**如苍生何**:拿老百姓怎么办。

㉑ **固**:坚决。
㉒ **荒芜**(huāngwú):因无人管理,田地里杂草丛生。这里作使动用法。**荒芜田亩**:使得田亩荒芜。
㉓ **身未升腾思退步**:尚未飞黄腾达之时就想到退隐。
㉔ **功成应忆去时言**:大功告成应该回忆当初来到时说的话。
㉕ **只因先主丁宁后**:只因为先主刘备(相对于将来刘备已去世而言)恳切嘱托。
㉖ **星落秋风五丈原**:在秋风萧瑟的五丈原一颗巨星陨落。暗指诸葛亮以后会在五丈原去世。
运用诗句,含蓄地事先指出人物将来的命运,是这时期小说中比较常见的做法。

第三十四课

水浒传

课　文

　　施耐庵的《水浒传》是一部描写中国古代农民起义的史诗①。作者整合②了《大宋宣和遗事》以及南宋以来大量民间水浒故事，形象地再现了起义发生、发展直至失败的悲剧，通过正面歌颂起义英雄，揭示了农民起义的社会根源在于官逼民反③，通过一幕幕惨烈凄厉的悲剧，批判了农民军接受招安④，投降官府的错误，深刻反映了社会的前进导致的人性⑤觉醒，是中国英雄传奇小说的光辉典范，在中国文学史上享有崇高的地位。

　　《水浒传》在英雄传奇小说方面取得了前所未有的艺术成就：第一，《水浒传》成功地塑造了众多造反英雄的形象。与《三国演义》类型化的人物不同的是，这些人物大多都有一个由安分守己、委曲求全⑥到敢作敢为，桀骜不驯⑦的性格发展过程。在矛盾之中展示人物性格的成长，是《水浒传》在刻画人物形象方面的重大突破。第二，《水浒传》特别注重人物的细节描写。通过细致入微的细节描写，作者缩短了审美主体与客体的距离，使读者犹如身临其境⑧，清晰地看到了人物的品格与神威，大大加强了作品的艺术感染力。《水浒传》卓越的细节描写，是对中国小说艺术的重大开拓，对此后的《金瓶梅》、《红楼梦》有不可低估的影响。第三，梁山英雄来自四面八方，他们的英雄传奇故事各自相对独立而又互相关联，最后融会成一个整体的结构，贯穿起了起义斗争发生、发展直至失败的主线，自然连贯，百川归海，首尾完整，有效地突出了"官逼民反"的主题思想。第四，《水浒传》是中国文学史上第一部用通俗口语写成的长篇小说,其语言生动活泼,充满生活气息,达到了炉火纯青的境界。它既有市井生活口语的质朴、本色,又经天才作家的精心锤炼,因而取得了非凡的艺术成就:人物语言高度的性格化,即得体又传神,恰如其分;在描景状物的细腻、简洁之中显出了英雄传奇的壮美风格。

① **史诗**:本意是叙述重大历史事件或英雄传说的长诗。这里不是说《水浒传》是一部西方文学体裁意义上的史诗,而是说它是一部具有史诗般宏大的规模、精到的叙事和较高的历史价值的长篇小说。
② **整合**:整理,融合,使成为一体。
③ **官逼民反**:当官的逼得狠了,老百姓就会起来造反。
④ **招安**:招而安之。从朝廷的角度来说,将起义者招到麾下,使之安宁下来。
⑤ **人性**:人所具备的正常的感情和理性。
⑥ **安分守己**:规矩老实,安守本分,不做出格的事情。**委曲求全**:勉强迁就,以求保全,顾全大局,暂时忍让。
⑦ **桀骜不驯**(jié'ào búxùn):比喻傲慢,性情强暴不驯顺。
⑧ **身临其境**:亲自到了那个境地,获得某种切身感受。

景阳冈武松打虎

(第二十三回节选)

武松在路上行了几日,来到阳谷县地面。此去离县治⑨还远。当日晌午时分,走得肚中饥渴,望见前面有一个酒店,挑着一面招旗在门前,上头写着五个字道:"三碗不过冈"。

武松入到里面坐下,把哨棒倚了,叫道:"主人家,快把酒来吃。"只见店主人把三只碗,一双箸⑩,一碟热菜,放在武松面前,满满筛⑪一碗酒来。武松拿起碗,一饮而尽,叫道:"这酒好生有气力!主人家,有饱肚的买些吃酒。"酒家道:"只有熟牛肉。"武松道:"好的,切二三斤来吃酒。"店家去里面切出二斤熟牛肉,做一大盘子将来⑫,放在武松面前;随即再筛一碗酒。武松吃了道:"好酒!"又筛下一碗。恰好吃了三碗酒,再也不来筛。武松敲着桌子叫道:"主人家,怎的不来筛酒?"酒家道:"客官要肉便添来。"武松道:"我也要酒,也再切些肉来。"酒家道:"肉便切来,添与客官吃,酒却不添了。"武松道:"却又作怪!"便问主人家道:"你如何不肯卖酒与我吃?"酒家道:"客官,你须见我门前招旗,上面明明写道:'三碗不过冈'。"武松道:"怎地唤做'三碗不过冈'?"

酒家道:"俺家的酒,虽是村酒,却比⑬老酒的滋味;但凡客人来我店中,吃了三碗的,便醉了,过不得前面的山冈去,因此唤做'三碗不过冈'。若是过往客人到此,只吃三碗,更不再问。"武松笑道:"原来恁地⑭。我却吃了三碗,如何不醉?"酒家道:"我这酒叫做'透瓶香',又唤做'出门倒'。初入口时,醇醲⑮好吃,少刻时便倒。"武松道:"休要胡说!没地⑯不还你钱,再筛三碗来我吃!"酒家见武松全然不动,又筛三碗。武松吃道:"端的⑰好酒!主人家,我吃一碗,还你一碗钱,只顾筛来。"酒家道:"客官休只管要饮,这酒端的要醉倒人,没药医。"武松道:"休得胡鸟说!便是你使蒙汗药⑱在里面,我也有鼻子。"店家被他发话不过,一连又筛了三碗。武松道:"肉便再把二斤来吃。"酒家又切了二斤熟牛肉,再筛了三碗酒。武松吃得口滑⑲,只顾要吃;去身边取出些碎银子,叫道:"主人家,你且来看我银子,还你酒肉钱够么?"酒家看了道:"有余。还有些贴钱⑳与你。"武松道:"不要你贴钱,只将酒来筛。"酒家道:"客官,你要吃酒时,还有五六碗酒哩!只怕你吃不的了。"武松道:"就有五六碗多时,你尽数筛将来。"酒家道:"你这条长汉,倘或㉑醉倒了时,怎扶的你住?"武松答道:"要你扶的不算好汉。"酒家那里肯将酒来筛。武松焦燥道:"我又不白吃你的!休要引老爷性发,通教你屋里粉碎!把你这鸟店子倒翻转来!"酒家道:"这厮㉒醉了,休惹他。"再筛了六碗酒,与武松吃了。前后共吃了十五碗,绰㉓了哨棒,立起身来道:"我却又不曾醉!"走出门前来,笑道:"却不说'三碗不过冈'!"手提哨棒便走。

酒家赶出来叫道:"客官那里去!"武松立住了,问道:"叫我做甚么?我又不少你酒钱,唤我怎地?"酒家叫道:"我是好意。你且回来我家看抄白官司榜文。"武松道:"甚么榜文?"酒家道:"如今前面景阳冈上,有只吊睛白额大虫㉔,晚了出来伤人,坏了三二十条大汉性命。官司如今杖限猎户,擒捉发落。冈子路口,多有榜文:可教往来客人,结伙成队,于巳、午、未三个时辰㉕过冈,其余寅、卯、申、酉、戌、亥六个时辰,不许过冈。更兼单身客人,不许白日过冈,务要等伴结伙而过。这早晚正是未末申初时分㉖,我见你走都不问人,枉送了自家性命。不如就我此间歇了,等明日慢慢凑的三二十人,一齐好过冈子。"武松听了,笑道:"我是清河县人氏,这条景阳冈上,少也走过了一二十遭,几时见说有大虫?你休说这般鸟话来吓我。便有大虫,我也不怕!"酒家道:"我是好意救你,你不信时,进来看官司榜文。"武松道:"你鸟子声!便真个有虎,老爷也不怕!你留我在家里歇,莫不半夜三更,要谋我财,害我性命,却把鸟大虫唬吓我。"酒家道:"你看么!我是一片好心,反做恶意,倒落得你恁地㉒说!你不信我时,请尊便自行!"正是:

　　　　前车倒了千千辆,后车过了亦如然。
　　　　分明指与平川路,却把忠言当恶言。

那酒店里主人摇着头,自进店里去了。这武松提了哨棒,大着步,自过景阳冈来。约行了四五里路,来到冈子下,见一大树,刮去了皮,一片白,上写两行字。武松也颇识几字,抬头看时,上面写道:"近因景阳冈大虫伤人,但有过往客商,可于巳、午、未三个时辰,结伙成队过冈,请勿自误。"武松看了,笑道:"这是酒家诡诈,惊吓那等客人,便去那厮家里宿歇。我却怕甚么鸟!"横拖着哨棒,便上冈子来。

那时已有申牌时分㉓。这轮红日,厌厌地相傍下山。武松乘着酒兴,只管走上冈子来,走不到半里多路,见一个败落的山神庙㉔。行到庙前,见这庙门上贴着一张印信榜文。武松住了脚读时,上面写道:

　　　　阳谷县示:为景阳冈上新有一只大虫,近来伤害人命。现今杖限各乡里正㉚并猎户人等打捕未获。如有过往客商人等,可于巳、午、未三个时辰,结伴过冈;其余时分及单身客人,白日不许过冈。恐被伤害性命不便。各宜知悉。

武松读了印信榜文,方知端的有虎。欲待转身再回酒店里来,寻思道:"我回去时,须吃他耻笑,不是好汉,难以转去。"存想了一回,说道:"怕甚么鸟!且只顾上去看怎地!"武松正走,看看酒涌上来,便把毡笠儿背在脊梁上,将哨棒绾㉛在肋下,一步步上那冈子来。回头看这日色时,渐渐地坠下去了。此时正是十月间天气,日短夜长,容易得晚。武松自言自说道:"那得甚么大虫?人自怕了,不敢上山。"武松走了一直,酒力发作,焦热起来。一只手提着哨棒,一只手把胸膛前袒开,踉踉跄跄㉜,直奔过乱树林来。见一块光挞挞㉝大青石,把那哨棒倚在一边,放翻身体,却待要睡,只见发起一阵狂风来。看那风时,但见:

　　　　无形无影透人怀,四季能吹万物开。
　　　　就树撮将黄叶去,入山推出白云来。

原来但凡世上云生从龙,风生从虎㉞。那一阵风过处,只听得乱树背后扑地一声响,跳出一只吊睛白额大虫。武松见了,叫声:"阿呀!"从青石上翻将下来,便拿那条哨棒在手里,闪在青石边。

那个大虫又饥又渴,把两只爪在地下略按一按,和身望上一扑,从半空里撺㉟将下来。武松被那一惊,酒都做冷汗出了。说时迟,那时快。武松见大虫扑来,只一闪,闪在大虫背后。那大虫背后看人最难,便把前爪搭在地下,把腰胯一掀,掀将起来。武松只一躲,躲在一边。大虫见掀他不着,吼一声,却似半天里起个霹雳㊱,振得那山冈也动,把这铁棒也似虎尾㊲倒竖起来,只一剪。武松却又闪在一边。原来那大虫拿人,只是一扑,一掀,一剪;三般提不着时,气性先自没了一半。那大虫又剪不着,再吼了一声,一兜兜将回来。武松见那大虫复翻身回来,双手抡起哨棒,尽平生气力,只一棒,从半空劈将下来。只听得一声响,簌簌地将那树连枝带叶劈脸打将下来。定睛看时,一棒劈不着大虫;原来慌了,正打在枯树上,把那条哨棒折做两截,只拿得一半在手里。那大虫咆哮㊳,性发起来,翻身又只一扑,扑将来。武松又只一跳,却退了十步远。那大虫恰好把两只前爪搭在武松面前。武松将半截棒丢在一边,两只手就势把大虫顶花皮肐瘩地揪住,一按按将下来。那只大虫急要挣扎,早没了气力。被武松尽气力纳定,那里肯放半点儿松宽。武松把只脚望大虫面门上、眼睛里,只顾乱踢。那大虫咆哮起来,把身底下爬起两堆黄泥,做了一个土坑。武松把那大虫嘴直按下黄泥坑里去。那大虫吃武松奈何得没了些气力。武松把左手紧紧地揪住顶花皮,偷出右手来,提起铁锤般大小拳头,尽平生之力,只顾打。打到五七十拳,那大虫眼里、口里、鼻子里、耳朵里、都迸㊴出鲜血来。那武松尽平昔神威,仗胸中武艺,半歇儿把大虫打做一堆,却似躺着一个锦皮袋。有一篇古风㊵,单道景阳冈武松打虎。但见:

　　景阳冈头风正狂,万里阴云霾日光。
　　焰焰满川枫叶赤,纷纷遍地草芽黄。
　　触目晚霞挂林薮㊶,侵人冷雾弥穹苍。
　　忽闻一声霹雳响,山腰飞出兽中王㊷。
　　昂头踊跃逞牙爪,麋鹿之属皆奔忙。
　　清河壮士㊸酒未醒,冈头独坐忙相迎。
　　上下寻人虎饥渴,一掀一扑何狰狞㊹!
　　虎来扑人似山倒,人去迎虎如岩倾。
　　臂腕落时坠飞炮,爪牙爬处成泥坑。
　　拳头脚尖如雨点,淋漓两手猩红染。
　　腥风血雨满松林,散乱毛须坠山奄。
　　近看千钧势有余,远观八面威风敛。
　　身横野草锦斑销,紧闭双睛光不闪。

　　当下景阳冈上那只猛虎,被武松没顿饭之间,一顿拳脚打得那大虫动弹不得,使得口里兀自气喘。武松放了手,来松树边寻那打折的棒橛㊺,拿在手里;只怕大虫不死,把棒橛又打了一回。那大虫气都没了,武松再寻思道:"我就地拖得这死大虫下冈子去。"就血泊里双手来提时,那里提得动?原来使尽了气力,手脚都苏软㊻了,去弹不得。

　　武松再来青石坐了半歇,寻思道:"天色看看黑了,倘或又跳出一只大虫来时,我却怎地斗得他过?且挣扎下冈子去,明早却来理会。"就石头边寻了毡笠㊼儿,转过乱树林边,一步步挨下冈子来。

　　走不到半里多路,只见枯草丛中,钻出两只大虫来。武松道:"阿呀!我今番死也!性命罢了!"只见那两个大虫于黑影里直立起来。武松定睛看时,却是两个人,把虎皮缝做衣裳,紧紧拼在身上。那两个人手里各拿着一条五股叉,见了武松,吃一惊道:"你那人吃了㺯狼心、豹子肝、狮子腿,胆倒包着身躯㊽,如何敢独自一个,昏黑将夜,又没器械,走过冈子来!不知你是人?是鬼?"武松道:"你两个是甚么人?"那个人道:"我们是本处猎户。"武松道:"你们上岭来做甚么?"两个猎户失惊道:"你兀自不知哩!如今景阳冈上,有一只极大的大虫,夜夜出来伤人。只我们猎户,也折了七八个;过往客人,不记其数,都被这畜生吃了。本县知县着落当乡里正和我们猎户人等捕捉。那业畜势大难近,谁敢向前!我们为他,正不知吃了多少限棒,只捉他不得!今夜又该我们两个捕猎,和十数个乡夫在此,上上下下放了窝弓药箭等他。正在这里埋伏,却见你大剌剌㊾地从冈子上走将下来。我两个吃了一惊。你却正是甚人?曾见大虫么?"武松道:"我是清河县人氏,姓武,排行第二。却才冈子上乱树林边,正撞见那大虫,被我一顿拳脚打死了。"两个猎户听得痴呆了,说道:"怕没这话。"武松道:"你不信时,只看我身上兀自㊿有血迹。"两个道:"怎地打来?"武松把那打大虫的本事,再说了一遍。两个猎户听了,又惊又喜,叫拢那十个乡夫来。"

只见这十个乡夫,都拿着钢叉、踏弩、刀枪,随即拢来。武松问道:"他们众人,如何不随着你两个上山?"猎户道:"便是那畜生利害㈤,他们如何敢上来?"一伙十数个人,都在面前。两个猎户把武松打杀大虫的事,说向众人。众人都不肯信。武松道:"你众人不信时,我和你去看便了。"众人身边都有火刀、火石,随即发出火来,点起五七个火把。众人都跟着武松,一同再上冈子来,看见那大虫做一堆儿死在那里。众人见了大喜,先叫一个去报知本县里正,并该管上户。这里五七个乡夫,自把大虫缚了,抬下冈子来。

注 释

⑨ **去离**:距离。**县治**:县政府或县衙门所在地。
⑩ **箸**(zhù):筷子。
⑪ **筛**(shāi):斟(酒),倒(酒)。
⑫ **将来**:拿来、取来。
⑬ **比**:比得过。
⑭ **恁地**(nèndì):那么,那样。**原来恁地**:原来是那样。
⑮ **醇酽**(chúnnóng):酒味浓厚甘美。
⑯ **没地**:宋元时期口语,没有个。**没地不还你钱**:又不会不给你钱。
⑰ **端的**:真是。**端的好酒**:真是好酒啊。
⑱ **蒙汗药**:中国古代戏曲小说中指能使人暂时失去知觉的药。
⑲ **口滑**:很爽口,嘴巴里很过瘾。
⑳ **贴钱**:找补的零钱。

㉑ **倘或(tǎnghuò)**:如果。用在偏正复句的偏句中,表示假设关系,正句根据假设推出结论。与"倘"、"倘若"、"倘使"、"假如"、"如果"相当。

㉒ **厮**:古代对人的轻蔑称呼(宋代以来的小说中常用)。

㉓ **绰(chāo)**:抓取。

㉔ **吊睛白额大虫**:眼睛突出、额头一片白毛的大老虎。

㉕ **巳、午、未三个时辰**:指上午九点到下午三点(9:00~15:00)这段时间。中国古代以时辰为单位计时,一天十二个时辰,顺次为子、丑、寅、卯、辰、巳、午、未、申、酉、戌、亥,一个时辰两个小时。子时为夜里11点至凌晨1点,其余依次类推。

㉖ **未末申初时分**:下午两点多快到三点的时候。

㉗ **恁地**:那样(拿话折损我)。

㉘ **申牌时分**:下午三时至五时。古于衙门和驿站前设置时辰台,每移一时辰,则以刻有指示时间的牌子换之,故称。

㉙ **山神庙**:古人认为山有山神,立山神庙祭祀山神。

㉚ **里正**:古代乡里小吏。一般由乡里富户担任,其职事是代官府征税,派役,并负驿递、供应等责。

㉛ **绾(wǎn)**:打结。

㉜ **踉踉跄跄(liàngliàngqiàngqiàng)**:走路歪歪斜斜的样子。

㉝ **光挞挞(tátá)**:光溜溜。

㉞ **风生从虎**:虎过处风声阵阵,或意谓突起大风就可能有虎。

㉟ **撺(cuān)**:跳。

㊱ **霹雳(pīlì)**:响声极大的雷。

㊲ **把这铁棒也似虎尾**:把那铁棒似的虎尾巴。

㊳ **咆哮(páoxiāo)**:猛兽怒吼,发出洪亮有力的能回荡的声音。

㊴ **迸(bèng)**:向外溅,喷射。

㊵ **古风**:不严格遵循格律的古诗。

㊶ **薮(sǒu)**:草丛。

㊷ **兽中王**:指老虎。

㊸ **清河壮士**:指武松。

㊹ **狰狞(zhēngníng)**:形容样子凶恶。

㊺ **橛(jué)**:小木桩,或如小木桩般的短木。

㊻ **苏软**:软弱无力。苏,同酥。

㊼ **毡笠(zhānlì)**:用动物的毛片做成的笠帽。

㊽ **胆倒包着身躯**:身体里面的胆反而大得足以包住身躯,以夸张说法极言胆大。

㊾ **大剌(là)剌**:大大咧咧。

㊿ **兀自**:副词,仍旧,还是。

(51) **利害**:厉害。

练习

(一) 填空

1. _____的《水浒传》是一部描写中国古代农民起义的_____。作者整合了《_____》以及南宋以来大量民间水浒故事,形象地再现了起义发生、发展直至失败的_____。

2. 《水浒传》特别注重人物的细节描写,对此后的《_____》、《_____》有不可低估的影响。

(二) 思考题

1. 谈一谈《水浒传》所取得的艺术成就。
2. 结合课文《景阳冈武松打虎》,分析《水浒传》的细节描写。

文学史知识提示

《水浒传》的现实主义艺术力量,在塑造人物形象和描绘人物性格方面,得到了卓越的成就。《水浒传》的写人物,不同于《西游记》的写神魔,不同于《儒林外史》的写士子,更不同于《红楼梦》的写名门闺秀、十二金钗。它所写的大都是出身贫贱的好汉,生龙活虎的英雄。它用的是粗线条的笔法,着墨多,色彩浓烈,用丰富多彩的辞汇和粗豪泼辣的语言,描绘出各种不同阶级不同类型的人物形象。通过这些人物历史的变化和发展,展露出封建统治集团的黑暗面貌和人民的悲惨生活,以及英勇斗争的思想感情。下层社会出身的鲁智深、李逵、武松、阮氏三雄、解珍、解宝两兄弟、石秀、李俊一类人物固然写得很好,就是出身于地主家庭或是为封建政权服务过的如林冲、杨志、宋江一类,也写得很好。在那一条"逼上梁山"的大路上,作者以同情农民起义的坚定立场,把各种不同的人物,在复杂的矛盾斗争中,在不同的环境不同的故事过程中,一个一个如同百川入海一般,汇集到那起义的狂涛里去。特别如林冲、杨志、宋江一类人物,要参加起义,是要经过一个长时期的斗争过程的。作者非常真实地适应他们的地位和性格,把封建政权的无比丑恶与残酷迫害,一一加以生动的描写,使他们的思想感情,很自然地逐步发生变化,终于走上梁山。在这里,一面说明这些人物参加起义的艰苦过程,同时更有力地说明封建统治者鱼肉人民到了如何普遍、如何令人不能忍受的程度。在这样曲折真实的描写中,林冲的历史是写得最出色最动人的。

(刘大杰著《中国文学发展史》
上海古籍出版社1982年版,第1041—1042页)

名篇欣赏

林教头风雪山神庙　陆虞候火烧草料场

(《水浒传》第十回)

话说当日林冲正闲走间，忽然背后人叫，回头看时，却认得是酒生儿李小二。当初在东京㉜时，多得林冲看顾㉝。这李小二先前在东京时，不合偷了店主人家财，被捉住了，要送官司问罪。却得林冲主张陪话㉞，救了他，免送官司；又与他陪了些钱财，方得脱免。京中安不得身，又亏林冲赍㉟发他盘缠，于路投奔人，不想今日却在这里撞见。林冲道："小二哥，你如何也在这里？"李小二便拜道："自从得恩人救济，赍发小人，一地里投奔人不着。迤逦㊱不想来到沧州，投托一个酒店里姓王，留小人在店中做过卖。因见小人勤谨㊲，安排的好菜蔬，调和的好汁水，来吃的人都喝采，以此买卖顺当。主人家有个女儿，就招㊳了小人做女婿。如今丈人、丈母都死了，只剩得小人夫妻两个，权在营前开了个茶酒店。因讨钱过来，遇见恩人。恩人不知为何事在这里？"林冲指着脸上道："我因恶㊴了高太尉，生事陷害，受了一场官司，刺配㊵到这里。如今叫我管天王堂，未知久后如何。不想今日到此遇见。"

李小二就请林冲到家里面坐定，叫妻子出来拜了恩人。两口儿欢喜道："我夫妻二人正没个亲眷，今日得恩人到来，便是从天降下。"林冲道："我是罪囚，恐怕玷辱㊶你夫妻两口。"李小二道："谁不知恩人大名？休恁地说㊷。但有衣服，便拿来家里浆洗缝补。"当时管待林冲酒食，至夜送回天王堂。次日又来相请，因此林冲得李小二家来往，不时间送汤送水来营里，与林冲吃。林冲因见他两口儿恭敬孝顺，常把些银两与他做本钱。

且把闲话休题，只说正话。迅速光阴，却早冬来。林冲的绵衣裙袄，都是李小二浑家㊸整治缝补。忽一日，李小二正在门前安排菜蔬下饭，只见一个人闪将进来，酒店里坐下，随后又一人入来。看时，前面那个人是军官打扮，后面这个走卒模样，跟着也来坐下。李小二入来问道："可要吃酒？"只见那个人将出㊹一两银子与小二道："且收放柜上，取三四瓶好酒来；客到时，果品酒馔㊺只顾将来，不必要问。"李小二道："官人请甚客？"那人道："烦你与我去营里请管营、差拨㊻两个来说话；问时，你只说有个官人请说话，商议些事务，专等专等。"

李小二应承了，来到牢城里，先请了差拨；同到管营家中请了管营，都到酒店里。只见那个官人和管营、差拨两个讲了礼。管营道："素不相识，动问官人高姓大名？"那人道："有书在此，少刻便知。且取酒来。"李小二连忙开了酒，一面铺下菜蔬果品酒馔，那人叫讨副劝盘㊼来，把了盏，相让坐了。小二独自一个穿梭也似伏侍不暇。那跟来的人讨了汤桶㊽，自行烫酒，约计吃过十数杯，再讨了按酒，铺放桌上。只见那人说道："我自有伴当烫酒，不叫你休来。我等自要说话。"

李小二应了，自来门首叫老婆道："大姐，这两个人来得不尴尬㊾。"老婆道："怎么的不尴尬?"小二道:"这两个人语言声音是东京人。初时又不认得管营,向后我将按酒入去,只听得差拨口里讷出一句'高太尉'三个字来,这人莫不与林教头身上有些干碍⑩?我自在门前理会,你且去阁子背后听说甚么。"老婆道:"你去营中寻林教头来认他一认。"李小二道:"你不省得㉑。林教头是个性急的人,摸不着便要杀人放火。倘或叫的他来看了,正是前日说的甚么陆虞候㉒,他肯便罢?做出事来,须连累了我和你。你只去听一听再理会。"老婆道:"说得是。"便入去听了一个时辰,出来说道:"那三四个交头接耳说话,正不听得说甚么,只见那一个军官模样的人,去伴当怀里取出一帕子物事㉓,递与管营和差拨,帕子里面的,莫不是金银。只听差拨口里说道:'都在我身上,好歹要结果他性命。'"正说之时,阁子里叫:"将汤来。"李小二急去里面换汤时,看见管营手里拿着一封书。小二换了汤,添些下饭,又吃了半个时辰,算还了酒钱,管营、差拨先去了。次后那两个低着头也去了。

转背不多时,只见林冲走将入店里来,说道:"小二哥,连日好买卖。"李小二慌忙道:"恩人请坐,小二却待正要寻恩人,有些要紧话说。"有诗为证:

　　谋人动念震天门,悄语低言号六军。
　　岂独隔墙原有耳,满前神鬼尽知闻。

当下林冲问道:甚么㉔要紧的事?李小二请林冲到里面坐下,说道:"却才有个东京来的尴尬人㉕,在我这里请管营、差拨吃了半日酒。差拨口里讷出高太尉三个字来,小人心下疑惑。又着浑家听了一个时辰,他却交头接耳,说话都不听得,临了只见差拨口里应道:'都在我两个身上,好歹要结果了他。'那两个把一包金银递与管营、差拨;又吃了一回酒,各自散了。不知甚么样人,小人心下疑,只怕恩人身上有些妨碍。"林冲道:"那人生得什么模样?"李小二道:"五短身材,白净面皮,没甚髭须㉖,约有三十余岁。那跟的也不长大㉗,紫棠色面皮。"林冲听了大惊道:"这三十岁的正是陆虞候。那泼贱贼,敢来这里害我?休要撞着我,只教骨肉为泥!"李小二道:"只要提防他便了。岂不闻古人言:'吃饭防噎,走路防跌。'"

林冲大怒,离了李小二家。先去街上买把解腕尖刀,带在身上。前街后巷,一地里去寻。李小二夫妻两个捏着两把汗。当晚无事。次日天明起来,洗漱罢,带了刀,又去沧州城里城外,小街夹巷,团团寻了一日。牢城营里,都没动静。林冲又来对李小二道:"今日又无事。"小二道:"恩人,只愿如此。只是自放仔细便了。"林冲自回天王堂,过了一夜,街上寻了三五日,不见消耗㉘,林冲也自心下慢㉙了。

到第六日,只见管营叫唤林冲到点视厅上,说道:"你在这里许多时,柴大官人面皮,不曾抬举的你。此间东门外十五里有座大军草场,每月但是㉚纳草纳料的,有些常例钱取觅。原是一个老军看管,如今我抬举你去替那老军来守天王堂,你在那里寻几贯盘缠。你可和差拨便去那里交割㉛。"林冲应道:"小人便去。"当时离了营中,径到李小二家,对他夫妻两个说道:"今日管营拨我去大军草料场管事,却如何?"李小二道:"这个差使,又好似㊵天王堂。那里收草料时,有些常例钱钞。往常不使钱时,不能够这差使。"林冲道:"却不害我,倒与我好差使,正不知何意?"李小二道:"恩人休要疑心,只要没事便好了。只是小人家离得远了,过几时挪工夫来望恩人。"就在家里安排几杯酒,请林冲吃了。

话不絮烦,两个相别了。林冲自到天王堂㊼取了包裹,带了尖刀,拿了条花枪,与差拨一同辞管营,两个取路投草料场来。正是严冬天气,彤云密布,朔风㊽渐起,却早纷纷扬扬卷下一天大雪来。那雪早下得密了。但见:

凛凛严凝雾气昏,空中祥瑞降纷纷。
须臾㊾四野难分路,顷刻千山不见痕。
银世界,玉乾坤,望中隐隐接昆仑。
若还下到三更后,仿佛填平玉帝门。

林冲和差拨两个在路上,又没买酒吃处,早来到草料场外。看时,一周遭有些黄土墙,两扇大门;推开看里面时,七八间草屋做着仓廒㊿,四下里都是马草堆,中间两座草厅。到那厅里,只见那老军在里面向火。差拨说道:"管营差这个林冲来替你回天王堂看守,你可即便交割。"老军拿了钥匙,引着林冲分付道:"仓廒内自有官司封记;这几堆草,一堆堆都有数目。"老军都点见了堆数,又引林冲到草厅上,老军收拾行李,临了说道:"火盆、锅子、碗碟都借与你。"林冲道:"天王堂内,我也有在那里。你要,便拿了去。"老军指壁上挂一个大葫芦,说道:"你若买酒吃时,只出草场,投㊿东大路去三二里,便有市井。"老军自和差拨回营里来。

只说林冲就床上放了包裹被卧,就坐上生些焰火起来。屋边有一堆柴炭,拿几块来生在地炉里。仰面看那草屋时,四下里崩坏了,又被朔风吹撼,摇振得动。林冲道:"这屋如何过得一冬?待雪晴了,去城中唤个泥水匠来修理。"向㊿了一回火,觉得身上寒冷,寻思:"却才老军所说二里路外有那市井,何不去沽些酒来吃?"便去包裹里取些碎银子,把花枪挑了酒葫芦,将火炭盖了,取毡笠子戴上,拿了钥匙出来,把草厅门拽上;出到大门首,把两扇草场门反拽上锁了;带了钥匙,信步投东。雪地里踏着碎琼乱玉㊿,迤逦背着北风而行。

那雪正下得紧。行不上半里多路,看见一所古庙,林冲顶礼道:"神明庇佑,改日来烧纸钱。"又行了一回,望见一簇人家,林冲住脚看时,见篱笆中挑着一个草帚儿在露天里。林冲径㊿到店里,主人问道:"客人那里来?"林冲道:"你认得这个葫芦么?"主人看了道:"这葫芦是草料场老军的。"林冲道:"原来如此。"店主道:"既是草场料看守大哥,且请少坐;天气寒冷,且酌三杯,权当接风㊿。"店家切一盘熟牛肉,烫一壶热酒,请林冲吃。又自买了些牛肉,又吃了数杯,就又买了一葫芦酒,包了那两块牛肉,留下些碎银子。把花枪挑着酒葫芦,怀内揣了牛肉,叫声相扰,便出篱笆门,仍旧迎着朔风回来。看那雪,到晚越下得紧㊿了。古时有个书生,做了一个词,单题那贫苦的恨雪:

广莫严风刮地,这雪儿下的正好。扯絮挦㊿绵,裁几片大如栲栳㊿。见林间竹屋茅茨㊿,争些儿被他压倒。富室豪家,却言道压瘴犹嫌少。向的是兽炭红炉,穿的是绵衣絮袄。手拈梅花,唱道国家祥瑞,不念贫民些小。高卧有幽人,吟咏多诗草。

再说林冲踏着那瑞雪,迎着北风,飞也似奔到草场门口开了锁,入内看时,只叫得苦。原来天理昭然,佑护善人义士。因这场大雪,救了林冲的性命。那两间草厅,已被雪压倒了。林冲寻思:"怎地好?"放下花枪、葫芦在雪里。恐怕火盆内有火炭延烧起来,搬开破壁子,探半身入去摸时,火盆内火种都被雪水浸灭了。林冲把手床上摸时,只拽得一条絮被。林冲钻将⑯出来,见天色黑了,寻思:"又没把火处,怎生安排?"想起:"离了这半里路上,有一古庙,可以安身。我且去那里宿一夜,等到天明,却作理会⑰。"把被卷了,花枪挑着酒葫芦,依旧把门拽上,锁了,望那庙里来。入得庙门,再把门掩上,傍边止⑱有一块大石头,掇将过来,靠了门。入得里面看时,殿上塑着一尊金甲山神,两边一个判官,一个小鬼,侧边堆着一堆纸。团团看来,又没邻舍,又无庙主。林冲把枪和酒葫芦放在纸堆上;将那条絮被放开;先取下毡笠子,把身上雪都抖了;把上盖白布衫脱将下来,早有五分湿了,和毡笠放在供桌上;把被扯来,盖了半截下身。却把葫芦冷酒提来慢慢地吃,就将怀中牛肉下酒。

正吃时,只听得外面必必剥剥地爆响。林冲跳起身来,就壁缝里看时,只见草料场里火起,刮刮杂杂的烧着。但见:

雪欺火势,草助火威。偏愁草上有风,更讶雪中送炭。赤龙斗跃,如何玉甲纷纷;粉蝶争飞,遮莫火莲焰焰。初疑炎帝⑲纵神驹,此方刍牧⑳;又猜南方逐朱雀,遍处营巢。谁知是白地里起灾殃,也须信暗室中开电目。看这火,能教烈士无明发;对这雪,应使奸邪心胆寒。

当时林冲便拿了花枪,却待开门来救火,只听得外面有人说将话来。林冲就伏门边听时,是三个人脚步响,直奔庙里来。用手推门,却被石头靠住了,推也推不开。三人在庙檐下立地看火,数内一个道:"这条计好么?"一个应道:"端的亏管营、差拨两位用心!回到京师,禀过太尉,都保你二位做大官。这番张教头没的推故。"那人道:"林冲今番直吃我们对付了,高衙内这病必然好了。"又一个道:"张教头那厮,三回五次托人情去说:'你的女婿没了。'张教头越不肯应承,因此衙内病患看看重了。太尉特使俺两个央浼㉑二位干这件事,不想而今完备了。"又一个道:"小人直爬入墙里去,四下草堆上,点了十来个火把,待走那里去?"那一个道:"这早晚烧个八分过了。"又听得一个道:"便逃得性命时,烧了大军草料场,也得个死罪。"又一个道:"我们回城里去罢。"一个道:"再看一看,拾得他一两块骨头回京,府里见太尉和衙内时,也道我们也能会干事。"

林冲听得三个人时,一个是差拨,一个是陆虞候,一个是富安。自思道:"天可怜见㉒林冲!若不是倒了草厅,我准定被这厮们烧死了。"轻轻把石头掇开,挺着花枪,左手拽开庙门,大喝一声:"泼贼那里去!"三个人都急要走时,惊得呆了,正走不动。林冲举手,肐察的一枪,先拨倒差拨。陆虞候叫声:"饶命!"吓的慌了手脚,走不动。那富安走不到十来步,被林冲赶上,后心只一枪,又戳倒了。翻身回来,陆虞候却才行得三四步,林冲喝声道:"好贼,你待那里去!"批胸只一提,丢翻在雪地上,把枪搠在地里,用脚踏住胸脯,身边取出那口刀来,便去陆谦脸上搁着,喝道:"泼贼!我自来又和你无甚么冤仇,你如何这等害我?正是杀人可恕,情理难容。"陆虞候告道:"不干小人事,太尉差遣,不敢不来。"林冲骂道:"奸贼,我与你自幼相交,今日倒来害我,怎不干你事?且吃我一刀!"把陆谦上身衣服扯开,把尖刀向心窝里只一剜,七窍迸出血来,将心肝提在手里。回头看时,差拨正爬将起来要走。林冲按住喝道:"你这厮原来也恁的歹!且吃我一刀。"又早把头割下来,挑在枪上。回来,把富安、陆谦头都割下来。把尖刀插了,将三个人头发结做一处,提入庙里来,都摆在山神面前供桌上,再穿了白布衫,系了胳膊,把毡笠子带上,将葫芦里冷酒都吃尽了。被与葫芦都丢了不要,提了枪,便出庙门投东去。走不到三五里,早见近村人家都拿着水桶钩子来救火。林冲道:"你们快去救应,我去报官了来。"提着枪只顾走。有诗为证:

　　　　天理昭昭⑩不可诬,莫将奸恶作良图。
　　　　若非风雪沽村酒,定被焚烧化朽枯。
　　　　自谓冥中施计毒,谁知暗里有神扶。
　　　　最怜万死逃生地,真是魁奇伟丈夫。

　　那雪越下的猛。林冲投东走了两个更次,身上单寒,当不过那冷⑩。在雪地里看时,离得草料场远了;只见前面疏林深处,树木交杂,远远地数间草屋,被雪压着,破壁缝里透出火光来。林冲径投那草屋来。推开门,只见那中间坐着一个老庄客,周围坐着四五个小庄家向火。地炉里面焰焰地烧着柴火。林冲走到面前叫道:"众位拜揖,小人是牢城营差使人,被雪打湿了衣裳,借此火烘一烘,望乞方便。"庄客道:"你自烘便了,何妨得!"

　　林冲烘着身上湿衣服,略有些干,只见火炭边煨着一个瓮儿,里面透出酒香。林冲便道:"小人身边有些碎银子,望烦回⑩些酒吃。"老庄客道:"我们每夜轮流看米囤,如今四更天气正冷,我们这几个吃尚且不够,那得回与你。休要指望!"林冲又道:"胡乱只回三两碗与小人挡寒。"老庄客道:"你那人休缠休缠。"林冲闻得酒香,越要吃,说道:"没奈何,回些罢。"众庄客道:"好意着你烘衣裳向火,便来要酒吃!去便去,不去时,将来吊在这里。"林冲怒道:"这厮们好无道理!"把手中枪看着块焰焰着的火柴头,望老庄客脸上只一挑将起来,又把枪去火炉里只一搅,那老庄家的髭须焰焰的烧着,众庄客都跳将起来。林冲把枪杆乱打,老庄家先走了;庄家们都动弹不得,被林冲赶打一顿,都走了。林冲道:"都去了,老爷快活吃酒。"土坑上却有两个椰瓢,取一个下来,倾⑩那瓮酒来,吃了一会,剩了一半。提了枪,出门便走。一步高,一步低,踉踉跄跄,捉脚不住。走不过一里路,被朔风一掉,随着那山涧边倒了,那里挣得起来。大凡醉人一倒,便起不得,当时林冲醉倒在雪地上。

　　却说众庄客引了二十余人,拖枪拽棒,都奔草屋下看时,不见了林冲。却寻着踪迹赶将来,只见倒在雪地里,花枪丢在一边。庄客一齐上,就地拿起林冲来,将一条索缚了。趁五更时分,把林冲解⑩投一个去处来。不是别处,有分教:蓼儿洼内,前后摆数千只战舰艨艟⑩;水浒寨中,左右列百十个英雄好汉。正是:说时杀气侵人冷,讲处悲风透骨寒。毕竟看林冲被庄客解投甚处来,且听下回分解。

注 释

(52) **东京**:宋朝的首都汴京,在今天河南省开封市。
(53) **看顾**:照顾。
(54) **陪话**:道歉,说好话。
(55) **赍(jī)**:赠送。
(56) **迤逦(yǐlǐ)**:原指曲折连绵,这里指拐了很多弯路。
(57) **勤谨**:勤快,谨慎。
(58) **招**:招人入赘作女婿。
(59) **恶**:得罪。
(60) **配**:充军发配。
(61) **玷辱(diànrǔ)**:玷污,辱没。
(62) **休恁地说**:别那么说。
(63) **浑家**:妻子(多见于早期白话)。
(64) **将出**:拿出。
(65) **馔(zhuàn)**: 饮食,食物。
(66) **管营、差拨**:军中的官职名,地位较低。
(67) **劝盘**:相当于今天的公用餐具,自己给别人挟菜时使用。
(68) **汤桶**:热水桶,用来烫酒的一种工具。
(69) **尴尬(gāngà)**:对人而言,指鬼祟,不正派;对事而言,指有麻烦,叫人困窘。
(70) **干碍**:麻烦。
(71) **省(xǐng)得**:考虑到。
(72) **陆虞候(yúhòu)**:人名,叫陆谦。
(73) **物事**:东西。
(74) **甚么**:什么。
(75) **尴尬人**:鬼鬼祟祟的人。
(76) **髭须(zīxū)**:髭,嘴上边的胡子。**须**:长在下巴上的胡子。都指胡子。
(77) **长大**:高大。
(78) **消耗**:消息,音信。
(79) **慢**:怠慢,松懈。
(80) **但是**:只是。
(81) **交割**:新旧交替时结清手续,移交。
(82) **好似**:胜过。
(83) **天王堂**:是沧州牢城营中林冲干活的地方,工作比较轻松。
(84) **朔(shuò)风**:冬天的北风。
(85) **须臾**:一会儿,意同下文的片刻。
(86) **仓廒(cāng'áo)**:储藏粮食的仓库。
(87) **投**:向。

⑧ 向:烤(火)。
⑨ 碎琼乱玉:指雪。
⑩ 径:直接。
⑪ 接风:请刚从远地来的人吃饭。
⑫ 紧:形容雪下得又急又大。
⑬ 捋(xián):撕,取,拉。
⑭ 栲栳(kǎolǎo):一种用竹子或柳条编的盛东西的器具,形状像斗,亦称笆斗。
⑮ 茅茨(cì):茅屋;泛指平民居所。
⑯ 钻将:钻。
⑰ 却作:再来。**理会**:处理。
⑱ 止:通"只"。
⑲ 炎帝:传说中上古姜姓部落首领,后人常将之与黄帝并称炎黄。
⑳ 刍(chú)牧:割草放牧。
㉑ 央浼(měi):恳求,请求。
㉒ 天可怜见:上天可怜。
㉓ 昭昭:明显。**天理昭昭**:天道与公理很明显,善恶是非分辨得清清楚楚,好人有好报,坏人受惩罚。
㉔ 当不过:抵挡不过。**当不过那冷**:抵挡不过寒冷,或经受不住那寒冷。
㉕ 回:给。
㉖ 倾:倒。
㉗ 解(jiè):押送。
㉘ 艨艟(méngchōng):古代战船,船体用牛皮保护。

第三十五课

西游记

课　文

　　吴承恩①的《西游记》在话本《大唐三藏取经诗话》等相关故事、杂剧、传说的基础上,以丰富的想象、奇妙的情节、宏伟的结构开拓了中国古代小说的新领域,是中国文学史上成就最高的神魔小说。它的出现标志着中国的浪漫主义文学又达到了一个新的高峰。

　　《西游记》通过孙悟空大闹天宫的神话故事,满腔热情地歌颂了孙悟空反抗天庭的行动,批判了阴险狡诈、色厉内荏②、昏庸无能的天宫统治者,赞扬了孙悟空反对束缚,要求自由,蔑视传统,否定权威③,敢作敢为的叛逆性格。通过取经路上师徒四人经历的九九八十一难,以及他们与妖魔鬼怪的殊死④斗争,展现了孙悟空等为了达到取经目的所进行的坚忍不拔、勇往直前、扫荡妖魔、除恶务尽的战斗历程,反映了中国人民积极进取,克服困难的理想主义精神和摧毁一切邪恶势力的愿望与信心。

　　《西游记》的作者以浪漫主义的手法,将主要人物孙悟空、猪八戒刻画成动物、人和神的混合体,是生物性、社会性和传奇性的高度统一,既有现实的依据,又任凭想象纵横驰骋⑤。亦真亦幻,奇正相生⑥,为突出正义始终要战胜邪恶,光明永远要战胜黑暗的主题,创造了有利的条件,此其一;在艺术的构思上,作者继承了中国古代神话、庄子、屈原以来的浪漫主义文学传统,在长篇巨制中,戏笔与幻笔相兼⑦,现实与幻象交错,构思出一系列奇诡绚丽的情节,指桑骂槐⑧,皆中时弊;神骏丰腴⑨,逸趣⑩横生。既有现实的真实感,又有神魔世界的奇异感和生动性,无一事不奇,无一事不真,瑰丽绚烂,异彩纷呈,此其二;《西游记》的语言有散文,有韵语⑪,它汲取了民间说唱和方言口语的精华,流畅、明快、洗练、生动,传神而有亲切感,新鲜而有生命力,为深化主题思想,塑造人物性格提供了自由飞翔的空间,此其三。

注　释

① **吴承恩**(约1500—1582):字汝忠,号射阳山人。中国明代小说家。先世居江苏涟水,后徙淮安山阳(今江苏淮安)。吴承恩自幼敏慧好学,博极群书,年轻时即以文名著于乡里。早年曾希望以科举进身,但屡试不第。中年以后才补为岁贡生。曾任长兴县丞职,不久因耻折腰,遂拂袖而归(明天启《淮安府志》)。晚年归居故里,放浪诗酒,贫病以终。吴承恩在中国文学史上产生巨大影响的是他的长篇小说《西游记》,其创作的时期不可确考,一般认为是晚年所作。

② **色厉内荏**(sèlì-nèirěn):外强中干,外表强硬而内心怯弱。

③ **权威**:在某个范围里最有地位的人或事物。

④ **殊死**(shūsǐ):拼死,决死。

⑤ **纵横驰骋**(zònghéng chíchěng):纵,南北方向;横,东西方向;驰骋,放开马快跑。形容往来奔驰,没有阻挡。也指英勇战斗,所向无敌。

⑥ **奇正相生**:原指军事上正面作战与奇袭相结合,这里是说现实描写与浪漫想象相结合。

⑦ **戏笔与幻笔相兼**:游戏笔墨与奇幻描写相结合。

⑧ **指桑骂槐**:指着桑树数落槐树,比喻表面上骂这个人,实际上骂那个人。

⑨ **神骏**:神马。**丰腴**(yù):体态丰满。

⑩ **逸趣**:超逸不俗的情趣。

⑪ **韵语**:字句押韵的语言。

作　品

孙悟空三打白骨精

（《西游记》第二十七回节选）

却说三藏师徒⑫，次日⑬天明，收拾前进。早见一座高山。三藏道："徒弟，前面有山险峻⑭，恐马不能前，大家须仔细仔细。"行者⑮道："师父放心，我等自然理会。"好猴王，他在那马前，横担着棒，剖开山路，上了高崖，看不尽。

峰岩重叠，涧壑⑯湾环。虎狼成阵走，麂鹿⑰作群行。无数獐犯钻簇簇，满山狐兔聚丛丛。千尺大蟒⑱，万丈长蛇。大蟒喷愁雾，长蛇吐怪风。道旁荆棘⑲牵漫，岭上松楠秀丽。薜萝⑳满目，芳草连天。影落沧溟㉑北，云开斗柄㉒南。万古常含元气老，千峰巍列日光寒。

那长老马上心惊，孙大圣布施手段，舞着铁棒，哮吼一声，唬得那狼虫颠窜，虎豹奔逃。师徒们入此山，正行到嵯峨㉓之处，三藏道："悟空，我这一日，肚中饥了，你去那里化些斋㉔吃？"行者陪笑道："师父好不聪明。这等半山之中，前不巴村，后不着店，有钱也没买处，教往那里寻斋？"三藏心中不快，口里骂道："你这猴子！想你在两界山，被如来压在石匣之内，口能言，足不能行；也亏我救你性命，摩顶受戒㉕，做了我的徒弟。怎么不肯努力，常怀懒惰之心！"行者道："弟子亦颇㉖殷勤，何尝懒惰？"三藏道："你既殷勤，何不化斋我吃？我肚饥怎行？况此地山岚瘴气㉗，怎么得上雷音㉘？"行者道："师父休怪，少要言语。我知你尊性高傲，十分违慢了你，便要念那话儿咒。你下马稳坐，等我寻那里有人家处化斋去。"

行者将身一纵，跳上云端里，手搭凉篷，睁眼观看。可怜西方路甚是寂寞，更无庄堡人家；正是多逢树木，少见人烟去处。看多时，只见正南上有一座高山，那山向阳处，有一片鲜红的点子。行者按下云头道："师父，有吃的了。"那长老问甚东西。行者道："这里没人家化饭，那南山有一片红的，想必是熟透了的山桃，我去摘几个来你充饥。"三藏喜道："出家人若有桃子吃，就为上分㉙了！快去。"行者取了钵盂，纵起祥光，你看他筋斗幌幌，冷气飕飕，须臾间，奔南山摘桃不题。

却说常言有云："山高必有怪，岭峻却生精。"果然这山上有一个妖精。孙大圣去时，惊动那怪。他在云端里，踏着阴风，看见长老坐在地下，就不胜欢喜道："造化㉚！造化！几年家人都讲东土的唐和尚取大乘，他本是金蝉子化身，十世修行的原体。有人吃他一块肉，长寿长生。真个今日到了。"那妖精上前就要拿他，只见长老左右手下有两员大将护持，不敢拢身。他说两员大将是谁？说是八戒、沙僧。八戒、沙僧，虽没什么大本事，然八戒是天蓬元帅，沙僧是卷帘大将，他的威气尚不曾泄，故不敢拢身。妖精说："等我且戏他戏，看怎么说。"

好妖精,停下阴风,在那山凹里,摇身一变,变做个月貌花容的女儿㉛,说不尽那眉清目秀,齿白唇红,左手提着一个青砂罐儿,右手提着一个绿磁瓶儿,从西向东,径奔唐僧——

圣僧歇马在山岩,忽见裙钗女近前。
翠袖轻摇笼玉笋㉜,湘裙斜拽显金莲㉝。
汗流粉面花含露,尘拂峨眉㉞柳带烟。
仔细定睛观看处,看看行至到身边。

三藏见了,叫:"八戒、沙僧,悟空才说这里旷野无人,你看那里不走出一个人来了?"八戒道:"师父,你与沙僧坐着,等老猪去看看来。"那呆子放下钉钯,整整直裰,摆摆摇摇,充作个斯文气象,一直的觌面㉟相迎。真个是远看未实,近看分明,那女子生得:

冰肌藏玉骨,衫领露酥胸。柳眉积翠黛,杏眼闪银星。月样容仪俏,天然性格清。体似燕藏柳,声如莺啭林。半放海棠笼晓日,才开芍药弄春晴。

那八戒见他生得俊俏,呆子就动了凡心,忍不住胡言乱语。叫道:"女菩萨㊱,往那里去?手里提着是什么东西?"——分明是个妖怪,他却不能认得。——那女子连声答应道:"长老,我这青罐里是香米饭,绿瓶里是炒面筋,特来此处无他故,因还誓愿要斋僧㊲。"八戒闻言,满心欢喜,急抽身,就跑了个猪颠风,报与三藏道:"师父!'吉人自有天报!'师父饿了,教师兄去化斋,那猴子不知那里摘桃儿耍子去了。桃子吃多了,也有些嘈人,又有些下坠。你看那不是个斋僧的来了?"唐僧不信道:"你这个夯货㊳胡缠!我们走了这向,好人也不曾遇着一个,斋僧的从何而来!"八戒道:"师父,这不到了?"

三藏一见,连忙跳起身来,合掌当胸道:"女菩萨,你府上在何处住?是甚人家?有甚愿心,来此斋僧?"——分明是个妖精,那长老也不认得。——那妖精见唐僧问他来历,他立地就起个虚情,花言巧语,来赚哄道:"师父,此山叫做蛇回兽怕的白虎岭,正西下面是我家。我父母在堂,看经好善,广斋方上远近僧人,只因无子,求神作福,生了奴奴,欲扳门第,配嫁他人,又恐老来无倚,只得将奴招了一个女婿,养老送终。"三藏闻言道:"女菩萨,你语言差了。圣经㊴云:'父母在,不远游,游必有方。'你既有父母在堂,又与你招了女婿,——有愿心,教你男子还,便也罢,怎么自家在山行走?又没个侍儿随从。这个是不遵妇道㊵了。"那女子笑吟吟,忙陪俏语道:"师父,我丈夫在山北凹里,带几个客子锄田。这是奴奴煮的午饭,送与那些人吃的。只为五黄六月,无人使唤,父母又年老,所以亲

身来送。忽遇三位远来，却思父母好善，故将此饭斋僧，如不弃嫌，愿表芹献㊶。”三藏道：“善哉！善哉！我有徒弟摘果子去了，就来，我不敢吃；假如我和尚吃了你饭，你丈夫晓得，骂你，却不罪坐㊷贫僧也？”那女子见唐僧不肯吃，却又满面春生道：“师父啊，我父母斋僧，还是小可；我丈夫更是个善人，一生好㊸的是修桥补路，爱老怜贫。但听见说这饭送与师父吃了，他与我夫妻情上，比寻常更是不同。”三藏也只是不吃。旁边子恼坏了八戒。那呆子努着嘴，口里埋怨道：“天下和尚也无数，不曾像我这个老和尚罢软㊹！现成的饭，三分儿，倒不吃，只等那猴子来，做四分才吃！”他不容分说，一嘴把个罐子拱倒，就要动口。

只见那行者自南山顶上，摘了几个桃子，托着钵盂，一筋斗，点将回来；睁火眼金睛㊺观看，认得那女子是个妖精，放下钵盂，掣㊻铁棒，当头就打。唬得个长老用手扯住道：“悟空！你走将来打谁？”行者道：“师父，你面前这个女子，莫当做个好人；他是个妖精，要来骗你哩。”三藏道：“你这猴头，当时倒也有些眼力，今日如何乱道！这女菩萨有此善心，将这饭要斋我等，你怎么说他是个妖精？”行者笑道：“师父，你那里认得。老孙在水帘洞里做妖魔时，若想人肉吃，便是这等；或变金银，或变庄台，或变醉人，或变女色。有那等痴心的，爱上我，我就迷他到洞里，尽意随心，或蒸或煮受用；吃不了，还要晒干了防天阴哩！师父，我若来迟，你定入他套子㊼，遭他毒手！”那唐僧那里肯信，只说是个好人。行者道：“师父，我知道你了。你见他那等容貌，必然动了凡心。若果有此意，叫八戒伐几棵树来，沙僧寻些草来，我做木匠，就在这里搭个窝铺，你与他圆房㊽成事，我们大家散了，却不是件事业？何必又跋涉，取甚经去！”那长老原是个软善的人，那里吃得他这句言语，羞得个光头彻耳通红。

三藏正在此羞惭，行者又发起性来，掣铁棒，望妖精劈脸一下。那怪物有些手段，使个“解尸法”，见行者棍子来时，他却抖擞精神，预先走了，把一个假尸首打死在地下。唬得个长老战战兢兢㊾，口中作念道：“这猴着然㊿无礼！屡劝不从，无故伤人性命！”行者道：“师父莫怪，你且来看看这罐子里是甚东西。”沙僧搀着长老，近前看时，那里是甚香米饭，却是一罐子拖尾巴的长蛆；也不是面筋，却是几个青蛙、癞虾蟆，满地乱跳。长老才有三分儿信了。怎禁猪八戒气不忿，在旁漏八分儿唆嘴(51)道：“师父，说起这个女子，他是此间农妇，因为送饭下田，路遇我等，却怎么栽他是个妖怪？哥哥的棍重，走将来试手打他一下，不期就打杀了！怕你念什么‘紧箍儿咒’，故意的使个障眼法儿，变做这等样东西，演幌(52)你眼，使不念咒哩。”

三藏自此一言，就是晦气到了：果然信那呆子撺唆(53)，手中捻诀，口里念咒。行者就叫：“头疼！头疼！莫念！莫念！有话便说。”唐僧道：“有甚话说！出家人时时常要方便，念念不离善心，扫地恐伤蝼蚁命，爱惜飞蛾纱罩灯。你怎么步步行凶，打死这个无故平人，取将经来何用？你回去罢！”行者道：“师父，你教我回那里去？”唐僧道：“我不要你做徒弟。”行者道：“你不要我做徒弟，只怕你西天路去不成。”唐僧道：“我命在天，该那个妖精蒸了吃，就是煮了，也算不过。终不然，你救得我的大限㊴?你快回去!"行者道:"师父,我回去便也罢了,只是不曾报得你的恩哩。"唐僧道:"我与你有甚恩?"那大圣闻言,连忙跪下叩头道:"老孙因大闹天宫,致下了伤身之难,被我佛压在两界山;幸观音菩萨与我受了戒行,幸师父救脱吾身,若不与你同上西天,显得我'知恩不报非君子,万古千秋作骂名。'"原来这唐僧是个慈悯的圣僧。他见行者哀告,却也回心转意道:"既如此说,且饶你这一次。再休无礼。如若仍前作恶,这咒语颠倒就念二十遍!"行者道:"三十遍也由你,只是我不打人了。"却才伏侍唐僧上马,又将摘来桃子奉上。唐僧在马上也吃了几个,权且充饥。

注 释

⑫ **三藏师徒**:指唐僧(唐三藏)、孙悟空、猪八戒、沙和尚四人。
⑬ **次日**:第二天。
⑭ **险峻**(xiǎnjùn):陡峭险恶。
⑮ **行者**:即孙悟空。
⑯ **涧壑**(jiànhè):溪涧山谷。
⑰ **麂**(jǐ)**鹿**:即麂,一种像鹿的动物。
⑱ **蟒**(mǎng):一种无毒的大蛇,体长可达六米,大多生活在近水的森林里,捕食小禽兽为生。
⑲ **荆棘**(jīngjí):荆,荆条,无刺;棘,酸枣,有刺。两者常丛生为丛莽。这里泛指丛生于山野间的带棘小灌木。
⑳ **薜萝**(bìluó):薜荔和女萝。两者皆野生植物,常攀缘于山野林木或屋壁之上。
㉑ **沧溟**:指大海。
㉒ **斗柄**:指苍天,北斗星所在的天空。
㉓ **嵯峨**(cuó'é):形容山势高峻。
㉔ **化些斋**:(僧道)向人求布施为化斋,这里指求得一些食物。
㉕ **受戒**:佛教徒通过一定的宗教仪式接受戒律。
㉖ **颇**:很。
㉗ **瘴**(zhàng)**气**:热带或亚热带山林中的湿热空气,从前认为是瘴疬的病原。
㉘ **雷音**:佛教语,佛说法的声音,谓其如雷震,故称。这里指雷音山。
㉙ **上分**:上等福分。
㉚ **造化**:福分,命运。
㉛ **女儿**:年少女子。
㉜ **玉笋**:指纤巧白嫩的手指。
㉝ **金莲**:指女子小巧好看的脚。
㉞ **蛾眉**:指女子细长而弯的眉毛。
㉟ **觌面**(dímiàn):当面。
㊱ **菩萨**(púsà):佛教里修行到了一定程度,地位仅次于佛的人。也泛指佛和某些神。

㊲ **斋僧**:给僧人素饭吃。
㊳ **夯(hāng)货**:笨蛋,蠢人。
㊴ **圣经**:指中国古代的六经。由于是古代圣贤所写,故尊为圣经。
㊵ **妇道**:旧时妇女应遵守的道德规范。
㊶ **芹献**:对人谦称自己所赠东西不好。
㊷ **罪坐**:归罪,连累。
㊸ **好(hào)**:喜欢。好的是,意思是喜欢的是。
㊹ **罢(pí)软**:疲沓软弱,谓无主见。
㊺ **火眼金睛**:《西游记》中写孙悟空被囚在八卦炉中受炼、眼睛被炉烟熏红而成火眼金睛。借喻眼光敏锐,洞察力强。
㊻ **掣(chè)**:抽。
㊼ **套子**:指圈套。
㊽ **圆房**:同房过夫妻生活。
㊾ **战战兢兢**:因恐惧而发抖的样子。
㊿ **着然**:着实,实在。
(51) **唆(suō)嘴**:搬弄口舌,挑拨别人关系。
(52) **演幌**:蒙骗,迷惑。
(53) **撺唆**:怂恿挑唆。
(54) **大限**:指寿命已尽、注定死亡的期限(迷信)。

练习

(一) 填空

1. 吴承恩的《西游记》在话本《________》等相关故事、杂剧、传说的基础上,以丰富的想象、奇妙的情节、宏伟的结构开拓了中国古代小说的新领域,是中国文学史上成就最高的神魔小说。它的出现标志着中国的________文学又达到了一个新的高峰。
2. 《西游记》通过孙悟空______的神话故事,满腔热情地歌颂了孙悟空反抗天庭的行动,批判了阴险狡诈、色厉内荏、昏庸无能的______统治者,赞扬了孙悟空反对______,要求______,蔑视______,否定______,敢作敢为的叛逆性格。

(二) 思考题

1. 简述《西游记》的艺术成就。
2. 结合课文,写一篇关于《孙悟空三打白骨精》的读后感。

文学史知识提示

《西游记》的作者吴承恩是淮安人,他有他自己的政治理想与宗教系统、神话组织,但既非佛教也非道教,是他自己的哲学思想、也是原始的最幼稚的儒家思想,信阴阳五行之说。在《西游记》这本小说中,作者通过具体故事,有组织有联系地表达他的理想,所以写得丝毫也不概念化。《西游记》从头到尾是一部讽刺的借题发挥嬉笑怒骂的小说,其中每段故事都表现了作者的无限机警智慧以及不满于当时黑暗社会的情绪。书中所写的孙悟空是智慧的化身,通过猪八戒的形象描写人间的欲望,其中最令人欢迎的一段是孙悟空大闹天宫,"八十一难"虽然为了凑数有些重复,其中有的也比较写得粗浅,但大部分写得很好。总之《西游记》虽然表面上是一个神怪故事,但本质上却是一部讽刺的现实主义作品,用象征的比喻的神怪的外衣,刻画和暴露了当时社会的黑暗。

(《郑振铎古典文学论文集》,上海古籍出版社1984年版,第296—297页)

孙悟空三打白骨精

(《西游记》第二十七回节选,紧接课文)

却说那妖精,脱命升空。原来行者那一棒不曾打杀妖精,妖精出神去了。他在那云端里,咬牙切齿,暗恨行者道:"几年只闻得讲他手段,今日果然话不虚传。那唐僧已是不认得我,将要吃饭。若低头闻一闻儿,我就一把捞住,却不是我的人了。不期被他走来,弄破我这勾当,又几乎被他打了一棒。若饶了这个和尚,诚然是劳而无功㉟也,我还下去戏他一戏。"

好妖精,按落阴云,在那前山坡下,摇身一变,变作个老妇人,年满八旬,手拄着一根弯头竹杖,一步一声的哭着走来。八戒见了,大惊道:"师父!不好了!那妈妈儿来寻人了!"唐僧道:"寻甚人?"八戒道:"师兄打杀的,定是他女儿。这个定是他娘寻将来了。"行者道:"兄弟莫要胡说!那女子十八岁,这老妇有八十岁,怎么六十多岁还生产?断乎是个假的,等老孙去看来。"好行者,拽开步,走近前观看,那怪物:

假变一婆婆,两鬓如冰雪。走路慢腾腾,行步虚怯怯。弱体瘦伶仃㊱,脸如枯菜叶。颧骨望上翘,嘴唇往下别。老年不比少年时,满脸都是荷叶摺。

行者认得他是妖精,更不理论㊲,举棒照头便打。那怪见棍子起时,依然抖擞,又出化了元神,脱真儿去了;把个假尸首又打死在山路之下。唐僧一见,惊下马来,睡在路旁,更无二话,只是把"紧箍儿咒"颠倒足足念了二十遍。可怜把个行者头,勒得似个亚腰儿葫芦,十分疼痛难忍,滚将来哀告道:"师父莫念了!有甚话说了罢!"唐僧道:"有甚话说!出家人耳听善言,不堕地狱。我这般劝化你,你怎么只是行凶?把平人打死一个,又打死一个,此是何说?"行者道:"他是妖精。"唐僧道:"这个猴子胡说!就有这许多妖怪!你是个无心向善之辈,有意作恶之人,你去罢!"行者道:"师父又教我去,回去便也回去了,只是一件不相应。"唐僧道:"你有什么不相应处?"八戒道:"师父,他要和你分行李哩。跟着你做了这几年和尚,不成空着手回去?你把那包袱里的什么旧褊衫,破帽子,分两件与他罢。"

　　行者闻言,气得暴跳道:"我把你这个尖嘴的夯货!老孙一向秉教沙门㊿,更无一毫嫉妒之意,贪恋之心,怎么要分什么行李?"唐僧道:"你既不嫉妒贪恋,如何不去?"行者道:"实不瞒师父说。老孙五百年前,居花果山水帘洞大展英雄之际,收降七十二洞邪魔,手下有四万七千小怪,头戴的是紫金冠,身穿的是赭黄袍,腰系的是蓝田带,足踏的是步云履,手执的是如意金箍棒:着实也曾为人。自从涅槃㊾罪度,削发秉正沙门,跟你做了徒弟,把这个金箍儿勒在我头上,若回去,却也难见故乡人。师父果若不要我,把那个'松箍儿咒'念一念,退下这个箍子,交付与你,套在别人头上,我就快活相应了,也是跟你一场。莫不成这些人意儿也没有了?"唐僧大惊道:"悟空,我当时只是菩萨暗受一卷'紧箍儿咒',却没有什么'松箍儿咒'。"行者道:"若无'松箍儿咒',你还带我去走走罢。"长老又没奈何道:"你且起来,我再饶你这一次,却不可再行凶了。"行者道:"再不敢了。再不敢了。"又伏侍师父上马,剖路前进。

　　却说那妖精,原来行者第二棍也不曾打杀他。那怪物在半空中,夸奖不尽道:"好个猴王,着然有眼!我那般变了去,他也还认得我。这些和尚,他去得快,若过此山,西下四十里,就不伏我所管了。若是被别处妖魔捞了去,好道就笑破他人口,使碎自家心。我还下去戏他一戏。"好妖怪,按耸阴风,在山坡下摇身一变,变成一个老公公,真个是:

　　　　白发如彭祖㊿,苍髯赛寿星。
　　　　耳中鸣玉磬,眼里幌金星。
　　　　手拄龙头拐,身穿鹤氅轻。
　　　　数珠掐在手,口诵南无经。

　　唐僧在马上见了,心中欢喜道:"阿弥陀佛!西方真是福地!那公公路也走不上来,逼法的还念经哩。"八戒道:"师父,你且莫要夸奖。那个是祸的根哩。"唐僧道:"怎么是祸根?"八戒道:"行者打杀他的女儿,又打杀他的婆子,这个正是他的老儿寻将来了。我们若撞在他的怀里呵,师父,你便偿命,该个死罪;把老猪为从,问个充军;沙僧喝令,问个摆站;那行者使个遁法走了,却不苦了我们三个顶缸㊿?"

　　行者听见道:"这个呆根,这等胡说,可不唬了师父?等老孙再去看看。"他把棍藏在身边，走上前，迎着怪物，叫声："老官儿，往那里去？怎么又走路，又念经？"那妖精错认了定盘星，把孙大圣也当做个等闲的，遂答道："长老啊，我老汉祖居此地，一生好善斋僧，看经念佛。命里无儿，止生得一个小女，招了个女婿。今早送饭下田，想是遭逢虎口。老妻先来找寻，也不见回去。全然不知下落，老汉特来寻看。果然是伤残他命，也没奈何，将他骸骨收拾回去，安葬茔②中。"行者笑道："我是个做赝虎的祖宗，你怎么袖子里笼了个鬼儿来哄我？你瞒了诸人，瞒不过我！我认得你是个妖精！"那妖精唬得顿口无言。行者掣出棒来，自忖思道："若要不打他，显得他倒弄个风儿；若要打他，又怕师父念那话儿咒语。"又思量道："不打杀他，他一时间抄空儿把师父捞了去，却不又费心劳力去救他？……还打的是！就一棍子打杀他，师父念起那咒，常言道：'虎毒不吃儿。'凭着我巧言花语，嘴伶舌便，哄他一哄，好道也罢了。"好大圣，念动咒语，叫当坊土地、本处山神道："这妖精三番来戏弄我师父，这一番却要打杀他。你与我在半空中作证，不许走了。"众神听令，谁敢不从，都在云端里照应。那大圣棍起处，打倒妖魔，才断绝了灵光。

那唐僧在马上，又唬得战战兢兢，口不能言。八戒在旁边又笑道："好行者！风发了！只行了半日路，倒打死三个人！"唐僧正要念咒，行者急到马前，叫道："师父，莫念！莫念！你且来看看他的模样。"却是一堆粉骷髅③在那里。唐僧大惊道："悟空，这个人才死了，怎么就化作一堆骷髅？"行者道："他是个潜灵作怪的僵尸，在此迷人败本，被我打杀，他就现了本相。他那脊梁上有一行字，叫做'白骨夫人'。"唐僧闻说，倒也信了。怎禁那八戒旁边唆嘴道："师父，他的手重棍凶，把人打死，只怕你念那话儿，故意变化这个模样，掩你的眼目哩。"唐僧果然耳软，又信了他，随复念起。行者禁不得疼痛，跪于路旁，只叫"莫念！莫念！有话快说了罢！"唐僧道："猴头！还有甚说话！出家人行善，如春园之草，不见其长，日有所增；行恶之人，如磨刀之石，不见其损，日有所亏。你在这荒郊野外，一连打死三人，还是无人检举，没有对头；倘到城市之中，人烟凑集之所，你拿了那哭丧棒，一时不知好歹，乱打起人来，撞出大祸，教我怎的脱身？你回去罢！"行者道："师父错怪了我也。这厮分明是个妖魔，他实有心害你。我倒打死他，替你除了害，你却不认得，反信了那呆子谗言冷语，屡次逐④我。常言道：'事不过三'。我若不去，真是个下流无耻之徒。我去！我去！——去便去了，只是你手下无人。"唐僧发怒道："这泼猴越发无礼！看起来，只你是人，那悟能、悟净，就不是人？"

那大圣一闻得说，他两个是人，止不住伤情凄惨，对唐僧道声："苦啊！你那时节，出了长安，有刘伯钦送你上路；到两界山，救我出来，投拜你为师，我曾穿古洞，入深林，擒魔捉怪，收八戒，得沙僧，吃尽千辛万苦。今日昧着惺惺使糊涂，只教我回去，这才是'鸟尽弓藏⑤，兔死狗烹⑥！'——罢！罢！罢！但只是多了那'紧箍儿咒'"。唐僧道："我再不念了。"行者道："这个难说：若到那毒魔苦难处不得脱身，八戒、沙僧救不得你，那时节，想起我来，忍不住又念诵起来，就是十万里路，我的头也是疼的；假如再来见你，不如不作此意。"

唐僧见他言言语语，越添恼怒，滚鞍下马来，叫沙僧包袱内取出纸笔，即于涧下取水，石上磨墨，写了一纸贬书，递于行者道："猴头！执此为照！再不要你做徒弟了！如再与你相见,我就堕了阿鼻地狱(67)!”行者连忙接了贬书道:“师父,不消发誓,老孙去罢。”他将书折了,留在袖中,却又软款唐僧道:“师父,我也是跟你一场,又蒙菩萨指教;今日半途而废,不曾成得功果,你请坐,受我一拜,我也去得放心。”唐僧转回身不睬,口里唧唧哝哝的道:“我是个好和尚,不受你歹人的礼!”大圣见他不睬,又使个身外法,把脑后毫毛拔了三根,吹口仙气,叫:“变!”即变了三个行者,连本身四个,四面围住师父下拜。那长老左右躲不脱,好道也受了一拜。

大圣跳起来,把身一抖,收上毫毛,却又吩咐沙僧道:“贤弟,你是个好人,却只要留心防着八戒詀言詀语,途中更要仔细。倘一时有妖精拿住师父,你就说老孙是他大徒弟:西方毛怪,闻我的手段,不敢伤我师父。”唐僧道:“我是个好和尚,不题你这歹人的名字,你回去罢。”那大圣见长老三番两复,不肯转意回心,没奈何才去。你看他:

噙泪叩头辞长老,含悲留意嘱沙僧。
一头拭迸坡前草,两脚蹬翻地上藤。
上天下地如轮转,跨海飞山第一能。
顷刻之间不见影,霎时(68)疾返旧途程。

你看他忍气别了师父,纵筋斗云,径回花果山水帘洞去了。独自个凄凄惨惨,忽闻得水声聒耳(69)。大圣在那半空里看时,原来是东洋大海潮发的声响。一见了,又想起唐僧,止不住腮边泪坠,停云住步,良久方去。毕竟不知此去反复何如,且听下回分解。

注　释

(55) **劳而无功**:辛辛苦苦没有任何收获。
(56) **伶仃(língdīng)**:瘦弱无力的样子。
(57) **理论**:辩论是非;讲理争论。
(58) **沙门**:原为古印度各教派出家修道者的通称,佛教盛行后,专指依照戒律出家修道的男性僧侣,也泛指佛门。
(59) **涅槃(nièpán)**:佛教指摆脱俗身进入圆寂境界,亦指超脱生死的最高境界。
(60) **彭祖**:传说故事中的人物,据说活了八百多岁,旧时以彭祖作为长寿的象征。
(61) **顶缸**:代人受过。
(62) **茔(yíng)**:坟地。
(63) **骷髅**:干枯无肉的死人的全副骨骼。
(64) **屡次**:多次。**逐**:赶走。
(65) **鸟尽弓藏**:弓箭是用来射鸟的,鸟射尽了,就把弓藏起来,不念其功劳,只愿其消失。
(66) **兔死狗烹**:狗是用来追赶、抓获兔子的,兔子抓到了,弄死了,就把狗也煮熟吃了。跟鸟尽弓藏意思相近,喻指阴险狠毒,没良心。
(67) **阿鼻地狱**:**阿鼻**:梵语的译音,意译为无间,即痛苦无有间断之意。常用来比喻黑暗的社会和严酷的牢狱。又比喻无法摆脱的极其痛苦的境地。
(68) **霎(shà)时**:极短的时间,片刻。
(69) **聒(guō)耳**:声音杂乱刺耳。

第三十六课

汤显祖的《牡丹亭》

课 文

汤显祖①(1550—1616),江西临川人,是明代最杰出的戏剧作家。他反对封建礼教、追求个性解放。一生写有五种传奇——《紫箫记》、《紫钗记》、《牡丹亭》、《邯郸记》、《南柯记》,其中的《牡丹亭》以其深刻的思想内涵和卓越的艺术成就成为中国戏剧史上不可多得的杰作。

《牡丹亭》通过杜丽娘和柳梦梅②的爱情故事,揭露了封建礼教与青年男女爱情生活的矛盾,表现了爱情作为人的自然本性与束缚人们身心的封建道德观念之间的冲突。其主人公"情不知所起③,一往而深④。生者可以死⑤,死可以生⑥,生而不可以死⑦,死而不可以复生者⑧,皆非情之至也⑨"(《牡丹亭题词》)的生死追求,正是汤显祖本人对理想执着追求的象征。

"《牡丹亭》因情成梦,因梦成戏⑩"的情节结构,由"生可以死"到"死可以生",再到理想的实现,既是杜丽娘人生追求的情感历程,也是作者上下求索的精神历程,具有独特而深刻的意蕴⑪。作者善于运用现实主义与浪漫主义⑫相结合的手法,在现实与理想的尖锐对立之中展示人物的内心世界,挖掘人物内心幽怨、细腻、哀婉、凄艳的情感,成功地刻画了杜丽娘伤感而不消沉、命运坎坷而执著⑬于人生的追求,不屈不挠⑭,为理想而斗争的品格。《牡丹亭》的语言委婉深情,典雅蕴藉⑮,若雾中之花,朦朦胧胧,若水中之月,若有若无。可以感受,却不能解释,可以意会,却难以言传⑯,为主人公浪漫的情思选择了一种似浅还深、似浓犹淡、似雅却俗的表达方式,因而在艺术成就上达到了文人戏曲的至高境界。

注释

① **汤显祖**：中国明代戏曲家。字义仍，号若士，别号玉茗堂主人。江西临川人。他的代表作除了《牡丹亭》(又名《还魂记》)，还有《紫钗记》《南柯记》和《邯郸记》。这四部作品都有梦境的部分，所以又合称为"临川四梦"。他在戏剧创作方面影响深远，在他影响下，形成的戏剧流派称为"临川派"。他在戏曲批评、舞台实践、导演理论上，也有重要建树。
② **杜丽娘、柳梦梅**：人名，男女主人公。
③ **情不知所起**：情感不知因何萌生。
④ **一往而深**：朝着一个方向(或某人)越来越深。
⑤ **生者可以死**：使活着的人因它而死。
⑥ **死可以生**：使死去的人因它复生。
⑦ **生而不可以死**：(如果)不能使活着的人死去。
⑧ **死而不可以复生者**：不能使死人复生。
⑨ **皆非情之至也**：都不是深情到了极致。
⑩ **因情成梦，因梦成戏**：因至情所感导致做梦，因梦的启示写成戏文。
⑪ **意蕴**：所包含的意思，涵义。
⑫ **现实主义**：文学创作的基本方法之一，提倡客观地、冷静地观察现实生活，按照生活的本来样式精确细腻地加以描写，力求真实地再现典型环境中的典型人物。**浪漫主义**：一种文学艺术的基本创作方法和风格，与现实主义同为文学艺术史上的两大主要思潮。浪漫主义在表现现实上，强调主观与主体性，侧重表现理想世界，把情感和想象提到创作的首位，常用热情奔放的语言、超越现实的想象和夸张的手法塑造理想中的形象。
⑬ **执著**(zhuó)：原为佛教用语，指对某一事物坚持不懈。
⑭ **不屈不挠**(náo)：形容很顽强，坚持自己的意志，在敌人或困难面前不屈服，不低头，不动摇。
⑮ **蕴藉**(yùnjiè)：含蓄，婉约。
⑯ **难以言传**：难以用语言表达出来。

牡丹亭·惊梦

(节选)

【绕池游】(旦上)梦回莺啭⑰，乱煞年光⑱遍。人立小庭深院⑲。(贴)炷尽沉烟⑳，抛残绣线㉑，恁今春关情似去年㉒？

【乌夜啼】(旦)晓来望断梅关㉓，宿妆残㉔。(贴)你侧着宜春髻子㉕，恰凭阑㉖。(旦)剪不断㉗，理还乱㉘，闷无端㉙。(贴)已分付催花莺燕借春看㉚。(旦)春香㉛，可曾叫人扫除花径㉜？(贴)分付㉝了。(旦)取镜台㉞衣服来。(贴取镜台衣服上)云髻罢梳还对镜㉟,罗衣欲换更添香㊱。镜台衣服在此㊲。

【步步娇】(旦)袅晴丝㊳,吹来闲庭院㊴,摇漾春如线㊵。停半晌㊶,整花钿㊷。没揣菱花㊸,偷人半面㊹,迤逗的彩云偏㊺。(行介㊻)步香闺怎便把全身现!

(贴)今日穿插的好㊼。

【醉扶归】(旦)你道翠生生出落的裙衫儿茜㊽,艳晶晶花簪八宝填㊾,可知我常一生儿爱好是天然㊿。恰三春好处(51)无人见。不提防沉鱼落雁(52)鸟惊喧,则怕的羞花闭月花愁颤。

(贴)早茶时了,请行。(行介)你看:画廊金粉半零星(53),池馆苍苔一片青。踏草怕泥(54)新绣袜,惜花疼(55)煞小金铃。(旦)不到园林(56),怎知春色如许(57)?

【皂罗袍】原来姹紫嫣红(58)开遍,似这般都付与断井颓垣。良辰美景(59)奈何天,赏心乐事谁家(60)院!恁般景致,我老爷和奶奶,再不提起。(合)朝飞暮卷(61),云霞翠轩;雨丝风片,烟波画船。锦屏人忒看的这韶光(62)贱!

(贴)是(63)花都放了,那牡丹还早。

【好姐姐】(旦)遍青山啼红了杜鹃(64),荼蘼(65)外烟丝醉软。春香呵,牡丹虽好,他春归怎占的先(66)!(贴)成对儿莺燕呵!(合)闲凝眄(67),生生燕语明如翦(68),呖呖莺歌溜的圆(69)。

(旦)去罢。(贴)这园子委是观之不足(70)也。(旦)提他怎的!(行介)

【隔尾】观之不足由他缱(71),便赏遍了十二亭台是枉然(72)。到不如兴尽回家闲过遣。

(作到介)(贴)开我西阁门,展我东阁床(73)。瓶插映山紫(74),炉添沉水香。小姐,你歇息片时,俺瞧老夫人去也。(下)

注　释

⑰ **梦回莺啭**:莺声惊破迷梦,让人醒来。**绕池游**:曲牌名。下边加【 】号的都是曲牌名。(杜丽娘上场,唱)春天来了,莺声惊破迷梦。

⑱ **年光**:春光。乱煞年光遍,意思是缭乱的春光到处都是。

⑲ **人立小庭深院**:站在庭院深处。

⑳ **炷**:燃烧。**沉烟**:沉香蒸绕的烟。这里指沉香,一种名贵的的香料。(贴身侍女春香接着唱)时光在沉香的燃烧中苒苒逝去。

㉑ **抛残绣线**:春意让人疲倦,无心针线。

302

㉒ **恁今春关情似去年**:**恁**:"恁么"的省略说法,意思是为什么。为什么今年的春情比去年更厉害呢?

㉓ **梅关**:即大庾岭,在本剧故事发生地点江西省南安府(大余)的南面。

㉔ **宿妆残**:**宿妆**:隔夜的梳妆。隔夜的梳妆已经凌乱。

㉕ **宜春髻子**:古代女子的一种发式。相传立春那天,妇女把彩色的丝绸剪作燕子状,戴在髻上,上贴"宜春"二字。春香说,你侧着梳成宜春髻子的发式。

㉖ **恰凭阑**:站在栏杆边。

㉗ **翦不断,理还乱**:用了南唐后主李煜《相见欢》中的句子。见第二十一课注。

㉘ **理还乱**:思绪纷乱,整理之后还是乱纷纷的。

㉙ **闷无端**:压抑、悲苦,千头万绪,真是难以言状啊!

㉚ **已分付催花莺燕借春看**:我已吩咐催促花开的莺儿燕儿借来春光看看。

㉛ **春香**:人名,是剧中女主角杜丽娘的丫环。

㉜ **花径**:落花缤纷的小路。

㉝ **分付**:吩咐。

㉞ **镜台**:古代仕女化妆、穿衣用的装有镜子的架子,叫镜台。

㉟ **云髻罢梳还对镜**:云髻,是对古代仕女美丽发式的形容。全句的意思是:梳好云髻后再对着镜子反复地看。这是在暗示杜丽娘对青春的珍惜、眷恋。

㊱ **罗衣欲换更添香两句**:薛逢诗《宫词》中的两句,出自《全唐诗》卷二十。

㊲ **镜台衣服在此**:这是春相对丽娘说的话。

㊳ **袅晴丝**:**袅**:形容游丝飘荡不定的样子。**晴丝**:春天晴空中飘荡的游丝,亦即后文所说的飞丝、烟丝。在春天晴朗的日子最易看见。

㊴ **吹来闲庭院**:飘入庭院。

㊵ **摇漾春如线**:摇摆荡漾有如细线。

㊶ **停半晌五句**:写杜丽娘对镜梳妆情景。**停半晌**:停了很长时间。

㊷ **花钿(diàn)**:古代妇女鬓发两旁的饰物。

㊸ **没揣**:不意,没想到。**菱花**:镜子。古时铜镜背面所铸花纹一般为菱花,因此称菱花镜,或用菱花作镜子的代称。这几句写出一个少女的含情脉脉的微妙心理,她是连看见镜子里的自己的影子也有些不好意思的。想不到镜子(拟人化)。

㊹ **偷人半面**:偷偷地照见了她。

㊺ **迤逗的彩云偏**:迤(yǐ)逗,引惹,挑逗。彩云,美丽的发卷的代称。害得(迤逗的)她羞答答地把发卷也弄歪了。

㊻ **行介**:就是走路的动作。介,中国古代戏曲用语,动作的意思。

㊼ **今日穿插的好**:今天打扮的真漂亮!穿插,打扮。

㊽ **翠生生**:极言彩色鲜艳。**出落的**:显出,衬托出。**茜(qiàn)**:深红色。丽娘唱:你说我今天打扮的艳丽夺目。

㊾ **艳晶晶花簪八宝填**:簪子上镶嵌着多种亮晶晶的宝石。

㊿ **爱好**:如同说爱美。你可知我一生爱美是天性使然。**天然**:天性使然。

(51) **三春好处**:比喻自己的青春美貌。可叹我的青春美貌无人爱惜。

㊽ **沉鱼落雁**:小说戏文中用来形容女人的美貌。意思说,鱼见她的美色,自愧不如而下沉;雁则因为看她的美色而停落下来。下文羞花闭月,也是很美丽的意思。

㊼ **零星**:脱落。

㊴ **泥**:沾污,这里作动词用。

㊶ **疼**:由于常常掣铃,连小金铃都被拉得疼煞了。这是夸大的描写。据《开元天宝遗事》:天宝初,宁王……于后园中纫红丝为绳,密缀金铃,系于花梢之上。每有鸟雀翔集,则令园吏掣铃索以惊之。盖惜花之故也。疼煞,痛极,指因惜花驱鸟而掣铃,小金铃被拉得痛坏了。

㊻ **不到园林**:不亲自到园林中来。

㊷ **怎知春色如许**:怎么知道春色如此美妙怡人?

㊸ **姹紫嫣红**(chàzǐ yānhóng):形容各种花朵绚烂艳丽。姹紫,嫩紫。嫣红,娇红。

㊹ **良辰美景**:谢灵运《拟魏太子邺中集诗序》:天下良辰美景,赏心乐事,四者难并。

⑥ **谁家**:哪一家。

⑥ **朝飞暮卷**:指轩阁的高敞。朝飞暮卷:唐王勃《滕王阁诗》:画栋朝飞南浦云,朱帘暮卷西山雨。

⑥ **锦屏人**:深闺中人,包括自己在内。**韶光**(sháoguāng):春光。

⑥ **是**:凡是,所有的。

⑥ **啼红了杜鹃**:开遍了红色的杜鹃花。从杜鹃(鸟)泣血联想起来的。

⑥ **荼蘼**(mí):花名,晚春时开放。

⑥ **他春归怎占的先**:《诚齐乐府·牡丹品》三折《喜莺》:花索让牡丹先。春尽时它和群花一起凋谢,也占不得先。这里暗喻杜丽娘对青春被耽误的幽怨和伤感。

⑥ **闲凝眄**(miǎn):穷适无聊,漫无目的、思绪纷乱地到处观看。眄,斜视;凝眄,凝视。

⑥ **生生燕语明如翦**(jiǎn):翦,指剪子。生生燕语明如翦,形容燕语的清脆明快和莺声的宛转流利。

⑥ **溜的圆**:形容呖呖莺歌的流畅、圆润。

⑦ **观之不足**:看不厌。

⑦ **缱**(qiǎn):留恋、缠绵、难舍难分。

⑦ **枉然**:白费(力气)。

⑦ **开我西阁门,展我东阁床**:出自《木兰诗》:开我东阁门,坐我西阁床。

⑦ **映山紫**:映山红(杜鹃花)的一种。

(一) 填空

1. 汤显祖的一生有五种戏剧作品,它们是:《紫箫记》、《紫钗记》、《＿＿＿＿＿》、《＿＿＿＿＿》、《＿＿＿＿＿》。

2. 《牡丹亭》的语言委婉情深，典雅蕴藉，若_____，朦朦胧胧，若_____，若有若无。可以感受，却不能解释，可以意会，却难以言传，为表现主人公浪漫的情思选择了一种_____、_____、_____的表达方式，因而在艺术成就上达到了文人戏曲的至高境界。

（二）思考题

1. 《牡丹亭》的主题思想是什么？
2. 简要回答：【皂罗袍】中"原来姹紫嫣红开遍，似这般都付与断井颓垣"是什么意思？

文学史知识提示

《牡丹亭》流传人口，风行一时，一面有它的思想基础，同时由于它把爱情写得纯真而又美丽。杜丽娘为情而死，后来又还魂复活，这自然不是生活的真实，但作者这样写，无非是要加强斗争的力量，冲击封建伦理的传统。当日因于封建礼教，深受爱情苦恼的青年男女们，一旦看到这种作品，觉得只要情真，梦中可以找到安慰，死了可以复活，这对于被封建礼教压制得喘不过气来的青年男女，在这一种作品的艺术感染上，正可疗治他们精神上的创伤，解放他们潜意识中的苦闷。因此，娄江女子俞二娘读了《牡丹亭》，哀感自己的身世，断肠而死；杭州女伶商小玲失恋后，因演《牡丹亭》，伤心而死；内江某女子，因爱作者的才华，想嫁他，后来看见作者已年老扶杖而行，乃投江而死。至于吴吴山家所刻"三妇合评本"《牡丹亭》事，那更是大家所熟知的了。这些故事，虽不一定都可征信，但所以会产生这样的传说，也说明了作品的艺术力量，在封建社会妇女群中所激起的强烈反应，在情感上的交流感染作用。

（刘大杰著《中国文学发展史》，上海古籍出版社1982年版，第1004—1005页）

牡丹亭·惊梦

(节选,紧接课文)

　　(旦叹介)"默地游春转,小试宜春面⑦。"春呵,得和你两留连,春去如何遣⑩?咳,恁般天气,好困人也。春香那里?(作左右瞧介)(又低首沉吟介)天呵,春色恼人,信有之乎⑦!常观诗词乐府,古之女子,因春感情⑱,遇秋成恨⑲,诚不谬⑳矣。吾今年已二八㉑,未逢折桂之夫㉒;忽慕春情,怎得蟾宫之客㉓?昔日韩夫人得遇于郎㉕,张生偶逢崔氏㉖,曾有《题红记》、《崔徽传》二书。此佳人才子,前以密约偷期㉗,后皆得成秦晋㉙。(长叹介)吾生于宦族,长在名门,年已及笄㉘,不得早成佳配,诚为虚度青春,光阴如过隙⑳耳。(泪介)可惜妾身颜色如花,岂料命如一叶乎㉑!(唱)

　　【山坡羊】没乱里㉒春情难遣,蓦地里怀人幽怨。则为俺生小婵娟㉓,拣名门一例、一例里神仙眷㉔。甚良缘㉕,把青春抛的远㉖!俺的睡情谁见㉗?则索因循腼腆㉘。想幽梦谁边,和春光暗流转。迁延,这衷怀那处言?淹煎㉙,泼残生⑩,除问天。

　　身子困乏了,且自隐几⑩而眠。(睡介)(梦生介)(生⑩持柳枝上)莺逢日暖歌声滑,人遇风情笑口开。一径落花随水入,今朝阮肇到天台⑩。小生顺路儿跟着杜小姐回来,怎生不见?(回看介)呀,小姐,小姐。(旦作惊起相见介)(生)小生那一处不寻访小姐来,却在这里。(旦作斜视不语介)(生)恰好花园内,折取垂柳半枝。姐姐,你既淹通书史,可作诗以赏此柳枝乎?(旦作惊喜欲言又止介)(背想)这生素昧平生⑩,何因到此?(生笑介)小姐,咱爱杀你哩!(唱)

　　【山桃红】则为你如花美眷,似水流年,是答儿⑩闲寻遍。在幽闺自怜。小姐,和你那答儿⑩讲话去。(旦作含笑不行)(生作牵衣介)(旦低问)那边去?(生)转过这芍药栏前,紧靠着湖山石边。(旦低问)秀才,去怎的?(生低答)和你把领扣松,衣带宽,袖梢儿揾着牙儿苫⑩也,则待你忍耐温存一晌⑩眠。(旦作羞)(生前抱)(旦推介)(合)是那处曾相见,相看俨然,早难道⑩这好处相逢无一言?

　　(生强抱旦下)(末扮花神束发冠,红衣插花上)催花御史⑩惜花天,检点春工又一年。蘸⑪客伤心红雨下,勾人悬梦彩云边。"吾乃掌管南安府后花园花神是也。"因杜知府小姐丽娘,与柳梦梅秀才,后日有姻缘之分。杜小姐游春感伤,致使柳秀才入梦。咱花神专掌惜玉怜香,竟来保护他,要他云雨⑫十分欢幸也。

　　【鲍老催】(末)单则是混阳蒸变⑬,看他似虫儿般蠢动把风情扇。一般儿娇凝翠绽魂儿颤。这是景上缘⑭,

想内成⑮,因中见⑯。呀,淫邪展污⑰了花台殿。咱待拈片落花儿惊醒他。(向鬼门⑱丢花介)他梦酣春透了怎留连?拈花闪碎的红如片。

秀才,才到的半梦儿;梦毕之时,好送杜小姐仍归香阁。吾神去也。(下)
(生、旦携手上)(生唱)

【山桃花】这一霎天留人便,草藉花眠。(白)小姐可好?(旦低头介)(生)则把云鬟点,红松翠偏。小姐休忘了呵,见了你紧相偎,慢厮连,恨不得肉儿般团成片也,逗的个日下胭脂雨上鲜。(旦)秀才,你可去呵?(合)是那处曾相见,相看俨然,早难道这好处相逢无一言?

(生)姐姐,你身子乏了,将息⑲,将息。(送旦依前作睡介)(轻拍旦介)姐姐,俺去了。(作回顾介)姐姐,你可十分将息,我再来瞧你那。"行来春色三分雨,睡去巫山一片云。"(下)(旦作惊醒,低叫介)秀才,秀才,你去了也?(又作痴睡介)(老旦⑳上)夫婿坐黄堂,娇娃立绣窗。"怪他裙衩上,花鸟绣双双。"孩儿,孩儿,你为甚瞌睡在此?(旦作醒,叫秀才介)咳也。(老旦)孩儿怎的来?(旦作惊起介)奶奶㉑到此!(老旦)我儿,何不做些针指,或观玩书史,舒展情怀?因何昼寝于此?(旦)孩儿适花园中闲玩,忽值春喧恼人,故此回房。无可消遣,不觉困倦少息。有失迎接,望母亲恕儿之罪。(老旦)孩儿,这后花园中冷静㉒,少去闲行。(旦)领母亲严命。(老旦)孩儿,学堂看书去。(旦)先生不在,且自消停㉓。(老旦叹介)女孩儿长成,自有许多情态,且自由他。正是:"宛转随儿女,辛勤做老娘。"(下)(旦长叹介)(看老旦下介)哎也,天那,今日杜丽娘有些侥幸也。偶到后花园中,百花开遍,睹景伤情。没兴而回,昼眠香阁。忽见一生,年可弱冠㉔,丰姿俊妍。于园中折得柳丝一枝,笑对奴家说:"姐姐既淹通书史,何不将柳枝题赏一篇?"那时待要应他一声,心中自忖,素昧平生,不知名姓,何得轻与交言。正如此想间,只见那生向前说了几句伤心话儿,将奴搂抱去牡丹亭畔,芍药栏边,共成云雨之欢。两情和合,真个是千般爱惜,万种温存。欢毕之时,又送我睡眠,几声"将息"。正待自送那生出门,忽值母亲来到,唤醒将来。我一身冷汗,乃是南柯㉕一梦。忙身参礼母亲,又被母亲絮㉖了许多闲话。奴家口虽无言答应,心内思想梦中之事,何曾放怀。行坐不宁,自觉如有所失。娘呵,你教我学堂看书去,知他看那一种书消闷也。(作掩泪介)(唱)

【绵搭絮】雨香云片㉗,才到梦儿边。无奈高堂,唤醒纱窗睡不便。泼新鲜,冷汗粘煎,闪的俺心悠步䰇㉘,意软鬟偏。不争多㉙费尽神情,坐起谁忺㉚?则待去眠。

(贴上)"晚妆销粉印,春润费香篝㉛。小姐,熏了被窝睡罢。"(旦唱)

【尾声】困春心,游赏倦,也不索香熏绣被眠。天呵,有心情那梦儿还去不远。

春望逍遥出画堂㉜,间梅遮柳不胜芳㉝。
可知刘阮逢人处㉞,回首东风一断肠㉟。

(同下)

注 释

⑦⑤ 宜春面:指新妆。
⑦⑥ 遣(qiǎn):打发日子。
⑦⑦ 信有之乎:真的是有这种事啊。
⑦⑧ 因春感情:随着春天到来而感通内心情感。
⑦⑨ 遇秋成恨:遇到秋天来临而形成内心遗憾或伤感。
⑧⑩ 诚不谬(miù):确实不是谬误,不是假话。
⑧① 二八:此处指十六岁。
⑧② 未逢折桂之夫:折桂,比喻科举及第。没有遇到科举得中的好夫婿。
⑧③ 忽慕春情:一时间羡慕花儿开得灿烂恣肆。
⑧④ 蟾(chán)宫之客:蟾宫,月宫。古代用"蟾宫折桂"比喻科举考试成功。蟾宫之客,指科举考试成功的人。这一句与上面的"折桂之夫"同意。
⑧⑤ 韩夫人得遇于郎:唐人传奇故事:唐僖宗时,宫女韩氏以红叶题诗,从御沟中流出,被于佑拾到。于佑也以红叶题诗,投入上流,寄给韩氏。后来两人结为夫妇。
⑧⑥ 张生偶逢崔氏:即张生和崔莺莺的爱情故事,见唐元稹《会真记》,后来《西厢记》演的就是这个故事。
⑧⑦ 偷期:幽会。
⑧⑧ 得成秦晋:得成夫妇。春秋时代,秦、晋两国世代联姻,后世称联姻为秦晋。
⑧⑨ 及笄(jī):古代女子十五岁开始以笄(簪)束发,叫及笄,意指女子已成年,到了婚配的年龄。见《礼记·内训》。
⑨⑩ 隙:缝隙。光阴如过隙耳,意思是时间过得很快。
⑨① 岂料命如一叶:元好问《鹧鸪天·薄命妾》词:颜色如花画不成,命如叶薄可怜生。感叹我长得如花似玉。
⑨② 没乱里:形容心绪很乱。难道我的命就如一片叶子那么轻薄易损吗?
⑨③ 婵娟(chánjuān):美好,用来形容女子。也指月亮。
⑨④ 拣名门一例、一例里神仙眷:父母一定要为我在名门宦族中选择配偶。
⑨⑤ 甚良缘:说什么求个良缘。
⑨⑥ 把青春抛的远:结果耽误时间,徒然把大好青春断送。
⑨⑦ 俺的睡情谁见:没人知道我的怀春之情。
⑨⑧ 则索:只得。索,要,须。因循:沿袭,顺承。腼腆(miǎntiǎn):害羞。我只好因循着表现出腼腆害羞的样子。
⑨⑨ 淹煎(yānjiān):淹煎,受熬煎,遭磨折。
⑩⓪ 泼残生:苦命儿。泼,表示厌恶,原来是骂人的话。
⑩① 隐几:靠着几案。
⑩② 生:此处指柳梦梅。
⑩③ 阮肇(Ruǎn Zhào)到天台:见到爱人。用刘晨和阮肇在天台山桃源洞遇到仙女的故事。
⑩④ 素昧平生(sùmèi píngshēng):一向不认识。昧,不了解。平生,平素,往常。

⑩⑤ **是答儿**:到处。是,凡。

⑩⑥ **那答儿**:那边。

⑩⑦ **搵(wèn)**:用手指按。**苫(shàn)**:遮盖。

⑩⑧ **一晌**:一会儿。

⑩⑨ **早难道**:宋元方言俗语,岂不闻的意思。

⑩ **催花御史**:《说郛》卷二十七《云仙散录》引《玉尘集》:唐穆宗,每宫中花开,则以重顶帐蒙蔽栏槛,置惜花御史掌之。

⑪ **蘸(zhàn)**:指红雨(落花)落在人的身上。落花飘洒到身上,使在旅为客者为之伤心。

⑫ **云雨**:指男女合欢(多见于旧小说)。

⑬ **混阳蒸变**:道家术语,原指天地变化,这里指男女(男为天,女为地)幽会情景。

⑭ **景上缘**:景,同影。喻姻缘短暂,是不真实的梦幻。

⑮ **想内成**:只是在个人头脑里想着成其好事。

⑯ **因中见(现)**:佛家认为一切事物都由因缘造合而成。

⑰ **展污**:沾污、弄脏。

⑱ **鬼门**:一作古门,戏台上演员的上、下场门。

⑲ **将息**:休息,调养。

⑳ **老旦**:杜丽娘的母亲。

㉑ **奶奶**:后文说明是母亲。

㉒ **冷静**:阴冷僻静。

㉓ **消停**:休息。

㉔ **弱冠**:二十岁。冠,中国古代男子到二十岁行冠礼表示已经成人。

㉕ **南柯一梦**:见唐人传奇故事,淳于棼梦见自己被大槐安国王招为驸马,做南柯太守。历尽了富贵荣华,醒来才发现自己不过是做了几个小时的梦,槐安国不过是大槐树下的一个蚁穴,南柯郡则是南面树枝下的另一个蚁穴。南柯,梦的代称。

㉖ **絮(xù)**:絮叨。形容说话繁琐,唠叨。

㉗ **雨香云片**:云雨,指梦中的幽会。

㉘ **闪的俺**:弄得我,害得我。**心悠**:心里空荡荡的。**軃(duǒ)**:偏斜。害得我心神不定,脚步难移。

㉙ **不争多**:差不多,几乎。

㉚ **坐起谁忺**:坐立不安。忺(xiān),高兴,适意。

㉛ **香篝(gōu)**:即薰笼,古代富贵人家薰香所用。

㉜ **春望逍遥出画堂**:语本唐代诗人张说《奉和圣制春日出苑应制》:禁林艳裔发青阳,春望逍遥出画堂。

㉝ **间梅遮柳不胜芳**:语本唐代诗人罗隐《桃花》诗:暖触衣襟漠漠香,间梅遮柳不胜芳。

㉞ **可知刘阮逢人处**:语本唐代诗人许浑《早发天台中岩寺度关岭次天姥岭》:可知刘阮逢人处,行尽深山又是山。

㉟ **回首东风一断肠**:疑本唐代诗人韦庄《思归》:暖丝无力自悠扬,牵引东方断客肠。

第三十七课

金瓶梅

课　文

　　明代万历年间的《金瓶梅》不仅是中国第一部文人独立创作的长篇小说,而且是中国第一部以家庭生活为题材的长篇小说。它突破了过去或演说历史故事、或取材英雄传奇、或描写神仙鬼怪等奇人逸事的模式①,直接抒写世态人情,在中国小说史上承前启后②,具有特别的地位。

　　《金瓶梅》描写了官、商、恶霸三位一体的典型人物西门庆罪恶的一生,以及他的家庭从发迹到衰败的历史过程,真实而深刻地描写了西门庆家奢靡③无度、荒淫无耻、贪婪无厌、争斗不休的方方面面,暴露了明代后期社会的黑暗和腐朽,以细腻而逼真的手法勾勒了一幅幅鬼蜮④横行的世态图。作者态度冷漠,使小说自始至终散发着一种绝望的情调。

　　从艺术成就来讲,《金瓶梅》是中国小说史上的一座里程碑:首先,它不以离奇的情节取胜,而是以塑造人物形象见长。吴月娘、李娇儿、孟玉楼、孙雪娥、潘金莲、李瓶儿、陈经济、庞春梅等等,形形色色,三教九流⑤,无不具有深刻的概括性。作者善于根据现实生活,多方面、多层面地刻画人物性格,揭示人物复杂的内心世界,克服了先前小说类型化、单一化和平面化的倾向,形象鲜明、栩栩如生⑥,是明代后期社会生活的真实写照。其次,作者善于用方言、成语、谚语、歇后语,内容十分丰富,至今仍是研究明代语言的一座宝库,这是其他小说不能企及的。尤其是小说能够根据不同的环境,不同的人物在不同的心理作用下,运用不同的语言来刻画人物形象。例如潘金莲的语言,时而尖酸刻薄⑦,时而精明乖巧,时而凶狠毒辣,时而又卑躬谄媚⑧,把一个时代的畸形形象刻画得活灵活现。第三,全书一百回,出场人物有两百多,但是其结构却大而不乱。它以西门庆、潘金莲为主、副线,纵横交错形成内勾外连的网状结构,把西门庆从一个破落的地痞流氓往上钻营,拜奸相蔡京为义父,逐步发迹,升官发财,妻妾成群,直到最后纵欲暴亡,全家作鸟兽散的整个过程安排得波澜起伏,一气呵成,的确是精心结撰之作。

注　释

① **模式**:事物的标准样式。
② **承前启后**:承,承接;启,开创。承接前面的,开创后来的。指继承前人事业,为后人开辟道路。
③ **奢靡**(shēmí):指生活奢侈,挥霍无度。
④ **鬼蜮**(guǐyù):害人的鬼和怪物。蜮,传说中在水里暗中害人的怪物。这里喻指阴险恶毒的人。
⑤ **三教九流**:三教指儒教、道教、佛教,九流指儒家者流、阴阳家者流、道家者流、法家者流、名家者流、墨家者流、纵横家者流、杂家者流、农家者流。后泛指各行各业的人,常含贬义。
⑥ **栩**(xǔ)**栩如生**:形容刻画得生动形象。
⑦ **尖酸刻薄**:说话的刁钻苛刻,措辞有挖苦讽刺的味道。
⑧ **谄媚**(chǎnmèi):卑贱地奉承,讨好别人。

作　品

来旺儿递解徐州　宋惠莲⑨含羞自缢

《金瓶梅》第二十六回(节选)

话说西门庆听了金莲之言又变了卦⑩。到次日,那来旺儿收拾行李,伺候到日中,还不见动静。只见西门庆出来,叫来旺儿到跟前,说道:"我夜间想来,你才打杭州来家,多少时儿,又叫你往东京去,忒⑪辛苦了,不如教来保替你去吧。你且在家歇宿几日。我到明日家门首生意寻一个与你做吧。"自古物听主裁,那来旺儿哪里敢说甚的,只得应诺下来。西门庆就把银两书信交付与来保和吴主管,三月二十八日起身往东京⑫去了。不在话下。这来旺儿回到房中,心中大怒,吃酒醉倒房中,口内胡说,骂起宋蕙莲来,要杀西门庆。被宋惠莲骂了他几句:"你咬人的狗儿不露齿,是言不是语。墙有缝壁有耳⑬。喝了那黄汤,挺那两觉。"打发他上床睡了。到次日,走到后边,叫玉箫房里请出西门庆,两个在厨房后墙底下僻静处说话。玉箫在后门处替她观风⑭。婆娘⑮甚是埋怨,说道:"你是个人,你原说叫他去,怎么转了靶子⑯,又教别人去了。你干净是个球子心肠⑰,滚上滚下。灯草拐棒原拄不定。把你到明日盖个庙儿,立起个旗杆来,就是个谎神爷。我再不信你说话了。我那等和你说了一场,就没些情分儿。"西门庆笑道:"到不是此说。我不是也叫他去?恐怕他东京蔡太师府中不熟,所以叫来保去了。留下他家门首寻个买卖与他做吧。"夫人道:"你对我说,寻个什么买卖与他做?"西门庆道:"我叫他搭个主管在家门首开酒店。"妇人听言,满心欢喜。走到屋里,一五一十对来旺儿说了。单等西门庆示下。

　　一日,西门庆在前厅坐下,着人叫来旺儿近前,桌上放下六包银两。说道:"孩儿,你一向杭州来家辛苦。教你往东京去,恐怕你蔡府中不十分熟,所以教来保去了。今日这六包银子三百两,你拿去搭上个主管在家门首开个酒店,月间寻些利息孝顺我也是好处。"那来旺连忙扒在地下磕头,领了六包银两回到房中,告与老婆说:"他到拿买卖来窝盖⑱我。今日与了我这三百两银子,教我搭主管开酒店做买卖。"老婆道:"怪贼黑囚,你还嗔老婆说,一锹就掘了井⑲,也等慢慢来。如何今日也做上买卖了?你安分守己,休再吃了酒口里胡说白道。"来旺儿叫老婆把银两收在箱中,我在街上寻伙计去也。于是走到街上寻主管。寻到天晚,主管寻不成,又吃了大醉来家。老婆打发他睡了,就被玉箫走来叫到后边去了。来旺儿睡了一觉,约一更天气,酒还未醒。正朦朦胧胧睡着,忽听的窗外隐隐有人叫他道:"来旺哥,还不起来看看你的媳妇子又被那没廉耻的勾引到花园后边去了,亏你还睡的放心。"来旺儿猛可惊醒,睁开眼看看,不见老婆在房里。只认是雪娥看见甚动静来递信与他,不觉怒从心上起,道:我在面前就弄鬼儿⑳。忙跳起身来,开了房门,摸到花园中来。刚到厢房中角门首,不防黑影里抛出一条绳子来,把来旺儿绊了一交。只见响亮一声,一把刀子落地,左右闪过四五个小厮,大叫"有贼",一齐向前把来旺儿一把捉住了。来旺儿道:"我是来旺儿,进来寻媳妇子,如何把我拿住了?"众人不由分说,一步一棍,打到厅上。只见大厅上灯烛辉煌,西门庆坐在上面,即叫拿上来。来旺儿跪在地下说道:"小的睡醒了,不见媳妇在房里,进来寻他。如何把小的做贼拿?"那来兴儿就把刀子放在面前与主子看。西门庆大怒,骂道:"畜生好度人难度㉑。这厮真是个杀人贼!我倒见你杭州来家,叫你领三百两银子做买卖,如何贪夜㉒

进内来要杀我？"不然,拿这刀子做甚么？"喝令左右与我押到他房中取我那三百两银子来。"众小厮随即押到房中,蕙莲正在后边同玉箫说话,忽闻此信,忙跑到房里,看见了,放声大哭。说道:"你好好吃了酒睡吧,平白又来寻我做什么？只当暗中了人的拖刀之计。"一面开箱子取出六包银两来。拿到厅上,西门庆灯下打开观看,内中只有一包银两,余者都是锡铅锭子。西门庆大怒,因问:"如何抵换了？我的银两往那里去了？趁早实说！"那来旺儿哭道:"爹抬举小的做买卖,小的怎敢欺心抵换银两？"西门庆道:"你打下刀子还要杀我,刀子现在,还要支吾㉓什么？"因把来兴儿叫来面前跪下,做个执证,说道:"你从某日没曾在外对众发言,要杀爹,嗔爹不与你买卖做。"这来旺儿只是叹气,张开口儿合不的。西门庆道:"既是赃证刀杖明白,叫小厮与我锁拴到房门内,明日写状子送到提刑所去。"只见宋蕙莲云鬟撩乱,衣裙不整走来厅上,向西门庆跪下,说道:"爹！此是你干的营生。他好好进来寻我,怎把他当贼拿了？你的六包银子我收着,原封儿不动,平白怎的抵换了！恁活埋人㉔,也要天理,他为什么,你只因他什么？打与他一顿。如今拉着送他那里去？"西门庆见了他,回嗔作喜,道:"媳妇儿,关你甚事？你起来！他无理胆大,不是一日,现藏着刀子要杀我。你不得知道。没你的事。"因令来安儿好好搀扶你嫂子回房去,休要慌吓他。那蕙莲只顾跪着不起来,说:"爹好狠心！你不看僧面看佛面㉕。我恁说着,你就不依依儿,他虽故吃酒,并无此事。"缠得西门庆急了,叫来安儿搀他起来,劝他回房了。

注 释

⑨ **递解**:旧时指把犯人解往远地,由沿途官府派人递相押送。**来旺儿、宋惠莲**:人名,两人本是夫妻,是西门庆家里的奴仆。

⑩ **变了卦**(guà):改变了主意。

⑪ **忒**(tè):太。

⑫ **东京**:见第三十四课注。

⑬ **是言不是语,墙有缝壁有耳**:只要是句话,就可能被人听见。

⑭ **观风**:观察动静以便暗中相机行事或向自己人告警。

⑮ **婆娘**:这里指宋惠莲。

⑯ **转了靶子**:改变了主意。

⑰ **球子心肠**:心思圆滑,没个定准。

⑱ **窝盖**:拿好处买通人,使其不说于己不利的话、不做于己不利的事。

⑲ **一锹就掘了井**:一锹不可能掘出井来,正如一口吃不成个胖子。这里是说,来旺认为一锹不可能掘出井来,凡事得慢慢来。

⑳ **弄鬼儿**:搞鬼。我在面前就弄鬼儿,意思是在我面前就敢搞鬼,未免欺人太甚。

㉑ **度**:度脱,净化。

㉒ **夤夜**(yínyè):深夜。
㉓ **支吾**:用话搪塞,找理由辩解。
㉔ **恁活埋人**:那样活活栽赃陷害人。
㉕ **不看僧面看佛面**:指看在第三者的情面上给予帮助或宽恕。

(一) 填空

1. ＿＿＿＿＿年间的《金瓶梅》不仅是中国第一部＿＿＿＿＿的长篇小说,而且是中国第一部以＿＿＿＿＿为题材的长篇小说。由于它突破了过去或演说历史故事、或取材英雄传奇、或描写神仙鬼怪等奇人逸事的模式,直接抒写＿＿＿＿＿,在中国小说史上＿＿＿＿＿,具有特别的地位。

2. 《金瓶梅》描写了官、商、恶霸三位一体的典型人物＿＿＿＿＿罪恶的一生以及他的家庭从＿＿＿＿＿的历史过程,真实而深刻地描写了西门庆家奢靡无度、荒淫无耻、贪婪无厌、争斗不休的方方面面,暴露了明代＿＿＿＿＿社会的黑暗和腐朽,以细腻而逼真的手法勾勒了一幅幅＿＿＿＿＿的世态图。作者态度冷漠,使小说自始至终散发着一种＿＿＿＿＿的情调。

(二) 思考题

为什么说《金瓶梅》在中国文学史上具有里程碑式的地位?

文学史知识提示

国外研究《金瓶梅》已有很长的历史,日本从十八世纪末、欧洲从十九世纪中开始,就有不少学人注意《金瓶梅》的版本、翻译和介绍,这说明《金瓶梅》这部不朽名著不仅是中国文学的财富,也早已是世界文学的财富了。《金瓶梅》的外文译本有英、法、德、拉丁、瑞典、芬兰、俄、匈牙利、日、韩、越、蒙等文种。美国大百科全书专条介绍说:"《金瓶梅》是中国第一部伟大的现实主义小说,它虽然写的是中国十二世纪早期的故事,实际反映了中国十六世纪末期整个社会各个等级人物的心理状态,宣扬了惩恶扬善的佛教观点,对中国十六世纪社会生活和风俗作了生动而逼真的描绘。"法国大百科全书介绍说:"《金瓶梅》为中国十六世纪的长篇通俗小说,它塑造人物很成功,在描写妇女的特点方面可谓独树一帜。全书

文学史知识提示

将西门庆的好色行为与整个社会历史联系在一起,它在中国通俗小说的发展史上是一个伟大的创新。"日本大百科事典对《金瓶梅》的介绍比较详细。这部大事典关于《金瓶梅》的专条写道:"《金瓶梅》的作者不明,但从全书结构的严密性,文气与构思的连贯性来看,是出于一人之手。《金瓶梅》故事发展形成了西门庆一家的兴亡史。故事的背景主要是山东省的一个县城,主人翁是这个地方上的富商西门庆,他用不正当手段积累财富,由行贿得到官职、地位和权力。全书以西门庆为中心,描写了形形色色的人物,其中有西门庆的六个妻妾、妓女、男女仆人、各类亲友、大小官吏、军人、商人、帮闲、媒人、算命人、和尚、尼姑、道士、戏子……可以说是从朝廷大臣到街头乞丐,应有尽有。作者对各种人物完全用写实的手段,排除了中国小说传统的传奇式的写法,为《红楼梦》、《醒世姻缘传》等描写现实的小说开辟了道路。"

(王丽娜著《〈金瓶梅〉在国外》,转引自胡文彬、张庆善选编:《论金瓶梅》,文化艺术出版社1984年版,第450—451页)

名篇欣赏

来旺儿递解徐州　宋惠莲含羞自缢

《金瓶梅》第二十六回(节选,紧接课文)

到天明,西门庆写了柬帖叫来兴儿做干证,揣着状子,押着来旺儿到提刑院去。说某日酒醉,持刀禽夜图杀家主,又抵换银两等情。才待出门,只见吴月娘走到前厅,向西门庆再三将言劝解,说道:"奴才无礼,家中处分他便了。又要拉出去惊动官府做什么?"西门庆听言,圆睁二目,喝道:"你妇人家不晓道理,奴才安心要杀我,你倒还教饶他吧。"于是不听月娘之言,喝令左右把来旺儿押送提刑院去了。月娘当下羞赧㉒而退。回到后边,向玉楼众人说道:"如今这屋里乱世为王,九尾狐精出世。不知听信了什么人言语,平白把小厮弄出去了。你就赖他做贼。万物也要个着实才好。拿纸棺材糊人成个道理?恁没道理昏君行货。"宋惠莲跪在当面哭泣。月娘道:"孩儿你起来,不消哭,你汉子怕数问不的他死罪。贼强人,他吃了迷魂汤了,俺们说话不中听,老婆当军,充数儿吧了。"玉楼向惠莲道:"你爹正在个气头上,待后慢慢的俺们再劝他。你安心回房去吧。"按下这里不题。

来旺儿押到提刑院。西门庆先差玳安送了一百石白米与夏提刑、贺千户。二人受了礼物,然后坐厅。来兴儿递上呈状看了,已知来旺儿因领银做买卖,见财起意,抵换银两,恐家主查算,黧夜持刀突入后厅,谋杀家主等情,心中大怒。把来旺叫到当厅跪下。这来旺儿告道:"望天官爷察情,容小的说,小的便说;不容小的说,小的不敢说。"夏提刑道,"你这厮现获赃证明白,勿得推诿㉑,从实与我说来,免我动刑。"来旺儿悉把西门庆初时令某人将蓝缎子怎的调戏他媳妇儿宋氏成奸,如今故入此罪,要垫害田谋妻子一节诉说一遍。夏提刑大喝了一声,令左右打嘴巴,说:"你这奴才,欺心背主,你这媳妇也是你家主娶的,配与你为妻。又把资本与你做买卖。你不思报本,却倚醉黧夜突入卧房持刀杀害。满天下人都像你这奴才,也不敢使人了。"来旺儿口还叫冤屈、被夏提刑叫过来兴儿过来执证。那来旺儿有口说不得了。夏提刑即令左右选大夹棍上来,把来旺儿夹了一夹,打了二十大棍,打得皮开肉绽,鲜血淋漓。吩咐狱卒带下去收监。来兴儿玳安儿来家回复了西门庆话。西门庆满心欢喜,吩咐家中小厮:"铺盖饭食,一些都不许与他送进去。但打了休家来对你嫂子说,只说衙门中一下儿也没打他,监几日便放出来。"众小厮应诺了。这宋蕙莲自从拿了来旺儿去,头也不梳,脸也不洗,黄着脸儿,只是关闭房门哭泣,茶饭不吃。西门庆慌了,使玉簪并贲㉒四嫂子儿再三进房劝解他,说道:"你放心,爹因他吃酒狂言,监他几日,耐他性儿,不久便放他出来。"蕙莲不信,使小厮来安儿送饭进监去。回来问他,也是这般说:"哥见官一下儿也不打,一两日就来家,叫嫂子安心。"这蕙莲听了此言,方才不哭了。每日淡扫蛾眉,薄施脂粉,出来走跳。西门庆要便来回打房门首走,老婆在檐下叫道:"房里无人,爹进来坐坐不是?"西门庆进入房里,与老婆做一处说话。西门庆哄他,说道:"我儿,你放心,我看你面上,写了帖儿对官儿说,也不曾打他一下儿.监他几日耐耐他性儿,还放他出来,还叫他做买卖。"妇人说道:"我的亲爹,你好歹㉓看奴之面,奈何他两日,放他出来,随你叫他做买卖,不教他做买卖也吧。这一出来,这叫他把酒断了,随你去近到远使他,他敢不去?再不,你若嫌不自便,替他寻上个老婆,他也罢了。我常远不是他的人了。"西门庆道:"我的心肝,你话是了。我明日买了对过乔家房,收拾三间房子与你住,搬你那里去。咱两个好不自在。"妇人道:"爹,随你主张便了。"说毕,将身带的白银条纱挑线香袋儿里面装着松柏儿,并排草挑着娇香美丽四个字,把与西门庆。喜的他心中要不得,恨不得与他誓共生死。向袖中掏丁一二两银子与他买果子吃。再三安抚他,"不消忧虑,只怕忧虑坏了你。我明日写帖子对夏大人说,就放他出来。"说了一回,西门庆恐有人来,连忙出去了。这妇人得了西门庆此话,到后边对众丫鬟媳妇,词色之间,未免轻露。孟玉楼早已知道,转来告潘金莲说:"他爹怎的早晚要放来旺儿出来,另替他娶一个;怎的要买对门乔家房子把媳妇子吊到那里去,与他三间房住,又买个丫头伏侍他,与他编银丝䯼髻打头面。"一五一十说一遍,"就和你我辈一般,什么张致?大姐姐也就不管管儿。"潘金莲不听便罢,听了时忿气满怀无处着,双腮红上更添红。说道:"真个由他,我就不信了。今日与你说的话,我若教贼奴才淫妇与西门庆做了第七个老婆,我不喇嘴说,就把潘字倒过来。"玉楼道:"汉子没正条的,大姐姐又不管,咱们能走不能飞,到的那些儿?"金莲道,你也忒不长俊㉚,要这命做什么?活一百岁杀肉吃㉛。"他若不依我,拼着这命,拚死在他手里,也不差什么。"玉楼笑道:"我是小胆儿,不敢惹他,看你有本事,和他缠。"到晚,西门庆在花园中翡翠轩书房里坐的,正要叫陈敬济来写帖子往夏提刑处,说要放来旺儿出来,被金莲蓦地㉜走到跟前,搭伏着书桌儿说:"你教陈姐夫写什么帖子?"西门庆不能隐讳,因说道:"我想把来旺儿责打与他几下,放他出来吧。"妇人止住小厮,且不要叫陈姐夫来。坐在旁边,因说道:"你空担汉子的名儿,原来是个随风倒柁顺水推船的行货。我那等对你说的话儿,你不依,倒听那贼奴才淫妇话儿。随你怎的逐日沙糖拌蜜与他吃,他还只疼他的汉子。依我如今把那奴才放出来,你也不好要他这老婆了。教他奴才好藉口。你放在家里,不荤不素㉝,当做什么人儿看成。待要把他做你的小老婆,奴才又现在;待要说道奴才老婆,你现把他逞的恁没张致㉞的,在人跟前,上头上脸,有些样儿。就算另替那奴才娶一个,着你要了他这老婆,往后倘忽你两个坐在一答里,那奴才或走来跟前回话,或做什么,见了有个不气的?老婆见了他,站起来是,不站起来是,先不先只这个就不雅相。传出去,休道六邻亲戚笑语,只家中大小把你也不着在意里。正是上梁不正下梁歪㉟。你既要不这营生,不如一狠二狠,把奴才结果了,你就占着他老婆也放心。"几句又把西门庆念翻转了,反又写帖子送与夏提刑,教夏提刑限三日提出来一顿拷打,拷打的通不像模样。提刑两位官并上下观察缉捕排军监狱中上下都受了西门庆财物,只要重不要轻。内中有一当案的孔目阴先生,名唤骘㊱,乃山西孝义县人,极是个仁慈正直之士。因见西门庆要陷害此人,图谋他妻子,再三不肯做文书送问,与提刑官抵面相讲。两个提刑官以此掣肘㊲难行。延挨了几日,人情两尽,只把他当厅责了四十,论个递解原籍徐州为民。当查原赃,花费十七两。铅锡五包责令西门庆家人来兴儿领回。差人写了贴子回复了西门庆。随教即日押发起身。这里提刑官当厅押了一道公文,差两个公人把来旺儿取出来,已是打了稀烂。钉上枷,上了封皮,限即日起程,径往徐州管下交割。可怜这来旺儿在监中监了半月光景,没钱使用,弄得身体狼狈,衣服褴褛,没处投奔,哀告两个公人说:"两位哥在上,我打了一场屈官司,身上分文没有,要凑些脚步钱㊳与二位,望你可怜儿,押我到我家主处,有我的媳妇,并衣服箱笼,讨出来变卖了,致谢二位,并路途盘费,也讨得一步松宽。"那两个公人道:"你好不知道理!你家主既摆布了一场,他又肯㊴发出媳妇并箱笼与你。你还有甚亲故,俺们看阴师父面上,瞒上不瞒下,领你到那里胡乱讨些钱米,勾你路上盘费便了,谁指望你甚脚步钱儿?"来旺道:"二位哥哥,你只可怜,引我先到来家主门首,我央浼两三位亲邻替我美言讨讨儿,无多有少。"两个公人道:"也吧,我们就押你去。"这来旺儿先到应伯爵门首,伯爵推不在家。又央了左邻贾仁清,伊勉慈二人来西门庆家,替来旺儿说,讨媳妇箱笼。西门庆也不出来,使出五六十小厮,一顿棍打出来,不许在门首缠扰。把贾伊二人羞得要不得。他媳妇儿宋蕙莲在屋里,瞒的铁桶相似,并不知一字。西门庆吩咐那小厮走漏消息,决打二十板。两个公人又同他到丈人卖棺材的宋仁家。来旺儿如此这般对宋仁哭诉其事,打发㊵了一两银子,与两个公人一吊铜钱,一斗米,路上盘缠。哭哭啼啼从四月初旬离了清河县往徐州大道而来。

注 释

㉖ **羞赧**(nǎn)：害羞得脸红。
㉗ **推诿**(tuīwěi)：推卸责任，推辞。
㉘ **贲**(bēn)：姓。
㉙ **好歹**：无论如何。
㉚ **忒不长俊**：太不长进。
㉛ **活一百岁杀肉吃**：即使活一百岁也只是像猪一样被杀了吃肉。这是骂人没有本事的俗语。
㉜ **蓦**(mò)**地**：突然。
㉝ **不荤不素**：指不上不下，尴尴尬尬，不是滋味。
㉞ **张致**：模样，样子，没张致，意思是没个样子。
㉟ **上梁不正下梁歪**：比喻地位或声誉高的人品行不好，下边的人也仿效而学坏。
㊱ **骘**(zhì)：雄马，此处作人名。
㊲ **掣肘**(chèzhǒu)：拉住胳膊，比喻阻挠别人做事。
㊳ **脚步钱**：等于说路费。
㊴ **又肯**：哪肯。
㊵ **打发**：使……离去。

第三十八课

冯梦龙①与"三言"

课文

　　伟大的通俗文学家冯梦龙在广泛收集宋元话本和明代拟话本②的基础上，经过加工汇辑成了《警世通言》、《醒世恒言》、《喻世明言》三部短篇小说集，简称"三言"，代表了明代拟话本的最高成就。

　　"三言"大胆地揭露和批判了封建社会政治制度的黑暗和大小官吏的倒行逆施③，同时也表现了清官和下层人物的正义感，歌颂了男女之间互相尊重的真挚情感，还大量地描写了市民生活、商人的经历以及他们的生活方式、思想观念等。

　　"三言"具有独特的艺术特点：第一，能将民间话本与文人仿作④成功地结合在一起。它保留了宋元民间话本的固有特色。第二，比起宋元话本小说而言，"三言"的拟话本小说篇幅大大加长，思想集中，情节曲折，在人情世态的描写上比宋元话本小说丰富得多。第三，它的语言通俗浅易，将口语与文言结合在一起，生动活泼之中透着典雅与流畅。第四，作为拟话本，"三言"具有文人创作的某些特点：人物形象塑造得更加细腻，心理描写尤其细致入微，此其一；人物性格刻画更加分明，注重人物性格与自然环境、社会环境的彼此作用而相得益彰⑤，此其二；故事情节交代得十分清楚，前因后果，有头有尾，丝丝入扣⑥，引人入胜，此其三；极为注重人物情感的推动作用，始终以"可喜可愕，可悲可涕，可歌可舞"之事"极摹⑦人情世态之歧，备⑧写悲欢离合之致"，此其四；因此，人物与故事揭示的主题及意义也就更加深刻，此其五。

注释

① **冯梦龙**(1574—1646):字犹龙,别号龙子犹,江苏吴县人,明末文学家;诗集有《七乐斋稿》,散曲集有《龙子犹散曲》,创作和改订的剧本有《双雄记》《万事足》《酒家佣》《量江记》等多种;他编选过民间歌曲《山歌》和《挂枝儿》,编辑过故事集《智囊》和小品文集《古今谭概》;在小说方面,他增补鉴定过《三遂平妖传》《新列国志》《两汉演义》等书,而更重要的是他编写了《喻世明言》(即《古今小说》)《警世通言》和《醒世恒言》三部小说集,这三部书,后人简称为"三言"。

② **话本**:原指"说话人"所用的底本,后来有一些底本经过"说话人"不断地丰富,经过文人加工,逐渐成为供人阅读的短篇小说,这种短篇小说被称为"话本",又可称为平话小说,它对我国小说的发展有极大的影响;"三言"是平话小说的总汇,也是研究短篇平话小说的重要材料。**拟话本**:文人(主要是明代文人)模拟"话本"体制写成的作品就称为"拟话本"。

③ **倒行逆施**(dàoxíng nìshī):指所作所为违背社会正义和时代进步方向。

④ **仿作**:模仿而成的作品。

⑤ **相得益彰**(xiāng dé yì zhāng):指互相帮助,互相补充,更能显出好处。

⑥ **丝丝入扣**:丝绸、布等在制作时,经线都要从扣齿间穿过,比喻做得十分细腻(多指文章、艺术表演等)。

⑦ **摹**(mó):照着样子写或画,描写。

⑧ **备**:完全。

杜十娘怒沉百宝箱

(《警世通言》第三十二卷,节选)

话中单表万历⑨二十年间,有户部⑩官奏准,目今兵兴之际,粮饷⑪未充,暂开纳粟入监之例⑫。原来纳粟入监的有几般便宜⑬:好读书,好科举,好中,结末⑭来又有个小小前程结果。以此宦家公子,富室子弟,到不愿做秀才,都去援例⑮做太学生。自开了这例,两京太学生,各添至千人之外。

内中有一人,姓李,名甲,字干先,浙江绍兴府人氏。父亲李布政,所生三儿,惟甲居长⑯。自幼读书在庠⑰,未得登科,援例入于北雍⑱。因在京坐监,与同乡柳遇春监生同游教坊司院内,与一个名姬⑲相遇。那名姬姓杜,名嫩,排行第十,院中都称为杜十娘,生得:

　　浑身雅艳,遍体娇香,两弯眉画远山青⑳,一对眼明秋水润。脸如莲萼,分明卓氏文君㉑;唇似樱桃,何减白家樊素。可怜一片无瑕玉,误落风尘花柳㉒中。

那杜十娘自十三岁破瓜㉓,今一十九岁,七年之内,不知历过了多少公子王孙;一个个情迷意荡,破家荡产而不惜。院中传出四句口号来,道是:

坐中若有杜十娘,斗筲之量饮千觞㉔;
院中若识杜老媺,千家粉面都如鬼!

却说李公子风流年少,未逢美色,自遇了杜十娘,喜出望外,把花柳情怀,一担儿挑㉕在他身上。那公子俊俏庞儿,温存性儿,又是撒漫㉖的手儿,帮衬㉗的勤儿,与十娘一双两好,情投意合。十娘因见鸨儿㉘贪财无义,久有从良㉙之志。又见李公子忠厚志诚,甚有心向他。奈李公子惧怕老爷,不敢应承。虽则如此,两下情好愈密,朝欢暮乐,终日相守,如夫妇一般,海誓山盟㉚,各无他志。真个:

恩深似海恩无底,义重如山义更高。

再说杜妈妈,女儿被李公子占住,别的富家巨室,闻名上门,求一见而不可得。初时李公子撒漫用钱,大差大使,妈妈胁肩谄笑,奉承不暇㉛。日往月来,不觉一年有余,李公子囊箧㉜渐渐空虚,手不应心,妈妈也就怠慢㉝了。老布政在家闻知儿子嫖院,几遍写字来唤他回去。他迷恋十娘颜色㉞,终是延捱㉟。后来闻知老爷在家发怒,越不敢回。

古人云:"以利相交者,利尽而疏。"那杜十娘与李公子,真情相好,见他手头愈短㊱,心头愈热。妈妈也几遍教女儿打发李甲出院,见女儿不统口,又几遍将言语触突李公子,要激怒他起身。公子性本温克,词气愈和。妈妈没奈何,日逐㊲只将十娘叱骂道:"我们行户人家,吃客穿客,前门送旧,后门迎新;门庭闹如火,钱帛堆成垛。自从那李甲在此,混帐一年有余,莫说新客,连旧主顾都断了。分明接了个钟馗㊳老,连小鬼也没得上门。弄得老娘一家人家,有气无烟,成什么模样!"

杜十娘被骂,耐性不住,便回答道:"那李公子不是空手上门的,也曾费过大钱来。"妈妈道:"彼一时�439,此一时。你只教他今日费些小钱儿,把与老娘,办些柴米,养你两口也好。别人家养的女儿,便是摇钱树,千生万活;偏我家晦气㊵,养了个退财白虎。开了大门七件事,般般㊶都在老身心上。到替你这小贱人白白养着穷汉,教我衣食从何处来?你对那穷汉说,有本事出几两银子与我,到得你跟了他去,我别讨个丫头过活却不好?"

十娘道:"妈妈,这话是真是假?"妈妈晓得李甲囊无一钱,衣衫都典㊷尽了,料他没处设法,便应道:"老娘从不说谎,当真哩!"十娘道:"娘,你要他许多㊸银子?"妈妈道:"若是别人,千把银子也讨了,可怜那穷汉出不起,只要他三百两,我自去讨一个粉头㊹代替。只一件,须是三日内交付与我,左手交银,右手交人。若三日没有银时,老身也不管三七二十一,公子不公子,一顿孤拐打那光棍出去,那时莫怪老身!"十娘道:"公子虽在客边乏钞,谅㊺三百金还措办得来。只是三日忒㊻近,限他十日便好。"妈妈想道:"这穷汉一双赤手,便限他一百日,他那里来银子?没有银子,便铁皮包脸,料也无颜㊼上门。那时重整家风,媺儿也没得话讲。"答应道:"看你面,便宽㊽到十日。第十日没有银子,不干老娘之事。"十娘道:"若十日内无银,料他也无颜再见了。只怕有了三百两银子,妈妈又翻悔⁴⁹起来。"妈妈道:"老身年五十一岁了,又奉十斋⁵⁰,怎敢说谎?不信时与你拍掌为定。若翻悔时,做猪做狗。"

　　从来海水斗难量,可笑虔婆⁵¹意不良;
　　料定穷儒囊底竭,故将财礼难娇娘。

　　是夜,十娘与公子在枕边,议及终身之事。公子道:"我非无此心,但教坊落籍⁵²,其费甚多,非千金不可。我囊空如洗⁵³,如之奈何!"十娘道:"妾已与妈妈议定,只要三百金,便须十日内措办。郎君游资虽罄⁵⁴,然都中岂无亲友,可以借贷。倘得如数,妾身遂为君之所有,省受虔婆之气。"公子道:"亲友中为我留恋行院,都不相顾。明日只做束装起身,各家告辞,就开口假贷路费,凑聚将来⁵⁵,或可满得此数。"起身梳洗,别了十娘出门。十娘道:"用心作速,专听佳音。"公子道:"不须分付。"

　　公子出了院门,来到三亲四友处,假说起身告别,众人到也欢喜。后来叙到路费欠缺,意欲借贷。常言道:"说着钱,便无缘。"亲友们就不招架⁵⁶。他们也见得是,道李公子是风流浪子,迷恋烟花,年许不归,父亲都为他气坏在家。他今日抖然⁵⁷要回,未知真假。倘或说骗盘缠⁵⁸到手,又支还脂粉钱,父亲知道,将好意翻成恶意,始终只是一怪⁵⁹,不如辞了干净。便回道:"目今正值空乏,不能相济⁶⁰,惭愧!惭愧!"人人如此,个个皆然,并没个慷慨丈夫,肯统口⁶¹许他一十二十两。

　　李公子一连奔走了三日,分毫无获,又不敢回决十娘,权且含糊答应。到第四日又没想头⁶²,就羞回院中。平日间有了杜家,连下处⁶³也没有了,今日就无处投宿,只得往同乡柳监生寓所借歇。柳遇春见公子愁容可掬⁶⁴,问其来历。公子将杜十娘愿嫁之情,备细说了。遇春摇首道:"未必,未必!那杜媺曲中第一名姬,要从良时,怕没有十斛⁶⁵明珠,千金聘礼?那鸨儿如何只要三百两?想鸨儿怪你无钱使用,白白占住他的女儿,设计打发你出门。那妇人与你相处已久,又碍却⁶⁶面皮,不好明言,明知你手内空虚,故意将三百两卖个人情,限你十日。若十日没有,你也不好上门。便上门时,他会说你笑你,落得一场亵渎⁶⁷,自然安身不牢,此乃烟花逐客之计,足下⁶⁸三思,休被其惑。据弟愚意,不如早早开交⁶⁹为上。"

　　公子听说,半晌无言,心中疑惑不定。遇春又道:"足下莫要错了主意。你若真个还乡,不多几两盘费,还有人搭救;若是要三百两时,莫说十日,就是十个月也难。如今的世情,那肯顾'缓急'二字的?那烟花也算定你没处告债⁷⁰,故意设法难你。"公子道:"仁兄所见良是。"口里虽如此说,心中割舍不下,依旧又往外边东央西告,只是夜里不进院门了。

　　公子在柳监生寓中,一连住了三日,共是六日了。杜十娘连日不见公子进院,十分着紧,就教小厮四儿街上去寻。四儿寻到大街,恰好遇见公子。四儿叫道:"李姐夫,娘在家里望你⁷¹。"公子自觉无颜,回复道:"今日不得功夫⁷²,明日来罢。"四儿奉了十娘之命,一把扯住,死也不放。道:"娘叫咱寻你。是必同去走一遭。"李公子心上也牵挂着婊子,没奈何,只得随四儿进院。见了十娘,嘿嘿无言。十娘问道:"所谋之事如何?"公子眼中流下泪来。十娘道:"莫非人情淡薄,不能足三百之数么?"公子含泪而言,道出二句:

"不信上山擒虎易,果然开口告人难。

一连奔走六日,并无铢⑦³两,一双空手,羞见芳卿⑦⁴。故此这几日不敢进院。今日承命呼唤,忍耻而来,非某不用心,实是世情如此。"十娘道:"此言休使虔婆知道。郎君今夜且住,妾别有商议。"

十娘自备酒肴,与公子欢饮。睡至半夜,十娘对公子道:"郎君果不能办一钱耶?妾终身之事,当如何也?"公子只是流涕,不能答一语。渐渐五更天晓,十娘道:"妾所卧絮褥内,藏有碎银一百五十两,此妾私蓄,郎君可持去。三百金,妾任⑦⁵其半,郎君亦谋其半,庶易为力。限只四日,万勿迟误!"

十娘起身将褥付公子,公子惊喜过望,唤童儿持褥而去。径到柳遇春寓中,又把夜来之情与遇春说了。将褥拆开看时,絮中都裹着零碎银子;取出兑⑦⁶时,果是一百五十两。遇春大惊道:"此妇真有心人也!既系真情,不可相负。吾当代为足下谋之。"公子道:"倘得玉成⑦⁷,决不有负!"当下柳遇春留李公子在寓,自出头各处去借贷。两日之内,凑足一百五十两,交付公子道:"吾代为足下告债,非为足下,实怜杜十娘之情也。"李甲拿了三百两银子,喜从天降,笑逐颜开,欣欣然来见十娘。刚是第九日,还不足十日。十娘问道:"前日分毫难借,今日如何就有一百五十两?"公子将柳监生事情,又述了一遍。十娘以手加额道:"使吾二人得遂⑦⁸其愿者,柳君之力也!"两个欢天喜地,又在院中过了一晚。

次日,十娘早起,对李甲道:"此银一交,便当随郎君去矣!舟车之类,合当预备。妾昨日于姊妹中借得白银二十两,郎君可收下为行资也。"公子正愁路费无出,但不敢开口,得银甚喜。说犹未了,鸨儿恰来敲门,叫道:"嬾儿,今日是第十日了!"公子闻叫,启户⑦⁹相延道:"承妈妈厚意,正欲相请。"便将银三百两放在桌上。鸨儿不料公子有银,嘿然变色,似有悔意。十娘道:"儿在妈妈家中八年,所致金帛不下数千金矣。今日从良美事,又妈妈亲口所订,三百金不欠分毫,又不曾过期。倘若妈妈失信不许,郎君持银去,儿即刻自尽。恐那时人财两失,悔之无及也!"鸨儿无词以对。腹内筹画了半晌,只得取天平兑准了银子,说道:"事已如此,料留你不住了。只是你要去时,即今就去。平时穿戴衣饰之类,毫厘⑧⁰休想!"说罢,将公子和十娘推出房门,讨锁来就落了锁。此时九月天气。十娘才下床,尚未梳洗,随身旧衣,就拜了妈妈两拜。李公子也作了一揖。一夫一妇,离了虔婆大门。

鲤鱼脱却金钩去,摆尾摇头再不来。

注释

⑨ **表**:说。**万历**:明神宗(朱翊钧)年号(1573—1620),万历二十年,即1592年。

⑩ **户部**:中国古代官署名,明清时期户部掌全国疆土、田地、户籍、赋税、俸饷及一切财政事宜。

⑪ **粮饷**(xiǎng):旧指军队中发给官、兵的口粮和钱。

⑫ **纳粟**(sù)**入监**:交纳一定数量的粮粟就可入国子监读书,同时获得了考举人的资格。**例**:规则,体例。

⑬ **便宜**:好处。

⑭ **结末**:到最后。

⑮ **援例**:指根据(已制定的)规则、体例。

⑯ **居长**:在兄弟姐妹中排行第一。

⑰ **庠**(xiáng):古代的学校。

⑱ **北雍**:即北京的国子监。

⑲ **姬**:古代对妇女的美称。

⑳ **两弯眉画远山青,一对眼明秋水润**:两道弯弯的眉毛好像青色的远山,一双明亮的眼睛好似润泽的秋水。

㉑ **卓氏文君**:即卓文君,西汉的美女兼才女,与当时才子司马相如有一段爱情佳话。

㉒ **风尘**:比喻纷乱的社会。**花柳**:即妓女。

㉓ **破瓜**:指女子第一次和男人发生性关系。

㉔ **斗**:量粮食的器具,多用木或竹制成,容量是一斗。**筲**(shāo):指水桶,多用木或竹制成。斗筲之量形容酒量很小。**觞**(shāng):古代称酒杯。

㉕ **挑**:放,搁。

㉖ **撒漫**:指出手阔绰大方。

㉗ **帮衬**:体贴凑趣,会献殷勤。

㉘ **鸨**(bǎo)**儿**:旧社会开设妓院的女人,也叫鸨母、老鸨。

㉙ **从良**:旧社会指妓女脱离卖身的生活而嫁人。

㉚ **海誓山盟**:指男女相爱时立下的誓言,爱情要像山和海一样永恒不变。

㉛ **暇**(xiá):空闲。**不暇**:意思是没有一点空闲。

㉜ **囊**(náng):口袋。**箧**(qiè):小箱子,用以装物。

㉝ **怠慢**(dàimàn):淡漠,不恭敬。

㉞ **颜色**:此处指美貌。

㉟ **捱**(ái):拖延,磨蹭。

㊱ **短**:此处指缺(钱)。

㊲ **日逐**:每日。

㊳ **钟馗**(Kuí):中国民间传说中能打鬼驱除邪祟的神。

㊴ **此一时,彼一时**:过去是过去,现在是现在,各不相干。

㊵ **晦**(huì)**气**:倒霉。

㊶ **般般**:件件。

㊷ **典**:抵押,旧时一方把土地、房屋或其他物件押给另一方使用,换取一笔钱,不付利息,议定年限,到期还款,收回原物。

㊸ **许多**:多少。

㊹ **粉头**:妓女,此说法常见明清小说中。

㊺ **谅**:料想。

㊻ **忒(tè)**:太,过于。

㊼ **无颜**:没脸,不好意思。

㊽ **宽**:放宽期限。

㊾ **翻悔**:后悔。

㊿ **十斋**:佛教词语,《地藏经》说,每月的一日、八日、十四日、十五日、十八日、二十三日、二十四日、二十八日、二十九日、三十日,以上十日是诸罪结集定其轻重的日子,若人能在此十斋日对着佛菩萨的圣像读诵地藏经一遍,则东西南北百旬内,无灾无难。

㉛ **虔婆(qiánpó)**:旧时指开妓院的妇女,和上文的"老鸨"同义。此说多见于早期白话。

㉜ **落籍**:取消名籍,也就是注销妓女的身份,成为良家女子。

㉝ **囊(náng)空如洗**:口袋就像被水洗过一样的空,一分钱也没有。

㉞ **罄(qìng)**:尽,用尽。

㉟ **将来**:取来、拿来。

㊱ **招架**:应承,接口。

㊲ **抖然**:突然。

㊳ **倘或**:假如。**盘缠**:路费。

㊴ **只是**:都是。**怪**:责怪,怪罪。

㊵ **济**:帮助。

㉑ **统口**:答应。

㉒ **想头**:想法,念头。

㉓ **下处**:住的地方。

㉔ **愁容可掬**:形容愁容满面的样子。掬(jū),捧。

㉕ **斛(hú)**:中国古代计量单位,一斛等于十斗,约等于100升。

㉖ **碍却**:因……而为难。

㉗ **亵渎(xièdú)**:本义是轻慢、冒犯,此处指侮辱、羞辱。

㉘ **足下**:对同辈、朋友的敬称。

㉙ **开交**:相当于说放手、丢开。

㉚ **告债**:向别人借钱。

㉛ **望你**:就是"在等待你"的意思。

㉜ **不得功夫**:没有时间。功夫,空闲,时间。

㉝ **铢(zhū)**:古代重量单位,二十四铢为一两。

㉞ **芳卿**:此处是公子对十娘的爱称。卿,古时朋友、夫妇间的爱称。

㉟ **任**:承担。

㊱ **兑(duì)**:这里指交付。

⑦ 玉成：敬辞，促成。
⑧ 遂：满足，实现。
⑨ 启户：开门。延：请。
⑩ 毫厘：两个很小的计量单位，极言数量之小。

（一）填空

伟大的通俗文学家_____在广泛收集宋元话本和明代_____的基础上，经过加工汇辑成了《_____》、《_____》、《_____》三部短篇小说集，它们简称"三言"，代表了明代拟话本的最高成就。

（二）思考题

1. 简述"三言"的艺术特点。
2. 为什么说"三言""具有文人创作的某些特点"？

文学史知识提示

"三言"在明末清初传到了日本，对日本的通俗文学产生了很大的影响。十八世纪时，日本的冈田白驹、泽田一斋师徒二人，将"三言"、"二拍"和《西湖佳话》等书中的部分作品，译成日文，编成《小说精言》、《小说奇言》、《小说粹言》三本书，成为"日本三言"。"三言"中的作品，也传到了欧洲。《今古奇观》是第一部被介绍到欧洲的中国小说集。一八三九年，法国巴维译的《小说与故事》中，收了《灌园叟晚逢仙女》、《李谪仙醉草吓蛮书》、《俞伯牙摔琴谢知音》等篇。英国、德国都有《今古奇观》中部分故事的译本。当时，中国小说曾经流行欧洲文坛。德国著名诗人席勒在读《今古传奇》的德译本后，写信给歌德说："对一个作家而言，……埋头于风行一时的中国小说，可以说是一种恰当的消遣了。""三言"经过清朝的严厉禁止后，在清末曾经失传。鲁迅在一九三〇年编写《中国小说史略》时，还没有看到"三言"全书，只看到了《醒世恒言》一种。后来，在国内发现了《警世通言》，又在日本尊经阁、内阁文库发现了《喻世明言》。一九四六年，由商务印书馆排印出版。

（缪永禾著《冯梦龙和三言》，上海古籍出版社 1979 年版，第 83—85 页）

杜十娘怒沉百宝箱

(《警世通言》第三十二卷,节选,紧接课文)

公子教十娘且住片时:"我去唤个小轿抬你,权往柳荣卿寓所去,再作道理[81]。"十娘道:"院中诸姊妹平昔相厚[82],理宜话别。况前日又承他借贷路费,不可不一谢也。"乃同公子到各姊妹处谢别。姊妹中惟谢月朗、徐素素与杜家相近,尤与十娘亲厚。十娘先到谢月朗家。月朗见十娘秃髻旧衫,惊问其故。十娘备述来因,又引李甲相见。十娘指月朗道:"前日路资,是此位姐姐所贷,郎君可致谢。"李甲连连作揖。月朗便教十娘梳洗,一面去请徐素素来家相会。十娘梳洗已毕,谢、徐二美人各出所有,翠钿金钏[83],瑶簪宝珥[84],锦袖花裙,鸾带绣履,把杜十娘装扮得焕然一新,备酒作庆贺筵席。月朗让卧房与李甲、杜媺二人过宿。次日,又大排筵席,遍请院中姊妹。凡十娘相厚者,无不毕[85]集。都与他夫妇把盏称喜。吹弹歌舞,各逞[86]其长,务要尽欢,直饮至夜分。十娘向众姊妹,一一称谢。众姊妹道:"十姊为风流领袖,今从郎君去,我等相见无日。何日长行,姊妹们尚当奉送。"月朗道:"候有定期,小妹当来相报。但阿姊千里间关,同郎君远去,囊箧萧条[87],曾无约束,此乃吾等之事。当相与共谋之,勿令姊有穷途[88]之虑也。"众姊妹各唯唯而散。是晚,公子和十娘仍宿谢家。至五鼓[89],十娘对公子道:"吾等此去,何处安身?郎君亦曾计议有定着否?"公子道:"老父盛怒之下,若知娶妓而归,必然加以不堪[90],反致相累。展转寻思,尚未有万全之策。"十娘道:"父子天性,岂能终绝。既然仓卒[91]难犯,不若与郎君于苏、杭胜地,权作浮居[92]。郎君先回,求亲友于尊大人面前劝解和顺,然后携妾于归[93],彼此安妥。"公子道:"此言甚当。"次日,二人起身辞了谢月朗,暂往柳监生寓中,整顿行装。杜十娘见了柳遇春,倒身下拜,谢其周全之德:"异日[94]我夫妇必当重报。"遇春慌忙答礼道:"十娘钟情所欢,不以贫窭[95]易心,此乃女中豪杰。仆因风吹火[96],谅区区何足挂齿[97]!"三人又饮了一日酒。次早,择了出行吉日,雇倩轿马停当。十娘又遣童儿寄信,别谢月朗。临行之际,只见肩舆[98]纷纷而至,乃谢月朗与徐素素拉众姊妹来送行。月朗道:"十姊从郎君千里间关,囊中消索,吾等甚不能忘情。今合具薄赆[99],十姊可检收,或[100]长途空乏,亦可少助。"说罢,命从人挈[101]一描金文具至前,封锁甚固,正不知什么东西在里面。十娘也不开看,也不推辞,但殷勤作谢而已。须臾[102],舆马齐集,仆夫催促起身。柳监生三杯别酒,和众美人送出崇文门外,各各垂泪而别。正是:

他日重逢难预必,此时分手最堪怜。

再说李公子同杜十娘行至潞河,舍陆从舟,却好有瓜洲差使船转回之便,讲定船钱,包了舱口。比及[103]下船时,李公子囊中,并无分文余剩。

你道杜十娘把二十两银子与公子,如何就没了?公子在院中嫖得衣衫蓝缕[104],银子到手,未免在解库中取赎几件穿着,又制办了铺盖⑩,剩来只勾轿马之费。

公子正当愁闷,十娘道:"郎君勿忧,众姊妹合赠,必有所济。"乃取钥开箱。公子在傍,自觉惭愧,也不敢窥觑⑩箱中虚实。只见十娘在箱里取出一个红绢袋来,掷于桌上道:"郎君可开看之。"公子提在手中,觉得沉重,启而观之,皆是白银,计数整五十两。十娘仍将箱子下锁,亦不言箱中更有何物。但对公子道:"承众姊妹高情,不惟⑩途路不乏,即他日浮寓吴越间,亦可稍佐⑩吾夫妻山水之费矣。"公子且惊且喜道:"若不遇恩卿,我李甲流落他乡,死无葬身之地矣!此情此德,白头不敢忘也。"自此每谈及往事,公子必感激流涕,十娘亦曲意⑩抚慰。一路无话。

不一日,行至瓜洲,大船停泊岸口。公子别雇了民船,安放行李,约明日侵晨,剪⑩江而渡。其时仲冬⑪中旬,月明如水,公子和十娘坐于舟首。公子道:"自出都门,困守一舱之中,四顾有人,未得畅语。今日独据一舟,更无避忌。且已离塞北,初近江南,宜开怀畅饮⑫,以舒⑬向来抑郁之气,恩卿以为何如?"十娘道:"妾久疏⑭谈笑,亦有此心,郎君言及,足见同志耳。"

公子乃携酒具于船首,与十娘铺毡并坐,传杯交盏。饮至半酣,公子执卮⑮对十娘道:"恩卿妙音,六院推首,某相遇之初,每闻绝调,辄不禁神魂之飞动。心事多违,彼此郁郁,鸾鸣凤奏⑯,久矣不闻。今清江明月,深夜无人,肯为我一歌否?"十娘兴亦勃发,遂开喉顿嗓,取扇按拍,呜呜咽咽,歌出元人施君美⑰《拜月亭》杂剧上"状元执盏与婵娟"一曲,名《小桃红》。真个:

声飞霄汉云皆驻,响入深泉鱼出游。

却说他舟有一少年,姓孙,名富,字善赉,徽州新安人氏。家资巨万,积祖扬州种盐。年方二十,也是南雍⑱中朋友。生性风流,惯向青楼⑲买笑,红粉追欢,若嘲风弄月,到是个轻薄的头儿。事有偶然,其夜亦泊舟瓜洲渡口,独酌无聊。急听得歌声嘹亮,凤吟鸾吹,不足喻其美。起立船头,伫听半晌,方知声出邻舟。正欲相访,音响倏已寂然。乃遣仆者潜窥踪迹,访于舟人,但晓得是李相公雇的船,并不知歌者来历。孙富想道:"此歌者必非良家,怎生⑳得他一见?"展转寻思,通宵不寐,捱至五更,忽闻江风大作,及晓,彤云㉑密布,狂雪飞舞。怎见得,有诗为证:

千山云树灭,万径人踪绝。

扁舟蓑笠翁,独钓寒江雪。

因这风雪阻渡,舟不得开,孙富命舻公移船,泊于李家舟之傍。孙富貂帽狐裘,推窗假作看雪。值㉒十娘梳洗方毕,纤纤玉手,揭起舟傍短帘,自泼盂中残水,粉容微露,却被孙富窥见了,果是国色天香㉓,魂摇心荡,迎眸注目,等候再见一面,杳㉔不可得。沉思久之,乃倚窗高吟高学士《梅花诗》二句道:

雪满山中高士卧,月明林下美人来。

李甲听得邻舟吟诗,舒头出舱,看是何人。只因这一看,正中了孙富之计。孙富吟诗,正要引李公子出头,他好乘机攀话㉕。当下慌忙举手,就问:"老兄尊姓何讳?"李公子叙了姓名乡贯,少不得也问那孙富。孙富也叙过了,又叙了些太学中的闲话,渐渐亲熟。孙富便道:"风雪阻舟,乃天遣㉖与尊兄相会,实小弟之幸也。舟次无聊,欲同尊兄上岸,就酒肆中一酌,少领清诲,万望不拒。"公子道:"萍水相逢⑫,何当厚扰?"孙富道:"说那里话!'四海之内,皆兄弟也⑬'。"喝教艄公打跳,童儿张伞,迎接公子过船,就于船头作揖,然后让公子先行,自己随后,各各登跳上涯⑭。

行不数步,就有个酒楼。二人上楼,拣一副洁净座头,靠窗而坐。酒保列上酒肴。孙富举杯相劝,二人赏雪饮酒。先说些斯文中套话,渐渐引入花柳之事。二人都是过来之人⑮,志同道合,说得入港⑯,一发成相知了。

孙富屏⑰去左右,低低问道:"昨夜尊舟清歌者何人也?"李甲正要卖弄在行,遂实说道:"此乃北京名姬杜十娘也。"孙富道:"既系曲中姊妹,何以归兄?"公子遂将初遇杜十娘,如何相好,后来如何要嫁,如何借银讨他,始末根由,备细述了一遍。孙富道:"兄携丽人而归,固是快事,但不知尊府中能相容否?"公子道:"贱室不足虑。所虑者老父性严,尚费踌躇⑱耳!"孙富将机就机,便问道:"既是尊大人未必相容,兄所携丽人,何处安顿?亦曾通知丽人,共作计较否?"公子攒眉而答道:"此事曾与小妾议之。"孙富欣然问道:"尊宠必有妙策。"公子道:"他意欲侨居苏杭,流连山水,使小弟先回,求亲友宛转⑲于家君之前。俟⑳家君回嗔作喜,然后图归,高明以为何如㉑?"孙富沉吟半晌,故作愀然⑫之色,道:"小弟乍⑬会之间,交浅言深,诚恐见怪。"公子道:"正赖高明指教,何必谦逊?"孙富道:"尊大人位居方面,必严帷薄之嫌⑭,平时既怪兄游非礼之地,今日岂容兄娶不节之人。况且贤亲贵友,谁不迎合尊大人之意者?兄枉去求他,必然相拒。就有个不识时务⑮的进言于尊大人之前,见尊大人意思不允,他就转口了。兄进不能和睦家庭,退无词以回复尊宠,即使留连山水,亦非长久之计。万一资斧困竭,岂不进退两难㉖!"

公子自知手中只有五十金,此时费去大半,说到资斧困竭,进退两难,不觉点头道是。孙富又道:"小弟还有句心腹之谈,兄肯俯听否?"公子道:"承兄过爱,更求尽言。"孙富道:"疏不间亲⑰,还是莫说罢。"公子道:"但说何妨?"孙富道:"自古道妇人水性⑱无常,况烟花之辈,少真多假。他既系六院名姝⑲,相识定满天下;或者南边原有旧约,借兄之力,挈带而来,以为他适⑳之地。"公子道:"这个恐未必然。"孙富道:"即不然,江南子弟,最工㉑轻薄,兄留丽人独居,难保无逾墙钻穴㉒之事,若挈之同归,愈增尊大人之怒。为兄之计,未有善策。况父子天伦,必不可绝。若为妾而触㉓父,因妓而弃家,海内必以兄为浮浪不经㉔之人。异日妻不以为夫,弟不以为兄,同袍不以为友,兄何以立于天地之间?兄今日不可不熟思也!"

公子闻言,茫然自失,移席问计:"据高明之见,何以教我?"孙富道:"仆有一计,于兄甚便;只恐兄溺㉕枕席之爱,未必能行,使仆空费词说耳!"公子道:"兄诚有良策,使弟再睹㉖家园之乐,乃弟

之恩人也,又何惮⑩而不言耶?"孙富道:"兄飘零岁余,严亲怀怒,闺阁离心,设身以处兄之地,诚寝食不安⑮之时也。然尊大人所以怒兄者,不过为迷花恋柳,挥金如土⑭,异日必为弃家荡产之人,不堪继承家业耳!兄今日空手而归,正触其怒。兄倘能割衽⑮席之爱,见机而作,仆愿以千金相赠。兄得千金,以报尊大人,只说在京授馆,并不曾浪费分毫,尊大人必然相信。从此家庭和睦,当无间言。须臾之间,转祸为福。兄请三思。仆非贪丽人之色,实为兄效忠于万一也。"

李甲原是没主意的人,本心惧怕老子⑭,被孙富一席话,说透胸中之疑,起身作揖道:"闻兄大教,顿开茅塞⑮。但小妾千里相从,义难顿绝,容归与商之。得其心肯,当奉复耳。"孙富道:"说话之间,宜放婉曲⑯。彼既忠心为兄,必不忍使兄父子分离,定然玉成兄还乡之事矣。"二人饮了一回酒,风停雪止,天色已晚。孙富教家僮算还了酒钱,与公子携手下船。正是:

　　逢人且说三分话,未可全抛一片心。

却说杜十娘在舟中,摆设酒果,欲与公子小酌,竟日⑲未回,挑灯以待。公子下船,十娘起迎。见公子颜色匆匆,似有不乐之意,乃满斟热酒劝之。公子摇首不饮,一言不发,竟自上床睡了。

十娘心中不悦,乃收拾杯盘,为公子解衣就枕,问道:"今日有何见闻,而怀抱郁郁如此?"公子叹息而已,终不启口。问了三四次,公子已睡去了。十娘委决⑳不下,坐于床头而不能寐。

到夜半,公子醒来,又叹一口气。十娘道:"郎君有何难言之事,频频㉑叹息?"公子拥被而起,欲言不语者几次,扑簌簌掉下泪来。

十娘抱持公子于怀间,软言抚慰道:"妾与郎君情好已及二载,千辛万苦,历尽艰难,得有今日。然相从数千里,未曾哀戚;今将渡江,方图百年欢笑,如何反起悲伤。必有其故。夫妇之间,死生相共,有事尽可商量,万勿讳㉒也。"

公子再四被逼不过,只得含泪而言道:"仆天涯穷困,蒙恩卿不弃,委曲相从,诚乃莫大㉓之德也。但反覆思之,老父位居方面,拘于礼法,况素性方严,恐添嗔怒,必加黜逐㉔,你我流荡,将何底止?夫妇之欢难保,父子之伦又绝。日间蒙新安孙友邀饮,为我筹及此事,寸心如割。"

十娘大惊道:"郎君意将如何?"公子道:"仆事内之人,当局而迷㉕。孙友为我画一计颇善,但恐恩卿不从耳!"十娘道:"孙友者何人?计如果善,何不可从?"公子道:"孙友名富,新安盐商,少年风流之士也。夜间闻子清歌,因而问及。仆告以来历,并谈及难归之故,渠意欲以千金聘汝㉖,我得千金,可藉口㉗以见吾父母;而恩卿亦得所天。但情不能舍,是以悲泣。"说罢,泪如雨下。

十娘放开两手,冷笑一声道:"为郎君画此计者,此人乃大英雄也!郎君千金之资,既得恢复,而妾归他姓,又不致为行李之累,发乎情,止乎礼㉘,诚两便之策也。那千金在那里?"公子收泪道:"未得恩卿之诺,金尚留彼处,未曾过手。"十娘道:"明早快快应承了他,不可挫过机会。但千金重事,须得兑足,交付郎君之手,妾始过身,勿为贾竖子㉙所欺。"

时已四鼓,十娘即起身挑灯梳洗道:"今日之妆,乃迎新送旧,非比寻常。"于是脂粉香泽,用意修饰,花钿绣袄,极其华艳,香风拂拂,光采照人。

装束方完,天色已晓。孙富差家童到船头候信。十娘微窥公子,欣欣似有喜色,乃催公子快去回话,及早兑足银子。公子亲到孙富船中,回复依允。孙富道:"兑银易事,须得丽人妆台为信。"公子又回复了十娘。十娘即指描金文具道:"可便抬去。"孙富喜甚,即将白银一千两,送到公子船中。

十娘亲自检看,足色⑩足数,分毫无爽⑪。乃手把船舷,以手招孙富。孙富一见,魂不附体⑫。十娘启朱唇,开皓齿道:"方才箱子可暂发来,内有李郎路引一纸,可检还之也。"

孙富视十娘已为"瓮中之鳖"⑬,即命家童送那描金文具,安放船头之上。十娘取钥开锁,内皆抽替小箱。十娘叫公子抽第一层来看,只见翠羽明珰⑭,瑶簪宝珥,充牣⑮于中,约值数百金。十娘遽⑯投之江中。李甲与孙富及两船之人,无不惊诧。又命公子再抽一箱,乃玉箫金管;又抽一箱,尽古玉紫金玩器,约值数千金。十娘尽投之于大江中。岸上之人,观者如堵,齐声道:"可惜!可惜!"正不知什么缘故。最后又抽一箱,箱中复有一匣。开匣视之,夜明之珠,约有盈把。其他祖母绿、猫儿眼,诸般异宝,目所未睹,莫能定其价之多少。众人齐声喝采,喧声如雷。十娘又欲投之于江。李甲不觉大悔,抱持十娘恸哭。那孙富也来劝解。

十娘推开公子在一边,向孙富骂道:"我与李郎备尝艰苦⑰,不是容易到此;汝以奸淫之意,巧⑱为谗说,一旦破人姻缘,断人恩爱,乃我之仇人。我死而有知,必当诉之神明⑲,尚妄想枕席之欢乎!"又对李甲道:"妾风尘数年,私有所积,本为终身之计。自遇郎君,山盟海誓,白首不渝⑳。前出都之际,假托众姊妹相赠,箱中韫藏百宝,不下万金。将润色郎君之装,归见父母,或怜妾有心,收佐中馈㉑,得终委托,生死无憾。谁知郎君相信不深,惑于浮议,中道见弃㉒,负妾一片真心。今日当众目之前,开箱出视,使郎君知区区千金,未为难事。妾椟㉓中有玉,恨郎眼内无珠。命之不辰,风尘困瘁,甫㉔得脱离,又遭弃捐,今众人各有耳目,共作证明,妾不负㉕郎君,郎君自负妾耳!"

于是众人聚观者,无不流涕,都唾骂李公子负心薄幸㉖。公子又羞又苦,且悔且泣。方欲向十娘谢罪,十娘抱持宝匣,向江心一跳。众人急呼捞救,但见云暗江心,波涛滚滚,杳无踪影。可惜一个如花似玉的名姬,一旦葬于江鱼之腹!

三魂渺渺归水府,七魄悠悠入冥途。

当时旁观之人,皆咬牙切齿㉗,争欲拳殴李甲和那孙富。慌得李、孙二人,手足无措㉘,急叫开船,分途遁去。李甲在舟中,看了千金,转忆十娘,终日愧悔,郁成狂疾,终身不瘥㉙。孙富自那日受惊得病卧床月余,终日见杜十娘在傍诟骂,奄奄㉚而逝。人以为江中之报㉛也。

却说柳遇春在京坐监完满,束装回乡,停舟瓜步。偶临江净脸,失坠铜盆于水,觅渔人打捞。及至捞起,乃是个小匣儿。遇春启匣观看,内皆明珠异宝,无价之珍。遇春厚赏渔人,留于床头把玩㉜。是夜梦见江中一女子,凌波而来,视之,乃杜十娘也。近前万福㉝,诉以李郎薄幸之事。又道:"向㉞承君家慷慨,以一百五十金相助,本意息肩之后,徐⁽⁹⁶⁾图报答。不意事无终始;然每怀盛情,悒悒⁽⁹⁶⁾未忘。早间曾以小匣托渔人奉致,聊表⁽⁹⁷⁾寸心,从此不复相见矣。"言讫⁽⁹⁸⁾,猛然惊醒,方知十娘已死,叹息累日。

后人评论此事,以为孙富谋夺美色,轻掷千金,固非良士;李甲不识杜十娘一片苦心,碌碌蠢才,无足道⁽⁹⁹⁾者。独谓十娘千古女侠,岂不能觅一佳侣,共跨秦楼之凤,乃错认李公子,明珠美玉,投于盲人,以致恩变为仇,万种恩情,化为流水,深可惜也!

注 释

㉛ **道理**:打算。
㉜ **相厚**:交情深厚。
㉝ **钿**(diàn):用金翠珠宝等制成的花朵形首饰。**钏**(chuàn):臂镯的古称。
㉞ **簪**(zān):用来绾住头发的一种首饰。**珥**(ěr):用珠子或玉石做的耳环。
㉟ **毕**:全,都。
㊱ **逞**(chěng):展现。
㊲ **萧条**:(行李)少。
㊳ **穷途**:路已走到尽头,比喻处境艰危。
㊴ **鼓**:古代夜间击鼓以报时,一鼓为一更,五鼓即五更。
㊵ **不堪**:不能忍受的(待遇)。
㊶ **仓卒**(cāngcù):也写作"仓促",匆忙。
㊷ **权**:姑且,暂且。**浮居**:暂时居住。
㊸ **于归**:往,去。指女子出嫁,到男方家里生活。出自《诗·周南·桃夭》:"之子于归,宜其室家。"
㊹ **异日**:他日。
㊺ **窭**(jù):贫穷。
㊻ **因风吹火**:因,趁着,借便。趁着风势吹火,比喻乘便行事,并不费力,这里是表示谦虚的说法。
㊼ **区区**:无足轻重的小事。**何足挂齿**:足,值得;挂齿,提及,谈及。哪里值得挂在嘴上,不值一提的意思。
㊽ **肩舆**(yú):两人抬的小轿子。
㊾ **赆**(jìn):临别赠送的财物。
⑩⁰ **或**:如果。
⑩¹ **挈**(qiè):用手提着。
⑩² **须臾**:一会儿。
⑩³ **比及**:等到。
⑩⁴ **蓝缕**(lánlǚ):常写作"褴褛",衣衫破烂不堪。
⑩⁵ **铺盖**:床单、毯子或其他床上用品。
⑩⁶ **窥觑**(kuīqù):偷看。
⑩⁷ **不惟**:不只是。
⑩⁸ **佐**:助。佐吾夫妻山水之费,意思是(这些钱)可解决夫妻二人游山玩水的费用了。

⑩⑨ **曲意**：委婉，含蓄。
⑪⑩ **剪**：横。
⑪⑪ **仲冬**：仲，时序、位次居中的，特指每季的第二个月。仲冬指冬季的第二个月，即农历十一月。
⑪⑫ **开怀畅饮**：开怀，心情无所拘束，十分畅快。开怀畅饮，比喻敞开胸怀，尽情饮酒。
⑪⑬ **舒**：抒发，排遣。
⑪⑭ **疏**：疏远。久疏谈笑，意思是很久没有谈笑了。
⑪⑮ **卮**(zhī)：古代一种盛酒器，圆形。
⑪⑯ **鸾鸣凤奏**：凤，凤凰，中国古代传说中的百鸟之王，常用来象征祥瑞。鸾，凤凰的一种，雄性。鸾鸣凤奏，意思是男女配合演奏乐曲。
⑪⑰ **施君美**：施惠，字君美，杭州人，约元代元贞初前后在世。王骥德《曲律·杂论》谓"世传《拜月》为施君美作"。但也有人认为不是他个人的作品。《拜月亭》描写书生蒋世隆在战乱之中遇见少女王瑞兰，两人结为夫妻。王瑞兰之父因门第差别，强行拆散了两人。后蒋世隆考中状元，两人终于团圆。
⑪⑱ **南雍**：指南京国子监。
⑪⑲ **青楼**：这里指妓女居住和卖淫的地方。
⑫⑳ **怎生**：怎么。
⑫① **彤**(tóng)**云**：指密布的阴云，特指要下雪前。
⑫② **值**：当……的时候。
⑫③ **国色天香**：原形容颜色和香气不同于一般花卉的牡丹花，后也形容女子的美丽。
⑫④ **杳**(yǎo)：消失，不见踪影。
⑫⑤ **攀话**：互相闲谈，交谈。
⑫⑥ **天遣**：上天安排。
⑫⑦ **萍水相逢**：浮萍随水漂泊，聚散不定，比喻向来不认识的人偶然相遇。
⑫⑧ **四海之内，皆兄弟也**：语出《论语·颜渊》："君子敬而无失，与人恭而有礼，四海之内皆兄弟。"
⑫⑨ **涯**：岸。
⑬⑩ **过来之人**：对某事曾经亲身经历过或体验过的人。
⑬① **入港**：投机，意气相投（多见于早期白话）。
⑬② **屏**(bǐng)：退避，隐退。
⑬③ **踌躇**(chóuchú)：思量，考虑。
⑬④ **宛转**：圆场，圆成。
⑬⑤ **俟**(sì)：等待。
⑬⑥ **高明以为如何**：你认为这主意是否高明？
⑬⑦ **揪**(jiū)**然**：揪，抓。极度担心的样子。
⑬⑧ **乍**：刚刚。
⑬⑨ **必严帷薄之嫌**：必定严肃地维持男女之间的封建礼防。帷(wéi)薄，帐幔叫帷，竹簾叫薄，可供分隔内外之用，此处借指男女有别。
⑭⑩ **不识时务**：没有清楚认识客观形势。

⑭ 进退两难：前进和后退都难，比喻事情无法决定，因而难以行动。

⑭ 疏不间亲：间，离间，关系疏远者不参与关系亲近者的事。

⑭ 水性：性情浮荡，如水一样随势而流，比喻妇女爱情不专一。

⑭ 姝(shū)：美女。

⑭ 适：往，到。

⑭ 工：擅长。

⑭ 逾墙钻穴：指男女偷情，跳墙钻洞。

⑭ 触：冒犯。

⑭ 浮浪：轻薄放荡。**不经**：荒诞。

⑮ 溺(nì)：沉湎于，专心于(不好的事情)。

⑮ 睹：见，看见。

⑮ 惮(dàn)：害怕，畏惧。

⑮ 寝食不安：睡不好觉，吃不好饭，十分忧虑担心的样子。

⑮ 挥金如土：挥，散。把钱财当成泥土一样挥霍，形容极端挥霍浪费。

⑮ 衽(rèn)：睡觉用的席子。衽席之爱，意指男女情爱。

⑮ 老子：父亲。

⑮ 顿开茅塞：顿，立刻；茅塞，喻人思路闭塞或不懂事。比喻思想忽然开窍，立刻明白了某个道理。

⑮ 婉曲：委婉含蓄。

⑮ 竟日：整天，全天。

⑯ 委决：一再犹豫，不能决定下来。

⑯ 频频：重复，连续。

⑯ 讳(huì)：隐蔽，隐藏。

⑯ 莫大：没有比这更大。

⑯ 黜(chù)逐：贬谪驱逐。

⑯ 当局者迷：语出"当局者迷，旁观者清"。当局者，下棋的人；旁观者，看棋的人。这句话是当事人被碰到的事情搞糊涂了，旁观的人却看得很清楚。

⑯ 渠：古代汉语第三人称代词，他。**汝**：你。

⑯ 藉口：借口，找到理由。

⑯ 发乎情，止乎礼：语出《毛诗序》："故变风发乎情，止乎礼义。"意思是男女之间产生感情，受到礼义的约束。

⑯ 贾(gǔ)竖子：贾，商人。竖子，小子(含鄙视意)。那个商人小子。

⑰ 足色：指金银纯净，成色十足。

⑰ 爽：差。

⑰ 魂不附体：附，依附。灵魂离开了身体，形容极端惊恐或在某种事物诱惑下失去常态。

⑰ 瓮中之鳖(biē)：比喻已在掌握之中，逃跑不了的东西。

⑰ 珰(dāng)：妇女戴在耳垂上的一种装饰品。

⑰ 充轫：充满。

⑰ 遽(jù)：立刻，马上。

⑰ **备尝艰苦**:备,尽,全;尝,经历。备尝艰苦,意思是受尽了艰难困苦。
⑱ **巧**:花言巧语。
⑲ **神明**:神灵。
⑳ **白首不渝**(yú):头发白了也不改变,比喻对爱情一生忠诚。
㉑ **馈**:赠送。
㉒ **见弃**:抛弃我。
㉓ **椟**(dú):柜子,匣子。
㉔ **甫**(fǔ):方才,刚刚。
㉕ **负**:辜负,对不起人。
㉖ **薄幸**:薄情,感情不深。
㉗ **咬牙切齿**:切齿,咬紧牙齿,表示痛恨。形容极端仇视或痛恨。
㉘ **措**:放置,安放。
㉙ **痊**(quán):恢复健康。
㉚ **奄奄**:气息微弱的样子。
㉛ **报**:报应。
㉜ **把玩**:握在手中或置于手中赏玩。
㉝ **万福**:古代妇女行的敬礼,两手轻轻抱拳在胸前右下侧上下移动,同时略做鞠躬的姿势。
㉞ **向**:过去,往昔。
㉟ **徐**:慢慢地。
㊱ **悒**(yì)**悒**:心中有所郁结、忧愤。
㊲ **聊表**:聊,略微,略。聊表,意思是略微表达。
㊳ **讫**(qì):完结,终了。
㊴ **无足道**:不值得一提。

第三十九课

蒲松龄的《聊斋志异①》

课 文

　　蒲松龄(1640—1715)的《聊斋志异》融汇、汲取了中国文言小说的成就,用唐传奇的手法来写志怪,通过塑造大量鬼狐花妖的形象,批判人间现世②的丑恶和黑暗,以其深刻的思想,丰富的内容和令人耳目一新③的艺术特点把中国古代文言短篇小说艺术推向了最高峰。

　　蒲松龄的志怪小说现实性极为强烈,与此前任何志怪小说相比都大不相同。作者笔下被人们视为"异类"的鬼狐花妖比畸形的社会制度下满口"仁义道德"的"人"要善良④得多、可爱得多。作者创作的目的就是要鞭挞⑤丑恶的社会现实,揭露官场的罪恶,讽刺封建社会的科举⑥制度,歌颂反抗传统礼教、追求纯洁爱情的人鬼之恋。在这方面,蒲松龄取得了前所未有的、卓越⑦的成就。

　　《聊斋志异》在艺术上形成了鲜明的特色:第一,用唐传奇的手法写志怪小说,善于运用一波三折、曲折多变的情节抒写鬼狐花魅⑧与人的和谐关系,把冥冥彼岸⑨与现实人生融为一体,忽彼忽此,阴阳⑩交错,仙凡相通⑪,产生了奇异的美学效果。第二,作者在描写花妖狐魅所幻化的人物时,让他们大都⑫既有人的思想感情,又有动物原型⑬的自然特征,二者完美统一,达到了令读者"忘为异类⑭"的效果。第三,蒲松龄是一位语言大师,其小说语言细致周详⑮,井然有序⑯。虽写幻境⑰,并不玄虚⑱,风行水上,自成文理⑲;刻画人物时,下语⑳简洁、含蓄,精妙传神㉑,摇曳㉒多姿。

注 释

① 斋(zhāi)：书房。**聊斋**：蒲松龄书房的名字，古人喜欢用书房的名字来指代自己。**聊斋志异**：我记录的怪异事情。
② **现世**：这个世界，目前的世界。
③ **耳目一新**：所见所闻都有变化，令人感到新鲜。
④ 畸(jī)形：原指生物体某部分在发育中形成的不正常的形状，也比喻不正常的情况。**仁义道德**：泛指封建社会的一切道德准则，原先有褒义；后指伪君子的口头禅，也就有了贬义。**善良**：纯真温厚，没有恶意。
⑤ 鞭挞(biāntà)：鞭打，严厉的批评等。
⑥ 讽刺(fěngcì)：用比喻、夸张等手法指责和嘲笑。**科举**：指中国从隋唐到清代的分科考选文武官吏后备人员的考试制度。
⑦ 卓(zhuó)越：高超出众。
⑧ 魅(mèi)：传说中的鬼怪。和谐，和睦协调。
⑨ 冥冥(míngmíng)：迷信的人指有鬼神暗中起作用的境界。**彼岸**：佛教认为是能脱离尘世烦恼、取得正果之处。
⑩ **阴阳**：这里指生与死、现实与彼岸等对立境界。
⑪ **仙**：仙人，神灵。**凡**：凡人，普通的人。**相通**：彼此沟通，连通，互相通融。
⑫ **大都**(dōu)：几乎全部或大多数。
⑬ **原型**：原始的模型，特指文学艺术作品中塑造人物形象所依据的现实生活中的人。
⑭ **异类**：不同种类，这里主要是指与人不同的种类，也就是非人类。
⑮ **周详**：周到细致。
⑯ **井然有序**：形容整齐、有秩序的样子。
⑰ **幻境**：虚幻，不真实的境地。
⑱ **玄虚**：形容神秘莫测，使人捉摸不透。
⑲ **文理**：原指花纹，后也指文章内容和行文方面的条理。"风行水上，自成文理"，风刮过水面，所以水面上自然而然的形成了花纹。这里是说蒲松龄的文章很自然，而且很有条理。
⑳ **下语**：用语，使用语言。
㉑ **传神**：指生动逼真地刻划出人或物的神情。
㉒ 摇曳(yè)：摇摆，摆荡。

作 品

鬼 妻

泰安㉓聂鹏云，与妻某㉔，鱼水甚谐㉕。妻遘疾卒㉖。聂坐卧悲思，忽忽㉗若失。一夕独坐，妻忽排扉㉘入。聂惊问："何㉙来？"笑云："妾已鬼矣。感君悼念㉚，哀白地下主者，聊与作幽会㉛。"聂喜，携就床寝㉜，一切无异于㉝常。从此星离月会㉞，积㉟有年余。聂亦不复言娶。

伯叔兄弟惧堕宗主㊱，私谋于族㊲，劝聂鸾续㊳；聂从㊴之，聘㊵于良家。然恐㊶妻不乐，秘之㊷。未几㊸，吉期逼迩㊹。鬼知其情，责㊺之曰："我以㊻君义，故冒幽冥之谴㊼；今乃质盟不卒㊽，钟情者固如是㊾乎？"聂述宗党㊿之意。鬼终不悦51，谢绝而去。聂虽怜52之，而计亦得53也。

迨合卺54之夕，夫妇俱寝，鬼忽至，就床上挝新妇55，大骂："何得占我床寝！"新妇起，方56与挡拒。聂惕然赤57蹲，并无敢左右袒58。无何59，鸡鸣，鬼乃60去。新妇疑聂妻故61并未死，谓其赚62己，投缳欲自缢63。聂为之缅64述，新妇始知为鬼。日夕复来。新妇惧避之。鬼亦不与聂寝，但以指掐65肤肉；已乃对烛目怒相视，默默不语。如是数66夕，聂患67之。

近村有良于术68者，削桃为杙69，钉墓四隅70，其怪始绝。

（《聊斋志异》卷八）

注 释

㉓ **泰安**：即今山东省泰安市。
㉔ **某**：指代失传的或忘记的人名或时、地等。
㉕ **鱼水**：鱼和水的融洽关系，比喻双方相处很好，关系密切。**谐**(xié)：和谐。
㉖ **遘**(gòu)：遇，遇到。**疾**：疾病。**卒**(zú)：死亡。
㉗ **忽忽**：失意的样子。
㉘ **排**：推开。**扉**(fēi)：门扇。
㉙ **何**：疑问代词，哪里，什么地方。
㉚ **感君悼念**：为您的怀念而感动。**悼**(dào)**念**，对死者哀痛地怀念。
㉛ **聊与作幽会**：姑且和你在阴间相会。**聊**，副词，姑且，暂且。**幽**，阴间，中国传统思想认为人死之后其精神所处的地方。**与**，后面省略了介词宾语。
㉜ **携就床寝**：挽着（她）上床睡觉。**携**(xié)，牵，挽。**就**，靠近，接近。**寝**(qǐn)，睡觉。
㉝ **于**：介词，和，跟。

㉞ **星离月会**:星星出来时离开,月亮出来时相会,意思是说,晚上相会,晚上离开。

㉟ **积**:累积,一共。

㊱ **堕**(duò):毁坏。伯叔兄弟,同姓的伯伯、叔叔和兄弟等人,泛指同姓的族人。**宗主**:古代宗法制,嫡(dí)长子被族人兄弟尊为一宗之主,所以叫"宗主"。这句话是说,亲属们怕他没有后人。

㊲ **私谋于族**:私下里在族人中间谋划。

㊳ **鸾**(luán):传说有种神鸟叫凤凰,雄性的叫"鸾"。**续**:妻子死后再娶。

㊴ **从**:听从,顺从。

㊵ **聘**(pìn):古时称订婚、迎娶等。

㊶ **恐**:恐怕,担心。

㊷ **秘之**:秘,形容词使动用法,使(这件事)秘密,不为人知。

㊸ **未几**:没有多久,很快。

㊹ **吉期**:好日子,这里指婚礼的日期。**逼**:接近,靠近。**迩**(ěr):接近。

㊺ **责**:责备,责问。

㊻ **以**:以为,认为。

㊼ **故**:连词,所以。**冒**:不顾。**幽冥**(yōumíng):指阴间。**谴**(qiǎn):责备,谴责。

㊽ **今**:现在。**乃**:副词,却。**质盟**:偏义复词,就是指"盟"。质,抵押,以……作人质。盟(méng),发誓,个人向天发誓,永不变心。**卒**(zú):终止,尽,完毕。

㊾ **钟情**:感情、爱情专一。**固**:副词,确定,本来。**如是**:像这样。

㊿ **宗党**:族人。

51 **终**:副词,始终,终究。**不悦**:不高兴。

52 **怜**:爱。

53 **得**:成功,完成。

54 **迨**(dài):连词,等到,到。**合卺**(jǐn):古时结婚男女同杯饮酒的礼节,后泛指结婚。

55 **挝**(zhuā):打,敲打。**新妇**:即"新娘子"。

56 **方**:副词,正,正在。

57 **惕**(tì)**然**:忧虑的样子。**赤**:裸身,没有穿衣服。

58 **袒**(tǎn):偏袒,指出于私心而无原则地支持或庇护某一方。

59 **无何**:不久。

60 **乃**:副词,才。

61 **故**:副词,本来,原本。

62 **谓**:认为,以为。**赚**:欺骗,哄骗。认为他(聂鹏云)欺骗自己。

63 **投缳**(huán):丢掷绳圈,就是要上吊自杀。**自缢**(yì):自己吊死自己,自杀。

64 **缅**(miǎn):详尽的样子。

65 **掐**(qiā):用指甲刻入或切断。

66 **数**(shù):几个,若干。

67 **患**:憎恶,讨厌。

68 **术**:方术,道家所信仰奉行的一些求仙、炼丹、驱邪等方法。这句说是说,附近村庄有个方术很好的人。

⑥ 杙(yì):小木桩。把桃木削成小木桩。古人相信桃木有驱邪的作用。
⑦ 隅(yú):角落。

练 习

(一) 填空

1. 蒲松龄的《聊斋志异》融汇、汲取了中国文言小说的成就,用_____的手法来写志怪,通过塑造大量_____的形象,批判人间现世的_____和_____,以其深刻的思想,丰富的内容和令人耳目一新的艺术特点把中国古代文言短篇小说艺术发展推向了_____。

2. 作者在描写花妖狐魅所_____的人物时,使他们大都既有_____,又有_____,二者完美统一,达到了令读者"_____"的效果。

(二) 思考题

结合作品,简述《聊斋志异》的艺术特色。

文学史知识提示

文言小说经历了汉魏六朝漫长的发展演化过程之后,在唐代诸多有利因素的促进下,终于出现了可与律诗并称"一代之奇"的新局面。当然,这并不是说唐人小说的成就已经发展到了可与唐诗并驾齐驱的程度;而是说这两种不同的文学样式,到了唐代,都登上了各自的高峰。所谓"高峰",也只是一种形象化的比喻,并不意味着在它之后再也不可能有所开拓发展了。到了宋元,文言小说的总趋势是在滑坡、衰退,但却出现了一种值得注意、蕴含着文言小说生机的迹象,这就是在文体规范方面,传奇小说渗透进了话本化的倾向。明乎此,才不会对元代冒出篇幅长大、情节委婉曲折、描写细腻的《娇红记》感到突兀,明初出现《剪灯新话》等传奇小说集,也就容易理解了。一种文体,必须在变革中求生存、求发展。传奇体小说从话本小说中汲取某些艺术表现手法、从生活中提炼有生命力的语言融入文言小说之中,就是有效的变革。

《剪灯新话》、《剪灯余话》等所唤起的文言小说复苏气象,由于行政干预、强制命令,蒙受挫折,停滞几近百年之久。明代后期的白话小说、戏曲、诗文、绘画艺术等各个领域出现的带有文艺复兴性质的浪潮,也给文言小说带来了复兴的机遇。回顾文言小说发展的历程,兴衰成败的艺术经验与教训,已经积累得非常丰厚,其他各种文体可供文言小说作者汲取的滋养也很多。加上明清之际的历史大震荡,清贵族入主中原所激起的社会矛盾,严密的文网,使一批擅长于文章的才俊之士,既有感于故国之思,又迷惘困惑于无所施展的才华,故往往以其有用之才,承晚明传奇小说复兴之风尚,操笔运思,创作不易触犯文禁的传奇小说。王猷定、魏禧、侯方域、李渔、徐芳、陈鼎、黄周星、王士禛等,都写过一些较好的传奇小说或传奇色彩较浓的人物传记。由于清初有一大批作家的共同努力,将晚明以来已经复兴的文言小说,逐渐推向新的高峰。屹立在这一峰巅的,则是蒲松龄及其《聊斋志异》。

(吴志达著《中国文言小说史》,齐鲁书社1994年版,第723—725页)

名篇欣赏

绿衣女

于璟[71],字小宋,益都[72]人。读书醴[73]泉寺。夜方披诵[74],忽一女子在窗外赞曰:"于相公勤读哉[75]!"因念:深山何处得女子?方疑思间,女子已推扉入,笑曰:"勤读哉!"于惊起,视之,绿衣长裙,婉[76]妙无比。于知非[77]人,因诘里居[78]。女曰:"君视妾当非能咋[79]噬者,何劳穷问[80]?"于心好之,遂与寝处[81]。罗襦既解,腰细殆不盈掬[82]。更筹方尽[83],翩然[84]遂出。由此无夕不至。一夕共酌,谈吐间妙解音律[85]。于曰:"卿[86]声娇细,倘度[87]一曲,必能消魂[88]。"女笑曰:"不敢度曲,恐销君魂耳。"于固[89]请之。曰:"妾非吝惜[90],恐他人所闻。君必欲之,请便献丑[91];但只微声示意可耳。"遂以莲钩[92]轻点床足,歌云:"树上乌臼鸟,赚奴中夜散[93]。不怨绣鞋湿,只恐郎无伴。"声细如蝇,裁[94]可辨认。而静听之,宛转滑烈[95],动耳摇心[96]。歌已,启[97]门窥曰:"防窗外有人。"绕屋周[98]视,乃入。生曰:"卿何疑惧之深?"笑曰:"谚[99]云:'偷生鬼子常畏人[100]。'妾之谓矣[101]。"既而就寝,惕然[102]不喜,曰:"生平之分[103],殆止此乎?"于急问之,女曰:"妾心动,妾禄[104]尽矣。"于慰之曰:"心动眼瞤[105],盖是常[106]也,何遽此云[107]?"女稍释[108],复相绸缪[109]。更漏[110]既歇,披衣下榻[111]。方将启关[112],徘徊[113]复返,曰:"不知何故[114],惵惕心怯[115];乞[116]送我出门。"于果起,送诸门外[117]。女曰:"君伫望[118]我;我逾垣[119]去,君方归。"于曰:"诺[120]。"视女转过房廊[121],寂[122]不复见。方欲归寝,闻女号救甚急。于奔往,四顾[123]无迹,声在檐间。举首[124]细视,则一蛛大如弹[125],抟[126]捉一物,哀鸣声嘶[127]。于破网挑下,去其缚缠,则一绿蜂,奄然将毙[128]矣。捉归室中,

置案[134]头。停苏移时[135],始能行步。徐登砚[136]池,自以身投[137]墨汁,出伏几[138]上,走作"谢"字。频展[139]双翼,已乃穿窗而去。自此遂绝[140]。

(《聊斋志异》卷五)

注　释

[71] **璟**:音 jǐng。
[72] **益都**(dū):地名,在今山东省青州市。
[73] **醴**:音 lǐ。
[74] **披**:打开(书)。**诵**(sòng):朗读。
[75] **哉**(zāi):助词,表示感叹,相当于"啊"。
[76] **婉**(wǎn):柔美。
[77] **非**:不是。
[78] **诘**(jié):询问,追问。**里居**:即"住处"。
[79] **当**:应该。**咋**(zé):啃咬。
[80] **劳**:劳烦,麻烦。这两句是说,您看我应该不是会吃人的人,何必麻烦苦苦追问?
[81] **处**(chǔ):居住。
[82] **殆**(dài):副词,表推测,大概,几乎。**盈**(yíng):满。**掬**(jū):量词,捧,指两手相合所捧的量。
[83] **更筹将尽**:夜晚计算时间的竹筹快用完了,意思就是说夜晚快完了,天快亮了。更(gēng),古时夜间计算时间的单位,一夜分为五更,每更约两小时。筹(chóu),古时计算数字用的一种工具,多用竹子制成。
[84] **翩**(piān)**然**:形容动作轻松迅速的样子。
[85] **谈吐**:指言语应对。**妙解音律**:非常了解音乐。
[86] **卿**(qīng):古代朋友、夫妇间的爱称。
[87] **倘**(tǎng):如果。**度**(dù):谱写、创作(乐曲)。
[88] **消魂**(hún):形容伤感或欢乐到极点,若魂魄离散躯壳。
[89] **固**:副词,执意,坚决。
[90] **吝**(lìn)**惜**:舍不得,顾惜。
[91] **便**:副词,就,即。**献丑**:谦辞,在展示作品或演出时,说自己技能很差。
[92] **莲钩**:就是指女子的脚。
[93] **散**(sàn):逃,逃走。
[94] **绣**(xiù)**鞋**:女子的绣花鞋。
[95] **裁**:副词,同"才",刚刚。
[96] **宛转滑烈**:形容歌声的美妙变化,参见第十八课《琵琶行》。
[97] **动耳摇心**:打动耳朵,摇动心神,形容歌声美妙。
[98] **启**(qǐ):用手开门。
[99] **周**:绕一圈,环绕。
[100] **谚**(yàn):谚语,民间流传的简练通俗而富有意义的语句。
[101] **偷生鬼子常畏人**:偷偷活下来的鬼总是害怕人。

342

⑩² **妾之谓矣**:说的就是我啊。

⑩³ **既而**:副词,不久,一会儿,指上件事情发生后不久。**就寝**:上床睡觉。

⑩⁴ **惕(tì)然**:忧虑的样子。

⑩⁵ **生平**:人的整个生活过程,一生。**分(fèn)**:缘分,情分。

⑩⁶ **禄(lù)**:福气、福运。

⑩⁷ **瞬(shùn)**:眼皮跳动。

⑩⁸ **盖**:副词,表示推测,相当于"大约"、"大概"。**常**:一般,普通,正常。

⑩⁹ **何遽此云**:为什么竟然这么说呢?遽(jù),就,竟。

⑪⁰ **释**:放松,放心。

⑪¹ **绸缪(chóumóu)**:缠绵,情意深厚。

⑪² **漏(lòu)**:古代滴水计时的仪器,漏壶。

⑪³ **榻(tà)**:床。

⑪⁴ **关**:门闩(shuān),闩门的横木。

⑪⁵ **徘徊(páihuái)**:在一个地方来回地走,比喻犹豫不决。

⑪⁶ **故**:原因。

⑪⁷ **惕(tí)**:害怕。**怯(qiè)**:害怕。

⑪⁸ **乞(qǐ)**:表示请求,希望。

⑪⁹ **果**:副词,果然,当真。

⑫⁰ **送诸门外**:送她到门外。诸,"之于"的合音。

⑫¹ **伫(zhù)望**:同"伫望",长时间站着并且向远处望。

⑫² **逾(yú)**:越过。**垣(yuán)**:墙。

⑫³ **诺(nuò)**:答应的声音,表示同意,相当于现在说的"是"。

⑫⁴ **廊(láng)**:走廊,房屋前檐伸出的部分,可避风雨,遮太阳。

⑫⁵ **寂(jì)**:静悄悄,没有声音。

⑫⁶ **号(háo)**:大声喊叫。

⑫⁷ **顾**:看,这里指有目的地寻找。

⑫⁸ **檐(yán)**:屋檐,房顶伸出墙壁的部分。

⑫⁹ **举首**:抬头。

⑬⁰ **弹(dàn)**:弹丸,小珠。

⑬¹ **抟(tuán)**:把东西揉弄成球形。

⑬² **嘶(sī)**:声音沙哑。

⑬³ **奄(yǎn)然**:气息微弱的样子。**毙(bì)**:死。

⑬⁴ **置**:放,搁。**案**:书桌。

⑬⁵ **停**:止息,休息。**苏**:苏醒,从昏迷中醒过来。**移时**:历时,经时,过了一段时间。

⑬⁶ **徐**:慢慢地。**砚(yàn)**:写毛笔字磨墨用的文具,多数用石做成。

⑬⁷ **投**:跳进去。

⑬⁸ **伏**:趴下。**几(jī)**:类似桌子的一种家具,比较矮小。

⑬⁹ **频(pín)**:重复,连续。**展**:张开。

⑭⁰ **绝**:断绝,停止。

343

第四十课

曹雪芹的《红楼梦》

课 文

　　曹雪芹①的《红楼梦》不论在思想上还是在艺术上都突破了传统的手法,是中国最伟大的一部古典小说。它不但在中国古代文学史上达到了小说创作成就的最高峰,即使在世界文学史上也是罕见的杰作②。

　　《红楼梦》的思想内容丰富而文笔含蓄曲折,二百多年来,学术界众说纷纭③,争论不休,已经形成了一个相对独立的学术领域④——红学。总的来讲,《红楼梦》揭示了两个方面的内容,一是通过贾府由盛而衰的败落,展现了封建社会无法挽回的最后崩溃⑤;二是通过贾宝玉、林黛玉、薛宝钗之间的爱情故事,表现了作者的叛逆⑥精神和时代的希望。

　　在艺术手法上,《红楼梦》代表了中国古代小说艺术发展的最高水平:第一,善于刻画⑦人物。全书出现的人物共有四百多个,不仅像贾宝玉、林黛玉、薛宝钗、王熙凤等重要人物形象都具有高度的典型性和概括⑧性,还有许多次要人物如晴雯、尤三姐、贾母、贾政等等,也都是有血有肉⑨的艺术形象。作者善于在人物一出场就给读者以深刻的印象,善于把人物安置⑩于重大的矛盾冲突之中来刻画,善于在比较之中表现人物性格,如晴雯与袭人,林黛玉与薛宝钗,李纨与王熙凤等等。第二,作者以宏大⑪的结构、波澜起伏的情节展示了一幅互相联系、不可分割的社会生活画卷,人物的交替,情节的变换,故事的运行,就像一条波澜壮阔的大河,只见奔流而不见它有任何停滞⑫之处。作者善于把重大的矛盾冲突与生活中的小事结合起来,把构成情节的细节、事物、场景与作品要表达的思想、要刻画的人物的命运、性格结合起来,浑然天成⑬却又千姿百态,给人以美的享受。第三,《红楼梦》的语言明畅却无浅露⑭之弊,洗练⑮却无刻削之痕,文采斐然却又不堆砌词藻⑯。尤其是它的人物语言,充分个性化,丰富多彩,惟妙惟肖,已经达到了追魂摄魄的境界⑰,其特点有三:首先,它对人物心理的挖掘⑱非常深刻、非常细腻⑲;其次,始终符合人物的身份和地位;再次,把人物的语言与自然环境、社会环境紧密地结合在一起。《红楼梦》的语言真可谓出神入化⑳,炉火纯青㉑,长期以来被视为文学艺术史上光辉的典范。

① **曹雪芹**(1715—1763):清代小说家。名霑(Zhān),字梦阮,号雪芹,满族人。曹雪芹一生恰值曹家由盛而衰的时期,晚年移居北京西郊,生活十分贫困。
② **罕见**:很少发生或出现的。**杰作**:出色的作品。
③ **众说纷纭**:存在着各种各样的说法。
④ **领域**:从事一种专门活动或事业的范围、部类或部门。
⑤ **崩溃**:彻底破坏或垮台。
⑥ **叛逆**:与公认的习惯或传统决裂。
⑦ **刻画**:精细地描摹;塑造。
⑧ **典型性**:代表性、个性反映共性的程度。**概括**:归纳,总括。把事物的共同特点归结在一起加以简明地叙述,扼要重述。
⑨ **有血有肉**:赋予实质或真实感的。
⑩ **安置**:安排他人在指定的地方或位置上。
⑪ **宏大**:规模巨大。
⑫ **停滞**(zhì):受到阻碍;不能顺利地进行或发展。
⑬ **浑然天成**:完全融合在一块,就像是天生成的。
⑭ **明畅**:简明流畅。**浅露**:措词直率而不委婉、含蓄。
⑮ **洗练**:(语言、文字等)简练利落。
⑯ **斐然**(fěirán):有文采和韵味。**堆砌**:写文章使用大量华丽而无用的词语。**词藻**:诗文中蓄意加工的华丽辞语。

⑰ **境界**：事物所达到的程度或呈现出的情况。
⑱ **挖掘**：犹如用挖掘、深入搜寻来显露或采集。
⑲ **细腻**：细致准确的。
⑳ **出神入化**：形容技艺高超达到了绝妙的境界。
㉑ **炉火纯青**：炼丹术士炼至炉火呈现纯洁的青色时方可成丹；比喻知识和技艺达到博大精深的地步。

作 品

荣国府收养林黛玉

（《红楼梦》第三回，节选）

且说黛玉自那日弃舟登岸时，便有荣国府打发了轿子并拉行李的车辆久候了。这林黛玉常听得母亲说过，他外祖母家与别家不同。他近日所见的这几个三等仆妇，吃穿用度，已是不凡了，何况今至其家。因此步步留心，时时在意，不肯轻易多说一句话，多行一步路，惟恐被人耻笑了他去。自上了轿，进入城中，从纱窗向外瞧了一瞧，其街市之繁华，人烟之阜盛，自与别处不同。又行了半日，忽见街北蹲着两个大石狮子，三间兽头大门，门前列坐着十来个华冠丽服之人。正门却不开，只有东西两角门有人出入。正门之上有一匾，匾上大书"敕造㉒宁国府"五个大字。黛玉想道：这必是外祖之长房了。想着，又往西行，不多远，照样也是三间大门，方是荣国府了。却不进正门，只进了西边角门。那轿夫抬进去，走了一射之地㉓，将转弯时，便歇下退出去了。后面的婆子们已都下了轿，赶上前来。另换了三四个衣帽周全十七八岁的小厮上来，复抬起轿子。众婆子步下围随至一垂花门㉔前落下。众小厮退出，众婆子上来打起轿帘，扶黛玉下轿。林黛玉扶着婆子的手，进了垂花门，两边是抄手游廊㉕，当中是穿堂㉖，当地放着一个紫檀架子大理石的大插屏㉗。转过插屏，小小的三间厅，厅后就是后面的正房大院。正面五间上房，皆雕梁画栋，两边穿山游廊厢房㉘，挂着各色鹦鹉、画眉等鸟雀。台矶之上，坐着几个穿红着绿的丫头，一见他们来了，便忙都笑迎上来，说："刚才老太太还念呢，可巧就来了。"于是三四人争着打起帘笼，一面听得人回话："林姑娘到了。"

黛玉方进入房时，只见两个人搀着一位鬓发如银的老母迎上来，黛玉便知是他外祖母。方欲拜见时，早被他外祖母一把搂入怀中，心肝儿肉叫着大哭起来。当下地下侍立之人，无不掩面涕泣，黛玉也哭个不住。一时众人慢慢解劝住了,黛玉方拜见了外祖母。——此即冷子兴所云之史氏太君,贾赦贾政之母也。当下贾母一一指与黛玉:"这是你大舅母;这是你二舅母;这是你先珠大哥的媳妇珠大嫂子。"黛玉一一拜见过。贾母又说:"请姑娘们来。今日远客才来,可以不必上学去了。众人答应了一声,"便去了两个。

  不一时,只见三个奶嬷嬷并五六个丫鬟,簇拥着三个姊妹来了。第一个肌肤微丰,合中身材,腮凝新荔,鼻腻鹅脂,温柔沉默,观之可亲。第二个削肩细腰,长挑身材,鸭蛋脸面,俊眼修眉,顾盼神飞,文彩精华,见之忘俗。第三个身量未足,形容尚小。其钗环裙袄,三人皆是一样的妆饰。黛玉忙起身迎上来见礼,互相厮认过,大家归了坐。丫鬟们斟上茶来。不过说些黛玉之母如何得病,如何请医服药,如何送死发丧。不免贾母又伤感起来,因说:"我这些儿女,所疼者独有你母,今日一旦先舍我而去,连面也不能一见,今见了你,我怎不伤心!"说着,搂了黛玉在怀,又呜咽起来。众人忙都宽慰解释,方略略止住。

  众人见黛玉年貌虽小,其举止言谈不俗,身体面庞虽怯弱不胜,却有一段自然的风流态度㉙,便知他有不足之症㉚。因问:"常服何药,如何不急为疗治?"黛玉道:"我自来是如此,从会吃饮食时便吃药,到今日未断,请了多少名医修方配药,皆不见效。那一年我三岁时,听得说来了一个癞头和尚,说要化我去出家,我父母固是不从。他又说:'既舍不得他,只怕他的病一生也不能好的了。若要好时,除非从此以后总不许见哭声;除父母之外,凡有外姓亲友之人,一概不见,方可平安了此一世。'疯疯癫癫,说了这些不经㉛之谈,也没人理他。如今还是吃人参养荣丸。"贾母道:"正好,我这里正配丸药呢。叫他们多配一料就是了。"

  一语未了,只听后院中有人笑声,说:"我来迟了,不曾迎接远客!"黛玉纳罕道:"这些人个个皆敛声屏气,恭肃严整如此,这来者系谁,这样放诞㉜无礼?"心下想时,只见一群媳妇丫鬟围拥着一个人从后房门进来。这个人打扮与众姑娘不同,彩绣辉煌,恍若神妃仙子:头上戴着金丝八宝攒珠髻㉝,绾着朝阳五凤挂珠钗㉞;项上戴着赤金盘螭璎珞圈㉟;裙边系着豆绿宫绦,双衡比目玫瑰佩㊱;身上穿着缕金百蝶穿花大红洋缎窄裉袄㊲,外罩五彩刻丝石青银鼠褂㊳;下着翡翠撒花洋绉㊴裙。一双丹凤三角眼㊵,两弯柳叶吊梢眉㊶,身量苗条,体格风骚㊷,粉面含春威不露,丹唇未启笑先闻。黛玉连忙起身接见。贾母笑道:"你不认得他,他是我们这里有名的一个泼皮破落户儿㊸,南省俗谓作'辣子',你只叫他'凤辣子'就是了。"黛玉正不知以何称呼,只见众姊妹都忙告诉他道:"这是琏嫂子。"黛玉虽不识,也曾听见母亲说过,大舅贾赦之子贾琏,娶的就是二舅母王氏之内侄女,自幼假充男儿教养的,学名王熙凤。黛玉忙陪笑见礼,以"嫂"呼之。这熙凤携着黛玉的手,上下细细打谅㊹了一回,仍送至贾母身边坐下,因笑道:"天下真有这样标致的人物,我今儿才算见了!况且这通身的气派,竟不象老祖宗的外孙女儿,竟是个嫡亲的孙女,怨不得老祖宗天天口头心头一时不忘。只可怜我这妹妹这样命苦,怎么姑妈偏就去世了!"说着,便用帕拭泪。贾母笑道:"我才好了,你倒来招我。你妹妹远路才来,身子又弱,也才劝住了,快再休提前话。"这熙凤听了,忙转悲为喜道:"正是呢!我一见了妹妹,一心都在他身上了,又是喜欢,又是伤心,竟忘记了老祖宗。该打,该打!"又忙携黛玉之手,问:"妹妹几岁了?可也上过学?现吃什么药?在这里不要想家,想要什么吃的、什么玩的,只管告诉我;丫头老婆们不好了,也只管告诉我。"一面又问婆子们:"林姑娘的行李东西可搬进来了?带了几个人来?你们赶早打扫两间下房,让他们去歇歇。"

说话时,已摆了茶果上来。熙凤亲为捧茶捧果。又见二舅母问他:"月钱放过了不曾?"熙凤道:"月钱⑮已放完了。才刚带着人到后楼上找缎子,找了这半日,也并没有见昨日太太说的那样的,想是太太记错了?"王夫人道:"有没有,什么要紧。"因又说道:"该随手拿出两个来给你这妹妹去裁衣裳的,等晚上想着叫人再去拿罢,可别忘了。"熙凤道:"这倒是我先料着了,知道妹妹不过这两日到的,我已预备下了,等太太回去过了目好送来。"王夫人一笑,点头不语。

注　释

㉒ 敕(chì)造:奉皇帝之命建造。
㉓ 一射之地:就是一箭之地,大约一百五十步。
㉔ 垂花门:旧时富家宅院,进入大门之后,内院院门一般有雕刻的垂花倒悬于门额两侧,门上边盖有宫殿式的小屋顶,称垂花门。
㉕ 抄手游廊:院门内两侧环抱的走廊。
㉖ 穿堂:宅院中,坐落在前后两个院落只见可以穿行的厅堂。
㉗ 大插屏:放在穿堂中的大屏风,除作装饰外,还可以遮挡视线,以免进入穿堂就直接看见正房。
㉘ 穿山游廊:从山墙开门接起的游廊。山:指山墙。房子两侧的墙,形状如山,俗称山墙。
㉙ 风流:风韵。态度:言行举止所表现的神态。
㉚ 不足之症:中医病名。由身体虚弱引起,如脾胃虚弱,叫中气不足;气血虚弱,叫正气不足。
㉛ 不经:不合常理,近乎狂妄怪诞。
㉜ 放诞:行为放纵,不守规矩。
㉝ 金丝八宝攒珠髻:用金丝穿绕珍珠和镶嵌八宝(玛瑙、碧玉之类)制成的珠花的发髻。攒(cuán),凑聚。用金丝或银丝把珍珠穿扭成各种花样叫"攒珠花"。
㉞ 朝阳五凤挂珠钗:一种长钗,样子是支钗上分出五股,每股一支凤凰,口衔一串珍珠。
㉟ 螭(chī):古代传说中的无角龙。璎珞(yīngluò):连缀起来的珠玉。圈:项圈。
㊱ 衡:佩玉上部的小横,用以系饰物。比目玫瑰佩:用玫瑰色的玉片雕琢成的双鱼形的玉佩。比目,鱼名,传说这种鱼成双而行。
㊲ 缕金百蝶穿花大红洋缎窄裉(kèn)袄:指在大红洋缎的衣面上用金线绣成百蝶穿花图案的紧身袄。裉,上衣前后两幅在腋下合缝的部分。

㊳ **五彩刻丝石青银鼠褂**：石青色的衣面上有各种彩色刻丝、衣里是银鼠皮的褂子。刻丝,在丝织品上用丝平织成的图案,与凸出的绣花不同。石青,淡灰青色。银鼠,又名白鼠,石鼠。
㊴ **翡翠(fěicuì)**：翡翠色,青绿色。**撒花**：在绸缎上用散碎小花点组成的花样或图案。**洋绉(zhòu)**：极薄而软的平纹春绸,微带自然皱纹。
㊵ **丹凤三角眼**：眼角向上微翘,俗称一双丹凤眼。
㊶ **柳叶吊梢眉**：形容眉梢斜飞入鬓的样子。
㊷ **风骚(fēngsāo)**：这里指姿容俏丽。
㊸ **泼皮破落户儿**：原指没有正当生活来源的无赖。这里形容凤姐泼辣,是戏谑的称谓。
㊹ **打谅**：打量。
㊺ **月钱**：旧时富户大家每月按等级发给家中人等的零用钱。

练 习

(一) 填空

1. 曹雪芹的《红楼梦》不论在_____上还是在_____上都突破了传统的手法,是中国_____的一部古典小说。它不但在中国文学史上达到了小说创作成就的_____,即使在世界文学史上也是_____的杰作。

2. 《红楼梦》揭示了两个方面的内容,一是通过贾府_____的败落,展现了封建社会_____的最后崩溃;二是通过_____、_____、_____之间的爱情故事,表现了作者的_____精神和时代的希望。

(二) 思考题

为什么说"《红楼梦》代表了中国古代小说艺术发展的最高水平"?

《红楼梦》流行以后,续书之多,在中国文学史上可算是空前的。什么《后红楼梦》、《续红楼梦》、《绮楼重梦》、《红楼圆梦》、《红楼复梦》、《红楼重梦》、《红楼梦补》、《补红楼梦》、《增补红楼梦》、《红楼幻梦》、《红楼梦影》、《红楼后梦》、《红楼再梦》等等不下十三、四种。《红楼梦》的续书之多和评论研究之盛,正说明了这部小说的影响之大。这部小说一出来以后,就受到广大群众的欢迎,当时的青年男女曾被感动得"中夜常为隐泣"。另外,在当时还出现了许多根据这部小说改编的戏曲和说唱作品,如《红楼梦传奇》(仲振奎作)、《潇湘怨传奇》(万荣恩作)、《绛蘅秋》(吴兰征作)、《三钗梦北曲》(许鸿磐作)等等。这些戏曲也颇受群众欢迎。随着新文学运动的新起,根据《红楼梦》所改编的剧本、戏曲、电影就出现得更多了。

《红楼梦》的影响还远及国外,在一八四二年(清道光二十二年)就有一部分译成英文。此后各种外国文字的译本陆续出现,计有英文、俄文、德文、法文、意文、日文、越南文、荷兰文等等,不下一二十种。这些译本,大都是节译,目前只有俄文译本和日文译本是全译本。此外,有关《红楼梦》的各种外文论著,也有数十种之多。这些都说明中国这部伟大的古典小说正在日益产生广泛的国际影响,它是具有世界意义的文学杰作。

(蒋和森著《红楼梦概说》,上海古籍出版社1979年版,第14—19页)

荣国府收养林黛玉

(《红楼梦》第三回节选,紧接课文)

当下茶果已撤,贾母命两个老嬷嬷带了黛玉去见两个母舅。时贾赦之妻邢氏忙亦起身,笑回道:"我带了外甥女过去,倒也便宜⑯。"贾母笑道:"正是呢,你也去罢,不必过来了。"邢夫人答应了一声"是"字,遂带了黛玉与王夫人作辞,大家送至穿堂前。出了垂花门,早有众小厮们拉过一辆翠幄青绸车⑰,邢夫人携了黛玉,坐在上面,众婆子们放下车帘,方命小厮们抬起,拉至宽处,方驾上驯骡,亦出了西角门,往东过荣府正门,便入一黑油大门中,至仪门⑱前方下来。众小厮退出,方打起车帘,邢夫人挽着黛玉的手,进入院中。黛玉度其房屋院宇,必是荣府中花园隔断过来的。进入三层仪门,果见正房厢庑⑲游廊,悉皆小巧别致,不似方才那边轩峻壮丽;且院中随处之树木山石皆在。一时进入正室,早有许多盛妆丽服之姬妾丫鬟迎着,邢夫人让黛玉坐了,一面命

人到外面书房去请贾赦。一时人来回话说:"老爷说了:'连日身上不好,见了姑娘彼此倒伤心,暂且不忍相见。劝姑娘不要伤心想家,跟着老太太和舅母,即同家里一样。姊妹们虽拙,大家一处伴着,亦可以解些烦闷。或有委屈之处,只管说得,不要外道才是。'"黛玉忙站起来,一一听了。再坐一刻,便告辞。邢夫人苦留吃过晚饭去,黛玉笑回道:"舅母爱惜赐饭,原不应辞,只是还要过去拜见二舅舅,恐领了赐去不恭,异日再领,未为不可。望舅母容谅。"邢夫人听说,笑道:"这倒是了。"遂令两三个嬷嬷用方才的车好生送了姑娘过去,于是黛玉告辞。邢夫人送至仪门前,又嘱咐了众人几句,眼看着车去了方回来。

　　一时黛玉进了荣府,下了车。众嬷嬷引着,便往东转弯,穿过一个东西的穿堂,向南大厅之后,仪门内大院落,上面五间大正房,两边厢房鹿顶耳房钻山㊿,四通八达,轩昂壮丽,比贾母处不同。黛玉便知这方是正经正内室,一条大甬路,直接出大门的。进入堂屋中,抬头迎面先看见一个赤金九龙青地大匾,匾上写着斗大的三个大字,是"荣禧堂",后有一行小字:"某年月日,书赐荣国公贾源",又有"万几宸翰之宝㉛。"大紫檀雕螭案上,设着三尺来高青绿古铜鼎,悬着待漏随朝墨龙大画㉜,一边是金蜼彝㉝,一边是玻璃盆㉞。地下两溜十六张楠木交椅,又有一副对联,乃乌木联牌,镶着錾银㉟的字迹,道是:

　　　　座上珠玑昭日月㊱,堂前黼黻焕烟霞㊲。

下面一行小字,道是:"同乡世教弟勋袭东安郡王穆莳拜手书。"

　　原来王夫人时常居坐宴息,亦不在这正室,只在这正室东边的三间耳房内。于是老嬷嬷引黛玉进东房门来。临窗大炕上铺着猩红洋罽㊳,正面设着大红金钱蟒靠背,石青金钱蟒引枕㊴,秋香色㊵金钱蟒大条褥。两边设一对梅花式洋漆小几。左边几上文王鼎匙箸香盒㊶;右边几上汝窑美人觚㊷——觚内插着时鲜花卉,并茗碗痰盒等物。地下面西一溜四张椅上,都搭着银红撒花椅搭㊸,底下四副脚踏。椅之两边,也有一对高几,几上茗碗瓶花俱备。其余陈设,自不必细说。老嬷嬷们让黛玉炕上坐,炕沿上却有两个锦褥对设,黛玉度其位次,便不上炕,只向东边椅子上坐了。本房内的丫鬟忙捧上茶来。黛玉一面吃茶,一面打谅这些丫鬟们,妆饰衣裙,举止行动,果亦与别家不同。

　　茶未吃了,只见一个穿红绫袄青缎掐牙㊹背心的丫鬟走来笑说道:"太太说,请林姑娘到那边坐罢。"老嬷嬷听了,于是又引黛玉出来,到了东廊三间小正房内。正房炕上横设一张炕桌,桌上磊着㊺书籍茶具,靠东壁面西设着半旧的青缎靠背引枕。王夫人却坐在西边下首,亦是半旧的青缎靠背坐褥。见黛玉来了,便往东让。黛玉心中料定这是贾政之位。因见挨炕一溜三张椅子上,也搭着半旧的弹墨椅袱㊻,黛玉便向椅上坐了。王夫人再四携他上炕,他方挨王夫人坐了。王夫人因说:"你舅舅今日斋戒去了,再见罢。只是有一句话嘱咐你：你三个姊妹倒都极好，以后一处念书认字学针线，或是偶一顽笑，都有尽让的。但我不放心的最是一件：我有一个孽根祸胎，是家里的'混世魔王'，今日因庙里还愿去了，尚未回来，晚间你看见便知了。你只以后不要睬他，你这些姊妹都不敢沾惹他的。"

黛玉亦常听得母亲说过，二舅母生的有个表兄，乃衔玉而诞，顽劣异常，极恶读书，最喜在内帏⑥厮混；外祖母又极溺爱，无人敢管。今见王夫人如此说，便知说的是这表兄了。因陪笑道："舅母说的，可是衔玉所生的这位哥哥？在家时亦曾听见母亲常说，这位哥哥比我大一岁，小名就唤宝玉，虽极憨顽，说在姊妹情中极好的。况我来了，自然只和姊妹同处，兄弟们自是别院另室的，岂得去沾惹之理？"王夫人笑道："你不知道原故：他与别人不同，自幼因老太太疼爱，原系同姊妹们一处娇养惯了的。若姊妹们有日不理他，他倒还安静些，纵然他没趣，不过出了二门，背地里拿着他两个小幺儿⑧出气，咕唧一会子就完了。若这一日姊妹们和他多说一句话，他心里一乐，便生出多少事来。所以嘱咐你别睬他。他嘴里一时甜言蜜语，一时又天无日，一时又疯疯傻傻，只休信他。"

黛玉一一的都答应着。只见一个丫鬟来回："老太太那里传晚饭了。"王夫人忙携黛玉从后房门由后廊往西，出了角门，是一条南北宽夹道。南边是倒座三间小小的抱厦厅⑨，北边立着一个粉油大影壁，后有一半大门，小小一所房室。王夫人笑指向黛玉道："这是你凤姐姐的屋子，回来你好往这里找他来，少什么东西，你只管和他说就是了。"这院门上也有四五个才总角⑩的小厮，都垂手侍立。王夫人遂携黛玉穿过一个东西穿堂，便是贾母的后院了。于是，进入后房门，已有多人在此伺候，见王夫人来了，方安设桌椅。贾珠之妻李氏捧饭，熙凤安箸，王夫人进羹。贾母正面榻上独坐，两边四张空椅，熙凤忙拉了黛玉在左边第一张椅上坐了，黛玉十分推让。贾母笑道："你舅母你嫂子们不在这里吃饭。你是客，原应如此坐的。"黛玉方告了座，坐了。贾母命王夫人坐了。迎春姊妹三个告了座方上来。迎春便坐右手第一，探春左第二，惜春右第二。旁边丫鬟执着拂尘⑪、漱盂、巾帕。李、凤二人立于案旁布让⑫。外间伺候之媳妇丫鬟虽多，却连一声咳嗽不闻。寂然饭毕，各有丫鬟用小茶盘捧上茶来。当日林如海教女以惜福养身，云饭后务待饭粒咽尽，过一时再吃茶，方不伤脾胃。今黛玉见了这里许多事情不合家中之式，不得不随的，少不得一一改过来，因而接了茶。早见人又捧过漱盂来，黛玉也照样漱了口。盥手毕，又捧上茶来，这方是吃的茶。贾母便说："你们去罢，让我们自在说话儿。"王夫人听了，忙起身，又说了两句闲话，方引凤、李二人去了。贾母因问黛玉念何书。黛玉道："只刚念了《四书》。"黛玉又问姊妹们读何书。贾母道："读的是什么书，不过是认得两个字，不是睁眼的瞎子罢了！"

一语未了，只听外面一阵脚步响，丫鬟进来笑道："宝玉来了！"黛玉心中正疑惑着："这个宝玉，不知是怎生个惫懒⑬人物，惚懂顽童？"——倒不见那蠢物也罢了。心中想着，忽见丫鬟话未报完，已进来了一位年轻的公子：头上戴着束发嵌宝紫金冠⑭，齐眉勒着二龙抢珠金抹额⑮；穿一件二色金百蝶穿花大红箭袖⑯，束着五彩丝攒花结长穗宫绦⑰，外罩石青起花八团倭锻排穗⑱褂；登着青缎粉底小朝靴⑲。面若中秋之月，色如春晓之花,鬓若刀裁,眉如墨画,面如桃瓣,目若秋波。虽怒时而若笑,即瞋视而有情。项上金螭璎珞,又有一根五色丝绦,系着一块美玉。黛玉一见,便吃一大惊,心下想道:"好生奇怪,倒象在那里见过一般,何等眼熟到如此!"只见这宝玉向贾母请了安⑩,贾母便命:"去见你娘来。"宝玉即转身去了。一时回来,再看,已换了冠带:头上周围一转的短发,都结成小辫,红丝结束,共攒至顶中胎发,总编一根大辫,黑亮如漆,从顶至梢,一串四颗大珠,用金八宝坠角㉛;身上穿着银红撒花半旧大袄,仍旧带着项圈、宝玉、寄名锁㉜、护身符㉝等物;下面半露松花撒花绫裤腿,锦边弹墨袜,厚底大红鞋。越显得面如敷粉,唇若施脂;转盼多情,语言常笑。天然一段风骚,全在眉梢;平生万种情思,悉堆眼角。看其外貌最是极好,却难知其底细。后人有《西江月》二词㉞,批宝玉极恰,其词曰:

无故寻愁觅恨,有时似傻如狂。纵然生得好皮囊㉟,腹内原来草莽。潦倒不通世务,愚顽怕读文章。行为偏僻性乖张㊱,那管世人诽谤!富贵不知乐业,贫穷难耐凄凉。可怜辜负好韶光㊲,于国于家无望。天下无能第一,古今不肖无双。寄言纨袴与膏粱㊳:莫效此儿形状㊴!

贾母因笑道:"外客未见,就脱了衣裳,还不去见你妹妹!"宝玉早已看见多了一个姊妹,便料定是林姑妈之女,忙来作揖。厮见毕归坐,细看形容,与众各别:两弯似蹙非蹙罥烟眉㊵,一双似喜非喜含情目。态生两靥㊶之愁,娇袭㊷一身之病。泪光点点,娇喘微微。闲静时如姣花照水,行动处似弱柳扶风。心较比干㊸多一窍,病如西子胜三分㊹。宝玉看罢,因笑道:"这个妹妹我曾见过的。"贾母笑道:"可又是胡说,你又何曾见过他?"宝玉笑道:"虽然未曾见过他,然我看着面善,心里就算是旧相识,今日只作远别重逢,亦未为不可。"贾母笑道:"更好,更好,若如此,更相和睦了。"宝玉便走近黛玉身边坐下,又细细打量一番,因问:"妹妹可曾读书?"黛玉道:"不曾读,只上了一年学,些须㊺认得几个字。"宝玉又道:"妹妹尊名是那两个字"?黛玉便说了名。宝玉又问表字。黛玉道:"无字。"宝玉笑道:"我送妹妹一妙字,莫若'颦颦'二字极妙。"探春便问何出。宝玉道:"《古今人物通考》㊻上说:'西方有石名黛,可代画眉之墨。'况这林妹妹眉尖若蹙,用取这两个字,岂不两妙!"探春笑道:"只恐又是你的杜撰。"宝玉笑道:"除《四书》外,杜撰的太多,偏只我是杜撰不成?"又问黛玉:"可也有玉没有?"众人不解其语,黛玉便忖度着因他有玉,故问我有也无,因答道:"我没有那个。想来那玉是一件罕物,岂能人人有的。"宝玉听了,登时发作起痴狂病来,摘下那玉,就狠命摔去,骂道:"什么罕物,连人之高低不择,还说'通灵'不'通灵'呢!我也不要这劳什子了!"吓的众人一拥争去拾玉。贾母急的搂了宝玉道:"孽障!你生气,要打骂人容易,何苦摔那命根子!"宝玉满面泪痕泣道:"家里姐姐妹妹都没有,单我有,我说没趣;如今来了这么一个神仙似的妹妹也没有,可知这不是个好东西。"贾母忙哄他道:"你这妹妹原有这个来的,因你姑妈去世时,舍不得你妹妹,无法处,遂将他的玉带了去了:一则全殉葬之礼,尽你妹妹之孝心;二则你姑妈之灵,亦可权作见了女儿之意。因此他只说没有这个,不便自己夸张之意。你如今怎比得他?还不好生慎重带上,仔细你娘知道了。"说着,便向丫鬟手中接来,亲与他带上。宝玉听如此说,想一想大有情理,也就不生别论了。

353

当下,奶娘来请问黛玉之房舍。贾母说:"今将宝玉挪出来,同我在套间暖阁儿㊼里,把你林姑娘暂安置碧纱橱㊽里。等过了残冬,春天再与他们收拾房屋,另作一番安置罢。"宝玉道:"好祖宗,我就在碧纱橱外的床上很妥当,何必又出来闹的老祖宗不得安静。"贾母想了一想说:"也罢了。"每人一个奶娘并一个丫头照管,余者在外间上夜听唤。一面早有熙凤命人送了一顶藕合色花帐,并几件锦被缎褥之类。

黛玉只带了两个人来:一个是自幼奶娘王嬷嬷,一个是十岁的小丫头,亦是自幼随身的,名唤作雪雁。贾母见雪雁甚小,一团孩气,王嬷嬷又极老,料黛玉皆不遂心省力的,便将自己身边的一个二等丫头,名唤鹦哥者与了黛玉。外亦如迎春等例,每人除自幼乳母外,另有四个教引嬷嬷㊾,除贴身掌管钗钏盥沐两个丫鬟外,另有五六个洒扫房屋来往使役的小丫鬟。当下,王嬷嬷与鹦哥陪侍黛玉在碧纱橱内。宝玉之乳母李嬷嬷,并大丫鬟名唤袭人者,陪侍在外面大床上。

原来这袭人亦是贾母之婢,本名珍珠。贾母因溺爱宝玉,生恐宝玉之婢无竭力尽忠之人,素喜袭人心地纯良,克尽职任,遂与了宝玉。宝玉因知他本姓花,又曾见旧人诗句上有"花气袭人"之句,遂回明贾母,更名袭人。这袭人亦有些痴处:伏侍贾母时,心中眼中只有一个贾母;如今服侍宝玉,心中眼中又只有一个宝玉。只因宝玉性情乖僻,每每规谏宝玉,心中着实忧郁。

是晚,宝玉李嬷嬷已睡了,他见里面黛玉和鹦哥犹未安息,他自卸了妆,悄悄进来,笑问:"姑娘怎么还不安息?"黛玉忙让:"姐姐请坐。"袭人在床沿上坐了。鹦哥笑道:"林姑娘正在这里伤心,自己淌眼抹泪的说:'今儿才来,就惹出你家哥儿的狂病,倘或摔坏了那玉,岂不是因我之过!'因此便伤心,我好容易劝好了。"袭人道:"姑娘快休如此,将来只怕比这个更奇怪的笑话儿还有呢!若为他这种行止,你多心伤感,只怕你伤感不了呢。快别多心!"黛玉道:"姐姐们说的,我记着就是了。究竟那玉不知是怎么个来历?上面还有字迹?"袭人道:"连一家子也不知来历,上头还有现成的眼儿,听得说,落草时是从他口里掏出来的。等我拿来你看便知。"黛玉忙止道:"罢了,此刻夜深,明日再看也不迟。"大家又叙了一回,方才安歇。

次日起来,省过贾母,因往王夫人处来,正值王夫人与熙凤在一处拆金陵来的书信看,又有王夫人之兄嫂处遣了两个媳妇来说话的。黛玉虽不知原委,探春等却都晓得是议论金陵城中所居的薛家姨母之子姨表兄薛蟠,倚财仗势,打死人命,现在应天府案下审理。如今母舅王子腾得了信息,故遣他家内的人来告诉这边,意欲唤取进京之意。

注 释

㊻ **便宜**(biànyí):方便。
㊼ **翠幄**(wò)**青绸车**:用粗厚的绿色绸类做车帐、用青色绸做车帘的轿车。
㊽ **仪门**:旧时官衙、府第的大门之内的门。一说,旁门也可称仪门。
㊾ **庑**(wǔ):正房对面和两侧的小屋子。

(50) **两边厢房鹿顶耳房钻山**：两边的厢房用钻山的方式与鹿顶的耳房相连接。鹿顶，单独用时指平屋顶。耳房，连接在正房两侧的小房子。钻山，指山墙上开门或开洞，与相邻的房子或游廊相接。

(51) **万几(jī)宸(chén)翰之宝**：这是皇帝印章上的文字。万几，万机，就是万事，形容皇帝政务繁多，日里万机的意思。几，同“机”。宸翰，皇帝的笔迹。宸，北宸，即北极星。皇帝坐北朝南，所以以北宸代指皇帝。翰，墨迹、书法。宝，皇帝的印玺。

(52) **待漏**：封建时代大臣要在五更前到朝房里等待上朝的时刻。漏，铜壶滴漏，古代计时器，时代时间。**随朝**：按照大臣的班列朝见皇帝。**墨龙大画**：巨龙在云雾海潮中隐现的大幅水墨画。旧时以龙象征帝王，画中之“潮”与朝见之“朝”谐音。隐寓朝见君王的意思。

(53) **金蜼(wěi)彝(yí)**：原为有蜼形图案的青铜祭器，后作贵重陈设品。蜼，一种长尾猿。彝，古代青铜器中礼器的通称。

(54) **盆**：盛酒器。

(55) **錾(zàn)银**：一种银雕工艺。錾，雕刻。

(56) **座上珠玑昭日月**：形容座中人佩带的珠玉如日月般光彩照人。珠玑，珍珠。

(57) **堂前黼黻焕烟霞**：形容堂上客衣服的图饰如烟霞般绚丽夺目。黼黻(fǔfú)，古代官僚贵族礼服上绣的花纹。

(58) **罽(jì)**：毛织的毯子。

(59) **引枕**：坐时搭扶胳膊的一种圆墩形倚枕。

(60) **秋香色**：淡黄绿色。

(61) **文王鼎(dǐng)**：指周朝的传国宝鼎，这里是指小型仿古香炉，内烧粉状檀香之类的香料。**匙箸(chízhù)**：拨弄香灰的用具。**香盒**：盛香料的盒子。

(62) **汝窑美人觚(gū)**：宋代河南汝州窑烧制的一种仿古瓷器。觚，古代一种盛酒的器具。

(63) **椅搭**：搭在椅子上的一种长方形的绣花绸缎饰物。

(64) **掐牙**：锦缎双叠成细条，嵌在衣服或背心的夹边上，仅露少许，作为装饰，叫做掐牙。

(65) **磊着**：层叠着放着。

(66) **弹墨椅袱(fú)**：以纸剪镂空图案覆于织品上，用墨色或其他颜色弹或喷成各种图案花样，叫弹墨。椅袱，用棉，缎之类作成的椅套。

(67) **内帏**：内室，女子的居处。帏，幕帐。

(68) **小幺(yāo)儿**：身边使唤的小仆人。幺，幼小。

(69) **倒座**：正房是坐北朝南，“倒座”是与正房相对的坐南朝北的房子。**抱厦厅**：围绕厅堂、正屋后面的房子。

(70) **总角**：儿童向上分开的两个发髻，代指儿童时代。

(71) **拂尘**：形如马尾，后有持柄，用以拂拭尘土，或驱赶蝇蚊，俗称“蝇甩子”。

(72) **布让**：宴席间向客人敬菜、劝餐。

(73) **惫(bèi)懒**：涎皮赖脸。

(74) **嵌宝紫金冠**：把头发束扎在顶部的一种髻冠，上面插戴各种饰物或镶嵌珠玉。

(75) **二龙抢珠**：抹额上装饰的图案。**抹额**：围扎在额前，用以压发、束额。

(76) **二色金百蝶穿花大红箭袖**：用两色金线绣成的百蝶穿花图案的大红窄袖衣服。箭袖，原为便于射箭穿的窄袖衣服，这里指男子穿的一种服式。

⑦ **五彩丝攒花结**：用五彩丝攒聚成花朵的结子，指绦带上的装饰花样。**长穗(suì)宫绦(tāo)**：指系在腰间的绦带。长穗，是绦带端部下垂的穗子。

⑧ **团**：圆形团花。**倭(Wō)缎**：又称东洋缎。**排穗**：排缀在衣服下面边缘的彩穗。

⑨ **青缎粉底小朝靴**：指黑色缎面、白色厚底、半高筒的靴子。青缎，黑色的缎子。朝靴，古代百官穿的"乌皮履"。

⑩ **请了安**：请安，即问安。清代的请安礼节是，男子打千，女子双手扶左膝，右腿微曲，往下蹲身，口称"请某人安"。

⑪ **坠角**：垂于朝珠、床帐等下端的小装饰品，这里指辫子梢部所坠的饰物。

⑫ **寄名锁**：旧俗怕幼儿夭亡，给寺院或道观一定财物，让幼儿当"寄名弟子"，并在幼儿的项下系一小金锁，叫"寄名锁"。

⑬ **护身符**：从道观领来的一种符箓，迷信的人认为带在身上，可以避祸免灾。

⑭ **《西江月》二词**：这两首词用似贬实褒、寓褒于贬的手法揭示了宝玉的性格。西江月，词牌名。

⑮ **皮囊**：一作"皮袋"，指人的躯壳。佛教认为认得灵魂不死不灭，人的肉体只是为灵魂提供暂时住所，犹如皮口袋。

⑯ **偏僻**：偏激，不端正。**乖张**：偏执，不驯服，与众不同。

⑰ **可怜辜负好韶光**：可惜白白浪费了大好时光。可怜，这里是可惜的意思。辜负，对不起，这里有浪费的意思。

⑱ **寄言**：赠言。**纨袴(wánkù)**：用细绢做的裤子，后世称富家子弟。**膏粱(gāoliáng)**：肥肉精米，这里借指富贵子弟。赠给公子哥儿们一句话。

⑲ **莫效此儿形状**：可别学这孩子的坏样子。

⑳ **罥(juàn)烟眉**：形容眉毛像一抹青烟。罥，挂，缠绕。

㉑ **态**：情态、风韵。**靥(yè)**：面颊上的酒窝。妩媚的风韵生于含愁的面容。

㉒ **袭**：承继，由……而来。娇怯的情态出于孱弱的病体。

㉓ **比干**：商朝纣王的叔父。《史记·殷本纪》载，纣王淫乱，"比干曰：'为人臣者，不得不以死争。'乃强谏纣。纣怒曰：'吾闻圣人心有七窍。'剖比干，观其心。"古人认为心窍越多越有智慧。林黛玉聪明颖悟胜过比干。

㉔ **病如西三子胜三分**：病弱娇美胜过西施。

㉕ **些须**：一点儿。

㉖ **《古今人物通考》**：从下文看来，可能是宝玉的杜撰。

㉗ **套间**：与正房相连的两侧房间。**暖阁儿**：在套间内再隔断为小房间，内设炕褥，两边安有隔扇，上边有一横眉，形成床帐的样子，称"暖阁"。

㉘ **碧纱橱(chú)**：也称隔扇门、格门。用以隔断开间，中间两扇可以开关。格心多灯笼框式样，灯笼心上糊纸，纸上画花或题字；宫殿或富贵人家常在格心处安装玻璃或糊各色纱，所以叫"碧纱橱"。这里的"碧纱橱里"，是指碧纱橱隔开的里间。

㉙ **教引嬷嬷(mómo)**：清代皇子一落生，就有保姆、乳母各八人；断乳后，增"谙达"（满语，伙伴、朋友的意思，这里指陪伴并负有教导责任的人），"凡饮食、言语、行步、礼节皆教之"。（见《清稗类钞》贵族家庭的"教引嬷嬷"职务与皇宫的"谙达"类似。

后 记

本系列教程中,每一篇课文都是中国文学史上的一个逻辑性的"点",也是中国文学史发展的一个不可或缺的环节,它们点面结合,环环相扣,组成了中国源远流长、从古到今的文学发展进程。我们把古代文学史、现代文学史、当代文学史视为一个学科上的系列,既注重文学史内在发展的规律性,又注重对外汉语教学的特殊性,立足于对外汉语教学学科的自身规律,根据教学活动的实际和外国留学生的学习特点,将中国文学史课文中的复杂问题简单化,将课文的内容精读课程化,从教学的实际出发来编写每一篇课文。在这种编写思想指导下完成的《中国文学史教程》是古代与现当代的统一,是宏观与微观的统一,也是历史与逻辑的统一,更是中国文学史学科与对外汉语教学的统一。

本编写组的十四名成员都是长期工作在对外汉语教学一线、有着扎实的对外汉语教学专业知识和丰富教学经验的教师。教程的三位主笔既是从事对外汉语教学多年的专家,又都是相应专业的博士,其出色的专业素养保证了这系列教程在中国文学史学科的科学性与对外汉语教学的特殊性方面的紧密结合。教程从课文的设置到作品的选择,从练习的设计到课文的注释,都充分考虑了对外汉语教学的特殊性、针对性和实用性。长期以来我们坚定地认为,没有试验的教材就是不合格的教材,因而在编写本系列教程的过程中,我们丝毫没有放松对教材的试验。依托于对外汉语教学的性质设置教材编写的思想,依据教学经验编写教材,立足于课堂试验修改教材,是我们整个编写组的每一位成员始终遵循的基本原则。

本系列教程的主编是欧阳祯人教授,副主编是孙萍萍、周颖菁、[韩]金东洙三位教授。《中国古代文学史教程》(四十课)的主笔是欧阳祯人教授。翟颖华老师担任其中第一至第十课还有第四十课的注释;潘泰老师担任第十一至第二十课还有第三十九课的注释;范小青老师担任第二十一至三十课的注释;程娥老师担任第三十一至第三十八课的注释。刘莉妮老师担任古代文学史部分的校读。《中国现代文学史教程》(二十课)的主笔是孙萍萍教授。李玲老师担任现代文学史部分的专有名词注释;吉晖老师担任现代文学史部分的一般生词注释;刘平老师担任现代文学史部分的校读。《中国当代文学史教程》(二十课)的主笔是周颖菁教授。刘姝老师担任当代文学史部分的注释工作;唐为群老师担任当代文学史部分的校读工作。

编写中,主编负责编写思想、框架、体例的确定,书稿的审查、修改及最终定稿,另外还承担了编写人员的调配、工作流程的衔接等具体任务。三位主笔根据主编的编写思想及编写体例独立完成课文的写作、作品的选择、练习的设置。本教材在编写过程中一个较为成功的经验是设立了三位"校读"。这三位校读人员是具有丰富对外汉语教学经验的教师，他们不仅在文字上、在原文的校读上多所订正，更重要的是在教材的编写过程中，从对外汉语教学的实际操作层面向主笔与注释人员提出了许多修改意见。另外，潘泰老师在写作过程中为我们提供了数据库支持，他不仅教会了我们每一位参编的人员使用数据库，而且不厌其烦做了大量相关的文本转换、生词总表制作等工作。

另外，我们还很有幸地请到了我们多年来的朋友，韩国成均馆大学韩中文化研究院院长、韩中论坛事务总长、中国社会科学院《当代韩国》编辑委员会编委、韩国HSK运营委员长、儒学大学院中国思想专攻主任教授金东洙博士担任本课题的副主编。金东洙教授直接参与了本课题的初期设计与后期的编审工作，他不仅给我们提供了很多韩国文学史编写的经验，并且为具体的编写工作提出了富有价值的建设性意见。

本系列教程在编写之初还征求过著名文学史专家、《中华大典·文学典》分典主编、武汉大学文学院吴志达教授的意见，整个教程编写完毕之后，我们又将全部定稿送交吴志达先生审查过，吴先生作出了充分肯定，并再次提出了很好的修改意见，我们根据吴先生的意见作了进一步的修改与调整。

当然，没有我们留学生教育学院彭元杰院长的倡导，没有翟汛、陈礼昌副院长以及办公室其他各级领导无微不至的关怀，这系列教材的顺利出版也是不可能的。北京大学出版社汉语与语言学编辑部主任沈浦娜老师及本系列教程的责任编辑张弘泓、白雪两位老师也为此付出了辛勤的劳动。在此一并表示感谢。编写一部理想的教材实属不易，我们期待着广大同仁、读者的批评和指正，以俟我们在再版的时候进一步修订、改正、提高。

编　者